Pavel Kornev

DIE HERZLOSEN

Thank you for being
my reader!
Without you books
are nothing!
Pavel Kornev

Die triumphale Elektrizität
Band №2

Magic Dome Books

Die Herzlosen
Die triumphale Elektrizität Band 2
Originaltitel: The Heartless (The Sublime Electricity Book #2)

Lektorin: Lilian R. Franke
Erschienen 2021 bei Magic Dome Books

ISBN: 978-80-7619-383-3

Die Personen und Handlung dieses Buches sind frei erfunden.
Jede Übereinstimmung mit realen Personen oder
Vorkommnissen wäre zufällig.

ALLES BÜCHER
von PAVEL KORNEV :

Der Weg eines NPCs LitRPG-Serie :

Toter Schurke
Königreich der Toten
Das Gefolge des Toten

Die triumphale Elektrizität
Steampunk-Serie :

Die Illustren
Die Herzlosen

INHALTSVERZEICHNIS:

„Meine Nerven, meine Nerven!
Du versetzt meinem Herz Stiche.“

Aus dem Lied „Heart“ von Steamphonia
(Russische Steampunk-Band)

TEIL EINS

Ein Mohr, gehärteter Stahl und geliertes Kerosin

1

NACHT. DUNKELHEIT. Tempo. Gefahr.

Der Motor heulte bedrohlich auf. Der Panzerwagen raste eine regennasse Landstraße entlang und drohte jede Sekunde, über den Seitenstreifen zu fahren und im Schlamm stecken zu bleiben oder - noch schlimmer - gegen einen Baum zu knallen oder sich zu überschlagen. Immer wieder hüpften die Reifen über eine Bodenwelle, um dann in ein Schlagloch zu plumpsen. Das Lenkrad wollte sich aus meinen Händen befreien und ich musste es mit aller Kraft festhalten, um nicht die Kontrolle zu verlieren.

Mein erster Fehltritt wäre in diesem Fall mit Sicherheit mein letzter gewesen.

Meine Beine waren längst taub geworden. Die Schmerzen in meinem Rücken waren unerträglich und meine Augen tränten. Aber ich war froh und erleichtert, dass ich mitten in der Nacht zum Anwesen meines Onkels eilen konnte, weil wir die Formalitäten im chinesischen Viertel so schnell hinter uns gebracht hatten. Ramon Miro hingegen hatte sich von Anfang an über unsere Reise beschwert.

Seine normalerweise rötliche Gesichtsfarbe wirkte nun eher weiß wie Sahne. Der ehemalige Constable lag ausgestreckt wie ein Seestern und hatte offenbar Angst, bei unserem nächsten kleinen Sprung aus seinem großen Sitz zu fliegen. Dazu kämpfte er eindeutig gegen den Drang zum Erbrechen. Er zweifelte stark an der Möglichkeit, dass der unbekannte Würger vor uns stehen würde, und wiederholte es auch pausenlos, bis ihn schließlich die Übelkeit überkam.

„Halt mal an und reinige die Scheinwerfer!“, forderte er.

„Ich kann die Straße sehr gut sehen“, erwiderte ich, um keine Zeit zu verlieren. „Jetzt geht es um alles oder nichts!“, sagte ich mehr zu mir selbst. Ein weiteres Sprichwort meines Großvaters: *Jetzt geht es um alles oder nichts, jetzt gibt es kein Zurück mehr!*

Wir mussten es schaffen. Es schaffen oder bei dem Versuch sterben ...

Glücklicherweise hatte der Regen nachgelassen, nachdem wir außerhalb der Stadtgrenzen waren. Die Landstraße verlief größtenteils durch Felder und machte Umwege um kleine Wälder. Ich konnte nichts tun, als auf Schlaglöcher zu achten, das Pedal durchzudrücken und den Motor mit all seinen Pferdestärken anzutreiben.

Er knisterte enorm und verschlang das Trotyl-Granulat. Auch die ungesicherte Ladung im Fond ratterte laut. Ich konnte nicht einmal meine eigenen Gedanken hören, aber ich verstand eine Frage von Ramon.

„Nein!“, schrie ich zurück, ohne auch nur einen Moment den Blick von der Straße abzuwenden. „Ich habe keine Ahnung, wer den Judäer erdrosselt hat!“

Es war definitiv kein Mensch gewesen. Die Hände eines Normalsterblichen konnten weder Erfrierungen verursachen noch Eisbrand auf der Haut hinterlassen. Aaron Malk war entweder von einer höllischen Bestie oder einem *illustren* Herrn getötet worden. Wahrscheinlich war es einer der Bankräuber gewesen, die es auf mich abgesehen hatten.

Wer genau, war nicht wichtig. Wichtig war, vor ihm auf das Anwesen meines Onkels zu gelangen.

Der Mörder wusste nun mit Sicherheit, wo der Aluminiumbehälter mit der Blitz-Rune zu finden war. Wenn wir nicht zuerst dort ankamen, würde Graf Kósice sich nicht nur von ihm, sondern auch von seinem Leben trennen müssen. Letzteres hätte mich nicht allzu sehr gestört, wenn ich ehrlich war. Das Problem war eher die Wahrscheinlichkeit, dass uns dasselbe Schicksal ereilen würde, die jenseits aller rationalen Grenzen lag.

Wenn die *illustren* Herren den Aluminiumbehälter in die Hände bekämen, würden die Bösewichte hinter mir her sein. Dann müsste ich weiter vor den mysteriösen Bankräubern fliehen. Aber wenn ich den Behälter hatte, konnte ich die Kontrolle über das Spiel übernehmen. Meine einzige reale Chance, meine Gegner zu besiegen, bestand darin, in den Ermittlungen weiter voranzukommen.

In diesem Moment ratterte ein Vorderrad in ein Schlagloch. Das Automobil hob vom Boden ab und rutschte in den Schlamm. Im letzten Moment konnte ich die Kontrolle zurückgewinnen und das gepanzerte Fahrzeug wieder ausrichten, bevor es über den Seitenstreifen fuhr. Wir waren kurz davor, uns in einem Graben zu überschlagen.

„Leo, ich hasse dich!“, stöhnte Ramon.

„Denk an die 3.000 Franken“, rief ich ihm zu.

„Die habe ich mir schon verdient!“, schrie mein hünenhafter Partner zurück. „Mein Job ist erledigt! Aber jetzt hast du mich in dieses aussichtslose Abenteuer hineingezogen!“

„Die Jagd nach dem Werwolf hast du doch auch für ein aussichtsloses Abenteuer gehalten, oder?“, erwiderte ich schlagfertig.

Ramon Miro war verbal nicht ganz so versiert. Er steckte den Finger in den losen Saum seines blutgetränkten Umhangs und fragte in einem vorwurfsvollen Ton: „Hältst du das etwa für normal?“

Ich hatte seiner Schlussfolgerung nichts entgegenzuhalten, also versuchte ich es gar nicht erst.

„Wir müssen herausfinden, warum das alles angefangen hat. Wenn wir wissen, wer dahintersteckt, werden wir mit Gold überschüttet!“

Diesmal reagierte Ramon unbarmherzig präzise. „Du wirst mit Gold überschüttet“, stellte er klar. „Nicht ich.“

„Mach dir keine Sorgen. Ich lasse dich schon nicht im Stich“, versprach ich und bemerkte ein paar flackernde Lichter zu meiner Rechten. „Das war der Bahnhof. Jetzt dauert es nicht mehr lange.“

Ramon wurde still.

Nachdem er vermutlich alle Hunde und Menschen in der Umgebung mit seinem lauten Knattern in Panik versetzt hatte, raste der Panzerwagen zwischen den Bauernhöfen hindurch, fuhr um eine Eichenlichtung herum und rollte schließlich auf das Gut zu.

„Wir sind fast da“, warnte ich meinen Freund. „Halte dich bereit.“

„Mach die Scheinwerfer aus“, riet Ramon.

„Das ist sinnlos.“ Ich weigerte mich nicht einmal so sehr, weil ich befürchtete, von der Straße zu fliegen, als vielmehr wegen des lauten Motors. Nur eine taube Person hätte das nicht gehört. Oder ein Toter.

Dieser Gedanke schoss mir durch den Kopf, als der Panzerwagen vor den geschlossenen Toren des Anwesens meines Onkels zum Stehen kam. Im Fenster der Wache flackerte ein schummriges Licht, aber der alte Mann dachte nicht daran, einen Blick nach draußen zu werfen und zu fragen, warum die Polizei zu einer so unheimlichen Stunde zu Besuch war. Das war seltsam.

„Irgendetwas stimmt hier nicht“, sagte ich zu Ramon.

Doch bevor ich ihn dazu auffordern konnte, hatte er sich bereits hinter der rauchenden Motorhaube des Panzerwagens versteckt und drückte den Schaft seiner *Winchester* an seine Schulter.

„Was mache ich überhaupt hier?“, fragte er stöhnend.

„Du gibst mir Deckung“, erinnerte ich ihn und stieg aus dem Fahrzeug. „Nicht gähnen!“, rief ich ihm zu, lief um den selbstfahrenden Wagen herum, öffnete die Hintertür und warf meinen Stock hinein. An seiner Stelle zog ich einen halbautomatischen Karabiner und ein paar Patronentaschen voller geladener Magazine heraus.

„Beeinträchtigt die Brille nicht deine Sicht?“, fragte Ramon.

Ich brummte und hob die dunklen Gläser an. „Was meinst du, was ist besser?“

Das rötliche Gesicht meines Partners erhellte sich durch den Glanz meiner leuchtenden Augen in der Dunkelheit.

„Das geht nicht“, gab er zu. „Setz sie wieder auf.“

Ich setzte mir die Brille wieder auf die Nase, ging vorsichtig auf das Tor zu und stützte mein Gewehr auf einen Querbalken.

„Komm schon!“, flüsterte ich Ramon zu.

Mein stämmiger Partner sprang blitzschnell über den Zaun, löste den Riegel und öffnete den Weg auf das Grundstück meines Onkels. „Das Wachhäuschen!“, flüsterte er warnend zurück.

„Du zuerst!“

Ich wollte meine Anwesenheit nicht lautstark ankündigen, um keinen Warnschuss der Wache zu riskieren.

Wir gaben einander abwechselnd Deckung und

gingen auf die angelehnte Tür zu. Ramon spähte hinein und schreckte sofort zurück. „Tot“, sagte er und fügte hinzu: „Gebrochenes Genick.“

„Verdammt!“, fluchte ich, zögerte einen Moment, sagte dann leise: „Warte!“ und eilte zurück zum gepanzerten Wagen.

Ich nahm das Lenkrad ab, warf es nach hinten und kletterte dann hinterher. Ich tastete nach der Kiste mit den Granaten, die ich unter den Sitz geschnallt hatte, nahm zwei heraus und drehte die Zünder hinein. Dann hängte ich ein massives Vorhängeschloss an die Heckklappe und kehrte zu meinem Partner zurück. Ich war nun viel ruhiger und gefasster und meine Knie zitterten nicht mehr.

„Wir sollten Verstärkung rufen“, sagte Ramon und schien dabei seine Entlassung vergessen zu haben.

Ich legte jedoch nicht den Finger in die Wunde, sondern schüttelte nur den Kopf. „Ich glaube, wir kommen zu spät.“

„Wie kommst du darauf?“, fragte mein Partner erstaunt.

„Das Luftschiff ist weg“, erklärte ich und deutete auf ein einsames Signallicht am Andockturm.

Die Signallichter des Luftschiffs waren nirgends zu sehen, ebenso wenig das weiße Oval des Ballons.

„Der Mörder könnte damit weggeflogen sein“, sagte Ramon.

„Ein Grund mehr, sich keine Sorgen zu machen“, stellte ich fest und machte mich auf den Weg zum Haus.

Mein Partner folgte mir, blieb aber schnell wieder stehen. „Entweder ist der Graf weggeflogen oder der Mörder“, überlegte er laut. „Es gibt in beiden Fällen keinen Grund für uns, da hineinzugehen!“

„Nicht doch“, widersprach ich. „Wir müssen

herausfinden, was hier passiert ist."

„Warum zum Teufel müssen wir das?"

„Um ein grundlegendes Verständnis zu bekommen, nach wem oder was wir suchen. Außerdem: Falls der Graf mit dem Luftschiff weggeflogen ist, muss der Würger irgendwo in der Nähe sein. Was ist, wenn wir ihn zum Reden bringen können?"

„Nein", sagte Ramon. „Das ist eine schlechte Idee."

Ich betrachtete die Silhouette der Villa. Es war kein einziges Licht an. Daneben gab es einen Stall und einen überwucherten Garten, in dem sich eine ganze Kompanie Soldaten hätte verstecken können. In Gedanken stimmte ich meinem Freund zu. Es war eine schlechte Idee. Schlecht und sehr gefährlich.

Aber laut sagte ich etwas anderes. „Entweder wir gehen zusammen oder du wartest im Auto auf mich. Aber dir sollte klar sein, dass die Judäer dir keinen Cent für das Werwesen zahlen werden, wenn ich nicht zurückkomme. Hast du mal daran gedacht?"

„Verflucht!" Ramon wischte sich das schweißnasse Gesicht ab und warf einen nervösen Blick auf das dunkle Herrenhaus. „Lass uns gehen", lenkte er ein.

Mit einem leisen Kichern ging ich voran und blieb stehen, als ich die Abzweigung zum Stall erreichte, bog aber nicht ab, weil ich keine Zeit verlieren wollte. Das Herrenhaus zog mich an.

Ich ertappte mich bei dem Gedanken, dass es tatsächlich eine Anziehungskraft auf mich ausübte, und verlangsamte mein Tempo.

Meine Erregung verschwand, als hätte ich eine unsichtbare Grenze überschritten. Die Welt fühlte sich wieder dreidimensional an. Die Silhouetten der Gebäude und die Bäume des Gartens wirkten nicht mehr wie aus

Sperrholz geschnitzte Theaterrequisiten, die achtlos auf dem Rasen verstreut waren. Ich begriff, dass all das im Hier und Jetzt geschah. Und meine Angst kehrte zurück.

Ich stand da und lauschte der Stille der Nacht. Ohne das Geräusch unserer Stiefel, die in den Pfützen plätscherten, wäre sie wie ein Grab gewesen. Das einzige andere Geräusch war das Horn eines Dampfzuges irgendwo in weiter Ferne. Aber es fühlte sich an, als käme es aus einer anderen Welt. Alle gepanzerten Züge des Imperiums zusammengenommen hätten uns jetzt nicht helfen können.

„Leo“, flüsterte Ramon. „Was ist hier los?“

Ich zuckte mit den Schultern, versuchte, meine übereifrige Fantasie zu bremsen, und ging weiter. Das Herrenhaus meiner Familie wuchs wie ein schwarzer Titan aus der Dunkelheit empor. Bald konnten wir die Tür sehen. Sie stand weit offen.

„Na, wenn das keine Einladung ist!“ Ramon seufzte. „‚Kommst du mit in meine Stube?‘, sagte die Spinne zur Fliege.“

Die angespannten Nerven meines Partners hatten seine Zunge gelockert und ich hielt es für nötig, ihn zu beruhigen. Also reichte ich ihm eine meiner Granaten. „Nimm die.“

„Du kannst es nicht abwarten, den ganzen Laden in die Luft zu jagen, was?“, scherzte Ramon und sah sich besorgt um. „Vielleicht sollten wir das Haus einfach abbrennen, um keine Zeit zu verlieren.“

„Ausgezeichnete Idee“, murmelte ich und trat langsam und vorsichtig auf die Veranda.

„Gib mir Deckung!“, rief mein Freund und überschritt die Schwelle zuerst.

Wir standen im Eingangsbereich und sahen uns in der Dunkelheit um. Ich legte den Lichtschalter an der Wand um, aber die Glühbirne an der Decke ging nicht an.

Ich hängte meinen Karabiner an die Schulter und nahm meine *Roth-Steyr* aus dem Holster. „Taschenlampe“, zischte ich leise.

Ramon reichte mir seine Taschenlampe. Ihr heller Strahl fegte durch den Eingangsbereich und hob die Leiche des Butlers meines Onkels aus der Dunkelheit hervor. Außerdem ragten zwei Beine in einem Paar übel zugerichteter Knöchelstiefel in den Flur.

Nachdem wir über die Leiche des Nachtwächters getreten waren, gingen wir ins Wohnzimmer. Dort lag das Stubenmädchen mit zurückgeworfenem Kopf auf dem Sofa. Die Farbe ihres blutleeren Gesichts unterschied sich nicht mehr von der ihrer weißen Schürze.

„Verdammt“, fluchte Ramon.

„Ruhe!“, befahl ich und lauschte in die Stille.

Auf der anderen Seite der Wand zirpte leise eine Grille, aber das war auch schon alles. Ich konnte nichts anderes hören.

„Komm mit“, sagte ich und ging in den ersten Stock hinauf.

Der helle Strahl der Taschenlampe sprang hin und her und erhellte mühelos die dunklen Ecken. Gleichzeitig ließ mich der Gedanke nicht los, dass uns jemand mit seinen kalten Augen aus der Dunkelheit heraus beobachtete.

Angst oder Wunschdenken? Wer konnte das schon sagen?

Wir gingen weiter in den zweiten Stock.

„Lass uns zuerst im Büro des Grafen nachsehen“, schlug ich vor und ging die Treppe hinauf.

Zu meiner großen Überraschung verlor ich plötzlich jegliche Lust, den unbekannten Würger weiter zu verfolgen.

Ich verspürte den Drang, mich umzudrehen und ohne einen weiteren Gedanken wegzulaufen. Ich wusste nicht einmal, was genau mich davon abhielt, diesen schändlichen Schritt zu tun - eine noch immer in meinem Blut wütende Restleidenschaft oder die Angst, dumm da zu stehen. Ich vermutete, es war eher Letzteres.

Wir erreichten den nächsten Stock. Ich betrat den Flur und erstarrte, als ich das Flackern einer Petroleumlampe hinter den weit aufgerissenen Türen sah.

Und einen Schatten! Der Schatten auf dem Boden vor der Tür bewegte sich leicht, kroch entweder in die eine Richtung oder schlich sich in die andere. Da war jemand im Büro.

Die Taschenlampe blieb aus. Ich steckte ich sie in meine Tasche und presste den Zeigefinger an die Lippen. Ramon nickte und ließ mich wissen, dass er den Schatten gesehen hatte und Kraft für den Kampf sammelte.

Ich hielt mich mit beiden Händen an meiner *Roth-Steyr* fest und ging vorwärts. Auf den Teppichen des Flurs konnte ich mich lautlos bis zur Tür stehlen und sprang mit einem Satz ins Büro. Dort trat ich sofort zur Seite, um meinem Partner Platz zu machen.

Ich schoss nicht, denn ich sah niemanden. Es lag nur Papier herum und die Schubladen der Aktenschränke standen offen.

Aber ich machte einen Fehler! Zuerst glitt mein Blick über eine Gestalt, die am Schreibtisch saß, als wäre sie nur ein weiterer Schatten. Die Flamme der Petroleumlampe züngelte hinter dem unbeweglichen Mann und verwandelte ihn in eine schwarze Silhouette wie einen der glitschigen Fische, die gedankenlos im Aquarium an der gegenüberliegenden Wand schwammen. Ich konnte nur einen Mantel und einen Hut mit breiter, flacher Krempe ausmachen, sonst nichts.

Schatten, was für ein verdammtes Ärgernis!

Ich zog meine Pistole, um den Fremden ins Fadenkreuz zu nehmen, aber bevor ich die Entschlossenheit aufbrachte, den Abzug zu betätigen, ertönte ein unangenehmes pfeifendes halbes Flüstern, genauso gespenstisch wie die Schatten.

„Es hat keinen Zweck!" Der Satz hallte in meinem Kopf nach und verursachte ein unangenehmes Stechen in meinen Schläfen. Ich stand unschlüssig mit erhobener Pistole da. Ramon dagegen zögerte nicht. Seine *Winchester* feuerte mit einem ohrenbetäubenden Donnern. Ihr zweifacher Funke zerriss die Schatten, die das Büro füllten, aber die dunkle Gestalt war nicht im Geringsten beeindruckt.

Er machte eine theatralische Pause, sah dann auf die Kugel in seiner Hand und sagte gelassen: „Sie verschwenden nur wertvolle Patronen."

Wütend über den Rückschlag drückte Ramon den Hebel seiner *Winchester* herunter und warf die verbrauchte Hülse auf den Boden. Aber ich hielt ihn auf und wiederholte die Worte des Würgers. „Es hat keinen Zweck!"

Die mysteriöse Gestalt legte die Kugel auf den Schreibtisch. Sie war nicht nur mit Frost bedeckt, sondern auch deformiert. Die knochigen Finger des Fremden hatten den Aluminiummantel eingedrückt.

„Gute Entscheidung", sagte die böse Kreatur lachend. Dann holte er mit der Geste eines Magiers einen Behälter aus hellgrauem Metall aus dem Nichts. Ich sah den Deckel. Er war mit einer gezackten blitzförmigen Rune graviert. „Ich nehme an, das wird Sie interessieren, mein *illustrer* Herr Orso?"

„Vielleicht", antwortete ich vorsichtig und überlegte,

wie ich mich verhalten sollte. Aus einer Position der Macht heraus handeln oder ihm zeigen, wie vernünftig ich sein konnte? Zuerst angreifen oder versuchen, zu einer Einigung zu kommen?

Die Kugel, die er in seinen Fingern zerquetscht hatte, ließ die erste Option aussichtslos erscheinen. Die Rücksichtslosigkeit, die der Würger an den Tag legte, hatte mir jede Hoffnung auf die zweite genommen. Was konnte ich also tun?

Ramon bewegte sich von der Tür weg. Ich ging in die andere Richtung. Die Petroleumlampe befand sich nun nicht mehr im Rücken des Würgers, aber trotzdem bildeten die dichten Schatten unter seinem Hut einen undurchdringlichen Schleier, der sein Gesicht besser verbarg als jede Maske.

„Raten Sie, wo der Graf ist", forderte die dunkle Gestalt mich ruhig auf. Er ignorierte Ramon hartnäckig und wandte sich stattdessen mir zu.

Ich vergewisserte mich, dass der Schreibtisch zwischen uns stand und steckte demonstrativ meine Waffe in ihr Holster.

„Selbst wenn der Graf in der Hölle wäre, würde ich mich nicht allzu sehr aufregen", antwortete ich, ohne die Wahrheit besonders zu verbiegen.

Der Würger kicherte. „Vielleicht ist er in der Hölle. Möchten Sie einen Blick darauf werfen?", fragte er und streckte mir den Behälter entgegen. Er zog seine Hand jedoch sofort zurück, als wollte er mich zum Narren halten.

„Einen Blick darauf werfen?", fragte ich verständnislos. Ich leckte mir über die Lippen. „Unter welchen Bedingungen?", erkundigte ich mich und merkte, dass ich gerade einen unverzeihlichen Fehler begangen hatte. Vielleicht sogar einen tödlichen.

Das entspannte Auftreten des Würgers wich einem räuberischen Interesse. „Sie wissen gar nicht, was da drin ist, oder?“, fragte er und trat einen Schritt vor. Die Flamme der Petroleumlampe vor seinem Gesicht zwang ihn jedoch, sich aufrecht hinzustellen und zurückzutreten.

Zum ersten Mal verursachte sein pfeifendes Geflüster kein stechendes Echo in meinem Kopf, sodass ich meine nächste Antwort im Gegensatz zu meiner vorherigen, übereilten Direktheit sorgfältiger formulieren konnte.

„Und Sie?“, fragte ich und beobachtete eine feurige Motte, die am Fenster zappelte. „Wissen Sie es?“

„Das spielt keine Rolle“, antwortete die dunkle Gestalt und die Schatten um ihn herum bewegten sich wie eine Würgeschlange, die sich um einen Zirkusartisten wickelte.

Eine der geisterhaften Ranken glitt zu Ramon und schlang sich um seine Knöchel. Mein hünenhafter Partner erstarrte und der Lauf seiner *Winchester*, der ursprünglich auf den Würger gerichtet war, zitterte und drehte sich in meine Richtung.

Mit einem tiefen Seufzen nahm ich meine dunkle Brille ab, aber das Leuchten meiner Augen schreckte die dunkle Kreatur nicht im Geringsten ab. Er lachte nur.

„Und was gedenken Sie nun zu tun, *illustrer* Herr? Mich zu Tode zu erschrecken?“

„Dich mit in die Hölle zu nehmen“, antwortete ich und warf mit einer lässigen Bewegung die Lampe auf den Boden.

Das Glas zersplitterte. Das Kerosin verteilte sich im Büro und fing Feuer. Die Flammen erreichten fast augenblicklich die Vorhänge und schossen zur Decke hinauf. Die wahllos verstreuten Papiere, Schubladen und umgefallenen Möbel fingen dann ebenfalls Feuer.

Ramon warf seine *Winchester* weg und riss sich den in Flammen stehenden Mantel vom Leib. Er warf sich zu Boden und wälzte sich herum, um die Flammen zu löschen. Das Feuer schnitt mich von der Eingangstür ab und drängte mich in die Ecke. Aber der Würger verlor nicht seine Geistesgegenwart. Oder verlor er vor Angst den Verstand? Auf jeden Fall rannte er mitten durch den brennenden Raum in Richtung Ausgang.

Ich blickte auf meine Uhr und wartete auf den richtigen Moment, aber Ramon streckte mir die Hand entgegen und rief flehend: „Komm schon, Leo!“

Da ich beschlossen hatte, die Geduld meines Partners nicht auf die Probe zu stellen, nahm ich den Karabiner von der Schulter und schlug mit dem Kolben gegen die Wand des Aquariums. Das Wasser, das sich auf den Boden ergoss, löschte die Pfütze aus brennendem Kerosin und eine undurchdringliche Schwärze legte sich wieder über das Büro.

„Feuer der Hölle!“, presste Ramon hervor und löste sich von der Wand. „Das hat teuflisch wehgetan!“

„Sei still!“, zischte ich ihn an, ging zur Tür hinüber und schaute in den Flur, aber die Spur des Würgers war bereits kalt geworden. Ich lauschte, aber nur die Stille hallte in meinen Ohren.

Ramon stand neben mir. „Ist er entkommen?“, flüsterte er kaum hörbar.

„Er ist entkommen“, bestätigte ich ebenso leise.

Mein hünenhafter Partner wischte sich den Schweiß von der Stirn und ließ sich erschöpft in einen Sessel fallen. Er hatte nur ein kleines Echo des Schreckens eines anderen abbekommen, sah aber immer noch aus wie einer der Fische aus dem nun leeren Aquarium.

„Wird er wiederkommen?“, fragte Ramon, als ich

meine Taschenlampe einschaltete und das Chaos studierte, das ich im Büro angerichtet hatte.

„Nein“, antwortete ich überzeugt. „Aber wenn er zurückkommt, wird er ein brennendes Haus sehen.“

„Wie hast du das gemacht?“

Ich lachte nur. „Das ist alles mein *Talent*, alter Kumpel. Oder hast du das vergessen?“

Der Würger hatte Angst vor Feuer. Ich hatte gesehen, wie er vor der Petroleumlampe zurückgewichen war. Er war offensichtlich verängstigt. Ich hatte das nur im richtigen Moment aufgegriffen, um die Pfütze aus brennendem Petroleum für ihn in ein wütendes Feuer zu verwandeln.

Konnte Angst eine Bedrohung verstärken? Absolut.

Der Aluminiumbehälter glitzerte im Licht der Taschenlampe auf dem Boden. Ich zog meine Handschuhe an und hob ihn auf, aber das Schloss war aufgebrochen und er war leer.

„Verdammt“, fluchte ich, ohne meine Enttäuschung zu verbergen.

„Was hast du jetzt vor?“ Ramon schüttelte sich.

„Nichts.“

„Überhaupt nichts?“

„Genau“, bestätigte ich. In einem Anfall von Wut warf ich den Behälter in die Ecke und lief im Büro umher, aber ich war mir immer noch nicht sicher, wer für diesen Schlamassel verantwortlich war. War es der Graf und er war geflohen? Oder war es die dunkle Kreatur, die hinter seiner Seele her war?

„Leo, wir müssen hier raus!“, drängte Ramon, während ich durch die verbrannten Papiere schlurfte, die auf dem Boden verstreut lagen und nun nass von dem verschütteten Wasser waren.

„Das müssen wir“, stimmte ich zu und steckte die Kugel, die der Würger zerquetscht hatte, in meine Tasche. „Aber zuerst sollten wir das Haus überprüfen.“

Wir durchsuchten die ganze Villa, aber im ersten und zweiten Stock war niemand zu sehen und alle Bediensteten unten waren tot. Der Würger war beneidenswert methodisch. Er hatte nichts zurückgelassen.

„Wo ist die Familie des Grafen?“, fragte Ramon, als wir ins Wohnzimmer gingen.

„Seine Tochter ist in einem Internat und seine Frau ist im Spa“, antwortete ich. „Kontinentaleuropa. Weder wir noch die dunkle Gestalt werden sie jetzt erreichen. Nun, zumindest wir nicht. So viel ist sicher.“

„Wirst du nach dem Grafen suchen?“

„Was denkst du?“

„Das ist deine Sache“, antwortete Ramon. Dann zeigte er auf den Körper des Dienstmädchens, das mit gespreizten Beinen auf dem Sofa lag. „Warte!“

„Was ist los?“

„Richte die Taschenlampe auf ihren Hals!“

Ich tat es und bemerkte zwei dunkle Flecken auf der blassen Haut.

„Das glaube ich ja nicht!“, keuchte Ramon. „Hier war ein Vampir!“

Ein unangenehmer Schauer lief mir über den Rücken. Ich zwang mich, das tote Mädchen zu berühren. Der Körper war bereits kalt geworden und die Totenstarre hatte eingesetzt.

„In was hast du mich da hineingezogen, Leo?“, flüsterte Ramon ängstlich und zornig. „Kreaturen der Hölle und Vampire! Selbst in Europa gibt es praktisch keine Vampire mehr. Und hier erst recht nicht!“

„Nun, der Werwolf ist aus der Neuen Welt

eingeflogen, also warum kann dieser Vampir nicht etwas Ähnliches getan haben?", murmelte ich.

„Wozu? Warum zum Teufel sollte er das tun? Was ist hier los, Leo?"

Ich ging nicht auf die Sorgen meines Partners ein und eilte zum Ausgang. „Lass uns hier verschwinden! Draußen wird es schon hell!"

„Nur noch einen Moment!"

„Du kannst es nicht abwarten, hinter Gitter zu kommen, oder?" Ich musterte meinen Freund von oben bis unten.

„Na gut, wir können später reden", entschied er.

Ich wollte zum Ausgang, doch er ergriff meine Hand und hielt mich auf: „Bist du sicher, dass die Kreatur allein war?", fragte er und schaute erst einmal nach draußen, seine *Winchester* im Anschlag.

„Warum sollte er das nicht gewesen sein?", fragte ich erstaunt.

„Wie soll er allein an so vielen Menschen vorbeigekommen sein?"

„Die Schatten", erinnerte ich ihn. „Er hatte diese Schatten, die ihm geholfen haben. Einer von ihnen hätte dich fast dazu gebracht, auf mich zu schießen, weißt du noch?"

Ramon war sichtlich betroffen von der unangenehmen Erinnerung. Er lud eine weitere Patrone in das Röhrenmagazin seiner *Winchester*. „Auf jeden Fall nicht gähnen", murmelte er.

Ich nickte und nahm den halbautomatischen Karabiner von meiner Schulter. Dem Würger würde ein Gewehr bestimmt nichts anhaben können, aber Vampire neigten dazu, sich mit sterblichen Helfern zu umgeben. Ich musste also vorsichtig sein mit der Waffe in meinen

Händen...

Die hohe Veranda des Herrenhauses zeigte nach Osten. Am Horizont färbten sich die Wolken bereits schwach rosa.

„Es wird wirklich schon hell“, sagte ich leise.

Mein Partner nickte und ließ mich wissen, dass er mich gehört hatte, aber dennoch wachsam blieb. Er glaubte nicht an die Legende, dass Sonnenlicht Vampiren Schaden zufügte. Um ehrlich zu sein, glaubte ich das auch nicht. Also gingen wir ohne besondere Eile zurück zum gepanzerten Wagen, ohne die Bäume und Büsche am Wegesrand aus den Augen zu lassen.

Die Vögel hatten bereits mit ihrem morgendlichen Gezänk begonnen und von den Bauernhöfen hörte ich einen Hahn krähen. Das Risiko, einen zufälligen Passanten zu treffen, wuchs mit jeder Minute. Als wir das Tor erreichten, öffneten wir den Riegel und liefen zu unserem Fahrzeug.

Ramon warf einen vorsichtigen Blick unter den selbstfahrenden Wagen und nickte. „Alles klar!“

Ich öffnete die Ladeklappe, legte mein Gewehr hinein und nahm das Lenkrad heraus. Mein Freund streckte mir seine *Winchester* hin. „Nimm sie.“

Ich nahm das Gewehr und erschrak. „Du Tölpel!“

Ramon zuckte zusammen. „Was soll das heißen?“

„Die Hülse!“, rief ich. „Du hast eine Hülse im Büro meines Onkels hinterlassen! Mit Fingerabdrücken!“

„Verdammt noch mal!“, rief Ramon und wurde blass. Aber er überwand sein kurzes Zögern, griff sich das Lenkrad und stieg in den Wagen. „Lass uns zurückfahren“, sagte er und befestigte das Lenkrad an der Säule.

„Starte den Motor!“, rief ich und sprang auf das Trittbrett auf der Beifahrerseite.

Das Gefährt erwachte zum Leben und unter dem

knallenden Geräusch seines Motors fuhr der Panzerwagen an das Tor heran, drückte seine Flügel zur Seite und fuhr auf das Gelände des Herrenhauses. Beim Aufprall rüttelte es heftig und die selbstfahrende Kutsche kam sogar von der Straße ab und fuhr auf den Rasen. Aber Ramon schaffte es, das Lenkrad rechtzeitig zu drehen und wieder in die Spur zu kommen.

Einen Moment später hatten wir das Haus erreicht. Dort bremste Ramon scharf ab, sprang aus der Kabine und rannte in das Gebäude. Ich lief um den Wagen herum, setzte mich auf den Fahrersitz, wendete das Automobil, um die Abfahrt vorzubereiten, und hob das vordere Panzerblech an, das bis dahin auf der Motorhaube gelegen hatte. Nachts mit verdunkelter Windschutzscheibe zu fahren, war nicht möglich gewesen, aber jetzt wurde es schon hell. Die Dorfbewohner waren alle wach und das Letzte, was ich wollte, war, dass ein adleräugiger Bauer der Polizei eine Beschreibung von uns lieferte.

Die Haustür schlug wieder zu und Ramon lief von der Veranda herunter zurück zum Wagen.

„Fahr los!“, rief er.

„Hast du sie gefunden?“

„Ja!“ Er schnappte nach Luft. „Fahr endlich los!“

Und so fuhren wir. Wir hielten nicht an, bis wir die Stadt erreichten, nicht einmal, um Wasser in den Kühler zu gießen. Schließlich fanden wir jedoch eine dunkle Passage im Hinterhof einer Fabrik, in der wir das Fahrzeug abstellen konnten.

Ramon lief mit einem Eimer zu einer Station an der benachbarten Kreuzung und ich ging um das Fahrzeug herum, massierte meine verkrampften Beine und schaute mich um. Mein Rücken schmerzte unerträglich, mein Kopf fühlte sich an wie geschmolzenes Blei und meine Arme zitterten vor Erschöpfung. Ich fühlte mich unwohl, aber das lag nicht an meinem persönlichen Befinden. Es war etwas anderes, das mich beschäftigte.

„Was sollen wir mit dem Wagen machen?“, fragte ich meinen Partner, nachdem er mit dem Wasser zurückgekommen war. „Jeder weiß, dass der Graf und ich zerstritten sind. Es würde mich nicht wundern, wenn sie heute oder morgen mein Haus durchsuchen.“

„Ist das überhaupt möglich?“, fragte mein Partner erstaunt.

„Was denkst du denn?“

„Ich meine, was ist mit der Quarantäne? Wie sollen sie da reinkommen?“

„Früher oder später werden sie eine *illustre* Person finden, die immun gegen die teuflische Pest ist. Der Wagen ist ein direkter Beweis. Wir haben zu viele Spuren auf dem Anwesen hinterlassen.“

„Lassen wir ihn verschwinden“, schlug Ramon vor.

„Kommt nicht infrage. Wir könnten ihn wieder brauchen.“

„Leo! Dieser Blecheimer könnte uns hinter Gitter bringen.“

Ich hörte gar nicht hin. „Dein Vetter in Foundry Town...” Ich schnippte mit den Fingern. „Wie wäre es, wenn wir den Panzerwagen zu ihm bringen?“

„Bist du verrückt?“ Ramon riss erschrocken die Augen auf. „Ich ziehe meine Familie da nicht mit rein!“

„Was ist mit dem Kohlehaus?“

Mein Partner überlegte kurz, dann nickte er. „Weißt du, es gibt dort noch ein paar andere verlassene Packhäuser. In die wird vor dem Herbst auf keinen Fall jemand hineingehen.“

„Haben sie separate Eingänge für Fahrzeuge?“,

erkundigte ich mich.

„Einige schon, ja", bestätigte mein Freund. „Fahren wir dorthin."

Zu diesem Zeitpunkt war es längst hell und die Leute auf der Straße schauten neugierig auf unseren Panzerwagen, der von den Rädern bis zum Dach mit Schlamm bespritzt war. Zum Glück waren nicht viele Menschen in der Nähe des Kohlehauses, in dem Ramon jetzt als Wachmann arbeitete. Unsere einzige Gesellschaft waren ein paar neugierige Köter.

Ramon zeigte auf die Toranlage, sagte, ich sollte warten, und lief hinein. Als er zurückkam, hielt er einen schweren Schlüsselbund in der Hand.

„Keine Sorge", beruhigte er mich und öffnete das rostige Schloss. „Der alte Säufer würde nicht einmal aufwachen, wenn eine Schiffskanone neben seinem Ohr abgefeuert würde."

„Hast du während deiner Schicht Kopien gemacht?"

„Natürlich."

Die Tore gaben mit einem grässlichen Quietschen nach. Wir mussten unser ganzes Gewicht einsetzen, um sie aufzustoßen. Dann lenkte ich das gepanzerte Fahrzeug ins Innere des verrußten Packhauses. Ich stellte den Motor ab und reichte meinem Partner die Hand. Ich war völlig erledigt.

„Danke! Du hast mir wirklich geholfen."

Ramon ergriff meine Hand mit seiner massiven Pranke und fragte: „Wann wirst du die Belohnung für den Mörder des Bankiers abholen?"

„Ich kümmere mich heute Vormittag darum", erklärte ich, schaute auf meinen Zeitmesser und korrigierte mich. „Es wird wohl eher um die Mittagszeit sein."

„Zögere es nicht hinaus", forderte er. „In Ordnung?"

„Du kannst dich darauf verlassen“, versprach ich, nahm meinen Stock und stieg aus.

Mit vereinten Kräften schafften wir es, die Lagertüren zu schließen, aber nur knapp. Ramon setzte das Schloss wieder auf, rieb etwas Kohlenstaub darüber und warf einen Blick auf unser Werk.

„Das wird schon funktionieren“, entschied er.

Es wäre gut gewesen, jetzt den richtigen Schlüssel vom Ring zu nehmen, aber ich konnte vor Müdigkeit nicht zusammenhängend denken. Mir fielen die Augen zu. Die schlaflose Nacht und die Nervosität hatten mir alle Energie geraubt. Ich wollte nur noch ins Bett.

Also winkte ich Ramon zu und ging nach Hause. Endlich schlafen.

Aber es war gar nicht so einfach, ins Bett zu kommen. Elisabeth-Maria hielt mich davon ab. Sie musterte mich und erklärte dann in einem Ton, der keinen Widerspruch duldete: „Eine Tasse Tee würde dir guttun.“

Ich betrachtete das Spiegelbild meines blassen, spitzen Gesichts, wandte mich vom Spiegel ab und nickte. „Na gut, setz eine Kanne auf.“

„Du wirst ihn in der Küche trinken. Dann lernst du vielleicht, pünktlich nach Hause zu kommen!“

Ich widersprach nicht, da ich nicht in der Stimmung dazu war. Schweigend hängte ich meine staubige Jacke auf einen Bügel, stellte meinen Stock in den Schirmständer, stieg dann aus meinen schlammverschmierten Stiefeln und ging in die Küche.

Ich nahm am Fenster Platz, trank den heißen süßen Tee und starrte gedankenverloren auf die nassen, schwarzen Bäume meines Gartens.

„Ich sehe langsam, dass es eine Angewohnheit von

dir ist, erst morgens wiederzukommen“, bemerkte der Sukkubus spitz, während sie Feuer im Herd machte.

Ich schwieg. Ich wollte nicht reden und mich nicht bewegen. Selbst das Bett rief nicht mehr so sehr nach mir. Das Versprechen eines tiefen Schlummers schien nun unmöglich weit weg zu sein. Ich saß einfach am Fenster und trank Tee.

Elisabeth-Maria hörte auf, mich zum Reden bringen zu wollen, und setzte eine dicke gusseiserne Pfanne auf das Feuer. Sie goss Öl hinein, fügte Gewürze hinzu und die Küche füllte sich mit dem Duft von exotischen Köstlichkeiten. Ein paar Minuten später klatschte ein Fleischklumpen auf das glühende Metall, aber ich schenkte den zischenden und brutzelnden Geräuschen nicht die geringste Beachtung.

Erst als die junge Frau mir einen Teller mit kaum gegartem Steak vorsetzte, fragte ich: „Findest du nicht, dass das für ein Frühstück ein bisschen üppig ist?“

„Sieh dich doch an, du bist nur noch Haut und Knochen!“, wandte sie ein. „Außerdem vermute ich, dass das für dich kein Frühstück ist, sondern ein spätes Abendessen.“

„Wie kommst du auf die Idee, dass ich essen will?“

„Du riechst nach Tod“, antwortete Elisabeth-Maria ruhig. „Und für einen Mann ist das Töten der Auftakt zu einer ausgiebigen Mahlzeit. Selbst wenn man so etwas wie sich selbst tötet. Das ist ein alter Brauch.“

„Wie mich selbst?“, fragte ich und verzog das Gesicht. „Heute haben wir einen Werwolf getötet. Ein grässliches Ungeheuer.“

„Meinst du, du bist so viel anders als er?“ Offenbar konnte sie sich den Scherz nicht verkneifen.

Ich zuckte zusammen. „Ja, das tue ich!“, stieß ich

scharf hervor. „Ich bin ganz anders. Ist das klar?"

„Wie du meinst, mein Lieber." Elisabeth-Maria zuckte mit den Schultern und holte eine Flasche Sherry aus der Schublade. „Da fällt mir ein, der Rotwein verschwindet immer noch! Bring lieber deinen hellhaarigen Affen zur Vernunft, bevor ich ihm die Hände abhacke."

„Der Kobold und ich haben in letzter Zeit ein Verständigungsproblem."

Um ehrlich zu sein, machten mich die Tricksereien meines imaginären Freundes aus Kindertagen inzwischen verrückt. Ich hatte viele Jahre lang nicht mehr an den ungehobelten Wicht gedacht und konnte mir nicht erklären, warum er aus meinem Unterbewusstsein aufgetaucht war. Es machte mir Angst, denn es bedeutete, dass ich womöglich die Kontrolle über mein *Talent* verlor. Kein Traumgebilde, das ich je zuvor erschaffen hatte, war so lange in der Welt geblieben. Keine Fantasie war mir so real erschienen.

Elisabeth-Maria war nur ein cleverer Sukkubus, aber was trieb den Kobold an? Ich hatte keine Antwort auf diese Frage.

„Dieser Knirps säuft wie ein Pferd", beschwerte sie sich, nahm mit ihrem Glas mir gegenüber Platz und stellte einen Teller mit Soße vor mich hin. „Iss!"

Ich wollte ablehnen, doch da knurrte mein Magen vor Hunger. Ich hatte mich noch nie besonders für rohes Fleisch interessiert und als ich in das Steak schnitt, kam Blut heraus. Aber ich musste zugeben, dass es nicht schlecht war. Die scharfe Soße hatte einen Geschmack, den ich nicht einordnen konnte. Sie war überraschend subtil und passte perfekt zum Steak.

„Hast du schon mal vom *Orden* gehört?", fragte ich die junge Frau, während ich einen weiteren Bissen Fleisch abschnitt.

„Der *Orden*?“, fragte Elisabeth-Maria verwirrt und nippte an ihrem Wein, wobei sie versuchte, ihre Konfusion zu verbergen. „Ideologen“, sagte sie nach einer Pause, die so lang war, dass ich nicht mehr wirklich eine Antwort von ihr erwartet hatte.

„Ideologen?“ Ich verstand nicht.

„Typische Bewohner der Unterwelt sind froh, ihre erbärmlichen kleinen Seelen im Austausch für ein bisschen Macht und sterblichen Wohlstand zu verkaufen. Die Mitglieder des *Ordens* sind nicht so. Sie erzählen Märchen aus alten Zeiten. Sie wollen diese Zeiten zurückbringen.“

„Ist das so?“

„Genau so“, bestätigte sie. „Warum fragst du?“

Ich zuckte nur mit den Schultern, ohne ihr von den letzten Worten des sterbenden Werwesens zu erzählen.

„Lass dich nicht mit dem *Orden* ein“, warnte Elisabeth-Maria mich. „Sie sind gefährlich. Äußerst gefährlich. Wenn du ihren Weg kreuzt, töten sie dich und fressen deine Seele.“

„Woher kommt diese plötzliche Sorge um meine Seele?“

Für einen Moment trat hinter dem imaginären Erscheinungsbild einer süß aussehenden jungen Frau ihr wahres Wesen hervor und enthüllte eine teuflische Kreatur mit den feuerroten Augen einer Höllenbestie. Sie brannten sich mit unverhohlenem Hass in mich hinein.

„Wenn sie sie fressen, bleibt für mich nichts mehr übrig!“, verkündete sie.

Aber es fiel mir leicht, nicht mitzuspielen. Ich kannte mich mit Ängsten gut aus und konnte mit Sicherheit sagen, dass der Sukkubus Angst hatte. Und dass sie sie aus eigenem Antrieb hatte, nicht meinetwegen.

„Wurdest du nicht von einem dunklen Wesen aus der Hölle herbeigerufen?“ Ich blinzelte. „War er vom *Orden*?“

„Ich will nicht darüber reden.“

„Du bist vor ihm geflohen und er sucht nach dir. Ist das so? Was würde passieren, wenn er dich findet?“

„Du wirst es nicht schaffen, in meinen Kopf zu kommen, Leo“, sagte Elisabeth-Maria mit einem süßen Lächeln.

Aber ich war noch nicht bereit, das Thema zu wechseln.

„Vielleicht hat er sogar ein Kopfgeld auf dich ausgesetzt“, überlegte ich laut und sah dem Sukkubus in die Augen.

„Du verstehst nicht das Geringste.“ Die junge Frau seufzte. „Wir haben eine Vereinbarung, Leo. Und das kann nur eines bedeuten...“

„Und was genau ist das?“

„Er ist längst tot“, erklärte Elisabeth-Maria. „Er hat sich selbst den Kopf abgerissen. Du kannst dir gar nicht vorstellen, wie toll das war!“

„Bitte, erspar mir die Details! Wir sitzen bei Tisch!“

„Ich war es nicht, die dieses Gespräch begonnen hat“, erinnerte der Sukkubus mich trocken. „Und nein, er war nicht vom *Orden*. Was für ein arroganter Trottel! Kluge Leute wählen Teufel und kleinere böse Geister als Vertraute. Mit denen kann man machen, was man will. Aber er hat einen Sukkubus gewählt. Dieser überhebliche Emporkömmling!“

„Aber kleine böse Geister geben nicht so viel Macht, richtig?“, fragte erstaunt. „Wozu soll das gut sein?“

„Macht?“ Elisabeth-Maria lachte. „Die Quelle der Macht ist das göttliche Feuer der menschlichen Seele. Vertraute dienen einem anderen Zweck.“

„Dann klär mich bitte auf.“

Doch der Sukkubus hatte seinen Wein bereits ausgetrunken und war vom Tisch aufgestanden. „Iss auf und dann geh ins Bett“, forderte sie mich auf. Dann ging sie zum Fenster hinüber, schaute auf den toten Garten und sagte: „Schmerz.“

„Wie bitte?“, fragte ich und tat so, als hätte ich sie nicht gehört.

„Schmerz“, wiederholte Elisabeth-Maria. „Diese Welt ist eine ständige Quelle des Schmerzes, aber wenn der Meister einen Zauber ausspricht, wird dieser Schmerz verzehnfacht. Vertraute absorbieren diesen Schmerz. Das ist alles. Und nicht der ganze Schmerz kann absorbiert werden, nur ein Teil. Aber selbst das verursacht unerträgliches Leid.“

„Tatsächlich?“

„Oh, ja! Das Brennen reißt einem den Kopf in Stücke und durchbohrt ihn mit Hunderten von eisigen Nadeln. Hast du schon einmal von der chinesischen Wasserfolter gehört? Der monotone Schmerz drückt auf einen herab und bringt einen auf das Niveau eines Tieres. Wenn jemand mit dir spricht, kannst du die Worte hören, aber sie bedeuten nichts. Tatsächlich kannst du nicht einmal wahrnehmen, dass du sie wirklich hörst.“

„Und leidest du jetzt unter diesem Schmerz?“

„Nein, mein lieber Leo. Dank dieses Körpers“, sagte die junge Frau, wandte sich vom Fenster ab und strich mit der Hand von der Brust bis zu ihrem Oberschenkel, „hat mich der Schmerz verlassen. Aber er ist hier irgendwo. Sieh selbst nach.“

Ich nickte und stand vom Tisch auf.

„Halt dich vom *Orden* fern, Leo!“, wiederholte der Sukkubus. „Mach sie nicht wütend. Sprich nicht mit ihnen.

Sieh sie nicht an und tritt nicht einmal in ihren Schatten. Vergiss einfach, dass sie existieren. Das ist mein Rat an dich."

„Schatten?" Ich spitzte die Ohren. „Schatten mit ihrer eigenen Lebenskraft?"

Elisabeth-Maria antwortete nicht, sondern wandte sich wieder dem Fenster zu.

Ich zögerte, aber schließlich belästigte ich sie nicht mit einem Verhör. Stattdessen winkte ich ab und ging ins Schlafzimmer.

Kreaturen der Unterwelt, ihre Vertrauten und ein seltsames Brennen. Die tote Kira und ihr Begleiter. Die Schatten des Würgers. All diese Dinge konnten Teil von etwas Größerem sein, aber meine Müdigkeit hielt mich davon ab, das alles zu sortieren. Ich hatte gerade noch die Energie, um ins Bett zu kriechen und mir ein Kissen unter den Kopf zu schieben. Endlich schlafen!

2

ICH SCHRECKTE aus dem Schlaf hoch, schlug die Augen auf und spürte eine deutliche Vorahnung von Unglück. Rasch griff ich mir meine *Roth-Steyr* vom Nachttisch und hüpfte aus dem Bett.

Ich schaute in die Küche und atmete erleichtert auf. Es war niemand da. Ein böser Traum?

Doch dann sah ich, dass ein Fenster offen gelassen worden war. Auf der Fensterbank erschien die hagere Gestalt eines Werfuchses. Ein Sprung und schon war sie mitten im Zimmer.

„Lange nicht gesehen", sagte das kleinwüchsige Mädchen mit einem deutlichen chinesischen Akzent. Dann formte sich ihr glattes Gesicht zu einer grässlichen Schnauze um. Ihre gefletschten Zähne schimmerten mir gelb entgegen. Sie waren klein, aber ich war mir sicher, dass sie extrem scharf waren.

Also schoss ich mit meiner Pistole auf die Bestie, als sie zum Sprung ansetzte. Die Kugeln schlugen mit voller Wucht in eine Holzplatte hinter dem Rücken des Fuchses ein. Sie selbst sprang auf mich zu, aber noch schneller streckte ich eine Hand vor. „Es reicht!"

Das Biest verflüchtigte sich. Nur ein kalter Lufthauch blieb übrig, der mir ins Gesicht wehte und schließlich den Rest meines Traums verjagte. Es war ein Albtraum, nur ein Albtraum...

Unterbewusst befürchtete ich, dass der Fuchs versuchen würde, sich an mir zu rächen. Mein *Talent* ließ nicht lange auf sich warten und erweckte diese Angst zum

Leben. So ungünstig das auch war, in letzter Zeit schien dieses *Talent* außer Kontrolle zu geraten.

Es klopfte an der Tür, ich schloss sie auf und ließ Elisabeth-Maria ins Zimmer.

„Wieder ein Albtraum?“, fragte sie ruhig, nachdem sie die vielen Einschusslöcher bemerkt hatte.

„Ganz und gar nicht“, widersprach ich und schaute auf die rauchende Pistole in meiner Hand. „Ich habe versucht, das Monogramm Ihrer Kaiserlichen Hoheit zu formen. Das ist alles.“

Der Sukkubus schnaubte und duckte sich weg. „Wenigstens hast du ein Hobby. Geh auf den Schießstand! Du bist ein furchtbarer Schütze!“, rief sie und war schon auf dem Flur.

Kaum war der bissige Rotschopf verschwunden, kam Theodor herein.

„Soll ich es in Ordnung bringen, Viscount?“, fragte er und betrachtete das Chaos, das ich angerichtet hatte.

„Ich schätze, wir könnten einen Teppich darüber hängen“, entschied ich und holte meinen zusätzlichen Ladestreifen heraus. Dann bemerkte ich, dass mein Butler ungewöhnlich blass aussah. „Ist alles in Ordnung, Theodor?“, erkundigte ich mich.

„Natürlich, Viscount“, versicherte mein Diener mir erwartungsgemäß. Sein Gesicht war jedoch merklich verstört. Es war, als hätte ihn eine nur Zwillingen zugängliche Verbindung den Tod seines Bruders spüren lassen.

Es wäre schön gewesen, mit ihm über das vorzeitige Ende seines Bruders reden zu können, aber ich zögerte, da ich nicht sicher war, wie er auf die Nachricht reagieren würde. War es wirklich nötig, ihn diesem Kummer auszusetzen? Ich war nicht überzeugt.

„Sie können gehen“, sagte ich und entließ meinen Butler, ohne eine endgültige Entscheidung getroffen zu haben. Irgendwann würde ich ihm sicher alles erzählen, aber nicht jetzt. Ein anderes Mal.

War das Feigheit? Nein, nur Taktgefühl, nichts weiter. Ich konnte meinem Butler doch nicht so einfach eine solche Nachricht zumuten! Er musste erst darauf vorbereitet werden. Ich würde mir etwas einfallen lassen. Na gut, es war also Feigheit. Na und? Wer war schon ohne Fehler?

Ich lud meine *Roth-Steyr* nach, zog mich an und verließ das Schlafzimmer. Ich ging hinunter und betrachtete mürrisch mein Spiegelbild. Aber mein Anzug saß perfekt, als wäre er genau nach meiner Bestellung genäht worden. Erstaunlich sogar, in Anbetracht meiner großen und schlaksigen Figur. Der Versuch, einen Anzug zu kaufen, war normalerweise die reine Folter, wenn man so aussah wie ich.

„Leo!“, rief Elisabeth-Maria mir aus der Küche zu. „Lass uns Tee trinken!“

„Nicht jetzt!“, lehnte ich ab und schaute auf die Uhr an der Wand. Es war bereits zwei Uhr nachmittags.

Die junge Frau erhob ihre Stimme. „Leo!“

Ich seufzte und gab nach.

„Lass uns wenigstens so tun, als wären wir eine normale Familie“, schlug Elisabeth-Maria vor, als ich am Tisch Platz genommen hatte und aus dem Fenster starrte.

Ich hatte immer noch den Drang, unhöflich zu antworten, aber mit Willenskraft hielt ich den unangebrachten Ausbruch zurück und bemerkte nur: „Das würde dann aber bedeuten, dass wir uns wie ein Herr und seine Bedienstete verhalten sollten. Das scheint mir in unserer Situation am angemessensten zu sein.“

Elisabeth-Maria gab zwei Löffel Zucker in ihre Tasse und parierte gelassen: „In vielen Familien gibt es genau diese Art der Interaktion, mein Lieber. Der Mann als Herr und die Frau als seine rechtlose Sklavin."

Ich nahm ein Stück Toast aus dem Korb und schraubte den Deckel von einem Glas Himbeermarmelade ab. Mit einem Messer löffelte ich etwas von der Konfitüre auf den Toast und schüttelte mit einem bitteren Seufzer den Kopf. „Eine Sukkubus-Suffragette. Was soll nur aus dieser Welt werden?"

„Ich kann nicht behaupten, dass wir in der Unterwelt die gleichen Rechte haben, aber wir sind sicherlich toleranter gegenüber den Fehlern anderer, mein Lieber. Ihr Sterblichen könntet einige Dinge von uns lernen."

„Igitt, nein danke!" Ich trank meinen Tee aus und fragte: „Was weißt du über Vampire?"

Die junge Frau neigte den Kopf zur Seite und starrte mich an.

„Das ist doch keine so schwere Frage", sagte ich und bestrich mein zweites Stück Toast mit Marmelade. „Du weißt schon, Vampire! Reißzähne, blasse Haut, Allergie gegen Sonnenlicht, eine ungesunde Besessenheit vom Blut anderer. Was weißt du über sie?"

„Planst du eine Reise nach Transsylvanien?", scherzte Elisabeth-Maria. Vielleicht war es auch kein Scherz.

„Warum Transsylvanien?"

„Erinnerst du dich an unser gestriges Gespräch über das Brennen?" Sie starrte nachdenklich auf ihre Teetasse, schob sie dann von sich weg und stand auf, um Wein zu holen. In der Getreideschublade hatte sie eine Flasche schweren Südwein verstaut.

„Das Brennen?“, fragte ich erstaunt. „Was ist damit?“

„Unheilvolle Wesen spüren den Schmerz nur, wenn sie einen Zauber wirken. Und das kommt nicht so oft vor. Sie können ihn entweder ertragen oder einen Vertrauten zwingen, mit ihnen zu leiden. Werwesen erleben den quälenden Schmerz, nachdem sie sich in Menschen zurückverwandelt haben, aber selbst dann sind sie nur seltene Besucher in Neu Babylon.“

Ich nickte und stimmte ihrer Einschätzung zu.

„Die Bewohner der Unterwelt kommen in ihrem natürlichen Zustand in diese Welt“, fuhr Elisabeth-Maria fort. „Sie befreien sich von den Schmerzen, indem sie sich in das Fleisch anderer kleiden und menschliche Seelen und Körper annehmen. Andere Kreaturen, die Nachkommen vergangener Zeiten, laufen entweder vor der Zivilisation davon oder werden degradiert und verlieren die letzten Reste ihres Geistes. Nur Geister und die Ergebnisse magische Beschwörungen fühlen den Schmerz nicht. Tatsächlich fühlen sie überhaupt nichts.“

„Worauf willst du hinaus?“

„Niemand kann solche Schmerzen lange ertragen“, erklärte Elisabeth-Maria. „Vampire können ihre Essenz nicht verleugnen und wieder zu normalen Menschen werden, nicht einmal für eine Minute. Vampire sind nicht wie die Zombies, die von haitianischen Meistern aufgezogen werden. Sie können Schmerz empfinden. Aber ihre Körper sind tot und totes Fleisch hat keine Verteidigung gegen den Schmerz.“

„Wie lange ist es her, dass du in diese Welt gerufen wurdest?“, fragte ich, weil ich in der Stimme des Sukkubus einen Hauch von Trauer hörte.

„Das spielt keine Rolle!“, schnauzte sie mich

verärgert an.

Ich kniff die Augenlider zusammen und schloss das fahle Licht ein, das aus meinen Augen leuchtete.

„Es spielt keine Rolle, Leo. Der Punkt ist, dass kein einziger Vampir freiwillig nach Neu Babylon kommen würde. Es käme der raffiniertesten Folter gleich. Nur die Androhung des Todes könnte ihn dazu bringen, das zu ertragen."

„Aber trotzdem, wo könnte ich sie finden?"

„In Transsylvanien, Rumänien oder Südindien. Bei den Ägyptern oder den Azteken. Auf Kuba oder in den afrikanischen Kolonien. In der sibirischen Taiga, den Bergen Afghanistans oder der endlosen asiatischen Steppe. Überall, nur nicht hier. Nicht in den Großstädten. Selbst in der Provinz ist das Brennen zu stark..."

Ich wurde immer noch von dem blutleeren Körper des Dienstmädchens meines Onkels mit den zwei präzisen Wunden am Hals verfolgt, also insistierte ich weiter. „Aber wenn ... Wo, glaubst du, könnte ich in Neu Babylon einen Vampir finden?"

Elisabeth-Maria schaute mich mit unverhohlenem Zweifel an, dann zuckte sie mit den Schultern, offensichtlich hatte sie jegliches Interesse an dem Gespräch verloren. „Auf dem Grund eines Lochs. Je tiefer, desto besser. Wenn einer wirklich nach Neu Babylon käme, würde er in einem bleiernen Sarkophag irgendwo in den Katakomben jenseits der Stadt liegen."

„Einem Sarkophag?", fragte ich erstaunt. „Und warum ausgerechnet Blei?"

„Wenn du auf einen Vampir triffst, frag ihn. Vielleicht bekommst du sogar eine Antwort", sagte sie mit einem distanzierten Lächeln und war in Gedanken schon woanders. „Was hast du heute Abend vor?", erkundigte sie sich und zwirbelte eine Locke ihres roten Haares um den Finger.

„Ich gehe in den Zirkus“, sagte ich, stand vom Tisch auf und entfernte das Halstuch, das ich mir in den Hemdkragen gestopft hatte, um tropfende Marmelade aufzufangen. „Warum?“

„Ich hätte dich nie für einen Zirkusliebhaber gehalten.“

Das war eine richtige Einschätzung. Ich mochte den Zirkus nicht. Weder den Zirkus noch die Zirkusleute. Zum Teufel! Wenn ich darüber nachdachte, gab es nicht viele Menschen auf diesem Planeten, denen gegenüber ich nicht eine gewisse Antipathie empfand. War ich ein Menschenfeind? Nein, eher ein kaltschnäuziger Introvertierter.

„Ein Freund hat mich gebeten, ihn zu begleiten“, erklärte ich. Und als sie mir in den Eingangsbereich folgte, fragte ich: „Und dieses Brennen, wodurch wird es verursacht?“

„Das ist die Millionenfrage!“ Die junge Frau lachte, nahm einen kleinen Pinsel und begann die Regale abzustauben. „Das weiß niemand genau, aber zu der Zeit der *Gefallenen* gab es das nicht. Damals gehörte die ganze Welt uns und uns allein.“

„Ja, ja!“, sagte ich kichernd und ging ohne Mantel oder auch nur eine Jacke nach draußen.

Das Wetter zauberte ein Lächeln auf mein Gesicht. Von dem Unwetter des Vortags war nicht einmal eine Spur übrig geblieben. Der Himmel war klar, obwohl sich in der Ferne am Horizont klumpige, unheilschwangere Kumuluswolken bildeten.

Ich stieg von der Veranda herunter und wurde durch das Ziehen in meinem Bein daran erinnert, dass es verstaucht war. Auch wenn es mich heute nicht so sehr störte, schien es dennoch sinnvoll, ins Haus zu gehen, um Alexander Dyaks Stock zu holen.

„Du bist aber schnell zurück“, stichelte Elisabeth-Maria bei meiner Rückkehr bissig, ohne das Abstauben zu unterbrechen.

„Und du hast, wie ich sehe, Gefallen an der Hausarbeit gefunden“, erwiderte ich und schaute überrascht auf meine Füße, weil ich erst jetzt den nackten Boden unter ihnen bemerkte. „Was ist mit dem Teppich passiert?“

„Der Teppich?“, fragte sie erstaunt.

„Ja, der Teppich!“

„Leo, hältst du mich für ein Hausmädchen? Woher soll ich etwas über deine Teppiche wissen?“

Ich runzelte die Stirn und rief nach Theodor.

„Ja, Viscount?“, fragte mein Butler.

„Theodor, haben Sie den Teppich aus dem Eingangsbereich genommen?“

„Nein, Viscount“, antwortete mein Diener teilnahmslos.

Elisabeth-Maria sah mich neugierig an.

„Und du sagst, du hattest damit auch nichts zu tun?“, hakte ich nach.

„So ist es“, bestätigte sie.

Ich wusste nicht, warum, aber ich glaubte ihr. Und das versetzte mich umso mehr in Alarmbereitschaft.

Ich ging durch das Wohnzimmer, schaute aufmerksam nach unten und bemerkte bald einen langen rötlich-braunen Fleck auf einer der Fußleisten, als hätte jemand hastig versucht, etwas verschüttete rote Tinte wegzuwischen. Oder war es Blut?

„Schau“, sagte ich zu Elisabeth-Maria.

Sie ging anmutig in die Hocke, kratzte mit ihrem langen Nagel daran, leckte sich den Finger ab. „Wie interessant“, sagte sie verwirrt.

„Was ist das?“

„Blut“, stellte sie fest und fügte hinzu: „Es ist frisch.“

Theodors distanzierte Gelassenheit verschwand augenblicklich.

„Bitte!“, brauste er auf. „Nur wir drei waren im Haus. Andere haben keine Möglichkeit, es zu betreten! Das muss Ihnen doch aufgefallen sein, Viscount!“

„Trotzdem ist der Teppich verschwunden und der Boden ist blutverschmiert“, sagte ich und sah mich weiter im Raum um. Auf den ersten Blick war alles an seinem Platz. Es gelang mir nicht, andere Spuren der Anwesenheit eines Fremden zu entdecken.

„Wieder einer deiner Albträume?“, gurrte Elisabeth-Maria.

„Ich weiß es nicht“, antwortete ich und blickte in den Flur. „Theodor, bringen Sie mir bitte eine Lampe!“

Der Butler führte meinen Befehl aus und bald erlaubte das ungleichmäßige Licht der fledermausartigen Glühbirne, die von der Decke herabhing, die Entdeckung einiger weiterer Blutstropfen, verschmiert und teilweise getrocknet.

Ich zog meine *Roth-Steyr* aus dem Holster und lud eine Patrone. Jemand war ungebeten im Haus gewesen und ich wollte nicht daran denken, warum er den Teppich aufgerollt hatte. Doch das Blut auf dem Boden ließ mir nicht viel Raum für Fantasie.

Jemand hatte jemand anderen umgebracht und dann seine Spuren verwischt. Aber wer? Und vor allem, wen hatte er umgebracht?

Theodor bewaffnete sich mit einem Schürhaken aus

dem Kamin. Elisabeth-Maria lief nach oben, um den Säbel zu holen, und wir folgten den blutigen Flecken wie einer Spur von Brotkrumen. Diese Person war nicht besonders sorgfältig gewesen und so war es keine schwierige Aufgabe, die rötlich-braunen Flecken zu entdecken.

Wir durchquerten die Speisekammer und den begehbaren Schrank und bogen in den Seitengang ein.

„Die Garage?“, schlug Theodor vor.

Und er lag goldrichtig. Die Blutstropfen reichten bis zur Tür vom Anbau der Garage. Im Gegensatz zu vielen modernen Häusern führte auf meinem Anwesen eine Tür direkt vom Wohnbereich in den Abstellraum für Fahrzeuge.

„Leise!“, flüsterte ich, riss die Tür auf und trat mit der Pistole im Anschlag ein. Theodor kam schnell hinter mir her, hob die Lampe über meinen Kopf und beleuchtete die dunkle Garage.

Der Kobold, der davon überrascht wurde, schob mürrisch seinen Zylinder auf den Hinterkopf, spuckte seine selbstgedrehte Zigarette auf den Boden und fluchte. „Mist, was für ein schlechtes Timing!“

Ich konnte ihm nicht widersprechen. Wir hatten ihn mit einer frischen Leiche erwischt, die auf einer Werkbank lag, und ihn mit einer Säge in der Hand. Es war in der Tat ein sehr schlechtes Timing...

„Was zum Teufel soll das?“, knurrte ich und zog den Kopf ein, um nicht an den niedrigen Türpfosten zu stoßen, als ich die Treppe hinunterstieg. „Was zum Henker machst du da?“

Der Kobold antwortete nicht. Er riss sich die Küchenschürze vom Leib und sprang gekonnt aus einem offenen Fenster.

Ich steckte meine Pistole in ihr Holster und ging zu der Leiche. Die Kehle war von Ohr zu Ohr aufgerissen. Der

Mann war mir nicht bekannt, aber ich konnte mit Sicherheit sagen, dass es sich nicht um einen *illustren* Herrn handelte. In seinen toten Augen hatte sich bereits die blutige Düsternis des Fluchs niedergeschlagen, der auf meinem Haus lag. Der Körper einer *illustren* Person hätte nicht so schnell vor der teuflischen Pest kapituliert.

„Weißt du, Leo…“, sagte Elisabeth-Maria und zog die Worte mit einem ungläubigen Gesichtsausdruck in die Länge, während sie langsam die Werkzeuge durchging, die der Kobold ausgebreitet hatte: eine Metallsäge, ein Beil, ein Set Gebrauchsmesser, einen kleinen Hammer und einen Meißel. „Deine Fantasie ist um einiges düsterer, als ich angenommen hatte…“

„Das ist nicht meine Fantasie!“, fauchte ich.

„Dann dein Albtraum?“

„Lass das!“, sagte ich und ging die Habseligkeiten des Toten durch.

Er hatte eine Brieftasche mit ein paar 100 Franken, ein Paar Handschuhe und ein Taschenmesser, was nicht weiter verdächtig war. Aber die Maske mit den Augenschlitzen, ein Satz Dietriche, ein kleines Brecheisen und ein Glasschneider sprachen für sich.

Jemand hatte versucht, bei mir einzubrechen. Was sollte ich sagen? Er hatte sich das falsche Haus ausgesucht.

„Ganz eindeutig erscheint mir die Situation nicht“, murmelte ich und steckte das Geld in meine eigene Brieftasche.

„Na gut. Wenn du es so sehen willst…“ Elisabeth-Maria grinste und schien sich über alles zu amüsieren.

Theodor blieb unerschütterlich. „Was sollen wir tun, Viscount?“, fragte er. „Die Leiche loswerden oder die Polizei informieren?“

Ich schritt durch die Garage, tippte nervös mit den

Fingern auf die Kisten mit den Waffen, die ich erbeutet hatte, und entschied dann: „Bringt ihn ins Kühlhaus."

„Frischfleisch?", fragte die junge Frau lachend und hob gleich darauf die Hände. „Leo! Sei nicht so ernst, ich habe nur einen Scherz gemacht!"

Ich breitete den blutgetränkten Teppich aus. „Theodor, helfen Sie mir!"

Gemeinsam ließen mein Butler und ich die Leiche auf den Boden sinken, wickelten sie ein und schleppten sie ins Haus. Elisabeth-Maria öffnete die Luke, sodass wir den Körper nur noch hinunterlassen und auf das Eis legen mussten.

„Das ist nicht richtig", sagte mein Butler und spitzte die Lippen. „Er kann nicht hierbleiben!"

„Sie haben recht", stimmte ich zu und verließ eilig den Keller. Ich wollte nicht länger als nötig dort unten bleiben.

„Und was sollen wir mit ihm machen?", fragte Theodor, der mir folgte.

„Wir lassen uns etwas einfallen", antwortete ich. Mein Plan war nun, den gepanzerten Wagen später wieder hierher zu holen und die Leiche aus der Stadt zu bringen.

Elisabeth-Maria schloss die Luke. „Willst du deinen imaginären Freund nicht fragen, was er vorhatte?", fragte sie schnippisch.

„Ich komme auch ohne seinen Rat aus, vielen Dank."

„Viscount", setzte der Butler an, aber ich fiel ihm ins Wort. „Später, Theodor! Ich habe vorher noch etwas zu erledigen."

Elisabeth-Maria rückte mein Halstuch zurecht und lächelte. „Meinst du wirklich, es gibt dringendere Angelegenheiten als eine frische Leiche im Eishaus, mein

Lieber?“

„Viel dringendere“, bestätigte ich, setzte vor dem Spiegel meinen Derby-Hut auf und verließ das Haus.

3

DAS BÜRO MEINES ANWALTS befand sich in einem der gesichtslosen Türme aus Glas und Beton, die aus einem neuen Viertel im Norden der Stadt emporwuchsen, das gerade zum Zentrum der imperialen Geschäftswelt wurde. Riesige Konzerne kauften dort je nach Bedarf ganze Etagen von Bürogebäuden. Weniger gut situierte Firmen begnügten sich mit Einzelbüros. Für die erfolgreichen Industriellen waren Büros mit Blick auf die Altstadt von Neu Babylon besonders prestigeträchtig. Die Räume meines Anwalts hingegen hätten genauso gut eine fensterlose Gefängniszelle sein können.

Der rothaarige, kränklich blasse junge Mann, der gerade sein Jurastudium abgeschlossen hatte, riss sich von seinen Papieren los und verzog die Lippen zu so etwas wie einem Lächeln. Immerhin bekam der Grünschnabel von Anwalt keinen einzigen Cent von mir. Ihm genügte es, den Status des Anwalts von Viscount Cruce zu haben, auch wenn er dachte, das gäbe ihm das Recht, halbherzige Arbeit zu leisten. Normalerweise störte mich das nicht. Heute schon.

Als der junge Mann aufstehen wollte, drückte ich ihn auf seinen Stuhl zurück und setzte mich auf die Tischkante.

„Ich habe einen dringenden Auftrag. Er muss unverzüglich erledigt werden!“, erklärte ich in einem Ton, der keinen Widerspruch duldete.

„Aber, Viscount, ich kann doch meine anderen Mandanten nicht im Stich lassen!“, protestierte der Anwalt.

Er schien tatsächlich vor meiner Ankunft noch an anderen Papieren gearbeitet zu haben.

Ich legte ihm einen Scheck über 10.000 Franken vor die Nase und lächelte. „Ihre Provision würde 10 % betragen."

Mein Anwalt studierte den Scheck und warf mir einen erstaunten Blick zu. „10 %?", fragte er mit schlecht verhohlener Beklemmung.

„Ja", bestätigte ich. „10 % von 10.000. Aber Sie werden dafür arbeiten müssen."

Der Anwalt öffnete seinen Notizblock. „Unter welchen Umständen sind Sie an den Scheck gekommen und aus welchen Gründen ist er geplatzt?", wollte er wissen.

„Unwichtig", sagte ich und stand vom Tisch auf. „Reichen Sie eine Klage ein, um den gesamten Wert des Schecks zurückzuerhalten. Und beantragen Sie vorsichtshalber eine einstweilige Verfügung gegen die Bankkonten des Grafen, sein Vorstadtanwesen und sein Luftschiff *Syracuse*. Außerdem müssen Sie das Luftschiff zur Fahndung ausschreiben lassen."

„Aber, Viscount!", protestierte mein Anwalt. „Für eine solche Summe sind das ziemlich extreme Maßnahmen..."

„Wenn die Klage den Grafen nicht dazu bringen kann, in bar zu zahlen, haben wir keine andere Wahl, als dem akzeptierten Verfahren zu folgen und die Gelder aus dem Verkauf seines Eigentums abzuwarten. Das würde mir nicht gefallen. Oder Ihnen?"

Der Anwalt schüttelte den Kopf und sah mich unsicher an. „Aber das Luftschiff?"

„Mein Onkel könnte versuchen, auf dem Luftweg auf den Kontinent zu fliehen. Wenn wir ihn seines Transportmittels berauben können, wird er viel eher bereit sein, mit uns zu verhandeln."

„Und wenn er den Scheck freiwillig einlöst", sagte mein Anwalt und knackte nervös mit den Fingern, „bleibt meine Provision dann trotzdem bestehen?"

„Ja, die 10 % gehören Ihnen, egal, wie die Sache ausgeht. Aber wenn Sie sich nicht augenblicklich darum kümmern, muss ich jemand anderen beauftragen."

Der junge Mann sprang auf, zog seine Weste zurecht, nahm sein abgetragenes Jackett vom Bügel und verkündete: „Ich bin schon auf dem Weg zum Gericht!"

„Warten Sie!", rief ich und stoppte ihn gerade noch rechtzeitig. „Schreiben Sie erst einmal eine offizielle Beschwerde. Ich werde sie zuerst dem Anwalt meines Onkels vorlegen, damit wir später nicht der Böswilligkeit bezichtigt werden können."

So hätte jeder gehandelt, hätte er nicht sicher gewusst, dass der Graf geflohen war. Ich wollte niemandem einen Grund zu der Vermutung geben, ich wüsste zu viel.

Der Anwalt ging zurück zu seinem Tisch, legte ein Blatt Papier in eine abgenutzte Schreibmaschine und hämmerte mit wahnsinniger Geschwindigkeit in die Tasten, wobei er von Zeit zu Zeit einen Blick auf den Scheck vor ihm warf.

Ich setzte mich nicht auf den wackeligen Besucherstuhl, sondern ging auf und ab. Das ungleichmäßige Flackern der elektrischen Lampe unter der Decke zerrte an meinen Nerven.

„So, ich bin fertig. Sie können unterschreiben", sagte der Anwalt eine Viertelstunde später und reichte mir das Blatt.

Ich unterschrieb nichts, studierte erst die Klage in aller Ausführlichkeit, bat ihn, ein paar Tippfehler zu korrigieren, und setzte erst danach meine Unterschrift.

„Wenn Sie diesen Scheck verlieren, reiße ich Ihnen den Kopf ab“, warnte ich meinen Anwalt und steckte die Beschwerde in die Innentasche meiner Jacke.

„Daran zweifle ich keine Sekunde!“, sagte er verständnisvoll. „Ich schicke ihn zur sicheren Aufbewahrung an meinen Notar.“

Ich nickte. „Tun Sie das bitte und verlieren Sie keine Zeit.“

„Ich bin schon auf dem Weg!“

Ohne auf meinen Anwalt zu warten, ging ich allein nach draußen, hielt den ersten Taxifahrer an, dem ich begegnete, und sagte ihm, er sollte mich zur Via Benardos bringen, wo der Anwalt meines lieben Onkels arbeitete.

Maître LaSalle hatte sein Büro im obersten Stockwerk eines Gebäudes, das von außen wie ein Tortenstück aussah. Die Fassade war normal breit, aber die Seitenwände trafen in einem spitzen Winkel aufeinander, sodass die architektonische Abscheulichkeit zwischen die beiden Nachbargebäude passte.

Ein pingeliger Wachmann am Eingang wollte den Zweck meines Besuchs wissen und leitete ihn an den Assistenten des Anwalts weiter. Erst nachdem ich von ihm grünes Licht bekommen hatte, durfte ich hinein. In dem Gebäude gab es keine Fahrstühle. Ich musste die Treppe nehmen, die sich um einen Innenhof schlängelte, und bis in den fünften Stock führte. Der Blick aus den Fenstern offenbarte einen winzigen, dunklen Raum, der an das Innere eines Brunnens erinnerte.

LaSalles Assistent kam mir im Eingang entgegen und löcherte mich mit Fragen. Doch ich winkte genervt ab und stürmte ins Büro des Anwalts.

„Viscount Cruce!“, sagte der schmächtige Herr von etwa 50 Jahren überrascht und blickte von seinen Papieren auf. Er kümmerte sich um die Angelegenheiten mehrerer Mitglieder der alten Aristokratie. Sie waren alle noch wohlhabend, hatten ihren früheren Einfluss aber längst verloren. „Welchem Umstand verdanke ich Ihren Besuch?“

Ich wandte mich zu dem aufdringlichen Assistenten um, der in der Tür stand. „Verschwinden Sie!“, fauchte ich ihn an.

„Lassen Sie uns allein“, wies Maître LaSalle ihn an. Dann sagte er tadelnd: „Seien Sie ein bisschen höflicher, Viscount! Nichts kostet so wenig und wird so hoch geschätzt wie die allgemeine Höflichkeit.“

„Das mögen Sie so sehen, Maître, aber ich bevorzuge Bargeld“, konterte ich und warf die Beschwerde auf den Tisch. „10.000 Franken, zum Beispiel.“

Der Anwalt klemmte sich seine Lesebrille auf die Nase und studierte das Dokument. Ich wollte ihm nicht zu sehr auf die Pelle rücken, also ging ich zum Fenster hinüber, das auf das rostige Geländer einer Feuerleiter am Nachbargebäude und eine schmale, gebogene Seitenstraße blickte.

„Das muss ein Missverständnis sein!“, rief der Anwalt meines Onkels schließlich. „Ein bloßes Missverständnis!“

„Von dieser Einschätzung bin ich nicht überzeugt, Maître.“ Ich blieb weiter am Fenster stehen. „Aber es hindert Sie nichts daran, sich mit dem Grafen in Verbindung zu setzen und selbst mit ihm zu sprechen.“

„Haben Sie den Scheck mitgebracht?“

„Was denken Sie?“

„So ein Quatsch“, murmelte der Anwalt, nahm den Hörer ab und ließ sich mit dem Herrenhaus des Grafen Kósice verbinden. Bald darauf legte er den Hörer auf und sagte: „Die Leitung ist gestört.“

„So ein Pech.“

„Woher haben Sie den Scheck, Viscount?“

„Das ist nicht wichtig. Es steht sein Name drauf.“

„Dann stelle ich Ihr Recht darauf infrage. Ich zweifle auch an seiner Echtheit und an der Tatsache, dass er abgelehnt wurde“, sagte der Anwalt und brachte damit genüsslich drei einander ausschließende Argumente vor. Aber ich ließ mich nicht so leicht abschrecken.

„Davon müssen Sie dann wohl ein Gericht überzeugen“, sagte ich lächelnd.

„Das ist blanker Missbrauch des Justizsystems“, wandte der Anwalt ein. „Die Forderung nach einer einstweiligen Verfügung über sein Eigentum, seine Bankkonten und seine Transportmittel wegen einer so trivialen Angelegenheit ist lächerlich!“

„Setzen Sie sich mit dem Grafen in Verbindung, Maître“, empfahl ich. „Kontaktieren Sie ihn und bestehen Sie darauf, dass er sich so bald wie möglich mit mir trifft. Je länger sich das hinzieht, desto schlimmer wird es werden.“

Der Anwalt stand vom Tisch auf und sagte sehr leise und deutlich: „Das werden Sie noch bereuen, Viscount. Sie werden Ihre Fahrlässigkeit noch sehr bereuen.“

„Was ist nur aus der Höflichkeit geworden?“, fragte ich im Hinausgehen. „Auf die legen Sie doch so großen Wert, Maître!“

Ich versuchte gar nicht erst, auf der Via Benardos ein Taxi zu bekommen. Stattdessen bog ich in eine der Seitengassen ein und folgte ihr bis zu einem ruhigen Boulevard, der zur Kaiserlichen Akademie führte. Zum Glück machte mir mein verletztes Bein heute nicht so sehr zu schaffen. Außerdem hatte ich es nicht eilig.

Am Ende brauchte ich nur zehn Minuten, um den Leonardo-da-Vinci-Platz zu erreichen. Als ich *Mechanismen und Raritäten* betrat, las Alexander Dyak gerade eine Zeitung.

„Leopold Borisowitsch!“, rief der Erfinder erfreut. Er kam um die Theke herum und streckte mir die Hand entgegen. „Erlauben Sie mir, Ihnen zu gratulieren.“

„Wozu?“ Ich spitzte die Ohren.

„Zu dem erfolgreichen Ende des Experiments, natürlich!“ Alexander Dyak brach erst in Gelächter aus, dann stockte er. „Oder waren es nicht Sie, der Prokrustes ein Ende bereitet hat?“

„Es war nicht Prokrustes“, korrigierte ich den Erfinder.

„Wie Sie meinen, Leopold“, sagte der Ladenbesitzer und nickte mehrmals. „Ich hoffe, Sie haben meine Bitte nicht vergessen? Der Zeitrahmen ist sehr wichtig für die Wissenschaft...“

So überraschend es auch war, ich hatte die Bitte des Erfinders nicht vergessen. Noch während ich in der Opiumhöhle auf die Polizei gewartet hatte, hatte ich auf meinem Notizblock die vollständige Chronologie vom ersten Schuss bis zum letzten Atemzug des Werwolfs festgehalten.

„Hier, bitte“, sagte ich und reichte ihm ein Stück Papier aus meinem Notizblock. Dann nahm ich mir eine Zeitung aus der Vitrine und vertiefte mich in die Lektüre, aber außer der auffälligen Schlagzeile ‚Procrustes tot!‘ stand nichts Konkretes in dem Artikel. Das Verbot des Generalinspektors, mit der Presse zu sprechen, wurde rigoros eingehalten. Nur einer der Assistenten des Gerichtsmediziners hatte es nicht geschafft, seine Zunge im Zaum zu halten. Er hatte ausgeplaudert, dass die Gebissabdrücke an Isaac Levinsons Diener mit der Kiefergröße des im chinesischen Viertel niedergeschossenen Werbiestes übereinstimmten.

Mein Name wurde nicht erwähnt.

„Überwältigend, einfach überwältigend!“, murmelte Alexander Dyak vor sich hin, als er meine Notizen studierte. „Es gibt hier eine Menge, worüber man nachdenken muss.“

„Ich fürchte, Werwesen sind eher seltene Besucher in Neu Babylon“, sagte ich lächelnd.

„Die Welt beschränkt sich nicht nur auf Neu Babylon.“ Der Erfinder faltete das Blatt und schob es in die Tasche seines Kittels. „Wie sind Sie mit dem Stock zufrieden?“

„Er ist überaus nützlich“, antwortete ich, ohne zu übertreiben. „Aber heute komme ich mit einer neuen Anfrage aus dem Bereich der angewandten Wissenschaften zu Ihnen.“

„Sehr interessant“, erwiderte Alexander Dyak neugierig. „Worum geht es diesmal?“

„Feuer. Ich brauche ein kompaktes Gerät, das eine starke Flamme erzeugen kann.“

„Einen Flammenwerfer?“, fragte der Erfinder erstaunt. „Leopold, wozu brauchen Sie einen Flammenwerfer?“

„Ich habe einen“, gab ich schmunzelnd zu, „aber er ist zu sperrig und unbequem zu tragen.“

„Beschreiben Sie mir, wofür Sie ihn brauchen“, sagte der Erfinder. „Wenn ich kann, werde ich Ihnen helfen.“

Also erzählte ich ihm von dem grässlichen Würger, seinen Schatten und seiner Angst vor Feuer. Ich erwähnte allerdings nicht, wo unsere Begegnung stattgefunden hatte, und warum ich besorgt war, ihn wieder zu treffen.

Und ich war besorgt. Auch Furcht war eine Waffe. Angst konnte töten, aber manche Dinge waren noch viel tödlicher als Angst. Schwarze Magie zum Beispiel. Einmal war die Kreatur vor dem Feuer geflohen. Aber dieser Trick würde nun nicht mehr funktionieren. Sobald ich es versuchte, würde er mir den Kopf abreißen. Mit einem Wesen, das in der Lage war, eine Kaliber-zehn-Kugel aus der Luft abzufangen, war nicht zu spaßen.

„Eine schwierige Aufgabe!“ Alexander Dyak seufzte und schüttelte den Kopf. „Ich bin mit der Konstruktion eines Flammenwerfers vertraut. Daran ist nichts Kompliziertes. Aber ein kompakter, tragbarer Flammenwerfer...“

Ich nickte. „Ich weiß, es ist nicht einfach.“

„Da ist der Brennstofftank, der Stickstofftank und das Strahlrohr“, sagte der Erfinder und zählte die notwendigen Komponenten auf.

„Ich brauche keinen kompletten Flammenwerfer“, erinnerte ich ihn wieder. „Er muss nur ein einziges Mal funktionieren, zum Beispiel in einer Notsituation!“

„Ein Flammenwerfer zum einmaligen Gebrauch?“ Alexander überlegte. „Was soll ich sagen, Leopold? Mit Ihnen ist es nie langweilig!“

In diesem Moment kamen ein paar Studenten in den Laden und ich verabschiedete mich rasch.

„Kommen Sie morgen um dieselbe Zeit vorbei“, bat der Erfinder und ging zu den Kunden hinüber. „Womit kann ich den jungen Herren helfen?“

Ich ging hinaus und kaufte eine neue Ausgabe des *Atlantic Telegraph*, während ich in Richtung Kaiser-Clement-Platz ging, weil ich zu geizig war, um ein Taxi zu nehmen.

Das schlechte Wetter der letzten Zeit war ein klarer Vorteil für die Stadt. Es hatte den Staub und die Asche von allem abgewaschen. Der frische Wind blies den Smog und den Rauch der Schornsteine weg und trocknete die Pfützen aus.

Es war sehr schwül draußen. Am Horizont bildeten sich schon neue schwarze Wolken. Sie sahen dunkel und böse aus.

Das schlechte Wetter drohte, zurückzukehren, aber im Moment schien noch die Sonne. Die Stadtbewohner spazierten über die Boulevards und Plätze, saßen auf den Veranden der Cafés und bewunderten den Glanz der frisch gewaschenen Scheiben vor den teuren Geschäften.

Auf dem Kaiser-Clement-Platz fand sogar eine Suffragetten-Demonstration statt. 15 Damen schüttelten rhythmisch Schilder mit Aufrufen zur Gleichberechtigung. Die Zahl der Schaulustigen, Zeitungsleute und Polizisten, die sich um sie scharten, war weit höher. Ich ging in aller Ruhe um die Menge herum.

Ich war viel ruhiger als zuvor. Das übliche Publikum, das sich auf dieser Straße versammelte, war wohlhabend und stilvoll, aber in meiner neuen Aufmachung fühlte ich mich nicht mehr wie jemandes armer Verwandter. Die Schuhe, die ich trug, glänzten so sehr, dass es schien, als hätte ich sie keine fünf Minuten zuvor an einem der nahegelegenen Stände polieren lassen.

Ich betrat das *Hotel Benjamin Franklin* mit siegessicherer Miene und nickte dem Portier gelassen zu, als ich mich vorstellte.

„Viscount Cruce für Mr. Witstein."

„Einen Moment.“ Der Rezeptionist ging die Liste durch, rief an und wies mir den Weg zum Aufzug. „Er erwartet Sie, Viscount.“

Abraham Witstein kam in den Hauptraum der Kaisersuite. Sein Gesicht war von einer frischen Rasur gerötet. Auf dem Couchtisch lag ein Stapel Zeitungen. Darauf sah ich die neue Ausgabe des *Atlantic Telegraph.* Offenbar hätte ich sie nicht kaufen müssen.

„Viscount!“, rief der Judäer lächelnd. „Sehe ich das richtig, dass Sie heute mit guten Nachrichten kommen?“

Ich legte eine deformierte Kaliber-zehn-Kugel auf den Tisch, jene, die ich aus der Wand der Opiumhöhle geholt hatte, und bestätigte seine Vermutung. „Die Neuigkeiten sind noch besser, als Sie vermuten.“

„Was ist das?“, fragte der Bankier und wurde nervös, als er die zerdrückte Bleikugel und die zerrissene Aluminiumhülle musterte.

„Das ist die Kugel, die Procrustes getroffen hat“, erklärte ich ihm. „Dieses skrupellose Monster galt lange Zeit als unmöglich zu fangen, aber als er es auf Isaac Levinson und seine Familie abgesehen hatte, verfolgte ein gewisser Privatdetektiv im Auftrag des Bankhauses Witstein die Bestie und spendierte ihr eine Fahrkarte in die Unterwelt. Ich hoffe, Sie sind mit dieser Version der Ereignisse einverstanden, Mr. Witstein. Es ist die, die ich der Polizei erzählt habe.“

Der Judäer nahm die Kugel, drehte sie in seinen Fingern, legte sie zurück auf den Tisch und spitzte die Lippen. „Wir haben mit Nachdruck darauf hingewiesen, dass Sie nicht auf unser Unternehmen anspielen sollen...“

„Ziehen Sie die Geschichte vor, dass ein Privatdetektiv einen auswärtigen Werwolf getötet hat, der es grundlos auf Ihr Unternehmen abgesehen hatte?“

Der Bankier dachte über meine Worte nach und seufzte. „Kümmern Sie sich nicht um meine Nörgelei. Sie haben alles so gemacht, wie Sie es hätten tun sollen. Ich habe bereits einen Anruf von der Polizei erhalten, dass die Gebissabdrücke übereinstimmen, also werde ich die Anweisung geben, die 3.000 Franken auszuzahlen...“

„5.000.“

Abraham Witstein lächelte. „Mein lieber Leopold,

wenn mich meine Erinnerung nicht trügt, wurden Ihnen 3.000 Franken für den toten Mörder versprochen."

„Mr. Witstein", erwiderte ich mit einem nicht minder falschen Lächeln. „Glauben Sie wirklich, Sie können irgendeine alltägliche Bestie mit Prokrustes vergleichen? Die ganze Stadt ist in Aufruhr, der Name Ihres Bankhauses ist in aller Munde..."

„Wir waren nicht auf der Jagd nach Publicity."

„Das ist gut, aber urteilen Sie selbst. Wer, der bei klarem Verstand ist, würde versuchen, die Bank auszurauben, die dafür verantwortlich ist, dass die schrecklichste Legende der Stadt zur Strecke gebracht wurde?"

„Nicht die schrecklichste", korrigierte der Bankier mich. „Nicht einmal annähernd."

„Na gut, dann eben die schrecklichste Legende der letzten Jahre", stimmte ich zu. „Ist das für Sie nicht von Interesse?"

„5.000?"

„5.000."

„Und das ist alles? Keine monatlichen Zahlungen?"

„Erpressung läuft meiner Natur zutiefst zuwider", versicherte ich dem Judäer. „Wenn Sie meine Bemühungen nicht mit 5.000 wertschätzen, was kann ich dann tun? Zahlen Sie 3.000. Die restlichen 2.000 verdiene ich mit der Art von billigem Ruhm, auf die Sie keine Lust haben. Die Erklärung, dass das tote Werwesen nicht Prokrustes war, sondern nur ein namenloser Auswanderer aus der Neuen Welt, würde einen ziemlichen Wirbel auslösen, das versichere ich Ihnen! Bei mir stehen die Kunden nicht gerade Schlange, also sage ich Ihnen die reine Wahrheit und nichts anderes."

„Aber Ihr Ego würde es vorziehen, als der Mörder

von Prokrustes in die Geschichte einzugehen, nicht wahr?“ Abraham Witstein kicherte.

„Sie sehen also, warum das keine Erpressung sein kann. Ich hätte unvergleichlich mehr zu verlieren als Sie, wenn die wahre Geschichte herauskäme.“

„Brauchen Sie wirklich so dringend Geld?“

„Es ist mehr eine Frage der Wertschätzung meiner Arbeit“, antwortete ich und lehnte mich in meinem Stuhl zurück. „Aber weitere 2.000 könnten nicht schaden“, gab ich zu.

Der Bankier rief seinen Leibwächter. Der glatzköpfige Assistent halbierte ein Päckchen mit Hundert-Franken-Scheinen, zählte sie ab und reichte mir die vereinbarte Summe. Ich beobachtete ihn aufmerksam, sodass ich die Richtigkeit der Zählung nicht zu überprüfen brauchte. Ich steckte den Stapel Scheine in meine Brieftasche und stand auf.

„Es war nett, mit Ihnen zu arbeiten, Mr. Witstein.“

Er lächelte säuerlich. „Unsere gemeinsame Arbeit wird aber fortgesetzt, oder?“, erkundigte er sich.

„Inoffiziell“, erinnerte ich ihn.

„Inoffiziell“, bestätigte der Judäer.

Dann beugte ich mich zu ihm und sagte leise: „Wenn diese Information in irgendeiner Weise nach außen dringt, werde ich sie dementieren, aber inoffiziell ist einer der Räuber bereits tot. Insgesamt sind das zwei der vier.“

Abraham Witstein musterte mich mit seinem stechenden Blick. „Was ist mit ihm passiert?“

„Er war fahrlässig im Umgang mit Sprengstoff.“

„Ist das alles?“

„Für den Moment“, antwortete ich. „Und nun erlauben Sie mir, mich zu verabschieden. Ich habe für heute eine Menge dringender Aktivitäten geplant.“

„Halten Sie mich auf dem Laufenden“, sagte der Bankier und erhob sich von seinem Stuhl. „Einverstanden?“

„Unbedingt“, versprach ich und drückte seine ausgestreckte Hand.

Ich ging hinunter ins Foyer und schaute nachdenklich in Richtung Bar. Aber obwohl mein Portemonnaie nun vor Hundert-Franken-Scheinen überquoll, entschied ich mich, mein Geld nicht zu verschwenden, und verließ das Gebäude.

Genau wie zuvor lugte die Sonne zwischen schwarzen Wolken hervor. Dampf stieg von der nassen Fahrbahn auf. Ich setzte mich auf eine der Bänke unweit eines Reiterstandbildes des Gründers des Zweiten Kaiserreichs, holte meine halbleere Dose mit Zuckerdrops heraus und steckte mir einen in den Mund.

Der Bruder des Kaisers hatte also irgendetwas getan, was jetzt, 16 Jahre nach seinem Tod, zum Tragen kam. Aber was?

Ein Behälter, eine blitzförmige Rune, viele *illustre* Herren. War es eine Verschwörung? Möglicherweise.

Nur bei einer Sache konnte ich mir absolut sicher sein: Ich wusste nichts. Je schneller ich etwas herausfand, desto höher waren meine Chancen, am Leben zu bleiben.

Die wichtigste Frage war nun, an welchem der Fäden ich zuerst ziehen sollte, um dieses Knäuel mit möglichst wenig Aufwand zu entwirren. Mein Anwalt gab sich bereits alle Mühe, Graf Kósice aufzuspüren. Wenn mein Onkel es noch nicht auf den Kontinent geschafft hatte, würde er ihn früher oder später finden. Ich hatte zwei Richtungen, in die ich meine Bemühungen jetzt lenken konnte: Die Suche nach dem Würger oder den Versuch, die Bande der *illustren* Herren aufzuspüren.

Sie besaßen zwar nicht mehr den geheimnisvollen

Inhalt des Behälters, aber sie wussten definitiv, was sich darin befinden sollte. In solchen Angelegenheiten waren Informationen Gold wert. Abgesehen davon waren sowohl der Würger als auch die Bankräuber hinter mir her, und in meinen Augen war die beste Verteidigung ein präventiver Angriff. Die potenzielle Bedrohung musste eliminiert werden.

Nun stellte sich die Frage, ob die dunkle Kreatur oder die *illustren* Herren die größere Bedrohung darstellten. Ich überlegte sogar, eine Münze zu werfen, ließ es dann aber sein und ging zum Magistrat. Es würde unvergleichlich einfacher werden, die *illustren* Herren zu finden, also beschloss ich, dort anzufangen.

Zumindest erschien es mir einfacher. Ich hatte den perfekten Plan. Zunächst herausfinden, wem das Lagerhaus gehörte, das ich in die Luft gesprengt hatte, dann diese Person finden und sie benutzen, um die Räuber aufzuspüren. Ich kannte die ungefähre Lage des Grundstücks. Es gab wenig anderes zu tun. Ich musste ein paar Tage im Archiv verbringen, ein paar Tonnen alter Dokumente durchgehen und, nachdem ich eine Allergie gegen Papierstaub entwickelt hatte, die Informationen, die ich brauchte, in der allerletzten Kiste finden, die ich öffnete. Keine reizvolle Aussicht.

Aber Geld konnte ja oft wahre Wunder bewirken, nicht wahr? 100 Franken reichten aus, um einen Angestellten, der schnell von Begriff war, dazu zu bewegen, bis zum Abend die richtigen Dokumente für mich zu suchen. Nachdem ich um weitere 50 verhandelt hatte, falls er die Dokumente tatsächlich finden würde, verschwand der junge Mann im Archiv. Ich ging wieder nach draußen und überlegte, was ich mit dem Rest des Tages anfangen sollte.

Meine Arbeit als Privatdetektiv konnte ich für den

Moment als beendet betrachten. Deshalb konnte ich nun entweder reinen Gewissens zum Mittagessen gehen oder einen Spaziergang durch die Stadt machen und den freien Tag genießen. Ich wollte auf keinen Fall nach Hause zurückkehren, wo eine Leiche im Eiskeller lag. Auf ein bisschen Bewegung am Ufer des Yarden musste ich wegen der Schmerzen in meinem Bein verzichten. Der Stock bewahrte mich vor völliger Lahmheit, aber die Fortbewegung war immer noch mühsam.

Albert Brandt erwartete mich um sechs Uhr. Ramon Miro schlief wahrscheinlich vor seiner Schicht. Zu meiner großen Überraschung stellte ich fest, dass ich nichts zu tun hatte. Ein seltsames Gefühl. Daran war ich nicht gewöhnt. Ich stand eine Weile auf den Stufen des Magistrats, ging dann den Bürgersteig hinunter und stieg in eine Dampfstraßenbahn, die in Richtung Newtonstraße fuhr.

Ich hatte noch eine Sache zu erledigen. Es war unangenehm und sogar etwas gefährlich, aber es wäre nicht gut gewesen, mich davor zu drücken. Ganz im Gegenteil. Je früher ich die Fühler in diese Richtung ausstreckte, desto höher waren meine Erfolgschancen.

Ich ging nicht in den Newton-Markt. Ich steuerte vom Ohm-Platz auf das Restaurant *Zum blauen Strauß* zu.

Jede Abteilung der Stadtpolizei hatte ihre eigenen bevorzugten Treffpunkte. Die einfachen Polizisten verschwanden nach ihrer Schicht in einer der namenlosen Schnapsbars in der Nähe, die Polizisten der Kripo tranken lieber in der *Schraube des Archimedes*, die Büroangestellten hatten das *Café zur grünen Fee* und die Kriminalbeamten der Abteilung 3 trafen sich im *Blauen Strauß*.

Es galt als eines der ruhigsten Lokale in ganz Neu Babylon und ich hoffte inständig, dass die entspannte Atmosphäre die Person, die ich treffen wollte, davon abhalten würde, mich körperlich anzugreifen. Es wäre verdammt unangenehm gewesen, wegen eines Streits mit einem Polizisten hinter Gittern zu landen.

Das Restaurant *Zum blauen Strauß* nahm die ersten beiden Stockwerke des Gebäudes an der Ecke Newtonstraße und Ampère Boulevard ein. Von außen hatte es keine auffälligen Merkmale, außer dem Strauß auf dem Schild, der im gleichen edlen Königsblau gehalten war wie die Polizeiuniformen. Drinnen wurde Musik gespielt. Das Innere war mit Pflanzentrögen geschmückt, aus denen Palmen bis zur Decke wuchsen. Es roch nach teurem Tabak. Die Mitarbeiter von Abteilung 3 wussten, wie man sich stilvoll entspannte.

Der Oberkellner bedachte mich mit einem höflichen Lächeln. „Haben Sie einen Tisch reserviert?“

„Ich werde von Oberinspektor Moran erwartet“, log ich. „Ist er schon da?“

„Ja. Soll ich Sie zu seinem Tisch bringen?“

„Wenn Sie so freundlich wären.“

Meine Ankunft behagte Bastian Moran nicht. Vor ihm stand noch unangetastet ein gefülltes Huhn in Ananas-Soße. Der Oberinspektor schaute erst auf das appetitliche Gericht, dann wanderte sein Blick zu mir und kam sichtlich zu dem Schluss, dass ein Moorhuhn und ich nicht zusammenpassten.

„Machen Sie sich keine Sorgen, Bastian. Ich werde Sie nicht lange vom Essen abhalten“, erklärte ich lächelnd und nahm an seinem Tisch Platz.

„Möchten Sie etwas bestellen?“, erkundigte sich der Oberkellner.

„Nein, möchte er nicht“, antwortete der Oberinspektor für mich. „Wissen Sie, die letzte Person, die ich heute hier erwartet hätte, sind Sie, Viscount“, sagte er, als wir wieder allein waren.

„Das Leben ist voller Überraschungen.“

„Sind Sie gekommen, um mir den Appetit zu verderben?“

„Nein. Ich dachte, ich könnte Ihnen behilflich sein.“

Bastian Moran legte Messer und Gabel beiseite, wischte sich mit der Serviette über die Lippen und nickte. „Ich bin ganz Ohr.“ Offensichtlich hoffte er, mich loszuwerden, bevor das Huhn kalt wurde.

Ich zog einen Polizeibericht aus meiner Jacke und reichte ihn Moran.

„Woher haben Sie das?“, fragte er verwirrt und überflog die Papiere.

„Falsche Frage. Sie sollten fragen, wie die Bankräuber an eine Kopie eines Polizeiberichts gekommen sind.“

„Ich nehme an, der frischgebackene Privatdetektiv vor mir hat keine Antwort auf diese Frage“, bemerkte der Oberinspektor spitz. „Ich frage Sie noch einmal: Woher haben Sie das?“

„Ich wurde angegriffen“, antwortete ich, ohne die Wahrheit zu sehr zu verbiegen. „Im Verlauf des Kampfes ließ einer der Täter diese Papiere fallen.“

„Und was ist aus den Angreifern geworden?“, fragte der Oberinspektor und starrte mich mit einem Blick an, der an eine Schlange erinnerte.

„Sie sind entkommen. Warum sollte ich mich sonst an Sie wenden?“

„Und warum kommen Sie damit zu mir, Viscount?“

Ich ließ meinen Blick über den hellen Raum mit den hohen Fenstern, der Tanzfläche und der Orchesterbühne schweifen und sagte ruhig: „Es gibt eine Ratte im Newton-Markt, Herr Oberinspektor. Und ich denke, es ist in Ihrem

Interesse, sie zu finden."

Moran rollte den Bericht zusammen und knallte ihn auf den Tisch. „Und was kümmert Sie das, Viscount?" Er lächelte bösartig. „Außer dem Wunsch, der Gerechtigkeit zum Sieg zu helfen, natürlich?"

„Damit rechnen zu müssen, dass einem jemand in den Rücken fällt, ist nicht förderlich für das seelische Gleichgewicht."

„Sie wollen also, dass jemand Ihre Probleme für Sie löst, nicht wahr? Oder wollen Sie andeuten, dass ich in diesen bedauerlichen Vorfall verwickelt war?"

„Der Gedanke kam mir", bestätigte ich und wechselte das Thema. „Ich nehme an, Sie wissen von den gestrigen Ereignissen im chinesischen Viertel?"

„Sind Sie hergekommen, um damit anzugeben?", fragte er.

Ich legte ein rundes Kaliber-zehn-Geschoss auf den Tisch. Sein Aluminiummantel trug deutliche Fingerabdrücke des Würgers. „Die Fingerabdrücke des Mannes, der Aaron Malk getötet hat, sind auf diesem Metall."

Die Augen des Oberinspektors wurden dunkel. „Woher haben Sie diese Kugel, Viscount?", fragte er.

Ich lächelte und stand auf. „Das nennt man Arbeit. Vielleicht sollten Sie sich damit vertraut machen, anstatt in Ihrem Büro herumzusitzen." Ich wünschte ihm guten Appetit und machte mich auf den Weg zum Ausgang.

Bastian Moran blieb am Tisch sitzen, betrachtete das gefüllte Huhn nun aber ohne das geringste Interesse. Ich genoss den Moment.

Als ich auf die Veranda hinaustrat, betrachtete ich den fernen Titanen des Newton-Marktes, nahm meine Dose mit Zuckerdrops heraus und steckte mir ein

Orangenbonbon in den Mund. Die Wolkenfetzen zogen wie weiße Watte über den Himmel. Der frische Wind verjagte Smog und Rauch aus der Stadt. Trotz des von der Erde aufsteigenden Dunstes konnte man überraschend leicht atmen.

Ich ließ das Bonbon mit dem angenehm säuerlichen Geschmack auf der Zunge zergehen, winkte dann einem Taxifahrer und ließ mich zur Stadtbibliothek fahren.

Dort angekommen steckte ich dem stark sonnenverbrannten Mann ein paar Münzen zu, betrat den Tempel des Wissens aber nicht. Stattdessen ging ich zur Terrasse des benachbarten Cafés. Vor meinen Augen tanzte die Vision eines Huhns mit Ananas-Soße und ich konnte mir nicht mehr nur mit Zuckerdrops behelfen. Ich brauchte etwas Gehaltvolleres.

Der Gedanke, einfach nur ein bisschen in einem Korbstuhl zu sitzen und nichts zu tun, war verlockend. Ich konnte alle meine Sorgen vergessen und mitten im Arbeitstag eine Tasse Kaffee trinken. War das nicht ein Traum?

Ich bestellte Wiener Kaffee, ein paar belgische Waffeln und ein Eis mit Ahornsirup. Ich lehnte mich im Stuhl zurück und stellte fest, dass ich unter einem kritischen Mangel an druckfrischen Zeitungen litt. Ohne Zeitung war das Erscheinungsbild eines weltmüden Faulenzers nicht vollständig, und irgendwie hatte ich es geschafft, die Ausgabe des *Atlantic Telegraph* zu verlieren, die ich vorhin gekauft hatte.

Ich schaute auf die Straße, schnippte mit den Fingern und entdeckte in der Nähe einen Jungen mit einem Stapel Zeitungen unter dem Arm und satirischen Zeitschriften, die seitlich aus seiner Tasche ragten.

„*Atlantic Telegraph*?“, fragte ich.

Der Junge reichte mir die Zeitung und bekam dafür zehn Cent, dann ging er die Straße hinunter und informierte die Passanten lautstark: „Sturmwarnung! Wirbelsturm im Anmarsch! Luftschiffflüge zum Kontinent gestrichen! Anarchisten sprengen Polizei-Panzerwagen in die Luft! Lesen Sie alles darüber! Blutiger Horror und drohender Sturm!“

Ich ging zurück zum Tisch und blätterte in den Nachrichten, während ich auf meine Bestellung wartete. Aber es stand nichts Neues über Prokrustes in der Zeitung. Nur Gerüchte wie bisher. Der Newton-Markt verhielt sich hartnäckig still.

Ich bekam meinen Kaffee, knusprige Waffeln und zwei Kugeln Eis mit Ahornsirup obendrauf, aß ohne besondere Eile und blätterte in der Zeitung. Der Hurrikan konnte jeden Tag eintreffen. Nachdem ich meine Mahlzeit beendet hatte, saß ich einfach nur da und trank meinen Kaffee.

Aber nun war ich wieder konzentriert, dachte über meine nächsten Schritte nach und überlegte die möglichen Züge meiner Gegner. Ich rechnete nicht damit, dass der düstere Würger in nächster Zeit angreifen würde. Wozu brauchte er mich? Die Bande der *illustren* Herren hatte dagegen ernste Absichten. Und es war keineswegs sicher, dass Bastian Morans bevorstehende Aktivitäten sie dazu bringen würden, sich zurückzuhalten. Vielleicht arbeitete er ja doch für sie.

Paranoia? Nicht wirklich. Der Bluterguss an meinem Hinterkopf und die elektrischen Verbrennungen an meinen Armen und Beinen waren ein klarer Beweis dafür, dass ich derzeit weit von bloßer Paranoia entfernt war. Aber zugegeben, ich hatte immer ein leichtes, wenn auch natürliches Misstrauen gegenüber den Menschen um mich herum.

Ich bezahlte und machte mich auf den Weg in die Bibliothek. Dort verbrachte ich einige Zeit damit, einen Bibliotheksausweis auszufüllen, und durchforstete danach alte Zeitungsordner. Ich suchte nach irgendwelchen Erwähnungen von Menschen, die mit charakteristischen Bisswunden am Hals gestorben waren. Aber es gab in den letzten fünf Jahren in keiner Zeitung einen Hinweis auf solche Vorfälle. Elisabeth-Maria hatte recht. Die Vampire mussten Neu Babylon gemieden haben. Oder sie waren teuflisch gut darin, ihre Schandtaten zu vertuschen.

Nachdem ich ein paar Stunden totgeschlagen hatte, warf ich einen Blick auf das Zifferblatt der Uhr und bestellte ein paar Bücher über die Gründung des Zweiten Reiches. Doch ich wurde enttäuscht. Obwohl es Dutzende dicker Wälzer über die großen Rie-Brüder, Kaiser Clement und Emile, seinen ständigen Kanzler, gab, konnte ich ihnen nichts Brauchbares entnehmen.

Sie erzählten alle nur leichte Variationen derselben offiziellen Geschichte, die ich mein ganzes Leben lang gehört hatte. Eine Gruppe von Menschen hatte für Freiheit und Gerechtigkeit gekämpft und sich in Rebellion gegen die Tyrannei der *Gefallenen* gestellt. Während der Kaiser selbst jede erdenkliche biografische Würdigung erfahren hatte, hatte sein jüngerer Bruder immer in seinem Schatten gestanden. Selbst als Kanzler war er keine öffentliche Person gewesen und nach seinem plötzlichen Ende hatte man den Großherzog von Arabien einfach vergessen. Die Tatsache, dass er bei der verwitweten Kaiserin unbeliebt war, hatte wohl zumindest einen Teil dazu beigetragen.

Eines konnte man aber mit absoluter Sicherheit sagen: Von allen, die an der Seite der Brüder Rie an der Rebellion teilgenommen hatten, lag die Zahl der

Überlebenden nur noch im einstelligen Bereich. Ihre Generation war nun praktisch verschwunden. Diejenigen, die Emile Rie als Kanzler gekannt hatten, waren wesentlich zahlreicher, aber auf diesem Weg würde ich wohl kaum jemanden aufspüren, der in sein Geheimnis verwickelt war.

Und dieser Aluminiumbehälter mit der blitzförmigen Rune war eindeutig mit irgendeinem erschreckenden Geheimnis verbunden.

Aus Respekt vor dem Andenken unseres Freundes Emile Rie...

Was zum Teufel hatte der *illustre* Herr damit gemeint? Was für eine Art von Respekt? Wie hing das mit irgendetwas zusammen?

Ohne eine Antwort auf die Fragen gefunden zu haben, die mich quälten, machte ich mich auf den Weg zum Magistrat. Ich kam dort an, als es gerade schloss. Ich betrat den Eingangsbereich, sah mich nach dem Beamten um, den ich geschmiert hatte, und war unangenehm überrascht, einen säuerlichen Ausdruck auf seinem hübschen Gesicht zu sehen.

Der junge Mann seufzte. „Ach, Mr. Orso, ich fürchte, ich kann Ihnen nicht helfen.“

„Hören Sie zu, guter Mann!“ Ich packte ihn am Arm und zog ihn zu mir heran. „Unsere Vereinbarung war für beide Seiten von Vorteil. Machen Sie die Dinge nicht kompliziert!“

„Ich habe im Archiv nachgesehen“, flüsterte der verängstigte Beamte. „Das Grundstück, nach dem Sie gefragt haben, ist derzeit in Schwebe. Sie können selbst nachsehen, wenn Sie wollen!“

„Wo sind die Dokumente?“

Der junge Mann rückte seinen Kittel zurecht und zeigte auf eine der Türen. „Folgen Sie mir bitte“, sagte er in einem offiziellen Ton.

Wir betraten ein Büro. Der Sachbearbeiter dort durchwühlte einen Schreibtisch, öffnete einen staubigen Ordner und reichte ihn mir.

Rasch vergewisserte ich mich, dass es sich bei den Unterlagen um die richtige Immobilie handelte. Der letzte Besitzer war vor einem halben Jahrhundert verstorben. Ich musterte den Beamten mit unverhohlenem Unglauben. „Wie ist so etwas möglich?"

Er zuckte mit den Schultern. „Ich weiß es nicht. Das Grundstück ist einfach vergessen worden!"

„Gibt es so etwas überhaupt?"

„Damals sind seltsamere Dinge passiert."

„Mag sein." Ich schrieb die Adresse meines Anwalts auf ein Blatt in meinem Notizblock, riss es heraus und reichte es dem Mann. „Sollte es Ihnen gelingen, etwas herauszufinden, wäre ich Ihnen sehr dankbar."

Der Beamte nickte. „Natürlich." Er steckte das Papier in seine Tasche und ich ging ich mit leeren Händen hinaus.

Die Dämmerung hatte sich bereits über die Stadt gesenkt. Die Straßenlaternen in den Gassen, die zum Magistrat führten, begannen zu leuchten. Die düsteren Wolken vor dem Hintergrund des sich verdunkelnden Himmels wirkten wie aus schwarzem Papier geschnitten. Eine Dampfstraßenbahn brummte laut über den Platz. Ein paar Kutschen und ein gepanzerter Polizeiwagen rollten vorbei. Ich sah ihm aufmerksam nach und steuerte die *Bezaubernde Bacchantin* an.

Ich war nicht in der Stimmung für einen Ausflug in den Zirkus, aber Albert Brandt hätte es mir nie verziehen, wenn ich die wertvolle Eintrittskarte hätte verfallen lassen.

4

ALS ICH IN DER WOHNUNG des Dichters ankam, stand er in Unterwäsche vor einem Spiegel und rasierte sich, wobei er von Zeit zu Zeit ein Rasiermesser in eine Schüssel mit Seifenwasser auf einem Hocker tauchte. Seine Abendgarderobe lag auf der Couch. In einem Glas auf dem Tisch stand eine schöne Nelke für sein Revers und seine halbhohen Lackstiefel an der Tür waren so gründlich poliert worden, dass sie spiegelten.

„Leo!", begrüßte Albert mich erfreut. „Du bist immer so schrecklich pünktlich! Die Kutsche wird in fünf Minuten hier sein."

„Du hast eine Kutsche bestellt?"

„Das ist ein gesellschaftliches Ereignis", erklärte der Dichter. „Zu spät zu kommen oder zu Fuß hinzugehen, wäre unschicklich."

„Wie du meinst", sagte ich lachend und ließ mich auf dem Sofa nieder.

„Deshalb habe ich mich auch ganz allein rasiert!", prahlte er und wischte sich mit einem Handtuch über die Wangen. Dann nahm er seinen Anzug und ging hinter einen Wandschirm, um sich anzuziehen. „Was gibt es Neues in den Nachrichten?", erkundigte er sich dabei.

„Es gibt eine Sturmwarnung. Man muss mit sintflutartigem Regen und Blitzen rechnen."

„Kann man so etwas überhaupt als Nachrichten bezeichnen?", brummte der Dichter. „Was ist jetzt mit Prokrustes? Wen hat er umgebracht? Ich habe heute den ganzen Tag gearbeitet. Ich bin nicht mal rausgegangen."

„Prokrustes ist tot“, informierte ich meinen Freund.

„Hör auf damit, Leo!“, erwiderte er, ohne zu verstehen, was ich meinte. „Wenn du wüsstest, was für ein Honorar man mir für dieses Gedicht über ihn versprochen hat, wärst du blass vor Neid.“

Ich tastete nach meiner prall gefüllten Brieftasche und lachte. „Das halte ich für unwahrscheinlich.“

„Ach, hör doch auf!“, sagte Albert, als er in voller Montur hinter dem Paravent hervorkam. „Und nimm endlich diese Billardkugel mit. Warum zum Teufel hast du sie überhaupt hierher geschleppt?“

„Willst du damit sagen, ich soll sie mit in den Zirkus nehmen?“

„Dann wirf sie eben weg. Ich kann sie hier nicht brauchen.“

„Du nörgelst wie ein alter Mann“, scherzte ich und fragte: „Willst du keinen Mantel mitnehmen?“

Albert schaute aus dem Fenster, blickte in den Himmel und stimmte zu. „Klar, ein Mantel kann nicht schaden.“

„Denk an die Sturmwarnung!“

Wir verließen seine Wohnung, gingen hinunter und bald darauf fuhr die Kutsche, die Albert bestellt hatte, vor dem Varieté vor.

„Zum alten Zirkus!“, wies der Dichter den Kutscher an, der uns durch die engen Gassen des griechischen Viertels fuhr, die noch ziemlich menschenleer waren.

Es war schon fast dunkel, der Himmel wolkenverhangen und der Wind stärker als vorher. Auch die Temperatur war merklich gesunken.

Auf den Straßen war auch noch nicht viel los und so dauerte es nur zehn Minuten, bis wir den Platz in der Nähe des Yarden Uferdamms mit dem alten Zirkus in seiner Mitte erreichten. Das alte Gebäude war kreisrund und hatte eine Steinkuppel, die mit Bogeneingängen versehen war.

Es waren so viele Menschen davor versammelt, dass wir nicht durchkamen. Im Licht der Straßenlaternen schlenderte das ehrenwerte Publikum durch die Gassen, über den Platz und den Damm. Einige suchten nach einem übrigen Ticket, andere verkauften Tickets zum Dreifachen ihres ursprünglichen Preises. Eine Abteilung der berittenen Polizei sorgte für Ordnung. Vor dem Eingang des Zirkusgebäudes leuchteten die Uniformen der Wachtmeister wie Leuchttürme.

„Volles Haus heute Abend“, stellte ich fest, als ich aus der Kutsche stieg.

„Die Schwarzhändler werden reich werden“, stimmte Albert zu.

Wir gingen über den Platz und schritten an den vielen Karren und Ständen der Straßenverkäufer vorbei, die den Zuschauern Proviant anboten.

„Wir werden drinnen essen“, entschied der Dichter.

Ich widersprach nicht. Das Genießen von Snacks im Zirkus war eine Tradition. Es gehörte zum guten Ton, an einem Imbissstand Halt zu machen, wenn man ins Theater oder in den Zirkus ging. Was für ein ärgerlich aufdringliches Konzept!

Am Rande des Platzes hielt ich an, ließ meinen Blick über den steinernen Titanen des Zirkus schweifen und schauderte.

Albert nickte. „Ja, dieser Ort jagt auch mir einen Schauer über den Rücken. Grässliche Dinge sind hier geschehen. Einfach schrecklich.“

Es gab Gerüchte, dass früher, als die *Gefallenen* regiert hatten, ein Teil des Publikums nach einer Show nicht nach Hause zurückgekehrt war. Und obwohl es keine dokumentierten Bestätigungen für solche Vorkommnisse gab, hatten die Gerüchte den Nerven mehrerer Generationen von Neubabyloniern zugesetzt. Vor 30 Jahren hatten die Behörden sogar ein neues Zirkusgebäude gebaut. Dieses war hell, luftig und geräumig. Heutzutage traten in dem alten Gebäude nur noch reisende Kompanien und unabhängige Truppen auf.

Ich schenkte den Gerüchten keine besondere Aufmerksamkeit, ich spürte nur etwas Seltsames in der Luft, das war alles. Die Schwingungen längst vergangener Ängste? Vielleicht war es das.

„Extrablatt! Extrablatt! Prokrustes ist tot!“, rief ein Junge, der mit einem Stapel Zeitungen durch die Menge flitzte. „Extrablatt! Extrablatt! Lesen Sie alles darüber! Prokrustes im chinesischen Viertel erschossen!“

Albert Brandt besorgte sich sofort die frische Ausgabe der *Capital Times*. Sie bestand nur aus wenigen Seiten und war ganz dem legendären Mörder gewidmet. Der Dichter las im Licht der Gaslampe die Schlagzeile und rief: „Verflucht, Leo! Er ist tot!“

„Ich habe versucht, es dir zu sagen“, erwiderte ich schmunzelnd.

Der Dichter musterte mich missbilligend. „Ich dachte, du sprichst von...“ Er hatte immerhin so viel Feingefühl, mich nicht an meinen Vater zu erinnern, also konnte er nicht allzu verärgert sein. „...von vergangenen Zeiten. Nicht über den Mörder von heute“, vollendete er den Satz.

„Ich habe es gesagt.“

„Hier steht, dass Procrustes von diensthabenden Polizisten erschossen wurde.“

„Anstelle des Generalinspektors wäre es zumindest dumm, etwas anderes zu behaupten.“

„Verstehe ich das richtig, dass sich das Ganze ohne deine Beteiligung nicht zugetragen hätte?“

Ich nickte.

„Erzähl es mir!“, forderte der Dichter, sah sich um und korrigierte sich. „Nein, warte! Lass uns erst etwas zu essen holen.“

„Sie lassen uns noch nicht rein“, stellte ich fest, aber die Zuschauer, die sich vor dem Zirkus drängten, hielten Albert keineswegs auf.

Er bewegte sich entschlossen vorwärts und kam ohne besondere Anstrengung zu den breiten Steinstufen durch. Dort angekommen räusperte er sich und forderte mit leiser, eindringlicher Stimme: „Lassen Sie mich durch!“

Die Leute machten unbewusst Platz. Wir mussten nicht drängen, um uns nach vorne zu kämpfen. Das *Talent* meines Begleiters wirkte mit Leichtigkeit auf die Zirkusbesucher und bahnte uns einen Weg durch die Menge. Bei den Wachen hätte das allerdings nicht funktioniert. Also versuchte Albert es gar nicht erst. Solch ein Trick hätte leicht dazu führen können, dass er den Abend nicht in der Vorstellung, sondern in der nächsten Polizeiwache verbracht hätte.

„Ich würde gern mit dem Manager sprechen, wenn Sie so freundlich wären“, bat der Dichter.

Falls seine Stimme dabei ein wenig fordernd klang, beachteten die Wachleute das nicht. Doch einer der Türsteher verließ seinen Platz und lief los, um der Bitte des *illustren* Herrn nachzukommen.

Die Leute um uns herum schimpften und warfen uns unfreundliche Blicke zu. Albert fuchtelte mit seinen Eintrittskarten herum, um zu demonstrieren, dass wir nicht unsere Beziehungen ausnutzen und einfach hineinspazieren würden, ohne zu bezahlen.

„Beruhigen Sie sich, meine Damen und Herren“, sagte er in einem heiteren und gutmütigen Ton. „Ich werde heute witzige Couplets aufführen und mein Freund bewirbt sich für die Rolle des Stepptänzers!“

Alle Anwesenden brachen in Gelächter aus und als der Manager sie aufforderte, uns hereinzulassen, sagte niemand ein Wort.

„Albert Brandt!“, sagte der Zirkusdirektor und umarmte den Dichter wie einem alten Freund. „Ich freue mich ja so, Sie zu sehen, aber bedauerlicherweise muss ich gleich weg. Es ist noch viel zu tun!“

Albert nickte lässig. „Wir können uns später unterhalten.“

Ich wartete, bis wir allein waren, und stieß meinen Freund mit dem Ellbogen in die Seite. „Ich soll also Stepptänzer werden?“

„Na ja, du hast ja einen Stock“, sagte er grinsend und ging durch den mit alten Plakaten übersäten Vorraum. „Wir müssen uns beeilen, mein Freund, damit wir vor der gefräßigen Menge drinnen sind.“

Ich ging hinter ihm her und schauderte unwillkürlich, als Albert sich abrupt umdrehte und fragte: „Riechst du das? Es riecht nach Zirkus! Der Zirkus ist eine besondere Welt, Leo! Die Zirkusleute sind nicht so wie du und ich. Sie sind ein besonderes Volk. Ein erstaunliches Volk!“

Ich teilte die Begeisterung meines Freundes nicht im Geringsten. Zu seiner Zeit hatte mein Vater Geschäfte mit einem mittelmäßigen Zirkus-Impresario gemacht und ich hatte so viel Zeit mit Zirkusleuten verbracht, wie ich in einem Leben ertragen konnte. Es gab gute Leute unter ihnen, aber auch einige wirklich üble Gestalten. Alles in allem waren mir keine besonders angenehmen

Erinnerungen geblieben.

„Warst du schon einmal hinter der Bühne?“, fragte der Dichter, als er den Vorraum durchquerte.

„Ja“, bestätigte ich, ohne zu erwähnen, dass ich einige Monate in diesem Gebäude gelebt hatte und sogar am Aufbau von Shows beteiligt gewesen war.

„Eine erstaunliche Welt!“, schwärmte Albert und ging zum Imbissstand. Er bestellte eine Tasse Kaffee, ein Glas Cognac und eine kandierte Zitrone. Dann drängte er mich: „Such dir etwas aus, Leo. Such dir etwas aus.“

Ich bat um ein Mineralwasser mit Birnensirup und ein Eis mit Nüssen und erzählte meinem Freund von der Begegnung mit dem Werwolf im chinesischen Viertel.

„Alexander Dyak ist ein Juwel“, verkündete ich gegen Ende. „Ich weiß nicht, was ich ohne seine Hilfe gemacht hätte!“

„Alexander hat einen scharfen Verstand“, pflichtete Albert mir bei, um dann vorwurfsvoll zu fragen: „Aber warum hast du mir das alles nicht früher erzählt, Leo?“

„Ich hatte Angst.“

„Angst?“

„Natürlich“, erklärte ich und schob meinen leeren Teller beiseite. „Ich hatte Angst, deine Inspiration zu verderben. Immerhin hast du mir erst kürzlich gesagt, wie heikel es ist...“

Albert nahm den Spott in meiner Stimme wahr und seufzte. „Was bist du nur für ein Mensch, Leo?“

In diesem Moment hörte ich das Summen der Menge. Der Zirkus füllte sich rasch mit Zuschauern.

Ich kicherte und trank mein Mineralwasser aus. „Verstehe ich das richtig, dass die Dame deines Herzens heute Abend verhindert ist?“

„Stimmt, sie hat es nicht geschafft“, bestätigte der

Dichter mit einem verträumten Lächeln. „Aber wir haben uns heute schon gesehen. Ich habe ihr einen riesigen Strauß Tulpen geschenkt. Sie ist verrückt nach Blumen."

„Wie originell!"

„Sarkasmus bekommt dir nicht." Der Dichter trank seinen Cognac aus. „Wollen wir gehen?"

Ich nickte, denn die Glocke hatte bereits zum zweiten Mal geläutet.

Nachdem wir uns ein Programmheft und ein Theaterfernglas organisiert hatten, machten wir uns auf, um unsere Plätze zu finden.

Wie sich herausstellte, hatte der unbekannte Wohltäter des Dichters ihm eine Loge für uns allein zur Verfügung gestellt, sodass wir das Spektakel in beneidenswertem Komfort genießen konnten, was die anderen Zuschauer dazu veranlasste, uns mit unverhohlenem Neid zu betrachten.

„Der Mondzirkus ist 500 Jahre alt, kannst du dir das vorstellen?", fragte Albert und blätterte in seinem Programm. „Lange Zeit traten sie nur in Neu Babylon auf, aber seit 300 Jahren reisen sie durch Europa. Einige ihrer Nummern haben sich seit dem Tag ihrer Gründung nicht verändert!"

„Wie lehrreich", bemerkte ich spitz und blickte auf die Bühne und die Sitzreihen, von denen die meisten besetzt waren.

Die mit Sägemehl bedeckte Manege lag, wie es die Tradition vorschrieb, genau in der Mitte des geräumigen Gebäudes. Die Kuppel sah von innen sehr hoch aus. Es gab keine Fenster und die Seile, die herabhingen, verloren sich zur Spitze hin in den düsteren Schatten.

„Ich habe schon immer gern neue Dinge gelernt", erwiderte der Dichter.

„Und ich habe schon immer gern nützliche Dinge gelernt“, konterte ich.

„Du bist ein Langweiler, Leo!“

„Und du bist eine Nervensäge.“

„Ich hätte mir noch einen Cognac holen sollen“, sagte der Dichter seufzend, als es zum dritten Mal läutete.

Kurz darauf betrat der Zirkusdirektor die Manege. Dann begann das Orchester zu spielen und zwei Grimassen schneidende Clowns liefen in das Rund. Ihnen folgte ein Zauberer, der Kaninchen und Tauben aus einem Zylinder zog, der offensichtlich nicht groß genug war, um eine so große Anzahl von Tieren zu verstauen. Als Nächstes kam ein süßes Mädchen, das in eine Kiste kletterte, die verschlossen wurde, und dann daraus verschwand. Die nächste Nummer bestand aus zwei Jongleuren, die ihre brennenden Keulen hin und her warfen. Nichts Besonderes, alles wie immer.

Für mich war all das pure Langeweile. Doch dann kamen die Akrobaten. Sie traten ohne Sicherungsseile und ohne ein unter ihnen aufgespanntes Netz auf, aber trotzdem vollführten sie unter der Kuppeldecke solche Kunststücke, dass mir der Mund offen stand.

Die Artisten flogen buchstäblich und brachen in jeder Sekunde das Gesetz der Schwerkraft. In früheren Zeiten hätte man sie vermutlich der Hexerei bezichtigt. Nun starrten die Leute nur noch entsetzt, die Menge brach in Applaus aus und wurde von Wellen des begeisterten Entsetzens überspült. Manchmal hatte ich das Gefühl, dass einer der Akrobaten aus dem Tritt kam und wie ein Stein zu Boden fallen würde, aber jedes Mal tauchte im letzten Moment ein Trapez unter der Hand auf, oder sie wurden von einem Partner mit perfekt kalkuliertem Timing aufgefangen. Allein diese Darbietung war den Besuch wert.

„Atemberaubend!“, schwärmte Albert Brandt,

nachdem die Akrobaten sich verbeugt und die Manege verlassen hatten.

Ich konnte nicht umhin, ihm zuzustimmen. So etwas hatte ich noch nie gesehen.

Der Direktor kam wieder heraus und verkündete: „Und nun, meine Damen und Herren, werden wir die Darbietung eines Virtuosen der wissenschaftlichen Hypnose erleben, Maestro Marlini!"

Die Musik verstummte und ein imposant aussehender Herr stapfte in die Manege. Ich schätzte ihn auf 40 oder 45 Jahre, obwohl sein Haar grau war. Anders als die meisten Magier trug der Maestro keinen Frack, sondern einen einfachen Anzug wie ein Geschäftsmann. Er brach jedoch keine der anderen Regeln des Gewerbes. Er begann mit einfachen Tricks, indem er die Gedanken der Leute erriet und sie zwang, sich an längst vergessene Dinge zu erinnern. Erst danach holten seine Assistenten Requisiten hervor.

„Ich brauche einen Freiwilligen aus dem Publikum", verkündete der Maestro, nachdem seine Assistenten in einiger Entfernung ein Drahtseil an zwei Säulen befestigt hatten. An willigen Teilnehmern mangelte es nicht. Sie mussten sogar Strohhalme ziehen.

„Nun, mein Herr, wenn Sie bitte versuchen würden, auf dem Seil zu gehen", sagte der Hypnotiseur zu einem unbeholfenen Herrn mit einem beträchtlichen Bierbauch. „Sie brauchen keine Angst zu haben, es ist ganz einfach."

Der Freiwillige schwang sich auf das Seil und sprang, wie zu erwarten war, nach nur zwei Schritten ab. Das Drahtseil hatte bereits kräftig zu schwanken begonnen. Zum Glück war es weniger als einen Meter hoch.

„Es ist wirklich ganz einfach!", erklärte Maestro Marlini. Zur Bestätigung dieser Worte kehrte einer der

Akrobaten in die Arena zurück. Mit spöttischer Leichtigkeit ging er über das Drahtseil, verneigte sich vor dem Publikum und lief wieder hinter die Bühne.

„Der Mensch ist zu mehr fähig, als er weiß. Man muss nur seine verborgenen Reserven freisetzen!“, rief der Hypnotiseur, als das Gelächter verklungen war. „Das Gehirn ist ein einzigartiges Werkzeug. Nur sehr wenige sind in der Lage, auch nur auf ein Viertel seiner Fähigkeiten zuzugreifen!“

Das Publikum lachte wieder und der Hypnotiseur holte eine Taschenuhr aus seiner Weste und schwang sie an ihrer Kette vor dem geröteten Gesicht des verlegenen Freiwilligen.

„Drei! Zwei! Eins!“, zählte der Maestro laut und forderte: „An das Seil!“

Der unbeholfene Herr trat ruhig auf das hängende Drahtseil, schritt selbstbewusst zum gegenüberliegenden Pfeiler und wieder zurück. Kurz bevor er das Ende erreicht hatte, schnippte der Hypnotiseur abrupt mit den Fingern und holte ihn aus der Trance. Der Mann verlor augenblicklich jegliches Vertrauen und fiel fast um, als er heruntersprang.

„Voilà!“, verkündete Maestro Marlini und entließ den Freiwilligen, der ebenso fasziniert war wie die Menge. Dann fragte er: „Ist da noch jemand, der es wagt, an der Macht des menschlichen Geistes zu zweifeln?“

Diesmal brachten seine Assistenten zwei Ständer. Auf dem einen lagen drei große Orangen. Auf dem anderen lagen drei Filzkugeln von ähnlicher Größe.

„Erlauben Sie mir zuerst eine Frage: Können Sie jonglieren?“, fragte der Hypnotiseur einen skeptisch dreinblickenden alten Herren. Seinem schneidigen Äußeren nach zu urteilen, hätte es sich um einen Militär im

Ruhestand handeln können.

„Nein, Sir“, erwiderte der Mann lachend.

„Das werden wir ja sehen.“ Der Magier nahm die Orangen, warf sie nacheinander in die Luft und von einer Hand in die andere. „Sehen Sie zu und lernen Sie!“

„Man kann einem alten Hund keine neuen Tricks beibringen“, sagte der Freiwillige kopfschüttelnd. Aber der Maestro jonglierte weiter mit den Orangen. Irgendwann war der alte Mann so weit von der Realität entfernt, dass er, sobald der Hypnotiseur ihn darum bat, die Augen schloss und gekonnt den primitiven Trick des Hypnotiseurs wiederholte.

„Dachten Sie, wir wären schon fertig?“, fragte Maestro Marlini und ließ seinen Blick über das schweigende Publikum schweifen. „Nun, da haben Sie falsch gedacht!“

Er goss eine brennbare Flüssigkeit über die Filzkugeln, zündete ein Streichholz an und augenblicklich stieg eine blasse Flamme auf.

Der alte Mann warf und fing die Orangen immer wieder auf wie eine Aufziehpuppe. Und selbst als einer der Assistenten die Früchte fing und sie zurück auf den Ständer legte, blieben seine Hände in Bewegung, als wäre nichts geschehen.

Jemand lachte und Maestro Marlini legte einen Finger an seine Lippen. In der Zwischenzeit streckte ein Assistent eine behandschuhte Hand aus, ergriff eine der brennenden Kugeln und warf sie dem Freiwilligen zu, der immer noch in Trance war. Er bemerkte die Veränderung nicht und jonglierte mit den Bällen, wie er zuvor mit den Orangen jongliert hatte. Ein Raunen ging durch die Zuschauer.

„Schmerz ist nur in unserem Kopf“, erklärte der Hypnotiseur. „Aber die Fähigkeiten des Geistes und des

Körpers sind grenzenlos! Nichts Mystisches, nichts Magisches! Nichts als wissenschaftliche Erkenntnisse!“ Er sah den jonglierenden Mann an und fuhr lächelnd fort: „Aber wir haben heute Abend den charmanten Damen zu wenig Aufmerksamkeit geschenkt. Gibt es heute Abend im Publikum vielleicht auch mutige Frauen?“

Ehe er noch mehr sagen konnte, kam eine verführerisch aussehende junge Frau in die Arena und mein Herz zog sich zusammen, als ich sie erkannte. Es war Elisabeth-Maria von Nalz, die Tochter des Generalinspektors und die Liebe meines Lebens.

„Oh, ich bewundere entschlossene Menschen, Mademoiselle!“, rief Maestro Marlini, küsste ihre Hand und zog ihr elegant den Handschuh von der zierlichen Hand. „Keine Tricks!“, verkündete er, während er seine Hand vor Elisabeth-Marias Gesicht führte. Dann stach er blitzschnell eine lange Stricknadel durch ihre Hand.

Alle stöhnten und ich sprang von meinem Platz auf.

„Setz dich.“ Albert zog mich wieder auf meinen Sitz. „Immer mit der Ruhe, ich habe diese Nummer schon mal gesehen.“

Diese Nummer? Er hatte ihr eine Stricknadel direkt durch die Handfläche gestochen! Das zu sehen, hatte auf mich bedrohlich gewirkt.

„Der Schmerz ist in unserem Kopf!“, wiederholte der Hypnotiseur eindringlich, zog die Nadel vorsichtig heraus und brach mit einem automatisierten Fingerschnippen die Trance.

Elisabeth-Maria schaute erstaunt auf ihre Hand, küsste den Magier auf die Wange und eilte zurück zu ihrem Platz.

„Siehst du, es ist doch nur ein Trick“, stellte Albert Brandt phlegmatisch fest.

In diesem Moment brachten sechs Gehilfen mehrere lange Tröge heraus, die mit glühenden Kohlen gefüllt waren. Das Licht von oben wurde ausgeschaltet. Ein unheimlicher, leuchtendroter Schein ging von dem improvisierten Weg im Halbdunkel der Manege aus. Ein Stück Papier, das auf die Kohlen geworfen wurde, fing Feuer und wurde schwarz.

„Nun, meine Damen und Herren, es wäre technisch möglich, dass sich im Publikum verdeckte Akrobaten und Jongleure befinden. Und es wäre auch möglich, dass die junge Dame hier eines der einzigartigen Individuen ist, die keinerlei Schmerzen empfinden. Aber rot glühende Kohlen sind eine andere Sache. Ich hoffe, keiner von Ihnen vermutet, dass ich einen verdeckten indischen Yogi eingeschleust habe."

Das Publikum antwortete mit Gelächter, aber so ganz zuversichtlich klang es nicht. Alle warteten auf die Krönung.

„Gibt es Freiwillige? Ich brauche zwei Leute!" Maestro Marlini erhob seine Stimme. „Keine Sorge, wir bezahlen, falls Sie danach im Krankenhaus landen!"

Diesmal war das Lachen des Publikums nervös.

Am Ende traten zwei Personen in die Manege. Ein erwachsener Mann in einem schäbigen Anzug aus den hinteren Reihen und ein Junge mit pomadigem Haar. Selbst wenn man an Undercover-Yogis geglaubt hätte, wäre die Vorstellung bei diesem Duo abwegig gewesen.

„1.000 Franken!", sagte Maestro Marlini zu dem jüngeren der beiden. „1.000 Franken, wenn du es bis zum Ende schaffst! Und 100 nur für den Versuch!"

Ohne zu zögern, zog der Jugendliche seine abgetragenen Stiefel und Socken aus, krempelte die Hose hoch und ging auf den leuchtenden Weg zu.

„Du darfst beginnen!", forderte der Hypnotiseur ihn

auf.

Der Junge verkrampfte sich, ging aber trotzdem auf die Kohlen zu. Zu meiner Überraschung schaffte er ein paar Schritte und wurde immer schneller, bevor er mit schwarz verbrannten Füßen auf das Sägemehl springen musste. Die Assistenten des Hypnotiseurs sprangen sofort zu ihm hinüber, legten ihn auf eine Bahre und brachten ihn hinter die Bühne.

Eine grabesähnliche Stille legte sich über den Saal.

„Nun?“ Maestro Marlini wandte sich an den zweiten Freiwilligen. „Sind Sie immer noch bereit, es zu riskieren? Glauben Sie so unerschütterlich an die Macht des Geistes wie ich?“

Der Mann schluckte und zog sich die Schuhe aus. Das Publikum wisperte.

Wieder holte der Hypnotiseur seine Taschenuhr heraus. Diesmal brauchte er ein oder zwei Minuten zur Vorbereitung. Aber dann ging der junge Mann ruhig zur glühenden Kohlenbahn hinüber und schritt von Anfang bis Ende darüber hinweg.

Das Publikum brach in Beifall aus und der Zirkusdirektor eilte in die Arena.

„Wir machen Pause!“, verkündete er. „Meine Damen und Herren, nach der Pause erwarten Sie dressierte Raubtiere, wundersame Tricks und die krönende Nummer: eine zersägte Jungfrau! Freuen Sie sich auf den zweiten Akt!“

Alle drängten sich zu den Imbissständen. Ich lehnte mich in meinem Sitz zurück und tupfte mir mit einem Taschentuch die schweißnasse Stirn ab.

„Das sind alles nur Tricks“, erinnerte Albert mich. „Willst du einen Cognac?“, fragte er, winkte aber sofort ab. „Ah, stimmt. Du trinkst ja nicht“, murmelte er, als er die

Loge verließ und leise vor sich hin pfiff.

Ich saß noch eine Weile da, dann stand ich auf und ging über den Gang zwischen den Sektoren in Richtung Ausgang. Dabei stieß ich fast mit Elisabeth-Maria zusammen, die in die andere Richtung eilte. Ihr Hut war mit einer frischen Rose geschmückt. Ihre schmale Taille wurde von einem Gürtel betont und sie sah in ihrem modisch geschnittenen Kleid, einer weißen Bluse und einer passenden Jacke unglaublich attraktiv aus.

„Guten Abend", begrüßte ich sie, ohne Hoffnung, dass sie mich erkennen würde, aber sie verlangsamte unerwartet ihren Gang.

„Viscount Cruce! Was für ein Zusammentreffen! Papa ist teuflisch böse auf Sie!"

„Tatsächlich?", fragte ich. „Schon wieder?"

„Oh, ja!" Elisabeth Maria kam näher und flüsterte: „Er wird Ihnen nie verzeihen, dass Sie Prokrustes vor der Polizei erledigt haben."

„Das hat er Ihnen erzählt?"

„Dass Sie es waren, der das Monster erschossen hat?" Die junge Frau lächelte und in ihren farblosen Augen sprühten orangefarbene Funken. „Ja, das hat er. Er konnte es sich nicht verkneifen, weil er so zornig war."

Die Tochter des Generalinspektors wandte sich zum Gehen.

„Wie geht es Ihrer Hand?", fragte ich in einem krampfhaften Versuch, das Gespräch fortzusetzen.

„Meiner Hand?", fragte Elisabeth Maria überrascht. Dann lachte sie. „Oh, Maestro Marlini ist ein Genie, Viscount! Sehen Sie selbst!", sagte sie und streckte ihre schmale Hand aus.

Ich berührte sie vorsichtig und hatte Mühe, mein Zittern zu unterdrücken. „Unfassbar!"

„Ich war bei allen Auftritten des Maestros. Er ist wirklich unglaublich!“, sagte sie voller Bewunderung. „Er tritt morgen bei einem Empfang im Haus von Baron Dürer auf. Ich werde auch dort sein. Was ist mit Ihnen?“

Niemand hatte mich zu einer Dinnerparty im Haus des Aluminiumkönigs eingeladen, also sagte ich geheimnisvoll: „Ich weiß es nicht. Ich arbeite gerade an zwei Ermittlungen...“

„Oh, Sie müssen dabei sein, Viscount. Das wird ein Riesenspaß“, versicherte Elisabeth-Maria und eilte den Korridor hinunter.

Ich nahm meine Brille ab und folgte ihr mit einem beharrlichen Blick. Dann wartete ich in der Schlange, um noch ein Mineralwasser mit Sirup zu kaufen, und nahm auf einer freien Bank Platz. Die Glocke läutete und die Pause war zu Ende, aber ich konnte nicht aufstehen. Zu sehr steckte mir die unerwartete Begegnung noch in den Knochen.

Mein Herz schlug so ungleichmäßig, dass ich nach Luft rang. Ein Becher Wasser half, meine Nerven zu beruhigen, aber ich wollte nicht zurück in den Zuschauerraum gehen, also blieb ich auf der Bank sitzen.

Ich saß den ganzen zweiten Akt einfach so da. Als sich das Publikum schließlich zum Ausgang drängte, stand ich auf, ohne es wirklich zu wollen, und gesellte mich zu Albert Brandt, der von begeisterten Bewunderern umgeben war.

„Leo!“, sagte er erstaunt. „Wohin bist du denn verschwunden? Ich habe dich aus den Augen verloren.“

„Nirgendwohin.“

„Es kann doch nicht sein, dass Maestro Marlini einen so starken Eindruck auf dich gemacht hat, oder?“, fragte der Dichter lachend. „Morgen werden er und ich

Gäste bei einem Empfang von Baron Dürer sein!“ Er beugte sich zu mir und flüsterte: „Leider kann ich dich nicht mitbringen. Ich wurde vom persönlichen Sekretär des Aluminiumkönigs eingeladen.“

Ich zuckte mit den Schultern, nicht im Geringsten beunruhigt über diese Tatsache. Auch wenn meine Aussage, ich würde zwei Verbrechen auf einmal zu untersuchen, nicht ganz der Wahrheit entsprach, würde Elisabeth-Maria sicherlich von ihrem Verlobten zu dem Empfang begleitet werden. Welchen Grund hatte ich, sie zu beobachten und mich zu ärgern? Überhaupt keinen.

„Gehst du jetzt nach Hause?“, fragte ich den Dichter.

Albert Brandt drehte sich zu seinen wartenden Verehrern um und schüttelte den Kopf. „Nein, ich glaube nicht.“

„Dann sehen wir uns morgen.“

„Der Empfang ist um vier“, warnte der Dichter mich. „Ich werde die zweite Hälfte des Tages nicht zu Hause sein.“

Ich lächelte. „Dann sehen wir uns wohl übermorgen. In der ersten Tageshälfte werde ich keine Zeit haben.“

Wir verabschiedeten uns und Albert führte die Bewunderer seiner Arbeit in das nächstgelegene Lokal. Ich ging nach draußen, blieb auf der obersten Stufe des Zirkuseingangs stehen und stützte mich schwer auf meinen Stock. Eine Weile stand ich einfach nur da und bewunderte die glatte schwarze Oberfläche des Yarden, die die Straßenlaternen am Flussufer spiegelte.

„Ich bin überrascht, Sie hier zu sehen!“, hörte ich eine Stimme hinter meinem Rücken.

Ich drehte mich um und sah mich einem schlanken Herrn in einem langen Mantel gegenüber, der lässig einen weißen Schal um seinen Hals geworfen hatte. Bastian Moran. Warum konnte der nicht mal bei einer Explosion umkommen!

Aber ich fragte nicht, was zum Teufel Abteilung 3 von mir wollte. Stattdessen lächelte ich und witzelte: „In der Tat! Wie klein die Welt doch ist, Herr Oberinspektor!“

Bastian Moran hob in gespielter Überraschung eine Augenbraue. „Ich höre doch nicht etwa einen Hauch von Sarkasmus in Ihrer Stimme? Oder, Viscount?“, erkundigte er sich. „Sie nehmen doch nicht ernsthaft an, dass Sie verfolgt werden?“

„Sie sehen nicht wie ein großer Zirkusliebhaber aus.“

„Stimmt, aber ich bin auch nicht der Typ, der gedankenlos menschliche Ressourcen dafür verschwendet, einen so berechenbaren Gentleman wie Sie zu verfolgen“, bemerkte der Oberinspektor. „In Anbetracht Ihrer Freundschaft mit einem gewissen Dichter wusste ich, wo ich suchen muss. Wie Ihr talentierter Freund seine Zeit verbringt, ist für niemanden ein Geheimnis.“

„Gibt es einen bestimmten Grund, warum Sie nach mir gesucht haben?“, erkundigte ich mich. „Haben Sie endlich den Komplizen der Bankräuber verhaftet?“

„Das haben wir nicht“, antwortete Bastian Moran ruhig. „Noch nicht“, fügte er hinzu, sah sich um und schlug vor: „Haben Sie Lust, einen Spaziergang am Ufer zu machen?“

Ich lehnte nicht ab. Wir ließen die Menge der Zuschauer hinter uns, die nach der Vorstellung nach Hause gingen, und spazierten im Licht der Gaslampen das Flussufer hinunter.

„Wann haben Sie Ihren Onkel das letzte Mal gesehen, Viscount?“, fragte der Oberinspektor.

„Ist etwas passiert?“ Ich blieb stehen und stützte mich auf meinen Stock.

„Beantworten Sie die Frage!“, forderte Bastian Moran

und seine Höflichkeit war wie weggeblasen.

Ich zuckte zusammen und erklärte unsicher: „Ich habe den Grafen zuletzt am Tag des Banküberfalls gesehen, Herr Oberinspektor.“

„Und seitdem haben Sie nicht mehr miteinander gesprochen?“

Ich schüttelte den Kopf. „Ich habe heute Morgen versucht ihn anzurufen, aber die Leitung war gestört. Ich musste mit seinem Anwalt sprechen. Was ist denn passiert?“

Bastian Moran nahm eine Packung Chesterfields heraus, zündete sich eine Zigarette an und schaute auf den Fluss. „Letzte Nacht wurde ein Anschlag auf das Anwesen Ihres Onkels verübt.“

„Geht es dem Grafen gut?“, fragte ich.

„Er ist nirgendwo zu finden“, antwortete der Oberinspektor knapp. „Wir gehen derzeit davon aus, dass er zum Zeitpunkt des Angriffs nicht zu Hause war.“

„So ein Pech“, scherzte ich düster und fügte hinzu: „Nehmen Sie mich nicht ernst. Ich bin nur wütend.“

„In Anbetracht der Verwicklungen zwischen Ihnen beiden, muss ich Sie leider fragen, was Sie gestern Abend gemacht haben, Viscount.“

Für einen Moment verlor ich die Fassung. „Sie verdächtigen mich? Ernsthaft?“

„Wir gehen allen Hinweisen nach.“

„Diesmal habe ich das Glück, ein Alibi zu haben“, erwiderte ich. „Um Mitternacht war ich gerade dabei, die Überreste von Prokrustes im chinesischen Viertel den Ermittlern zu übergeben.“

Bastian Moran nickte und fragte dann völlig berechenbar: „Und in der zweiten Hälfte der Nacht?“

„Ramon und ich gingen zurück zu meinem Haus.

Wir stiegen auf den Gipfel des Kalvarienbergs und schauten uns die Stadt an, um wieder zur Besinnung zu kommen. Es kommt nicht jeden Tag vor, dass man eine Legende tötet, wissen Sie“, sagte ich lächelnd, während ich ihm die vorher vereinbarte Lüge auftischte. „Und selbst wenn man Ramon verdächtigen könnte, mir mit einem falschen Alibi helfen zu wollen, wäre es für mich unmöglich gewesen, dorthin zu gelangen.“

„Ich nehme also an, dass Sie kein Passagier in dem Nachtzug waren, der in diese Richtung fuhr?“

„Nein, Herr Oberinspektor, das war ich nicht.“

Bastian Moran nahm einen letzten Zug von seiner Zigarette und warf die Kippe in einen gusseisernen Aschenbecher.

„In Ordnung.“ Er nickte, ohne dass mir klar war, weshalb.

„Darf ich fragen, was passiert ist?“, hakte ich nach. „Es kann doch nicht dieselbe Bande gewesen sein, die die Bank ausgeraubt hat, oder?“

„Wie kommen Sie darauf, Viscount?“

„Ich glaube nicht an Zufälle.“

„Die Räuber waren dort, so viel ist sicher“, bestätigte Bastian Moran. „Die Reifenspuren im Schlamm bei den Toren sind identisch mit denen, die wir am Tatort des Raubes gefunden haben.“

Ich nickte und wandte mich wieder dem Fluss zu. Ich konnte die kleinen gelben Lichter der Kutschen sehen, die auf einer Brücke über den Yarden fuhren. Sie brachten die Zuschauer nach der Vorstellung nach Hause. Wie sehr hätte ich mir gewünscht, in einer davon sitzen und nach Hause oder zu Freunden zu fahren, statt mit einem Agenten der allmächtigen Abteilung 3 Katz und Maus zu spielen. Aber der Moment der Schwäche verging.

„Und jetzt vermuten Sie, dass mein Onkel etwas mit dem Banküberfall zu tun hatte?“, wollte ich wissen.

„Ich vermute gar nichts“, sagte Bastian Moran abweisend und zog seine edlen Lederhandschuhe an. „Ich interessiere mich mehr für den Scheck über 10.000 Franken, der von Ihrem Onkel unterschrieben wurde. Woher haben Sie ihn, Viscount?“

„Hat der Maître eine Beschwerde eingereicht?“ Ich war von dieser Wendung der Ereignisse nicht überrascht und schon gar nicht ängstlich oder aus dem Gleichgewicht gebracht. Es kümmerte mich nicht.

Der Oberinspektor schüttelte den Kopf. „Nein, ich habe nur zufällig von der Klage erfahren, die Sie eingereicht haben. Und wissen Sie was, Viscount? Ich glaube auch nicht an Zufälle. An einem Tag wird in das Anwesen Ihres Onkels eingebrochen und am nächsten taucht ein Scheck über eine sehr hohe Summe auf.“

„Der Scheck wurde lange vor diesem bedauerlichen Vorfall zur Zahlung vorgelegt.“

„Trotzdem, Viscount, woher haben Sie ihn?“

Ich holte tief Luft und überlegte, ob ich den lästigen Inspektor zum Teufel schicken sollte. Ich entschied aber, dass es noch nicht an der Zeit war. „Der Graf hat den Scheck bei unserem letzten Treffen ausgestellt.“

Bastian Moran hob amüsiert die Augenbrauen. „Fahren Sie fort.“

„Wir haben einen Deal gemacht: Mein Onkel stellt den Scheck aus und dafür belästige ich ihn für den Rest dieses Jahres und das ganze nächste Jahr nicht mit Klagen wegen meines Erbes.“

„Dem Grafen hat das 30.000 Franken gebracht“, erwiderte der Oberinspektor und bewies damit eine bemerkenswert tiefe Kenntnis meiner finanziellen

Angelegenheiten. „Was hatten Sie davon?“

„Schnelles Geld.“

„Und das war alles? Sie haben nur einen Bruchteil der Gesamtsumme bekommen. Das erscheint mir nicht sehr clever. War da noch etwas anderes?“

„Da war tatsächlich noch etwas“, bestätigte ich. „Meine Absicht war, mit diesem Geld meine Schulden zu begleichen. Mein Onkel wollte mich zu einem Hochstapler erklären und Isaac Levinson hätte den Gläubigern dann zehn Cent pro Franken dafür geboten...“

„Das Geld würde in der Familie bleiben?“ Bastian Moran lächelte. „Und alle sind glücklich und zufrieden?“

„Zugegeben nicht sehr ethisch, aber auch nicht illegal.“

„Was ist schiefgelaufen?“

„Aaron Malk sollte den Scheck einlösen. Er war Levinsons Assistent. Aber erst wurde die Bank ausgeraubt, dann brachte Prokrustes Levinson um und Malk verschwand mit meinem Geld!“

„Deshalb haben Sie also nach ihm gesucht“, sagte der Oberinspektor, den meine Geschichte offenbar überzeugt hatte.

„Den Rest kennen Sie bereits“, erklärte ich und musste mich sehr beherrschen, um nicht zu grinsen. „Wir haben Malk tot aufgefunden. Bevor die Polizei eintraf, untersuchte ich seine Leiche und entdeckte den Scheck mit dem Stempel ‚abgelehnt‘.“

Bastian Moran zuckte zusammen. „Und da sind Sie hingegangen, um das mit Ihrem Onkel zu klären?“

„Unsinn!“, sagte ich lachend. „Ich habe mich für den juristischen Weg entschieden und jetzt habe ich meinen Onkel genau da, wo ich ihn haben will! Das Gesetz ist auf meiner Seite!“

„Das ist überraschend“, sagte Moran nachdenklich. „Warum hat Ihr Onkel etwas so Unüberlegtes getan?“

„Wenn Sie ihn finden, fragen Sie ihn das bitte. Ich möchte nur bekommen, was mir rechtmäßig zusteht. Mehr will ich gar nicht.“

„Ich gehe davon aus, dass Ramon Miro Ihre Geschichte bestätigen wird?“

Ich zuckte lässig mit den Schultern. „Fragen Sie ihn.“

„Das werde ich“, versprach der Oberinspektor und nickte mir zu, ehe er die Böschung hinunterging. Bald hielt eine geschlossene Kutsche auf dem Platz, die keine besonderen Merkmale aufwies. Bastian Moran riss die Tür auf, kletterte rasch hinein und das Gefährt verschwand in der Dunkelheit.

Ich war mir sicher, dass ich mit ihm in dieser Kutsche gesessen hätte, wären meine Antworten nicht zu seiner Zufriedenheit ausgefallen. Aber für den Moment hatte ich mich herausgewunden und dem Schicksal ein weiteres Mal ein Schnippchen geschlagen.

Ich atmete tief durch und beruhigte meinen rasenden Herzschlag. Ich nahm einen Schluck aus einem Wasserbrunnen und stützte mich mit den Ellbogen auf die Böschungsmauer.

Überraschenderweise war ich nicht beunruhigt gewesen, während ich mit dem Oberinspektor gesprochen hatte. Die ganze Zeit über hatte ich das Bild von Elisabeth-Maria von Nalz vor Augen gehabt. Auch jetzt hörte ich noch ihre Stimme und roch den feinen Duft ihres Parfüms. Es hatte sich nicht verflüchtigt und trieb mich in den Wahnsinn. Ich wollte den Mond anheulen und mir das Herz herausreißen.

Natürlich tat ich nichts dergleichen. Stattdessen

starrte ich auf den Fluss. Ich stand einfach da und schaute. Wolken zogen über den Himmel und verdeckten die verstreuten Sterne und den aufgehenden Mond. Die Dunkelheit, die die Stadt einhüllte, wurde nur von den Straßenlaternen und dem Schimmern der Schaufenster am gegenüberliegenden Flussufer durchbrochen. In der Ferne sah ich hoch oben die Lichter der Leuchttürme.

Nachts konnte man die vergoldeten Verzierungen nicht sehen. Nachts konnte man auch den Dreck nicht sehen. Die Nacht machte uns alle gleich. Sie sah von oben auf uns herab und unterschied nicht zwischen Arm und Reich. Die Liebe war mit menschlichen Unzulänglichkeiten nicht so nachsichtig.

Wie zuvor krochen die Lichter der Kutschen über die Brücke. Wie die anderen Zirkusbesucher wollte auch ich nachts nicht durch die Stadt laufen. Dazu kam meine Angst, wieder auf einem elektrischen Stuhl zu landen. Deshalb war ich bei der Auswahl eines Taxis vorsichtig und nahm erst das dritte oder vierte, das mir ins Auge fiel. Und auch dann stieg ich erst ein, nachdem ich die Schutzvorrichtung von meiner Cerberus abgenommen und sie in meiner Tasche verstaut hatte.

„Zum Balsamo Platz“, sagte ich.

Wir verhandelten kurz, dann gab der Kutscher den Zügeln einen Ruck und die Pferde trabten durch die nächtlichen Straßen von Neu Babylon. Ich schloss die Augen und erinnerte mich an Elisabeth-Maria. An den Duft ihres Parfums, die Sanftheit ihrer Hände, ihre Stimme und ihre erstaunlichen, betörenden Augen.

Sie hatte sich an den schlaksigen Viscount erinnert! Sie kannte mich! Sie wusste sogar, dass ich es gewesen war, der dem legendären Prokrustes ein Ende bereitet hatte. Bei dem Gedanken fühlte ich mich für einen Augenblick schuldig. Aber nur kurz. Denn egal, was passierte, ich hatte nicht die geringste Chance. Ich war keine gute Partie für sie. Mehr gab es dazu nicht zu sagen.

5

DER BALSAMO PLATZ war mit perfekt gleichmäßigen schwarzen Steinen gepflastert. Einst hatte sich hier ein Gefängnis mit mächtigen Bollwerken und feuchten Kerkern aufgetürmt, die viele Dutzende Meter unter die Erde reichten. Bis der Mystiker und Abenteurer Giuseppe Balsamo von der Löwenburg hierher verlegt worden war. Er selbst hatte sich Graf Cagliostro genannt.

Ob Balsamo von Anfang an über magische Fähigkeiten verfügt oder ob er sich nach seiner Entlassung aus der Gefangenschaft verzweifelt den Herrschern der Unterwelt zugewandt hatte, war nicht bekannt, aber es stand fest, dass der Graf der Erste gewesen war, der die *Gefallenen* herausgefordert und der Macht ihres Zorns standgehalten hatte, wenn auch nicht lange.

Die Rebellion hatte zwei Tage gedauert. Am Ende hatten die Behörden von Neu Babylon das Gefängnis bis auf die Grundmauern zerstört und die Keller mit geschmolzenem Stein gefüllt. Die Bedeutung des Vorfalls lag aber nicht in der Zerstörung. Viele Historiker vertraten die Theorie, dass Cagliostros Beispiel ein halbes Jahrhundert später zur Inspiration für die Rebellion der Rie-Brüder geworden war. Es gab auch eine Anekdote, die diese Theorie stützte. Kaiser Clement hatte persönlich an dem kargen Fleckchen Erde, auf dem einst das Gefängnis gestanden hatte, das Schild mit dem Namen Balsamo angebracht, obwohl der Graf kein Wissenschaftler oder Philosoph gewesen war, die Berufe, die im Kaiserreich üblicherweise als Hauptmotoren des Fortschritts verehrt wurden.

Ich mochte diese Gegend nicht besonders. Es war zu unruhig und eklektisch, selbst für Neu Babylon. Die alten Gebäude schmiegten sich aneinander, während die neuen Konstruktionen aus ungleichmäßigen Lücken zwischen ihnen in die Höhe ragten. Überall hatte man Eisengitter unter den Füßen, aber es waren keine Abflüsse. Unten gab es eine weitere Straße. Dort unten konnte man die Fenster der Stockwerke sehen, die unter der Erde lagen. Durch das Gitter konnte man Menschen zwischen hellen Straßenlaternen laufen sehen und Musik spielen hören.

Der nächstgelegene Weg nach unten war ein kleines Treppenhaus mit eingestürzten Steinstufen. Ich ging sie hinunter, steckte die Hand in die Hosentasche und umklammerte mein Portemonnaie. Unten angekommen ging ich selbstbewusst und entschlossen die unterirdische Straße entlang.

Tagsüber fiel durch die Gitter Licht auf diese Ebene. Jetzt konnte ich Schaufenster und gelegentlich Gaslampen sehen. Es gab viele Leute hier unten. Die meisten von ihnen waren skrupellose Diebe und naive Träumer. Wunderelixiere von unbekannten Meistern und offenkundigen Tunichtguten waren nicht nach Geschmack oder Farbe zu unterscheiden. Handleser fanden leicht wissenschaftliche Grundlagen für ihre Arbeit in den Schriften der antiken Gelehrten und der Genies der Renaissancezeit, während Horoskope nach den neuesten astronomischen Entdeckungen verfasst wurden. Es war keine gute Idee, hier zu verweilen. Sonst wurde man schneller in eine unangenehme Angelegenheit hineingezogen, als man auch nur blinzeln konnte. Man kaufte sich womöglich ein blutreinigendes Magnetarmband oder ein Amulett aus Meteoreisen zum Schutz vor dem bösen Blick.

„Erhabene Elektrizität!“, rief eine plumpe Gestalt in einem weißen Gewand nicht weit entfernt. Seine Ärmel waren bis zu den Ellbogen hochgekrempelt. „Eine wissenschaftliche Methode, um Dämonen auszutreiben und Flüche mit elektrischem Strom zu entfernen! Nur fünf Franken! Lassen Sie sich das nicht entgehen! Einzigartige Technologie!“

Sein Assistent trat eifrig in die Pedale eines Generators und die Drähte des ominös aussehenden Sessels funkelten von Zeit zu Zeit mit elektrischer Entladung. Ich beschleunigte meinen Schritt. Ich hatte nicht den geringsten Wunsch, freiwillig in einem elektrischen Stuhl zu sitzen. Es wäre doppelt seltsam gewesen, dafür zu bezahlen.

Wenig später ließ ich den Lärm der Menge hinter mir. Ich bog in einen versteckten Gang ein und stieg eine schmale Treppe hinunter in die darunter liegende Ebene. Hier kam kein Licht her. Selbst meine *illustre* Sehkraft reichte nicht aus, um genug sehen zu können. Tatsächlich behinderte das Glühen meiner Augen mich nun eher.

Ich schnippte mit dem Rädchen meines Feuerzeugs, aber die flackernde Flamme erlosch sofort. Ich hatte kein Petroleum mehr. Ich ging fluchend weiter und suchte fast blind nach der Tür, zu der ich wollte.

Ich fand sie, klopfte an, und wenig später wurde sie freundlich geöffnet.

„Leo, was für eine Überraschung“, sagte Charles Malacarre und ließ mich eintreten. „Fünf Jahre lang habe ich nichts von dir gehört und jetzt bist du auf einmal ein häufiger Besucher!“

Es war stockdunkel in der Wohnung des blinden Illustrators und nachdem ich über die Schwelle getreten war, fragte ich: „Hast du Kerosin für mein Feuerzeug?“

„Ist das der einzige Grund, warum du gekommen bist?“

„Was glaubst du, Charles?“

Der Künstler lachte heiser. „Du brauchst so dringend ein Porträt von jemandem, dass es nicht bis morgen warten konnte?“

Ich hörte das Geräusch eines Streichholzes, eine kleine Flamme wurde entzündet und eine Kerze verströmte ihren warmen Schein.

„Du musst aber nicht...“, versuchte ich, den blinden Illustrator zu unterbrechen, aber er hörte nicht auf mich und setzte sich an den Tisch, um Bleistifte anzuspitzen.

„Ist es so dringend?“, wiederholte er seine Frage.

„Ich wollte nicht draußen sitzen, wo man mich sehen kann“, antwortete ich und sah mich in dem winzigen Zimmer des Künstlers um.

Ein Kamin, Leinwände, Schalen mit unzähligen Stiften in den Regalen, eine Staffelei, ein paar Truhen, ein Tisch, ein Bett. Sonst nichts. Nur ein Krug mit Wasser neben dem Bett und ein paar zerbrochene Glasbecher.

„Es ist also etwas Persönliches?“, fragte Charles. „Das Kerosin steht auf dem Regal neben dem Kamin“, erklärte er.

Während ich das Feuerzeug füllte, murmelte er nachdenklich: „Ich weiß nicht, ob ich das schaffe...“

„Warum nicht?“

„Dein *Talent* leuchtet so hell, dass es mir in den Augen wehtut“, antwortete der Illustrator und ich nahm sein Wort für bare Münze.

„Und wenn ich versuche, mich zu beruhigen?“

„Ich glaube nicht, dass das viel nützen wird, Leo. Es geht doch um ein Mädchen, nicht wahr? Du bist jung und heißblütig.“

„Hör schon auf, Charles. Ich bin kaltblütig wie eine Kreuzotter!“, sagte ich lachend.

Der Künstler seufzte. „Denk an etwas Entferntes. Ich nehme mir, was ich brauche.“

Also legte ich mich aufs Bett und starrte an die Decke. Es erwies sich als schwierige Aufgabe, nicht an Elisabeth-Maria zu denken. Alle meine Gedanken drehten sich um diese Frau.

Der Bleistift kratzte über das Papier und ich überlegte, wo mein Onkel sich verstecken könnte, und ob der Würger ihn finden würde. Dann lenkte ich meine Gedanken zu dem Aluminiumbehälter mit der Rune und schließlich erinnerte ich mich an den Werwolf. Aber egal wie sehr ich mich bemühte, ich konnte das Bild von Elisabeth-Maria nicht abschütteln.

„Leo!“ Charles Malacarre stöhnte auf und legte seinen Bleistift beiseite. „Es ist unmöglich, mit dir zu arbeiten! Du könntest genauso gut geschmolzenes Gold in meinen Kopf gießen!“, rief er, stand von der Staffelei auf und griff nach dem Krug. „Na schön, sieh es dir an…“

Ich griff mir die Kerze, ging auf das Porträt zu und erstarrte. Elisabeth-Maria von Nalz sah lebendig aus. Obwohl die Zeichnung schwarz-weiß war, schimmerten die orangefarbenen Flecken in ihren *illustren* Augen, und es schien, als würde sie mich anlächeln und wollte mit mir sprechen. Das Gefühl war so real, dass es mich erschreckte.

„Nimm dich zusammen und bring dein *Talent* unter Kontrolle, Leo!“, mahnte Charles.

„Es ist alles gut“, flüsterte ich. „Das ist einfach unglaublich!“

„Ach ja, die Liebe“, sagte er kopfschüttelnd.

Ich nahm das Blatt von der Staffelei und rollte es zusammen. Tief in meinem Inneren fühlte ich mich nun wohler. Ich wusste nicht, ob es eine Eigenheit von Charles' *Talent* oder eine Marotte der menschlichen Psyche war, aber jedes Mal, wenn der Illustrator meine Fantasien zu Papier brachte, wurden sie in meinem Kopf schwächer und rissen meine Psyche nicht mehr in Stücke.

Die Gedanken an Elisabeth-Maria quälten mich nicht mehr. Meine geistige Klarheit kehrte zurück und ließ mich mit dem obsessiven Wunsch zurück, sie wiederzusehen, koste es, was es wolle. Erst da begriff ich, wie nahe ich dran war, mir mit einer Lüge Zutritt zum morgigen Empfang bei Baron Dürer zu verschaffen.

„Leo", sagte der Künstler und spitzte die stumpfen Bleistifte des Tages. „Da ist noch etwas..."

„Ach ja?"

„Etwas anderes in deinem Kopf."

„Was ist in meinem Kopf?" Ich runzelte die Stirn, denn niemand mochte es, wenn andere Leute in seinen Erinnerungen herumwühlten. Und obwohl Charles nur die stärksten Bilder wahrnahm, brachte es mich für einen Moment aus der Fassung.

Der Künstler erfasste, wie heikel die Situation war, und erklärte vorsichtig: „Ich habe etwas gesehen. Etwas, das ich schon zuvor einmal mit meinen eigenen Augen gesehen hatte. Ich war nicht immer ein blinder Maulwurf, weißt du. Es gab eine Zeit, da war ich jung und sehend. Damals fanden mich die Frauen sogar attraktiv!"

„Also gut, was hast du gesehen?"

„Einen Schatten", antwortete der Zeichner schlicht. „Eine Person, deren Gesicht ich nicht erkennen konnte, weder damals noch heute. Sein Bild flackerte nur in deinem Kopf, aber es blieb in meiner Erinnerung haften..."

Ich nickte unwillkürlich. Das Bild des Würgers hatte sich in der Tat tief in mein Gedächtnis eingebrannt. „Wer ist das?“

„Ich weiß es nicht. Zur Zeit der *Gefallenen* soll es sich bei ihnen um Diener von jemandem aus dem inneren Kreis des genialen Rafael gehandelt haben.“

„Bei ihnen?“, fragte ich verwirrt.

„Ja“, bestätigte Charles. „Die gesichtslosen Schatten haben einem der mächtigsten *Gefallenen* überhaupt gedient, Leo. Die Rückkehr dieser Abscheulichkeiten kann zu nichts Gutem führen.“

„Ich habe nur einen gesehen.“

„Wo es einen gibt, gibt es auch andere!“, sagte der alte Mann energisch und sein Gesicht wirkte mager und blass. „Keiner hat sie seit dem Aufstand mehr gesehen. Keiner, jemals. Es muss etwas Ernstes im Gange sein, wenn sie aus ihrem Versteck gekrochen sind.“

Ich versuchte, die Nervosität zu verbergen, die mich erfasste, und beruhigte den Zeichner. „Dann hoffe ich, dass man sie nicht mehr sehen wird.“

„Halte dich von diesen Kreaturen fern“, mahnte Charles. „Es wäre besser, die Behörden zu informieren. Das ist keine Kleinigkeit.“

„In Ordnung“, sagte ich, ohne zu widersprechen. „Ich werde es mir überlegen.“

„Sei vorsichtig“, bat der alte Mann mich und wickelte sich fröstelnd in eine Decke. Dieser Gruß aus seiner Vergangenheit hatte ihn eindeutig aus der Bahn geworfen.

„Auf jeden Fall“, versprach ich, während ich meine Brieftasche hervorholte.

„Ich brauche kein Geld“, erklärte der Künstler, als er die Geldscheine rascheln hörte.

„Jeder braucht Geld“, wandte ich ein, legte 50 Franken auf den Tisch und ging zurück zur Tür. „Pass gut auf dich auf, Charles.“

Der Illustrator lachte. „Du hast meinen Spruch geklaut, Leo!"

„Ich weiß", sagte ich kichernd und ging hinaus.

Mit der ungleichmäßigen Flamme meines Feuerzeugs stieg ich eine Etage höher. Dort eilte ich zur nächstgelegenen Treppe. Ich wollte nicht länger als nötig unter der Erde bleiben und das hatte nichts mit meiner schwierigen Beziehung zu Kellern zu tun. Ich musste Luft holen und über das Gehörte nachdenken.

Und obwohl ich es mir nicht eingestehen wollte, hatte Charles' Erzählung mich aufgewühlt. Wenn man den Geschichtsbüchern Glauben schenkte, war der geniale Rafael selbst nach den Maßstäben der *Gefallenen* eine überragende Figur gewesen. Die Erstürmung seines Vorstadtschlosses hatte mehrere Tage gedauert und war später zu einem der beliebtesten Motive für Schlachtengemälde jener Zeit geworden.

Es war doch nicht möglich, dass einer aus der Truppe des *Gefallenen* dem entkommen war und nun mehr als 50 Jahre später zurückkehrte, oder? Andererseits, warum nicht? Und was hatte der Aluminiumbehälter von Emile Rie damit zu tun?

Die unlösbaren Fragen verursachten mir Kopfschmerzen. Scharfe Windböen wehten mir einen leichten Nieselregen ins Gesicht. Ich wollte so schnell wie möglich nach Hause, die Tore abschließen und mich ins Bett legen. Einfach all meine Sorgen und Probleme vergessen, wenigstens für eine Nacht. Ausschlafen und mit klarem Kopf über die Situation nachdenken, die mit jedem Tag unangenehmer wurde. Diener eines *Gefallenen*! Was für ein Gedanke!

Aber als ich nach Hause kam, konnte ich nicht gleich ins Bett gehen. Wie es zur Tradition geworden war, musste ich Elisabeth-Maria beim Abendessen Gesellschaft leisten. Zum Glück war sie ungewöhnlich wortkarg und auch Theodor brachte wie ein stummer Schatten das Geschirr aus der Küche. In den letzten Tagen wirkte mein Butler ernsthaft depressiv.

Nachdem ich mein Abendessen in Grabesstille beendet hatte, erhob ich mich vom Tisch und erst dann erkundigte sich Elisabeth-Maria: „Was hast du morgen vor, mein Lieber?"

Ich spitzte die Ohren. „Was soll das?"

„Mir ist langweilig", sagte die junge Frau gedehnt. „Langweilig, Leo! Verstehst du? Ich bin es nicht gewohnt, die ganze Zeit drinnen eingesperrt zu sein!"

„Es gibt nichts, was ich dagegen tun könnte."

„Vielleicht könnten wir irgendwo hingehen?", schlug Elisabeth-Maria vor. „Du musst dich mal erholen."

„Kommt nicht infrage", lehnte ich ab. „Morgen werde ich den ganzen Tag außerhalb der Stadt verbringen."

„Den ganzen Tag?"

„Richtig."

„Und was soll ich mit mir anfangen?"

„Hast du an die Bibliothek gedacht? Frag Theodor, er wird dir zeigen, wo sie ist."

„Ich weiß, wo deine Hausbibliothek ist!", fauchte sie beleidigt. „Leo, du bist unausstehlich! Überleg doch mal: Wie kann man tagelang nur dasitzen und lesen? Das würde jeden Menschen in den Wahnsinn treiben!"

„Na ja, ich weiß nicht so recht. Dann versuch doch mal, den Kobold zu fangen. Das könnte dich aufmuntern."

Elisabeth-Maria runzelte nur die Stirn, aber mein Butler unterstützte mich. „Madame, ich denke, Sie sollten versuchen, seinen Schatz zu finden", riet er.

„Noch mehr Silber?", fragte ich entnervt.

„Jetzt sind die Messer verschwunden“, bestätigte Theodor.

„Dieser eingebildete kleine Bastard hat eine ordentliche Tracht Prügel verdient.“ Elisabeth-Maria lächelte verträumt. „Es wird nett sein, ihm einen Schlag auf die Nase zu verpassen.“

„Er hat wahrscheinlich keinen Schatz“, erinnerte ich sie. „Er ist ein Hirngespinst von mir.“

„Alle Kobolde haben einen Schatz“, widersprach mein Butler starrköpfig. Das Verschwinden unseres Silbers hatte ihn bis ins Innerste seiner Seele getroffen. „Ob er nun eingebildet ist oder nicht, es liegt in seiner Natur.“

„Vielleicht werde ich das wirklich tun“, erklärte Elisabeth-Maria.

Ich schüttelte nur den Kopf und ging nach draußen.

In meinem Zimmer kippte ich vor Erschöpfung schon fast um, vergaß aber nicht, die Jalousien zu schließen. Danach zog ich mich aus und ließ mich auf mein Bett fallen, wo ich sofort in einen tiefen, angstvollen Traum sank.

Im Traum war ich wieder im Zirkus, aber dieses Mal war das Gebäude menschenleer und meine einzige Gesellschaft war der Kobold. Ich verstand, dass das alles nur ein Traum war, also verließ ich die Loge, ging in die Vorhalle und traf wieder auf Elisabeth-Maria von Nalz. Ich versuchte, ihre ausgestreckte Hand zu ergreifen, aber sie lachte und schlüpfte davon. Ich folgte ihr durch die leeren Gänge, ging hinter die Bühne und schließlich landeten wir im Keller meines eigenen Hauses.

Es wurde dunkel, still und kalt. Plötzlich brach ein Eisbrocken ein, knisterte und zog mich wie Treibsand hinab in eine eisige Hölle, in die Unterwelt selbst...

Ich stürzte, griff nach der untersten Stufe der Treppe

und versuchte, herauszukommen, aber ich hatte keinen Erfolg. Der eisige Strudel zog mich mit immer größer werdender Kraft nach unten. Meine Finger wurden in der Kälte taub, rutschten ab und meine Fingernägel brachen ab. Meine Gelenke wurden schmerzhaft verdreht und brachen. Ich wäre sicher in den schwarzen, eisigen Abgrund gestürzt, doch dann streifte etwas mein Gesicht.

Es ließ mich erwachen. Ich schleuderte das Handtuch weg, das auf meinem Gesicht gelandet war, und setzte mich im Bett auf.

„Mist", brummte der Kobold, der in einem Sessel saß und ein Buch in den Händen hielt. Auf der einen Armlehne stand ein Glas mit einer brennenden Kerze. Auf der anderen stand eine halbleere Weinflasche. „Du lenkst mich ab!"

Ich seufzte tief und ließ mich auf mein Kissen zurückfallen. „Bist du nicht ein bisschen zu alt für die Abenteuer von *Alice im Wunderland*?", fragte ich den Kobold.

„Hör auf!", forderte der Albino, leckte sich den Finger und blätterte die Seite um. „Schlaf! Du hast mich erwischt!"

Aber der Schlaf hatte sich bereits verflüchtigt. Ich stützte mich auf einen Ellbogen auf und fragte meine Fantasie: „Wer war der Mann, den du heute Morgen aufgeschlitzt hast?"

Der Kobold starrte mich bestürzt an und antwortete zähneknirschend: „Das spielt keine Rolle. Er ist herumgeschlichen. War frech. Er wollte Ärger haben!"

Ich machte dem Albino keine Vorwürfe, dass er den Einbrecher getötet hatte, aber ich wollte das Thema auch nicht auf sich beruhen lassen. „Was wolltest du mit der Leiche machen?", fragte ich den Winzling.

Er fluchte vor sich hin und starrte weiter auf das Buch.

„Was wolltest du tun?“, wiederholte ich meine Frage.

„Siehst du, Leo, diese Art von Herzlosigkeit führt dazu, dass streunende Tiere auf der Straße verhungern“, antwortete der Kobold, ohne den Blick vom Buch abzuwenden. „Und stör mich nicht, wenn ich lese!“, forderte er.

Streunende Tiere? Hatte er vorgehabt, die Leiche an die Straßenhunde zu verfüttern? Das Letzte, was diese Nachbarschaft brauchte, war jemand, der die Streuner zu Menschenfressern erzog!

Ich drehte mich auf die andere Seite, zog meine Decke höher und sagte: „Tu das nicht mehr!“

Der Kobold kam aber nicht mehr dazu, mir zu antworten. Unten fiel etwas mit einem ohrenbetäubenden Krach um. So sehr, dass der Boden bebte.

„Verflucht!“, rief der Kobold und verschüttete vor Überraschung etwas Wein. „War das der Schrank?“

Es hatte sich so angehört. Blitzschnell sprang ich aus dem Bett, nahm meine *Cerberus* vom Nachttisch, riss meine *Roth-Steyr* aus dem Holster und stürzte zur Tür. Ich rannte in den Korridor und stieß fast mit Elisabeth-Maria zusammen, als sie aus ihrem Zimmer lugte.

„Aus dem Weg!“ rief ich ihr zu, als ich vorbeilief, und der Sukkubus rannte im Nachthemd hinter mir her.

Kopfüber hechtete ich ins Untergeschoß, lief durch die Küche in den Eingangsbereich, wo die Tür weit offen stand, und ging zurück ins Wohnzimmer. Ich trat über den umgestürzten Schrank und hatte eine dunkle Gestalt im Visier, die den halb erdrosselten Butler an die Wand drückte. Unter seinem Hut mit breiter, flacher Krempe wimmelte es von Schatten. Die Hände, die Theodors Hals packten, sahen etwas dunkler aus als die eines durchschnittlichen Neubabyloniers. Ein Mohr?

„Lass ihn los!“, forderte ich, ohne dass ich mich entschließen konnte, zu schießen.

Als Elisabeth-Maria durch eine andere Tür ins Wohnzimmer kam, drehte sich der Würger langsam zu ihr um.

Sekundenschnell war die junge Frau beim Kamin, nahm den Säbel von der Wand und stürzte sich auf die dunkle Gestalt. Er sprang eilig von meinem Butler weg und trat dem Sukkubus entgegen, wobei er seine Hand in einer schützenden Geste öffnete. Die scharfe Stahlklinge traf mit einem kläglichen Geräusch auf das Fleisch, wurde zurückgeschleudert und hinterließ nur einen kleinen blutenden Kratzer.

Ich zielte auf den Kopf und schoss. Der Schattenmann fing die Kugel aus dem Nichts auf, warf mit der anderen Hand einen Stuhl nach dem Sukkubus und kam auf mich zu. Aber er stolperte über den Kobold, der aus dem Nichts aufgetaucht war. Der Würger sprang schnell auf, fiel aber wieder zu Boden, als der Albino ihm mit einem rostigen Küchenmesser die Sehnen durchtrennte. Sein Fleisch, dem normaler Stahl nichts anhaben konnte, gab mit überraschender Leichtigkeit nach. Die Klinge raspelte an seinen Knochen, aber der Würger schrie nicht einmal auf.

Im Nu war seine dunkle Gestalt von Schatten umhüllt. Sie wurden zu einer Verlängerung seiner Arme, flogen in alle Richtungen und drohten, mich zu erreichen und in meinen Verstand einzudringen. Ich stolperte von ihnen weg und nahm den Würger erneut ins Visier, doch da trat Elisabeth-Maria vor und schlug dem Mohren mit aller Kraft den Säbel in den Nacken. Sein abgetrennter Kopf flog von seinen Schultern und rollte über den Boden.

„So einfach ist das!“, knurrte der Sukkubus mit sehr

wenig Menschlichem in der Stimme.

Dann richtete sie ihre rot glühenden Augen auf den Kobold. Sofort hielt er das Küchenmesser vor sich und legte die linke Hand hinter den Rücken, wie ein geborener Schwertkämpfer.

„Willst du tanzen?“, fragte er, sprang auf sie zu und wich dann ruckartig zurück. „Eins-zwei!“ Mit diesem einfachen Manöver kam er der Tür ein gutes Stück näher.

„Das reicht jetzt!“, krächzte ich. Etwas weniger laut, aber dafür überzeugender, fügte ich hinzu: „Er war vielleicht nicht allein.“

Es wirkte. Elisabeth-Maria, den blutigen Säbel noch in der Hand, lief zum Fenster. Theodor ging hinaus, um die Haustür zu verschließen. Der Kobold tat immer noch so, als wäre nichts geschehen. Er hob seinen Ziehharmonika-Hut auf, schüttelte ihn über seinem Knie aus und spuckte auf den Boden.

„Verdammt! Das war‘s mit dem Teppich!“

Tatsächlich hatte sich das schwarze Blut des Würgers praktisch über das halbe Wohnzimmer ergossen.

„Es ist gerade eine schlechte Zeit, um in diesem Haus ein Teppich zu sein“, scherzte der Sukkubus. „Ich konnte im Hof niemanden sehen, aber vielleicht versteckt sich ja jemand im Garten“, berichtete sie.

„Warum auf sie warten?“ Ich drehte mich zu meinem Butler um, der gerade eine doppelläufige Jagdflinte und eine Schachtel mit Patronen hervorholte. „Theodor, ist alles in Ordnung mit Ihnen?“

„Mein Zustand hat gewisse Vorteile“, antwortete er und drehte den Kopf von einer Seite zur anderen. „Unter anderem brauche ich nicht zu atmen.“

„Und warum fragt niemand, ob es mir gut geht?“, erkundigte der Kobold sich kapriziös, denn alle hatten ihn vergessen.

„Es wäre gesünder für dich, den Mund zu halten", riet Elisabeth-Maria ihm und wischte die Säbelklinge am Saum ihres bereits blutgetränkten Nachthemdes ab.

„Miststück!", fluchte der Knirps und ging stolz zur Tür hinaus.

Und das gerade noch rechtzeitig. Der Sukkubus konnte sich ohnehin kaum noch zurückhalten.

„Sie hätten fragen sollen, wo er seinen Schatz versteckt hat", schlug Theodor mit Verspätung vor und zündete eine Gaslampe an.

Ich wischte den Einwand mit einer Handbewegung weg. „Wir haben genug andere Probleme."

Nachdem ich meine Pistolen auf den Couchtisch gelegt hatte, berührte ich den abgetrennten Kopf und betrachtete den Schnitt des Säbels mit einer gewissen Abscheu. Er war glatt und gleichmäßig, wie von einer Guillotine ausgeführt. Elisabeth-Maria konnte offensichtlich mit unglaublicher Kraft zuschlagen.

„Irgendetwas Ungewöhnliches?", erkundigte der Sukkubus sich kichernd.

„Er ist kalt", antwortete ich und wischte mir die Finger am Teppich ab.

Die dunkle Haut des Toten war kühl und schleimig wie die eines Reptils. Und ja, die böse Kreatur war merklich kälter, als es eine frische Leiche hätte sein dürfen.

Elisabeth-Maria wandte sich vom Fenster ab und kickte den abgeschlagenen Kopf weg.

„Ein Mohr", sagte sie nachdenklich und betrachtete das Gesicht mit der breiten Nase und den wulstigen Lippen. „Du hast ein echtes Talent, dir Freunde zu machen, Leo!"

„Was kannst du mir über ihn erzählen?", fragte ich ruhig.

Sie hängte den Säbel zurück über den Kamin. „Jetzt verstehe ich, warum du nach Vampiren gefragt hast, mein Lieber.“

„Sag mir nicht, dass das ein Vampir war. Ich kann den Unterschied zwischen Unterweltkreaturen und Vampiren erkennen.“

„Das ist keine Kreatur der Unterwelt“, widersprach der Sukkubus. „Es ist der Diener eines dunklen Wesens. Der Säbel deines Großvaters kam mir sehr gelegen.“

„Der Kobold hat den ersten Schlag gemacht.“

„Und das ist wirklich überraschend“, murmelte Elisabeth-Maria und hockte sich hin. Sie nahm die Hand des Toten, über deren Innenfläche ein breiter Schnitt verlief, „Leo, schau mal!“

Ich hockte mich neben sie. „Worauf genau?“

„Auf seine Handfläche.“

Ich bat den kreidebleichen Theodor, eine Petroleumlampe zu bringen, und sah erst dann, was die junge Frau in Aufregung versetzte. Die Handfläche des Mohren war mit den grauen Linien alter Tätowierungen bedeckt. Auch auf dem Handrücken waren die fantasievollen Symbole verstreut. Sie begannen an den Fingern und gingen bis in die Manschette seines weiten Ärmels.

„Eine ägyptische Botschaft“, stellte ich fest. „Es scheint eine ältere Form der Schrift zu sein.“

„Ganz so alt ist er nicht“, erwiderte Elisabeth-Maria und bat: „Theodor, bringen Sie mir ein Messer.“

Als mein Butler ein scharfes Küchenmesser brachte, schlitzte sie mit einer sicheren Bewegung den Ärmel bis zur Schulter auf und lächelte selbstzufrieden. „Wie ich gesagt habe!“

Es gab seltsame Tätowierungen, die seinen Arm

zierten und sogar sein Schlüsselbein hinaufkrochen, aber dort waren sie frisch und deutlich von geschwollener und entzündeter Haut gekennzeichnet.

„Seltsam“, murmelte ich verblüfft.

„Du kannst doch nicht ernsthaft gedacht haben, dass du einzigartig bist, mein Lieber?“, sagte Elisabeth-Maria lachend und betrachtete meine Tätowierungen. Mit wenigen Handgriffen schnitt sie dem kopflosen Mohren die Kleidung vom Leib.

Über beiden Armen befanden sich Zeichen, die sich bis zur Herzgegend erstreckten. Dann drehte sie den toten Körper auf den Bauch. Auch seine Wirbelsäule war mit Tätowierungen versehen. Sie endeten auf Brusthöhe. Die auf seinen oberen Wirbeln schienen vor nicht allzu langer Zeit gemacht worden zu sein.

„Wir können froh sein, dass der Schutz nicht bis zum Hals ging“, sagte ich mit einem Schaudern.

„Es gibt viele Wege, die zu töten, die sich für unbesiegbar halten“, stellte Elisabeth-Maria fest. Dann richtete sie sich auf und schlug vor: „Geh schlafen, Leo. Wir werden hier alles aufräumen.“

„Die letzten Tattoos“, sagte ich und rührte mich nicht von der Stelle. „Was glaubst du, wie lange es her ist, dass sie gemacht wurden?“

„Gestern oder vorgestern“, antwortete sie ohne zu zögern. „Bei solchen Kreaturen heilt alles innerhalb weniger Tage.“

Ich teilte ihre Meinung. „Du musst ein paar der neuen Tattoos für mich ausschneiden“, warnte ich sie. „Ein paar von den alten würden auch nicht schaden.“

Elisabeth-Maria sah mich aufmerksam an, erkundigte sich aber nicht nach meinem seltsamen Interesse an den Tätowierungen des Toten.

„Aber sicher“, versprach sie und bedeckte ihren Mund mit der Hand, während sie gähnte. „Und sei bitte so freundlich, dir vorzustellen, ich würde unter Schlaflosigkeit leiden. Sterbliche verschwenden so erstaunlich viel Zeit mit Schlaf. Es ist... irrational.“

„Aber angenehm“, brummte ich, nahm meine Pistolen vom Couchtisch und ging in die Garage.

Ich fühlte mich, als würden Ameisen über meinen Rücken krabbeln, und schauderte, aber nicht wegen der Kälte, obwohl ich in nichts als langen Unterhosen über den Flur lief. Es war nur so, dass ich mein Haus immer für eine uneinnehmbare Festung gehalten hatte. Doch nun spazierten schon in der zweiten Nacht in Folge unwillkommene Fremde hier herum.

Das machte mir Angst. Es erschreckte mich und machte mich wütend. Ich betrachtete ihr Eindringen als persönliche Beleidigung, als eine Tat, die noch etwas demütigender war, als mich zu entführen und mit Strom zu foltern. Ich wollte mich rächen und war nicht bereit zu warten, bis die Spur kalt wurde. Die letzten Tätowierungen des Mohren waren in Neu Babylon gestochen worden, weshalb ich vorhatte, gleich loszuziehen, um den Künstler zu finden, der sie gemacht hatte.

Aber zuerst beschloss ich, mich auf neue Überraschungen vorzubereiten. Nein, ich schraubte nicht die Dochte in die Handgranaten. Stattdessen reinigte ich das *Madsen*-Maschinengewehr von Fett und machte mich daran, zehn Magazine mit je 30 Kugeln zu laden. Danach lud ich noch ein paar Magazine für die halbautomatischen Gewehre und ein paar *Mauser*. Aber ich nahm sie nicht mit, sondern ließ sie in einer Kiste auf den anderen Pistolen liegen.

Pistolen waren kein Allheilmittel, aber sehr nützlich,

wenn man keine anderen Argumente mehr hatte. Schließlich gab es nichts, was einen Vampir davon abhielt, normale Halunken auf mich anzusetzen. Außerdem konnte jemand von der *illustren* Bande auftauchen. Ich musste auf der Hut bleiben.

Aber alle Gedanken an Waffen und Rachepläne verflüchtigten sich, als ich mein Schlafzimmer betrat. Der Kobold stand dem Bleistiftporträt von Elisabeth-Maria von Nalz gegenüber, in der einen Hand eine selbstgedrehte Zigarette, in der anderen eine offene Weinflasche. Er schnalzte ratlos mit der Zunge.

Ich erstarrte auf der Schwelle, schüttelte dann meine Bestürzung ab und legte meine Pistolen auf den Nachttisch. „Ich frage mich, ob du von einer Silberkugel verletzt werden könntest", überlegte ich laut.

Der Knirps warf mir einen wütenden Blick zu, ging aber nicht von der Zeichnung weg. Dann sauste er zum Stuhl und hielt sein Buch hoch. Er hatte nicht vor, das Schlafzimmer zu verlassen.

Ich fluchte lautlos vor mich hin, löschte die Gaslampen, die der Kobold angezündet hatte, und legte mich ins Bett.

Sollte ich vielleicht meine eigene Fantasie vor die Tür setzen? Was für ein Unsinn...

6

ICH WACHTE mit dem Sonnenaufgang auf. Im Zimmer roch es unerträglich nach Tabak und Schnaps. Eine leere Flasche lag auf dem Boden. Die Armlehne des Stuhls hatte Wachsflecken, aber der Kobold war verschwunden. Der offenen Tür nach zu urteilen, war er losgezogen, um Elisabeth-Maria auf die Nerven zu gehen.

Die Ereignisse der letzten Nacht kamen mir immer noch wie ein schlechter Traum vor. Aber nein, sie waren kein Traum gewesen. Als ich hinunter ging, sah ich Theodor mit hochgekrempelten Ärmeln das schwarze Blut vom Parkett des Wohnzimmers waschen. Es war kein Teppich mehr im Zimmer.

„Ist die Leiche im Eiskeller?“, fragte ich.

„Ja, Sir“, bestätigte mein Butler. Die Farbe war noch nicht in sein Gesicht zurückgekehrt. Unter dem hohen Kragen seines Hemdes konnte ich die lilaschwarzen Spuren der Hand des Würgers erkennen.

„Verdammt“, fluchte ich. „Wir haben bald ein richtiges Massengrab in unserem Keller!“

„Zwei Leichen sind nicht so viel“, sagte Elisabeth-Maria, die sich zu uns gesellte.

Der Kobold schlüpfte hinter ihr in den Raum, konnte sich das Lachen nicht verkneifen und wischte sich sogar mit seinem schmutzigen Taschentuch eine Träne von der Wange.

„Wie ich sehe, habt ihr euch verständigt“, stellte ich fest.

„Miststück ...“ Der Knirps berührte vorsichtig seine

geschwollene Nase.

„Er hat versucht, mir von unter dem Bett die Füße wegzuziehen“, beantwortete sie meine unausgesprochene Frage.

„Du bist aber auch ein Luder!“, brummte der Kobold, hüpfte geschickt auf die Fensterbank und sah aus dem Fenster. Demnach hatte mein imaginärer Kindheitsfreund nicht mehr die Absicht, sich zu verstecken.

Ich durfte nicht darüber nachdenken, in wessen Gesellschaft ich hier lebte.

Elisabeth-Maria musterte den Knirps mit einem hasserfüllten Blick, ging aber nicht auf seine Worte ein und fragte: „Willst du frühstücken, Leo?“

„Ich hätte gern einen Tee“, sagte ich. „Was ist mit der Haut?“

„Zweifelst du an meiner Fähigkeit, menschliche Haut zu entfernen?“ Die junge Frau schenkte mir ein süßes Lächeln, unter dem sich etwas Unangenehmes verbarg. „Nun, ich kann das, Leo. Ich bin sogar ziemlich geschickt darin.“

Ich betrat die Küche. Auf dem Tisch lagen viele lange Streifen schwarzer Menschenhaut zum Trocknen. Der Sukkubus hatte die Häutung offensichtlich mit Bravour gemeistert. Mein Appetit verschwand im Nu.

„Du hast die Wahl, mein Lieber“, erklärte Elisabeth-Maria. „Welches Stück auch immer dir am besten gefällt.“

„Sehr witzig.“ Ich nahm nervös einen Schluck von meinem Tee und bat sie, den ersten Hautstreifen in einen Lappen zu wickeln.

Sie tat es, nahm dann die beiden längsten der verbleibenden Streifen und fügte sie mit einem so alltäglichen Blick zusammen, dass man hätte meinen können, sie würde Makramee herstellen.

„Was machst du da?“, fragte ich erschrocken.

„Der Säbel deines Großvaters ist schön.“ Sie lächelte unpassend. „Aber zu einer zuverlässigeren Waffe würde ich auch nicht Nein sagen. Manche Feinde sind leichter zu erwürgen als in Stücke zu schneiden.“

„Hat diese Haut irgendwelche besonderen Eigenschaften?“

„Oh, ja! Mein Rat an dich: Wenn du dein Stück des Mohrs nicht mehr brauchst, verbrenn es sofort.“

Ich nickte, nahm mir ein paar Honigkuchen aus der Schale und eilte hinaus.

Das Bild einer bezaubernden jungen Frau, das in meinem Kopf entstanden war, war so überzeugend, dass es mich überforderte, ihren makellosen kleinen Händen dabei zuzusehen, wie sie Streifen menschlicher Haut zu einer Garrotte verwoben.

Kopfschüttelnd ging ich hinauf ins Schlafzimmer, aber ich konnte nicht einfach in Ruhe Tee trinken. Elisabeth-Maria folgte mir mit einem Lappen in der einen Hand und einem halb fertigen Seil in der anderen.

„Einsam zu trinken, ist stillos“, bemerkte sie und sah sich in dem Durcheinander um, das der Kobold angerichtet hatte. „Du hättest mich rufen können.“

„Ich glaube nicht, dass das eine gute Idee wäre“, antwortete ich und band mein Halstuch zu.

„Soll ich mitmachen?“

„Ich würde euch beide unter den Tisch trinken.“

Der Sukkubus lächelte. „Hast du ihn überhaupt nicht unter Kontrolle?“

Ich antwortete nicht, verstaute nur meine *Roth-Steyr* in meinem Gürtelholster, steckte meine *Cerberus* in die Tasche und ging zum Ausgang.

Elisabeth-Maria reichte mir das Lappenbündel und

bemerkte: „Du könntest eine Rasur vertragen.“

„Ja, sicher.“ Ich rieb mit den Fingern über mein struppiges Kinn, verschwendete aber trotzdem keine Zeit damit, mich in Ordnung zu bringen.

Ich ging hinunter, trat auf die Veranda hinaus und schaute in den Himmel. Oben zogen Wolkenfetzen umher. Sie drohten, den Himmel bald vollständig zu bedecken, aber noch regnete es nicht, nur die Wipfel der Bäume zitterten im Wind. Er blies lebhaft, zu stark für diese Jahreszeit. Ich konnte das kommende schlechte Wetter spüren, ohne dass es irgendwelche Sturmwarnungen gab. Aber ob der Sturm heute Abend, morgen oder Ende der Woche ausbrechen würde, war noch völlig unklar. Und so war es fast unmöglich, herauszufinden, welche Kleidung ich tragen sollte. Um mir unnötige Ausgaben zu ersparen, kehrte ich ins Haus zurück, zog meinen alten Anzug und Stiefel an und warf meine Leinenjacke über. Nur bei der Kopfbedeckung blieb ich der Form treu und nahm meinen Derbyhut aus dem Regal.

Elisabeth-Maria sah mich zufrieden an, gab aber keinen Kommentar zu meinem Aussehen ab, sondern fragte nur: „Soll ich dich zum Mittagessen erwarten, mein Lieber?“

„Nein, ich bin zum Abendessen wieder da“, antwortete ich und ging hinaus, wobei ich mir Mühe gab, nicht ‚hoffentlich‘ zu sagen.

Ich wollte mich nicht mit der übermäßigen Aufmerksamkeit des Sukkubus belasten. In den letzten Tagen hatte sich die höllische Kreatur unpassend verhalten und ich wurde den schleichenden Verdacht nicht los, dass das von mir geschaffene Bild einer rührselig-schönen Rothaarigen begonnen hatte, auf das Geschöpf der Unterwelt abzufärben. Aber ich durfte mir keine Illusionen machen. Das Einzige, was die Bestie, die in Elisabeth-Maria wohnte, davon abhielt, mich in Stücke zu reißen, war unsere Vereinbarung.

Ich beschloss, zuerst Ramon Miro zu besuchen.

Misstrauisch von einer Seite zur anderen blickend ging ich den Kalvarienberg hinunter zum Dürer-Platz, nahm dort ein Taxi und ließ mich zu den Kohlehäusern fahren.

Ramons Schicht war noch nicht zu Ende und ich fand ihn auf seinem Wachposten. Mein hünenhafter Partner hatte sich in seinem Stuhl zurückgelehnt und hielt sich einen Eisbeutel aufs Gesicht. Doch als er mich sah, warf er ihn auf den Tisch und zuckte beschämt zusammen. Oder zuckte er vor Schmerzen?

Mein Freund hatte ein ordentliches Veilchen und seine Nase war geschwollen.

Ich lehnte mich an den Türrahmen. „Harte Nacht gehabt?"

Mein schwerfälliger Partner blieb stumm.

„Wer hat das getan?", formulierte ich meine Frage neu.

„Das spielt keine Rolle."

„Es hat doch nichts mit unseren Geschäften zu tun, hoffe ich? Es waren nicht etwa unsere früheren Kollegen, die dich so zugerichtet haben, oder?"

„Nicht die." Ramon hob die rechte Hand und zeigte mir seine aufgeschürften Fingerknöchel. Das war ein überzeugendes Argument, also fragte ich nur nach: „Und haben sie dich gefragt, wohin wir nach dem chinesischen Viertel gegangen sind?"

„Ja, so ein rothaariger Schwachkopf kam vorbei. Ein Detective Sergeant, glaube ich."

„Er kam hierher?"

„Nein, zu mir nach Hause. Wie du sicher verstehst, habe ich nicht vielen Leuten von meiner neuen Arbeitsstelle erzählt."

„Und was hast du ihm gesagt?"

„Alles, wie wir es vereinbart hatten."

„Du hast dich also mit jemand anderem gestritten?"

„Das reicht jetzt, Leo!", fauchte Ramon. „Hör auf!" Er hob den Eisbeutel auf, legte ihn wieder an seine Wange und fragte: „Wie sieht es mit der Belohnung aus?"

Ich kicherte nur. „Die Belohnung bekommst du noch früh genug. Mir wäre es lieber, du würdest mir erzählen, was mit deinem Gesicht passiert ist."

Ramon seufzte frustriert und gestand: „Das blaue Auge stammt von einer Schlägerei im Untergrund. Sie haben mir 200 Franken bezahlt. Können wir jetzt das Thema wechseln?"

Ich wurde stutzig. „Brauchst du so dringend Geld?"

Mein Partner stand auf, trank sein Wasser aus und ging unruhig auf und ab. „Mein Cousin, der die Werkstatt in Foundry Town hat", sagte er schließlich, „möchte das Gebäude neben seinem kaufen. Wenn ich bis Ende des Monats 6.000 Franken auftreiben kann, beteiligt er mich am Gewinn."

„6.000?", fragte ich entgeistert. „Sieh mal einer an."

„1.000 habe ich schon gespart", sagte Ramon. „Weitere 500 werde ich schon irgendwie zusammenkratzen. 3.000 von dir, richtig? Da hat sich nichts geändert?"

Ich öffnete meine Brieftasche und holte den Anteil meines Partners heraus. Demonstrativ zählte ich die Scheine und reichte sie Ramon. „Hier."

„Wunderbar!" Ramons Gesicht hellte sich auf, als er das Geld sah. „Die Judäer haben nicht versucht, dich über den Tisch zu ziehen?"

„Sie sind ein geschäftstüchtiges Volk. Das heißt also, du musst noch 1.500 auftreiben?", hakte ich nach.

„Das schaffe ich schon“, brummte mein bulliger Freund.

„Noch vor Ende des Monats?", fragte ich gedehnt.

Ramon fluchte verärgert. „Was willst du von mir, Leo?“

„Ich hätte einen Job. Würde nicht länger als ein oder zwei Tage dauern. Ich zahle 500.“

Mein Partner wollte sich offensichtlich nicht in ein weiteres Abenteuer verwickeln lassen. „Was für eine Arbeit?“, fragte er lustlos.

„Wie immer, ich brauche Deckung.“

„Hast du den Grafen aufgespürt?“

„Nein, ich bereite mich darauf vor, den Würger aufzuspüren.“

„Vergiss es!“, rief Ramon. „Diese Kreatur würde uns bis auf die Knochen auffressen, ohne dabei auch nur zu würgen!“

Ich löste mich vom Türrahmen, staubte einen alten Hocker ab, setzte mich drauf und sagte nur ein Wort: „Flammenwerfer.“

„Was?“, fragte Ramon verblüfft.

„Ich habe einen Flammenwerfer“, wiederholte ich.

„Und du hast vor, ihn in der Stadt zu benutzen?“, fragte Ramon und tippte sich an die Stirn. „Bist du total verrückt geworden?“

„Ich hoffe, es wird nicht so weit kommen. Ich habe gestern Abend zu Hause ein solches Monster ohne Flammenwerfer zur Strecke gebracht.“

„Bei dir zu Hause?“

„Bei mir zu Hause“, bestätigte ich ruhig. „Und ich glaube nicht, dass er der letzte war. Es ist also in deinem Interesse, mir dabei zu helfen, ihr Nest auszubrennen. Stell dir nur mal vor, was für Gemeinheiten sie sich ausdenken könnten."

„Verdammt!", rief mein bulliger Partner und schwieg dann lange. „Du zahlst 500 und du hast einen Flammenwerfer?", hakte er schließlich nach.

„Falls wir ihn tatsächlich benutzen müssen, lege ich noch 200 drauf. Nicht mal der Generalinspektor verdient 700 am Tag!"

„Er muss auch kein solches Risiko eingehen!" Ramon erhob sich von seinem Stuhl und ging herum. „Also gut, was ist mit deinem Onkel?"

„Er versteckt sich, aber früher oder später wird er sich aus der Deckung wagen müssen. Und dann schnappe ich ihn mir."

Ramon nickte und machte mir ein Gegenangebot. „1.000 pro Tag."

„500."

„Dank dir hätte ich gestern fast den Löffel abgegeben, Leo!"

„Und wer hat dich gerettet?"

„Und wer hat mich davor in diesen Schlamassel hineingezogen?"

Die Argumente meines Freundes waren nicht von der Hand zu weisen, aber ich hatte nicht vor, eine so wahnsinnige Summe zu zahlen. „500, Ramon. 500 und keinen Cent mehr. Ich bin nicht flüssig genug, um mehr bieten zu können."

„500 ist zu wenig", widersprach mein Partner. „Warum sollte ich ein solches Risiko eingehen? 500 sind so viel wie zwei Kämpfe im Ring!"

„Sicher, aber denk daran, was diese zwei Kämpfe aus deinem Gesicht machen", erinnerte ich ihn.

„Wenigstens werde ich nicht von einer dunklen Kreatur erdrosselt!"

„Na gut!“, lenkte ich ein. „Du bekommst 1.000! Aber nur, wenn du schießen musst. Zweimal 500. Einverstanden?"

„Einverstanden.“

Ich erhob mich vom Hocker und stützte mich auf meinen Gehstock.

„Bring den gepanzerten Wagen in Ordnung und wir treffen uns bei der *Bezaubernden Bacchantin.*“

„Und der Flammenwerfer?“

„Es wird alles da sein.“ Ich nickte Ramon zu und ging hinaus.

Es war zu früh, um die richtigen Leute aufzutreiben, also machte ich mich nach den Kohlehäusern auf den Weg zu Albert Brandt.

Aber ich ging nicht zur Wohnung des Dichters hinauf. Ich stattete zuerst einem nahegelegenen Friseurladen einen Besuch ab, nahm dann an einem Straßentisch unter der Markise des Varietés Platz und bat den verschlafenen Neffen der Besitzerin, mir einen Kaffee mit Zucker und extra Sahne zu bringen. Ich beschloss, erst einmal zu frühstücken und die Croissants zu essen, die ich unterwegs gekauft hatte.

Das Wetter verschlechterte sich zusehends. Über den Kanal huschten kleine Wellen, die wie geschmolzenes Blei aussahen. Der Wind blies durch die Schornsteine und riss an der Stoffmarkise. Der Himmel war mit dunklen Wolken bedeckt. Ich fand es überraschend angenehm, den süßen, heißen Kaffee mit Sahne zu trinken und mich wie ein normaler Mensch zu fühlen.

Als von den Croissants nur noch Krümel übrig waren, erschien Albert Brandt. „Du hättest raufkommen können“, brummte er und wickelte sich fest in eine Decke, die über seinen Schultern hing.

„Du bist schon auf?“, fragte ich erstaunt und schaute auf die Uhr. „Das ist früh für dich.“

„Das ist meine Art von Wetter“, erklärte Albert, ging in die Bar des Varietés, um sich einen Glühwein zu holen, und kehrte an den Tisch zurück. „Du siehst nicht aus, als hättest du gut geschlafen, Leo“, bemerkte er.

Ich lachte nervös. „Habe ich auch nicht.“

„Probleme? Kann ich helfen?“, erkundigte sich mein Freund.

„Ich komme schon zurecht.“

„Bist du sicher?“

Ich seufzte und trank meinen Kaffee aus. „Weißt du, Albert, ich fühle mich, als wäre ich auf einer Schiene unterwegs. Und jetzt kann ich nicht mehr aussteigen. Entweder ich fahre bis zur Ziellinie, oder ich sterbe. Eine dritte Möglichkeit gibt es nicht.“

„Ist das alles wirklich so ernst?“

Ich lachte. „Ich weiß es nicht. Ich bin mir über nichts mehr sicher. Mein *Talent* ist außer Kontrolle geraten und es scheint, dass alles um mich herum ein Hirngespinst ist. Sobald ich mich umdrehe, löst sich die Realität in einen grauen Nebel auf.“

Der Dichter nahm einen langen Schluck von seinem Glühwein und schaute auf den Kanal hinaus. „Jeder wird von Zeit zu Zeit von solchen Gedanken heimgesucht, Leo.“

„Aber im Gegensatz zu anderen könnte ich das tatsächlich durchziehen.“

„Ich glaube nicht, dass du so eine verdrehte Fantasie hast“, sagte Albert Brandt und schüttelte den Kopf. „Verdammt, lies die Zeitung, Leo! Hättest du dir das alles ernsthaft vorstellen können? Explosionen, Streiks, Kriege! Die Welt bricht auseinander. Die Weltordnung bröckelt. Das

Imperium gerät aus den Fugen! Und die Wunder der Wissenschaft? Jeden Tag geschieht etwas Neues, jeden Tag!“

„Ich beanspruche nicht die Rolle des Schöpfers“, erwiderte ich. „Ich blase nur Trübsal.“

Albert musterte mich, trank seinen Glühwein aus und schlug vor: „Wenn du willst, könnte ich dich zum Empfang von Baron Dürer mitnehmen.“

„Ich würde gern, aber ich sollte nicht“, lehnte ich ab.

„Warum nicht, wenn ich fragen darf?“ Albert blinzelte und rieb sich den sandfarbenen Bart. Schließlich leuchteten seine blauen Augen auf, als wollte mein *illustrer* Freund seine Überredungskünste einsetzen.

„Zunächst einmal wäre es nicht sehr höflich von mir, mich dir aufzudrängen“, erklärte ich dem Dichter. „Du hattest doch vor, die Dame deines Herzens mitzunehmen, oder?“

„Inkognito“, bestätigte Albert. „Aber das spielt keine Rolle. Wahre Freundschaft, Leopold...“

„Zweitens: Ich will Elisabeth-Maria nicht mit ihrem Verlobten sehen.“

„Du könntest es wenigstens versuchen...“

„Nein!“, unterbrach ich ihn. „Das kann ich nicht. Und drittens: Du vergisst die Schiene. Ich übertreibe nicht, wenn ich sage, dass ich mich nicht gut fühle. Diese Angelegenheiten dulden keinen Aufschub. Ich werde heute beschäftigt sein.“

„Du wirst um vier Uhr keine Zeit haben?“

„Nein.“

„Schade. Dürers Empfänge sind unvergesslich.“

„Der Aluminiumkönig kann sich viele Extravaganzen erlauben. Weißt du eigentlich, ob er mit *dem* Dürer verwandt ist?“

„Ich habe keine Ahnung“, gab Albert zu.

„Wirst du das Gedicht über Prokrustes vortragen?“, erkundigte ich mich.

Albert überlegte. „Nein“, entschied er dann. „Zuerst muss ich es in Form bringen.“

Ich schaute mich nachdenklich um, dann warf ich einen Blick auf die Uhr. Ramon war spät dran und das gefiel mir nicht.

Aber gerade als ich anfing, mir Sorgen zu machen, kam das gepanzerte Automobil mit seinem knatternden Pulvermotor um die Ecke. Das sperrige Fahrzeug kroch gemächlich die Böschung herauf und bog in die Nachbarstraße ein. Ich suchte meine Sachen zusammen.

„Bis morgen.“ Der Dichter reichte mir zum Abschied die Hand. „Wenn du Hilfe brauchst…“

„Dann weiß ich, an wen ich mich wenden kann“, bestätigte ich und ging hinter dem gepanzerten Wagen her, wobei ich mich auf meinen Stock stützte. Nicht mehr so sehr wegen der Schmerzen, sondern weil ich mich daran gewöhnt hatte. Mein Bein hatte mich an diesem Tag fast gar nicht mehr gestört.

Nachdem ich auf den Beifahrersitz geklettert war, bemerkte Ramon, der hinter dem Lenkrad saß, vorwurfsvoll: „Du hast es aber nicht sehr eilig!“

„Du auch nicht“, erwiderte ich und tippte mit dem Finger auf das Ziffernblatt.

„Ich habe den Schlamm abgewaschen, während ich auf dich gewartet habe“, sagte Ramon. „Ich habe auch Trotyl nachgefüllt und Wasser in den Kühler gegossen. Außerdem musste ich nach Hause, um mich umzuziehen.“

Der ehemalige Wachtmeister hatte seine Kleidung, einen Mantel mit entfernten Polizei-Emblemen und eine Schirmmütze ohne Abzeichen, mit Absicht gewählt. Die

Leute würden nicht auf den ersten Blick erkennen, dass es sich nur um einen ehemaligen Polizisten handelte, wenn wir auf einer belebten Straße anhalten oder den Wagen irgendwo stehen lassen mussten.

„Ich hoffe, du hast den Wagen nicht in deinem eigenen Hof geparkt?“

„Wofür hältst du mich?“, beschwerte Ramon sich und bog von der schmalen Straße auf einen Boulevard ein. „Ich habe ihn zwei Blocks weiter geparkt.“

„Wir müssen ihn loswerden“, beschloss ich. „Sonst könnten sie uns mit dem Raubüberfall auf das Anwesen meines Onkels in Verbindung bringen. Wir haben Reifenspuren hinterlassen.“

„Vielleicht sollten wir ihn im Fluss versenken?“, schlug mein Partner vor.

„Vielleicht, aber das geht nur in der Nacht“, überlegte ich laut. Dann forderte ich meinen Freund auf, den Kopf zu drehen.

Ramon war überrascht, tat es aber.

Ich kicherte. „Du hast da einen ganz beachtlichen Bluterguss.“

„Der ist bald wieder weg“, brummte er. „Sag mir lieber, wo ich hin muss.“

Ich nannte ihm die Adresse und mein Partner lachte. „Na, dann bin ich ja froh, dass wir in einem gepanzerten Fahrzeug unterwegs sind!“

„Ich glaube nicht, dass es Probleme geben wird.“

„Leo!“, stöhnte Ramon. „Du bist nur zu einem Viertel Russe und schon ein ganz schöner Brocken. Es gibt unzählige widerspenstige Leute dort!“

„Fahr weiter.“

Ich hatte beschlossen, dass wir zuerst Sergei Kravets, dem Tätowierer aus dem vorwiegend von Russen und Polen besiedelten Viertel, einen Besuch abstatten würden. Der alte Mann kannte sich mit Tattoos aus wie kein anderer. Eine andere Frage war allerdings, ob er uns gegenüber offen sein würde. Ich hatte da große Zweifel. Aber einen Versuch war es wert.

Nach seiner Ankunft verhielt sich Ramon so, wie die Polizei normalerweise bei Razzien vorging. Er sperrte die Kreuzung mit dem gepanzerten Fahrzeug ab, holte das halbautomatische Gewehr vom Rücksitz, stellte sich in der Nähe des Wagens auf und hielt es bereit. Es nieselte jetzt leicht, was uns entgegenkam. Streifenpolizisten mochten solches Wetter nicht und selbst die Vorsichtigsten unter ihnen zogen es vor, ihre Schicht in warmen und trockenen Schnapsläden abzuwarten. Das Risiko, heute auf ehemalige Kollegen zu treffen, war minimal.

„Lass dir nur nicht zu viel Zeit." Ramon sah sich nervös um.

„Wenn etwas passiert, schieß in die Luft", sagte ich und ging in den Laden des Schuhmachers.

„Es ist lange her, Leo." Der alte Handwerker seufzte verbittert. „Bist du nun immer noch Polizist oder nicht?"

„Das ist eine komplizierte Frage", antwortete ich und zog das eingewickelte Stück der Haut des Mohren aus meiner Tasche. „Ich brauche Ihre Hilfe."

„Wie ich sehe, wird das zur Gewohnheit." Sergei Kravets spitzte die Lippen.

„Ich werde versuchen, Sie in Zukunft nicht mehr zu belästigen", versprach ich und entfaltete den Stoff. „Aber jetzt bin ich daran interessiert, herauszufinden, wer diese frischen Tattoos gemacht haben könnte."

Erschrocken starrte der alte Mann auf das Stück schwarzer Haut und wich sogar zurück, bis er mit dem

Rücken gegen die Wand stieß.

„Verschwinde von hier, Leo!“, forderte er. „Verschwinde im Guten!“

„Bitte sagen Sie mir, dass das nicht Ihr Werk war.“

Kravets schnappte nach Luft, träufelte mit zitternder Hand irgendeinen aromatischen Aufguss in eine Tasse und nahm ein paar Schlucke.

Dann seufzte er. „Ich habe das nicht getan.“

„Aber Sie kennen den Tätowierer, der es getan hat?“

Der alte Mann geriet in Rage. „Das geht zu weit, Leo! Dafür könntest du lebenslänglich in einem Arbeitslager landen! Ich werde dir sagen, was das ist! Ägyptische Magie! Und außerdem: Du hast einem Menschen die Haut abgeschnitten! Wissenschaftsfeindliche Tätigkeit, Spionage und Mord! Und damit kommst du zu mir? Das ist Hochverrat!“

Ich schaute den alten Schuhmacher eindringlich an und nickte mitfühlend. „Umso mehr muss man sich wundern, dass Sie so etwas in Ihrer Werkstatt aufbewahren, Sergej.“

„Ich?“, fragte Kravets verblüfft. „Du hast es hergebracht!“

„Oder auch nicht...“

„Das kannst du mir nicht antun! Du bist nicht einmal mehr Polizist!“

„Sehen Sie nach draußen.“

Der alte Mann zuckte nur mit den Schultern. Das Knattern des Pulvermotors war ihm auf keinen Fall entgangen.

„Entweder beantworten Sie meine Fragen hier oder im Newton-Markt“, erklärte ich. „Aber ich würde es vorziehen, uns allen Zeit zu sparen.“

Der Bluff funktionierte. Sergei Kravets runzelte die

Stirn und brummte: „Das ist das letzte Mal, dass ich dir helfe, Leo. Das letzte Mal! Lass dich danach nie wieder blicken!“

„Ich kann mich nicht erinnern, dass das schon einmal passiert ist...“

„Das ist das erste und letzte Mal!“, unterbrach der Schuhmacher mich. Er nahm eine elektrische Taschenlampe aus einem der Regale, schaltete sie ein und die verblichenen grauen Tätowierungen leuchteten im elektrischen Licht silbern auf.

„Hexenwerk“, murmelte Sergej. „Mit solchen Leuten gebe ich mich nicht ab.“

„Die Tätowierung wurde von einem dunklen Wesen gemacht?“ erkundigte ich mich.

„Nur das Anfangssymbol“, antwortete der alte Mann. „So wird es normalerweise gemacht. Eine dunkle Kreatur macht den Anker und die anderen Zeichen müssen nur noch daran befestigt werden.“

„Wissen Sie, was hier geschrieben steht?“

„Irgendein ägyptischer Mist“, brummte Kravets, schob das Paket von sich weg und wischte sich die Hände an einem Handtuch ab. „Wenn du mehr wissen willst, such dir einen Ägyptologen.“

„Ich möchte wissen, wer von Ihren Kollegen die letzten Symbole gemacht hat.“

Der Schuhmacher schnaubte. „Glaubst du, wir arbeiten alle zusammen in einem Laden oder so?“

„Nein, aber die Jungen lernen von den Alten und können ihren Mund nicht halten. Außerdem sind diese Tätowierer wahre Handwerker. Der bisherige Stil wurde bestens gepflegt. Er ist fast perfekt.“

„Man könnte meinen, du kennst dich mit dem Zeug aus.“

„Das tue ich“, bestätigte ich.

„Was wird mit ihm geschehen? Was passiert mit dem Mann, der das gemacht hat?“

„Das fragen Sie mich? Vielleicht lebt er bis ins hohe Alter und stirbt umgeben von Verwandten und guten Freunden. Vielleicht trinkt er sich auch zu Tode oder bricht sich das Genick, wenn er den Schornstein putzen will. Woher soll ich das wissen?“

„Willst du damit sagen, dass du ihn nicht verhaften wirst?“

„Nicht, wenn er meine Fragen zufriedenstellend beantwortet.“

Ich wusste nicht, ob der alte Schuhmacher mir glaubte oder nicht, aber er war nicht bockig, sondern sagte nur: „Tomasz Górski, auch bekannt unter dem Spitznamen Razor. Er hat eine Privatpraxis in der Nobelstraße.“

„Ein Arzt?“

„Tierarzt.“

Ich nahm das Lappenbündel und winkte Ramon zu, als ich nach draußen ging.

„Fahren wir los!“

7

DIE NOBEL ROAD war mit dem Automobil nur fünf Minuten entfernt, aber wir brauchten mindestens so lange, um zwischen den Privathäusern der Gegend nach einem abgelegenen Parkplatz Ausschau zu halten. Schließlich lenkten wir den Wagen in eine enge Gasse, ließen ihn dort so stehen, dass der Durchgang versperrt war, und gingen dann zu Fuß zum Tierarzt.

Ramon war diesmal mit seiner *Winchester* bewaffnet. Ich nahm mir den halbautomatischen Karabiner und ein paar Handgranaten. Es war eine berechtigte Vorsichtsmaßnahme, wenn man bedachte, dass wir hier einem der Würger oder sogar ihrem Meister begegnen konnten.

Wir gingen vom Hinterhof aus hinein, indem wir über den Zaun sprangen, da der Wachhund glücklicherweise durch eine starke Kette zurückgehalten wurde. Wir schafften es kaum, unsere Halstücher übers Gesicht zu ziehen, bevor ein Junge herauskam, um nachzusehen, was da los war. Ramon drückte dem Jungen den Schaft seines Gewehres gegen die Brust und schob ihn zurück ins Haus. Ich eilte ihm hinterher und wir liefen durch die Zimmer und trieben den ganzen Haushalt des Tierarztes zusammen. Wir scheuchten den wachsamen Jungen, ein molliges Mädchen, eine dicke Tante und eine stotternde Haushälterin in einen begehbaren Schrank ohne Fenster. Ohne auf das Weinen und Klagen Rücksicht zu nehmen, schlossen wir sie ein und nahmen Tomasz Górski in die Mangel. Er war ein harter alter Mann, faltig und mit einer Vollglatze.

„Nehmt das Geld und geht“, bot er an, weil er uns für Räuber hielt.

Ich lächelte und rückte meine dunkle Brille zurecht. „So leicht werden Sie uns nicht los, mein guter Mann.“

Der Tierarzt wurde blass, ließ sich aber nicht entmutigen und machte einen weiteren Vorschlag: „Wenn Sie den Jungen gehen lassen, kann er von der Bank mehr Geld abheben. Sie wollen das nicht auf dem Gewissen haben. Geld ist das doch nicht wert.“

„Herr Górski“, sagte Ramon, der am Fenster stand und die Tore beobachtete, „Ihre Worte könnten als Versuch aufgefasst werden, Beamte in Ausübung ihrer Pflicht zu bestechen.“

Seine ruhige Aussage und die trockene Amtssprache machten einen widersprüchlichen Eindruck auf den Mann. Da er sich nun nicht mehr um sein Eigentum sorgte, drehte er verwirrt den Kopf und schaute von mir zu Ramon und wieder zurück.

„Aber Sie sind nicht in Uniform, meine Herren“, murmelte Górski.

„Diese Ermittlung ist nicht für die Öffentlichkeit bestimmt“, erklärte mein Partner bedeutungsvoll.

Ich lächelte. „Haben Sie so große Lust, dem Newton-Markt einen Besuch abzustatten, Herr Górski?“

„Nein!“, rief der Veterinär zitternd, wurde dann etwas ruhiger und fragte: „Warum sind Sie hier? Ich habe doch nichts Verwerfliches getan!“

Ich entfaltete mein Lumpenbündel und warf es ihm auf die Knie. Der alte Mann begann wie ein Epileptiker zu krampfen, als er die schwarze Haut sah. Er öffnete den Mund, brachte aber keinen einzigen Laut heraus. Er versuchte, aufzustehen, taumelte aber und wir mussten ihn zurück auf seinen Stuhl drücken.

„Verstehen Sie, was das für Sie bedeuten könnte?“, fragte ich nach einer theatralischen Pause.

„Ich weiß nicht, was das ist!“, schrie der Tierarzt. Seine Stimme zitterte so stark, dass jede Jury ihn umgehend für schuldig erklärt hätte. „Nehmen Sie dieses schmutzige Ding weg!“, rief er und versuchte, das Paket auf den Boden zu werfen. „Ich kenne das nicht, ich weiß gar nichts!“

Ich nahm mir einen Stuhl und setzte mich ihm gegenüber. „Erzählen Sie uns alles, Herr Górski.“

„Aber ich weiß nichts!“, jammerte der alte Mann und stieß das eingewickelte Stück Mohrenhaut von seinen Knien, diesmal erfolgreich.

Ich seufzte. „Wollen Sie wirklich hinter Gittern landen, Herr Górski? Wissen Sie, welche Strafe Leuten droht, die sich an wissenschaftsfeindlichen Aktivitäten beteiligen? Sie würden im Gefängnis sterben und Ihre Familie nie wiedersehen.“

Der Tierarzt schlug die Hände vor dem Gesicht zusammen. „Aber ich weiß von nichts!“

„Wen wollen Sie denn schützen?“, fragte ich nach. „Ihre Familie? Glauben Sie, dass sie in Sicherheit ist, wenn Sie ins Gefängnis gehen? Nun, dann denken Sie noch mal nach, mein lieber Herr! Wissenschaftsfeindliche Tätigkeit! Spionage! Hochverrat! Glauben Sie, sie bliebe davon unberührt? Da irren Sie sich!“

„Spionage?“, keuchte der Tierarzt und schien kurz vor einem Anfall zu stehen. „Verrat? Davon weiß ich nichts! Ich habe nie einen Verrat begangen!“

„Da haben wir etwas anderes gehört“, versicherte ich ihm, stand auf und beugte mich über den alten Mann. „Wer in der heutigen Zeit mit ägyptischen Spionen zu tun hat, dem droht der Galgen. Wenn Sie Glück haben, wird Ihre Familie in eine Arbeitskolonie abgeschoben, aber ob Sie Glück haben oder nicht, hängt allein von Ihnen ab."

„Ich weiß nichts!", wiederholte der alte Mann.

Ich tastete seine Taschen ab, zog einen Schlüsselbund heraus und ging zu der eisernen Kasse hinüber.

„Was tun Sie da?", protestierte er. „Dazu haben Sie kein Recht!"

Ich ignorierte sein klägliches Gejammer, öffnete das Schloss, durchwühlte die Kasse und zog zu meiner großen Überraschung einen Stapel ägyptischer Guineas unter dem Hauptbuch hervor. Ich zählte die brandneuen Scheine.

„100 Guineas!" Ich schüttelte den Kopf. „Die Tatsache, dass Sie mit ausländischen Spionen zusammenarbeiten, ist bereits erwiesen. Sie können sich die Sache nur noch erleichtern, indem Sie reinen Tisch machen."

„Entweder Sie kooperieren", sagte Ramon vom Fenster aus, „oder Sie verschwinden in einem Arbeitslager. Es liegt an Ihnen."

Der Tierarzt knickte ein und murmelte undeutlich: „Ich werde Ihnen kaum etwas nützen. Ich wurde nur dafür bezahlt, zu schweigen."

„Erzählen Sie uns davon!"

„Vorletzte Nacht hörte ich, dass meine Pferde unruhig waren. Ich kam raus, um nach ihnen zu sehen, und verlor das Bewusstsein", erzählte Tomasz Górski. „Ich wachte in einer Art Keller auf. Ich wurde vor die Wahl gestellt, für sie zu arbeiten oder zu sterben."

„Für wen?"

„Mohren. Ich habe ihre Gesichter nicht gesehen."

„Wie viele waren es?"

„Vier. Ich habe vier gesehen.“

„Haben Sie ihnen Tattoos gestochen?“

„Ja.“

„Allen?“

„Ja.“

„Womit?“

„Sie hatten ihre eigenen Nadeln und Tinte.“

Ich bat ihn, den Raum zu beschreiben, in dem er gearbeitet hatte, aber der Tierarzt sagte nur, er hätte sich in einer Art Keller befunden, staubig und schmutzig mit einer durchhängenden Decke, Steinsäulen und kahlen Wänden. Es gab dort keine elektrischen Leitungen, nur Kerzen für das Licht.

„Auf dem Rückweg verbanden sie mir die Augen. Es erschien mir wie Katakomben. An drei Treppenabschnitte erinnere ich mich genau."

„Sehr gut!“, bestärkte ich ihn. „Wie lange haben Sie gebraucht, um zurück in die Stadt zu kommen?“

„Ein bis zwei Stunden“, schätzte Górski. „Am Anfang war es eine sehr holprige Fahrt, aber dann wurde die Straße besser. Sie sind vielleicht eine Weile im Kreis gefahren, aber ich habe keine Zweifel, dass sie mich an einen Ort außerhalb der Stadt gebracht hatten.“

„Was passierte dann?“

„Sie ließen mich in der Nähe des Hauses raus. Als ich die Augenbinde abnahm, war niemand mehr in der Nähe.“

„Aha.“ Ich ging auf den Tierarzt zu und zog sein schickes Halstuch weg, das nicht zum Rest seines schäbigen Outfits passte. Auf seiner schlaffen Haut konnte ich deutlich eine Reihe blasser Fingerabdrücke ausmachen.

„Gehen Sie Ihrem alltäglichen Leben wie gewohnt nach“, wies ich den Tätowierer an. „Erzählen Sie Ihrer

Familie, dass wir Sie ausrauben wollten und von einem zufälligen Passanten aufgeschreckt wurden. Wenn Sie gebeten werden, weitere Tattoos für diese Herren zu machen, versuchen Sie, sich jedes Wort und jedes Geräusch zu merken. Sie müssen herausfinden, wohin Sie gebracht werden. Ist das klar?“

„Ja.“

„Wir werden uns mit Ihnen in Verbindung setzen“, schaltete Ramon sich in das Gespräch ein. „Aber wenn Sie etwas ausplaudern, haben wir Mittel und Wege, Sie verschwinden zu lassen.“

Der Tierarzt musterte uns schweigend.

Ich nahm die gestrige Ausgabe der *Capital Times* vom Tisch, ging zum Kamin hinüber und warf die Zeitung auf die Kohlen. Als das Papier Feuer fing, befahl ich dem Hausbesitzer: „Werfen Sie die Haut hinein!“

Tomasz Górski tat es und stieß sogar mit dem Schürhaken in das Feuer, wodurch das Lumpenbündel weiter in die Kohlen gedrückt wurde. Die Flamme nahm schnell eine schmutzig-rötliche Farbe an. Der unangenehme Geruch von verbranntem Fleisch verbreitete sich im ganzen Raum.

„Bleiben Sie hier ruhig sitzen und lassen Sie Ihre Familie erst in fünf Minuten raus“, ermahnte ich den Tierarzt und steckte ihm ein Bündel Guineas in die Brusttasche seiner Jacke. „Betrachten Sie das als Lohn für Ihren gesunden Menschenverstand.“

Dann wies ich Ramon den Weg zur Hintertür. Er lief hinter mir her und flitzte durch den Hinterhof. Diesmal kletterten wir nicht über den Zaun. Stattdessen öffneten wir den Riegel, gingen ruhig hinaus und eilten zu unserem gepanzerten Automobil.

Das Bellen des angeketteten Hundes verfolgte uns

noch eine Weile.

„Du sagst, du hast das Trotyl nachgefüllt?“, fragte ich meinen Partner und setzte mich hinter das Steuer des Wagens.

„Habe ich“, bestätigte er und fragte verwundert: „Traust du ihm?“

„Górski? Ja, das tue ich. Ich glaube nicht, dass er für die Ägypter arbeitet. Es hat sich einfach so ergeben.“

„Und du denkst, er war völlig offen?“

„Mehr oder weniger.“

Mich persönlich überzeugten weniger die Worte des Tierarztes als vielmehr die Spuren, die die Hände des Mohren an seinem Hals hinterlassen hatten. Niemand würde an einem Mitverschwörer ein so offensichtliches Warnzeichen hinterlassen. Aber als Erinnerung an einen Fremden, dass er seine Zunge hüten sollte, schien ein solches Zeichen durchaus angemessen. Geld und Drohungen, Zuckerbrot und Peitsche. Nichts Neues.

„Wie viel sind 100 Guineas?“, fragte Ramon. „1.000 Franken? Mehr?“

„1.200“, rechnete ich aus, lenkte den Wagen zum Ende der Gasse und scherzte dabei: „Schade, dass wir keine Räuber sind.“

Ramon lachte nervös und ich vermutete, dass er ähnliche Gedanken hegte.

„Wenn sie den Tätowierer nicht beseitigt haben“, sagte er nachdenklich, „könnte das bedeuten, dass sie vorhaben, seine Dienste in Zukunft wieder in Anspruch zu nehmen.“

„Sehe ich auch so.“ Ich ließ den Motor aufheulen und überholte einen langsam fahrenden Wagen.

„Sollen wir ihnen eine Falle stellen?“, schlug Ramon vor.

Ich warf ihm einen Seitenblick zu. „Bist du wirklich bereit, nachts nach ihnen Ausschau zu halten?“

Mein Partner schauderte. „Welche andere Möglichkeit haben wir?“

Ich seufzte. „Unsere einzige Chance ist, das Vampirnest tagsüber auszubrennen, wenn er und seine Diener keinen ernsthaften Widerstand leisten können. Ansonsten würde selbst der Flammenwerfer nichts nützen, das kannst du mir glauben.“

Als ich den Vampir erwähnte, ließ Ramon das Thema fallen und sah aus dem Seitenfenster.

„Wir wissen nicht, wo das Versteck ist“, sagte er einige Zeit später.

„Ich habe ein paar Vermutungen“, versicherte ich meinem Freund und parkte das Automobil in einem versteckten Hof nicht weit vom Waffenladen *Goldene Kugel*. „Warte hier“, sagte ich und stieg aus. „Ich bin in 20 Minuten zurück. Falls ich länger brauche, mach dir keine Sorgen.“

„Es ist dein Geld“, antwortete Ramon fröhlich, bereit, auch den ganzen Tag im Wagen zu sitzen, wenn es um 500 Franken ging.

Der Laden mit dem pompösen Namen *Goldene Kugel* öffnete früh am Morgen. Ich besorgte mir zehn Kaliber-zehn-Geschosse und ebenso viele Schrotpatronen. Dann ging ich zu *Mechanismen und Raritäten*. Obwohl ich für diesen kleinen Ausflug aus der Stadt vermutlich keinen besonderen Bedarf an einem improvisierten Flammenwerfer hatte, wollte ich nicht alles auf eine Karte setzen und mich ausschließlich auf ein geborgtes Gerät verlassen, das ich noch nicht einmal ausprobieren konnte.

Auch Alexander Dyak hatte sein Geschäft bereits geöffnet. Außerdem waren schon Frühaufsteher da. Ein

Studententrio und ein graubärtiger Lehrer, der wie die Karikatur eines zerstreuten Professors aussah. Ich ging nicht einmal hinein. Ich schaute nur durch die Scheibe und ging weiter in das benachbarte Café. Dort duftete es berauschend nach frischen Backwaren und gemahlenem Kaffee.

Ich trank an der Theke einen Kaffee. Als ich fertig war, bat ich die Bedienung, mir ein paar kleine Pfannkuchen und Mohnbrötchen in eine Papiertüte zu packen, und ging zurück zu *Mechanismen und Raritäten*, da der Besitzer bereits seinen letzten Kunden bediente, den ‚Professor', den ich vorhin gesehen hatte.

„Guten Morgen, Alexander!", begrüßte ich ihn beim Eintreten.

„Guten Morgen, Leopold Borisowitsch!", rief der Erfinder zurück und zählte das Wechselgeld. Er verabschiedete sich von dem silberbärtigen alten Mann, legte dann ein aus seinem Notizbuch gerissenes Blatt Papier auf den Tresen und schob es mir zu. „Ihre Rechnung!"

„Bedienen Sie sich", bot ich an und hielt ihm die Tüte mit dem stark duftenden Gebäck hin.

„In meinem Alter ist Weißmehl schlecht", lehnte der Erfinder ab.

Ich legte die Tüte auf den Tresen und nahm das Blatt mit der unleserlichen Handschrift.

„Ich musste einige der Komponenten zukaufen", erklärte Alexander Dyak.

Ich studierte die Liste und rieb mir verwirrt den Hinterkopf. Auf der Liste standen eine Gummischeibe, ein verzinktes Rohr, Muffen, ein Fünf-Liter-Kanister Kerosin, eine Fackel, eine Gartenschlauchtülle, Rückengurte und ein Drucklufttank. Insgesamt waren es 30 Franken und 45 Cent.

Ich lächelte. „Ich sehe keinen Eintrag für Arbeitszeit“, sagte ich und holte mein Portemonnaie heraus.

„Kommen Sie, Leopold“, sagte er mit einem Augenzwinkern. „Für mich war das, wenn Sie so wollen, ein kleines Rätsel. Eine Möglichkeit, die Langeweile in Schach zu halten.“

„Und hatten Sie Erfolg damit?“

Alexander Dyak seufzte enttäuscht. „Um ehrlich zu sein, hatte ich auf eine schwierige Aufgabe gehofft, aber das war alles ganz elementar.“

„Je einfacher, desto sicherer, nicht wahr?“, scherzte ich, legte drei Zehner auf den Tresen und beschwerte sie mit einer Ein-Franken-Münze.

„Nicht ganz“, korrigierte er mich. „Während ich Ihr Gerät vorbereitete, kam mir eine andere Idee. Die könnte noch viel interessanter sein.“

Ich bat ihn, mich auf den neuesten Stand zu bringen, aber der Erfinder winkte nur ab. „Das ist jetzt nicht nötig. Schauen wir uns Ihre Wunderwaffe an“, schlug er vor.

Wir schlossen die Vordertür ab und gingen in das Hinterzimmer.

Der Erfinder ging zur Werkbank und öffnete ein Lappenbündel, das einen Drucklufttank, einen Gasbrenner und eine Düse enthielt, die alle miteinander verbunden waren. Die Oberseite des Tanks war mit einer ungleichmäßigen Schweißnaht versehen, als ob sie geöffnet worden wäre. Anstelle des Absperrventils ragte eine Düse heraus. Etwas tiefer, unter der Ecke am verschraubten Sockel, war ein Rohr mit einer brennbaren Füllung angebracht. Außerdem gab es einen Griff mit einem Abzug.

„Es ist alles sehr simpel“, erklärte Alexander Dyak, klemmte sich den Tank unter den Arm und zog mit der rechten Hand an dem Griff. „Richten Sie ihn auf Ihr Ziel und drücken Sie den Abzug nach unten. Die geschätzte Reichweite beträgt bis zu 15 Meter. Das sollte für etwa 20 Sekunden reichen.“

„Geschätzt?“, fragte ich nach.

„Nun, das Objekt unter Feldbedingungen zu testen, war leider nicht möglich.“

„Aber es funktioniert?“

„Ich garantiere es! Die Konstruktion ist einfach! Wenn der Brandsatz gezündet wird, dringen die Gase im inneren Rohr in den Tank ein und drücken eine Gummischeibe heraus, die den nötigen Überdruck erzeugt, um das gelierte Kerosin freizusetzen.“

Das ungewohnte Wort weckte meine Neugier. „Geliert?“

„Lassen wir die technischen Details beiseite“, weigerte der Erfinder sich, die Information weiterzugeben. „Dann entzündet die Flamme des Brandgeschosses den Kerosinstrahl. Obwohl das in etwa 40 Zentimetern Entfernung von der Düse geschieht, empfehle ich Ihnen, das Gerät mit ausgestreckten Armen zu halten.“

Der Ladenbesitzer reichte mir den Einweg-Flammenwerfer. Ich wog ihn in der Hand, schätzte seine Abmessungen ab und entschied, dass ein Rucksack eine gute Ergänzung wäre. Andernfalls würde der Transport des Geräts sicher Kopfschmerzen bereiten.

Alexander Dyak holte einen Rucksack unter dem Arbeitstisch hervor und steckte den Flammenwerfer ohne besondere Probleme hinein.

„Danke!“, sagte ich und schüttelte die Hand des Erfinders. „Ich werde Ihnen auf jeden Fall berichten, wie er funktioniert!"

„Das liegt ganz an Ihnen, Leopold!“, sagte der

Ladenbesitzer mit einem skeptischen Stirnrunzeln. „Das ist ein ziemlich veraltetes Design. Um ehrlich zu sein, fühle ich mich schlecht, Ihnen eine so unvollkommene Lösung anzubieten. Leider blieb mir keine Zeit, eine bessere Idee auszuarbeiten, die ich hatte."

„Was war das?", wollte ich wissen.

„Kompakte Brandbomben mit einer sehr interessanten Rezeptur."

„Interessant, sagen Sie? Und wie viel würde mich das kosten?"

„Einen Vorschuss von 100 Franken. Der Rest hängt vom endgültigen Umfang der Bestellung ab", antwortete Dyak, ohne mich mit den Details zu langweilen.

Ich reichte ihm zwei Geldscheine zu je 50 Franken. „Wann kann ich mit dem fertigen Produkt rechnen?"

„Kommen Sie morgen vorbei", schlug der Erfinder vor und strich über seinen grauen Bart. „Ich werde heute Abend darüber nachdenken und morgen werde ich versuchen, einen Prototyp zu bauen. Aber das hängt von Ihren Anforderungen ab. Vielleicht ist es für Sie gar nicht von Interesse."

„Das ist es durchaus", versicherte ich. „Ich bin von der Idee fasziniert!"

„Ach, die Jugend." Dyak schüttelte den Kopf und ließ mich in den Verkaufsraum hinaus. „Ich erwarte Sie dann morgen, Leopold Borisowitsch."

„Sie kennen nicht zufällig jemanden, der viel über Geschichte weiß, oder?", erkundigte ich mich noch.

„Die zweite Hälfte meines Geschäftsnamens sollte Ihnen diese Frage beantworten", sagte der Erfinder lächelnd. „Warum fragen Sie?"

„Ich habe eine Frage zur Geschichte Neu Babylons und habe einige bedauerliche Lücken in meiner Bildung entdeckt."

„Suchen Sie etwas Bestimmtes?"

„Ja, Informationen über den *Gefallenen*, der als Rafael bekannt war."

Alexander Dyak überlegte kurz, schaute dann auf die Uhr und riss ein Stück Papier aus einer Zeitung.

„Gehen Sie auf den Platz hinaus und biegen Sie links ab, dann sehen Sie das Café *Helena von Troja*", sagte er und schrieb etwas auf das Papier. „Wenn Sie sich beeilen, können Sie Juan Dominico Ramillo, den stellvertretenden Leiter der archäologischen Abteilung, noch antreffen." Der Erfinder faltete das Papier in der Hälfte und reichte es mir. „Ich glaube nicht, dass er sich weigern wird, Sie in dieser Angelegenheit aufzuklären, Leopold."

„Danke." Ich nickte ihm zu und machte mich auf den Weg zum Café.

Auf der Veranda saßen zu meiner Enttäuschung weit und breit nur Studenten. Also ging ich hinein und bemerkte einen schwarzhaarigen Herrn, nicht viel älter als ich, der in ein dickes Arbeitsbuch schrieb.

„Señor Ramillo?", fragte ich ihn.

Der stellvertretende Leiter der archäologischen Abteilung betrachtete mein nicht allzu präsentables Outfit mit unverhohlenem Zweifel und erkundigte sich kühl: „Mit wem habe ich die Ehre?"

Ich reichte ihm das Papier, das ich von Dyak bekommen hatte.

Der Historiker las die Notiz und lächelte. „Nehmen Sie doch bitte Platz! Alexanders Freunde sind auch meine Freunde."

Ich stellte den Rucksack vorsichtig auf den Boden und ließ mich in den Stuhl sinken. „Ich hoffe, dass meine Frage nicht zu viel von Ihrer Zeit in Anspruch nehmen wird…“

„Fragen Sie ruhig“, forderte Señor Ramillo mich auf.

„Ich bin auf der Suche nach Informationen über einen *Gefallenen* namens Rafael. Können Sie mir etwas über sein Anwesen am Stadtrand erzählen?“

„Ich habe es sogar schon besucht“, sagte der Historiker. „Aus akademischer Sicht ist es von geringem Interesse.“

„Wem gehört es jetzt?“

„Ich nehme an, es ist öffentliches Eigentum. Niemand, der bei Verstand ist, würde eine solche Last auf sich nehmen.“

„Tatsächlich?“

Der Archäologe lächelte. „Eines kann ich Ihnen sagen. Dort wächst nicht einmal Gras. Und zwar bis zum heutigen Tag“, sagte er betont.

Ich nickte bedächtig. „Eine letzte Frage, Señor Ramillo. Wie kommt man dorthin?“

Der Historiker war so liebenswürdig, mir eine Karte zu zeichnen.

Nachdem ich mich herzlich bei ihm bedankt hatte, kehrte ich zu dem gepanzerten Fahrzeug zurück und winkte meinen Partner heran, der mit dem Karabiner im Anschlag in der Seitenstraße stand.

„Lass uns fahren!“

„Wohin jetzt?“, fragte Ramon und stieg auf den Beifahrersitz.

„Wir holen den großen Flammenwerfer und ein paar andere Dinge.“

„Hast du irgendwelche Hinweise gefunden?“

„Ich habe eine Vermutung, die wir überprüfen sollten“, bestätigte ich und startete den Motor.

Mir gefiel das Fahren in dem Automobil. Ich mochte

die Geschwindigkeit, ich mochte die Kraft, die in dem Motor steckte. Selbst die besondere Schwerfälligkeit des gepanzerten Fahrzeugs trübte diesen Eindruck nicht. Tatsächlich wirkte die Konstruktion dadurch umso stabiler und Gedanken an eine versehentliche Trotyl-Detonation ließen mich schon lange nicht mehr bei jedem lauten Motorgeräusch zusammenzucken.

Doch die bereits auf ebener Straße schlechte Manövrierbarkeit wurde auf dem Weg hinauf zum Kalvarienberg zur Qual. Der Motor heulte herzzerreißend auf, die Räder schlitterten im Schlamm. Das Auto ruckte ungleichmäßig vorwärts, rutschte dann wieder ein Stück zurück und unser Aufstieg verlief in einem wahrhaft schildkrötenhaften Tempo.

„Zu Fuß wäre das schneller gegangen!“, schimpfte Ramon.

„Willst du den Flammenwerfer auf dem Rücken schleppen?“, knurrte ich und lenkte das Automobil auf die Brücke über den Bach. „Wir sind da.“

Gleich nach der Kurve hielt ich den Wagen an, stieg aus und entriegelte das Tor. Dann eilte ich durch den schwarzen, toten und nassen Garten zur Garage. Als Erstes schleppte ich den Flammenwerfer heraus, dann holte ich die Handgranaten. Schließlich nahm ich auch noch den Mörser mit.

„Wofür ist das alles?“, fragte Ramon verblüfft. „Ziehen wir in den Krieg, Leo?“

„Ich will das alles in Aktion testen“, erklärte ich und hob die Ladeklappe an. „Es wird sich als nützlich erweisen.“

„Na, dann hoffen wir mal, dass uns nicht so ein Schicksal ereilt“, sagte mein Partner kichernd, öffnete die Beifahrertür und zuckte vor Überraschung zusammen, als er einen blendenden Blitz auf der Spitze des Hügels sah.

„Was zum Teufel ist das?“

Ich winkte ab. „Das ist ganz normal.“

Der Turm auf dem Gipfel des Kalvarienbergs diente als riesiger Blitzableiter und er wurde auch bei klarem Himmel regelmäßig getroffen. Nun war gerade ein Gewitter im Anmarsch, sodass dort oben fast ständig Blitze zu sehen waren.

Ramon seufzte. „Also gut, los geht‘s.“

Ich setzte mich ans Steuer, lenkte den Wagen auf die Plattform vor den Toren und rollte den Hügel hinunter. Jedes Mal, wenn ich das unhandliche Fahrzeug lenkte, wurde ich besser und sicherer, sodass ich jetzt die belebte Straße hinunterfuhr, ohne mir Sorgen zu machen, dass ich jemanden anfahren könnte.

„Leo“, sagte Ramon, nachdem wir am Dürer-Platz gewendet hatten und über die nächstgelegene Route stadtauswärts fuhren, „ich respektiere dich und außerdem bezahlst du mich. Aber sei jetzt so nett und sag mir, was du vorhast. Oder halt an und ich steige aus!“

„Beruhig dich“, bat ich meinen ehemaligen Kollegen. „Ein Freund von mir hat mich daran erinnert, dass Monster wie dieser Würger einst dem Gefolge des *Gefallenen* Rafael angehört haben sollen. Wir werden sein ehemaliges Herrenhaus überprüfen. Es ist nicht weit von der Stadt entfernt. Wir werden vor Sonnenuntergang zurück sein.“

„Denkst du, das ist ihr Nest?“

„Ich denke, es lohnt sich, einen Blick darauf zu werfen.“

Die Straße zur Brücke war von Fuhrwerken und Kutschen verstopft. Ein nicht weniger dichter Strom fuhr in die andere Richtung. Außerdem drückte eine Dampfstraßenbahn auf ihr Horn und forderte alle auf, Platz zu machen. Da ich keine Zeit verlieren wollte, bog ich in die benachbarte Straße ein. Durch kleine Gassen fuhr ich um den Stau herum, vorbei an einem kriechenden Wagen nach dem anderen.

„Warum dort?“, fragte Ramon, nachdem er über meine Idee nachgedacht hatte.

„Heutzutage mögen solche Kreaturen Neu Babylon nicht besonders. Schon eine Weile nicht mehr“, erklärte ich. „Wenn sie in die Stadt zurückgekehrt sind, muss dort etwas Außergewöhnliches geschehen. Sie hatten nicht einmal Zeit, sich vorzubereiten. Es ist logisch, anzunehmen, dass sie sich an einem vertrauten Ort verstecken könnten.“

„Wie kommst du auf diese Idee?“

„Die unvollendeten Tattoos“, erinnerte ich ihn. „Die Tätowierungen waren so wichtig für sie, dass sie sogar einen einheimischen Künstler finden mussten. Aber beachte, dass sie die Utensilien und die Tinte mitgebracht haben. Das war keine geplante Rückkehr. Sie muss spontan improvisiert worden sein.“

„Aber warum außerhalb der Stadt?“, beharrte mein Freund. „Warum im Herrenhaus des *Gefallenen*?“

„Ich habe jemanden gefragt, der sich mit Vampiren auskennt, und der hat mir gesagt, dass Vampire es vorziehen, unter der Erde zu bleiben, je tiefer, desto besser. Sicher gibt es Katakomben in der Stadt, aber die sind so voll mit Obdachlosen und Dieben, dass man da unten kaum gehen kann.“

„Was hindert sie daran, eine Wohnung zu mieten?“

„Ein Herr, der tagsüber nicht rauskommt, und seine schwarzen Diener? Glaubst du, Abteilung 3 würde so etwas übersehen? Ihre Ermittler wühlen mit ihren Nasen praktisch den Boden auf, um ägyptische Agenten aufzuspüren. Außerdem haben sie den Tierarzt aus der Stadt gebracht.“

„Zumindest behauptet er das."

„Deshalb überprüfen wir es."

„Was überprüfen wir? Das Herrenhaus des *Gefallenen*? Der neue Besitzer wird uns nicht mal in die Nähe lassen!"

„Es gibt keinen neuen Besitzer. Es heißt, dort wächst noch nicht einmal das Gras."

Mein bulliger Partner nickte und wandte sich dem Fenster zu.

Irgendwann ließen wir die dichte Bebauung der Stadt hinter uns und der Panzerwagen rollte eine breite Straße hinunter. Daneben befanden sich hohe Zäune von Lagerhäusern und kleinen Fabriken. Allmählich begegneten wir immer weniger beladenen Karren und sahen stattdessen Gärten und Privathäuser.

Noch zehn Minuten und wir waren in den Weiten der Vororte. Dann lagen auch sie hinter uns und ringsum erstreckten sich Felder und Haine mit Obstbäumen, Orangen, Zitronen und Oliven.

Als ich hinter einer hohen Pappelwand einen Teich aufblitzen sah, fuhr ich durch die Wiese an sein mit Schilf bewachsenes Ufer. Eine Reihe von Bäumen schirmte uns von der Straße ab, und auf der anderen Seite erstreckte sich ein endloses Feld, sodass ich mir keine Sorgen um neugierige Blicke machen musste.

„Was machst du da?", fragte Ramon überrascht und stieg nach mir aus dem Wagen.

„Ich teste die Waffen", antwortete ich und öffnete die Heckklappe des gepanzerten Fahrzeugs. „Hast du schon mal einen Flammenwerfer benutzt?"

„Das ist nicht gerade eine Kunst", sagte mein Partner, während er die Munition sichtete.

Ich half ihm, die Tanks des erbeuteten

Flammenwerfers auf seinem Rücken zu befestigen, schnallte den Gürtel fest, schraubte die Ventile heraus und zeigte auf den Teich. „Probier es aus."

Ramon zündete den Brenner an, dann zog er sich die Maske mit dem runden Sichtfenster über das Gesicht und ging am Ufer entlang auf der Suche nach einem sanften Abhang zum Wasser. Als er am Rande des Teiches stand, schoss ein Streifen rauchender Flammen in Richtung Schilf hinaus. Vor Überraschung geriet der untersetzte Mann in Panik und drückte zu schnell ab, sodass das Feuer erlosch, ohne den Pflanzen Schaden zuzufügen.

„Du bist zu schusselig!", bemerkte ich amüsiert.

Ramon fluchte und ließ unter Berücksichtigung seiner bisherigen Erfahrungen einen langen Strahl brennenden Petroleums auf das Schilfrohr los. Dann führte er die Düse von einer Seite zur anderen und vergrößerte so die Wirkungszone. Die hohen Halme fingen Feuer und verbrannten augenblicklich zu Asche. Eine dicke Rauchsäule stieg in die Höhe und das Wasser im Teich trübte sich ein.

Ramon löschte den Brenner, nahm die Maske ab und ging zurück zum Wagen.

„Komm schon! Wir müssen hier weg!", drängte er mich.

„Nur eine Sekunde", rief ich zurück und zog den Handmörser aus seiner Holzkiste. Ich lud die Trommel nicht vollständig, sondern legte nur in drei der Rohre längliche Geschosse. „Geh zurück!", forderte ich meinen Partner auf und zielte auf eine kleine Eiche, die etwa 50 Meter entfernt auf der anderen Seite des Teiches wuchs.

Ramon fluchte erneut und nahm die Tanks ab. Ich drückte auf den Abzug, es gab einen leisen Knall und ein Rauchband zog über den Teich. Einen Moment später spritzte Wasser vermischt mit Schlamm und Seetang in die Luft. Ich hatte zu tief gezielt.

Ich zog den Griff, drehte die Trommel und korrigierte die Entfernung, bevor ich meinen Versuch wiederholte. Diesmal traf die Explosion das Gras viel weiter weg und deutlich links vom Baum.

„Jetzt mach schon!“, rief Ramon.

„Ich komme ja schon!“, rief ich zurück, den Holzschaft diesmal etwas besser gegen meine Schulter gepresst. Ich drückte den Abzug erneut durch. Die Rauchfahne stieg noch ein bisschen höher. Das Geschoss landete im dichten Blätterdach des Baumes und explodierte dort. Das Laub wurde von in alle Richtungen fliegenden Schrapnellen durchtrennt.

Ich legte den Mörser zurück und schloss den Kofferraum.

„Ich glaube, ich habe das Prinzip mehr oder weniger verstanden“, sagte ich zu meinem Partner und stieg in den Wagen.

„Fahr los!“, forderte Ramon. „Wir sind nicht so weit von der Stadt entfernt! Wir könnten erwischt werden!“

Ich hatte auch nicht vorgehabt, langsam zu fahren. Der Weg vor uns war lang und bis zum Sonnenuntergang blieb nicht mehr viel Zeit.

Das Automobil, dessen Motor von Zeit zu Zeit aufbrummte, erreichte die Straße und gewann allmählich an Geschwindigkeit. Ab und zu gab es Schlaglöcher, die uns kräftig durchrüttelten, aber das hielt Ramon nicht davon ab, neben mir einzuschlafen. Keine Bodenwelle konnte ihn wecken. Ein Beweis für eine schlaflose Nacht. Und um ehrlich zu sein, hatte auch ich Mühe, die Augen offen zu halten.

Ramon wachte eine gute halbe Stunde später auf,

nachdem ich ein paar Dörfer passiert hatte und auf eine Landstraße abgebogen war. Ich hatte gerade einen bequemen Weg gefunden, um auf das Feld zu fahren. Einer der Orientierungspunkte, die der Archäologe auf der Karte verzeichnet hatte, war eine Gedenksäule am Straßenrand. Sie stand hinter uns. Vor uns befand sich ein hoher Hügel, der allmählich aus dem grauen Nebel und Nieselregen emporwuchs. Wir mussten ihn rechts umfahren.

„Ist es noch weit?“, fragte mein Partner und gähnte so heftig, dass es ein Wunder war, dass er sich nicht den Kiefer ausrenkte.

Sofort wollte ich auch gähnen.

Mit einiger Mühe überwand ich diesen Drang, lenkte den Wagen an den Straßenrand und sagte: „Wir sind nah dran.“

„Bist du sicher?“

„Ja.“

Das Fahrzeug rumpelte, als es den steilen Hang hinunterrollte und auf den überwucherten Grund hüpfte. An einigen Stellen ragten Steinblöcke aus der Erde. Vor einem halben Jahrhundert war dieser Weg gepflastert worden. Seither hatten es riesige Bäume an einigen Stellen geschafft, durch die Steine hindurch zu wachsen, sodass ich gezwungen war, durch das Feld zu fahren oder das Automobil mitten durch einen Busch zu lenken.

Ramon klammerte sich an einen Haltegriff über seinem Kopf und fluchte bei jeder Bodenwelle wie ein betrunkener Hafenarbeiter. Aber sein Gejammer war mir egal. Meine Aufmerksamkeit galt dem Lenken des gepanzerten Wagens.

Wir fuhren am Rand eines jungen Wäldchens entlang und manövrierten uns durch das Unterholz. Es wäre unmöglich gewesen, nach dem Regen eine Abkürzung durch das aufgeweichte Feld zu nehmen, denn der schwere Panzerwagen wäre sicher stecken geblieben und eingesunken.

Ein unheimliches Gefühl kroch in mir hoch, dass ich diesen Ort wiedererkannte. Dabei war ich noch nie hier gewesen. Aber irgendeine Art von Spannung in der Luft weckte Assoziationen mit der Atmosphäre meines eigenen Hauses.

Derselbe Fluch? Nein, über diesem Ort lag kein Fluch. Nur ein schwaches Echo früherer Zeiten.

Unser Fahrzeug schaffte es schließlich um den Hain herum und Ramon konnte sich einen überraschten Pfiff nicht verkneifen. Es war auch wirklich beeindruckend. Vor uns, etwa 100 Meter entfernt, begann ein schwarzer Fleck toter Erde, als ob eine Art böser Zauber alles Leben dort verbrannt hätte. Nur schwarze Erde, vermischt mit sehr alter Asche.

Nachdem ich den gepanzerten Wagen am Rand des ehemaligen Grundstücks des genialen Rafael angehalten hatte, stieg ich aus und entdeckte ohne besondere Überraschung leere Flaschen im Gras, aufgeweichte Zigarettenschachteln, alte Feuerstellen und andere Spuren vieler Picknicks. Da im Schlamm keine Spuren zu sehen waren, hatte keiner der Liebhaber den Mut gehabt, näher an das Gebäude heranzugehen.

Ich teilte diese Erkenntnis mit Ramon, der gelassen auf die verbrannte Erde trat.

„Das ist alles nicht so einfach, oder?“, stellte er fest.

Ich antwortete nicht, sondern schaute mich vorsichtig um. Hinter uns ragte ein steiler Hügel auf. Davor lagen verbranntes Land und die hoch aufragenden Ruinen eines ehemaligen Wohnhauses. Dahinter lugte die Silhouette einer halb zerstörten Burg hervor.

„Und?“ Ich wandte mich dem Fahrzeug zu. „Bist du bereit, Ramon?“

Er stieg in den Wagen und ich lenkte ihn zum baufälligen Zaun des Anwesens. Auch hier hatte es einmal eine gepflasterte Straße gegeben und der Wagen rollte erstaunlich geschmeidig über die Oberfläche, ohne über unebenen Stellen zu hüpfen.

Das Echo der alten Magie wurde nicht stärker, als wir tiefer auf das Grundstück vordrangen. Nach wie vor war es kaum spürbar und konnte offensichtlich niemandem schaden. Der Fluch auf meinem Anwesen brannte unvergleichlich stärker.

Als das gepanzerte Fahrzeug die Tore passierte, holte Ramon seine *Winchester* hinter dem Sitz hervor, prüfte sie und stellte sie mit dem Schaft nach unten zwischen seine Knie.

„Wonach suchen wir?“, fragte er und schaute aus dem Seitenfenster.

„Nach Hinweisen“, antwortete ich und drehte mich zu den Ruinen um, die mich mit einem Haufen bröckelnder und verbrannter Ziegelsteine empfingen. „Als Erstes werden wir die Keller überprüfen.“

„Die müssen wir erst einmal finden“, stöhnte Ramon. „Fahr nicht zu nah ran“, warnte er mich. „Holen wir erst den Flammenwerfer raus.“

Da ich die Befürchtungen meines Freundes für begründet hielt, stoppte ich das Fahrzeug und holte auch meine *Winchester*.

„Du gehst, ich halte Wache.“

Während Ramon sich um die Tanks und Gurte kümmerte, ging ich ein Stück weiter und schaute vorsichtig von einer Seite zur anderen. Dann rief ich ihn zu den nächstgelegenen Ruinen. „Gib mir Deckung!“

Ramon eilte hinterher, aber ich war schon durch den leeren Türrahmen geschlüpft, richtete mich wieder auf und winkte. „Entwarnung!“

Die eingestürzte Decke hatte den Raum bis oben hin mit bröckelnden Trümmern gefüllt. Nur körperlose Geister konnten dort ein Versteck haben.

Wir kehrten zum Wagen zurück. Ramon stand auf dem Trittbrett und hielt sich an der offenen Tür fest, während ich das Fahrzeug in Richtung des Nachbargebäudes lenkte, das bei dem Angriff noch mehr gelitten hatte als das erste. Es war von allen Seiten durchschossen worden, offenbar aus recht geringer Entfernung. Die verstärkten Steinmauern hatten das zwar ausgehalten, aber es gab eine Reihe von Einschusslöchern darin. Überall lagen Sandsteinbrocken und Ziegelsplitter herum. Im Inneren fanden wir nichts Interessantes.

„Hebst du dir die Burg bis zum Schluss auf?“, fragte Ramon, als ich den Wagen um die zerstörten Verwaltungsgebäude herum zu einem halbrunden Amphitheater aus Marmor steuerte.

„Ja“, bestätigte ich.

Die Sonne, die jetzt als blasser Fleck durch die Wolkenschicht schimmerte, neigte sich bereits leicht zum Horizont, aber in Anbetracht der Zerstörung ringsum konnte die Überprüfung des gesamten Anwesens nicht so viel Zeit in Anspruch nehmen.

Im Gegensatz zu den anderen Gebäuden hatte das Amphitheater bei dem Angriff praktisch nicht gelitten, und wir schafften es sogar, die Innenräume zu umrunden. Im Inneren entdeckten wir jedoch nur Käfige voller Müll und gingen weiter.

Am Ende dauerte es etwas mehr als eine Stunde, das Gelände komplett zu umrunden, aber der einzige Keller, den wir fanden, stand unter Wasser und der Eingang zum Untergeschoss eines anderen Gebäudes war durch eine eingestürzte Decke versperrt. Egal wie gründlich wir suchten, es gelang uns nicht, einen anderen Weg nach unten zu finden.

Also fuhren wir zum zentralen Gebäude hinauf. Der Palast empfing uns mit dem Becken eines riesigen Pools, in dem sich leere Sockel befanden, auf denen einst Statuen gestanden hatten. Die Wände wiesen Brandspuren auf, das Dach war eingestürzt und die Fenster des oberen Stockwerks waren ungleichmäßig zerbrochen. Die Marmorstufen der zentralen Treppe waren von der Explosion beschädigt worden und ragten teilweise bedrohlich hervor. Wir gingen sie hinauf und blieben am Eingang zur großen Halle stehen.

„Bist du bereit?“, fragte ich Ramon.

Als Antwort schwenkte er den Zapfhahn seines Flammenwerfers. „Ja.“

Drinnen war es leer. Nur nackte Steinwände, das war alles. Nicht einmal der Stuck unter der Decke war übrig geblieben. Auch in den Decken selbst klafften an einigen Stellen dunkle Spalten. Der Palast hatte bei dem Überfall großen Schaden genommen.

Wir gingen vorsichtig von Raum zu Raum auf der Suche nach einem Weg hinunter in den Keller. Als ich zurückblickte, stellte ich ohne besondere Überraschung fest, dass wir Spuren hinterließen. Der Boden war mit feinem grauem Aschestaub bedeckt.

Wie erwartet fand sich die erste Luke im Boden in der Küche. Ich schaltete die elektrische Taschenlampe ein, die ich mitgebracht hatte, und richtete sie auf die Treppe.

„Ich gehe zuerst“, entschied Ramon.

Ich zögerte kurz, weil ein kalter Schauer über

meinen Rücken lief. Wie sehr ich Keller hasste! Ich ging hinter meinem Partner her und hielt meine Taschenlampe aufmerksam an der Seite.

Der Keller war geräumig und leer. Das Einzige, was es dort gab, waren Eisenhaken, die aus den Wänden und der Decke ragten. Einige von ihnen waren abgebrochen und alle waren durchgerostet.

Ramon und ich tauschten einen raschen Blick aus und gingen eilig wieder nach oben. Vielleicht gab es hier irgendwo Geheimgänge, aber um sie zu finden, müsste man die Wände abklopfen. Ein aussichtsloses Unterfangen.

„Der Keller ist zu klein“, stellte Ramon fest. „Da muss noch mehr sein!“

„Du hast recht“, stimmte ich zu.

Also gingen wir weiter und stießen auf einen Haufen eingestürzter Decken. Wir mussten aus dem Fenster krabbeln, um in den nächsten Raum zu gelangen, der von außen unser Interesse geweckt hatte.

Unsere Bemühungen wurden mit einem riesigen Loch im Boden belohnt. Ramon blieb an der Wand stehen. Ich ging vorsichtig zu dem Loch hinüber, schaute hinunter und sagte: „Das war wohl das Arsenal.“

„Und?“

„Es wurde zugeschüttet.“

Wir gingen an ein paar Räumen vorbei, deren Böden in den Keller abgesackt waren, sahen uns den linken Flügel des Palastes an und starrten skeptisch durch ein Fenster auf den demolierten rechten Flügel.

„Klettere da auf eigene Gefahr rein“, sagte Ramon.

Ich nickte. „Komm! Wir haben hier noch nicht alles überprüft.“

Der letzte Weg in den Keller, den wir fanden, war durch einen eingestürzten Balken versperrt, aber wir schafften es trotzdem, uns durch die schmale Öffnung zu zwängen. Von dort aus war der Gang offen, aber Ramon musste den Tank abnehmen, um hinter mir her zu kriechen.

Nachdem er den Flammenwerfer hinter sich hergeschleppt und wieder aufgesetzt hatte, stieg ich zuerst die Treppe hinunter, ging in die Hocke und richtete die Taschenlampe auf einen verdunkelten unterirdischen Gang.

„Sieht aus, als hätten wir es gefunden!“

„Ich verstehe nicht, warum du dich so freust“, brummte Ramon.

Ich ignorierte ihn, ließ ihn zuerst durch und folgte ihm, die *Winchester* auf die Schulter gestützt. Es war äußerst unbequem, gleichzeitig das Gewehr und die Taschenlampe zu halten.

Bald fanden wir eine Abzweigung und landeten in einem Raum mit eingestürzter Decke. Von dort aus gingen wir in den nächsten kleinen Raum und fanden einen Weg hinunter in ein noch tieferes Stockwerk.

Ramon seufzte. „Da lang?“

„Ja!“

Er ging als Erster die klobige Treppe hinunter und blieb bald stehen, um auf mich zu warten. Ich schloss mich ihm an und leuchtete mit meiner Taschenlampe über eine gleichmäßige Fläche aus schwarzem Wasser, die fast bis zur Decke reichte.

„Vielleicht haben sie ein Boot“, sagte Ramon.

„Das glaube ich nicht“, widersprach ich und trat einen Schritt zurück.

Die Theorie meines Partners hatte etwas für sich, aber ich zitterte bereits am ganzen Körper vor Sehnsucht, unter den freien Himmel zu kommen. „Das heben wir uns für den Schluss auf“, verkündete ich. Ich war schon ziemlich aufgeregt, denn es war fast fünf Uhr abends. An manchen Stellen mussten wir über Geröll laufen, an anderen einen Umweg finden und eine Etage tiefer gehen. An den schlimmsten Stellen stand sogar knietiefes Wasser. Am Ende fanden wir nichts und niemanden.

Das Einzige, was ich bemerkte, war ein zunehmendes Gefühl der Gefahr, das Flüstern halbvergessener Ängste und mein Zittern bei jedem unerwarteten Rascheln. Und nicht nur ich war nervös. Auch Ramon schaute sich ständig mit gereizter Miene um und richtete seinen Flammenwerfer in alle Richtungen.

Als ich vorschlug, die Durchsuchung der unteren Ebene auf morgen früh zu verschieben, griff er diese Idee mit unverhohlener Freude auf. „Es wird bald dunkel“, bestätigte er.

Nachts wäre es hier grässlich. Da stimmte ich ihm uneingeschränkt zu. Also eilten wir zum Ausgang. Wir kamen aus dem Keller und folgten dem gemessenen Nieselregen, der von oben durch das erste Fenster, das wir sahen, herab rieselte, nach draußen, um uns nicht im Palast zu verirren.

Ramon holte erleichtert Luft. „Vielleicht ist ja überhaupt niemand hier“, sagte er und ließ den Regen auf sein gerötetes Gesicht fallen.

„Möglich“, sagte ich und verbarg die Taschenlampe unter meiner Jacke.

Wir tauschten Blicke aus und gingen zurück zu dem gepanzerten Wagen, den wir am Haupteingang abgestellt hatten. Die Schwärze der verbrannten Erde breitete sich von allen Seiten aus, die Stille drückte auf die Nerven und legte nahe, schnell von hier zu verschwinden und nie wieder zurückzukehren. Es war beängstigend, auch nur daran zu denken, was hier am Tag des Angriffs passiert war.

Wir fanden das Fahrzeug dort, wo wir es verlassen hatten. Ramon warf den Flammenwerfer schnell nach hinten, schloss die Heckklappe und sprang auf seinen Sitz. Ich drückte gleich danach auf das Gaspedal und der Wagen rollte zurück auf die Straße.

Je weiter wir uns von den Ruinen entfernten, desto ruhiger fühlte ich mich innerlich. Als die vom Zorn der *Gefallenen* verbrannte Erde hinter uns lag und die Räder auf dem regengetränkten Feld zu quietschen begannen, hielt ich den Wagen an und stieg aus.

„Was ist los, Leo?“, fragte Ramon erstaunt, der selbst auch immer noch leicht zitterte.

„Nichts“, antwortete ich und steckte mir ein Bonbon in den Mund. Ich drehte die halb leere Dose in der Hand und fragte: „Alles in Ordnung?“

„Ja“, bestätigte mein Partner. „Aber ich würde trotzdem gern hier weg. Was ist übrigens mit meinem Geld?“

Ich zählte 500 Franken ab und schaute mich um. Der Hügel mit seinem überwucherten Gestrüpp war ein Schandfleck, aber ich konnte nicht herausfinden, was genau mich daran so sehr störte.

„Was denkst du?“, fragte ich Ramon, während er das Geld in seiner Brieftasche verstaute.

Er blickte auf die Ruinen und zuckte vage mit den Schultern. Er wog eindeutig seine Angst, auf das verfluchte Grundstück zurückzukehren, und sein Wunsch, noch einmal 500 Franken zu kassieren, gegeneinander ab. Am Ende seufzte er. „Ich weiß es nicht, Leo. Ich weiß es einfach nicht. Wir haben den Keller nicht ganz überprüft, aber er war voller Wasser...“

„Das ist alles richtig“, erwiderte ich und zeigte auf den Hügel. „Sieh mal da oben, Ramon. Fällt dir etwas auf?“

Der stämmige Mann nahm seine Mütze ab und strich sich nachdenklich über den Hinterkopf. „Nein."

„Die Büsche!" Plötzlich war es mir klar. „Da ist eine Lücke! Sieh mal da, die Büsche sind abgeholzt!"

„Kein schlechter Aussichtspunkt", meinte Ramon, nachdem er einen Blick darauf geworfen hatte. „Sollen wir es uns ansehen?"

„Ja, natürlich. Aber wir müssen diesmal nicht alles mitnehmen. Leichtes Gepäck. Kein großer Flammenwerfer."

„Bist du sicher?"

„Ja", bestätigte ich, während ich den Rucksack mit Dyaks Einweg-Flammenwerfer anlegte.

Wir fuhren das Automobil auf eine Lichtung, schlossen die Türen ab und stiegen den steilen Hang hinauf. Der Weg durch die Büsche war wegen des dicht bewachsenen Gestrüpps anstrengend, und nur dank eines ausgewaschenen Hohlwegs konnten wir uns dem Gipfel nähern, ohne den Rest des Tages zu verschwenden.

Die Spitze des Hügels war mit hohen libanesischen Zedern bedeckt. Unter dem Vordach ihrer schattigen Kronen konnten weder Sträucher noch Gras wachsen. Überall gab es nur vertrocknetes Gestrüpp und eine Schicht verrottender Nadeln, die meinen Schritt federn ließ. Es war dunkel, feucht und weitläufig. Der Rest des Weges nahm nicht mehr als fünf Minuten in Anspruch.

„Ich hoffe, du hast die Gabe des Fährtenlesens von deinen Vorfahren in der Neuen Welt geerbt", scherzte ich und lehnte mich gegen einen rauen Zedernstamm, um Luft zu holen und mein verstauchtes Bein zu schonen.

Ramon nahm seine *Winchester*. „Lass uns weitergehen", drängte er. „Es wird bald dunkel sein."

Zehn Minuten später fanden wir den gerodeten Bereich und begutachteten die Aussicht, die sich von dort bot.

„Ich muss sagen, das ist eine ausgezeichnete Schussposition“, stellte Ramon beeindruckt fest.

Wir liefen einen Kreis um den Gipfel und entdeckten bald eine weitere Lichtung. Diese sah auf die Landstraße hinaus, die uns hierher geführt hatte.

„Das allein hat noch nichts zu bedeuten“, sagte Ramon. „Das könnte jeder gewesen sein.“

„Das ist alles sehr verdächtig“, widersprach ich. „Einen besseren Überblick über die Gegend kann man gar nicht bekommen.“

„Was willst du damit sagen?“

„Wir übersehen etwas.“

Ich stellte mich an den Rand der Lichtung, schaute nach unten und bemerkte ein Stück weiter unten am Hang ein paar Zigarettenstummel.

„Wo willst du hin?“ Ramon schauderte, als ich mich an ein paar aus dem Boden ragenden Wurzeln festhielt, um zu dem Hinweis zu klettern, den ich entdeckt hatte.

„Nur einen Moment!“, rief ich und sammelte die Kippen im Gras ein. Sie waren frisch. Ich sammelte fünf davon auf, vergewisserte mich, dass sie alle gleich waren, mit einem charakteristischen Geschmack in der Mitte des Filters, und behielt eine für mich, während ich meinem Partner die Hand reichte. Ramon zog mich hoch, sah, was ich gefunden hatte, und schüttelte den Kopf.

„Jeder hätte hier rauchen können. Jeder.“

„Meinst du?“ Ich deutete auf den Namen auf dem Filter.

„Ethereal“, las Ramon und sah sich die kleine Schrift genau an. Er schnappte nach Luft. „Du meinst doch nicht, dass das ägyptische sind?“

„Doch“, bestätigte ich. „Überleg mal. Wie groß ist die

Chance, dass jemand diese Schmuggelzigaretten zufällig an demselben Ort raucht, an dem wir jetzt nach dem Unterschlupf der Mohren suchen?"

„Wir übersehen etwas." Ramon erschauderte und sah sich nervös um. „Sie könnten gesehen haben, wie wir hierhergekommen sind!"

„Tagsüber?" Ich bezweifelte das.

„Wir müssen von hier verschwinden", beharrte Ramon.

Ich dachte darüber nach, wehrte mich aber nicht dagegen. Wir folgten rasch dem bekannten Weg zum Fuß des Hügels, stiegen in den Panzerwagen und fuhren davon.

In mir brodelte es. Das Versteck der Mohren war irgendwo in der Nähe, aber wenn ihr Anführer wirklich einmal zum Gefolge des genialen Rafael gehört hatte, würde es sehr schwierig sein, ihr Nest zu finden. In ein paar Tagen würde mir das Geld ausgehen - und was dann? In solchen Angelegenheiten allein zu handeln, war reiner Selbstmord. Aber nichts zu tun, war dasselbe.

„Verdammt!", fluchte Ramon, als der gepanzerte Wagen auf der Landstraße einen weiteren Sprung machte. „Mein Rücken!"

„Hast du gestern einen Schlag in die Nieren bekommen?" Ich konnte es mir nicht verkneifen, ihn damit aufzuziehen.

Er zuckte zusammen. „Nein, der Flammenwerfer ist verflucht schwer. Ich habe mir den unteren Rücken gezerrt."

„500 Franken", erinnerte ich ihn. „Weißt du, wie viele Waggons Kohle ein Arbeiter abladen muss, um 500 Franken zu verdienen?"

Ramon wandte sich beleidigt ab und schwieg den Rest des Weges in die Stadt. Auch mir war auch nicht nach

Reden zumute. Es wurde schnell Abend, ein feiner Nebel zog auf, die Räder rutschten und der Panzerwagen drohte, in einem Graben zu landen. Das Fahren machte mir keinen Spaß mehr, denn die unbequeme Sitzposition und die Anstrengung verursachten ständige Schmerzen in Nacken und Schultern.

Deshalb hielt ich, als in der Ferne die Vorstadtlichter winkten, am Straßenrand an und bat meinen Partner, das Steuer zu übernehmen.

„Wo soll ich hinfahren?“, fragte er und setzte sich in Bewegung.

„Bring den Wagen zurück zum Lagerhaus“, bat ich ihn. „Hol mich morgen früh ab. Je früher wir losfahren, desto besser.“

„Hierher zurück?“

„Ja.“

Ramon nickte mit einem säuerlichen Blick. „Soll ich dich zu Hause absetzen?“

„Nein, lass mich einfach unterwegs raus“, antwortete ich, lehnte mich tief in dem unbequemen Sitz zurück und schloss die Augen. Mein Kopf platzte beinahe.

8

ALS ICH NACH HAUSE kam, war es bereits neun Uhr. Ich hätte vorzeitig die Segel streichen können, aber trotz meiner Migräne hatte ich mir diesen Genuss nicht gegönnt und ein paar Stunden in der öffentlichen Bibliothek verbracht, um nach Informationen über das Anwesen des genialen Rafael und seine Umgebung zu suchen.

Schließlich war ich auf die Idee gekommen, mir die Ruinen der Friedhofskapelle und der Katakomben anzusehen, bevor ich im überfluteten Palastkeller herumstocherte. Die kleine Kirche war von so alter Bauart, dass kein Historiker eine Ahnung hatte, wann genau sie in der Mitte eines nach allen Himmelsrichtungen offenen Feldes in der Nähe des Wohnsitzes eines *Gefallenen* errichtet worden war. Aber noch mehr als die Kapelle erregte der nahegelegene Untergrund mein Interesse. Es schien, dass es am Osthang des Hügels, dessen Gipfel Ramon und ich heute besucht hatten, einen Eingang zu den Katakomben geben musste. Trotz aller gebotenen Vorsicht konnte ich das nicht einfach als Zufall abtun.

Deshalb beschloss ich, dass wir mit den Katakomben beginnen würden. Aber morgen war auch noch ein Tag.

Als ich auf die Veranda meines Anwesens trat, fiel ich vor Erschöpfung fast um. Kaum hatte ich meine Jacke, den feuchten Derbyhut und die schmutzigen Stiefel ausgezogen, hörte ich einen dumpfen Schlag und einen schrillen Schrei aus dem Esszimmer.

„Essen!“, rief der Kobold. „Essen, Miststück, jetzt!“

Erstaunt über die verdorbene Dreistigkeit meines imaginären Freundes ging ich in den Raum und war noch erstaunter, als ich sah, wie Elisabeth-Maria den Tisch deckte, während der Kobold mit einem Löffel klopfte und seinen Ruf wiederholte: „Essen! Miststück! Essen! Miststück!"

„Beruhig dich!“, forderte ich.

„Der Bezwinger der Mohren braucht Essen!“, schoss der Kobold zurück, hörte aber auf, mit dem Löffel auf den Tisch zu schlagen.

Elisabeth Maria sah mich dankbar an und ging in die Küche.

„Wie geht es Theodor?“, fragte ich, als sie zurückkam und eine große Schüssel auf den Tisch stellte.

„Dein Butler kann es nicht ertragen, ihn zu sehen“, sagte der Sukkubus und nickte in Richtung Kobold. „Sobald er ihn sieht, beginnt er zu zittern.“

Meiner Meinung nach hatte Theodor sich das Verschwinden des Silbers zu sehr zu Herzen genommen. Zu Lebzeiten hatte mein Diener sich schon durch Pedanterie und eine ungesunde Prinzipientreue ausgezeichnet, aber nach seinem Tod war es eine schier unmögliche Angelegenheit geworden, ihn zu Kompromissen zu bewegen.

Also ignorierte ich es und ging ins Bad, um mir die Hände zu waschen.

Als ich zurückkam, hatte sich der Kobold eine Serviette um den Hals gebunden und leckte sich in Erwartung einer großen Mahlzeit die Lippen. Elisabeth-Maria stellte unterdessen einen Teller mit geschmortem Fleisch ab.

„Schneller! Beweg deinen Arsch, Miststück!“, drängte der Winzling und zappelte vor Ungeduld auf dem Stuhl herum. Nachdem er einen Teller erhalten hatte, schnupperte er daran, stocherte mit einem Tafelmesser in dem Fleisch herum und schimpfte: „Rattengift!“

„Lass das!“, forderte ich, aber er hatte nicht die Absicht, sich zu beruhigen.

„Verdammt! Leo, das ist Rattengift!“, wiederholte der Kobold und riss sich die Serviette vom Hals, bevor er davonhuschte und sich im Vorbeigehen eine Weinflasche vom Tisch schnappte.

Elisabeth-Maria schaute ihm wütend hinterher und sagte dann mit süßer Stimme: „Rattengift im Fleisch? Auf keinen Fall! Aber in einer der Weinflaschen ist Rattengift. Und welche das ist, weiß nur ich!“

Der Kobold drehte sich im Türrahmen um, plusterte sich entrüstet auf und fluchte: „Hausdrache!“

„Bon appétit“, sagte Elisabeth-Maria, nicht weniger süß als zuvor.

Sie war heute in Hochform. Ich hingegen fühlte mich etwas niedergeschlagen, also mühte ich mich schweigend durch das Abendessen und bat meinen Butler, mir Tee in mein Zimmer zu bringen.

„Wie Sie wünschen, Viscount“, sagte Theodor, während er den Tisch abräumte.

„Leo!“, rief Elisabeth-Maria mir nach, bevor ich es schaffte, den Raum zu verlassen. „Wie ist das möglich?“

Ich drehte mich um. „Wovon bist du überrascht?“

„Von dem Kobold. Er ist zu real, um deiner Fantasie zu entspringen. Woher bezieht er seine Kraft?“

„Von dem Schatz!“, rief Theodor sofort. „Wo ein Kobold ist, da muss auch ein Schatz sein. Es geht um den Schatz!“

Die junge Frau nickte nachdenklich. „Vielleicht ist es ein Schatz. Nun denn, das wird eine glorreiche Jagd.“

„Reißt nur nicht das ganze Haus nieder“, mahnte ich, denn ich hatte keinen Zweifel daran, dass ich bald entdecken würde, wie die heimlichen Verbündeten an den Wänden herum klopften oder vielleicht den Garten umgruben. Aber warum nicht? Gelassen begab ich mich ins Schlafzimmer.

Zu meiner überaus großen Erleichterung war dort kein Kobold. Nur eine leere Flasche, Zigarettenstummel und Wachs auf der Sessellehne verrieten, dass er vor Kurzem da gewesen sein musste. Und diese Spuren beseitigte mein Butler, der die Unordnung nicht ertragen konnte, bereits.

Das Porträt von Elisabeth-Maria von Nalz lag auf dem Schreibtisch. Ich betrachtete es, bis der schmerzende Stich in meiner Brust unerträglich wurde, und legte mich dann ins Bett. Ich löschte nicht einmal das Licht, sondern schloss nur kurz die Augen in Erwartung meines abendlichen Tees. Das Nächste, was ich mitbekam, war, dass Elisabeth-Maria mich morgens weckte.

„Leo, ein Polizeiwagen ist da, um dich zu holen“, sagte sie.

Ich schoss in die Höhe, erinnerte mich aber sofort an Ramon und das Automobil und legte mich wieder hin.

„Ich komme gleich runter“, versprach ich und sie verließ eingehüllt in einen langen Morgenmantel das Zimmer.

Ich schüttelte meine Schläfrigkeit ab, nahm ich meine Jacke, warf sie im Gehen über und stapfte in der Hoffnung hinunter, dass mein Derbyhut und meine Stiefel es geschafft hatten, über Nacht wenigstens ein bisschen trockener zu werden.

Theodor hatte daran gedacht, sie zu trocknen, aber draußen wehte ein böiger Wind, der einen unangenehm feinen Regen mitbrachte. Das Hochschlagen des Kragens half wenig, um nicht zu sagen gar nicht. Der Regen floss einfach in den Kragen und von dort nach unten. Ich eilte durch den toten Garten, der noch unheimlicher war als sonst, lief durch das Tor und suchte in dem gepanzerten Fahrzeug Schutz.

„Hundewetter", brummte Ramon. Er wollte den Fahrersitz räumen, aber ich hielt ihn auf.

„Du fährst."

Das trübe Regenwetter hatte eine schlechte Wirkung auf mich. Ich fühlte mich, als wäre mein Kopf mit Watte gefüllt, meine Lider klebten zusammen und selbst der kalte Regen konnte die Reste meines Traums nicht verjagen. Ich wollte einfach nur schlafen.

Ramon widersprach nicht, immerhin waren es 500 Franken pro Tag! Er startete den Motor. Inzwischen hatte ich eine bequemere Position im Sitz gefunden. Meine Augenlider waren bereits geschlossen und ich schlief ein, bevor wir den Fuß des Kalvarienbergs erreichten.

Ich wurde von einem Ruck wach, als wir an dem Teich von gestern vorbeifuhren. Mit einem Knattern des Motors lenkte Ramon das gepanzerte Fahrzeug um ein Fuhrwerk und fragte: „Wohin fahren wir von hier aus?"

Ich nickte nur.

„Leo!", rügte mein Partner mich.

„Geradeaus!" Ich wedelte mit der Hand und versuchte, meine eingeschlafenen Beine auszustrecken, aber der Vordersitz war nicht für meine Maße gemacht. „Hast du heute Morgen die Zeitung gelesen?"

„Nein. Ich war nicht in der Stimmung dazu."

„Aha."

Gut eine halbe Stunde später bemerkte ich ein vertrautes Denkmal und bat ihn, in eine Landstraße einzubiegen. Dann sah Ramon selbst den Hügel von gestern und drehte den Kopf, um nach dem Grasstreifen zu suchen, den wir mit unseren Reifen niedergedrückt hatten. Der massive Panzerwagen polterte schwer durch einen flachen Graben und rollte wackelig über das unebene Feld.

„Also direkt zum Keller?“, fragte Ramon.

Ich schüttelte den Kopf. „Lass uns zuerst die Katakomben überprüfen. Man kann sie von der anderen Seite des Hügels betreten. Was meinst du?“

„Das halte ich nicht für einen Zufall“, stimmte mein Freund zu und lenkte das Fahrzeug bis an den Rand des verfluchten Anwesens. Er fuhr selbstsicher um den Hügel herum und stellte den Motor ab, weil er erst gar nicht versuchen wollte, den sanften, aber stark bewachsenen Hang hinaufzufahren.

Ich stieg aus und betrachtete nachdenklich die Büsche. Ich konnte in ihrer grünen Wand keine einzige Lücke ausmachen.

„Da!“, rief Ramon. „Der Hohlweg!“

„Lass uns nachsehen“, schlug ich vor und zog den Rucksack mit dem Einweg-Flammenwerfer unter dem Sitz hervor, gefolgt von dem halbautomatischen Karabiner.

Mein Partner nahm seine *Winchester* und folgte mir. Nachdem wir den Wagen verschlossen hatten, stiegen wir in den Hohlweg, der eher wie eine vom Regen aufgeweichte Straße aussah. Die hohen Büsche, die an den Rändern emporwuchsen, hatten ineinandergreifende Wipfel, die richtige Bögen bildeten, aber zwischen den massiven Steinplatten wuchs nur spärliches Gras.

„Wir könnten den Wagen hier parken, wenn du willst“, sagte Ramon schnaufend in der Mitte des Hangs.

„Könnten wir“, stimmte ich zu, denn der Hang war in der Tat nicht steil. „Aber was soll das bringen?“

„Ich meine...“ Mein Partner zuckte mit den

Schultern. „Technisch gesehen..."

Ein paar Minuten später erreichten wir einen kleinen, mit Steinblöcken eingefassten Platz. An seiner anderen Seite zeichnete sich ein schwarzer Höhleneingang ab.

„Willst du den Flammenwerfer holen?", fragte Ramon und schaute sich vorsichtig um.

„Warte", bat ich ihn und holte eine Handgranate aus meiner Tasche. „Gib mir Deckung!"

Der bullige Mann hielt seine *Winchester* bereit, dann ging ich als Erster auf die Höhle im Hang zu, schlich hinein und machte sofort einen Schritt zurück, nachdem ich einen steilen Abgrund vor meinen Füßen entdeckt hatte. Ich schob die Granate wieder in die Tasche, nahm die Taschenlampe, die an meinem Gürtel hing, und richtete sie nach unten. Der helle Strahl zeigte nur unebene Wände aus unbehauenen Steinen. Das Licht erreichte jedoch nicht den Boden, sodass ich mich fragte, wie tief die Grube sein mochte.

Ramon warf einen kleinen Stein hinunter und lauschte. „Mindestens 15 Meter", schätzte er.

„Und wie sollen wir da hinunterkommen?", fragte ich verwirrt.

Obwohl die Öffnung in einem steilen Winkel nach unten ging, konnten die unebenen Steine vermutlich als brauchbare Hand- und Fußstützen dienen. Aber mit den gigantischen Tanks auf dem Rücken überstieg das Risiko, hinunterzufallen, alle vernünftigen Grenzen. Nur mit einem Einweg-Flammenwerfer hinunterzuklettern, erschien mir allerdings ein höchst fragwürdiges Unterfangen.

„Meinst du wirklich, wir sollten da unten herumstochern?", fragte Ramon. „Wir haben eine Kiste mit Granaten im Kofferraum. Sprengen wir sie einfach in die

Luft und beenden wir das Ganze!“

„Es gibt noch andere Eingänge.“

„Dann lass uns die finden.“

„Dein Optimismus ist überaus erfreulich, Ramon, aber die Katakomben könnten Dutzende von Kilometern lang sein.“

„Wie sind die überhaupt hierhergekommen?“, wollte Ramon wissen.

„Früher haben die Christen ihre Toten darin begraben.“

„Direkt vor der Nase eines *Gefallenen*?“

Ich antwortete nicht, schaltete die Taschenlampe aus und ging den Hügel hinunter.

„Was jetzt?“ fragte Ramon.

„Im Kofferraum müsste ein Seil sein. Lass uns daran hinuntersteigen.“

„Woran sollen wir es festmachen?“

Die Büsche, die an den Hängen wuchsen, erweckten kein Vertrauen, also beschloss ich, den Panzerwagen näher heranzufahren.

„Da ist ein Haken an der Rückseite, an dem wir es festbinden können.“

Also taten wir das. Wir hatten jedoch nicht die Mittel, um das Fahrzeug rückwärts den Hügel hinaufzufahren. Zuerst fuhren wir auf den Steinplatz vor der Höhle und drehten das Automobil dort zur Seite. Zum Glück gab es genug Platz, um ein solches Manöver problemlos durchzuführen.

Danach half ich Ramon beim Anschnallen des Flammenwerfers und holte ein starkes Seil aus dem Fahrzeug.

„Meinst du, es ist lang genug?“, fragte ich meinen Partner.

„Das werden wir gleich herausfinden“, antwortete Ramon, band einen schweren Schraubenschlüssel an das Ende und warf ihn in das Loch.

Bis das Metall klirrend auf den Steinen am Grund aufschlug, wickelten wir gerade mal ein Drittel des aufgerollten Seils ab, also ging ich mit dem Rest bis zu unserem Fahrzeug und machte einen Knoten um den niedrigen Eisenhaken.

„Es sind zehn Meter“, korrigierte Ramon seine ursprüngliche Annahme. „Was hältst du davon, wenn wir den Flammenwerfer separat abseilen?“

Ich überdachte den Vorschlag und nickte. „Machen wir.“

Wir zogen das Seil herauf, befreiten Ramon von den Tanks und ließen das riesige Gerät langsam in die Katakomben hinab.

„Los!“ Ich eilte zu meinem Partner und reichte ihm die Taschenlampe.

Er hängte sie sich um den Hals und stieg selbstbewusst hinter dem Flammenwerfer her. Ich wartete, bis das Seil schlaff wurde.

„Alles in Ordnung?“, rief ich zu meinem Partner hinunter.

„Ja, komm!“, hallte Ramons Antwort mit einem starken Echo zurück.

Also packte ich das Seil und beugte mich über die Öffnung. Die Spitzen meiner Stiefel rutschten über die feuchten Steine, aber ich fand bald einen Platz, wo ich meine Füße abstützen und mich ausruhen konnte. Von da an wurde es einfacher. Ich klammerte mich an das Seil und stieß mich an der unebenen Wand ab, während ich hinunterrutschte.

„Auf dem Weg nach oben wird es einfacher sein“,

stellte ich fest und sprang auf den Steinboden, als über mir der helle Punkt einer brennenden Zigarette aufleuchtete. Sie glühte einen Moment lang in der Dunkelheit, dann flog sie an mir vorbei und sprühte Funken, als sie auf den Steinboden traf.

Ich hob den Stummel der selbstgedrehten Zigarette auf, nahm den Duft der bevorzugten Tabaksorte des Kobolds wahr und atmete erleichtert auf. Ich sah zu Ramon hinüber, der sich vor Schreck an die Wand drückte, und winkte ab. „Beachte ihn nicht."

„Wer war das?"

„Erinnerst du dich an den Winzling aus der Opiumhöhle? Der, den du durch den Flur gejagt hast?"

„Warum zum Teufel ist er uns gefolgt?", keuchte mein Partner.

„Er arbeitet für mich", sagte ich, wobei ich unsere Beziehung ein wenig beschönigte.

„Das soll wohl ein Witz sein."

„Vergiss es!", sagte ich und befestigte den Flammenwerfer wieder auf Ramons Rücken.

„Teufelszeug", brummte mein Partner. „Das Ding wird mir noch den Rücken brechen!"

„Muss ich dich an deinen Lohn erinnern?"

„Willst du mir das für den Rest meines Lebens vorhalten?", fauchte Ramon. „Dann such dir halt jemand anderen, der dir hilft!"

„Nicht rumschreien", erwiderte ich und leuchtete mit der Taschenlampe auf den Durchgang unter dem Hügel.

Die Steinwände hier waren glatt geschliffen. Die Decken waren etwa drei Meter hoch und es gab keine leeren Nischen oder Türen. Wenn in diesen Katakomben einmal Tote bestattet worden waren, dann weiter vom Eingang entfernt.

Ramon machte den Flammenwerfer kampfbereit und schritt zuerst den Gang hinunter. Ich ging hinter ihm her. Ich stützte den Griff meiner *Winchester* mit meinem linken Ellbogen ab und hielt die Taschenlampe in der linken Hand. Der Zeigefinger meiner rechten Hand lag am Abzug. Ich war bereit, ohne jedes Zögern das Feuer zu eröffnen. Ich nahm sogar meine dunkle Brille ab, um nichts zu verpassen, und sei es noch so unbedeutend. Der Strahl der elektrischen Taschenlampe verriet unsere Ankunft ohnehin viel früher als das Glühen meiner Augen.

„Hier ist alles leer“, flüsterte Ramon.

Ich schwieg. Das unterirdische Labyrinth nagte bereits an meinen Nerven. Die Wege erstreckten sich immer weiter unter den Hügel. Von Zeit zu Zeit fanden wir uns an einer Kreuzung wieder und bogen jedes Mal links ab. Ramon zeichnete inzwischen auch mit einem Stück Kalkstein, das er mitgebracht hatte, Markierungen an die Wände. Die obere Ebene der Katakomben war jedoch nicht so verwirrend. Ich erinnerte mich genau an den Weg, ohne dafür irgendwelche Markierungen zu brauchen.

Nach ein paar Minuten stießen wir auf eine Treppe, die nach unten führte. Ramon seufzte und stieg als Erster die Steinstufen hinunter. Ich leuchtete ihm von hinten den Weg.

Die zweite unterirdische Ebene war spürbar anders als die darüber liegende. Die Gänge waren nur noch hohe schmale Schlitze. Die Decke verlor sich in der Dunkelheit. Das Licht meiner Taschenlampe erreichte sie nicht einmal immer. Überall gab es Grabnischen in den Wänden. Die zerbrochenen Steintafeln, die sie einst bedeckt hatten, lagen zu ihren Füßen herum. Die alten Gräber waren mit einer besonderen Sorglosigkeit geplündert worden.

Oft stießen wir auf unverständliche Botschaften auf

den Steinen, hin und wieder auch auf christliche Symbole. Meist waren es in die Wände geritzte Fische und aneinandergereihte Christusmonogramme. Manchmal waren sie durch relativ frische Schnitte deformiert.

„Hier wurde nichts unangetastet gelassen, hm?“, flüsterte Ramon.

„Offenbar nicht.“

„Wo sind dann die Knochen geblieben?“

„Ich habe keine Ahnung“, antwortete ich wahrheitsgemäß. „Die Katakomben könnten schon vor Jahrhunderten gesprengt worden sein.“

„Trotzdem stimmt hier etwas nicht“, murmelte mein Partner und blickte auf einen kleinen Raum an der Seite, in dem sich Nischen übereinander befanden. Die höchste von ihnen hatte die Form eines Bogens. „Familiengräber?“

„Ja.“

Wir gingen weiter und stießen immer öfter auf solche Räume. Dann führte der Korridor zu einer weiteren Treppe.

„Sollen wir hinuntergehen oder erst diese Etage fertig überprüfen?“ fragte Ramon.

„Runter, runter“, antwortete ich entschlossen.

Die nassen Steinstufen unter meinen Stiefeln wurden rutschig. Die Luft war unvergleichlich muffiger mit einem sehr unangenehmen Geruch.

„Meinst du, das ist irgendein unterirdisches Gas?“, fragte Ramon alarmiert. „Wenn das Methan ist, werden wir in die Luft fliegen.“

„Und wenn es das nicht ist, werden wir ersticken“, brummte ich. „Keine Panik. Komm schon!“

Erneut fanden wir uns in engen Gängen mit unzähligen Reihen leerer Nischen wieder. Es war kalt und bedrückend hier. Meine Nackenhaare stellten sich nicht einmal vor Angst auf, sondern von der Erwartung eines unausweichlichen Todes. Ich wollte alles fallen lassen und wieder nach oben und hinaus rennen. Obwohl es oben nieselte und man die Sonne hinter den Wolken nicht sehen konnte, war es besser, schlechtes Wetter und einen kalten Wind im Gesicht zu haben, als den furchterregenden Muff des Unterirdischen.

Bald sahen wir auch Knochen. Ihre weißen Oberflächen leuchteten uns hier und da entgegen, bis wir in einem großzügigen unterirdischen Raum einen ganzen Haufen von Überresten entdeckten. Es wäre nichts Besonderes gewesen, aber der Boden dort war mit Knochenstaub bedeckt, als hätte jemand Gelenke aufgebrochen, um an das Knochenmark zu gelangen.

„Ganz schön viele Knochen", stellte Ramon fest, als das Licht der Taschenlampe auf ein abgenagtes Schienbein traf.

„Die müssen von vor langer Zeit sein", sagte ich und ging weiter.

Überall lagen Knochen herum und es wurde bald klar, dass die oberen Stockwerke keineswegs von räuberischen Plünderern ausgeräumt worden waren, sondern von Kreaturen, die in diesem Bau wohnten.

Bhoots! Böse Geister, die unter anderem auf Friedhöfen hausten.

„Der Teufel soll diese Grabräuber holen!", murmelte ich vor mich hin, aber Ramon hörte mich nicht.

„Ich hoffe, dass diese Gräber vor langer, langer Zeit aufgebrochen wurden", flüsterte er. „Und sie sind alle friedlich gestorben. Verhungert."

„Wir sollten lieber auf den Flammenwerfer zählen", schlug ich vor.

„Ist dir aufgefallen, dass es keine Schädel gibt?"

„Ja."

Tatsächlich, das Licht meiner Taschenlampe hatte herumliegende Rippen, Wirbelsäulen, Schienbeine und Unterkiefer getroffen, aber wir hatten nicht einen einzigen Schädel gesehen.

„Mir gefällt das alles nicht“, sagte Ramon.

Die Atmosphäre der Katakomben setzte auch ihm zu. Aber um ehrlich zu sein, all diese engen kleinen Durchgänge, unzähligen Nischen und Decken, die sich in der Dunkelheit verloren, dieses verwirrende Labyrinth aus Gängen und Räumen voller Knochen hätten jeden in Panik versetzt.

Dann fanden wir die Totenköpfe. Eine riesige, liebevoll aufgebaute Pyramide türmte sich in einem großen Raum.

Ich war überrumpelt. Wofür sollte das gut sein?

War es eine Erinnerung an die Unausweichlichkeit des Todes oder eine klare Bestätigung des Wahnsinns der Kreaturen, die hier wohnten?

„Lasst uns hier verschwinden!“, zischte Ramon. „Schnell!“

Ich umrundete den Raum und bog in den nächsten engen Gang ein. In dem Moment sprang eine knochige Kreatur mit ausgestreckten Gliedmaßen von der Decke herab. Der Bhoot war unnatürlich dünn und hatte eine glatte Haut, die sich eng über seine Gelenke und Rippen spannte. Seine trockenen Lippen bedeckten die kräftigen Zähne des Aasfressers nicht ganz. In seinen Augen glomm eine düstere Flamme.

Ich erfasste das alles in einem Moment, mein linker Arm riss den Lauf der *Winchester* ganz von selbst hoch und ein schweres Bleigeschoss schlug direkt in das angreifende Biest ein.

Der Bhoot wurde zur Seite geschleudert. Er hielt

sich mit seinen scharfen Krallen in einer Nische fest, machte einen Salto und landete anmutig auf seinen Füßen. Er kauerte sich zusammen und wollte zu einem weiteren Sprung ansetzen. Ich verpasste ihm rasch eine weitere Kugel. Der Aasfresser prallte zurück.

In dem Moment wurde ich zurückgerissen. Ramon packte mich am Kragen und schob mich hinter sich, dann versengte er den Bhoot mit einem Strahl brennenden Kerosins. In dem engen Durchgang hatte der Geist nicht die geringste Chance, ihm auszuweichen. Die Flamme erreichte ihn und entzündete ihn augenblicklich wie ein Bündel getrockneter Zweige. Ein durchdringendes Heulen hallte durch den Keller, dann erstarb es. Der Aasfresser wand sich in Qualen, verlor seine Kräfte und verstummte schließlich. Er verbrannte vollständig. Nicht einmal Knochen blieben übrig.

Währenddessen standen Ramon und ich Rücken an Rücken und machten uns bereit, einen weiteren Angriff abzuwehren, aber es folgte keiner. Falls in diesen Katakomben noch etwas lebte, war es scheinbar nicht versucht, frisches Menschenfleisch zu kosten. Seltsam.

„War der allein hier, oder was?“, fragte Ramon erstaunt, als er sich wieder beruhigt hatte und die Situation halbwegs klar beurteilen konnte.

„Man sagt, wenn man Ratten in ein Fass steckt und sie nicht füttert, bleibt nur eine am Leben“, antwortete ich mit einem nervösen Kichern. „Es wird inzwischen keine toten Körper mehr geben. Wen sonst hätte er fressen sollen, wenn nicht seine Artgenossen?“

„Ich hoffe sehr, dass du recht hast“, sagte mein Partner schaudernd. „Übrigens schuldest du mir jetzt einen Tausender!“

Ich warf ihm einen vielsagenden Blick zu, sagte aber

nichts und ging weiter. Doch der Korridor endete in einer Sackgasse. Ich musste zurückgehen. Wir liefen zehn Minuten lang in einer Schleife durch die mit menschlichen Knochen gefüllten Gänge, dann kamen wir zu einem weiteren Raum, der nur wenig kleiner war als der erste. In der Mitte führte wieder eine Treppe nach unten.

„Das hört wohl nie auf!“, stöhnte Ramon.

Ich richtete die Taschenlampe auf meine Uhr. Wir hatten nur etwas mehr als zwei Stunden hier unten verbracht, aber es fühlte sich an wie der Beginn des dritten Tages in Folge. Meine Nerven waren zum Zerreißen gespannt. Also ging ich nicht auf meinen Partner ein.

„Komm mit!“, befahl ich knapp und machte mich auf den Weg zur nächsten Ebene der Katakomben.

Zu meiner Überraschung fanden wir dort statt eines weiteren engen Ganges einen breiten, von Säulen gesäumten Korridor. An den Wänden gab es keine Grabnischen mehr, sondern nur noch komplexe, in Stein gemeißelte geometrische Muster. Die Luft wurde trockener und der Gestank schlimmer.

„Meinst du, das ist es?“, flüsterte Ramon.

„Mal sehen.“ Ich wollte nicht voreilig sein. In diesem Moment überquerte der Lichtstrahl der Taschenlampe eine Stelle, an der das Gewölbe eingestürzt war.

Andererseits war es hier nicht so unheimlich. Ein paar der Steinsäulen standen schief und einige waren umgestürzt, aber sie fielen nicht zu Boden, sondern blieben an der Wand abgestützt und hinterließen nur einen kleinen Spalt darunter.

„Zünde nicht versehentlich mich an“, warnte ich meinen Partner, duckte mich und schlüpfte auf die andere Seite des eingestürzten Teils. Ramon kroch unter großer Anstrengung hinter mir durch. Aber er schaffte es.

Gleich dahinter hielten wir an, um zu verschnaufen. Ich überprüfte die Granaten in meinen Taschen, lud meine *Winchester* nach und wechselte den Kondensator meiner Taschenlampe aus.

„Bist du bereit?“, fragte ich meinen Partner, als er nicht mehr am Flammenwerfer herumfummelte.

Er nickte und wir liefen weiter.

Ramon richtete die Spitze seines Flammenwerfers angespannt von einer Seite zur anderen. Ich prüfte sorgfältig jeden kleinen Schatten hinter den Säulen, die sich an beiden Wänden des unterirdischen Ganges entlang zogen. Dann kamen wir in einen kleinen Raum und ich musste mich zusammennehmen, um nicht vor Freude zu jubeln. In der Mitte des Raumes stand ein Sarkophag auf einem kleinen Podest. Ein steinerner Sarkophag, umgeben von vertrocknetem Laub.

Wir hatten ihn gefunden. Wir hatten ihn wirklich gefunden!

Ich bedeutete Ramon, still zu sein. Dann näherte ich mich der Gruft und holte eine Granate heraus.

„Mach dich bereit“, flüsterte ich Ramon, der neben mir stand, fast lautlos zu. Ich legte meine Hände auf den schweren steinernen Deckel, schob ihn mit einem kraftvollen Stoß zur Hälfte weg und sprang zur Seite.

Im nächsten Augenblick fluchte ich laut, denn soweit ich es beurteilen konnte, war der Sarkophag leer.

„Es ist niemand da“, bestätigte Ramon.

Ich kehrte zum Schrein zurück und riss verärgert das Metallgitter ab, das ihn von innen abdeckte.

„Zum Teufel! Er ist entkommen!

„Wenigstens haben wir den richtigen Platz gefunden“, gab mein Partner zu bedenken.

„Einen seiner Plätze, nicht mehr und nicht weniger“,

sagte ich bitter.

„Ich weiß nicht. Der Raum passt doch genau zur Beschreibung des Tierarztes“, beruhigte Ramon mich. Dann stöhnte er auf. „Verdammt! Mein Rücken tut so weh!“

„Lass uns eine Verschnaufpause einlegen“, schlug ich vor. Niedergeschlagen lehnte ich meine *Winchester* gegen den Sarkophag und setzte mich auf die unterste Stufe.

Ramon nahm die Tanks ab, legte sie vorsichtig auf den Boden und streckte genüsslich den Rücken durch. Dann klopfte er auf den massiven Deckel des Sarkophags und fragte: „Wofür ist das Blei? Da ist auch eine Art Gitter...“

„Wer weiß“, brummte ich.

Mein wissbegieriger Partner nahm die Taschenlampe, richtete sie ins Innere der Gruft und rief: „Da drin ist ein ganzer Lagerraum! Kerzen, Fässer und so was wie ein kleiner Koffer!“ Nach kurzem Überlegen stieg er hinein und brach das Schloss des Koffers mit seinem Messer auf. „Wow!“

„Was ist das?“, fragte ich und stand auf.

Ramon schüttelte ein dickes Päckchen mit ägyptischen Guineas und reichte es mir.

„Ein Haufen Geld, Leo. Das ist ein ganzer Haufen Geld!“

„Und es gehört Ihnen nicht...“, sagte eine leblose, rasselnde Stimme am Eingang.

Mein Partner ließ vor Angst fast die Taschenlampe fallen, drehte sich um und richtete sie auf den Eingang. Die dunkle Kreatur hatte uns überrumpelt. Die Schatten, die sich unter seinem breitkrempigen Hut versteckten, zerstreuten sich, da sie nicht die Kraft hatten, sich gegen das elektrische Licht zu wehren.

Der Mohr bedeckte sein Gesicht mit einer schwarzen

Hand und machte einen Schritt zur Seite. In diesem Moment kamen ihm aus der Dunkelheit zwei weitere zu Hilfe. Sie bildeten einen Halbkreis um den Sarkophag. Ich erstarrte und wusste nicht, was ich tun sollte.

Der Flammenwerfer! Ramon hatte seinen Flammenwerfer abgenommen. Meiner steckte im Rucksack auf meinem Rücken, den würde ich also auch nicht rechtzeitig erreichen. Und der große lag auf dem Boden...

Ich nahm eine der Granaten, zog den widerspenstigen Stift heraus und schleuderte sie. Dann sprang ich in den Sarkophag und brüllte zu Ramon hinüber: „Deckung!“

Mein Partner sprang hinter mir in den Sarkophag, hob den steinernen Deckel an und hatte ihn gerade so halbwegs geschlossen, als es zur Explosion kam. Es fühlte sich an, als befänden wir uns im Inneren einer Glocke auf der Spitze eines Turms, wenn die Uhr gerade zwölf schlug, und wir versuchten, alle benachbarten Türme zu übertönen. Ich verlor für einen Moment das Bewusstsein, kam wieder zu mir und musste husteten, weil durch den schmalen Spalt beißender Rauch einsickerte.

Ramon bewegte sich auch. Er setzte sich auf und wischte sich das Blut von der Nase. Im Licht der Taschenlampe sah es violett-schwarz aus.

„Und?“, fragte er.

Als ich sah, dass seine Lippen Worte formten, bemerkte ich erst das Klingeln in meinen Ohren. Ich antwortete nicht, sondern deutete nur mit dem Zeigerfinger nach oben.

Mit vereinten Kräften schoben wir die sperrige Steinplatte beiseite und steckten unsere Köpfe in den schwarzen Rauch, der den Raum erfüllte. Auf dem Boden waren ein paar Pfützen von noch brennendem Kerosin sowie drei verkohlte Gestalten.

Ich hustete mir die Lunge aus dem Leib, stieg dann zuerst aus der Gruft und half Ramon heraus. Geistesgegenwärtig nahm er den mit Geld gefüllten Koffer mit.

„Der Flammenwerfer ist im Eimer", stieß er in einem Hustenanfall hervor.

„Das werden wir auch gleich sein, wenn wir hier nicht rauskommen", keuchte ich und humpelte zum Ausgang. „Wir werden ersticken!"

„Ich glaube nicht, dass Sie Zeit zum Ersticken haben werden", sagte ein elegant aussehender Mann in einem teuren Anzug, während er seinen rußigen Schnurrbart glättete.

Er trat einen Schritt aus der Dunkelheit heraus und beugte sich über einen der Mohren, während er sich in aller Ruhe an der immer noch schwelenden Kleidung der dunklen Gestalt eine Zigarette anzündete.

„Sie werden keine Zeit haben, Viscount, das versichere ich Ihnen."

In Gedanken stimmte ich ihm zu.

Wir würden keine Zeit haben.

TEIL ZVEI

Lazarus. Handgranaten und das 15. Element

1

WAR DER MENSCHLICHE GEIST schon ein Abgrund voller Rätsel, so war der Körper oft ein noch größeres Mysterium. Immer wieder kam es vor, dass unsere Gedanken noch rasten, während die Wirbelsäule längst Befehle gab. Wir alle waren Sklaven der Reflexe. Und das war auch gut so. Oft rettete es uns das Leben.

Als ich den knochigen Körper eines Herrn mit rußverschmiertem Gesicht aus der Dunkelheit treten sah, die von den kleinen Kerosinpfützen, die noch herunterbrannten, nur minimal erhellt wurde, hörte ich nicht auf das, was er zu sagen hatte. Mein Körper reagierte wie von selbst und ich hechtete hinter den massiven Sarkophag.

Wenn der Vampir - und ja, es war eindeutig ein Vampir! - von meiner Agilität überrascht war, drückte er es in keiner Weise aus. Er gab nur ein verächtliches Schnauben von sich, schob seine Zigarette in den Mundwinkel und wischte mit einem Tuch die Ascheflocken von seinem Jackenaufschlag. Zu seinem Pech rieb er sie aber nur noch tiefer in den teuren Stoff. Er hatte es nicht eilig, was auch kein Wunder war. Der einzige Weg aus der unterirdischen Halle lag hinter ihm.

Ich fluchte, zog den Rucksack hinter mir hervor und löste im Schutz des Schreins seine starren Verschlüsse. Zum Glück konnte ich den Einweg-Flammenwerfer befreien, bevor der Vampir uns angriff. Ramon stand in meiner Nähe und umklammerte sein *Webley-Fosbery* mit beiden Händen.

Den Vampir drängte immer noch nichts. Mit einer

Grimasse warf er sein verschmutztes Taschentuch auf den Boden.

„Erlauben Sie mir, mich vorzustellen: Mein Name ist Lazarus“, sagte er mit einem überheblichen Lächeln und verbarg die scharfen Reißzähne unter seiner Oberlippe. Jetzt erinnerten nur noch die toten, schwarzen Augen daran, dass die Kreatur vor uns kein Mensch, sondern ein übernatürliches Wesen war.

Ich war mir im Klaren darüber, wie verschwindend gering unsere Chancen waren, hier lebend herauszukommen. Trotzdem schaffte ich es, einen Scherz zu machen: „Nicht *der* Lazarus, hoffe ich?“

Der Vampir schüttelte den Kopf. „Es wäre einfältig, so etwas zu behaupten, junger Mann. Aber der Name ist in der Tat kein Zufall. So wie der Erlöser den biblischen Lazarus von den Toten zurückholte, so wurde auch ich auf ähnliche Weise ins Leben zurückgebracht. Aber ich kam aus eigener Kraft zurück, ohne Hilfe. Deshalb erschien mir der Name passend.“

„Verstehe. Das ist kein Name, sondern ein Spitzname“, erwiderte ich und klemmte den Flammenwerfertank fester unter meinen Arm.

Das Gesicht meines Gegners blieb furchtlos. Ich konnte nichts von den feinen Zügen eines Aristokraten an ihm sehen. Er erinnerte eher an einen erfolgreichen Geschäftsmann oder einen Theaterimpresario. Sein dünner Schnurrbart war modisch gezwirbelt, seine Augenbrauen gezupft und an dem teuren karmesinroten Anzug steckte eine frische Nelke im Knopfloch. Ein gepflegter Mann von durchschnittlicher Größe und kräftiger Statur. Ein normaler Mensch.

Dieser Eindruck wurde nur durch seine Augen getrübt. Die schwarzen, toten Augen zerstörten das Bild eines ehrlichen Bürgers. Sie waren ein untrügliches Zeichen dafür, dass alles nur eine Maske war, hinter der sich der schlimmste Albtraum verbarg. Nicht der Tod, nein. Hilflosigkeit.

Ein normaler Mensch hatte keine Möglichkeit, einer Kreatur zu widerstehen, die sich Lazarus nannte. Ein *illustrer* Herr leider auch nicht.

„Ein Spitzname?“, fragte der Vampir und legte den Kopf schief, während er über meine Worte nachdachte. Dann schüttelte er den Kopf. „Nein, es ist kein bloßer Spitzname“, erklärte er. „So wie früher die Päpste bei ihrer Amtseinführung einen neuen Namen wählten, nahm auch ich einen neuen Namen an, als ich in mein neues Leben trat. Jetzt ist mein Name wirklich Lazarus. Ich habe keinen anderen. Über die Jahrhunderte ist dieser Name ein Teil von mir geworden. Er bedeutet unvergleichlich mehr als der, den ich von meinen Eltern erhalten habe.“

Der Vampir ging auf den Sarkophag zu, woraufhin wir einen Schritt zurückwichen, um ihn nicht näher herankommen zu lassen. Der Weg aus dem Raum war nun frei, aber ein überstürzter Fluchtversuch würde nur mit einem qualvollen Tod enden. Ein Mensch konnte es in Sachen Geschwindigkeit niemals mit einer jenseitigen Bestie aufnehmen.

„Vielleicht ist es Zeit für eine Granate?“, flüsterte Ramon mir zu. Aber Lazarus hörte es.

Der Vampir schnaubte verächtlich. „Wollen Sie meinen Anzug ganz ruinieren?“, fragte er, als er über den rauchenden Körper des Mohren stieg. „Na los! Werfen Sie Ihre Granate! Ich habe bereits eine lange Liste von Beschwerden gegen Sie, Viscount. Das wird es nicht schlimmer machen.“

„Eine lange Liste? Erlauben Sie mir, nach dem Inhalt

zu fragen?“, sagte ich und konnte mich nicht entschließen, den Flammenwerfer in Gang zu setzen. Der Vampir verhielt sich seltsam. Er hatte keine Angst vor Feuer. Oder, um genauer zu sein, ich spürte keine solche Angst in ihm. Er ging ruhig um die Pfütze aus brennendem Kerosin herum. Er wich nicht einmal weiter aus. Und er rauchte eine Zigarette!

„Oh, das meiste von der Liste wissen Sie ganz genau!“, erklärte Lazarus. „Aber im Wesentlichen hätten Sie sich nicht in unser Spiel einmischen sollen, Viscount. So etwas ist unverzeihlich.“

„Was für ein Spiel, wenn Sie mich aufklären könnten?“, fragte ich.

Doch der Vampir schüttelte nur den Kopf. „Jetzt ist nicht die Zeit für Gespräche“, erklärte er.

Daraufhin zog ich den Hebel herunter und betätigte den Zündmechanismus. In dem Moment ging Lazarus zum Angriff über! Er sprang über den Sarkophag, aber ein Strahl gelierten Kerosins traf ihn im Gesicht. Die brennbare Flüssigkeit entzündete sich und der Vampir wurde mit Flammen bespritzt. Er drehte sich auf der Stelle, von Kopf bis Fuß in loderndes Feuer gehüllt.

„Lauf!“, rief ich Ramon zu, während ich selbst einen Schritt zurücktrat und den Flammenwerfer weiter auf den verwirrten Blutsauger richtete.

Die Flammen schossen heraus, aber Lazarus ging immer noch nicht zu Boden. Seine Kleidung war fast vollständig verbrannt und von seinem Haar blieb keine Spur. Aber der Vampir stand noch und fand sogar die Kraft, sich gegen den Flammenstrom zu bewegen. 20 Sekunden Höllenfeuer hatten ihm kaum Schaden zugefügt. Ramon und ich waren in der Zeit zum Ausgang gelangt. Dort versprühte der Flammenwerfer seine letzte Portion Kerosin und erlosch. Er schoss nur noch glühende Funken in die Dunkelheit.

Lazarus lachte heiser. „Es wird etwas mehr brauchen, um mich aufzuhalten, als einfaches altes griechisches Feuer!"

Ich hörte nicht auf ihn, sondern drehte mich um und rannte so schnell ich konnte. Hinter mir hörte ich seine schnellen Schritte, aber ich sah nicht hin, holte nur eine Handgranate aus meiner Tasche und duckte mich in eine schmale Öffnung unter einer Säule. Als ich auf der anderen Seite heraussprang, hatte ich nur noch den Stift in den Fingern.

„Lauf!", rief ich Ramon zu, als hinter uns eine gedämpfte Explosion ertönte. Die Säulen hielten das nicht aus und sackten zusammen, wobei sie den Vampir in ihren Trümmern einschlossen, aber ich war mir nicht sicher, ob sie ihn lange aufhalten würden.

„Lauf!", rief ich noch einmal und rannte zum Ausgang. Ramon stürmte ohne zu zögern hinter mir her.

Wir rannten die Treppe hinauf und der beißende Rauch wurde von dem muffigen Kellergeruch abgelöst. Ich schaffte es endlich, ein wenig Atem zu schöpfen. Hustend schnappte ich nach Luft, ließ Ramon an mir vorbei und rannte mit neuer Kraft hinter meinem Partner her. Der Strahl meiner Taschenlampe hüpfte über die Wände und ich sah hier und da die weißen Markierungen, die Ramon hinterlassen hatte. Dieser Leitfaden half uns, aus dem unterirdischen Labyrinth und zum Ausgang zu finden. Dieses bisschen Weitsicht hatte uns gerade das Leben gerettet.

Wir kamen wirklich gerade noch rechtzeitig raus. Als wir die verkohlten Überreste des Bhoots erreichten, ertönte von irgendwo in der Ferne das Echo eines neuen Einsturzes gefolgt von einem unmenschlichen Heulen voll hasserfüllter Wut.

Der Schrei stach uns in den Rücken wie Dutzende geisterhafter Messer und spornte uns an. Ich war völlig außer Atem. Meine Beine fühlten sich an wie aus Blei. Mein verletztes Bein explodierte bei jedem Schritt vor Schmerz, aber ich rannte, rannte und rannte, immer darauf konzentriert, den hellen Punkt der Taschenlampe, der vor Ramon herumtanzte, nicht aus den Augen zu verlieren.

Ich wusste nicht, durch welches Wunder ich die Kraft hatte, den Rest des Weges zum Ausgang der Katakombe zu laufen. Offensichtlich half die Angst und davon hatte ich mehr als genug.

An der Steilwand wartete Ramon auf mich und gab mir einen Schubs. Ich ergriff das Seil und kletterte hinauf. Mein geringes Gewicht und meine langen Arme und Beine verschafften mir einen ordentlichen Vorsprung, und ich kam weit vor meinem Partner aus der Höhle. Aber obwohl ich vor Erschöpfung am liebsten auf den Boden gefallen wäre, blieb ich nicht liegen, sobald ich oben war. Stattdessen griff ich nach dem Seil und versuchte, Ramon hinter mir her zu ziehen.

Ein weiteres grässliches Heulen ertönte hinter uns. Ich erschrak und wäre fast wieder hingefallen. Der Vampir kam näher und würde zu uns aufschließen! Ich packte meinen Partner an der Hand, zog ihn hoch und rannte zum Ausgang. Ich sprang kopfüber aus der Höhle und hechtete zu unserem Fahrzeug. Dort holte Ramon mich ein, riss mich von den Füßen und drückte mich zu Boden.

Ich keuchte vor Angst und Schmerz und in nächsten Moment begann das Maschinengewehr im Heck des Panzerwagens zu feuern. Der Schuss ging über meinen Kopf hinweg und explodierte in der Tiefe der Höhle in einer Wolke aus Steinsplittern. Die großkalibrigen Kugeln trafen den Vampir wie eine tödliche Peitsche, als er aus den Katakomben kletterte. Sie schalteten ihn zwar nicht aus, warfen ihn aber doch zurück und verlangsamten seinen Schritt.

Lazarus sprang zur Seite, aber die Höhle bot nicht wirklich Platz zum Verstecken. Die Maschinengewehrsalve erreichte ihn schließlich auch dort. Ich schob Ramon von mir weg und schrie ihm ins Ohr, um das ohrenbetäubende Donnern der Schüsse zu übertönen.

„Steig in den Wagen!“

Ramon entfernte sich aus der Schusszone und kletterte in das Fahrzeug. Ich kroch ebenfalls auf das Automobil zu. Als ich es schon fast erreicht hatte, verstummte das *Gatling-Geschütz.* Der elektrische Draht drehte mit einem gemessenen Summen die Läufe weiter, aber es gab keine Kugeln mehr. Ich sprang von hinten in den Wagen.

Von hinter dem Maschinengewehr ertönte der aufgeregte Schrei des Kobolds. „Mist! Mist! Mist!“

Mit letzter Kraft rief ich: „Fahr los, Ramon!“

Die Türen knallten zu und in diesem Moment kam Lazarus aus der Höhle. Er war mitgenommen, aber lebendig, sofern ein solcher Begriff auf Vampire zutreffen konnte. Die verkohlten Reste seines einst teuren Anzugs hingen in jämmerlichen Fetzen an ihm herunter, aber weder das Feuer noch die großkalibrigen Kugeln hatten der unmenschlichen Bestie wirklichen Schaden zufügen können.

Lazarus stieß einen wutentbrannten Schrei aus und setzte sich in Bewegung.

Ich lud in aller Ruhe das Maschinengewehr nach, als würde es sich um eine Trainingsübung handeln, klappte den Deckel zu und packte den rauchenden Griff, als der Vampir bereits die Hälfte der Distanz zwischen uns überwunden hatte. Ich drückte den Knauf mit dem Daumen nach unten, die Patronenhülsen flogen in alle Richtungen und prallten an den Wänden des gepanzerten Wagens ab. Die bleierne Peitsche traf Lazarus quer über die Brust, sodass er zu Boden fiel und sich zur Seite rollte.

Das Fahrzeug machte einen Satz und der Motor hustete. Der schwere Panzerwagen nahm Fahrt auf und raste in einem irren Tempo den Hügel hinunter. Ein scharfer Ruck verschob das Visier meines Geschützes, was dem Vampir erlaubte, wieder auf die Beine zu kommen. Er nahm die Verfolgung auf, aber ich justierte mein Ziel neu und verpasste ihm einen weiteren kalkulierten Stoß. Das tat ich so lange, bis wir es endlich geschafft hatten, dass der Blutsauger hinter den Bäumen und aus unserem Blickfeld verschwunden war.

Die ganze Zeit über stand der Kobold auf der geöffneten Heckklappe und streckte mit einem spöttischen Grinsen den Mittelfinger in die Höhe. Für den Kobold war die Situation offensichtlich lustig. Ich hätte ihm gern in den Hintern getreten und ihn hinausbefördert. Ich hätte es auch getan, aber ich hatte keine Kraft mehr.

Ramon fuhr ohne anzuhalten bis in die Vorstadt. Und er wäre noch weiter gefahren, wäre das Wasser im Kühler nicht fast verkocht gewesen. So bog er in eine unbewohnte kleine Dorfstraße ein, die die Landstraße kreuzte. Er hielt an und öffnete die Motorhaube. Er lehnte sich an den gepanzerten Wagen und der Regen prasselte auf seinen unbedeckten Kopf, weil er irgendwann seine Schirmkappe verloren hatte.

Während die Patronenhülsen auf dem Boden

klirrten, sprang ich aus dem Fond, in dem ich die ganze Fahrt verbracht hatte, und hob die Heckklappe an, um unser Maschinengewehr vor neugierigen Blicken zu verbergen. Ich seufzte und ging nach vorne zu meinem Partner. Der Kobold gesellte sich zu uns, als ob nichts wäre, nahm auf dem Trittbrett Platz und drehte sich eine Zigarette.

„Wer ist das?“, fragte Ramon und deutete auf ihn.

„Ein Freund“, antwortete ich knapp und steckte mir ein Bonbon in den Mund. Nach allem, was gerade passiert war, zitterte ich immer noch.

„Ein Freund?“, fragte mein Partner.

Ich nickte.

Ramon schüttelte den Kopf und streckte die Hand aus. „Mein Geld!“ Als ich ihm die 1.000 Franken abgezählt und er sie in seine Tasche gesteckt hatte, erklärte er: „Das war es für mich.“

„Was meinst du?“, wollte ich wissen.

„Vergiss meinen Namen“, verlangte Ramon. „Ich werde nie wieder Geschäfte mit dir machen, ist das klar?“

„Was ist denn in dich gefahren?“

„Was in mich gefahren ist?“ Der untersetzte Mann wurde rot vor Wut. „Erst hat mich ein Werwolf fast umgebracht - und jetzt diese Abscheulichkeit! Es ist ein Wunder, dass wir entkommen sind, Leo! Ein Wunder! Was kommt morgen? Du willst auf Dämonenjagd gehen? Dann geh ohne mich!“

„Warte...“

„Nein!“, rief Ramon. „Diesmal werde ich nicht warten. Und ich werde auch nicht mehr meinen Kopf riskieren! Ich habe genug!“

„Beruhig dich wieder.“

„Hörst du mir überhaupt zu, Leo?“, fragte Ramon

verärgert und streckte abwehrend die Hände aus. „Du bist nicht mehr der Mensch, den ich mal gekannt habe. Früher warst du vorsichtig und vorausschauend. Du hättest dich nicht kopfüber in irgendein Abenteuer gestürzt!“

„Ich will doch nur herausfinden, was das alles zu bedeuten hat!“

„Dann geh und finde es allein heraus, aber lass mich aus dem Spiel!“, forderte Ramon und fügte aus irgendeinem Grund hinzu: „Verdammt, Leo, sogar deine Augen haben sich verändert! Sie glühen nicht nur, sie brennen! Mit dir stimmt etwas nicht!“

Ich holte schweigend meine Brille mit den runden, dunklen Gläsern aus der Tasche und setzte sie auf. Ramon drehte sich schnaubend um und ging davon. Er schaute nicht ein einziges Mal zurück.

„Ach du Scheiße, was für eine Szene!“, krächzte der Kobold, der von allen vergessen auf dem Trittbrett stand und rauchte. „Eine echte Tragödie!“

„Du hältst die Klappe“, knurrte ich und jagte ihn vom Trittbrett.

Der Knirps lief zur Motorhaube und schrie Ramon hinterher: „Du Mistkerl!“ Dann drehte er sich zu mir und streckte den Daumen nach oben.

Ich runzelte nur die Stirn, öffnete die Seitentür und ein schweres Päckchen originalverpackter ägyptischer Guineas fiel mir vor die Füße.

Mir fiel ein, wie ausgebeult Ramons Manteltaschen gewesen waren, und mir wurde klar, dass er und sein Cousin kein Problem damit haben würden, die benachbarte Manufaktur zu kaufen. Sie sollten sich nur nicht bei Währungsspekulationen erwischen lassen. Bei dem Versuch, ägyptische Guineas zu verkaufen, konnte man im Gefängnis landen. Außerdem arbeitete jeder zweite

Schwarzmarktspekulant als Informant für die Polizei. Mit einem hoffnungslosen Seufzen warf ich das Geld auf den Beifahrersitz, schloss dann die Motorhaube und setzte mich hinter das Steuer.

„Fährst du los?“, fragte der Kobold, der sich darauf konzentrierte, in einen Abwassergraben zu pinkeln. „Verdammt, mir wird vom Autofahren übel!“, rief er, ohne sich umzudrehen.

Ich kicherte nur, knallte die Tür zu und ließ den Motor an.

Ich hatte diesen Lazarus so satt...

2

ICH BRAUCHTE 20 MINUTEN, um in die Stadt zu kommen, und die ganze Zeit überlegte ich, was ich als Nächstes tun sollte. Aber die Gedanken, die mir durch den Kopf krochen, waren einer freudloser als der andere. Abgesehen von den Gedanken an Seilschlingen, Strychnin und den metallischen Geschmack eines Pistolenlaufs, der in meinem Mund steckte.

Nein, ich hielt Selbstmord keineswegs für einen anständigen Ausweg aus all dem, nur für den schmerzlosesten. Und obwohl sich der Vampir längst von seinen Gefühlen verabschiedet hatte und der Begriff ‚Rache' für ihn nur noch ein leeres Wort war, wurde meine Lage dadurch nur noch schlimmer. Ein pragmatischer Mensch würde nicht in einem Wutanfall irgendeinem unglücklichen *illustren* Herrn den Kopf abreißen, ein pragmatischer Mensch würde zuerst die Arme und Beine ausreißen, damit andere es nicht tun konnten. Was sollte ich nun machen? Nach Hause fahren?

Verflucht, das war der erste Ort, an dem der Vampir nach mir suchen würde, wenn er in die Stadt käme. Und ich war keineswegs sicher, ob Elisabeth-Maria es schaffen würde, ihn aufzuhalten. Obwohl der Sukkubus in Menschengestalt über beneidenswerte Kraft und blitzschnelle Reflexe verfügte, würde sie es wahrscheinlich nicht mit Lazarus aufnehmen können.

Ich konnte nicht nach Hause, zumindest nicht, bis ich eine ordentliche Waffe gefunden hatte. Vielleicht würde ich nie eine finden, die ihn mit Sicherheit töten konnte, aber ich wollte zumindest eine, die irreparablen Schaden anrichten konnte.

Knoblauch kam mir gar nicht erst in den Sinn. Vielleicht würde sich ein frisch verwandelter Blutsauger ein wenig winden, wenn er auf einen Feind mit diesem starken, charakteristischen Aroma traf, aber Lazarus war nicht so leicht zu erschrecken. Ein hölzerner Pflock hätte es vielleicht getan, aber ich wäre kaum in der Lage, den Vampir im Schlaf zu erwischen. Ihn unter freiem Himmel herauslocken? Teufel, er war aus den Katakomben gerannt und hatte mit keiner Wimper gezuckt!

Vielleicht konnte ihn direktes Sonnenlicht verletzen, aber der Himmel war im Moment voller dicker, dunkler Wolken. Irgendwo grollte ein dumpfer Donner und am Horizont sah ich von Zeit zu Zeit weiße, verzweigte Blitze aufleuchten.

Schlechtes Wetter war nach Neu Babylon gekommen und ich fühlte mich innerlich genauso düster, wie der Himmel über mir aussah. Antiquierte Methoden konnten nicht helfen und die neuesten wissenschaftlichen Erkenntnisse zur Bekämpfung von Vampiren waren auch wenig hilfreich. Kupfer, Silber und Blei konnten den lebenden Toten nichts anhaben. Mit einem Titanmesser hätte ich Lazarus theoretisch problemlos den Kopf abtrennen können. Aber in der Praxis wäre es leichter gewesen, mir selbst die Pulsadern aufzuschneiden, mich nicht zu quälen und andere nicht damit zu belasten, meine Überreste aufsammeln zu müssen, nachdem sie auf der Straße verstreut worden waren.

Elektrizität? Ja! Elektrizität war zerstörerisch für alle höllischen Kreaturen, aber wie lange würde Lazarus nach einem Schock durch die Batterie, die in meinem Stock versteckt war, gelähmt bleiben? Noch viel wichtiger war aber, dass ich keine Ahnung hatte, was ich dann tun sollte. Selbst mit einem Holzpflock oder einer Titanklinge bewaffnet, hatte ich keine Lust, so nahe an ihn heranzukommen, ob er nun betäubt war oder nicht. Ich war der festen Überzeugung, dass eine solch kurzsichtige Handlung einem sehr umständlichen Selbstmordversuch gleichkam. Alexander Dyaks Wunderkugeln konnten diesem jenseitigen Ungetüm nichts anhaben, auch Kerosin war machtlos. Was konnte ich also tun?

Alles in allem befand ich mich in einer Sackgasse. Aber so leicht würde ich nicht aufgeben. Ich parkte das gepanzerte Fahrzeug in einem inzwischen vertrauten Hof unweit des Waffenladens *Goldene Kugel* und beschloss, Alexander Dyak zu besuchen.

Ich schloss das Automobil ab und machte mich zu Fuß auf den Weg zu *Mechanismen und Raritäten.* Auf halbem Weg dorthin wurde der Regen merklich stärker. Ich musste mich auf die überdachte Veranda eines Straßencafés flüchten und bestellte eine große Kanne indischen Schwarztee und eine Portion Zimtschnecken. Zum Glück waren keine anderen Besucher da und der Gestank des Rauches, der noch deutlich an mir haftete, konnte niemanden stören.

Als ich zu frühstücken begann, erfasste mich ein Schauer. Ich bekam es mit der Angst zu tun. Erst in diesem Moment wurde mir klar, dass es nur einem glücklichen Zufall und meinem imaginären Freund zu verdanken war, dass Lazarus uns nicht erwischt und ausgeweidet hatte. Ramon hatte das nur schneller begriffen.

Das Gebäck war fast aufgegessen, aber der Regen wollte nicht aufhören, also bestellte ich noch einen Tee, saß weiter herum und beobachtete die gurgelnden Pfützen. Ich wollte nirgendwo hingehen oder irgendetwas tun.

Die Apathie lastete schwer auf mir. Ich hätte aus der Stadt fliehen sollen, aber ich steckte schon zu tief in der Sache drin. Ich hatte es geschafft, zu viele Leute zu verärgern. Lazarus würde auf Rache aus sein, die Bande der *illustren* Herren, der Inhalt des Aluminiumbehälters...

Der Behälter! Es dämmerte mir, dass ich ihn auf dem Anwesen meines Onkels zurückgelassen hatte. Wie dumm! Die Ermittler hatten den Grafen wohl schon mit dem Bankraub in Verbindung gebracht und nun suchte die halbe Stadtpolizei nach ihm! Verdammt! Ich fluchte, warf einen zerknitterten Fünfer auf den Tisch und schlüpfte aus dem Café. Der Regen beruhigte sich etwas und es schien mir vernünftig, die Pause zu nutzen und zum Panzerwagen zurückzukehren.

Meine Pläne hatten sich geändert. Wenn ich meinen ehemaligen Kollegen voraus sein wollte, folgte daraus, dass ich alles fallen lassen und mich darauf konzentrieren musste, den Grafen zu finden. Wenn mein Anwalt doch nur einen Hinweis oder irgendeine Spur gefunden hätte...

Ich fuhr viel zu schnell los und riss mit meiner Stoßstange fast ein Loch in einen Zaun. Ich zwang mich dazu, mich zu beruhigen und nicht aufs Gas zu treten, so sehr ich die verlorene Zeit auch aufholen wollte. Erschwerend kam hinzu, dass die Hauptvertreter der triumphalen Elektrizität, Tesla und Edison, morgen in die Stadt kommen würden, weshalb es auf den Straßen nur so von Polizisten wimmelte. An jeder Kreuzung standen welche, sie fuhren mit ihren Automobilen herum und forderten die Leute auf, keine Menschenansammlungen auf den Straßen zu bilden. Andere wiederum trieben die Leute zusammen, um ihre Identität zu überprüfen.

Ich hatte in meiner aktiven Dienstzeit nie das Vergnügen gehabt, die Stadtpolizei so emsig zu sehen, aber jetzt erregte mein gepanzerter Wagen weder bei den Einheimischen noch bei meinen ehemaligen Kollegen Aufmerksamkeit. Es gab mehr als genug dieser Fahrzeuge auf den Straßen Neu Babylons.

Ich musste nur aufpassen, dass ich keinen Unfall baute. Das wäre ein echter Lacher gewesen. Dieser Gedanke machte mich nervös und ich dachte mir im Vorfeld Erklärungen aus, wo ich die selbstfahrende Kutsche, die einst den Bankräubern gehört hatte, gefunden und aus welchem tollen Grund ich sie nicht zum Newton-Markt gebracht hatte. Aber meine Sorgen erwiesen sich als unbegründet. Ich fuhr ohne Probleme durch das historische Zentrum. Zwischen den Gebäuden des Geschäftsviertels, die alle hoch in den Himmel ragten, wurde die Aktivität zum Glück merklich spärlicher. Die wenigen Taxis, die auf der Straße unterwegs waren, machten rechtzeitig Platz und die Polizei war immer seltener zu sehen.

Nachdem ich um das Haus herumgefahren war, in dem sich die Kanzlei meines Anwalts befand, ließ ich den gepanzerten Wagen hinter einigen Müllcontainern stehen und band mir ein Halstuch um, um meiner Erscheinung wenigstens einen Hauch von Seriosität zu verleihen. Meine Bemühungen waren jedoch überflüssig. Der Portier hatte seine Nase in einer Zeitung vergraben und sah mich nicht einmal an. Ich ging seelenruhig an seiner Kabine vorbei und hinauf in den dritten Stock. Während ich die Treppe hinaufstieg, überprüfte ich mechanisch meine *Roth-Steyr* und meine *Cerberus* und war selbst überrascht, wie tief sich diese Gewohnheit in den letzten Tagen in mir verankert hatte.

Mit einer Kugel im Lauf und einer entsicherten Waffe fühlte ich mich viel ruhiger. Paranoia? Nein, ich hatte mir nur zu viele Feinde gemacht.

Ich öffnete die Tür, ohne anzuklopfen, betrat das schäbige Büro meines Anwalts, blieb in der Mitte des Raums stehen und stützte mich auf meinen Stock.

Der junge Mann zuckte zusammen, blickte mich über seine Zeitung hinweg an und wand sich, als hätte ich ihn in einer peinlichen Situation ertappt.

„Viscount", sagte er, sprang auf und warf die Morgenausgabe des *Atlantic Telegraph* zur Seite. „Ich habe alles so gemacht, wie wir es vereinbart hatten. Trotzdem habe ich heute Morgen eine Nachricht vom Anwalt Ihres Onkels bekommen!"

„Und was steht drin?"

„Das Schreiben ist an Sie adressiert. Ich hatte schon einen Kurier bestellt, konnte es aber zum Glück noch nicht abschicken..."

Ich nahm den dicken Umschlag entgegen. Die Adresse war in einer ungewohnt schwungvollen Handschrift geschrieben. *An Leopold O., nur an benannten Empfänger zustellen.* Zusätzlich war er zur Sicherheit mit einer unbenutzten Briefmarke versiegelt, die unberührt aussah.

Ich inspizierte den Umschlag sorgfältig, klappte die Titanklinge meines Taschenmessers aus und hob die Klappe an. Ich holte den Brief heraus und las mit einem gewissen Maß an Überraschung die lakonische Botschaft: *Vier Uhr nachmittags im Büro des Maître. Kommen Sie allein.*

Es gab keine Unterschrift, aber das war auch nicht nötig: Ich erkannte mühelos die Handschrift meines Onkels.

„Ist etwas passiert?", fragte mein Anwalt überrascht.

Ich schüttelte den Kopf. „Es ist alles in Ordnung", beruhigte ich ihn und steckte den Brief in meine Tasche. „Alle notwendigen Dokumente bezüglich meines Erbes sollten heute bis vier Uhr nachmittags fertig sein."

„Die liegen alle schon seit einiger Zeit bereit",

antwortete der junge Mann und holte umständlich einen dicken Stapel Papiere aus der obersten Schreibtischschublade. „Es ist alles da.“

Ich blätterte durch die Unterlagen. „Wenn Sie so freundlich wären, bleiben Sie heute bis mindestens sieben Uhr im Büro. Wenn es nötig ist, schicke ich einen Kurier, der die Papiere abholt.“

„Viscount!“, rief mein Anwalt mir verunsichert nach. „Was den Auftrag angeht...“

„Alles bleibt wie vereinbart. 10 % der Summe gehören Ihnen“, versicherte ich dem Juristen, ohne den geringsten Zweifel, dass mein Onkel keinen einzigen Cent des strittigen Schecks zahlen würde.

Um ehrlich zu sein, verstand ich nicht, was zum Teufel ihn jetzt dazu brachte, sich mit mir treffen zu wollen. Es warf bezüglich seiner Absichten eine Menge Fragen auf. Warum? Wozu brauchte er das?

Ein allzu selbstbewusster Mensch hätte an meiner Stelle vielleicht gedacht, er hätte seinen Gegner in die Enge getrieben, aber ich hielt eine solche Vermutung für weit hergeholt. Nach der Durchsuchung seines beschädigten Herrenhauses und dem Fund des Aluminiumbehälters mit dem schwarzen Runenblitz hatten die Ermittler vermutlich keine andere Wahl gehabt, als den Grafen zur Fahndung auszuschreiben, sodass alle rechtlichen Schritte meinerseits nicht mehr von Bedeutung waren. Außerdem hatte mein kompromissloser Onkel das Treffen selbst angesetzt.

Ein Paranoiker hätte dagegen böswillige Absichten vermutet und sogar den Wunsch, mich in einen Hinterhalt zu locken. Aber ich wusste, dass der Graf von meinem Tod nicht profitierte. Was wiederum bedeutete, dass er etwas von mir brauchte. Aber was?

Mit diesem Gedanken im Hinterkopf stieg ich in den

gepanzerten Wagen und starrte gedankenverloren auf die regennasse Windschutzscheibe. Es gab nichts. Ich hatte nichts, was meinen Onkel interessieren konnte. Diese simple Erkenntnis machte mich nervös.

Ich schaute auf meinen Zeitmesser. Er zeigte Viertel vor eins an. Es war noch mehr als genug Zeit bis zu dem Treffen, also beschloss ich, doch noch bei Alexander Dyak vorbeizuschauen. Nicht, um mich bei ihm auszuweinen, aber ich wollte herausfinden, wofür der Erfinder seinen 100-Franken-Vorschuss ausgegeben hatte. Und ich brauchte immer noch eine Waffe, die ich gegen den Vampir einsetzen konnte. Ich ließ den Motor an und machte mich auf den Weg.

Als ich eine Viertelstunde später bei *Mechanismen und Raritäten* eintraf, diskutierte Alexander Dyak gerade mit dem stellvertretenden Leiter der archäologischen Abteilung, den ich gestern getroffen hatte, über eine Goldmünze auf dem Tresen. Ich störte die beiden nicht. Ich begrüßte den Mann nur und schüttelte die winzigen Regentropfen von meinem Derbyhut.

„Eine Minute, Leopold Borisowitsch. Wir sind gleich fertig“, versicherte der Erfinder.

Er unterhielt sich noch ein wenig mit dem Archäologen, dann gaben sich die beiden die Hand und Señor Ramillo ging mit einem strahlenden Lächeln zum Ausgang. Dyak sah genauso zufrieden aus wie sein Kunde.

„Ein erfolgreiches Geschäft?“, fragte ich und stützte mich auf meinen Gehstock.

„Nur eine Kleinigkeit“, sagte der Ladenbesitzer. „Ich würde viel lieber hören, wie die Dinge bei Ihnen laufen."

„Fragwürdig“, gab ich zu.

„Probleme mit dem Flammenwerfer?“

„Nein, nein“, versicherte ich. „Der Flammenwerfer hat seine Aufgabe erfüllt, aber das Kerosin war nicht so effektiv, wie ich es mir gewünscht hätte.“

„Tatsächlich?“, fragte der Ladenbesitzer verwirrt. „Hat es nicht gezündet?“

„Es hat gezündet, aber es konnte keinen Vampir verbrennen.“

„So, so“, sagte Dyak nachdenklich und klopfte mit einem Bleistift auf den Tresen. Dann rieb er sich den grauen Bart. „Erzählen Sie mir alles der Reihe nach. Jedes Detail ist wichtig“, forderte er.

„Für die Wissenschaft?“, scherzte ich.

„Leopold! Sie und ich arbeiten an einem rein praktischen Problem, nämlich wie man einen lebenden Toten am besten eliminiert. Glauben Sie mir, das macht nicht annähernd so viel Spaß wie das Studium der Auswirkungen von Strahlung auf einen Körper mit gesteigerten regenerativen Fähigkeiten. Über diese Thematik kann man keine respektablen wissenschaftlichen Arbeiten schreiben.“

„Ich bitte um Entschuldigung.“

„Schon gut.“ Alexander Dyak reichte mir ein kleines Schild. „Hängen Sie das bitte an die Tür. Und versuchen Sie, sich zu erinnern. Ich bitte Sie, rufen Sie sich jedes kleinste Detail ins Gedächtnis.“

Auf dem kleinen gestanzten Schild stand: *Experiment im Gange. In Notfällen anrufen.*

Als ich es aufgehängt und die Tür abgeschlossen hatte, gingen der Erfinder und ich in die Werkstatt. Dort ließ ich mich erleichtert auf einen Stuhl sinken und lehnte meinen Gehstock an die Wand. Alexander Dyak schrieb unterdessen meine Erzählung vom Kampf mit dem Vampir in sein Notizbuch.

„Was können Sie mir sonst noch über ihn erzählen?“, fragte er am Ende.

„Außer der Tatsache, dass er sich als *Lazarus* vorgestellt hat und seine Kleidung von einem sehr fähigen Schneider bezieht?“ Ich kicherte.

„Jede Kleinigkeit könnte der Schlüssel des Rätsels sein!“

„Er hatte keine Angst, unter freiem Himmel nach draußen zu gehen, und erwähnte, dass er ein paar Jahrhunderte alt sei. Vielleicht war er mit dem genialen Rafael verbunden und hat die letzten Jahre in Ägypten gelebt.“

Alexander Dyak schaute mich etwas seltsam an, aber ich beachtete es nicht und schnippte mit den Fingern. „Außerdem bezeichnete er Kerosin als ‚griechisches Feuer‘!“

„Griechisches Feuer?“ Der Erfinder zuckte zusammen. „Sind Sie sicher?“

„Ganz sicher.“

„Dann war ich wohl voreilig, als ich diesen Auftrag nicht ganz so unterhaltsam nannte wie den mit dem Werwesen“, murmelte er nachdenklich. „Ein uraltes Wesen, das unempfindlich gegen die offene Flamme von brennendem Kerosin geworden ist. Ich bin sicher, dass dies keine natürliche Eigenschaft ist, sondern eine erworbene.“

„Und was bringt uns das?“

„Es ist allgemein anerkannt, dass das Verbrennen die einfachste Methode ist, um jeden unreinen Geist zu vernichten, auch Vampire. Holzpfähle sind nicht nur aus dem letzten Jahrhundert, sie sind ein Überbleibsel aus der tiefen Antike. Nichts als alte Geschichten.“

„Aber dieser Bastard will nicht brennen!“, rief ich zornig.

Alexander Dyak lachte nur. „Alles brennt, Leopold.

Wichtig ist nur, den richtigen Katalysator zu wählen.“

„Wie bitte?“

„Ich nehme an, Sie haben schon von Phosphor gehört?“, fragte er.

Ich nickte. „Streichhölzer.“

„Das ist richtig“, bestätigte der Erfinder. „Aber bei der Herstellung von Streichhölzern wird roter Phosphor verwendet. Der ist nicht so gefährlich wie weißer.“

„Ich wusste nicht, dass es mehr als eine Sorte gibt.“

„Weißer Phosphor“, fuhr Alexander Dyak fort, „ist extrem brennbar. Er entzündet sich selbst, wenn er auf eine Temperatur über 35° Celsius erhitzt wird, können Sie sich das vorstellen? Deshalb wird er in der Regel in luftdichten Gefäßen unter Wasser gelagert und nicht dem Licht ausgesetzt.“

„Was würde Licht damit anstellen?“

„Längerer Lichteinfall verwandelt weißen Phosphor in roten“, erklärte der Erfinder. „Und wissen Sie, Leopold, ich bin mir mehr als sicher, dass Ihr Lazarus sich nicht die Mühe gemacht haben wird, einen Schutz gegen Phosphor zu entwickeln.“

Ich überlegte. „Wie heiß brennt es denn?“, wollte ich wissen.

„Extrem heiß. Außerdem sind die Produkte seiner Verbrennung giftig.“

„Das ist aber keine gute Sache.“

„Was kann man machen?“ Alexander Dyak zuckte mit den Schultern. „Mit dem Geld, das Sie mir gegeben haben, habe ich eine gewisse Menge an weißem Phosphor gekauft und kann damit bis zu zwei Dutzend Granaten füllen.“

„Haben Sie das getestet?“

„Das überlasse ich Ihnen. Denken Sie daran, dass

die Verbrennungsrückstände giftig sind." Der Erfinder wühlte in einer Kiste und zog einen Zylinder heraus, der aus Aluminium zu sein schien.

„Nehmen Sie das!", sagte er und warf mir eine Brandgranate zu. Ich konnte sie gerade noch auffangen. Trotzdem war ich schweißgebadet.

„Meinen Sie nicht, dass wir uns wegen einer versehentlichen Detonation Sorgen machen sollten?", mahnte ich.

„Das sollten wir", bestätigte Dyak. „Aber zuerst müssen wir sie mit dem Brandstoff füllen und einen Zünder anbringen. Ich schlage vor, wir nehmen einen elektrischen."

„Ah!" Ich atmete erleichtert durch und drehte den 15 Zentimeter langen Zylinder in meinen Händen. Am unteren Ende befand sich ein Eisenring, der an einer Feder befestigt war.

„Er hat keinen Sicherheitsbügel", warnte er mich. „Deshalb bitte ich Sie: Seien Sie so vorsichtig wie möglich. Der Stift lässt sich allerdings nur mit einigem Aufwand entfernen, sodass Sie ihn getrost in der Tasche tragen können."

Ich gab dem Erfinder den Zylinder zurück. „Zuerst müssen Sie ihn füllen", erinnerte ich ihn.

Dyak nickte und nahm den Deckel eines Tanks in der Ecke ab. Nachdem er mit einer kleinen Schaufel etwas Wasser herausgeschöpft hatte, füllte er einen Mörser aus Porzellan, goss ein wenig kochendes Wasser hinein und legte seine Werkzeuge bereit: eine Zange, ein Skalpell und eine Art seltsame Klammern.

Ich war außer mir. „Das sieht alles sehr gefährlich aus."

„Überhaupt nicht", beruhigte er mich. „Man muss nur bestimmte Sicherheitsvorkehrungen beachten. Zum

Beispiel darf man den weißen Phosphor nur unter Wasser schneiden. Und auf keinen Fall darf er mit der bloßen Haut berührt werden. Es kann zu Verbrennungen führen.“

Der Ladenbesitzer zog sich einen gummierten Handschuh an und fischte mit seiner Zange geschickt einen Stab aus dem Wassertank. Er war gelblich-weiß und erinnerte an gewöhnliches Wachs. Der Phosphor wurde in den Porzellanmörser getropft. Mit einem eisernen Messstab maß Dyak die nötige Menge ab und schnitt den Überschuss mit seinem Skalpell weg.

„Schrauben Sie den Körper ab“, forderte er mich auf, nachdem er den gekürzten Stab auf ein Stück weichen, faserigen Stoff gelegt hatte.

Ich beeilte mich, seinen Auftrag auszuführen, und schraubte den Deckel ab. Im Inneren des Gehäuses entdeckte ich eine Gummischeibe mit einer Zündöffnung.

„Die hermetische Abdichtung ist sehr wichtig“, erklärte Dyak und wischte kleine Tröpfchen von der Stange. „Ebenso wichtig ist, dass der weiße Phosphor nicht zerbröckeln darf. Selbst das kleinste Stück könnte ein Feuer auslösen.“

Mit demselben Skalpell platzierte er den weißen Phosphor in dem dickwandigen Körper und setzte die abdichtende Gummischeibe darauf. Dann steckte er den länglichen Zünder in den Deckel und schraubte ihn fest. Nach einem leichten Rütteln war er mit seinem Werk zufrieden. „Sehen Sie mal, Leopold“, sagte und reichte mir die Brandgranate.

Ich schüttelte sie mit einer gewissen Besorgnis, aber die Gummischeibe saß fest.

„Probieren Sie sie aus!“, sagte der Erfinder.

„Danke.“ Ich lächelte und verstaute die Granate in meiner Jackentasche. Aber ich holte sie sofort wieder heraus und steckte sie in meinen Mantel. „Wann werden die anderen fertig sein?“, erkundigte ich mich.

„Ich kann jetzt noch fünf weitere zusammenbauen“, sagte Dyak. „Der Rest hängt von Ihrer Zahlungsfähigkeit ab.“

„Warten Sie mal, Alexander“, sagte ich irritiert. „Sie haben doch von zwei Dutzend gesprochen?“

„Klar, ich habe den weißen Phosphor für zwei Dutzend, aber die Körper und die Zünder kosten eine hübsche Kopeke. Ähm... ich wollte sagen, sie sind ziemlich teuer. Ich kann mehr machen, wenn Sie bereit sind, mehr zu zahlen.“

Ich zuckte zusammen. Nach der ruinösen Abrechnung mit Ramon wollte ich jetzt keine neuen Ausgaben haben. Andererseits hatte ich den weißen Phosphor bereits bezahlt und es wäre zumindest verschwenderisch gewesen, die Investition nicht zu nutzen. Bei meinem nächsten Treffen mit Lazarus könnte ein Mangel an Munition ein fataler Fehler sein. Ach ja richtig, Munition!

„Alexander, könnten Sie jede beliebige Patrone mit weißem Phosphor füllen?“, fragte ich.

Der Erfinder zuckte mit den Schultern. „In einem vernünftigen Rahmen“, sagte er gedehnt. Da flackerten die Glühbirnen an der Decke und Dyak zuckte zusammen. „Das kann doch nicht schon wieder ein Kurzschluss sein, oder?“

Ich schnupperte, nahm aber keinen Geruch nach verbranntem Gummi wahr. „Eine Stromschwankung“, vermutete ich und setzte meinen Derby-Hut auf. „Ich lasse Sie für fünf Minuten allein. Ich bin gleich wieder da.“

„Schon gut, schon gut.“ Der Ladenbesitzer nickte. „Sie gehen, Leopold, und ich kümmere mich um die

Elektrizität. Ich überprüfe das Kabel. Nehmen Sie aber nicht das Schild ab, auf dem steht, dass wir ein Experiment machen!“

„In Ordnung.“ Ich ging nach draußen, schloss die Tür hinter mir und eilte zu meinem Wagen. Das Herumlaufen heute hatte mich müde gemacht, aber mit dem Polizeiwagen bis zur Hintertür des Ladens zu fahren, schien mir allzu gewagt. An der Stelle des Erfinders hätte ich jeden, der eine solche Vorgehensweise in Erwägung zog, umgehend rausgeworfen.

Ich öffnete den Kofferraum, zog die bereits geöffnete Schachtel mit den Handmörser-Geschoßen heraus, zählte sie und entschied, dass 22 mehr als genug wären. Ich wollte schließlich keinen Krieg beginnen. Mit der Schachtel unter meinen Leinenmantel eilte ich zurück zum Laden, wobei ich auf dem Rückweg vor mich hin fluchte und über den strömenden Regen, das Gewicht der Kugeln und mein verletztes Bein schimpfte.

Bei meiner Rückkehr war ich völlig durchnässt und musste sogar meine Jacke ausziehen.

„Hier, Alexander, sehen Sie mal“, sagte ich und stellte die Schachtel mit den Patronen auf die Werkbank. „Seien Sie aber vorsichtig, die sind schon scharf und der Zünder ist sehr empfindlich.“

„Wofür sind die?“, fragte der Erfinder erstaunt.

Ich gab ihm eine komprimierte Beschreibung der Funktionsweise des Handmörsers.

Dyak nahm eine der Patronen und drehte sie in der Hand. „Wie interessant“, murmelte er, während er sie mit den Klemmen festhielt. „Das muss die Treibladung sein und hier ist der Hauptsprengstoff, der durch den Abschuss gezündet wird. Ich kann mir nicht vorstellen, dass es ein Problem sein wird, den Hauptsprengstoff durch weißen

Phosphor zu ersetzen. Aber denken Sie daran, dass die Munition bei einer Temperatur von weniger als 35° gelagert werden muss. Sonst kann ich die erforderliche Abdichtung nicht garantieren."

„Ich werde mir etwas einfallen lassen", versprach ich und schaute auf meinen Zeitmesser.

Ich hatte bis zum Treffen mit meinem Onkel noch zwei Stunden Zeit, aber ich hatte nicht vor, sie in der Werkstatt zu verbringen. Alexander Dyak nahm das Geschoß souverän auseinander. Daneben lagen weitere 20 der explosiven kleinen Schätze und ich wollte nicht daran denken, was mit uns passieren würde, falls der Erfinder einen Fehler machte.

„Ich gehe dann mal", murmelte ich.

„Ja, ja", antwortete der Erfinder, ganz in seine Arbeit vertieft. „Machen Sie die Tür zu, wenn Sie gehen."

„Natürlich", versicherte ich und nahm meinen Gehstock, den ich an der Wand abgestellt hatte. Doch bevor ich den Kleiderbügel erreicht hatte, ging mit einem lauten Knall das Licht aus.

„Oh nein!", keuchte Dyak, der bereits mit dem Inneren der zerlegten Patrone hantierte, erschrocken.

Mir stellten sich vor Schreck die Nackenhaare auf. Eine falsche Bewegung und wir würden in die Luft fliegen!

„Stopp! Keine Bewegung!", sagte ich alarmiert und suchte in einer meiner Taschen nach dem Feuerzeug. „Ich mache Licht!"

„Das ist nicht das Problem", murmelte der Erfinder. Selbst im ungleichmäßigen Flackern der Flamme wurde deutlich, wie blass sein Gesicht geworden war. „Der Generator..."

„Was für ein Generator?", fragte ich und fiel fast hin, als der Boden unter meinen Füßen zu vibrieren begann.

Jede Menge kleiner Schnickschnack fiel aus den Regalen. Werkzeuge flogen durch den Raum und gleich darauf folgte ein weiterer Schlag. Dann noch einer und noch einer! Mit jedem Schlag wurde das Poltern stärker, als hätte irgendeine Kraft es eilig, aus dem Keller durch die Dielen zu brechen. Was zum Teufel war das? Ein Erdbeben?

„Raus hier!“, befahl Alexander Dyak und schaltete seine elektrische Taschenlampe ein. „Sofort raus hier, wenn Ihnen Ihr Leben lieb ist!“

Große Schweißtropfen liefen über sein totenblasses Gesicht und mir wurde klar, dass es sich um eine neue Erfindung von ihm handeln musste, die verrücktspielte und das Gebäude zu zerstören drohte.

Ich löschte mein Feuerzeug, lehnte ich mich an die Wand und verlangte eine Erklärung. „Sagen Sie mir auf der Stelle, was hier los ist!“

Der Erfinder richtete den Strahl seiner Taschenlampe auf die Tür des Hinterzimmers und seufzte. „Das habe ich nun von meinem Stolz.“

„Was ist da unten?“ Ich packte ihn an der Schulter und drehte ihn zu mir. „Ein Dampfkessel? Ein Generator modernster Bauart? Ein Dynamo?“

„Raus hier! Verschwinden Sie, solange Sie noch können!“

„Verdammt, was ist da unten?“

„Ein Poltergeist“, antwortete Dyak zu meiner Überraschung. „Er versucht, sich zu befreien. Wenn er es geschafft hat, wird in diesem Gebäude kein Stein mehr auf dem anderen sein.“

„Was zum Teufel hatten Sie mit ihm vor?“, wollte ich wissen. „Nein, Sie brauchen nicht zu antworten. Ich weiß es schon. Sie haben die Wirkung von elektrischem Strom auf jenseitige Wesen erforscht und wollten keine typischen

Vorsichtsmaßnahmen treffen. Das Zeichnen von Pentagrammen mit Blut ist schließlich veraltet und unwissenschaftlich! Zur Hölle mit diesem Obskurantismus, nicht wahr?"

„Leopold Borisowitsch!", drängte der Ladenbesitzer mich. „Machen Sie, dass Sie hier rauskommen!"

Ich schob ihn beiseite. Obwohl die Gefahr bestand, dass die Erfindung des verkannten Genies explodieren würde, war ich nun ruhiger.

„Geben Sie mir einfach etwas Licht!"

„Was haben Sie vor?", fragte Dyak verblüfft.

„Ich hatte es schon einmal mit einem Poltergeist zu tun", sagte ich und erinnerte mich an die aufmunternden Worte von Inspektor White, der die Angewohnheit hatte, sich in die zweifelhaftesten Angelegenheiten einzuklinken. „Geben Sie mir einfach Licht und gehen Sie aus dem Weg."

„Aber, was machen Sie denn da?"

Ich stieß den Erfinder zur Seite und brach den Stock, den er für mich gemacht hatte, entzwei. Auch wenn ich nicht mehr den elektrischen Schockstab der Polizei besaß, hatte dieser modifizierte Gehstock bereits eine sehr gute Figur gemacht.

„Wie haben Sie den Geist in Position gehalten?", fragte ich und öffnete die Tür des Hinterzimmers. Eine Bodenklappe zitterte wütend, erschüttert von den Schlägen der höllischen Kreatur, die zu entkommen versuchte.

„Ich habe ihn mit einer Kette aus Elektroschockern umgeben", erklärte Dyak. „Sie müssen ihn zurückholen und dort festhalten, bis ich den Generator in Gang setzen kann."

„Wunderbar!" Ich hatte keine Lust, mich in diesem Keller mit einem von der langen Gefangenschaft wütenden Geist herumzuschlagen.

Verdammt, ich hasste schon leere Keller und hier

gab es einen Poltergeist!

Der nächste Schlag sprengte fast die Luke weg. Der Riegel bog sich immer weiter nach oben. Die Eisenschlaufen, an denen er befestigt war, ragten fast bis zur Hälfte aus dem Beton. An einer brach sogar ein Stück des bröckelnden Bodens heraus.

„Worauf warten Sie?“, fragte der Erfinder erstaunt, als ich meine dunkle Brille abnahm und mit dem Stock in der Hand vor der Luke stehen blieb.

„Ich will, dass er ein bisschen Dampf ablässt“, rief ich zurück und schon sprang die Luke auf und knallte mit voller Wucht gegen die Wand.

Ich machte einen Schritt nach vorne und stieß meinen Stock in das schwarze Loch der Öffnung. Sofort wurde ich nach unten gezogen, als hätte eine unsichtbare Kreatur den Stock erfasst und wollte ihn wegreißen, aber zwischen den Stahlnadeln blitzten die Funken eines elektrischen Schlags auf und der Poltergeist wurde abrupt nach hinten gerissen. Ich folgte ihm und rannte die wackelige Holztreppe hinunter in den Keller.

„Licht!“, rief ich Dyak zu. Der Geist versteckte sich zwischen den riesigen Maschinen. Für normale Menschen war er praktisch unsichtbar, aber meine farblosen *illustren* Augen konnten vieles erkennen, was für die Sicht von Normalsterblichen nicht erfassbar war. Das elektrische Licht half auch. Wahrscheinlich mehr als alles andere.

Der Erfinder richtete die Taschenlampe von oben in den kleinen Raum mit den eingedellten Bleiplatten an den Wänden und das ehemalige Gefängnis des Geistes fiel mir ins Auge. Es hatte die Form eines Käfigs aus Elektroden, die um eine Kupferkugel angeordnet waren, die an einer Kette von der Decke herabhing. Ein Bündel von Drähten führte von ihr hinunter zum Generator, der auch immer noch schnaufte und seine Kolben bewegte. Das beschädigte Bauteil war die Lichtmaschine.

Ich war nur einen Augenblick abgelenkt, aber der Poltergeist wählte diesen Moment, um zum Ausgang zu fliehen. Hinter dem Eisenkörper des unverständlichen Geräts schoss ein wolkenartiges Gebilde auf die Treppe zu. Ich schwang den Stock und versperrte ihm den Weg. Ein blendender Blitz zuckte durch den Raum. Der Geist wich scharf zur Seite aus und schaffte es fast, mir ein Zahnrad an den Kopf zu werfen. Die improvisierte Wurfwaffe schlug gegen die Wand und hinterließ einen tiefen Abdruck in der Bleiverkleidung. Der Geist stieß ein bösartiges, widerhallendes Heulen aus. Meine Zähne schmerzten und das auf dem Boden verschraubte Gerät vibrierte von der ohnmächtigen Wut des Geistwesens. Die Wände wackelten und der Generator begann zu hüpfen.

„Schnell, bevor er den ganzen Laden auf den Kopf stellt“, meldete Dyak sich zu Wort. Der Erfinder rannte die Treppe herunter und suchte die Teile zusammen, die der Geist auf den Boden geworfen hatte. Ich versuchte unterdessen, den Poltergeist in die Ecke zu drängen. Er wich den funkensprühenden Nadeln des Stocks leicht aus und bewegte sich in die andere Richtung.

„Schneller!“, schrie Dyak wieder, während er an dem Generator herumfummelte und sich bemühte, einige Elemente wieder an ihren Platz zu setzen.

Der Poltergeist flog auf seinen Rücken zu, aber ich war auf der Hut und verpasste ihm einem weiteren Schlag. Der Stock wurde mir fast aus den Händen gerissen, aber der unruhige Geist wurde in die Ecke geschleudert, in der sich sein deaktiviertes Gefängnis befand.

Der geisterhafte Schatten wurde dichter und dunkler, doch in diesem Moment begannen sich die Räder des Dynamos zu drehen und die Elektroden im Boden sprühten Funken. Der Geist schoss zur Decke hinauf, aber zu seinem Pech war die Kupferkugel, die an der Kette hing, bereits von einer Wolke aus künstlichen Blitzen umhüllt. Der Poltergeist sackte auf dem Boden zusammen und flitzte dann von einer Elektrode seines Gefängnisses zur nächsten.

„Ich denke immer noch, Sie sollten mit Blut ein Pentagramm auf den Boden zeichnen, nur um sicherzugehen“, scherzte ich und wischte mir den Schweiß von der Stirn. „Beim nächsten Mal bin ich vielleicht nicht gerade greifbar.“

Der Erfinder schaltete das Licht an der Decke ein und schüttelte den Kopf. „Ich verstehe nicht, wie so etwas passieren konnte! Der Geist kann das Getriebe nicht herausgezogen haben! Das ist unmöglich!“

„Mechanismen neigen dazu, sich selbst zu befreien“, sagte ich achselzuckend. In dem Moment fiel mir eine handgedrehte Zigarette ins Auge, die ich mit meinem Stiefel zertrat. Ich beschloss, meine Vermutung über die wahre Ursache dieses Vorfalls für mich zu behalten.

„Ein überraschender Zufall“, keuchte der Dyak, der auf einem Hocker saß und eine Hand auf sein Herz presste. „Wegen des Gewitters fiel der Strom aus und gleichzeitig ging der Generator kaputt. Verblüffend!“

Ich legte den Stock zur Seite. „Woher haben Sie den Poltergeist?“

„Leopold!“

„Keine Sorge, ich gehe schon nicht zur Polizei.“

Alexander Dyak seufzte. „Ihr Freund Albert hat mich mit einigen zuverlässigen Leuten bekannt gemacht. Und nein, ich habe sie nicht hergebracht. So naiv bin ich nicht. Wir haben uns in der Stadt getroffen“, erklärte er unwillig.

Ich nahm auf einem seltsamen Eisenkasten Platz

und setzte mein Verhör fort. „Wozu brauchen Sie das alles? Und warum sind die Wände mit Bleiplatten verkleidet? Warum die ganzen Vorsichtsmaßnahmen?“

„Hätten Sie etwas dagegen, wieder nach oben zu gehen?“, schlug der Erfinder vor.

Ich hatte nichts dagegen. Als wir in die Werkstatt zurückkehrten, zog er eine Flasche russischen Wodkas aus einer Geheimschublade und schenkte sich ein Glas ein.

„Nicht, um mich zu betrinken, nur um die Nerven zu beruhigen“, scherzte er nervös.

Ich steckte mir ein Pfefferminzbonbon in den Mund und wiederholte meine Frage. „Wozu brauchen Sie einen Poltergeist?“

Der Erfinder seufzte und stellte die Flasche zurück in den Schrank. „Das ist eine lange Geschichte.“

Ich schaute auf die Uhr und setzte mich auf einen Stuhl. „Ich habe Zeit.“

Dyak lief im Raum auf und ab. „Wissen Sie, wie ein Telegraf funktioniert?“

„Im Wesentlichen ja.“

„Nun, ich arbeite an einem Gerät, das Signale ohne Drähte übermitteln kann.“

„Ist so etwas denn überhaupt möglich?“, fragte ich ungläubig.

„Ist es!“, behauptete der Erfinder. „Ich habe sogar schon ein paar Prototypen gebaut. Stellen Sie sich nur die Möglichkeiten vor, die eine solche Erfindung bieten könnte! Wir könnten mit Luftschiffen oder sogar mit Schiffen vom Land aus kommunizieren! Wir würden keine Drähte mehr brauchen!“

Ich schlug ein Bein über das andere und betrachtete ihn mit unverhohlener Skepsis. „Warum hat dann noch niemand von dieser wunderbaren Erfindung gehört? Warum haben Sie sie nicht mit der Welt geteilt?“

„Das habe ich ja!“, brauste Dyak auf. „Vor 15 Jahren habe ich in Russland eine Arbeit mit dem Titel ‚*Gerät zum Aufspüren und Registrieren elektronischer Störungen*‘ veröffentlicht. Und wissen Sie, was passiert ist? Abteilung 3 hat einen Haftbefehl gegen mich erlassen! Ich musste fliehen! Ich musste mein Haus und meine Arbeit zurücklassen! Können Sie sich das vorstellen?“

Es zu glauben, kostete mich ein wenig Überwindung. „Sie sind sicher, dass Ihre angebliche Verhaftung mit diesen Erkenntnissen zusammenhing und nicht etwa mit einer Sympathie für die Sozialisten?“

„Leopold!“, rief der Erfinder vorwurfsvoll. „Die können in den Haftbefehl schreiben, was immer sie wollen, aber ich weiß ganz genau, was der wahre Grund war!“

„Ach ja? Wieder eine Verschwörungstheorie, wie bei Herrn Diesel?“

„Es hat alles mit Hertz angefangen“, erklärte Dyak und ignorierte meinen Sarkasmus. „Er bewies die Maxwellsche Theorie über ein Wirbelmagnetfeld. Oder, wenn man so will, über elektromagnetische Wellen. Danach kam Branly mit dem Radioleiter, dann Lodge, Rutherford und Marconi. Sagen Ihnen diese Namen etwas?“

„Marconi?“ Ich runzelte die Stirn. „Ich meine, mich an einen großen Prozess vor 15 Jahren in Italien zu erinnern. Einer der ersten Fälle, bei dem jemandem vorgeworfen wurde, als ägyptischer Spion zu arbeiten?“

„Völliger Blödsinn!“, brummte der Erfinder. „Es ist nur so, dass das Thema nach dem Jahr 62 als streng geheim eingestuft wurde. Viele der Fakten rund um Hertz‘ Tod waren verdächtig. Danach waren die Unfälle und Verhaftungen an der Tagesordnung. Es war, als hätte jemand die Büchse der Pandora geöffnet. Die Einzigen, die von den Skandalen verschont blieben, waren Tesla und Edison. Durch eine seltsame Reihe von Zufällen schafften sie es, sich von dem Thema fernzuhalten. Wirklich Zufall? Unwahrscheinlich."

Ich konnte mir eine verärgerte Grimasse nicht verkneifen und sah auf meinen Zeitmesser.

Seine Worte hatten mich nicht überzeugt. Ich hatte bereits feststellen können, dass Dyak eine ungesunde Neigung hatte, in allem die Zusammenhänge einer Verschwörung zu sehen. Auch die Idee, einen bösen Geist im Keller des eigenen Hauses einzusperren, wäre einem normalen Menschen nie in den Sinn gekommen.

Ich glaubte keineswegs, dass der Erfinder den Verstand verloren hatte, aber die Grenze zwischen Exzentrik und Wahnsinn war hier zweifelsohne fließend. Und ich wollte nicht in der Nähe sein, wenn engstirnige Beamte der Abteilung 3 vorbeikamen. Oder, noch schlimmer, wenn der Laden in die Luft gejagt wurde.

Alexander Dyak bemerkte meine Skepsis und war zutiefst beleidigt. „Gehen wir, Leopold Borisowitsch", sagte er und zog mich hinter sich her in das Hinterzimmer. „Kommen Sie mit, dann können Sie es selbst sehen!"

„Nicht nötig", versuchte ich, abzulehnen, aber der mürrische Alte zerrte mich mit überraschender Kraft hinter sich her und ich musste wieder in den Keller hinuntergehen.

Es war auch besser so. Es ergab wenig Sinn, mit einem Mann, der es immerhin auf sich nahm, mir zwei Dutzend Brandbomben zu bauen, einen Streit anzufangen.

„Wofür ist das Blei gut?", fragte ich, als der Erfinder am Gehäuse eines Geräts hantierte.

„Zusätzlicher Schutz", antwortete er schlicht.

„Zusätzlich?"

„Ja, es ist auch ein geerdeter *Faradayscher Käfig*", erklärte Dyak. „Mein erstes Gerät war ein ‚Blitzdetektor'. Es registrierte Störungen im elektrischen Feld. Diesmal wollte ich aus verständlichen Gründen alle Störungen drinnen behalten."

„Um das Experiment rein zu halten?"

„Das war ein Grund, ja. Und auch, um sicherzugehen, dass die Strahlung meiner Apparatur niemandem sonst schadet."

Ich seufzte nur.

Der Ladenbesitzer schloss den Apparat an den Generator an. „Können Sie den Geist sehen, Leopold? Ich muss spezielle Linsen benutzen, aber Sie brauchen so etwas nicht, ist das richtig?"

„Ja, ich kann ihn auch so sehen", bestätigte ich.

Der unbewegliche Poltergeist war in der Mitte seines Gefängnisses in gleicher Entfernung von allen funkensprühenden Elektroden erstarrt. Ich hatte noch nie die Gelegenheit gehabt, Geister in einem ruhigen Zustand zu betrachten. Normalerweise waren diese Kreaturen in ständiger Bewegung und veränderten ihre Form.

„Ist er statisch?", fragte Dyak und schaltete das Gerät ein.

„Ja."

„Beobachten Sie, was als Nächstes passiert."

Ich hörte ein leises Brummen, aber der Geist rührte sich nicht einmal.

„Stimmt etwas nicht?", fragte ich grinsend.

„Warten Sie nur! Im Laufe der Experimente habe ich festgestellt, dass nicht die Strahlung an sich, sondern ihre Frequenz der entscheidende Faktor ist. Und jetzt fange ich an, sie zu verändern..."

„Auf welche Weise?"

Dyak lachte nur. „Ich fürchte, eine Erklärung, wie dieses Gerät funktioniert, würde den Rest des Tages in Anspruch nehmen, und Sie schauen jetzt schon ständig besorgt auf die Uhr."

„Ja, ich habe um vier eine wichtige Besprechung."

„Das wird nicht lange dauern", beruhigte der Erfinder mich und drehte ganz langsam an einem Knopf. „Jetzt können Sie es mit eigenen Augen sehen!"

Eine Zeit lang geschah nichts, dann begann der Poltergeist zu schwingen. Dyak setzte seine Manipulationen fort und murmelte leise vor sich hin. „Bei diesen Frequenzen setzt die Wirkung normalerweise ein..."

„Da passiert etwas", gab ich zu.

Die Erscheinung des Geistes verschwamm und zuckte unaufhörlich, als würde sie von unsichtbaren Windstößen in Stücke rissen. Für einen Moment schien es sogar, als wäre er aus unserer Welt verschwunden und zurück in die Unterwelt gedrückt worden. Aber nein, der Effekt ließ nach, und bald verharrte der Geist wieder in seinem früheren Zustand der Unbeweglichkeit.

„Faszinierend!", sagte ich, verblüfft von dem erfolgreichen Ende des Experiments.

„Das sage ich doch!" Der Erfinder lächelte glücklich, als er den Transmitter ausschaltete. „Das sollten wir feiern!" Wir gingen nach oben, und während ich das Schild *Experiment im Gange* von der Tür nahm, setzte der Dyak eine frische Kanne Tee auf. Er stellte sie auf den Tresen und bot mir einige Butterkekse an.

„Sind Sie nun überzeugt, Leopold?", fragte er und goss das aromatische Getränk in Tassen. „Das elektromagnetische Feld hat Einfluss auf jenseitige Lebewesen! Das ist eine wissenschaftliche Tatsache."

„Wieso ist Ihnen das erst jetzt klar geworden?" Ich

schaute wieder auf die Uhr. Die Zeit wurde schon knapp.

Dyak bemerkte meinen Blick nicht und lachte leise. „Sie halten mich immer noch für einen schwachsinnigen alten Mann. Aber wenn ich meine Theorie erkläre, werden Sie mich sicher nicht mehr für verrückt halten."

„Nach der Demonstration Ihres Gerätes bin ich bereit, alles zu glauben", gab ich zu und trank meinen Tee aus. „Aber ich werde nicht darauf bestehen. Sagen Sie es mir nur, wenn Sie es für nötig halten."

Der Erfinder nickte, ging durch den Verkaufsraum und betrachtete die Warenregale. „Das Thema des Aufstandes hat mich schon immer interessiert. Aus welchem Grund wurden die *Gefallenen* entmachtet? Wie haben es die Verschwörer geschafft, sich überall auf der Welt gleichzeitig zu erheben? In der Alten und Neuen Welt, in Südindien und sogar im Himmlischen Königreich? Vor allem im Himmlischen Königreich, wo sie laut den Memoiren eines von Clements Anhängern keinerlei gleichgesinnte Verbündete hatten?"

„Gute Organisation?"

„Eine gute Organisation hätte ihnen helfen können, sich zu einem vereinbarten Zeitpunkt gleichzeitig zu erheben", erwiderte Dyak. „Aber dann hätten Clement und seine engen Gefährten im Voraus wissen müssen, wann genau die *Gefallenen* einen großen Teil ihrer Kräfte verlieren würden."

„Vielleicht haben sie dazu beigetragen." Ich zuckte skeptisch mit den Schultern.

„Sie sind nicht überzeugt?" Der Erfinder lächelte verständnisvoll. „Inzwischen stimmen meine Daten voll und ganz mit dieser Theorie überein. Das Einzige, was ich nicht weiß, ist, wie ein so starkes Signal gesendet werden konnte, dass es den ganzen Planeten erreicht hat."

„Aber hat es wirklich den ganzen Planeten erreicht?“

„Sie haben recht, Leopold. Wir haben keine verlässlichen Beweise darüber, was genau in Alexandria und Tenochtitlan geschah, als die *Gefallenen* dort besiegt wurden.“

„So wie ich das sehe, gibt es noch einen Schwachpunkt in Ihrer Theorie“, überlegte ich laut. „Nach den Ergebnissen des Experiments sind Störungen des elektromagnetischen Feldes nicht tödlich, auch nicht für feinstoffliche Geister. Was würde das für die *Gefallenen* bedeuten? Und obwohl es bei den Ägyptern und Azteken keine Verschwörer gab, wurden die *Gefallenen* auch dort besiegt. Und seit dieser Zeit hat sie niemand mehr gesehen.“

„Die Pyramiden“, sagte Alexander Dyak schlicht.

„Wie bitte?“

„Elektromagnetische Störungen können nicht tief in die Erde eindringen“, erklärte der Erfinder. „Die *Gefallenen* konnten sich in verborgenen Kammern unter den Pyramiden in Sicherheit bringen. Und das ist die vollständige Erklärung für die nachfolgenden bewaffneten Auseinandersetzungen zwischen unseren Ländern.“

„Ich weiß nicht“, sagte ich zweifelnd. „Die *Gefallenen* waren allmächtig, glauben Sie, dass bloß ein paar elektromagnetische Wellen sie ihrer Kräfte berauben konnten?“

„Wir alle haben unsere Schwachstellen. Man sagt, jedes Stück Glas hätte eine kleine Stelle, die man nur leicht antippen muss, um das ganze Stück zu zerbrechen. Meine Studien sind noch nicht abgeschlossen. Ich muss noch die richtige Frequenz finden.“

Ich lächelte und stellte die leere Tasse ab. „Was, wenn nicht nur die Frequenz wichtig ist, sondern der Inhalt des Signals? Vielleicht liegt das Problem in der Botschaft.“

„Wollen Sie etwa andeuten, Flüche könnten über elektromagnetische Störungen übertragen werden?“ Der Erfinder runzelte die Stirn. „Bei allem Respekt, Leopold, Sie sollten Wissenschaft und Magie nicht vermischen. Das ist irrational.“

„Schon die Anwesenheit der *Gefallenen* in unserer Welt war irrational.“

Dyak dachte über meine Behauptung nach und wischte sie dann mit einer Handbewegung weg. „Mein Apparat erlaubt jedenfalls keine Tonübertragung. Das ist kein Telefon.“

„Aber was ist mit einem Telegrafen?“, hakte ich nach. „Wie diese elektrischen Pulse und Signale von Morse. Könnte man das machen?“

„Ja. Aber so etwas wie ein Fluch? Ich bin Wissenschaftler! Ich kenne keine Flüche. Ich glaube nicht an sie und bin nicht bereit, sie zu benutzen! Ich glaube an die Vorherrschaft des Wissens und die Macht der Wissenschaft!“

„Lassen Sie uns nicht auf die theologischen Implikationen eingehen“, schlug ich vor. „Schicken Sie einfach die Nachricht, die ich für Sie schreibe, in Ordnung? Betrachten Sie es als ein weiteres Experiment. Nur eine Reihe von kurzen und langen Impulsen, das ist alles.“

„Wenn Sie darauf bestehen, Leopold...“

„Das tue ich!“ Ich ging zum Ladentisch und verlangte nach Papier und Feder. Nachdem ich beides bekommen hatte, schrieb ich die Reihenfolge der Signale auf. „Punkt-Bindestrich-Punkt; Punkt-Bindestrich; Strich; Punkt; Punkt-Bindestrich-Punkt; Strich-Punkt; Strich-Bindestrich-Punkt; Punkt-Punkt-Punkt; Strich; Punkt; Punkt-Bindestrich-Punkt...“

Alexander Dyak nahm das Papier entgegen, machte

sich mit seiner Botschaft vertraut und schaute mich mit unverhohlener Skepsis an. „Sind Sie sicher, Leopold?“, fragte er und strich sich ratlos über den grauen Bart.

„Ist es nicht richtig, Gleiches mit Gleichem zu behandeln?“ Ich lächelte gelassen. „Es ist nur ein Experiment.“

Der Erfinder seufzte. „Ich konnte mich nie mit dem Morsecode anfreunden. Und in meinem Alter verlieren die Finger langsam ihre Geschicklichkeit. Ich fürchte, ich würde einen Fehler machen und die Reinheit des Experiments gefährden.“

„Nun, Sie könnten es in einen Mechanismus einbauen, wie in eine Spieluhr.“

„Das ist eine hervorragende Idee!“ Dyaks Augen leuchteten auf. „Warum nicht? Ich werde es versuchen.“

„Tun Sie das.“ Ich nickte ihm zu und machte mich auf den Weg zum Ausgang, doch an der Tür hielt der Erfinder mich noch einmal auf.

„Ich kann mich doch darauf verlassen, dass Sie niemandem von den Experimenten erzählen, die ich mit dem Poltergeist durchführe, richtig? In meinem Alter sind Gefängnisaufenthalte gefährlich für die Gesundheit.“

„Keine Sorge, ich werde nichts verraten“, versprach ich. „Aber im Gegenzug brauche ich etwas von Ihnen.“

„Ich bin ganz Ohr.“

„Nichts Schlimmes, ich würde nur gern eine selbstfahrende Kutsche in Ihrem Hinterhof parken. Es wäre nur für ein oder zwei Tage.“

„Nichts leichter als das.“ Der Ladenbesitzer atmete erleichtert auf. „Das können Sie auch gleich tun.“

„Wenn das so ist, werde ich Ihr freundliches Angebot demnächst in Anspruch nehmen“, sagte ich und ging hinaus.

Verständlicherweise drehte sich in meinem Kopf alles, aber es blieb nicht genug Zeit, um meine Gedanken zu sammeln und alles in Ruhe zu überdenken. Ich musste mich für das Treffen mit meinem Onkel fertig machen und mich beeilen.

Das war auch der Grund, warum ich dann doch mit dem gepanzerten Wagen dorthin fuhr. Es bestand die Möglichkeit, dass die Einladung eine ausgeklügelte Falle war, und ich hatte keine Lust, diese Welt mit einem Messer im Rücken zu verlassen.

Wer konnte schon sagen, was mein Onkel von mir wollte?

3

NUN REGNETE ES WIEDER sehr stark. Bäche flossen durch die Straßen, als die Gewitterfront allmählich über das Stadtzentrum kroch. Es waren nur wenige Menschen draußen. Die meisten Bewohner versteckten sich in ihren Häusern. Ich sah nur da und dort einen Kurier oder Streifenpolizisten, der sich in einem gummierten Mantel erkältete.

Deshalb konnte ich mühelos die angeheuerten Beobachter ausmachen. Einer war ein Junge, der gelangweilt in der Tür des Gebäudes gegenüber der Anwaltskanzlei saß. Ein anderer suchte Schutz vor dem Regen unter einem Vordach unweit der Hintertür. Ich bemerkte sie, sobald ich um die Ecke bog und auf das seltsame Gebäude zufuhr, in dem sich das Büro von Maître LaSalle befand.

Ich verfiel nicht in Panik. Die Tatsache, dass mein Onkel solche Vorkehrungen getroffen hatte, war kein sicheres Indiz für böse Absichten. Außerdem war es möglich, dass diese Beobachter von den Detectives angeheuert worden waren, die den Banküberfall untersuchten, um das Büro von Maître LaSalle im Auge zu behalten. Keiner von ihnen hatte mich durch die regennasse Windschutzscheibe sehen können, also fuhr ich ruhig in den Nachbarhof und parkte den gepanzerten Wagen unter einem Torbogen. Ich schloss ihn ab und stieg über die Feuerleiter auf das Dach. Die Gebäude in diesem Viertel standen dicht aneinandergedrängt. Der Abstand zwischen ihren schrägen Dächern betrug nicht mehr als einen halben

Meter und es war kein Problem, von einem zum anderen zu gelangen. Die Hauptgefahr bestand in der extremen Glätte der Ziegel und den scharfen Windböen, die ständig die Richtung wechselten.

Das schlechte Wetter verfluchend sprang ich zum Nachbargebäude hinüber, gelangte auf die andere Seite des Daches und von dort auf das Dach des Büros. Zum Klang des nächsten Donnerschlags riss ich die Dachbodentür auf, ging in den dunklen, staubigen Raum und hielt inne, um zu lauschen. Es war still. Das einzige Geräusch waren Tropfen, die von der undichten Decke fielen.

Ich zog den Verschluss meiner *Roth-Steyr* zurück und prüfte, ob ich eine Patrone in der Kammer hatte, entsicherte die *Cerberus* und steckte sie zurück in meine linke Manteltasche. Die Brandgranate war in der rechten Tasche. Ich bewegte mich leise und fand eine Luke zum darunter liegenden Stockwerk, die ich leicht aufhebeln konnte. Ich steckte einfach das gespaltene Ende meines kurzen Brecheisens zwischen Rahmen und Deckel, lehnte mich vorsichtig dagegen und das Einsteckschloss gab mit einem leisen Knacken nach. Niemand konnte das gehört haben. Ich musste nicht einmal springen. Es gab eine kleine Leiter in der Wand, die zur Luke führte. Ich landete in einer abgelegenen Ecke des Obergeschosses und blickte vorsichtig in den Flur. Die Tür des Büros war deutlich zu sehen.

Ich schaute auf meinen Zeitmesser. Es war 3 Uhr 50. Ich lehnte mich an die Wand und entsicherte vorsichtshalber meine *Roth-Steyr*. Ich zählte nicht auf die Pünktlichkeit des Grafen und war doch sehr überrascht, als ich ihn fünf Minuten vor der verabredeten Zeit die Treppe hinaufgehen sah. Bezeichnenderweise kam er allein. Die Beobachter blieben offenbar unten, um Wache zu halten.

Mein Onkel klopfte an die Bürotür. Der Anwalt ließ ihn ohne Verzögerung ein und informierte ihn lakonisch: „Er ist noch nicht aufgetaucht."

Ich sprang aus meiner Deckung und stürmte mit der Pistole in der Hand in das Büro, bevor die Tür hinter ihnen zufallen konnte.

„Keine Dummheiten, los!", warnte ich meinen Onkel.

Maître LaSalle schnappte nach Luft, gab aber keinen Mucks von sich und ging ins Büro. Graf Kósice konnte seine ruhige Haltung jedoch nicht bewahren. Er funkelte mich an und forderte eine Erklärung.

„Was glauben Sie eigentlich, was Sie hier tun, junger Mann?"

„Geh weiter", sagte ich. „Oder hast du vor, die Verhandlungen auf dem Flur zu führen?"

Mein Onkel runzelte die Stirn, gab aber nach und folgte seinem Anwalt. In dem mit antiken Möbeln ausgestatteten Büro des Maître drehte er sich wieder um und machte seinem Ärger Luft. „Was sollen diese Tricks?"

Ich ging zum Fenster und schaute hinaus. Der Beobachter war immer noch am Nachbargebäude und ließ die Hintertür nicht aus den Augen. „Du bist derjenige, der Streiche spielt, nicht ich", stellte ich fest und deutete nach unten.

Der Graf wurde rot vor Empörung, behielt aber seine Geistesgegenwart und verzog das Gesicht. „Eine einfache Vorsichtsmaßnahme."

„Nun, wie du siehst, habe auch ich... Vorsichtsmaßnahmen ergriffen."

„Wovon reden Sie, Sir?", fragte der Anwalt schaudernd.

Mein Onkel sah ihn enttäuscht an und sagte: „Lassen Sie uns bitte allein, Maître."

„Aber Herr Graf..."

„Das ist eine private Unterhaltung."

Der Anwalt spitzte die Lippen und erinnerte ihn: „Falls Sie es vergessen haben, Herr Graf, der junge Mann hat mich noch immer im Visier!"

„Oh, nein!" Ich lächelte und steckte meine Pistole wieder in das Holster. „Ich bitte um Verzeihung, wenn mein Vorgehen Ihnen Angst gemacht hat, meine Herren. Sie können sich absolut frei bewegen."

„Das ist ein Gespräch unter vier Augen, Maître", wiederholte Graf Kósice.

„Tête-à-tête", stimmte ich zu und nahm auf der breiten Fensterbank Platz.

Mein Onkel schnaubte und ließ sich auf dem Stuhl des Maître nieder.

„Nun?" Er warf dem Anwalt einen auffordernden Blick zu.

Der Maître zuckte mit den Schultern, ging zur Rezeption und schloss nachdrücklich die Tür hinter sich.

„Worüber wolltest du sprechen?", fragte ich, da ich keine Lust hatte, Zeit mit vorsichtiger Annäherung zu verschwenden.

Der Graf öffnete eine mitgebrachte Reisetasche, zog einige Papierrollen hervor und warf sie auf den Tisch. „Mein Dekret, mit dem ich Ihnen Ihren Anteil am Familienfonds übertrage", erklärte er.

„Wie großzügig", sagte ich ungemein verblüfft. „Was erwartest du als Gegenleistung?"

„Erstens, rufen Sie Ihre lächerliche Verfügung zurück", verlangte mein Onkel.

„Ich werde sie noch heute aufheben", versicherte ich. „Aber das ist das geringste deiner Probleme, oder? Die Polizei ist hinter dir her und möchte dir allerlei unangenehme Fragen stellen, ist es nicht so?“

„Weshalb das denn?“, fragte mein Onkel, ohne auch nur mit einer Wimper zu zucken.

„Wegen des Banküberfalls?“, half ich nach.

„Ich kann mühelos beweisen, dass ich nicht in diese schmutzige kleine Affäre verwickelt war.“

„Ich glaube, sie haben jetzt einige handfeste Beweise. Anhaltspunkte, wenn man so will.“

„Anhaltspunkte?“ Der Graf lachte. „Ach was! Die Ermittler haben nichts, was darauf hindeutet, dass die Dinge nicht von den Verbrechern in meiner zerstörten Villa platziert wurden!“

Ich nickte und verstand, welche Verteidigungslinie mein umsichtiger Verwandter verfolgte.

Mein Onkel lächelte listig. „Und wenn es das ist, wovon Sie reden, wo waren Sie denn in der Nacht, als in mein Herrenhaus eingebrochen wurde?“

„Mach dir darüber keine Sorgen, ich habe ein wasserdichtes Alibi“, antwortete ich ruhig. „Und tu nicht so, als wärst du so unschuldig. Deine Beteiligung an dieser Affäre ist schon lange ein offenes Geheimnis.“

„Halten Sie mich nicht für einen Idioten!“, fauchte Graf Kósice. „Die Tatsache, dass Sie den Scheck haben, sagt mehr als alle Worte.“

Ich nickte. „Genau, also was ist die zweite Bedingung?“

„Nur eine Kleinigkeit.“

„Nur eine Kleinigkeit?“, fragte ich, stand von der Fensterbank auf und nahm die Dokumente vom Tisch. Ich sah sie durch, weil ich schon einen bösen Trick vermutete, aber nein. Alle Unterschriften und Stempel waren an der richtigen Stelle. Auch mit dem Wortlaut hatte ich kein Problem.

„Und diese Lappalie“, brummte ich und steckte die Papiere zurück in meine Tasche, „ist dir wichtig genug, um auf 20.000 Franken pro Jahr zu verzichten?“

„Ich warne Sie im Voraus“, sagte Graf Kósice, „wenn wir uns nicht einigen, erkläre ich, dieses Dokument unter Androhung von Gewalt unterzeichnet zu haben, und der Maître wird das bestätigen.“

„Komm zum Punkt! Erzähl mir von dem Behälter. Der Aluminiumbox mit dem schwarzen Runenblitz. Mich interessiert vor allem, was da drin war.“

Mein Onkel runzelte die Stirn. „Nur um das klarzustellen, der Einzige, der von diesem Behälter profitieren kann, bin ich und nur ich. Du wirst dich mit den 20.000 Jahreseinnahmen begnügen müssen oder auf Almosen angewiesen sein, wenn ich dich zum Betrüger und Hochstapler erkläre“, sagte er und duzte mich auf einmal.

Vor nicht allzu langer Zeit hätte eine solche Drohung mich noch aus der Bahn werfen können, aber jetzt schnaubte ich nur verächtlich und wiederholte meine Frage. „Was war in dem Behälter?“

Der Graf warf mir einen seltsamen Blick zu, dann holte er seine Brieftasche heraus und legte ein altes, vergilbtes Foto auf den Tisch, das am unteren Rand ungleichmäßig ausgefranst war.

„Sieh selbst“, forderte er mich auf.

Auf der Fotografie war eine attraktive Dame in einem altmodischen Kleid zu sehen, die ein hellhaariges Mädchen von neun oder zehn Jahren an der Hand hielt. Ich erkannte das hagere, willensstarke Gesicht der Frau. Es war die Gräfin Kósice, meine Großmutter. Die Ähnlichkeit der beiden war verblüffend. *Mama.* Das Mädchen war meine Mutter.

Ich schaute auf die Rückseite und brauchte eine

Weile, um die Widmung zu entziffern. *‚Diana, mein Kind, vergiss nicht, deine Zukunft liegt in deinen Händen.‘* Am unteren Rand stand die schlichte Unterschrift: *‚Emile‘* und eine Reihe unverständlicher Zahlen.

Emile? In diesem Moment dämmerte mir die Erkenntnis.

War etwa *der* Emile gemeint? Emile Rie, Herzog von Arabien, Bruder von Kaiser Clement?

Aber warum dann die Anrede *‚Mein Kind‘*? Und warum sollte der angesehene Kanzler ein solches Foto haben?

Ich erinnerte mich an die Worte meines Entführers: „Aus Respekt vor dem Andenken unseres Freundes Emile Rie.“ In meinem Kopf begann sich alles zu drehen.

Graf Kósice, der mich mit einem spöttischen Lächeln beobachtet hatte, musterte mich nun sogar ein wenig träge und nickte. „Zu meinem Bedauern muss ich bestätigen, dass meine Mutter meinem Vater nicht immer treu war. Diana ging aus einer Affäre mit einem anderen Mann hervor.“

Mein Onkel schien zu vermuten, dass es sich um einen geheimnisvollen Mann handelte, von dem ich noch nie gehört hatte. Tatsächlich gab es ziemlich viele Emiles im Reich! Ich wollte ihn auf keine gegenteilige Idee bringen und fragte deshalb nur: „Wie hast du es herausgefunden?“

„Ich habe zufällig ein Gespräch mitgehört. Nicht lange bevor Mutter starb, besuchte dieser Mann unser Anwesen“, sagte der Graf und sein Gesichtsausdruck wurde düster. Doch er riss sich zusammen und fuhr fort: „Sie sprachen über Diana. Es war eine Art riskantes Arrangement im Gange, aber es ergab sich die Notwendigkeit, für ihre Zukunft vorzusorgen.“

Ich schnaubte verärgert. „Hast du nun vor, mir mein

Erbe zu geben? Alles andere wäre mehr als ungerecht!“

„Ich gebe dir gar nichts“, erwiderte der Graf in einem gleichgültigen Ton. „Ich mache einen Deal mit dir. Bedenke, dass ich das ganze Risiko trage. Wenn der Vater meiner Schwester nicht die nötigen Maßnahmen ergriffen hat, gehe ich leer aus. Aber du bekommst ein Einkommen von 20.000 im Jahr, egal, was passiert!“

„Das Geld steht mir in jedem Fall zu! Das wäre ja ein schlimmeres Geschäft, als sein Geburtsrecht für einen Haufen Geld zu verkaufen!“

„Das Geld stand meinem Vater zu!“, wandte mein Onkel ein und schlug mit der Hand auf den Tisch. „Stimm dem Deal zu oder du bekommst gar nichts!“

„Ich werde mein Erbe selbst ausfindig machen!“

„Blödsinn!“ Graf Kósice lachte. „Ich habe einen Teil des Codes abgerissen! An den zweiten Teil kommst du nie heran.“

Ein kluger, aber unangenehmer Schachzug meines Onkels. Ich sah mir den Code an. „Was brauchst du von mir?“

„Ein Buch aus deiner Bibliothek.“

„Welches?“ Ich lächelte bitter. „Ich wundere mich, dass du noch nicht versucht hast, es zu stehlen.“

Das Augenlid meines Onkels zuckte. Hatte ich es doch geahnt.

„Ach ja richtig! Du hast versucht, es zu stehlen!“

„Ich habe drei Leute geschickt“, bestätigte der Graf. „Keiner von ihnen kam zurück.“

Drei Leute? Ich hatte nur einen Einbrecher in meinem Eishaus. Was war mit den anderen passiert? Der Kobold hatte sie doch nicht wirklich an streunende Hunde verfüttert, oder?

„Deine Skrupellosigkeit ist eindrucksvoll.“

„Als ob du so ein Musterbeispiel moralischer Tugendhaftigkeit wärst!“

„Na schön. Um welches Buch handelt es sich?“

„Ich habe keine Ahnung“, erklärte mein Onkel zu meiner Überraschung. „Sieh dir das Bild an. Deine Mutter hält es in der Hand.“

Das Mädchen auf dem Foto hielt tatsächlich ein Buch in den Händen, aber ich konnte weder den Namen noch die Illustration auf dem Einband ausmachen.

Ich ging zum Fenster hinüber, schob meine Brille bis zur Nasenspitze und blinzelte. Nein, ich konnte es nicht erkennen.

„Wie kann ich ein Buch finden, wenn ich nicht weiß, wie es heißt?“, wandte ich ein.

Der Graf sah mich verärgert an. „Willst du mich auf den Arm nehmen? So schwer kann das ja nicht sein! Diana hat ihr ganzes Leben lang kein einziges Buch weggeworfen. Als sie umgezogen ist, hat sie ihre ganze Bibliothek mitgenommen. Alle Bücher durchzusehen, die als ihr Eigentum gekennzeichnet sind, kann nicht mehr als ein paar Stunden dauern. Ich bin mir sicher, dass nur sehr wenige Bücher in deiner Bibliothek für ein zehnjähriges Mädchen ansprechend wären. Am Ende vergleichst du die Einbände. Es würde mich nicht überraschen, wenn du in einem von ihnen eine Widmung von diesem Emile entdeckst. Wenn nicht, wird der Teil des Codes auf dem Foto, der letzte Test sein. Wenn er entschlüsselt ist, solltest du Wörter erhalten, nicht eine zufällige Reihe von Buchstaben.“

„Was bedeuten diese Zahlen?“

„Seitennummer, Zeilennummer, Wortnummer“, erklärte mein Onkel. „Du schreibst den ersten Buchstaben und machst dann weiter. Ist das klar?“

„Du musst in deiner Jugend ein extrem scharfes Gehör gehabt haben“, sagte ich lachend und betrachtete das Foto erneut.

Die Form des Buches kam mir vage bekannt vor, als hätte ich es schon mal gesehen, aber ich konnte es nicht genau zuordnen.

„Es steht dir nicht zu, über mich zu urteilen!“, brauste mein Onkel auf. „Entweder stimmst du zu oder du kannst von mir aus zur Hölle fahren! Ich werde zwar nichts bekommen, aber ich bin auch so wohlhabend genug. Du hingegen wirst auf der Straße leben müssen. Als einziger gesetzlicher Erbe meiner Schwester kann ich den Abriss deines Anwesens anordnen!“

„Immer mit der Ruhe, Onkel“, warnte ich ihn. „Versuch nicht, mir zu drohen.“

„Ich bin nicht derjenige, der damit angefangen hat!“

In diesem Moment wurde die Tür aufgerissen und der Anwalt trat mit einem Revolver in der Hand in das Büro.

„Pistole auf den Boden, Viscount!“, befahl er.

Graf Kósice sprang auf und erhob Einspruch. „Maître, ich habe Sie gebeten, uns nicht zu stören!“

Der Anwalt schaute ihn nicht einmal an. „Die Pistole!“, forderte er.

Mit zwei Fingern meiner linken Hand zog ich meine *Roth-Steyr* aus dem Holster und ließ sie auf den Boden sinken. Mein Onkel kam hinter dem Tisch hervor und ging zu seinem Anwalt hinüber.

„Maître, das ist eine Überschreitung Ihrer Befugnisse!“, rief er. „Warum zum Teufel unterbrechen Sie uns?“

Der Revolverlauf richtete sich rasch auf die Brust des Grafen. „Seien Sie bitte still“, sagte der Anwalt, trat zur Seite und ließ einen imposant aussehenden Herrn mittleren

Alters mit kompletter Glatze, dünnen Augenbrauen und Wimpern in den Raum.

Es war, als hätte mich der Blitz getroffen! Lazarus!

Ich zögerte nicht einmal eine Sekunde. Mit voller Wucht schlug ich mit dem Ellbogen gegen die Fensterscheibe und als diese mit einem lauten Klirren zersprang, hielt ich meine Hand mit dem Foto nach draußen.

„Noch ein Schritt und ich lasse es fallen!“, warnte ich den Vampir.

Lazarus zuckte zusammen. „Seien Sie nicht dumm, Viscount. Der Graf kennt den Code auch ohne Ihr Foto auswendig. Warum springen Sie nicht einfach? Sie würden mir die Mühe ersparen, Ihnen den Kopf abzureißen.“

„Was ist hier los?“, fragte Graf Kósice nervös. „Wer zum Teufel sind Sie?“

Lazarus drehte sich um und der Blick seiner undurchdringlich schwarzen Augen raubte meinem Onkel augenblicklich den Willen. Der Graf wich zurück an die Wand. Der Vampir trat an ihn heran und forderte: „Die Zahlen! Sagen Sie mir die Zahlen!“

„Ich weiß es nicht mehr!“, murmelte mein Onkel. „Ich kann mich einfach nicht erinnern!“

„Natürlich erinnern Sie sich!“, versicherte Lazarus ihm. „Menschen neigen bei wirklich wichtigen Dingen nicht zu Vergesslichkeit.“

Jetzt, da sich die ganze Aufmerksamkeit des Vampirs auf meinen Onkel konzentrierte, steckte ich die Hand in die Tasche meiner Jacke, aber der Anwalt befahl prompt: „Zurück!“

Ich musste also meine freie Hand öffnen, hielt aber immer noch das Foto aus dem Fenster. „Wie haben Sie von diesem Treffen erfahren, Lazarus?“, fragte ich, um uns etwas Zeit zu verschaffen.

„Der Maître arbeitet schon seit vielen Jahren für uns“, sagte der Vampir.

„Dann ist also er derjenige, der den Inhalt des Safes und des Aluminiumbehälters ausgeplaudert hat!“

„Ich habe nichts ausgeplaudert, ich habe berichtet!“, widersprach der Anwalt beleidigt.

„An den Orden?“, tastete ich mich weiter heran.

„Genug geredet!“, unterbrach Lazarus und forderte erneut vom Grafen: „Die Zahlen!“

„Ich weiß sie nicht mehr!“

„Wie schade“, sagte der Vampir leise und packte den Grafen am Hinterkopf. Seine krallenartigen Finger durchdrangen die Haut mit überraschender Leichtigkeit. Blut tropfte heraus und mein Onkel erstarrte. Sein Gesicht wurde schlaff und seine Augen blass wie ein Paar durchsichtige Murmeln mit roten Blutgefäßen.

„Schreiben Sie!“, verlangte Lazarus und bewegte seine Hand, die immer noch tief im nachgiebigen Fleisch des Grafen steckte.

Der Graf bewegte sich wie eine Marionette, griff sich den Federkiel und schrieb Zahlengruppen auf ein Stück Papier.

Lazarus sah zu mir und lächelte. „Sie lassen das Foto umsonst vom Regen aufweichen, Viscount.“

Ich musste ihm Recht geben und steckte das Bild in die Innentasche meiner Jacke.

„Geben Sie es her!“, forderte der Anwalt und fuchtelte mit seinem Revolver herum. Doch in diesem Moment ließ Graf Kósice seine Schreibfeder auf den Tisch fallen und hielt dem Vampir das Papier hin.

„Wie haben Sie von dem Code erfahren?“, fragte Lazarus ihn und brachte den Maître mit einer Geste zum

Schweigen.

„Aus einem Gespräch zwischen meiner Mutter und dem Herzog von Arabien, das ich belauscht habe“, antwortete mein Onkel mit einer Stimme, die jeder Intonation beraubt war.

„Was steht in diesem Code geschrieben?“

„Die Zukunft“, hauchte der Graf. „Er sagte, es sei ihre Zukunft.“

Lazarus lachte schallend und verstaute das Papier mit einem zufriedenen Blick in seiner Tasche.

„Das Foto, Viscount!“, forderte der Anwalt erneut und stieß mich mit dem Revolver an.

Da stürmten zwei stämmige Kerle mit vorgehaltenen Pistolen in den Eingangsbereich.

Der Maître drehte sich ruckartig um und drückte ohne Vorwarnung ab. Der Erste, der das Büro betrat, wurde von den Füßen gerissen, aber bevor der Anwalt es schaffte, den schweren Abzug des Revolvers wieder hinunter zu drücken, versenkte der noch lebende Partner zwei Kugeln in ihm. Dann trat er schnell über die Schwelle und zielte auf den Vampir. „Keine Bewegung!“, befahl er. „Treten Sie zurück! Sofort!“

Lazarus löste mit einer schnellen Bewegung seine Hand vom Kopf meines Onkels, der wie ein lebloser Sack unter den Tisch fiel. Der Mann trat entsetzt einen Schritt zurück in Richtung Ausgang und der Vampir setzte ihm nach.

Ich dagegen wollte mir das bevorstehende Ende nicht antun. Vor der Geräuschkulisse einer ungeordneten Schießerei stieg ich auf die Fensterbank und sprang auf die Feuerleiter des Nachbargebäudes. Ich knallte mit voller Wucht mit der Brust gegen das Geländer und hätte fast den Halt verloren, aber ich schaffte es, mich an der Eisenstange festzuhalten und kroch auf die Plattform. Dort zog ich ohne zu zögern die Brandgranate aus meiner Tasche, riss den Stift heraus und warf den Aluminiumzylinder durch das zerbrochene Fenster des Büros. Es gab einen Knall. Zungen farbloser Flammen gefolgt von dichtem weißem Rauch drangen nach draußen. Ich stand gerade auf, als ein Stück Putz von der Wand flog und meinen Kopf nur knapp verfehlte. Ich blickte ängstlich nach unten und sah einen bewaffneten Mann in einem Regenmantel und einem breitkrempigen Hut auf der Straße. Er lud sein Gewehr durch und richtete es wieder nach oben.

Im nächsten Moment löste sich ein weiterer Schuss. Aber ich wich zur Seite und eilte die Feuerleiter hinauf auf das Dach des Gebäudes. Ich rutschte auf den nassen Ziegeln aus, kroch von der Kante weg und sammelte meine Kräfte. Doch da begannen Keramikscherben um mich herum zu fliegen. Das Dach wurde einige Meter von meinem Körper entfernt wie von einer unsichtbaren Peitsche getroffen, die auf mich zu kam. Ich stand auf und erstarrte vor Entsetzen. Über den Gebäuden schwebte ein Luftschiff, das sich im Wind wiegte, und sein Name stand über die ganze Seite des Körpers geschrieben: *Syracuse*!

Oh, verdammt! Die beiden Läufe des Maschinengewehrs in der Kabine spucken wieder Funken aus, aber das Schwanken des Luftschiffs machte es schwer, genau zu zielen, und die Kugeln flogen planlos herum. Ich sprang über die Dachkante, verlor das Gleichgewicht und fiel hinunter. Glücklicherweise landete ich jedoch auf der Dachschräge und rutschte inmitten der umherfliegenden Trümmer nach unten. Der Maschinengewehrschütze war nun auf der anderen Seite des Gebäudes und nicht mehr zu sehen.

Nachdem ich auf dem Rücken tiefer gerutscht war,

stützte ich mich mit meinen Stiefeln an der Regenrinne ab, drehte mich auf den Bauch und kroch zu einer nahegelegenen Dachgaube. Aber der Schütze erriet mein Vorhaben und wartete nicht darauf, dass das Luftschiff um das Gebäude herumkam. Er schoss wahllos eine lange Salve in die Richtung, wo er mich vermutete. Die Kugeln schlugen gegen die Dachschräge und zertrümmerten Ziegel. Ich musste in den nahen Rauchfang springen, um in Deckung zu gehen. Blei schlug hinter mir ein, doch dann schien der Schütze für einen Moment abgelenkt. Ich warf mich mit voller Wucht gegen das Dachfenster, das dadurch zerbrach, und stürzte auf den Dachboden.

Ich brach auf dem Boden zusammen und richtete mich wieder auf, um mich zu orientieren. Diese Sekunde der Verzögerung hätte mich fast das Leben gekostet. Der Schütze zog mit zwei langen Maschinengewehrsalven zwei gekreuzte, diagonale Linien quer über das Dach. Staub und Holzsplitter flogen durch die Luft. Der Dachboden wurde von schwachen Lichtstrahlen erhellt, die durch die Einschusslöcher drangen.

Ich hechtete zur Treppe hinüber und eine neue Linie von Einschusslöchern kam mir entgegen. Gerade noch konnte ich zur Seite springen. Ich kroch auf allen vieren zur Bodenluke und wollte sie aufstoßen, aber sie war verschlossen.

Doch da verstummten die Schüsse. In der Annahme, dass der Schütze das Magazin wechselte, stieg ich durch ein Erkerfenster, gelangte ins Freie und klammerte mich an die Griffe einer Feuerleiter, die unter der Dachkante hervorstanden. Kaum hatte ich die obere Plattform erreicht, regneten Ziegelscherben auf meinen Kopf, aber die Wand schützte mich vor den Schüssen. Nicht für lange, aber während das Luftschiff seine Position änderte, hatte ich zuverlässige Deckung. Also stieg ich die Treppe hinunter. Im Erdgeschoss angekommen überquerte ich den kleinen Innenhof mit seinem spärlichen Rasen und lief davon. Über den Gebäuden schwebend leuchtete der Bauch des Luftschiffs wie ein Leuchtfeuer. Seilrollen fielen herab und entrollten sich, aber es war immer noch zu hoch, als dass die Crew den Boden erreichen konnte. Also feuerte das Maschinengewehr weiter.

Ich hechtete um die Ecke des Gebäudes und rannte fast den Schützen im Regenmantel über den Haufen. Er drehte sich um, aber meine *Cerberus* war schneller. Der Söldner fiel mit dem Gesicht nach unten auf die nassen Pflastersteine. Das Wasser um seinen durchschossenen Kopf färbte sich bräunlich rot. Ich stieg über ihn hinweg und lief weiter.

Zum Glück begegnete ich auf dem Weg zu dem Torbogen, unter dem ich den gepanzerten Wagen geparkt hatte, niemandem mehr. Dort angekommen schloss ich die Tür auf und setzte mich hinter das Lenkrad. Ich ließ den Motor an und trat auf das Gaspedal, um dann ebenso heftig auf die Bremse zu treten, als Maschinengewehrfeuer auf die Pflastersteine vor mir traf.

Die Panzerung würde den Geschützen des Luftschiffs nicht standhalten können und das *Gatling-Gewehr* im Kofferraum war für den Kampf gegen bodennahe Ziele gedacht. Seine Läufe würden nicht hoch genug zielen können.

Ich fluchte und sprang aus dem Auto, in der Absicht, mich mit dem Handmörser im Kofferraum zu bewaffnen. Doch dann fiel mein Blick auf die lange Holzkiste mit dem Raketenwerfer. *Warum nicht?*, fragte ich mich, während ich die Schachtel mit den seltsamen länglichen Geschossen und den Eisenklingenstabilisatoren auspackte. Das Abschussrohr ließ sich aufklappen. Das Geschoss passte leicht hinein. Ich schloss die Verriegelung und setzte die Ledermaske mit dem Glasvisier auf, auch wenn ich nicht wusste, wozu das eigentlich gut war. Vom Gewicht der Waffe gebückt umrundete ich den Wagen.

Das Abschussrohr sicher auf der Schulter machte ich einen entschlossenen Schritt unter dem Bogen hervor und stand unter freiem Himmel. Mit merklicher Verzögerung blitzten an dem Maschinengewehr oben zwei Funken auf. Doch da hatte ich bereits den Bauch des Luftschiffs im Fadenkreuz. Ich drückte den Abzug und mit einem lauten Dröhnen und einer Feuerwolke schoss die Rakete aus dem Rohr.

Die Okulare der Maske waren augenblicklich mit rußigen Pulverrückständen bedeckt, die Rakete flog stetig nach oben und hinterließ eine dicke Rauchspur. Als sie ihr Ziel erreicht hatte, gab es eine Explosion!

Ich hatte richtig gezielt. Die Gondel des Luftschiffs brach in zwei Teile, überall flogen Wrackteile herum und Menschen stürzten ab. Der Rumpf des Flugzeugs wurde an mehreren Stellen durchlöchert. Er entleerte sich und fiel in sich zusammen, aber das träge Heliumgas fing kein Feuer. Das Luftschiff sank immer schneller, bis es irgendwo hinter dem nächsten Gebäude auf dem Boden aufschlug.

Nun legte ich wieder an Tempo zu. Ich warf das Abschussrohr auf die Ladefläche, schloss die Klappe an und sprang auf den Fahrersitz. Der Motor heulte auf und der gepanzerte Wagen schoss unter dem Torbogen hervor. In dem Moment erschien wie aus dem Nichts die verbrannte Gestalt von Lazarus in meinem Weg. Ich erhaschte einen Blick auf sein grässliches Gesicht, das auf einer Seite verbrannt war. Das Fahrzeug rammte den Vampir, schleuderte ihn zur Seite und fuhr weiter.

Ich fuhr mit voller Geschwindigkeit, bis die Polizeisirenen verstummten. Ein paar Mal streifte ich die Seiten von Pferdekutschen und einmal fuhr ich fast in eine Dampfstraßenbahn, die die Straße blockierte. Aber wie durch ein Wunder gelang es mir, die Kontrolle zu behalten und einen schweren Unfall zu vermeiden. Mein klarer Verstand kehrte allmählich zurück, ich bog von der belebten Straße ab und parkte das gepanzerte Fahrzeug in der ersten Seitengasse, die ich fand. Ich wischte mir den Schweiß von der Stirn, beruhigte meinen Atem und nahm das Foto, das mein Onkel mir gegeben hatte, aus der Tasche.

Meine Großmutter, meine Mutter, das geheimnisvolle Buch, die Notiz auf der Rückseite. *‚Mein Kind. Emile.‘*

Verflucht! Es passierte nicht jeden Tag, dass man erfuhr, ein Großneffe des Kaisers zu sein! Das bedeutete, ich wäre der Dritte in der Thronfolge gewesen, wenn man die Tatsache außer Acht ließ, dass ein Bastard keine Rechte auf den Thron hatte.

Was wiederum bedeutete, dass dies nichts mit höfischen Intrigen zu tun haben konnte. Aber wenn der Herzog beschlossen hatte, sich im Alter um meine Mutter zu kümmern, welche unermesslichen Reichtümer könnte er ihr dann als Erbe hinterlassen haben? Immerhin gab es 16 Jahre später immer noch Leute, die einander an die Kehle gingen und dafür mordeten! ‚Die Zukunft‘. Was hatte er mit dieser zweideutigen Aussage gemeint? Und warum war diese Zukunft von so lebhaftem Interesse für Unterweltkreaturen und die geheimnisvolle *illustre* Bande?

Was verbarg sich hinter dem Code? *Was bedeutet er?*, fragte ich mich, wohl wissend, dass ich es nie herausfinden würde. Da mein Onkel vorsichtshalber den unteren Teil des Fotos abgerissen hatte, würde ich nie an den ganzen Code kommen.

Aber vielleicht musste ich das auch gar nicht. Schließlich hatte Lazarus den ganzen Code und würde bestimmt bald auf einen kleinen Besuch vorbeikommen. Er brauchte das Buch. Das Buch und meinen Kopf.

Der Gedanke daran setzte mir zu, aber ich geriet nicht vorzeitig in Panik, sondern fuhr zurück zu Alexander Dyaks Laden. Wenn der Vampir kam, würde ich wenigstens etwas haben, womit ich ihn begrüßen konnte. Seinem verbrannten Gesicht nach zu urteilen, war weißer Phosphor nicht nach seinem Geschmack.

Aber egal, wie sehr ich die Brandgranaten und die präparierten Patronen in den Wagen laden und mich in meinem Herrenhaus verkriechen wollte, dieser Plan sollte nicht aufgehen. Es war ein Wunder, dass der Panzerwagen überhaupt noch die Werkstatt des Erfinders erreichte. Schon auf halbem Weg dorthin quoll dicker weißer Dampf unter der Motorhaube hervor. Ich musste trotz des strömenden Regens den Kopf aus dem Fenster stecken, weil die Windschutzscheibe beschlagen war. Es war der Kühler, der beim Zusammenstoß mit dem Vampir kaputt gegangen war. Nachdem ich das Fahrzeug in Alexander Dyaks Hinterhof geparkt hatte, wies er mich auf den Grund des Defekts hin.

„Das muss gelötet werden."

„Wie viel?", fragte ich, nicht wissend, ob ich mir über die hohen Kosten Sorgen machen oder dem Himmel danken sollte, dass es sich nur um einen undichten Kühler handelte.

„Kommen Sie, Leopold Borisowitsch", sagte der Erfinder beleidigt und versteckte sich unter seinem

Regenschirm. „Geld ist kein Thema!"

„Alexander!", protestierte ich und pochte meinerseits auf verletzte Ehre. „Ich bin kein Erpresser und habe nicht vor, Sie bei der Polizei anzuzeigen, egal unter welchen Bedingungen unsere Geschäftsbeziehung fortgesetzt wird, oder ob sie überhaupt fortgesetzt wird."

Der Erfinder nickte, rechnete schnell im Kopf etwas nach und verkündete: „50 Franken."

„Einverstanden."

Wir gingen durch die Hintertür in den Laden. Dort holte ich mein Portemonnaie heraus und zählte fünf Zehner ab.

„Wann kann ich den Wagen abholen kommen?", fragte ich und lehnte meinen Stock an die Wand.

„Morgen Mittag", versprach Dyak.

„Gibt es keine Möglichkeit, es früher zu schaffen?"

„Nein. Verstehe ich das richtig, dass Sie lieber den offiziellen Reparaturwerkstätten fernbleiben wollen?"

„Ja."

„Dann werde ich ein paar Werkzeuge zusammensuchen müssen und die Arbeit selbst wird auch einige Zeit in Anspruch nehmen."

„In Ordnung. Ich komme morgen vorbei." Ich seufzte und blickte durch das Fenster auf die regenverhangene, graue und menschenleere Straße.

„Tee?", fragte Dyak.

„Da würde ich nicht Nein sagen."

Ich schaute auf meine ausgestreckte Hand. Meine Finger zitterten kaum noch. Das war schlecht. Nach allem, was ich durchgemacht hatte, hätte ich ein nervliches Wrack sein und von Kopf bis Fuß zittern müssen. Aber ich fühlte nichts Besonderes, als würde ich jeden Tag eine solche Entdeckung machen. Dass ich ein Mitglied der kaiserlichen

Familie war, hätte ein Schock sein müssen. Verflucht! Ich war der Großneffe von Kaiser Clement! Und auch wenn es mir nie gelingen würde, daraus einen Vorteil zu ziehen, gab es eine Komponente, die das wertvoll machte. Blut war nun einmal dicker als Wasser!

„Der Tee ist fertig“, sagte der Ladenbesitzer und unterbrach meine Überlegungen.

Ich ging zum Tresen hinüber und nippte an dem heißen, gerbstoffhaltigen Getränk. Zucker fügte ich nicht hinzu. Ich war mir nicht sicher, warum, aber ich wollte nichts Süßes. Stattdessen wollte ich Wodka. Dieses Bedürfnis entsprang einer rein genetischen Ebene. Ich hatte in meinem Leben noch nie Wodka getrunken und auch keine anderen alkoholischen Getränke probiert. Das Beispiel meines Vaters hatte mir eine gesunde Abneigung gegen solche Exzesse eingeflößt. Außerdem erforderte mein *illustres* Talent, dass ich ein gewisses Maß an Selbstkontrolle bewahrte. Immerhin brachte es selbst nüchtern Kobolde hervor.

„Beunruhigt Sie etwas, Leopold?“, fragte Dyak.

„Mein Tag ist völlig schiefgelaufen“, sagte ich und verbarg meine Nervosität hinter einem Lachen.

„Möchten Sie etwas Minze in Ihren Tee?“, schlug der Erfinder vor.

„Nein, danke.“

„Dann nehmen Sie wenigstens einen Haferflockenkeks.“

Ich befolgte diesen Rat und kehrte mit meiner Teetasse an den Tresen zurück. Der Regen wollte nicht nachlassen. Von Zeit zu Zeit zuckten Blitze über den Himmel und der Donner ließ die Fenster vibrieren.

„Dann werde ich Sie nicht weiter aufhalten“, sagte ich seufzend. „Sind die Brandgeschosse schon fertig?“

Alexander Dyak zuckte verschämt zusammen. „Wissen Sie, Leopold“, sagte er mit gesenktem Blick, „Ihre Theorie über die Übertragung von Signalen hat mich so aus der Bahn geworfen, dass ich alles andere vergessen und mich ganz darauf konzentriert habe. Aber ich habe jetzt fünf Granaten fertig.“

„Ihnen daraus einen Vorwurf zu machen, wäre äußerst undankbar, Alexander“, erwiderte ich, denn mir war klar, dass es ohne mein Automobil nicht nur mühsam, sondern auch mit unnötigen rechtlichen Problemen verbunden wäre, den Handmörser zu meinem Anwesen zu bringen. „Ich belaste Sie schon viel zu sehr. Sie vernachlässigen ja schon den Laden!“

„Wenn ich für eine interessante Arbeit bezahlt werde, warum nicht?“, sagte der Erfinder achselzuckend.

„So viel verdienen Sie an mir nicht.“

„Das gilt aber überall. Bei diesem Wetter gibt es ohnehin keine Kunden.“

„Das ist wahr.“ Ich blickte auf die Straße und fröstelte vor Kälte.

Was kümmerten mich die Kunden? Meine Aufgabe war, jetzt ein Taxi zu finden!

Alexander Dyak ging ins Hinterzimmer und kam rasch mit einer kleinen Leinentasche zurück.

„Die Granaten“, sagte er und stellte die Tasche mit einem metallischen Klirren auf den Tisch.

„Wunderbar.“ Ich versteckte den Beutel mit der Brandmunition unter meinem Mantel und fragte: „Alexander, wenn Ihre Theorie stimmt und die *Gefallenen* durch elektromagnetische Wellen zerstört wurden, welches Geheimnis würde die Beteiligten dann am meisten erschrecken?“

„Die bloße Tatsache, dass elektromagnetische

Strahlung eine Wirkung auf die *Gefallenen* hat", antwortete der Erfinder schlicht. „Und wenn man ins Detail geht, die optimale Wellenlänge, um auf jenseitige Wesen einzuwirken. Sie experimentell zu finden, wäre sehr, sehr schwierig."

„Aber möglich?"

„Ja", bestätigte Dyak. „Glauben Sie, dass die Beteiligten den Inhalt des Signals für wichtig halten? Würde ich die richtigen Frequenzen kennen, könnte ich mit ein wenig Feinabstimmung ein Signal einfangen und wieder ausstrahlen."

„Vielleicht liegt in ihren Augen das Geheimnis in der Konstruktion eines Oszillators von so großer Leistung", vermutete ich.

„Es könnte alles sein", sagte der Erfinder und hob die Hände. „Man kann nicht in den Kopf eines anderen Menschen eindringen, ohne etwas über ihn zu wissen."

Das stimmte. Ich konnte nicht in den Kopf des Herzogs von Arabien sehen. Warum hatte er seiner Geliebten ein so wichtiges Geheimnis anvertraut? Ich vermutete, dass die Witwe des Kaisers ihren Einfluss nicht aufgeben wollte. Oder vielleicht wollte er seinem unehelichen Kind eine anständige Existenz ermöglichen. Was war sein Motiv? Ich wusste es nicht. Und ich wollte auch nicht raten. Ich schüttelte Alexander Dyak zum Abschied die Hand und ging hinaus. Wie ich vermutet hatte, war es unmöglich, in dem sintflutartigen Regen ein Taxi zu bekommen. Aber es gab Dampftrams, die das Wasser aus tiefen Pfützen aufspritzten, während sie über nasse Schienen rollten.

Ich fuhr mit einer Straßenbahn bis zum Dürer-Platz und ging, schwer auf meinen Stock gestützt, den Kalvarienberg hinauf. Schmutziges Wasser lief in trüben Bächen den Hügel hinunter, aber noch waren die Gräben nicht übergelaufen und die Straße frei. Doch das Schlimmste stand mir noch bevor.

Ich hielt die Tüte mit der Brandmunition unter meinem Mantel fest, trat in die scharfen Windböen und die Kälte hinaus und träumte davon, ein heißes Bad zu nehmen oder zumindest in ein warmes und trockenes Bett zu kriechen. Verschwörungen und Rätsel kümmerten mich jetzt wenig, ich machte mir nur Sorgen, Lazarus über den Weg zu laufen. Diese Angst ließ mich nervös umherschauen und unruhig nach dem Brandsatz in meiner Manteltasche greifen.

Bei dem sintflutartigen Regen hegte ich keine großen Hoffnungen für die Granaten, aber als die dunkle Gestalt einer durchnässten Person aus dem Gebüsch an der Brücke trat, griff ich danach. Allerdings war es die falsche Wahl. Die *Cerberus* wäre besser gewesen...

„Fallen lassen!“, befahl der Chinese, der mich im Visier einer abgesägten doppelläufigen Kaliber-zwölf-Jagdflinte hatte. Der Handlanger von Mr. Chan hatte Holzstangen an sein durchschossenes Bein gebunden und stützte sich auf eine Krücke. Ich zögerte eine Sekunde, dann warf ich die Brandgranate in den Graben und sah zu, wie der Aluminiumzylinder schnell in zähflüssigem Schlamm versank.

„Na dann, Weißauge, bist du zufrieden?“, fragte der Halsabschneider mit einem bösartigen Lächeln.

„Vorsichtig mit dem Abzug“, bat ich ihn. „Der Fonds gehört nun mir, jetzt kann ich meine Schulden bezahlen.“

Der Geldeintreiber lachte. „Das ist mir scheißegal! Mr. Chan hat deine Schulden bereits abgeschrieben, Weißauge. Das wird eine gute Lektion für die anderen sein!“

„Du wirst damit nicht durchkommen, einen *illustren* Herrn zu ermorden!“

„Außer uns ist hier niemand!"

„Ja, aber du wirst es nicht schaffen, den Mund zu halten!"

Der Geldeintreiber antwortete nicht, sondern drückte nur schweigend den Kolben seiner abgesägten Flinte an die Schulter. Er hatte aber keine Zeit, zu schießen. Durch das Geräusch von Wind und Regen drang das vertraute Knattern eines Pulvermotors. Dann sah ich unten das Dach eines gepanzerten Polizeiwagens vorbeiziehen. Die selbstfahrende Kutsche kroch langsam die Straße hinauf, wurde dann von Büschen verdeckt, kam aber bald nach einer Kurve wieder in Sicht.

Ich kicherte. „Wie willst du mit nur einem guten Bein vor den Bullen fliehen?" Ich war unsagbar erleichtert.

„Komm hier rüber!", forderte der Chinese. „Ein Wort und ich schieße!" Doch bevor ich Zeit hatte, seiner Aufforderung nachzukommen, kletterte der Kobold, der so geschickt und schnell mit Armen und Beinen herumwirbelte wie ein Zirkusaffe, auf den Rücken des Chinesen und stieß ihm mit aller Kraft ein Küchenmesser in den Hals.

Die Schrotflinte feuerte zweimal. Der Schuss sprengte einen Erdklumpen unter meinem Fuß weg und Mr. Chans Handlanger fiel leblos in den Graben. Der Kobold sprang von seinem Rücken herunter und wischte in aller Ruhe das Messer am Ärmel seines stark verschmutzten Gehrockes ab.

„Cool, oder?", fragte er grinsend und verschwand im Gebüsch und aus meinem Blickfeld.

„Verdammt!", fluchte ich.

Da lag ein toter Chinese mit aufgeschlitzter Kehle und ein gepanzerter Polizeiwagen kam den Hügel herauf. Zu allem Überfluss war ich allein und es gab keine anderen Zeugen als meinen imaginären Freund.

War er überhaupt ein Freund? Eher eine Nervensäge!

Nachdem ich die Tüte mit den Granaten an den Straßenrand geworfen hatte, humpelte ich zu dem Toten hinüber. Da keine Zeit war, die Leiche im Gebüsch zu verstecken, packte ich sie unter den Achseln und schleifte sie zur Brücke.

Die Aussage ‚streunende Tiere füttern' flackerte in meinem Kopf auf, als ich den Chinesen über die Kante stieß und ihn ins Wasser plumpsen ließ.

Nun hatte ich sie gefüttert! Von unten kam ein platschendes Geräusch und ein erschrockenes Brüllen. Ich wartete nicht an der Brücke, sondern hielt Ausschau, wo die Tüte mit den Brandgranaten gelandet war. Ein Gefühl der Erleichterung und einer angenehmen Entspannung machten sich in mir breit und als der Polizeiwagen langsamer wurde, dachte ich mir weiter nichts dabei, sondern schirmte nur mit der Hand meine Augen gegen die hellen Scheinwerfer ab, die um die Kurve kamen.

„Es ist alles in Ordnung!", rief ich dem Wachtmeister zu, der in einem wasserdichten Mantel auf der Beifahrerseite ausstieg. „Ich bin nur auf dem Weg nach Hause."

Der Polizist nickte, riss dann aber eine kurze Armbrust hoch. Die Sehne surrte und eine Holzstange mit Eisenstiften und Drähten bohrte sich schmerzhaft in meine Brust. Ich wurde von Kopf bis Fuß von einem kräftigen Stromschlag durchzuckt, als wäre ich vom Blitz getroffen worden.

Nun ja, ich wünschte, es wäre ein Blitz gewesen...

4

ICH WACHTE AUF dem Rücksitz des gepanzerten Fahrzeugs mit einem stechenden Schmerz in meinen tauben Muskeln auf.

Mein Kopf dröhnte teuflisch, meine Kehle war ausgetrocknet und ich konnte meine Arme und Beine nicht mehr bewegen. Verflucht! Selbst meine Finger wollten sich nicht bewegen lassen. Es fühlte sich an, als wären meine Hände mit Seilen festgebunden worden. Meine Augen waren mit einem dicken Stoff verbunden, in meinem Mund steckte ein Knebel.

Warum solche Liebe zum Detail?, dachte ich und versuchte, die Fesseln zu lockern, doch schon bald erhielt ich einen kräftigen Schlag gegen die Schläfe und fiel erneut bewusstlos um.

Ich wurde auf einer Trage aus dem Fahrzeug getragen. Ich hätte selbst aussteigen können, ich wurde nur nicht gefragt.

Wohin sie mich brachten, wusste ich nicht, aber irgendetwas sagte mir, dass es sich nicht um eine bloße Entführung handelte und wir uns am Newton-Markt befanden. Es lag etwas Besonderes in der Luft, vertraute Gerüche und Geräusche.

Ich wusste nicht einmal, ob ich mich darüber freuen sollte oder nicht. Egal, wie ich es drehte und wendete, ich hatte in letzter Zeit eine Menge Sünden begangen, genug für eine Hinrichtung und einen lebenslangen Aufenthalt in einem Arbeitslager. Wie viele Menschen waren bei dieser Luftschiff-Explosion gestorben? Ich hatte mich verteidigt, sicher, aber das müsste bewiesen werden.

In der Zelle wurde ich schließlich von der Trage losgemacht und an einen Tisch gesetzt. Mir wurden Arme und Beine gefesselt und ein dicker Riemen um den Oberkörper gebunden. Ich fühlte mich an den elektrischen Stuhl erinnert, schaffte es aber schließlich, ein ruhiges, von eiskalter Wut erfülltes Verhalten an den Tag zu legen.

„Lassen Sie uns allein!", forderte eine männliche Stimme, die ich als die von Generalinspektor von Nalz erkannte.

Ich hörte das Geräusch von Schritten. Die Tür knallte zu. Dann wurde mir die Binde von den Augen gerissen und der Knebel aus dem Mund gezerrt.

Ich bewegte meinen Kiefer, dehnte die verkrampften Muskeln, sah den Generalinspektor an und scherzte düster: „Das scheint so etwas wie eine Tradition zu werden..."

„Ruhe!", rief Friedrich von Nalz scharf und schlug mit der Hand auf den Tisch. „Wo ist meine Tochter, Sie Halunke?"

„Konnten Sie sich keinen besseren Vorwand ausdenken, um mich herzubringen?", fragte ich verblüfft.

„Ruhe!", bellte der Alte wieder und die durchsichtige Flamme, die ihn erfüllte, traf mich mit ihrer unmöglichen Hitze und erinnerte an Jimmy, der von innen gebacken worden war.

Friedrich von Nalz war in der Lage, einen Menschen ganz ohne Flüche oder schwarze Magie zu grillen, aber was mir noch vor einer Woche Angst gemacht hatte, hatte jetzt jede Bedeutung verloren.

„Wo ist meine Tochter?", fragte der Generalinspektor und ich hatte in dem Moment nicht den geringsten Zweifel an seiner Aufrichtigkeit.

„Ist Elisabeth-Maria etwas zugestoßen? Geht es ihr

gut?“, erkundigte ich mich.

„Das fragen Sie mich?“, schrie der Generalinspektor wütend.

„Ja, das tue ich!“ Ich war genervt und in gewissem Maß auch verunsichert. „Bitte erklären Sie mir den Grund für meine Verhaftung! Es ist immerhin meine zweite Verhaftung in einer Woche und noch immer hat sich kein einziger Mensch entschuldigt! Ich habe den Eindruck, dass das hier keine Polizei, sondern ein Hexenzirkel von Verrückten ist!“

Der alte Mann war schnell. Ich konnte nicht einmal blinzeln, bevor mich eine kräftige Ohrfeige traf. Ich schmeckte Blut.

„Haben Sie jetzt genug Dampf abgelassen?“, fragte ich ruhig. „Können wir nun reden?“

„Nein!“, fauchte der Generalinspektor.

„Heißt das, Sie haben noch nicht genug Dampf abgelassen oder wir können wir nicht reden?“

Friedrich von Nalz stieß einen schweren Seufzer aus, wandte sich dann ab, als ob ihm mein verletztes Gesicht unangenehm wäre, und räusperte sich. „Ist mit Ihnen etwas nicht in Ordnung, Viscount?“

„So, jetzt sind wir also bei Viscount!“, bemerkte ich, von der unerwarteten Frage aus der Fassung gebracht. „Ich schätze, ich habe mich schnell vom Halunken zum...“

„Es gibt genug Viscounts, die Halunken sind“, unterbrach der Generalinspektor mich, der sich offensichtlich nur mit Mühe zurückhalten konnte, mich erneut zu schlagen. „Was ist das für ein Spiel, das Sie sich da ausgedacht haben?“

„Das ich mir ausgedacht habe?“ Meine Überraschung nahm kein Ende. „Sie haben mich mit Strom betäubt und hierher geschleppt! Ich habe das nicht gewollt!“

„Wollen Sie damit sagen, dass Sie nichts verbrochen haben?“

„Ich versuche, zu sagen, dass es für den Anfang schön wäre, ein paar Anschuldigungen zu hören!“, knurrte ich.

Friedrich von Nalz winkte müde ab. „Lassen Sie das Theater, Viscount. Sie wissen ganz genau, worum es hier geht.“

„Im Moment nehme ich nur an, dass Ihre Tochter verschwunden ist. Woher Sie den Verdacht haben, ich könnte dafür verantwortlich sein, ist mir ein Rätsel.“

„Tatsächlich?“

„Allerdings.“

„Sie glauben nicht, dass wir irgendwelche Hinweise finden werden, die Sie belasten?“

„Ich würde nie etwas tun, das Elisabeth-Maria schaden könnte“, antwortete aufrichtig, auch wenn meine Worte jetzt etwas unpassend klangen.

„Die Jugend zeichnet sich durch Gedankenlosigkeit aus. Junge Menschen denken oft nicht über die Konsequenzen ihres Handelns nach.“

Ich schloss die Augen, dachte über das Gehörte nach und fragte dann: „Beschuldigen Sie mich, ein Verhältnis mit Ihrer Tochter zu haben? Glauben Sie, sie sei mit mir durchgebrannt, weil sie keinen Mann heiraten will, den sie nicht liebt? Das ist doch Blödsinn! Wenn das der Fall wäre, wären wir zusammen, meinen Sie nicht?“

„Vielleicht haben Sie schon bekommen, was Sie von ihr wollten.“

„Was glauben Sie denn, was ich von ihr bekommen haben könnte?“, platzte ich heraus, ohne nachzudenken, und fing mir eine weitere Ohrfeige ein. „Verflucht! Das war unnötig!“

„Genug der Komödie! Beantworten Sie die Fragen!“

„Beruhigen wir uns mal wieder“, schlug ich vor und sammelte meine Gedanken. „Sie nehmen an, dass Sie von mir erfahren können, wo Elisabeth-Maria ist. Nehmen wir an, ich hätte Zugang zu dieser Information. Nehmen wir an, dass ich, bevor ich einen Deal mache, herausfinden will, welche Beweise für meine Schuld Sie haben. Sie bedrohen mich und ich würde mit den Ermittlungen beginnen, aber dazu müssten Sie mir erst einmal erklären, was zum Teufel hier los ist!“ Ich schrie die letzten Worte so laut wie möglich und das Gesicht des Generalinspektors glühte vor Wut. Er konnte sich kaum zurückhalten. Es schien, als hätte er wirklich damit gerechnet, diese Information von mir zu bekommen.

„Am Ende könnte uns das eine Menge Zeit ersparen“, sagte ich, nun völlig ruhig.

Friedrich von Nalz ließ seine knochigen Finger knacken. „Sie werden diese Zelle nicht lebend verlassen“, sagte er, nun ebenfalls ruhig, „wenn Sie mir nicht sagen, wo meine Tochter ist. Wenn es sein muss, wäre ich bereit, meine Karriere zu opfern, um sie zurückzubekommen.“

„Was ist denn passiert?“, wollte ich wissen.

„Es reicht jetzt!“

Ich seufzte. „Friedrich, Sie müssen zugeben, dass diese Anschuldigungen gegen mich einer Kritik nicht standhalten. Sonst wären Sie doch nicht hier. Solche Verhöre werden normalerweise von Kriminalbeamten durchgeführt. Denken Sie daran, was Sie über Elisabeth-Marias Geschmack gesagt haben. Glauben Sie wirklich, sie würde mich plötzlich für einen geeigneten Partner halten? Ich kann mich doch unmöglich mit dem Neffen des Justizministers messen, oder?“

Der Generalinspektor setzte sich an den Tisch und

holte ein Zigarettenetui heraus, das statt Zigaretten Pillen enthielt.

„Für mein Herz", sagte er und steckte sich eine in den Mund. „Es ist ein Chaos, Viscount. Die Situation ist außer Kontrolle geraten. Aber wenn Sie mir meine Tochter zurückgeben, werde ich versuchen, die persönlichen Kränkungen zu vergessen."

„Kommen Sie zur Sache", forderte ich. „Was ist passiert? Nur die Fakten."

„Haben Sie von dem Überfall auf die Dürer-Fabrik vor ein paar Wochen gehört?"

„Ja, ich habe davon gelesen."

„Im Interesse der Sicherheit wurden die Patentunterlagen mit der Formel und dem Herstellungsverfahren für Duralumin in das Stadthaus des Barons gebracht."

„Und?"

„Sie wurden gestohlen."

„Warum bin ich dann hier? Verstehe ich das richtig, dass der Diebstahl bei der gestrigen Dinnerparty stattgefunden hat? Ich war nicht bei Dürers Empfang."

„Aber Elisabeth-Maria war dort!" Der Generalinspektor ballte die Fäuste. „Sie haben ihr gesagt, sie solle ihr *Talent* nutzen, um den Baron zu überzeugen, den Safe zu öffnen!"

„Das ist Blödsinn!", widersprach ich, unfähig, mich zurückzuhalten. „Dann hätte ich doch schon längst das Land verlassen!"

„Der Sturm hat Ihre Pläne durcheinandergebracht, Viscount."

„Und ich wäre dann so dumm gewesen, wieder nach Hause zu gehen?"

„Sie dachten, man würde Sie nicht mit dem

Verbrechen in Verbindung bringen. Ihr zweiter Irrtum."

„Und mein erster?"

„Meine Tochter ist nicht so erbärmlich, einen Menschen zu überzeugen, sich umzubringen. Der Versuch des Barons, sich das Leben zu nehmen, war erfolglos."

„Unfug", murmelte ich. „Das ist doch alles völliger Unsinn! Wo ist Elisabeth-Maria denn jetzt?"

„Das will ich ja von Ihnen wissen!"

„Schon gut, schon gut", wiederholte ich, um mich zu beruhigen. „Elisabeth-Maria hat das *Talent*, Menschen zu überzeugen, aber wie sollte ich sie zu einem so heimtückischen Verbrechen überreden können? *Ich* habe ein solches *Talent* nämlich nicht!"

„Sie dachte, Sie wären unterhaltsam. Sie haben ihr den Kopf verdreht."

„Ich?"

Der Generalinspektor betrachtete mein blasses, kantiges Gesicht mit der zu großen Nase, ließ seinen Blick über meine schlammverschmierte Kleidung gleiten und seufzte. „Ich hätte das nie für möglich gehalten, aber wir haben Beweise für das Gegenteil."

„Beweise?" Ich lachte mit unverhohlenem Sarkasmus. „Natürlich, Sie müssen ja unumstößliche Beweise haben! Wie konnte ich das vergessen!"

„Stimmt genau", fauchte Friedrich von Nalz mich an und hüllte mich in Hitze. „Sie werden das nicht gewusst haben, aber Elisabeth-Maria hat ein Tagebuch geführt. Darin hielt sie alle ihre Zweifel und Bedenken fest. Als ich ihr Zimmer durchsuchte, fand ich ihre Aufzeichnungen und stellte einen Haftbefehl gegen Sie aus. Ihr dritter Fehler, Viscount!"

Ich seufzte. „Unsinn." Aber ich bekam Angst, denn ich verstand nicht, was hier vor sich ging. Ich verstand es einfach nicht. Elisabeth-Maria, Liebe, ein Tagebuch, der Patentdiebstahl... Nichts davon konnte wahr sein! Das war der Stoff, aus dem meine Träume waren!

Ich zwang mich, mich zu beruhigen, und fragte: „Wird mein Name in dem Tagebuch erwähnt?“

„Eindeutig.“

„Und Elisabeth-Maria schrieb, sie würde mich lieben?“

„Ja.“

„Das ist kaum zu glauben“, flüsterte ich. Der Generalinspektor sagte nichts dazu, also fragte ich ihn: „Sind Sie sicher, dass es ihre Handschrift ist?“

„Über jeden Zweifel erhaben.“

„Darf ich einen Blick darauf werfen?“

„Zu welchem Zweck?“

„Ich glaube es erst, wenn ich es mit meinen eigenen Augen gesehen habe.“

„Meinen Sie, ich würde bluffen?“ Friedrich von Nalz lächelte bitter und holte ein dickes Notizbuch mit violettem Einband und einem aufgebrochenen kleinen Silberschloss aus seiner Tasche. „Na, dann schauen Sie mal rein!“

Der Generalinspektor hielt mir das Tagebuch seiner Tochter vor die Nase und schlug es bis zur richtigen Seite auf. Die Geschichte begann auf dem Frühlingsball, wo ich Elisabeth-Maria ein Gedicht von Albert Brandt vorgelesen hatte. Die Romanze entwickelte sich schnell, wir sahen uns fast jeden Tag. Nachdem wir uns im Hippodrom getroffen hatten, verbrachten wir unseren ersten Abend zusammen. Ich erzählte ihr bei unserer nächsten Begegnung im Zirkus von meinen kriminellen Absichten. Elisabeth-Maria war einverstanden. Wir wollten dann nach Südindien fliehen. Die traurigste Tatsache war, dass die Handschrift in allen Einträgen, ob vor einem Jahr oder vorgestern, genau die gleiche war. Elisabeth-Maria hatte sie geschrieben, aber wozu? Was für ein schauriges Spiel spielte sie da? Wer hatte sie dazu gebracht, das zu tun?

„Nichts davon ist wahr“, sagte ich.

„Sie haben sich nicht mit meiner Tochter getroffen?“

„Ich habe sie ein paar Mal in der Stadt gesehen“, gab ich zu. „Aber wir haben nie viel Zeit miteinander verbracht. Wir haben meistens nicht einmal miteinander gesprochen.“

„Das Buch sagt etwas anderes.“

Eine eklatante Lüge zu widerlegen, war einfach. Halbwahrheiten waren dagegen viel heimtückischer. Elisabeth-Maria und ich hatten uns unterhalten und Dutzende zufälliger Zeugen konnten das bestätigen. Wie konnte ich also beweisen, dass ich sie nicht zu einem Verbrechen angestiftet hatte? Wie nur?

„Stopp!“ Ein unerwarteter Gedanke schoss mir durch den Kopf. „Gehen Sie eine Seite zurück!“

Hippodrom, Stadtrundgang, den ganzen Abend ließ er meine Hand nicht los...

„Ja!“, rief ich erleichtert. „Ich habe ein Alibi!“

„Ach ja?“ Friedrich von Nalz starrte mich ungläubig an und steckte das Tagebuch zurück in seine Tasche. „Unabhängig davon, was passiert ist, glaube ich meiner Tochter unvergleichlich mehr als jedem Ihrer Zeugen!“

„Auch wenn es der Leiter der Kripo und der Oberinspektor der Abteilung 3 sind? Sie wissen doch selbst, dass die beiden nichts für mich übrighaben.“ Ich schmunzelte. „Dazu ein weiterer Detective und etwa fünf beliebige Constables? Ganz zu schweigen von den Beamten in Zivil, die für die Überwachung zuständig waren?“

„Wovon reden Sie, Viscount?“

„Der Eintrag vom 12. April. Ich war tatsächlich zur gleichen Zeit wie Ihre Tochter auf dem Hippodrom, habe aber nicht mit ihr gesprochen. Gleich nach den Rennen fuhr ich zur Bergung des Panzerwagens aus dem Yarden. Sie wissen schon, dem Wagen vom Überfall auf das Bankhaus Witstein. Wir begannen um vier und waren bis fünf oder fast sechs Uhr abends dort. Danach haben die Überwachungsbeamten mich gesehen, wie ich in Isaac Levinsons Haus ging. Die genaue Zeit steht im Bericht. Ich kann nicht an zwei Orten gleichzeitig gewesen sein! Und der Zirkus! Ich habe dort kurz mit Ihrer Tochter gesprochen, aber nach dem Zirkus unterhielt ich mich mit Oberinspektor Moran über den Einbruch in das Anwesen meines Onkels! Er wird Ihnen das bestätigen!“

Der Generalinspektor starrte mich an und murmelte: „Wenn das eine Art von Trick ist…“

„Fragen Sie LeBrun, fragen Sie Moran. Holen Sie sich den Bericht von meiner letzten Verhaftung. Bitte! Sie dürfen keine Zeit verlieren!“

Friedrich von Nalz verließ wortlos die Zelle und ich blieb mit meinen unglücklichen Gedanken allein. Eines freute mich aber wenigstens. Lazarus würde mich heute definitiv nicht mehr einholen.

Ich musste dem Generalinspektor zugestehen, dass er sich am Ende entschuldigte. Seine Entschuldigung war trocken und kurz, aber die Tatsache blieb bestehen. Er wälzte die unangenehme Angelegenheit nicht auf einen Untergebenen ab. Alles hätte ein gutes Ende genommen, aber kurz bevor er ging, kam der grässliche alte Mann ganz nah an mich heran und flüsterte: „Wenn Sie doch damit zu tun haben, verbrenne ich Sie bei lebendigem Leib, ohne Gericht und ohne Beweise.“ Danach sagte er laut und in einem offiziellen Ton: „Viscount, Oberinspektor Moran möchte Sie sehen.“

Das machte mich auch nicht glücklich, aber ich

zeigte es nicht. Ich nickte nur und ging, meine rauen Handgelenke demonstrativ reibend, auf den Ausgang zu.

Augenblicklich versperrte ein Constable mir den Weg.

„Was jetzt?“, fragte ich erstaunt.

„Reden Sie zuerst mit Moran“, forderte der Generalinspektor und verließ den Raum.

Ich zuckte mit den Schultern und nahm widerwillig Platz, insgeheim hoffend, dass ich am Ende des Gesprächs mit dem Oberinspektor nicht wieder in Fesseln liegen würde.

Bastian Moran erschien fünf Minuten später. Er sah mich schmunzelnd an, bat dann die Aufseher, uns allein zu lassen, und holte eine Schachtel Zigaretten heraus.

„Der Generalinspektor hat mich gewarnt, dass Sie extrem schwer zu fassen sind, junger Mann“, sagte er und zündete sich eine Zigarette an. „Es ist immer schön zu hören, wenn ein Vorgesetzter meine Ansichten teilt.“

„Sehr witzig!“ Ich schnitt eine Grimasse. „In einer Woche zwei Verhaftungen aus konstruierten Gründen sind ein bisschen viel, finden Sie nicht auch?“

„Aus konstruierten Gründen?“ Der Oberinspektor zog erstaunt die Augenbrauen hoch. „Das sollten Sie nicht sagen!“

„Sagen Sie mir nicht, dass ich noch einmal durch die Mangel gedreht werde!“ Ich hob die Hände. „Es wurde offiziell festgestellt, dass Levinson und seine Familie von Prokrustes getötet wurden!“

Bastian Moran setzte sich auf die Tischkante und streckte die schmale Spitze seiner Lackstiefelette in der Luft.

„Ich auch bin nicht hier, um über Levinson zu sprechen“, erklärte er. „Wir reden hier über den Diebstahl der Duralumin-Patente."

„Um Himmels willen!" Ich stöhnte laut auf. „Haben Sie nicht gerade mein Alibi bestätigt?"

„Das genau ist es, was mich beunruhigt hat", gab der Generalinspektor zu. „Was für ein glücklicher Zufall, nicht wahr? Elisabeth-Maria schreibt über geheime Treffen mit Ihnen, aber jedes Mal werden die Einträge von unbestreitbar zuverlässigen und neutralen Zeugen leicht widerlegt. Ein erstaunlicher Zufall."

„Nicht jedes Mal", wandte ich ein. „Nur bei zwei Gelegenheiten."

„Das ist genug."

„Sie werfen mir vor, dass ich absichtlich Verdacht errege? Warum zum Teufel sollte ich das tun?"

„Sie sind eitel", stellte Bastian Moran fest. „Sie dürsten nach gesellschaftlicher Aufmerksamkeit. Die ganze Großstadtpolizei um den Finger gewickelt zu haben und Berühmtheit zu erlangen? Wäre das nicht Grund genug, gewisse Unannehmlichkeiten in Kauf zu nehmen?"

Ich rieb mir die geprellte Brust. „Haben Sie jemals einen Stromschlag bekommen, Oberinspektor? Vermutlich nicht, sonst würden Sie das wohl kaum als bloße Unannehmlichkeit bezeichnen! Außerdem wäre ich doch schon längst auf dem Weg zum Kontinent, wenn ich die geheimen Patente auf die Aluminiumlegierung gestohlen hätte!"

„Der Sturm. Man kann schlechtes Wetter nicht vorhersagen."

„Ach, hören Sie doch auf!"

„Na gut, lassen wir das Thema", stimmte Bastian Moran zu und klopfte seine Asche auf den Boden. „Übrigens, da wir gerade vom Fliegen sprechen. Heute ist das Luftschiff Ihres Onkels, die *Syracuse*, verunglückt. An der Absturzstelle haben wir die persönlichen Sachen und Dokumente des Grafen Kósice entdeckt."

„Was wollen Sie damit sagen?", fragte ich. „Schlechtes Wetter kann man nicht vorhersagen! Das waren Ihre Worte."

„Es gibt eine Menge seltsamer Umstände rund um diesen Unfall, Viscount", sagte der Oberinspektor und sah mich durchdringend an. „Können Sie mir sagen, wo Sie heute Nachmittag um vier Uhr waren?"

Ich wandte mich ab, bedauerte die Tatsache, dass meine Brille konfisziert worden war, und lachte dann leise. „Wenn Sie damit andeuten wollen, dass ich in dieses unglückliche Ereignis verwickelt war, muss ich Sie leider enttäuschen. Mein Onkel und ich haben unseren Konflikt beigelegt."

„Ja, ich habe die Dokumente gesehen, die wir bei Ihrer Verhaftung beschlagnahmt haben", sagte Bastian Moran. „Wann haben Sie die erhalten?"

„Heute Nachmittag zwischen drei und vier, im Büro des gräflichen Anwalts. Meinen Onkel habe ich dort nicht gesehen."

„Und Sie sind nicht um sein Schicksal besorgt?"

„Ehrlich gesagt ist es mir gleichgültig. Obwohl wir unseren Konflikt gelöst haben, bleiben unsere persönlichen Gefühle kompliziert. Ich hege einen gewissen Groll gegen ihn, wissen Sie."

„Gibt es jemanden, der Ihre Geschichte bestätigen kann?"

„Nur der Anwalt meines Onkels, Maître LaSalle. Sein Sekretär war nicht anwesend."

„Der Maître hatte ihm den Tag freigegeben", bestätigte der Oberinspektor.

„Wenn Sie ohnehin schon mit dem Maître

gesprochen haben, warum zum Teufel verhören Sie dann mich?“, wandte ich mit glaubhafter Empörung ein. „Ich habe das Gefühl, dass Sie nur Zeit schinden wollen!“

„Ganz und gar nicht.“ Bastian Moran warf die Zigarettenkippe in die hinterste Ecke des Raumes. „Heute Nachmittag gegen vier Uhr gab es einen Brand im Büro von Maître Lasalle. Vier Menschen kamen dabei ums Leben!“

„Das ist ja furchtbar!“, rief ich, ohne zu schauspielern. Ich fühlte mich wirklich nicht wohl dabei.

„Die Leichen waren sehr stark verbrannt. Das hat ihre Identifizierung kompliziert gemacht, aber man vermutet, dass es sich bei einem der Toten um Ihren Onkel, den Grafen Kósice, und bei einem zweiten um den Maître selbst handelt.“

„Ein schrecklicher Tod.“

„Oh nein, Viscount.“ Bastian Moran schüttelte den Kopf. „Der Maître und eine der nicht identifizierten Personen waren zuvor erschossen worden. Der Assistent des Gerichtsmediziners fand Anzeichen eines Traumas am Hinterkopf des Grafen. Er war gespalten. Der letzte Tote war erdrosselt worden. Überall gibt es Hinweise auf Schüsse.“

„Das verstehe ich nicht!“

„Und das war ungefähr zur gleichen Zeit, als das Luftschiff verunglückte.“

„Wollen Sie damit andeuten, dass es kein Zufall war?“

Der Oberinspektor starrte mich stur an. „Außerdem entdeckten wir in der benachbarten Straße die Leiche eines Kopfgeldjägers namens Samuel Borto. Er war in den Rücken geschossen worden. Eine Kaliber-zehn-Kugel wurde aus seiner Leiche entfernt.“

„Worauf wollen Sie hinaus?“, fragte ich gereizt.

„Als Sie festgenommen wurden, wurde bei Ihnen eine

Cerberus mit einer leeren Kammer beschlagnahmt, Viscount. Ich sehe eine eindeutige Verbindung zwischen diesen beiden Tatsachen."

„Diese Verbindung erscheint mir ziemlich dünn."

„Und das Holster?"

„Was ist mit dem Holster?"

„Das Holster an Ihrem Gürtel war leer, als Sie verhaftet wurden. In dem ausgebrannten Büro wurde eine *Roth-Steyr*-Pistole gefunden."

„Das ist alles ganz einfach." Ich lächelte beruhigt. „Ich wollte mir eine neue Pistole kaufen, konnte aber nichts zu einem vernünftigen Preis finden. Ich habe meine *Roth-Steyr*-Dienstwaffe abgegeben, wissen Sie nicht mehr?"

„Aus welchem Grund trugen Sie dann ein volles Magazin mit Acht-Millimeter-Munition bei sich?"

„Wie ich gerade sagte, wollte ich mir eine neue Acht-Millimeter-Pistole kaufen! Für was für einen Verschwender halten Sie mich?"

„Das ist alles sehr verdächtig."

„Werde ich wegen irgendetwas angeklagt?"

„Noch nicht", sagte der Oberinspektor ruhig. „Aber ich glaube nicht, dass es dabei bleiben wird. Ich bin fest davon überzeugt, dass Sie dort waren. Nur eine so flüchtige und zugleich kurzsichtige Person wie Sie hätte von Dach zu Dach springen und vor einem Maschinengewehr fliehen können."

„Was wollen Sie damit sagen?", fragte ich und starrte ihn mit gespielter Überraschung an. „Was für ein Maschinengewehr?"

„Wo waren Sie heute Nachmittag um vier Uhr, Viscount?"

„Auf dem Heimweg!" Ich lachte. „Haben Sie jemals versucht, bei diesem Wetter ein Taxi zu bekommen? Ich schon. Es ist ein sinnloses Unterfangen!“

Ich hatte keine Angst, bei meinen Lügen ertappt zu werden. Wäre ich direkt vom Büro des Anwalts weggegangen, wäre ich immer noch ungefähr zur gleichen Zeit am Kalvarienberg angekommen, wenn nicht sogar später.

Aber meine Worte konnten Bastian Moran nicht überzeugen. Der Oberinspektor sah mich an, als hätte er alle meine Tricks durchschaut, und ging zurück zur Tür.

„Eine letzte Frage, Viscount“, sagte er, als er sich umdrehte. „Wissen Sie, warum Ihr Onkel 20 Söldner hätte anheuern wollen?“

„Sie haben die Angewohnheit, mir Fragen zu stellen, auf die ich keine Antwort habe, Oberinspektor.“

„Tatsächlich?“

Ich stand auf. „Ja. Aber Sie stellen die richtigen Fragen. Mein Onkel kann unmöglich so viel Angst vor mir gehabt haben, dass er es für nötig gehalten hätte, solche Kosten auf sich zu nehmen. Gute Söldner kosten normalerweise viel Geld. Entweder arbeitete er an einem illegalen Plan oder er hatte einen Grund, einen Angriff zu erwarten.“

Bastian Moran nickte. „Sie können gehen, Viscount“, sagte er und ging hinaus.

Ich eilte ihm hinterher. „Oberinspektor!“, rief ich ihm nach. „Was ist mit meinen Sachen?“

Einer der Constables antwortete anstelle von Moran. „Kommen Sie“, sagte er und bedeutete mir, ihm zu folgen. „Sie bekommen alles zurück.“

In der Asservatenkammer erwartete mich ein vertrauter Detective Sergeant mit rotem Schnurrbart und gelben Augen. Er nahm das Hauptbuch aus einer Mappe und bat mich, mich damit vertraut zu machen. Dann legte er ein Stück nach dem anderen auf den Tresen. Mein Messer, ein Feuerzeug, eine Brieftasche, Geldscheine und Münzen, eine Dose mit Zuckerdrops, eine dunkle Brille, Erbschaftsunterlagen, eine *Cerberus* mit einer Extrapatrone, die zwei Schuss enthielt, ein unberührtes Magazin mit Silberkugeln, ein leeres *Roth-Steyr*-Holster, meinen Stock und ein Foto mit der eleganten Unterschrift ‚Emile...'

Nervös steckte ich das Foto in die Innentasche meiner Jacke. Der Constable schenkte dem keine Beachtung und forderte mich auf: „Wenn das alles korrekt ist, halten Sie fest, dass Sie keine Beschwerden haben, und unterschreiben Sie."

Das tat ich dann auch. Danach verteilte ich rasch meine Sachen auf meine Taschen und rannte wie von der Tarantel gestochen aus dem Newton-Markt. Ich sprang praktisch in den Innenhof, der durch einen Säulengang von der Straße getrennt war, und hielt mein Gesicht in das Wasser, das vom Himmel fiel.

Der Regen hatte etwas nachgelassen, aber nicht sehr. Die unerwartete Entdeckung, dass ich mit der kaiserlichen Familie verwandt war, der Angriff von Lazarus und das spurlose Verschwinden von Elisabeth-Maria rissen meine gequälte Seele in Stücke und in meinem Kopf drehte sich alles.

Was geschieht hier? Und warum stehe ausgerechnet ich im Zentrum dieser Teufelei?

Aber vor allem: Warum hatte Elisabeth-Maria mich verleumdet? Um mein Ego zu streicheln, hätte ich ihre Tagebucheinträge als harmlose Fantasien einer jungen Frau bezeichnen können, die sich über eine arrangierte Heirat ärgerte, aber ihre Beteiligung an dem geheimen Patentdiebstahl passte nicht in dieses Schema.

Sie konnte doch nicht ernsthaft den Verdacht von jemand anderem abgelenkt haben, oder? Und wer sollte das sein?

In diesem Moment traf mich die Erkenntnis wie ein Blitz. Albert Brandt! Der talentierte und charmante Don Juan, der bei all den angeblich unerwarteten Treffen mit Elisabeth-Maria dabei gewesen war. Darüber hinaus hatte er ihr ein Gedicht geschrieben. Wenn ich bedachte, wie leicht er sich hinreißen ließ und wie bitter seine Trennung von Kira gewesen war, wurde mir klar, dass er seine Gefühle leicht auf ein neues Objekt hätte übertragen können.

Das mysteriöse Mädchen! Hatte er die ganze Zeit über von der Tochter von Friedrich von Nalz gesprochen und nur versucht, meine Freundschaft zu ihm nicht zu stören?

Mein Schritt beschleunigte sich und ich wäre sogar gelaufen, wenn meine Gedanken nicht zu dem seltsamen Raub bei Baron Dürer zurückgekehrt wären. Warum zum Teufel sollte der Dichter das Duralumin-Patent haben wollen? Er war noch nie in illegale Geschäfte verwickelt gewesen. Geld? Brauchte Albert so dringend Geld? Oder hatte er nur vor, mit meiner Geliebten durchzubrennen? *Meiner Geliebten?*

Ein scharfer Schmerz durchbohrte mein Herz. Ich wich einen Schritt zurück und lehnte mich an eine Marmorsäule des Portikus. Meine Sicht verdunkelte sich und die Welt wurde grau. Das Geräusch des Regens wurde durch ein unheimliches Klingeln ersetzt. Scham und Groll schossen mir durch den Kopf. Ich wollte jemanden umbringen. Jemanden? Oh nein! Ich wollte Albert umbringen!

Seine Freundschaft war mir teuer, aber einen

solchen Verrat hätte ich ihm nie verzeihen können. Ich konnte ihn aber auch nicht töten.

Ich könnte nicht die Hand heben, um ihn zu verletzen. Und wie könnte ich danach jemals mit einer so schweren Last auf der Seele leben? Nur mit einer Kugel in die Stirn...

Aber ich wollte nicht sterben. Ich wollte leben. Ich wollte es mehr denn je.

Ich tauschte die verbrauchte Patrone im Magazin der *Cerberus* gegen eine Silberkugel aus und machte mich auf den Weg ins griechische Viertel. Die Chance, Albert in der *Bezaubernden Bacchantin* anzutreffen, war nicht groß, aber Stürme konnten jeden Plan durchkreuzen. Ich musste ihm in die Augen sehen und dann entscheiden, wie ich mich von nun an verhalten würde.

Ich musste es, es gab keine andere Möglichkeit.

5

DAS VARIETÉ zur *Bezaubernden Bacchantin* war bis auf den letzten Platz gefüllt. Es gab keinen einzigen freien Tisch. Ringsherum drängten sich die Zuschauer und suchten Schutz vor dem Sturm. Ich bestellte eine Tasse Kaffee, trank sie aus, warf ein paar Münzen auf die Bar und ging hinauf in den ersten Stock.

Die Wohnungstür war nicht verschlossen. Albert stand vor einem Spiegel, zog sich an und bereitete sich auf seinen Auftritt vor.

„Guten Abend“, presste ich gegen meinen eigenen Willen heraus. „Bist du allein?“

„Oh, Leo!“, rief der Dichter freudig. „Du kommst gerade richtig! Wollen wir in die Therme gehen?“

Sein herzlicher Empfang warf mich aus der Bahn. Ich zögerte und konnte mich nicht entschließen, die Worte auszusprechen, die in mir brannten. Am Ende hatte ich mich womöglich geirrt. Vielleicht war es nur ein Zufall. Solche Dinge kamen schließlich vor. Auch wenn ich nicht wirklich daran glaubte. Ich war mir meiner Sache ziemlich sicher, wollte aber kein Aufsehen erregen. Führte meine Schüchternheit mich in die Irre, oder war der gesunde Menschenverstand erwacht? Ich wusste es nicht einmal.

„In die Therme?“, fragte ich, vom unerwarteten Vorschlag des Dichters überrascht, und warf meinen Derbyhut über die auf dem Regal liegende Billardkugel. „Warum das denn?“

„Oh, das ist eine fantastische Geschichte.“ Albert lachte. „Weißt du, wo ich die letzte Nacht und den größten

Teil des Tages verbracht habe? Das errätst du nie! Hinter Gittern! Kannst du dir das vorstellen?“

„Was hast du diesmal angestellt?“

„Das ist es ja, ich habe gar nichts getan! Beim gestrigen Empfang von Baron Dürer hat jemand den Tresor geöffnet und alle Gäste wurden wie Schwerverbrecher durchsucht. Unfassbar! Und dann wurden wir... Wie nannten sie es? *Isoliert*, während sie erste Verhöre durchführten!“

Ich zwang mich zu einem Lächeln. „Aber das hat auch etwas Gutes, oder? Dein geheimnisvolles Mädchen war gezwungen, ihr Inkognito aufzugeben.“

Der Dichter band sich sein Halstuch um und wandte sich vom Spiegel ab.

„Zum Glück hatte sie den Empfang verlassen, bevor die Polizei kam“, sagte er. „Aber du hättest sehen sollen, was für einen Aufruhr meine verschleierte Dame unter den Gästen ausgelöst hat.“

Ich presste eine Hand auf mein unerträglich schmerzendes Herz.

„Leo, ist alles in Ordnung mit dir?“, fragte Albert mitfühlend.

„Es ist nichts. Nur das Ende eines stressigen Tages.“

„Also, wollen wir nun in die Therme gehen?“

Ich nickte. „Ja, lass uns gehen. Aber nimm einen Mantel mit. Es ist ein Hundewetter da draußen.“

„Ja, natürlich.“ Albert nahm seinen langen Mantel vom Bügel und wir gingen hinunter.

„Verdammt!“, fluchte ich. „Mein Derbyhut! Ich habe ihn bei dir vergessen!“

Der Dichter reichte mir bedenkenlos seinen Schlüssel. „Beeil dich. Ich schicke inzwischen jemanden los, der ein Taxi holt.“

Ich lief in Windeseile zurück in den ersten Stock, schloss die Wohnung auf und zündete die Kerzen auf dem Schreibtisch an. Albert hatte die Angewohnheit, seine Arbeitsentwürfe in der obersten Schublade seines Schreibtisches aufzubewahren, also brach ich die zuerst auf.

Obenauf lag ein unvollendeter Entwurf von *Bewohner der Nacht*. Er war für mich uninteressant, aber dann entdeckte ich Blätter von Schreibpapier, die mit Skizzen einer schönen weiblichen Figur bedeckt waren. Eine schmale Taille, elegante Kurven. Ihr verführerischer Körper lag ausgestreckt auf genau dieser Couch!

Ich fing an zu zittern, aber als ich das Blatt umdrehte, wurden meine Augen trüb. Das Gesicht einer Frau schaute mir vom Papier entgegen. Es war nicht so gekonnt dargestellt wie auf der Zeichnung, die Charles für mich gemacht hatte, aber immer noch leicht erkennbar.

Ich blickte in das Gesicht von Elisabeth-Maria. *Meiner* Elisabeth-Maria! Des Sukkubus, nicht der Tochter des Generalinspektors! Es konnte nicht den geringsten Zweifel geben.

Meine Beine gaben nach. Ich ließ mich auf den Stuhl fallen, griff nach einer Karaffe und schenkte mir mit zitternden Händen ein Glas Wasser ein. Ich leerte das Glas gierig und versuchte, meine Gedanken zu sammeln.

Albert spielte keine Spielchen, das war jetzt klar. Der übermäßig beeinflussbare Dichter war dem unnatürlichen Charme des Sukkubus erlegen. Er war weder in den Diebstahl des Patents noch in das mysteriöse Verschwinden der Tochter des Generalinspektors verwickelt. Er hatte nicht versucht, die Polizei auf eine falsche Fährte zu locken, oder irgendetwas Falsches getan, außer sich in die falsche Frau zu verlieben.

Ich dagegen... Ich hatte nur allzu leicht an seine Schuld geglaubt und mein schlechtes Gewissen brannte heftiger als rotglühendes Eisen.

Ich warf die Papiere auf den Tisch, brach eine Schublade auf, eine weitere und eine dritte. Ich durchwühlte ihren Inhalt, dann nahm ich eine Flasche Rum aus dem Schrank, öffnete das Fenster und zerbrach es mit der Flasche, sodass das Glas hereinfiel. Ich warf die Flasche nach draußen und verließ schnell die Wohnung, wobei ich nicht vergaß, den Derbyhut mitzunehmen, den ich auf den Boden geworfen hatte.

Es war einfach jemand eingebrochen. Äußerlich war das alles. Aber innerlich fühlte ich mich ungewöhnlich niederträchtig. Sich mit einem Sukkubus einzulassen, hatte noch nie zu etwas Gutem geführt. Ich würde den Dichter retten müssen.

Als ich hinunterkam, trank Albert an der Bar Wein und bewunderte die halb nackten Schönheiten, die auf der Bühne herumtänzelten. Der Dichter schenkte meiner Verspätung nicht die geringste Beachtung. Der Anblick schöner Frauenbeine hatte ihn schon immer begeistert, egal, ob er in jemanden verliebt war oder nicht. Und selbst mit meiner Verspätung mussten wir noch mindestens eine weitere Viertelstunde auf das Taxi warten.

„Die Besonnensten warten in den benachbarten Tavernen auf das Ende der Vorstellung und werden das Publikum für das Dreifache des Normalpreises nach Hause fahren“, erzählte Albert mir schmunzelnd, nachdem wir in eine überdachte Kutsche gestiegen waren und durch die regenglatten Gassen des griechischen Viertels rollten.

Der Taxifahrer, der kräftig nach Wein roch, tat so, als hätte er die sarkastische Bemerkung nicht gehört, und schritt nicht ein, um die Ehre seiner Kollegen zu verteidigen. Aber vielleicht hatte er auch andere Sorgen. Er nieste gelegentlich, schüttelte sich und wischte sich den Regen aus dem Gesicht.

Aus irgendeinem Grund versetzte diese Beobachtung den Dichter in Hochstimmung. Er begann, eine Lügengeschichte nach der anderen zu erzählen. Er konnte gar nicht aufhören und alberte auch in der Therme herum, wo er zum Glück ein bekanntes Gesicht war. Aus diesem Grund wurden wir hineingelassen, ohne in der riesigen Schlange warten zu müssen, die ganz hinten auf der Veranda des riesigen, im altgriechischen Stil gehaltenen Gebäudes begann. Die Idee, sich bei so schlechtem Wetter in der Sauna die Knochen zu wärmen, war nicht so einzigartig, wie wir angenommen hatten. In der geräumigen Vorhalle war es so voll, dass man sich nicht bewegen konnte. Dort duckte sich ein kleiner Junge flink mit einem Stapel Zeitungen herum und schüttelte eine Abendausgabe der *Capital Times*.

„Mysteriöse Vorkommnisse!", rief er über den Lärm hinweg. „Leichen verschwinden aus dem städtischen Leichenschauhaus! Polizei ratlos! Sturm zieht über die Stadt! Hafen geschlossen!"

Albert kaufte eine Zeitung, las sie aber nicht. Er faltete sie und steckte sie in seine Manteltasche. Nachdem wir uns durch den überfüllten Eingangsbereich gedrängt hatten, gingen wir in die Umkleidekabine. Dort ließen wir unsere Kleidung in einem Spind, hüllten uns in Togen und betraten den dampfenden Raum. Die heiße Luft umhüllte mich von allen Seiten. Dampfende Wärme umgab uns und verjagte die feuchte Kälte von draußen. Ich war gezwungen, mich zu beruhigen und alle meine Probleme und Sorgen zu vergessen.

Aber es gelang mir nicht, die schweren Gedanken

aus meinem Kopf zu vertreiben, wie ich meinem Freund sagen sollte, dass seine Geliebte ein Sukkubus war.

Wir ließen uns auf einigen heißen Steinen in der Nähe des Eingangs nieder, wo die Luft eine vergleichsweise milde Temperatur hatte. Ich trank Limonade und Albert nippte an einem Kelch mit Wein. Die Dampfschwaden hüllten uns ein, verdeckten die anderen Besucher und dämpften die Sprache, sodass alle Gespräche um uns herum zu einem einzigen, ununterbrochenen Lärm wurden. Normalerweise fühlte ich mich in den Thermen nicht in meinem Element und achtete darauf, dass meine Robe alle meine Tätowierungen bedeckte, aber heute trat diese Sorge in den Hintergrund. Ich musste meinem Freund alles erzählen, konnte aber nicht die richtigen Worte finden.

„Weißt du was, Leo?“, fragte der Dichter plötzlich. „Ich habe beschlossen, den Staub abzuschütteln und auf eine Reise zu gehen. Im Frühling nach Paris, im Sommer nach London, im Herbst nach Persien oder in die Neue Welt und im Winter zurück nach Neu Babylon. Das wäre eine wahrhaft wunderbare Reise!“

„Und was hält die Dame deines Herzens davon?“, erkundigte ich mich vorsichtig.

Albert lachte unbekümmert. „Sie unterstützt mich von ganzem Herzen! Sie wird in den nächsten Tagen frei sein und wir werden aus dieser verrauchten Kloake herausfliegen wie Vögel aus einem Käfig. In die Freiheit! Nur sie und ich. Aber mach dir nichts draus. Ich werde dir Postkarten schicken.“

„Wie nett von dir“, sagte ich säuerlich.

Der Sukkubus gedachte also, in den nächsten Tagen frei zu sein? In Anbetracht der Tatsache, dass nur der Tod uns trennen konnte, war das ein wenig entmutigend.

„Die blühenden Kastanien auf dem Montmartre!“,

sagte Albert und starrte verträumt an die Decke, die Hände hinter dem Kopf. „Die nebligen Londoner Nächte! Ich kenne dort Orte, da würdest du dich wundern! Wir werden glücklich und sorglos sein."

Ich konnte diese Träume nicht einfach zerschlagen. Ich bekam kalte Füße, da ich Angst hatte, meinen Freund zu verletzen. Also beschloss ich, zu warten, bis sich die Situation von selbst klärte. Es war überraschend, aber egal, wie gut ich die Ängste der anderen kannte, meine eigenen konnte ich nicht überwinden. Feigheit war wie ein unsichtbares Brandzeichen, das man nie loswurde.

Aber ich konnte es nicht länger ertragen, in das heitere Gesicht des Dichters zu schauen, und so beschloss ich, ihn wenigstens ein bisschen zur Vernunft zu bringen.

„Albert, alter Freund", sagte ich und konnte mir ein bitteres Kichern nicht verkneifen, „bist du sicher, dass du auf den Kontinent reisen darfst? Hast du nicht gerade erst eine Nacht auf der Polizeiwache verbracht?"

Der Dichter winkte ab. „Meinst du, ich war der Einzige, der in eine Zelle geworfen wurde?" Er setzte sich auf und lehnte sich mit dem Rücken an die warme Wand. „Jeder wurde kontrolliert. Vornehme Gäste wurden früher entlassen. Mitarbeiter und geladene Künstler erst nach dem Mittagessen. Ich bin glimpflich davongekommen, Leo. Ich gelte als vertrauenswürdig!"

„So, so", sagte ich mit einem schiefen Lächeln. „Und an die Dame deines Herzens hatten die Ermittler keine Fragen?"

„Ich sagte dir doch, dass mich lange vor dem Diebstahl verlassen hat."

„Und dir selbst ist bei dem Empfang nichts Verdächtiges aufgefallen?"

Albert neigte den Kopf. „Warum fragst du, Leo?"

„Meine normale Neugier“, erwiderte ich. „Dazu beruflicher Instinkt. Du darfst nicht vergessen, dass einen so prominenten Fall zu lösen, für einen Privatdetektiv einem Lottogewinn gleichkäme.“

„Hat Prokrustes dir nicht genügt?“

„Die Belohnung dafür habe ich schon bis zum letzten Franken ausgegeben. Übrigens kannst du mir gratulieren. Mit meinem Erbe hat sich einiges getan. Ich werde bald in Saus und Braus leben.“

„Mit 20.000 Franken im Jahr?“, fragte Albert ungläubig. „Manch ein Prominenter verliert in einer Nacht so viel beim Kartenspielen!“

„Geld zieht Geld an“, sagte ich lächelnd und füllte mein Glas wieder mit Limonade. „Wenn ich genug davon habe, kaufe ich dir zwei Dampfer-Tickets erster Klasse nach Lissabon.“

„Luftschiff-Tickets“, korrigierte der Dichter mich. „Wir werden mit Stil reisen!“

„Wie du meinst. Also, war da nichts Verdächtiges?“

Albert trank seinen Wein aus und dachte angestrengt nach. „Was zum Teufel soll das, Leo? Sehe ich etwa aus wie ein Detektiv? Ich habe nichts Verdächtiges gesehen. Am Anfang war ich darauf konzentriert, meine Dame zu umwerben, und danach habe ich die Bitterkeit des Abschieds mit Wein versüßt. Gegen Ende ging ich auf die Bühne und verblüffte alle Possenreißer, die vor mir aufgetreten waren, mit meinem *Talent*. Tut mir leid, Leo, ich habe nicht richtig aufgepasst.“

Ich zweifelte nicht an der Aufrichtigkeit des Dichters. Bald darauf verlagerte sich das Gespräch unbemerkt auf die Ankunft von Tesla und Edison, dann diskutierten wir über das schlechte Wetter. Als wir jedoch in die Politik abdrifteten, trank Albert seinen Wein aus und stand entschlossen auf.

„Ich glaube, es ist Zeit, nach Hause zu gehen“, sagte er. „Ich habe morgen früh ein wichtiges Treffen.“

„Tatsächlich?“

„Ja, ich gehe für mein kleines Häschen ein Reise-Outfit kaufen.“

Ich wandte mich ab, verbarg eine morbide Grimasse und rückte meine Toga zurecht.

„Was ist los?“ Albert wurde hellhörig, denn er hatte mein Minenspiel bemerkt. „Stimmt etwas nicht?“

„Das Leben eines Privatdetektivs ist nicht schön“, brummte ich. „Hast du schon mal einen Stromschlag bekommen?“

„Weißt du, irgendwie habe ich es geschafft, das zu vermeiden.“

„Es ist äußerst unangenehm. So viel kann ich dir sagen, alter Freund.“

„Das glaube ich dir.“ Der Dichter lachte. „Ist alles in Ordnung?“, wollte er wissen.

„Ja, natürlich! Es ist nur so, dass einer meiner ehemaligen Kollegen ein bisschen zu viel Eifer an den Tag gelegt hat.“

Wir gingen in die Umkleidekabine und Albert pfiff, als er den riesigen blauen Fleck auf meiner Brust sah. Der elektrodenbeladene Bolzen aus der Armbrust hatte meinen Brustkorb hart getroffen.

„Du trittst ein ziemlich edles Erbe an, mein Freund“, stellte der Dichter fest.

„Wem sagst du das?“ Ich seufzte und zog mich an. „Sollen wir ein Taxi nehmen?“

„Hattest du vor, bei diesem Wetter zu Fuß zu gehen?“

Ich tastete nach meiner Brieftasche, aber Albert hielt

mich auf.

„Ich will dir ein Geheimnis verraten, Leo“, sagte er mit einem Augenzwinkern. „Auf dem Weg aus dem Newton-Markt bin ich heute zu einem Verlag gegangen und habe mein Honorar für die Verlagsrechte an dem Gedicht über du-weißt-schon-wen abgeholt.“

„Gratuliere“, brummte ich. „Das · kommt überraschend.“

„Was genau findest du daran so überraschend?“

„Dass solch naive Verleger existieren können. Ein solches Honorar als Vorschuss zu zahlen, ist im Grunde das Gleiche, wie einen Dichter an ein Fass Wein zu ketten! Geld aus dem Fenster zu werfen! Und ich spreche jetzt nicht einmal von ihrem bescheidenen Geschmack.“

Albert richtete seinen Zeigfinger auf mich. „Da spricht der Neid, alter Kumpel.“

„Die Wahrheit tut weh, nicht wahr?“

„Da redet der Richtige!“

Wir verließen die Therme, tauschten dabei Beleidigungen aus und schickten einen Jungen, der in der Nähe herumlungerte, um ein freies Taxi. Die Taxifahrer hier bevorzugten eine bestimmten Taverne auf der gegenüberliegenden Seite des Platzes und tranken dort im Warmen und Trockenen Grog, während sie ihre Kutschen im strömenden Regen stehen ließen.

„Achte nur darauf, dass du eine geschlossene bekommst!“, rief Albert dem Jungen hinterher. Dann wandte er sich an mich und fragte: „Was hast du heute Abend vor?“

„Wolltest du nicht schlafen gehen?“, fragte ich erstaunt.

„Schlaf ist nicht so ein grundlegendes Anliegen.“

„Wenn ich mit dir gehe, wäre es das schon“,

widersprach ich. „Also gehe ich besser nach Hause."

„Wie du meinst."

Eine Kutsche kam mit hochgezogenem Verdeck auf uns zu. Wir stiegen ein und entfernten uns von der Therme. Am Dürer-Platz setzte ich den Dichter ab und fuhr den Kalvarienberg hinauf, wobei ich nervös von einer Seite zur anderen blickte. Meine Hand war in meiner Tasche um den Griff der *Cerberus* geballt, aber immer wieder, wenn ich in die undurchdringliche Dunkelheit des Regens sah oder ein Blitz in den Turm auf der Spitze des Hügels einschlug, begann mein Herz zu rasen.

Ich hatte Angst. Sehr große Angst. Da waren Lazarus und der Orden, Mr. Chan und seine Helfer und die *illustren* Herren mit ihrem Polizei-Spitzel. Sie alle wollten mich ermorden. Es gab auch kein Verhandeln. Es hieß entweder sie oder ich.

Aus diesem Grund verbrachte ich gute zehn Minuten damit, im dunklen, nassen Gras am Straßenrand nach der Tüte mit den Brandgranaten zu suchen, die ich dort liegen gelassen hatte. Am Ende fand ich zwar den Segeltuchsack, aber die fünfte Patrone, die ich in den Graben geworfen hatte, war leider nirgends zu finden. Also eilte ich mit der Tasche über der Schulter nach Hause.

Ich öffnete den Riegel und ging durch den toten Garten, der ganz schwarz und nass war, hinauf zum Herrenhaus, das mich im Erdgeschoß mit einem warmen Licht hinter allen Fenstern begrüßte.

Was hatte Elisabeth-Maria sich jetzt wieder einfallen lassen? Fassungslos über die Stromverschwendung stand ich auf der Veranda, ging dann in den Eingangsbereich und schloss die Tür ab. Ich stellte meine Tasche auf den Boden, setzte ich mich auf ein Sofa und stützte meinen Kopf in die Hände, nicht wissend, wie ich das bevorstehende Gespräch mit dem Sukkubus gestalten sollte. Ich wollte toben, aber unsere Verbindung setzte mir dabei gewisse Grenzen. Ich konnte die junge Frau nicht töten, egal, wie sehr ich es wollte.

Mit einem tiefen Seufzen zog ich meine nasse Jacke aus, hängte sie auf einen Bügel und begab mich auf die Suche nach Elisabeth-Maria. Doch kaum hatte ich den Flur betreten, stolperte ich über meinen Butler. Theodor lag leblos da und starrte mit glasigen Augen an die Decke. Er war tot.

Sofort zog ich meine *Cerberus* aus der Tasche und lauschte angespannt in die Stille meines leeren Herrenhauses. Mein erster Impuls war, mich auf die Tasche mit den Brandgranaten zu stürzen, aber ich überwand ihn und hielt still. Es gab keine Wunden am Körper des Butlers, keine Einschusslöcher, keine purpurnen Blutstropfen, weshalb es mir höchst zweifelhaft erschien, dass mein Diener von Lazarus erledigt worden war. Dann erinnerte ich mich an Alberts Behauptung, dass seine neue Flamme beabsichtigte, in allernächster Zukunft ihre langersehnte Freiheit zu erlangen und mit ihm auf den Kontinent zu gehen.

War das nur Elisabeth-Maria, die ein neues Spiel spielte? Was, wenn sie nach einem Weg suchte, sich aus dem Schwur zu befreien, der uns band? Dieser Gedanke ließ mich unangenehm frösteln und ich schlüpfte erst einmal ins Wohnzimmer. Aber nein, der Säbel meines Großvaters hing immer noch über dem Kamin, genau dort, wo er sein sollte.

Ich drückte die *Cerberus* an meine Brust, um sie mir nicht aus den Händen reißen zu lassen, und sprang ins Esszimmer. Auch dort war niemand zu sehen. In der Stille des leeren Hauses hörte ich Donnergrollen. Jedes Mal vibrierten die Fensterscheiben und mich überkam das Gefühl, dass in nicht allzu weiter Entfernung eine Schlacht tobte. Für meine ohnehin schon angespannten Nerven war das nicht hilfreich.

Schließlich ging ich in die Küche und erstarrte im Türrahmen. Elisabeth-Maria lag auf dem Boden, ihr Gesicht war kreidebleich und ihre Lippen blau angelaufen. Die Arme und Beine der jungen Frau krampften. Ihre Augen waren so weit zurückgerollt, dass die Pupillen nicht mehr zu sehen waren.

Meine Nackenhaare sträubten sich vor Entsetzen. Wer auch immer mit meinem Diener und meinem Hausgast gekämpft hatte, war ein solcher Experte in seinem Handwerk, dass er es geschafft hatte, eine lebende Leiche zu töten und einen Sukkubus zu überwältigen, und jetzt wartete er auf mich... Ich machte einen Schritt zurück, sprang in den Flur und rannte in den Eingangsbereich. Aus dem Augenwinkel nahm ich eine verschwommene Bewegung in der Tür zur Bibliothek wahr. Ich wirbelte herum, riss meine Pistole hoch und fand mich auf dem Boden wieder, ohne wirklich zu begreifen, wie.

In meinem Kopf drehte sich alles. Der Raum vor meinen Augen verschwamm und die *Cerberus*, die nicht weit von meiner ausgestreckten Hand entfernt lag, sah nur noch wie ein trüber Punkt aus. Nicht in der Lage, meinen eigenen Körper zu spüren, versuchte ich, nach ihr zu greifen, konnte es aber nicht. In diesem Moment geriet ein Paar Lackstiefeletten in mein Blickfeld, das mit Flecken von getrocknetem Schlamm bedeckt war.

Der ungebetene Gast schob meine Pistole mit einer lässigen Fußbewegung weg und sagte ruhig: „Sie erleiden gerade einen leichten Schlaganfall, Viscount. Nichts, worüber man sich Sorgen machen müsste. Noch nicht.“

Ich versuchte, aufzustehen, aber der Schmerz, in der linken Seite meiner Brust war so heftig, dass ich zurück auf den Boden sank und meine Wange schlaff auf dem kalten Parkett zu liegen kam.

„Das Herz", sagte die Stimme, immer noch brüchig wie die eines alten Mannes. „Das Herz ist ein erstaunlicher Muskel, das kann ich Ihnen sagen! Es pumpt pausenlos Blut, tagein, tagaus, Monat für Monat. Ein ganzes Leben lang. Es wird müde, natürlich. Und manche haben natürliche Defekte. Sogar unheilbare, wie der ihrer kaiserlichen Hoheit."

„Fahren Sie zur Hölle!" Ich atmete aus und versuchte, mich aufzurichten, aber mein linker Arm gab einfach nach und ich wurde mit einem simplen Stoß seines Schuhs auf den Rücken gedreht.

„Das Herz wird müde, Viscount", wiederholte der alte Mann, der grauhaarig und faltig vor mir stand. „Meinen Sie nicht, dass das Ihre bereits erschöpft sein könnte?"

Ich blickte in die farblosen Augen des *illustren* Herrn und schüttelte den Kopf.

Er lachte. „Stimmt! Das sind nur meine Tricks, mein *Talent*. Ein kleiner Klumpen reicht aus, um Sie bis zum Ende des Tages zu lähmen, also bitte ich Sie, keine Dummheiten zu machen."

Der Schmerz ließ allmählich nach. Mein Herz hörte auf, einzelne Schläge auszusetzen. Die Fähigkeit, meine Arme und Beine zu bewegen, kehrte zurück.

Ich kroch von dem *illustren* Herrn weg, lehnte mich mit dem Rücken an die Wand und fragte, nicht besonders vorsichtig in meiner Wortwahl: „Was zum Teufel wollen Sie denn? Den Behälter? Nun, ich habe ihn nicht!"

„Spielen Sie keine Spielchen mit mir, Viscount. Das ist eine schlechte Idee", sagte der alte Mann. Ich erkannte ihn als einen der *illustren* Herren, die mich an den elektrischen Stuhl gefesselt hatten. „Und hoffen Sie nicht, dass der Fluch des Anwesens Sie schützt. Die teuflische Pest kann mir nichts anhaben."

„Was wollen Sie?", wiederholte ich.

„Das Buch!"

„Von welchem Buch reden Sie?"

Ich fühlte mich augenblicklich, als würde mein Herz in einem stählernen Schraubstock stecken. Der Schmerz machte mich sprachlos und für einen Moment verlor ich die Kontrolle über meinen Körper. Das gab dem *illustren* Herrn genug Zeit, sich über mich zu beugen, meine Taschen zu durchwühlen und das zerrissene Foto herauszunehmen.

„Ich brauche das Buch, das dieses Mädchen in der Hand hält", verkündete der alte Mann.

„Das ist meine Mutter", flüsterte ich heiser.

„Umso schlimmer für Sie, Viscount", sagte der alte Mann. „Sonst wäre ich nicht hergekommen."

„Wozu brauchen Sie das Buch?"

„Sie sind nicht in der Position, Fragen zu stellen."

„Aber trotzdem..."

Der alte Mann zog sein Jackett aus und hängte es an die Türklinke. Er zog massive, goldene Manschettenknöpfe aus seinem teuren Frackhemd und krempelte in aller Ruhe seine Ärmel auf.

„Geben Sie mir das Buch", schlug er vor, „und ich verschone das Leben Ihrer Freundin."

„Meines nicht?"

„Oh nein! Die einzige Möglichkeit, Ihr Leben zu retten, ist, wenn Sie sich stur stellen. Zu Ihrem Pech wird allerdings ein Blutgefäß in Ihrem Kopf platzen und Sie werden den Rest Ihrer Tage gelähmt in einem Bettlerhospital verbringen müssen. Ich werde sogar ein-

oder zweimal pro Woche vorbeikommen und Sie fragen, ob Sie Ihr Leiden beenden wollen. Im Tausch gegen das Buch, versteht sich. Also, warum die Dinge verkomplizieren?“

„Eine bemerkenswerte Perspektive“, murmelte ich. „Gehe ich recht in der Annahme, dass Sie die Bibliothek bereits durchsucht haben?“

„Ich habe nichts gefunden, was richtig aussah“, gab der *illustre* Herr zu. „Wo ist es?“

Ich hielt mich am Türpfosten fest, kam nur mit Mühe auf die Beine und warf einen Blick in die Bibliothek. Es war kein einziges Buch mehr in den Regalen. Sie lagen alle in ungleichmäßigen Stapeln auf dem Boden.

„Haben Sie alle durchgesehen?“, fragte ich, weil ich ahnte, wie der *illustre* Herr bei der Suche vorgegangen war, da er nichts über das Buch wusste, das er finden wollte.

„Ja“, bestätigte der alte Mann.

„Dann lassen Sie uns gehen!“, rief ich und trat von der Wand weg.

Der alte Mann machte einen geschickten Schritt zurück.

„Lassen Sie das Messer fallen!“, forderte er.

Ich fluchte leise vor mich hin und warf das Taschenmesser mit der Titanklinge auf den Boden.

„Nach Ihnen!“, befahl der *illustre* Herr und nahm seine Jacke von der Türklinke. „Und keine dummen Tricks!“

Wir gingen hinüber zur Treppe, stiegen hinauf und ich erlitt im Flur einen weiteren Herzanfall. Während ich die Krämpfe ertrug, ging der alte Mann zuerst ins Schlafzimmer, sah sich um und kam zurück.

„Hier ist nichts!“, bezichtigte er mich mit unverhohlener Wut der Lüge. „Es gibt keine Bücher in diesem Zimmer!“

„Nein, natürlich nicht!“ Ich stemmte mich keuchend

hoch, bis ich kniete und stand dann auf. „Hier bewahre ich meine Lupe auf, Sie Idiot!"

„Und was ist damit?"

Ich massierte mir mit der Hand die Brust. „Aus Geldmangel musste ich Teile meiner Bibliothek an Buchhändler verkaufen. Wer welches Buch bekommen hat, weiß nur ich. Seien Sie also ein bisschen vorsichtiger mit Ihrem *Talent*. Und wenn Sie denken, es reicht aus, einfach den Namen herauszufinden, lassen Sie mich Ihnen etwas sagen: Verschiedene Ausgaben desselben Buches sind nicht unbedingt identisch. Und die Nummerierung der Seiten ist ganz sicher anders!"

Die durchsichtig hellen Augen des alten Mannes begannen zu glühen, aber er hielt sich mit einem weiteren Ausbruch zurück und zeigte nur auf die Tür. „Gehen Sie vor!"

Ich ging ins Schlafzimmer, setzte mich an den Schreibtisch und versuchte, dessen oberste Schublade zu öffnen, aber mein Arm hing plötzlich schlaff herab. Der alte Mann selbst öffnete sie, nahm die Lupe heraus und machte sich daran, das Foto genauer zu betrachten.

„Ich kann nichts erkennen!", erklärte er.

„Hohes Alter ist nicht unbedingt ein Segen", stichelte ich.

„Nicht jeder erlebt es", parierte der *illustre* Herr.

Die Anspielung war denkbar deutlich. „Geben Sie es mir", forderte ich ihn auf.

Ich nahm das Foto und die Lupe, sah es mir genau an und erriet wie durch eine Eingebung, welches Buch meine Mutter in den Händen gehalten hatte. Ich zögerte nicht einmal einen Moment. Schnell steckte ich mir das vergilbte Foto in den Mund und begann zu kauen, versuchte, das dicke Papier mit den Zähnen zu zerreißen oder besser noch zu verschlucken und den alten Mann auszutricksen.

Aber ich konnte es nicht. Meine Augen trübten sich, ich rutschte vom Stuhl und plumpste auf den Boden. Der alte Mann nahm neben mir Platz und drückte schlicht mit der Klinge eines Taschenmessers meinen Kiefer auf. Nachdem er die aufgeweichte Papierkugel aus meinem Mund entfernt hatte, strich er sie glatt und warf sie verärgert in die Ecke.

„Warum haben Sie das getan, Viscount?“, fragte der *illustre* Herr verärgert und ging nervös im Raum umher.

Meine Lähmung ließ etwas nach. „Ohne mich werden sie es nie herausfinden...“, presste ich hervor.

Er winkte ab. „Ach was. Sie haben nicht einmal alle Zahlen. Aber ich habe sie!“, fügte er betont überlegen hinzu.

Ich hob ruckartig den Kopf, schaute genau hin und entdeckte überrascht, dass der *illustre* Herr nicht nur eine Kopie meines Fotos an sich gebracht hatte, sondern auch das Stück, das mein Onkel abgerissen hatte.

„Aber Sie haben das Buch nicht!“, erwiderte ich keuchend und versuchte, mich hochzurappeln.

„Tatsächlich?“, fragte der alte Mann und hob die Ausgabe der Abenteuer von *Alice im Wunderland* auf, die der Kobold auf dem Stuhl liegen gelassen hatte. „Es scheint mir, als hätte ich alles, was ich brauche.“

Er nahm im Sessel Platz, legte beide Fotografien auf die breite Armlehne und blätterte im Lieblingsbuch meiner Mutter, wobei er etwas in sein Notizbuch schrieb.

„Sie sind ein sehr selbstbewusster junger Mann, Viscount“, murmelte er dabei mehr zu sich selbst. „Sie kommen eindeutig nach Ihrem Großvater. Emile war für seine flatterhafte Natur bekannt. Er war immer mit dem Kopf in den Wolken, immer am Intrigieren. Er war ein guter

Gegenspieler zu seinem Bruder, aber allein war er nichts wert. Er war eine unscheinbare Persönlichkeit mit einem Hang zu schlecht durchdachten Abenteuern."

Ich füllte meine Lungen vorsichtig mit Luft und erlaubte mir eine unbequeme Frage. „Warum beschäftigen Sie sich dann so sehr mit den Geheimnissen dieser angeblich unbedeutenden Persönlichkeit?"

„Unbedeutend? Keineswegs", wandte der alte Mann ein. „Er war auf seine Art ein anständiger Mensch. Zwar ein Partylöwe und ein Liebling der Damen, aber er war nicht untalentiert. Er war nur kurzsichtig. Ein meisterhafter Kartenspieler, aber er verstand es nicht, sein Spiel weit im Voraus zu planen. Und das war sein Verderben."

„Dann hat er sein Geheimnis gut versteckt."

„Das ist nicht *sein* Geheimnis!", fauchte der *illustre* Herr. „Es ist unser Geheimnis. Unser gemeinsames Geheimnis! Emile hat uns erpresst, uns in seine wertlosen Intrigen hineingezogen und uns in die Schusslinie gebracht! Wir haben die ganzen letzten Jahre mit einer Axt im Nacken gelebt, aber jetzt ist Schluss damit! Jetzt findet alles ein Ende!"

Es endet alles? Ich befürchtete schon, dass das wahr sein könnte. Was für eine Schande. Ich wollte nicht sterben.

„Er muss Sie ganz schön an den Eiern gehabt haben", sagte ich lachend, um ihn wenigstens etwas abzulenken und Zeit zu schinden, aber er sprang vom Stuhl auf und starrte verwirrt auf den Text in seinem Notizbuch.

„Das kann nicht sein!", flüsterte er, nun kreidebleich. „Das kann einfach nicht sein! Das ist unbegreiflich!"

Der alte Mann ging zum Tisch hinüber, schenkte sich etwas Wasser aus der Karaffe ein, trank es und schritt durch den Raum, wobei er sich mit einem Tuch den

Schweiß von der Stirn wischte.

„Es kann nicht sein!“, wiederholte der *illustre* Herr hartnäckig, der vor meinen Augen sichtlich alterte. „Dieser verdammte Schwachkopf!“, fluchte er und wühlte in den Taschen der Jacke, die auf dem Bett lag. Daraus holte er eine Schachtel Streichhölzer und zündete das Foto an. „Du sollst in der Hölle brennen, Emile! In der Hölle!“

Der Blick der farblosen, *illustren* Augen fixierte mich und da ich nicht auf die Knie gehen wollte, stand ich vom Boden auf und stützte mich schwer auf die Stuhllehne, nicht stark genug, um einen einzigen Schritt zu machen. Der alte Mann streckte mit einem unangenehmen Lächeln seine leere Hand aus und ballte sie zu einer Faust. Ich schauderte, erwartete einen stechenden Schmerz, aber nein, diesmal kam er langsam, ließ mich jeden kleinen Stich, jeden Funken spüren.

„Emile hat das alles umsonst inszeniert“, keuchte er. Er sah nun kaum besser aus als ich.

Meine Sicht verdunkelte sich. Meine Beine gaben nach und ich musste mich an der Stuhllehne festhalten, um nicht wieder umzufallen. Die Gestalt des Kobolds erschien im Türrahmen. Er schaute mich verständnislos an. Tippte sich an die Stirn und verschwand aus dem Blickfeld.

„Das Herz“, erklärte der alte Mann. „Ihr Herz schlägt nicht mehr, Viscount.“

Stille legte sich über den Raum. Alle Geräusche verstummten. Das Prasseln des Regens auf dem Dach, das Grollen des Donners, das Rascheln der Zweige an den Jalousien und das Vibrieren der Fensterscheiben.

Die Geräusche erstarben, aber als ich in das verständnislose Gesicht des *illustren* Herrn blickte, wurde mir klar, dass die seltsame Flut der Stille auch ihn erfasst hatte. „Ist Ihr Herz nicht auch erschöpft?“, flüsterte ich und sagte in einem, vielleicht meinem letzten, Atemzug: „Sehen Sie sich nur an. Blass, verschwitzt, keuchend, erhöhter Puls. Haben Sie Angst, selbst an einem Herzinfarkt zu sterben? Zu sterben, bevor Sie bekommen haben, was Sie wollen?“

Der alte Mann hatte Angst. Ich musste sie nicht einmal ernsthaft mit meinem *Talent* schüren. Allein seine tiefe Enttäuschung reichte aus. Der *illustre* Herr ging in die Knie, kippte langsam nach vorne und fiel mit dem Gesicht voran auf den Boden.

Ein neuer Krampfanfall schüttelte mich durch. Meine Brust wurde von Schmerzen durchbohrt. Anders als bei den früheren Attacken hatte ich das Gefühl, mein Herz würde von innen nach außen gedreht. Trotzdem begann es nach einer unvorstellbar langen Pause wieder zu schlagen und ließ das Blut durch meine Adern fließen.

Nur die Geräusche der Außenwelt waren noch nicht zurückgekehrt. Ich vernahm von draußen nur dumpfe Schläge und ein seltsames Knistern. Ich schaute aus dem Fenster und kam zum Schluss, dass ich wahnsinnig wurde. Da waren schwarze Schatten, die nacheinander über den Zaun kletterten. Erst als ein Blitz die Dunkelheit der Nacht durchbrach, konnte ich die Eindringlinge ausmachen. Ihre unnatürlich mageren Körper waren von Kopf bis Fuß fest in geschwärzte Bandagen eingewickelt.

Mumien? Ernsthaft? Ich konnte mir nicht sicher sein, aber ich hatte eine ziemlich gute Vorstellung davon, warum diese grässlichen, ruhelosen Seelen auf meinem Anwesen erschienen waren.

Verflucht! Lazarus war gekommen, um meine Seele zu holen! Ein Klopfen an der Haustür zwang mich, meinen Schock abzulegen. Zu diesem Zeitpunkt waren die Mumien, die vom Zaun kamen, bereits durch den toten Garten gelaufen und kletterten die Wände hoch. Aber die Fenster im ersten Stock waren mit Eisengittern gesichert und der zweite Stock stand seit vielen Jahren leer, die Fenster waren hinter stabilen Jalousien.

Um keine Zeit zu verlieren, schlug ich die Jalousien zu und lief zur Haustür. Ich rannte über die Treppe und fiel fast hinunter, als ich mit dem Kobold zusammenstieß, der eine schwere Kiste Richtung Dachboden schleppte. Ich sprang vorbei und erkannte, dass er die Kiste mit den Handgranaten aus der Garage zog. Aber ich lief ihm nicht nach, sondern eilte nach unten.

Seltsamerweise war Theodor schon wieder zu sich gekommen und wischte sich verständnislos den staubigen Frack ab.

„Viscount?“, fragte er bei meinem Erscheinen erstaunt.

„Holen Sie Ihre Waffe!“, rief ich. „Wir werden angegriffen!“

Dann sprang ich in die Eingangshalle, stemmte einen Schrank gegen die Tür, griff mir die Leinentasche mit den Brandgranaten und rannte in die Küche. Elisabeth-Maria lag nach wie vor krampfend auf dem Boden. Ich beugte mich über sie und versuchte, irgendeine verborgene Angst zu finden, die ich in ihrem Geist schüren konnte. Ich wusste zum Beispiel, dass sie Angst vor Hilflosigkeit hatte, und davor, vom Willen eines anderen abhängig zu sein.

Dann gab ich ihr einen Klaps auf die Wange. „Hey, aufwachen!“

Elisabeth-Maria zuckte zusammen und ihre farblosen Augen leuchteten schwach auf.

„Komm mit!“, befahl ich und rannte durch die Verbindungstür in die Garage.

„Was ist hier los?“, rief der Sukkubus, der mir in den

Hausflur gefolgt war. „Was für ein Spielchen treibst du da?“

„Wir sind angegriffen worden!“, antwortete ich, öffnete die Schachtel mit dem handgehaltenen *Madsen*-Maschinengewehr und drückte das schwere, unhandliche Objekt gegen meine Schulter. „Vergiss die Munition nicht! Und Pistolen!“

„Wozu zum Teufel brauchen wir das alles?“, fragte Elisabeth-Maria.

„Schneller!“

Elisabeth-Marias Augen flackerten vor Wut, aber sie widersprach nicht. Sie steckte die beiden vorgeladenen *Mauser* in die Munitionstasche zu den Maschinengewehrmagazinen und nahm sich den halbautomatischen Karabiner mit Festmagazin. „Zufrieden?“

„Lauf!“ Wir eilten zurück ins Haus und hörten in diesem Moment irgendwo oben das Geräusch von zerbrechendem Glas und ein gedämpftes Krachen.

„Die Jalousien!“, stöhnte ich, da mir gerade klar wurde, dass mein Schlafzimmer nicht der einzige bewohnte Raum im ersten Stock war. Auch Elisabeth-Maria schlief dort. „Hast du deine Jalousien geschlossen?“

„Warum in aller Welt hätte ich das tun sollen?“, fragte sie verwundert.

„Verdammt!“ Die Mumien waren im Haus. Mein Verteidigungsplan war über den Haufen geworfen!

Das Hämmern an der Haustür wurde immer lauter, aber jetzt kam auch aus den oberen Stockwerken eine Bedrohung auf uns zu.

„Ins Wohnzimmer!“, entschied ich und lief unter dem Gewicht des Maschinengewehrs geduckt über den Flur.

Ich rannte und bemerkte die schwarze Gestalt nicht. Sie tauchte aus dem Nichts auf, in dunkle Bandagen gehüllt und hielt ihre unnatürlich dünnen Arme vor sich. Doch bevor sie mich erreichen konnte, wurde sie mit abgeschlagenem Kopf nach hinten geschleudert. Elisabeth-Maria hatte sie mit dem halbautomatischen Karabiner mit solcher Wucht getroffen, dass der Schaft in Stücke brach. Blut spritzte an die Wände, und der Korridor füllte sich mit dem Geruch von verfaultem Fleisch.

Eine zweite Mumie sprang an ihrem besiegten Kameraden vorbei und rannte auf den Sukkubus zu, der nach dem kräftigen Schlag das Gleichgewicht verloren hatte. Aber Elisabeth-Maria schaffte es, stehen zu bleiben, und rammte den Lauf des Gewehrs mit einem blitzschnellen Ausfallschritt in das geschwollene Auge der untoten Kreatur. Als die rastlose Seele den Vordergriff mit beiden Händen packte, bewegte sie die Waffe nicht weg, sondern drückte einfach ab.

Ein Schuss ertönte und der Hinterkopf der Mumie flog davon.

„Schneller!“, hetzte ich sie weiter, sprang über die Leiche mit dem zertrümmerten Kopf und eilte ins Wohnzimmer. Elisabeth-Maria warf den kaputten Karabiner weg und rannte hinter mir her.

Eine dritte Mumie stürmte von der Treppe auf uns zu, gerade als ein ohrenbetäubender Knall aus dem Seitenflur ertönte. Der Schuss riss die schreckliche Kreatur von den Füßen. Sie war immer noch auf allen vieren, als Theodor nah herankam, die doppelläufige Jagdflinte auf das bandagierte Gesicht richtete und abdrückte. Der Kopf des Untoten wurde in Stücke gerissen. Währenddessen öffnete mein Butler die Jagdflinte und holte so gelassen neue Patronen aus seiner Tasche, als würde er Schnepfen jagen.

„Theodor!“, rief ich. „Folgen Sie mir!“

Ich stürmte ins Wohnzimmer, baute das Stativ auf

und stellte das Maschinengewehr neben der Tür auf. Von dort aus reichte meine Schusslinie über den gesamten Eingangsbereich und den Flur, der dorthin führte. Ich nahm Elisabeth-Maria die Munitionstasche ab und schob mit zitternden Händen ein Magazin in die Waffe.

„Sichert die zweite Tür!“, rief ich meinen Begleitern zu.

Elisabeth-Maria holte schnell den Säbel von der Wand, unbeeindruckt, als wäre sie der Tod selbst. Mein Butler stand ihr mit der Waffe in der Hand gegenüber. Ich hörte schnelle Schritte. Theodor stützte den Schaft seines Doppellaufs auf die Schulter und schoss zweimal, dann trat er schnell zur Seite, um für den Sukkubus Platz zu machen.

Die heranstürmende Mumie wurde von dem Säbel aufgespießt. Ein weiterer Schlag, diesmal entspannt und von der Seite, spaltete mühelos ihren Kopf.

Doch gleich darauf verlor der Vorsprung jede Bedeutung, denn die Eingangstür flog aus den Angeln und eine Lawine schwarzer Gestalten strömte in den Raum. Ich saß, ein zusätzliches Magazin bereits geladen, mit gespreizten Beinen hinter dem Maschinengewehr und eröffnete sofort das Feuer.

Das Gewehr zitterte. Der Schaft versetzte mir einen schmerzhaften Stoß in die Schulter. Patronenhülsen flogen auf dem Boden umher, als ich die Untoten, die von draußen hereinströmten, souverän niederschoss. Die Kugeln zerfetzten ihre Körper. Wässriges Blut spritzte überall hin. Stücke von verwesendem Fleisch flogen herum und doch kamen immer mehr Mumien nach.

Nachdem ich erneut das Magazin gewechselt hatte, folgte ich dem Beispiel meines Butlers und zielte auf ihre Köpfe. Der Lauf prallte zurück, wodurch die Kugeln höher und höher flogen, aber wenn ich mein Ziel traf, ging die

Kugel leicht durch mehrere Körper hindurch. Der Angriff der lebenden Toten erlitt einen Rückschlag. Ich riskierte es, mich vom Maschinengewehr zu entfernen, und sah mit Erleichterung, dass Theodor und Elisabeth-Maria den Angriff auch auf ihrer Seite abgewehrt hatten. Die junge Frau wischte den Säbel am Bezug eines Sessels ab. Mein Butler legte seine verbliebenen vier Patronen auf das Kaminregal und lud sein Gewehr nach. Der Raum war voll von Rauchschwaden. Es gab Blutspritzer, die alles rötlich färbten, und abgehackte Gliedmaßen lagen herum. In der Tür lagen ein paar verstümmelte Mumien, die sich dort gestapelt hatten.

„Mit dir ist es wirklich nie langweilig, Leo!“ Elisabeth-Maria lachte. „Du hast ein erstaunliches Talent, neue Freunde zu finden!“

Mir fiel keine gute Antwort ein, doch da ertönte von draußen eine Explosion und ich hatte keine Zeit zum Denken.

Ich lief zum Fenster hinüber und war überwältigt Während die Mumien unsere Aufmerksamkeit auf sich gezogen hatten, war eine Horde Untoter, eingewickelt in nicht zusammenpassende Lumpen, durch die offenen Tore in den Hof gekommen. Diese ruhelosen Seelen waren nicht so schnell oder geschickt, aber ihre Augen glühten trotzdem mit einem transparenten Feuer. Und es waren viele von ihnen. Zu viele. Eine ganze Armee schritt durch den Garten. Mindestens 50.

Vor meinen Augen fiel von oben eine Granate in die Menge. Es gab eine Explosion. Fünf Mumien wurden in einer Welle zurückgeschleudert. Die anderen wurden von Splittern getroffen. Aber es war nicht genug, um Lazarus‘ Horde aufzuhalten.

„Sichert die Türen!“, rief ich wieder, sprang zum

Maschinengewehr hinüber und packte es am Lauf. Gleich darauf zuckte meine Hand von dem glühenden Stahl zurück. Ich zog das Stativ zum Fenster hinüber und eröffnete das Feuer auf die Toten, die durch meinen Garten liefen.

Meine Gewehrsalven mähten die ruhelosen Seelen eine nach der anderen nieder. Auch drei weitere Granaten explodierten. Als die Mumien sich dem Haus näherten, streckte auch ich eine Hand mit einer Brandgranate aus dem Gitter und warf den Aluminiumzylinder so weit wie möglich.

Eine weiße Flamme schoss hervor. Dutzende der Untoten fingen Feuer und bewegten sich nun unnatürlich schnell. Ich warf eine zweite Granate in ihre Richtung und setzte mich wieder ans Maschinengewehr.

Der Kobold unterstützte mich vom Dach aus. Theodor ging von der Tür zurück zum Fenster und entlud geschäftsmäßig sein Magazin auf die Untoten, die jetzt auf der Veranda standen. Die Schrotkugeln holten sie von den Füßen, aber bevor der Butler nachladen konnte, schafften es ein paar von ihnen, ins Haus zu kommen.

Ich fluchte und warf eine dritte Brandgranate mit weißem Phosphor nach draußen. Die Explosion der weißen Flamme zerstörte die Gestalten, die auf die Haustür zusteuerten, und Elisabeth-Maria bemerkte gelassen: „Das waren die letzten von ihnen.“

Ich bewaffnete mich mit zwei von den *Mausern.* „Folgt mir!“, forderte ich meine Begleiter auf und ging, in jeder Hand eine Pistole, auf den Flur hinaus.

Die vier wandelnden Mumien, die es hinein geschafft hatten, liefen in meine Richtung, aber ich verlangsamte nicht einmal mein Tempo, sondern riss nur meine Pistolen hoch, eröffnete mit beiden Pistolen das Feuer und zielte auf ihre Köpfe. Die plumpen Leichen waren selbst für einen relativ ungeschickten Schützen wie mich auf kurze Distanz ein gutes Ziel, und so war der Korridor in wenigen Augenblicken leer geräumt.

Wir liefen nach draußen. Ich mit *Mauser* und Brandgranate voran, dann Theodor mit der Doppelflinte und schließlich Elisabeth-Maria, die von Kopf bis Fuß mit Blut bespritzt war.

Es war ein hässlicher Anblick. Überall auf dem Hof lagen regungslose Körper. Es roch unerträglich nach verbranntem Fleisch. Viele der Untoten waren von den Granaten in Stücke gerissen und schwer verbrannt worden. Mir wurde übel.

Elisabeth-Maria sah sich um. „Sieht aus, als hätte jemand das Leichenschauhaus überfallen", stellte sie fest. „Und das alles nur für uns? Ziemlich schmeichelhaft, wirklich!"

„Nicht so sehr für uns, sondern für mich", korrigierte ich sie. Das war keine Angeberei, nur eine Tatsache. Lazarus wollte mich und sonst niemanden.

„Wir müssen hier alles überprüfen", sagte Theodor müde. „Einige könnten noch am Leben sein."

„Nicht sehr wahrscheinlich", sagte ich und steckte die letzte Brandgranate in die Munitionstasche, die um meinen Hals hing. Lazarus war geflohen und würde nicht zögern, seinen Angriff zu wiederholen. Das machte mir Angst.

Doch da hörte ich eine raue Stimme vom Dach:

„Ähm... Hey!"

Ich hob den Kopf, sah den Kobold und einen Moment später sprang Lazarus aus der Dunkelheit. Er tauchte aus den Schatten des verregneten Abends auf und hätte mir sicher das Genick gebrochen, wäre Elisabeth-

Maria ihm nicht im Weg gewesen. Mit einer geschickten Drehung des Säbels traf sie den Vampir mit einem kräftigen Seitenhieb und flog einen Augenblick später, von einem nicht minder kräftigen Stoß getroffen, zur Seite.

Ich riss meine *Mauser* hoch und drehte mich zu dem Vampir. Doch bevor ich schießen konnte, wurde mir die Pistole aus den Händen gerissen. Lazarus verfehlte mich und Theodor schoss zweimal, wodurch der Vampir ein paar Schritte zurückgeschleudert wurde.

Nachdem ich eine Brandgranate aus der Munitionstasche geholt hatte, warf ich sie auf den Blutsauger und versuchte, mein *illustres* Talent gegen ihn einzusetzen, aber Lazarus bemerkte meine Versuche, seinen Geist zu beeinflussen, nicht einmal. Mit einem harten, berechnenden Tritt schlug er den Aluminiumzylinder weg. Die Brandbombe rotierte in der Luft, fiel in das tote schwarze Gebüsch und verursachte eine blendende weiße Phosphorexplosion. Meine letzte Brandgranate war umsonst verglüht!

Das schrecklich verbrannte Antlitz des Vampirs verzog sich zu einem selbstzufriedenen Lächeln. „Zeit, mich zu rächen!“, knurrte Lazarus, als er auf mich zukam und Elisabeth-Maria mit einer lässigen Bewegung wegstieß, als sie aufstehen wollte. „Wir haben noch die ganze Nacht vor uns, mein *illustrer* Herr!“

Ich wich ängstlich einen Schritt zurück, während Theodor, der mir gegenüberstand, einen Schritt nach vorn machte. Er schaffte es sogar, den ungeladenen Doppellauf zu schwingen, bevor der Vampir ihm einen Schlag versetzte, der ihm die Rippen brach und ihm das Herz aus der Brust riss.

„Oh, wie ich das liebe!“, rief Lazarus und ballte die Faust. Dann schlug er seine Zähne in das Herz und riss ein ordentliches Stück heraus. „Du wirst allerdings nicht so leicht davonkommen!"

Auf seinem entstellten Gesicht befand sich eine Mischung aus seinem eigenen und Theodors Blut. Es war kaum noch ein Gesicht, es hatte sich in eine dämonische Fratze verwandelt. Seine Nägel waren schärfer geworden und unter seinen vom Feuer entstellten Lippen ragten viele messerscharfe Reißzähne hervor. Ich trat einen Schritt zurück und durchsuchte fieberhaft mein Bewusstsein nach einer der Situation angemessenen Furcht. Und obwohl mein *illustres* Talent in der Lage war, das längst verfaulte Herz des lebenden Toten in ein vor Blut triefendes Stück Frischfleisch zu verwandeln, konnte kein Mensch ein Wesen wirklich erschrecken, das ungeduldig danach lechzte, jemanden auszuweiden und mit seinen eigenen Eingeweiden zu erdrosseln.

Genau das war es, was Lazarus mit mir machen wollte. Nachdem er Theodors Herz zur Seite geworfen hatte, trat er auf mich zu und bemerkte, von seinem Hass geblendet, nicht, dass der weißhaarige Knirps hinter ihm auftauchte. Sekundenschnell hüpfte der Kobold zu Lazarus, steckte ihm einen schlammverschmierten Aluminiumzylinder unter den Gürtel und rannte schnell in sichere Entfernung davon.

Lazarus zuckte zusammen, als hätte ihm jemand einen Stich versetzt, und fasste an seinen Gürtel, doch bevor er die Brandgranate herausziehen konnte, wurde der Zünder aktiviert und der weiße Phosphor explodierte. Die gewaltige Explosion zerriss den Vampir in zwei Teile. Die sengende Flamme umhüllte ihn von Kopf bis Fuß, brannte sich durch seine Haut, seine Muskeln und sein Fleisch bis auf die Knochen. Es war fast nichts mehr von ihm übrig.

Nach und nach wurde die Decke der Stille, die mein

Anwesen umhüllte und vom Rest der Welt trennte, immer dünner. Der Donner grollte wieder und der Wind begann zu pfeifen.

„Verdammt, ist das windig!“, zischte der Kobold bewundernd und musterte den sterbenden Blutsauger. „Der Typ ist hochgegangen wie ein Feuerwerk.“

Ich atmete unsagbar erleichtert aus und fragte: „Hast du die Granate aus dem Graben geholt?“

„Man kann sie doch nicht verkommen lassen, Dummkopf!“, erklärte der Knirps selbstgefällig und stolzierte ins Haus.

Ich blieb allein auf dem Hof zurück. Zuerst hob ich die Pistole auf, die Lazarus mir aus der Hand gerissen hatte, und ging hinüber zum Garten, in dem sich die Leichen stapelten. Der Garten war schwarz und nass. Er hatte kahle Stellen, wo Büsche verbrannt waren, und Späne von abgebrochenen Bäumen, aber Zeichen von neuem Leben waren nirgends zu finden.

Alle Leichen waren nachlässig in schmutzige Tücher gewickelt wie ägyptische Mumien und lagen regungslos auf der Erde. An einigen Stellen sah ich Totenflecken unter dem Stoff hervorlugen. Offenbar war Lazarus bei der Auswahl seiner Totenarmee nicht allzu wählerisch gewesen.

Ich ging durch den Garten zu den weit geöffneten Toren, schloss sie und kehrte zum Herrenhaus zurück, nicht wissend, was ich zuerst tun sollte: Im Haus nachsehen oder meinen verstümmelten Gefährten helfen. Und war Elisabeth-Maria es wirklich wert, ihr zu helfen?

Sie war noch am Leben. Lazarus hatte ihre Luftröhre und ihre Wirbelsäule beschädigt, aber der Sukkubus konnte mir immer noch mit seinem Blick folgen.

„Es ist besser so“, entschied ich, doch dann stützte sich Elisabeth-Maria auf einen Ellbogen und packte mich keuchend am Arm.

„Was zum Teufel war das?“, presste sie heiser hervor.

„Ein Vampir“, antwortete ich etwas enttäuscht.

„Unglaublich!“, krächzte Elisabeth-Maria, ließ mich los und legte sich auf den Rücken. Ihr Brustkorb hob und senkte sich schnell, als würde sie um Atem ringen.

Ich verließ sie, steckte meine *Mauser* in den leeren Sack, fand Theodors Herz mit den deutlichen Abdrücken von Lazarus‘ Zähnen und steckte es zurück in seine aufgerissene Brust. Es gab keine wirkliche Notwendigkeit dafür, aber es schien das Richtige zu sein.

Ich schloss die Augen und stellte das lebendige Bild meines Dieners aus meiner Erinnerung wieder her. Ich kam noch nicht einmal in die Nähe seiner Ängste, als Theodors Brust schon unter meiner Hand bebte und meine Finger einen fiebrigen Herzschlag wahrnahmen. Mein Butler kehrte ins Leben zurück. Er war nicht wiederauferstanden, er hatte nur aufgehört, endgültig und unwiderruflich tot zu sein.

„Ich danke Ihnen, Viscount“, flüsterte er.

Ich öffnete die Augen und sah mit Erstaunen, dass sich graue Flecken in Theodors dichtem Haar befanden und sein Gesicht merklich älter und kränklicher geworden war, als hätten ihm zwei Tode an einem Tag einen guten Teil seiner Lebenskraft geraubt.

„Leo!“, rief Elisabeth-Maria und löste die Bandagen vom Kopf der Leiche, die ihr am nächsten lag. Sie betrachtete neugierig ein Symbol, das in der Mitte der Stirn eingeritzt war.

Ich trat näher heran, warf einen Blick darauf und empfand sofort Übelkeit. „Schwarze Magie?“, fragte ich und wandte mich ab.

„So schwarz, wie es nur geht“, bestätigte sie. „Obwohl, eigentlich ist das ein Glück.“

„Wie das?“, fragte ich erstaunt.

„Leo!“ Elisabeth Maria blickte über ihre Schulter. „Wo wolltest du denn 50 verrottende Leichen lagern? So viele passen doch nie ins Eishaus!“

„Dann müssen wir sie aus der Stadt bringen.“

„Nein, das werden wir nicht“, sagte der Sukkubus. „Diese Zaubersprüche haben die Toten ausgetrocknet. In der Sonne werden sie zu Asche zerfallen.“

„In der Sonne?“ Ich lachte, fuhr mir über das Gesicht und verschmierte dabei den Schmutz und die Regentropfen. „Da braut sich ein Sturm zusammen!“

Elisabeth-Maria winkte ab. „Das macht nichts. Nach ein paar Tagen unter freiem Himmel werden von ihnen nur noch die Knochen übrig sein.“

Ich nahm es zur Kenntnis. „Ich mache mir mehr Sorgen um den Vampir“, gab ich zu. „Glaubst du, dass er wieder zum Leben erwachen kann?“

„Ich habe noch nie mit jemandem aus dieser Bruderschaft zu tun gehabt“, antwortete die junge Frau, ging zu den verbrannten Überresten von Lazarus hinüber und fragte: „Wie hast du ihn zum Verbrennen gebracht?“

„Ich habe da so meine Methoden“, erklärte ich. „Also, müssen wir uns Sorgen um ihn machen oder nicht?“

Sie betrachtete den Leichnam und schüttelte den Kopf. „Es scheint mir, als hättest du ihn erledigt.“

„Großartig!“, sagte ich erfreut und rief meinem Butler zu: „Theodor! Bringen Sie die Leichen bitte nach draußen.“ Dann sah ich zu Elisabeth-Maria. „Lass uns reingehen.“

„Willst du Theodor nicht helfen?“, fragte der Sukkubus verwirrt, als wir die Treppe erreichten und in den oberen Stock stiegen.

„Hier oben ist auch noch eine Leiche, die ich ins Eishaus schleppen muss", sagte ich und führte sie in mein Schlafzimmer, in dem der tote *illustre* Herr lag. Der alte Mann war in einer unnatürlichen Pose erstarrt. Seine fieberhaft verkrampften Finger umklammerten die Ränder des Teppichs.

„Ich erinnere mich an ihn!", rief Elisabeth-Maria. „Das ist der alte Mann, der aufgetaucht ist, bevor ich anfing, mich schlecht zu fühlen!"

„Das war sein *Talent*", erklärte ich und ließ mich kraftlos in den Sessel fallen. Ich spürte etwas unter mir und zog das Notizbuch des *illustren* Herrn hervor.

In ungläubigem Staunen starrte ich auf die krakeligen Buchstaben und las die unfassbaren Worte: *Loy und Coe, Zürich. 10.000.000 Franken als Depoteinlage. Zu beanspruchen von...*

TEIL DREI

Dämon. Starkstromschläge und Morsezeichen

1

GIER WAR SCHLECHT. Die Sünde des Geldverdienens war für einen edlen Menschen unpassend. Am Ende des Tages brachte Geld kein Glück. Ich wusste das. Ich wusste es, aber ich konnte meinen Blick nicht von den drei knappen Zeilen losreißen.

Loy und Coe, Zürich. 10.000.000 Franken als Depoteinlage. Zu beanspruchen von...

Und was gab es da zu beanspruchen? Was musste ich der Bank vorlegen, um diesen Haufen Geld zu bekommen? Außerdem, wenn man die jahrelangen Zinsen bedachte, wie viel mochte da zusammengekommen sein? Verdammt! Nicht einmal alle afrikanischen Kolonien konnten sich eines solchen Jahreseinkommens rühmen!

Das war Reichtum. Wahrer Reichtum! Und er stand mir von Geburt an zu!

Aber der alte Mann hatte nichts weiter geschrieben. Er war dort angelangt, wo das Bild zerrissen war, hatte die Kopie der verschlüsselten Botschaft angezündet und sie verbrannte.

Das fraß mich innerlich auf. Der *illustre* Herr hatte damit gerechnet, Spuren des Materials zu finden, mit dem der Herzog von Arabien sie einst erpresst hatte, aber stattdessen hatte er einen Notgroschen für schlechte Zeiten entdeckt. Ihn hatte das Geld des alten Mannes nicht interessiert, aber meinen Onkel hatte es offensichtlich in den Wahnsinn getrieben.

Der Graf Kósice hatte alles auf diese Karte gesetzt und verloren. Ich wollte nicht das gleiche Schicksal erleiden wie er, aber ich konnte auch die 10.000.000 Franken nicht vergessen. Es machte mich verrückt. *Zehn Millionen!* Der Teufel sollte mich holen!

Ich stand aus dem Sessel auf, steckte das Notizbuch in die Hosentasche und ging zum Schreibtisch, wo die Stücke des verbrannten Fotos lagen. Es war nicht ganz verbrannt, aber egal, wie genau ich hinschaute, ich konnte keine einzige Ziffer erkennen.

„Leo!", fragte Elisabeth Maria. „Hilfst du mir nun mit der Leiche?"

„Eine Sekunde", erwiderte ich und strich die Überreste der Fototeile glatt.

Dabei fiel mir auf, dass diese Kopien noch leicht feucht waren, als ob sie erst vor ein paar Stunden gemacht worden wären.

Nein, das war es! Die Kopien waren neu. Dafür konnte es nur eine Erklärung geben: Das Stück der Fotografie, das mein Onkel aufbewahrt hatte, war an der Absturzstelle des Luftschiffs gefunden worden. Der Komplize der Räuber im Newton-Markt hatte nicht nur Zugang zu gewichtigen Beweismitteln, er hatte auch die bei meiner Verhaftung beschlagnahmten Fotos kopieren können.

„Leo!" Elisabeth-Maria runzelte die Stirn. „Ich habe den Eindruck, dass du nicht ganz ehrlich zu mir bist, mein Lieber."

Eine Welle des Zorns erfasste mich. Ich drehte mich zu dem Sukkubus um, der vor dem bösen Funkeln in meinen Augen einen Schritt zurückwich.

„Und was ist mit dir?", fragte ich als Antwort.

„Wir alle haben unsere Geheimnisse, mein Lieber", sagte sie und verbarg ihre Verwirrung oder vielleicht auch Angst hinter einem Lächeln.

„Albert Brandt!“, rief ich als Antwort auf ihren Vorwurf.

Elisabeth-Maria tat so, als würde sie nachdenken. „Der Dichter?“, fragte sie nach einer kurzen Pause nach.

„Du hast dich mit ihm getroffen!“, fauchte ich. „Hinter meinem Rücken!“

„Hat er dir das erzählt?“

„Mach mir doch nichts vor! Ich habe es selbst herausgefunden!“

Die junge Frau zwirbelte lachend eine Locke ihres roten Haares um einen Finger. „Na und? Was ist damit?“

„Wir hatten eine Abmachung!“

„Ach, Leo, mein Süßer!“ Elisabeth-Maria machte einen Schritt auf mich zu und fuhr mit ihrem schlamm- und blutverschmierten Finger über meine Wange. „Mein Teil der Abmachung besteht darin, dass ich nicht nach Menschen jage.“

„Eben. Also lass Albert in Ruhe!“

„Wir haben eine Beziehung“, antwortete Elisabeth-Maria ruhig. „Was kümmert es dich?“

„Komm mir jetzt nicht mit Wortklauberei!“

„Ich habe meine... besonderen Kräfte nicht eingesetzt“, verkündete der Sukkubus. „Und ich habe unsere Vereinbarung nicht gebrochen. Albert und ich verbringen gern Zeit miteinander, was ist daran so schlimm?“ Sie lachte. „Du bist ja eifersüchtig, Leo!“

„Blödsinn!“

„Ich kann nur nicht herausfinden, auf wen genau du eifersüchtig bist, auf ihn oder auf mich?“

„Ich will nicht, dass du seine Seele in die Hölle zerrst!“

„Unsere Beziehung hat nichts mit dir zu tun!“, wies sie mich zurecht. „Du hast alle meine Versuche, eine

Vereinbarung zu treffen, zunichtegemacht, und ich bin nicht bereit, in diesem Haus zu bleiben, nur um das ungewollte Dienstmädchen zu spielen."

„Such dir jemand anderen!"

„Ich will aber niemand anderen. Willst du, dass ich Albert in Ruhe lasse? Dann wirst du mich besiegen müssen. Wenn du das schaffst, vergesse ich alle anderen Männer auf der Stelle."

Diese unverschämte Erpressung erboste mich. Ich machte einen Schritt auf sie zu, in der Absicht, sie am Hals zu packen und zu würgen, aber stattdessen zwang mich der heftige Schmerz, der plötzlich in meinem Kopf herrschte, in die Knie.

„Ach, Leo!" Elisabeth Maria schüttelte den Kopf. „Wir dürfen uns nicht gegenseitig verletzen. So lautet unsere Abmachung. Und keine Angst, ich werde deinem Dichter nichts Böses antun. Wir haben wirklich nur Spaß miteinander. Er ist lustig."

Ich presste meine Stirn gegen den Boden, biss die Zähne zusammen und wartete, bis der Schmerz nachließ. „Lass ihn in Ruhe", wiederholte ich.

„Das würde mir nicht im Traum einfallen."

„Lass die Finger von ihm!"

Der Sukkubus kam näher, packte mich am Kinn und hob meinen Kopf an. „Du kannst mich nur darum bitten. Willst du mich zu Alberts Bedingungen schlagen? Mal sehen, wie gut du im Bett bist."

Ich hob die Hände, weil mir klar war, dass sie beabsichtigte, zwischen mir und dem Dichter Zwietracht zu säen.

„Nein?" Elisabeth-Maria lachte heiser, als sie sich von mir entfernte. „Schwächling!", schnaubte sie verächtlich.

Ich ignorierte die Beleidigung, stand auf und ließ mich erschöpft aufs Bett fallen. Als sie zur Tür ging, fragte ich: „Du behauptest also, du hättest keine Reize eingesetzt?“

„Das stimmt“, antwortete sie, öffnete die Tür und erfasste erst da den versteckten Sinn in meinen Worten. „Willst du Albert von meiner wahren Natur erzählen?“, fragte sie, nun wieder zu mir gewandt.

„Du übersiehst eine wichtige Sache.“

„Und was könnte das sein?“

Ich tippte mit dem Finger auf meine Schläfe. „Elisabeth-Maria ist in meinem Kopf. Ganz und gar! Bis auf das letzte Haar!“

Der Sukkubus starrte mich düster an. „Du bist nicht in der Lage, mein Aussehen zu verändern! Das gehört nicht zu deinen Fähigkeiten!“

„Das ist richtig“, bestätigte ich und ließ mich auf den Rücken fallen. „Dein Bild ist zu hell. Manchmal denke ich, wir beide kennen uns schon seit vielen Jahren. Es ist sogar so, als würde ich dich schon mein ganzes Leben lang kennen.“

Elisabeth-Maria wurde hellhörig. „Worauf willst du hinaus, Leo?“

„Menschen neigen dazu, sich mit der Zeit zu verändern“, antwortete ich und schloss die Augen. „Dein Körper ist sterblich. Wie wird er in zwei Jahrzehnten aussehen?“

„Nein!“

Ich stand auf und sah sie an. „Ich kenne dich schon viele Jahre. Viele lange Jahre...“

„Nein!“, rief Elisabeth-Maria und stürmte auf mich zu, wurde aber von einem ebenso heftigen Schmerzanfall getroffen wie ich zuvor. Nun waren ihre Muskeln verkrampft und ihr Körper zitterte.

Ich wartete, bis sie wieder zur Besinnung kam, und lächelte unbarmherzig. „Wenn ich mich recht erinnere, hatte Albert noch nie etwas für Damen ab einem gewissen Alter übrig."

„Nein!", schrie der Sukkubus erneut und rieb sich mit den Fingern über die Wange, um festzustellen, dass diese ihre ehemals glatte Oberfläche verloren hatte. Ihre Haut war nun trocken und von einem Netz feinster Falten überzogen. „Nein!" Elisabeth-Maria lief schreiend davon. Einen Moment später knallte die Tür zu ihrem Schlafzimmer zu. Dabei hatte meine Fantasie noch gnädig behandelt. Jetzt sah sie wie eine Dame von knapp über 40 aus. Aber für die junge Frau war es ein vernichtender Schlag. Und was für ein Schock das erst für Albert wäre!

Einen Moment lang tat mir mein unglücklicher Freund sogar ein wenig leid. Aber er würde eine weitere Trennung überleben, auch wenn es hart für ihn wäre. Der Dichter gewöhnte sich nie daran, sich von Freundinnen zu trennen.

Seufzend packte ich den alten Mann an den Beinen und zerrte ihn aus dem Zimmer. Auf der Treppe schlug sein Hinterkopf mit einem unangenehmen Knall gegen jede Stufe, aber das war mir jetzt egal. Ich war zu müde. Nachdem ich den Leichnam bei der Kellerluke abgelegt hatte, fand ich Theodor und bat ihn, ihn hinunterzubringen.

Das Herrenhaus wurde allmählich zu einer Begräbnisstätte.

Ich aß nicht zu Abend. Das Gemetzel hatte mir den Appetit gründlich verdorben und der starke Verwesungsgeruch verursachte mir Übelkeit.

Zum Glück war oben in meinem Schlafzimmer der

Geruch von totem Fleisch nicht ganz so stark. Ich schloss die Tür ab, legte mein Messer und meine Pistolen auf den Nachttisch, kontrollierte dann die Jalousien und sank kraftlos auf mein Bett.

Ich kam wieder zu Atem und hob die Jacke des alten Mannes auf, neben die ich mich hatte fallen lassen. Neben unscheinbarem Schmuck entdeckte ich in einer seiner Taschen eine Brieftasche. Darin befanden sich Visitenkarten. Seine Visitenkarten. Der *illustre* Herr hieß William Mathew. Der Name war mir nicht geläufig, aber die Formulierung ‚Emeritierter Richter' war ein deutlicher Hinweis darauf, dass es sich um eine wichtige Person handelte und sein Verschwinden sicherlich bemerkt werden würde. Menschen würden nach ihm suchen. Nicht nur seine *illustren* Mitverschwörer, auch seine Angehörigen.

„Wir müssen die Leichen loswerden!", stellte ich fest und verstaute das Geld des Toten in meiner Brieftasche.

Ich steckte ein Foto von Zwillingen zurück, einem Jungen und einem Mädchen in moderner Kleidung, wischte meine Fingerabdrücke ab und warf die Brieftasche zu seiner Jacke auf den Boden. Keiner dieser Vorgänge löste bei mir irgendwelche echten Emotionen aus. Nicht ich hatte den alten Mann umgebracht. Seine Vergangenheit hatte ihn umgebracht. Er hatte viele Jahre in der Angst gelebt, enttarnt zu werden, und wäre umgeben von Verwandten und Freunden gestorben, hätte er nicht beschlossen, das Schicksal auszutricksen.

Das Vermögen des *illustren* Herrn kümmerte mich wenig. Die 10.000.000 Franken in dem Schweizer Bankschließfach waren alles, woran ich denken konnte. Es brannte mir auf der Seele. Ein so grandioses Vermögen zu besitzen, ohne es nutzen zu können. War das nicht die größte Folter, die man sich für einen ehrlichen Menschen vorstellen konnte? Ich fluchte laut, löschte die Gaslampen und ging mit einem Gefühl von extremem Pessimismus schlafen.

Meine Stimmung war auch am Morgen nicht besser. Ich lag lange im Bett und lauschte dem Rascheln im leeren Herrenhaus, dann griff ich zum Nachttisch und schaute auf die Uhr.

Es war 9 Uhr 45. Ich hätte schon längst aufstehen sollen, aber als ich mich an die gestrigen Ereignisse erinnerte, wollte ich mich unter der Bettdecke verkriechen. In der Hoffnung, dass die Strapazen an mir vorbeigehen würden.

Unsinn! Ich sollte mich nicht wie der sprichwörtliche Strauß verhalten und den Kopf in den Sand stecken. Ich musste mich zusammenreißen und mich um meine Probleme kümmern, sonst würde mich eine Lawine von Schwierigkeiten mitreißen und mich hinunterziehen. Bis in die Unterwelt.

Zuerst musste ich die Leiche des *illustren* Herrn loswerden. Das Verschwinden eines pensionierten Richters würde nicht unbemerkt bleiben. Wenn die Polizei dachte, ich hätte ihn, könnten sie sogar zu meinem unter Quarantäne stehenden Anwesen kommen. Ein anonymer Tipp würde schon genügen. Und ich bezweifelte nicht, dass dieser bald folgen würde. Die Mitverschwörer des alten Mannes wussten sicherlich, wohin er unterwegs gewesen war, bevor er verschwand.

Aber wenn die Leiche ohne Anzeichen eines gewaltsamen Todes in irgendeinem Kanal auftauchte, gäbe es nicht viel zu untersuchen. Schlechtes Wetter, ein älterer Mann, ein Herzinfarkt. Solche Dinge kamen vor. Aber das bedeutete, dass ich den bei Dyak geparkten Wagen holen und den Toten in die Stadt bringen musste.

Danach würde ich mich um das Geld kümmern. Nein, nicht um das Geld, das ich dem alten Mann aus der Brieftasche genommen und danach einen Teil aus Mitleid wieder zurückgegeben hatte, sondern um die Depoteinlage von 10.000.000 Franken, die mir ein neues Leben frei von Not versprach. In Neu Babylon zu bleiben war jetzt extrem gefährlich, aber wenn ich die Kontrolle über die Gelder in Zürich hätte, wäre ich in der Lage, zumindest in die Neue Welt oder auf den Kontinent zu kommen. Ich hätte sogar genug, um es nach Südindien zu schaffen. Das Problem war, dass man dafür den zweiten Teil der Nummer brauchte. Das Fragment damit befand sich offenbar unter den persönlichen Gegenständen des Grafen Kósice, die an der Absturzstelle des Luftschiffs gefunden worden waren. Aber es schien mir unmöglich, es zu bekommen. Nach den jüngsten Ereignissen war ich im Newton-Markt nicht besonders beliebt.

Ich erinnerte mich an Elisabeth-Maria von Nalz und mein Herz wurde von einer tödlichen Trauer erfasst. Warum hatte sie in ihrem Tagebuch über mich geschrieben? Wollte sie mir schaden oder war sie gezwungen worden? Vielleicht war es ein Hilferuf? Hätte ich doch nur gewusst, wo ich sie finden konnte.

Luftschlösser! Ich verwarf die erdachte Geschichte, wie ich meine Geliebte aus der Gefangenschaft rettete und ihr meine Liebe gestand. Ich stieg aus dem Bett und ging zum Fenster hinüber. Die Jalousien öffneten sich mit einem Knarren, aber nicht ganz, als hätte jemand gestern versucht sie aufzubrechen und wäre dabei fast erfolgreich gewesen. Draußen war es feucht und düster. Es regnete nicht, aber der Himmel war mit dunklen Wolken überzogen und es wehte ein scharfer Wind. Das schlechte Wetter gönnte der Stadt nur eine kleine Verschnaufpause. Spätestens am

Abend würde es das nächste Gewitter geben.

Ich rasierte mich schnell, putzte mir die Zähne, zog mich an, steckte meine *Cerberus* und mein Messer ein und überlegte, was ich mit der *Mauser* machen sollte. Ich wollte nicht nur mit der dreischüssigen Waffe das Haus verlassen. Ich musste meine Tasche nehmen und die Pistole darin verstauen.

Dann ging ich hinunter und fand meinen düster gestimmten Butler vor, der den Küchenboden wischte.

„Ihre kleine Höllenbrut hat mitten im Zimmer eine Pfütze gemacht", erklärte er angewidert und bezog sich dabei eindeutig auf den Kobold.

„Nun, das ist das geringste unserer Probleme, Theodor", sagte ich, um meinen abnorm nervösen Diener aufzumuntern, und warf die Jacke des *illustren* Herrn über einen Stuhl. „Legen Sie das zu der Leiche ins Eishaus."

Er nickte. „Jawohl, Viscount."

Trotz der offenen Fenster herrschte immer noch ein starker Verwesungsgeruch, aber er war nicht mehr ganz so stechend wie gestern. Theodor hatte noch am Abend alle in Lumpen eingewickelten Leichen in den Hof geschleppt und es sogar geschafft, mit seinen verbliebenen Kräften die Wände zu reinigen.

Der Butler selbst sah nicht besonders gut aus. Er wirkte schmal, düster und seltsam wütend. Zudem war er merklich grau geworden.

„Wir müssen den Schatz des Kobolds finden!", erklärte Theodor und wischte sich die Hände mit einem Lappen ab. „So kann es nicht weitergehen!"

Elisabeth-Maria kam geräuschlos wie ein Gespenst die Treppe herunter und machte dem Diener Mut. „Ich helfe Ihnen beim Suchen, Theodor."

Gegen ihre Gewohnheiten trug sie ein bodenlanges

schwarzes Kleid, Handschuhe und einen Hut mit einem dicken Schleier. Ich konnte ihr Gesicht nicht sehen, aber ihre schwache Stimme ließ mich wissen, dass die gestrige Metamorphose von Dauer war.

Ich schenkte mir etwas Wasser aus der Teekanne ein und lächelte. „Viel Glück bei eurer Suche."

Ich versuchte erst gar nicht, es ihnen auszureden. Ich war auch neugierig darauf, was sich im Schatz des lästigen Kobolds finden würde.

Doch als ich mich auf den Weg zum Ausgang machte, fügte Elisabeth-Maria bedeutsam hinzu: „Gibt es nichts, was du mir sagen willst, Leo?"

„Nein", antwortete ich kurz.

„Du hast kein Herz!"

Damit war unser Gespräch beendet. Ich hatte nicht die geringsten Gewissensbisse, wie ich den Sukkubus behandelt hatte, sondern wollte mich ein für alle Mal von ihr befreien. Diese Kreatur hatte ernsthaft vor, meine Seele in die Hölle zu ziehen. Etwas anderes war auch nicht zu erwarten gewesen. Ihre gekränkten Unschuld war trügerisch.

Ich ging ins Wohnzimmer, um das Handmaschinengewehr zu holen, und trug es in die Garage. Unterwegs hob ich das Gewehr auf, dessen Kolben über dem Kopf der ersten Mumie zerbrochen war. Ich legte ein paar *Mauser*-Magazine in meine Reisetasche und ging nach draußen.

Der Garten bot ein erbärmliches, unappetitliches Schauspiel. Zwischen den schwarzen, von Kugeln und Schrapnellen zerfetzten Bäumen lagen überall tote Körper, deren Gliedmaßen wahllos verstreut waren. Im Rasen gab es dunkle, kahle Stellen, die mit frischer Asche des verbrannten Phosphors bedeckt waren. Im Hof lag ein aufgetürmter Leichenhaufen. Sie verrotteten allmählich, ihr verwesendes Fleisch tränkte die Lumpen und bildete übel riechende Pfützen auf dem Boden.

Es blieb nur zu hoffen, dass die Sonne herauskommen und dieses Durcheinander austrocknen würde, wie Elisabeth-Maria behauptet hatte.

Ich ging zurück ins Haus, putzte meine Stiefel, nahm meine Leinenjacke und meinen Stock und machte mich auf den Weg zum Leonardo-da-Vinci-Platz. Ich musste die Leiche des *illustren* Herrn schleunigst loswerden. Und das wäre auch kein Problem gewesen, aber Alexander Dyak hatte mit den Reparaturarbeiten noch nicht mal begonnen.

„Sie müssen mir verzeihen, Leopold Borisowitsch", murmelte er und strich sich über das verquollene Gesicht. „Es war keine Zeit. Zuerst musste ich mich um die Brandgranaten kümmern. Dann konnte ich es nicht mehr erwarten und begann mit der Arbeit an dem elektromagnetischen Wellensender. Können Sie sich das vorstellen? Er ist fertig!"

Ich seufzte. „Das ist großartig, aber ich brauche den Panzerwagen jetzt."

„Den Kühler zu löten ist kein Problem. Ich brauche nur das richtige Werkzeug. Ich verspreche, dass er bis Mittag fertig ist!" Der Erfinder kam hinter dem Tresen hervor und schloss die Tür hinter sich. „Da ist etwas, das Sie sich ansehen müssen, Leopold!"

„Was genau?"

„Ich habe am Sender einen Zylinder wie bei einer Spieluhr befestigt und die Stifte in der von Ihnen vorgeschlagenen Reihenfolge angeordnet. Ich brenne förmlich vor Lust, es auszuprobieren!"

„Ich fürchte, ich habe jetzt keine Zeit", sagte ich und wollte ablehnen, aber der Ladenbesitzer war unerbittlich.

„Das müssen Sie sehen!“, wiederholte er und setzte ein altbewährtes Argument ein: „Sind Sie denn nicht auch neugierig?“

Verdammt! Natürlich war ich neugierig und wie!

Ich schaute auf die Uhr und fragte: „Aber wird der Wagen bis Mittag fertig sein?"

„Sie haben mein Wort!“, versprach der Erfinder.

„Na gut, ich bin dabei!“

Wir gingen hinunter in den Keller. In der hintersten Ecke zwischen den funkensprühenden Elektroden sah ich den Schatten des eingefrorenen Poltergeists. Stolz führte Alexander Dyak seinen Apparat vor.

„Hier, sehen Sie, Leopold!“, sagte er und zeigte auf den Zylinder mit zwei Arten von Stiften, einige dünn und einige dicker. „Der elektrische Draht dreht die Achse mit einer konstanten Geschwindigkeit. Die Stifte heben den Metallstreifen an und schließen den Stromkreis, sodass entweder ein Punkt oder ein Strich gesendet wird.“

„Haben Sie es schon getestet?“

„Das habe ich, aber ohne Strom für den Sender.“ Der Erfinder sah mich beinahe entschuldigend an. „Ich weiß nicht, wovor ich mehr Angst habe. Vor dem Erfolg oder vor dem Misserfolg. Ich habe Sie nur mitgenommen, damit ich sicher sein kann, dass meine Beobachtungen objektiv sind. Das ist alles so nah an antiwissenschaftlichem Mystizismus.“

„Betrachten Sie es wie einen Code“, riet ich ihm.

„Das ist ein unwissenschaftlicher Ansatz, Leopold!“, sagte Alexander Dyak düster. „Und es ist mir ein bisschen peinlich, dass ich mich daran klammere wie an einen Strohhalm. Ich hoffe auf ein Wunder, aber ich sollte mich auf meine geistigen Fähigkeiten verlassen!“

Ich nickte. „Auf Ihre mentalen Fähigkeiten und auf

die triumphale Elektrizität. Wollen wir anfangen?“

„Ich habe Angst“, gab der Erfinder zu, riss sich aber zusammen und schaltete den Strom ein.

Der Apparat erwachte summend zum Leben. Dann schickte der Erfinder testweise ein paar kurze Signale. Beeinflusst von den elektromagnetischen Feldstörungen zerfiel der durchsichtige Schatten des Poltergeistes in einzelne Schichten und begann zu vibrieren. Dann kam er langsam wieder ins Gleichgewicht, eingefroren in seiner früheren Unbeweglichkeit.

„Also gut, los geht‘s!“ Dyak atmete tief durch und setzte die Achse in Bewegung.

Die Stifte hoben den Metallstreifen nacheinander an und schlossen den Stromkreis des Transmitters. Der Poltergeist begann Funken zu sprühen wie eine Wärmelampe, die man wiederholt ein- und ausschaltete.

Kurz-lang-lang-kurz... Die elektromagnetischen Störungen erschütterten den Schatten und versenkten Lichtkugeln in ihm. Im Takt des Flackerns tickte etwas leise in meinem Kopf, aber dem bösen Geist geschah unvergleichlich Schlimmeres. Seine transparente Fata Morgana löste sich Schicht um Schicht auf und flackerte auf wie das Nordlicht, bevor sie allmählich in einer seltsamen Fluoreszenz verglühte. Bald wurde der gemessene Rhythmus der Blitze immer langsamer und die Lichtblitze durchdrangen den Poltergeist mit immer größerer Frequenz. Der Geist fiel aus unserer Welt heraus, um dann wieder zu erscheinen. Doch dann leuchtete er mit einem blendenden Licht, das selbst durch meine abgedunkelte Brille schmerzhaft in meine Augen stach.

Alexander Dyak vergrub sein Gesicht in den Händen und streckte sich nach dem Aus-Schalter. Der böse Geist explodierte und die Metallnadeln, die ihn umgaben, schossen durch den Keller.

In einer Sekunde war er da und in der nächsten war er weg, nicht mehr in dieser Welt. Seine Kraft strömte in alle Richtungen, verbog und zerbrach alles in einem kleinen Radius. Der riesige Körper des Dynamos bebte, da er die Druckwelle am stärksten abbekam. Er wurde sogar vom Platz gerückt und langsam über den Betonboden geschleift. Der eiserne Aufsatz flog weg, traf die Wand und schlug dann mit einem ohrenbetäubenden Krach auf den Boden.

Alexander und ich wurden nicht getroffen.

Wir saßen einige Zeit in völliger Stille, dann drehte sich Dyak mit kreidebleichem Gesicht zu mir um und atmete aus. „Otche Nash! Vater Unser! Es hat funktioniert! Haben Sie gesehen, Leopold? Es hat geklappt!“

Ich nickte schweigend. Die Stahlnadel einer der Elektroden ragte nur knapp von meinem Kopf entfernt aus der bleiernen Wandverkleidung. Wäre sie nur ein bisschen weiter links gelandet, wären zwei verlorene Seelen zur Hölle geschickt worden: die des Poltergeistes und meine eigene.

„Es hat funktioniert!“, rief der Erfinder noch einmal. „Was sagen Sie?“

„Ja“, antwortete ich und wischte mir mit einem Tuch den Schweiß von der Stirn.

Ich hatte keine großen Hoffnungen in das in Morsecode übersetzte *Pater Noster* gesetzt, aber der Poltergeist war vertrieben worden, noch bevor Dyaks Apparat das Gebet hatte beenden können, das der Erlöser uns hinterlassen hatte.

„Umwerfend!“, rief der Erfinder, begeistert über das Ergebnis des Experiments. „Ich weiß nicht, wie, und ich weiß nicht, warum, aber es hat funktioniert! Elektromagnetische Feldstörungen mit der gleichen Wellenlänge allein waren nicht in der Lage, den Poltergeist zu vertreiben, aber diese Kombination aus kurzen und langen Signalen führte zur vollständigen Zerstörung des Testobjekts! Wie erklären Sie sich das?“

„Ohne auf Theologie zurückzugreifen?“ Ich lächelte. „Ich fürchte, das kann man nicht. Aber eine wissenschaftliche Grundlage für eine einmal gemachte Entdeckung zu erfinden, ist einfacher, als den Durchbruch selbst zu schaffen.“

„Sie haben recht, Leopold! Das ist völlig richtig!“, stimmte Dyak zu. „Aber hier gibt es noch mehr zu tun!“

Wir gingen vom Keller hinauf in die Werkstatt. Dort öffnete der Erfinder überglücklich eine Flasche Schustow-Schnaps.

„Wollen Sie auch?“, bot er mir an.

Ich lehnte ab. „Ich verzichte. Ich hoffe, unsere Vereinbarung wegen des Wagens bleibt in Kraft?“

Der Erfinder war offensichtlich ungeduldig, seine Gedanken und Theorien zu Papier zu bringen, aber er nahm sich zusammen und bestätigte: „Ja, kommen Sie um zwei Uhr vorbei.“

„Danke.“

„Danken Sie mir noch nicht!“ Dyak lachte und schenkte sich noch ein Glas ein.

Ich verabschiedete mich von ihm, ging nach draußen und überlegte, was ich mit meiner freien Zeit anfangen sollte. Es lohnte sich nicht, nach Hause zu gehen. Also beschloss ich, bei Albert Brandt vorbeizuschauen und ihn auf den Abschied von einer weiteren Dame seines Herzens vorzubereiten. Es nieselte, aber nicht sehr stark, deshalb ging ich zu Fuß. Im Vergleich zu gestern waren viel mehr Leute unterwegs. An jeder Ecke standen Streifenpolizisten, es gab Studenten, die zum Unterricht eilten, und Straßenverkäufer, die den Moment der Ruhe nutzten.

„Schreckliche Katastrophe! Absturz eines Luftschiffs! Luftschiff explodiert!“, rief einer der Zeitungsjungen. „Kaufen Sie den *Atlantic Telegraph*!"

„Dreister Raubüberfall auf Baron Dürer! Diebstahl während einer Dinnerparty! Tochter des Generalinspektors verschwindet auf mysteriöse Weise!“, verkündete sein Konkurrent. „Nur in der *Capital Times*!“

Ich konnte nicht länger widerstehen, kaufte mir eine neue Ausgabe der *Capital Times* und ging in das Café *Helena von Troja*, um zu frühstücken und mich mit den Nachrichten vertraut zu machen. Tee wurde dort nicht serviert, nur Kaffee, aber mein Herz klopfte bereits und meine Schläfen schmerzten. Also bestellte ich nur eine Tüte Profiteroles mit Zuckerguss und blätterte rasch in der Zeitung.

Wie sich herausstellte, brachte niemand Elisabeth-Maria von Nalz mit dem Diebstahl in Verbindung. Der Artikel über ihr Verschwinden sagte nichts, außer der Tatsache, dass sie nicht gefunden werden konnte und niemand wusste, wo man sie suchen sollte. Der Generalinspektor hatte seinen ganzen Einfluss geltend gemacht, um sicherzustellen, dass die Wahrheit nicht durchsickerte, und nun hatte jeder Constable in der Stadt das Bild der verschwundenen Dame im Kopf. Wenn sie noch in der Stadt war, würde man sie finden. Das Wort ‚wenn‘ verursachte einen scharfen Stich in meinem Herz. Ich zwang mich, die Gedanken an Elisabeth-Maria aus meinem Kopf zu verbannen.

„Alles zu seiner Zeit. Zuerst muss ich dringende Angelegenheiten regeln. Was danach zu tun ist, wird sich zeigen“, murmelte ich in dem Versuch, mich selbst zu überzeugen, während ich durch die nassen Straßen ging.

Wenigstens war ich nicht der Einzige, der schlechte

Laune hatte. Albert Brandt schimpfte wie ein Rohrspatz und stritt sich mit der Besitzerin des Varietés darüber, wer die Reparatur des zerbrochenen Fensters und das Trocknen der regennassen Möbel bezahlen sollte, nachdem in seine Wohnung eingebrochen worden war.

Ich schämte mich sogar ein bisschen.

„Ich muss doch sehr bitten!", sagte Albert mit tiefer Stimme und seine Augen leuchteten vor Ungeduld im Halbdunkel des Zimmers wie zwei durchsichtige Flammen.

Aber die üppige Dame kannte den Dichter besser. Sie kam auf ihn zu, legte eine Hand auf seine Brust und einen Finger auf seine Lippen.

„Albert!", mahnte die Wirtin. „Noch ein Wort in diesem Ton, und ich muss dir einen Tritt zwischen die Beine verpassen. Dann ist deine Stimme bestimmt gleich wieder höher!"

Der Dichter stieß ihre Hand weg, hörte aber auf, sein *illustres* Talent einzusetzen.

„Dann teilen wir uns die Kosten?", schlug er vor.

„Du bist so ein Schatz, Albert!", sagte sie lächelnd und ging hinaus, um Anweisungen zu geben.

Mein Freund schien äußerst verärgert über die unerwartete Ausgabe. Er breitete die Arme aus und wandte sich an mich. „Wohin steuert diese Welt nur, Leo, sag mir das. Einen Dichter zu berauben, stell dir das nur vor! Unfassbar."

Ich blickte der Vermieterin nach und fragte: „Hattest du je was mit ihr?"

Der Dichter lachte nur. „Männer und Frauen können nicht einmal einen Tag zusammen unter einem Dach leben, ohne dass sich eine gewisse Beziehung entwickelt, Leo. Ich miete diese Wohnung seit drei Jahren am Stück! Natürlich war da mal was."

„Schwerenöter."

„Ich bin ein treuer Mann!", erklärte Albert nachdrücklich. „Ich liebe zu jeder Zeit nur eine Frau. Um ehrlich zu sein, hat mir einmal ein Zwillingspaar den Kopf verdreht, aber das ist eine andere Geschichte. Die Sache ist die, Leo, meine aktuelle Geliebte sollte eigentlich jeden Moment kommen, aber in meiner Wohnung herrscht Chaos. Ich habe einfach keine Zeit."

Ich grinste. „Hast du denn nicht hier geschlafen?"

„Schlafen kann ich, wenn ich tot bin", scherzte der Dichter. „Bist du mir nicht böse?"

„Kein Problem", antwortete ich und klopfte ihm auf die Schulter. „Ich bin nur vorbeigekommen, um zu sehen, wie es dir geht."

„Mir geht es großartig, Leo! Alles ist gut! Komm doch ein andermal vorbei!", rief Albert und lief die Treppe hinauf.

Ich hielt ihn nicht auf, sondern ging hinaus auf die Straße. Dort erblickte ich eine weibliche Gestalt in einem schwarzen Mantel und einem Hut mit dickem Schleier. Elisabeth-Maria sah aus, als ob sie auf dem Weg zu einer Beerdigung wäre.

Entweder von der Vorahnung oder von der kühlen Brise fröstelnd ging ich auf den Sukkubus zu und fragte unwirsch: „Was zum Teufel willst du hier?"

„Das geht dich nichts an", erwiderte Elisabeth-Maria ebenso ungehalten.

„Du gehst das Risiko ein, dich ihm so zu zeigen?"

„Ich habe ein Angebot für dich, Leo", erklärte sie. „Es ist für uns beide vorteilhaft."

„Schwer vorstellbar", entgegnete ich, drehte mich um und ging die Straße hinunter.

„Die Tochter des Generalinspektors ist verschwunden", rief sie mir nach. „Willst du sie nicht finden?“

Ich fühlte mich wie von einem epileptischen Anfall heimgesucht. Langsam drehte ich mich um und sagte verunsichert: „Darüber weißt du nichts.“

„Ach, mein süßer Leo!“ Elisabeth-Maria lachte. „Deine *illustre* Bohnenstange *ist* verschwunden und die Frage ist nur, wie sehr du sie finden willst.“

„Du hast in der Zeitung darüber gelesen!“

„Das habe ich“, bestätigte sie. „Du hattest mir doch empfohlen, ich solle Zeitung lesen, weil es so was in der Unterwelt nicht gibt. Erinnerst du dich? Das waren deine Worte, Leo.“

„Lass das!“

Elisabeth-Maria kam auf mich zu und flüsterte: „Ich habe bei dem Empfang jemanden gesehen. Ich bin sicher, es könnte dir helfen, dein Dummchen zu finden.“

„Was willst du als Gegenleistung?“, platzte ich gegen meinen Willen heraus.

„Ich will meine Jugend zurück!“, forderte der Sukkubus, wie ich es erwartet hatte. „Gib mir meine Jugend zurück und gib mir dein Wort, dass du sie mir nie wieder nehmen wirst!“

Ich schüttelte den Kopf. „Das wird nicht passieren.“

„Darf ich fragen, warum?“

„Du hast dir das alles schön zurechtgelegt. Denkst du, du kannst mich um den Finger wickeln? Das wird nicht funktionieren.“

„Ich gebe dir mein Wort“, sagte Elisabeth-Maria sehr ernst. „Ich gebe dir mein Wort und du gibst mir deines. Wenn meine Informationen dich nicht innerhalb von 48 Stunden zu ihr führen, kannst du machen, was immer du willst.“

„48 Stunden?“

„Ja."

„Eigenartig..." Ich wollte ihr glauben, aber ich konnte ihr nicht trauen. Doch was hatte ich schon zu verlieren? Wenn es eine Täuschung war, wäre in zwei Tagen alles wieder normal. Aber wenn der Sukkubus wirklich etwas Wichtiges gesehen hatte, könnte ich Elisabeth-Maria von Nalz vielleicht finden. Ich wusste nicht, ob ich mir in diesem Fall die Gunst der Tochter des Generalinspektors verdienen konnte, aber mit der Dankbarkeit ihres Vaters konnte ich durchaus rechnen. Das gab den Ausschlag.

Der Sukkubus bemerkte, dass meine Augen leuchteten, und leckte sich über die Lippen. „Nun? Bist du einverstanden, Leo?"

„Du trennst dich von Albert", fügte ich eine Bedingung hinzu. „Und das steht nicht zur Diskussion."

„Wenn du darauf bestehst, mein Lieber", stimmte Elisabeth-Maria beschwichtigend zu und warf den Schleier zurück, zitternd vor Ungeduld, zu ihrem mädchenhaften Aussehen zurückzukehren.

Wir tauschten feierliche Versprechen aus. Ihre faltenbedeckte Haut glättete sich umgehend und die junge Frau gewann vor meinen Augen ihre Frische zurück.

„Sag es mir!", forderte ich und fühlte mich wie ein richtiger Idiot. „Oder unsere Abmachung ist hinfällig!"

Elisabeth-Maria lachte, stockte aber, als sie meinen grimmigen Blick auffing, und seufzte dann. „Beruhige dich, Leo!", bat sie. „Ich halte immer mein Wort!"

„Nun sag schon!"

„Auf dem Empfang kam mir die Tochter des Generalinspektors komisch vor", sagte Elisabeth-Maria vage. „Als ich sie auf dem Polizeiball gesehen hatte, hatte ihr Blick ganz anders gewirkt. Beim Baron sah sie aus, als hätte sie Laudanum getrunken."

„Das reicht jetzt!“

„Es ist nicht meine Schuld, wenn deine zarte Psyche durch diese Details traumatisiert wird! Es ist bekannt, dass selbst Damen des höchsten Adels manchmal drogensüchtig sind!“

„Komm zur Sache!“

„Da ich weiß, wie sehr du an ihr hängst, habe ich versucht, sie nicht aus den Augen zu lassen“, fuhr der Sukkubus fort. „Die einzige Person außer ihrem Verlobten, mit der sie auf dem Empfang gesprochen hat, war Maestro Marlini, der Magier.“

„Der Hypnotiseur.“

„Der Scharlatan.“

„Wo hast du die beiden gesehen?“

„Ich ging zur Damentoilette, um mir die Nase zu pudern, und traf sie auf dem Flur.“

„Das heißt noch gar nichts.“

„Mein Instinkt sagt etwas anderes“, wandte Elisabeth-Maria ein. „Und jetzt lass mich allein. Ich muss mit dem Dichter Schluss machen.“

„Geh schonend mit ihm um!“

„48 Stunden!“, erinnerte der Sukkubus mich, während sie in Richtung Varieté ging.

Ich fluchte laut. Erst wollte ich ihr folgen, dann verwarf ich die Idee und machte mich auf die Suche nach einem Taxi.

Der *Moon Circus* hätte die Stadt gleich nach seiner letzten Vorstellung verlassen sollen, aber das schlechte Wetter hatte ihn davon abgehalten, sich auf den langsamen Weg zum Kontinent zu machen. Das bedeutete, dass ich keine Zeit zu verlieren hatte. Jede Minute war kostbar.

Ich ertappte mich bei diesem Gedanken und schüttelte den Kopf. Elisabeth-Maria hatte mich manipuliert und das brachte ernsthafte Probleme mit sich. Was, wenn sie sich eines Tages rächen wollte? Oder gelogen hatte, um Zeit zu gewinnen?

Natürlich hätte ich Ramon um Hilfe bitten können, entschied mich aber dagegen. In dieser Situation musste ich sichergehen, dass ich mich streng an das Gesetz hielt. Neue Schwierigkeiten waren das Letzte, was ich brauchte.

Am Ende fand ich ein Taxi und wies den Fahrer an, in die Newtonstraat zu fahren. Aber ich wollte nicht zum Hauptquartier der Stadtpolizei. Mein Ziel war das Restaurant *Zum blauen Strauß*.

Ich nickte dem Türsteher lässig zu, betrat das Etablissement, nicht im Geringsten wegen meines unpassenden Aussehens verlegen, und fragte den Empfangschef: „Ist Oberinspektor Moran schon eingetroffen?

„Ja, kommen Sie weiter."

Bastian Moran verschluckte sich fast, als er mich sah. Er hatte gerade mit dem Essen begonnen und genoss den feinen Geschmack von Trüffeln in Weinsauce, legte aber Messer und Gabel beiseite und tupfte sich die Lippen mit einer Serviette ab.

„Viscount, Sie sind der letzte Mensch, den ich hier erwartet hätte", erklärte er. Nach einer kurzen Pause fügte er hinzu: „Und Sie sind auch der letzte, nein, der vorletzte Mensch, den ich hier sehen will."

Ich lächelte. „Glauben Sie mir, Herr Oberinspektor, Ihr Gesicht zu sehen, bereitet mir auch keine Freude."

„Welchem Umstand verdanke ich dann das Vergnügen?"

Ich nahm ihm gegenüber Platz. „Wie läuft die Suche nach dem Maulwurf der Räuber im Newton-Markt?"

Bastian Moran zog die Augenbrauen hoch, warf mir

einen kalten Blick zu und erwiderte schnippisch: „Ich bin nicht bereit, mich jetzt zu diesem Thema zu äußern.“

„Das heißt, Sie sind nicht weitergekommen.“

„Ist das der einzige Grund, weshalb Sie mich sehen wollten?“

„Um ehrlich zu sein, wollte ich Sie überhaupt nicht sehen“, sagte ich. „Ich wusste nur nicht, zu wem ich sonst gehen sollte.“

Der Oberinspektor schnaubte. „Ach, tatsächlich?“.

„Ich habe einen für beide Seiten vorteilhaften Vorschlag. Ich gebe Ihnen einen Hinweis, der es Ihnen ermöglicht, den Kreis der Verdächtigen erheblich einzuschränken, und Sie helfen mir in einer bestimmten Angelegenheit.“

Bastian Moran schüttelte den Kopf. „Wissen Sie, Viscount, Sie sind nicht nur eitel, sondern auch übertrieben selbstbewusst.“

„Ich wiederhole: Mein Vorschlag wäre für uns beide hilfreich.“

„Verzeihen Sie mir, wenn ich an Ihren Worten zweifle.“

Ich riskierte es, mit offenen Karten zu spielen. „Es hat mit der Tochter des Generalinspektors zu tun. Vielleicht habe ich einen Anhaltspunkt. Vielleicht weiß ich, wo sie jetzt ist.“

„Ich bin mir nicht sicher, ob ich derjenige sein möchte, der die Tochter des Generalinspektors verhaftet.“ Bastian Moran schüttelte den Kopf. „Sie sind ein beängstigender Mann, Viscount! Sie wollen, dass ich Ihnen helfe, eine Person loszuwerden, die Ihre Interessen bedroht. Und als Dankeschön wollen Sie mich in ein weiteres Problem hineinziehen, das meine Karriere ein für alle Mal zerstören kann! Das nennen Sie für beide Seiten vorteilhaft?“

„Ja, hören Sie mir zu!“, sagte ich und erhob meine Stimme. Ich fing mich aber sofort wieder und fügte ruhig hinzu: „Elisabeth-Maria ist unschuldig. Sie wusste nicht, was sie getan hat. Sie wurde nur benutzt.“

„Wenn der Fall mit dieser Verteidigungslinie vor Gericht kommt, wird der Skandal enorm sein. Damit will ich nichts zu tun haben. Und außerdem werden Sie einen Sündenbock brauchen, dem Sie alles anhängen können. Das ist ein schmutziges Spiel, das Sie da spielen, Viscount.“

„Ich habe nicht vor, jemanden fälschlicherweise zu beschuldigen. Ich bin mir meiner Sache sicher.“

„Erst gestern haben Sie behauptet, nichts von diesem unglücklichen Vorfall zu wissen!“

„Das war gestern! Ich habe nämlich nicht den ganzen Tag auf meinem Hintern in einem Büro verbracht, wissen Sie? Ich war unterwegs, habe mit Leuten gesprochen und bin auf Informationen gestoßen.“

In den Augen des Oberinspektors blitzte Interesse auf. „Also gut, erzählen Sie.“

„Zuerst geben Sie mir Ihr Wort, dass Sie den Generalinspektor über meine Beteiligung informieren werden. Inoffiziell, versteht sich. Sie können die Lorbeeren haben.“

„Sie wollen wieder eingestellt werden?“ Moran blinzelte. „Das ist mal was Neues!“

„Kümmert Sie das?“

„Kein bisschen.“ Der Inspektor versprach: „Wenn dieses Unterfangen erfolgreich ist, verschaffe ich Ihnen eine Audienz beim Generalinspektor. Zufrieden? Und jetzt verschwenden Sie nicht meine Zeit oder verschwinden Sie von hier!“

Ich lehnte mich in meinem Stuhl zurück. „Der

Informant der Räuber hatte Zugang zu den Gegenständen, die bei meiner letzten Verhaftung beschlagnahmt wurden, und auch zu den Dokumenten des Grafen Kósice, die an der Absturzstelle des Luftschiffs gefunden wurden. Er war definitiv nicht an der Absturzstelle und hat auch nicht persönlich meine Taschen durchsucht, sonst hätte er das Stück Papier konfisziert und keine Fotokopien gemacht."

„Es wurden Fotokopien gemacht?" Bastian Moran spitzte die Ohren. „Sind Sie sicher?"

„Absolut."

„Und wie sind Sie darauf aufmerksam geworden?"

„Ein gewisser älterer Herr hat sie mir unter die Nase gehalten."

„Und Sie haben ihn nicht gefasst?"

„Er war so beharrlich, dass ich das Bewusstsein verlor."

Der Oberinspektor runzelte die Stirn. „Und Sie wurden nicht verletzt? Warum?"

„Sie sprachen über einige Papiere, die einst meiner Großmutter gehörten", bog ich die Wahrheit ein wenig zurecht. „Vielleicht denken die Räuber, dass sie noch irgendwo auftauchen und ich an sie herankomme."

„Was für Papiere genau?"

„Das ist nicht von Bedeutung."

„Ich könnte Sie jetzt wegen des Zurückhaltens von Beweismitteln verhaften, Viscount. Ihr Onkel wurde ermordet und das Bankhaus demoliert. In meinen Augen hat es schon mehr als genug Opfer gegeben."

„Das ist eine Familienangelegenheit, die ich noch nicht ganz durchschaut habe", erklärte ich sachlich. „Ich schlage vor, wir machen bei der Rettung der Tochter des Generalinspektors weiter."

„Noch eine Frage, Viscount", sagte Moran und holte

einen Notizblock und einen Bleistift hervor. „Wie sah der ältere Herr aus?“

„Er war ein *Illustrer*. Sehr alt. Gut gekleidet. Schien eine wichtige Persönlichkeit zu sein. Das war alles, was ich ausmachen konnte. Es war dunkel.“ Ich vermied es absichtlich, das Aussehen des alten Mannes zu beschreiben, der an einem Herzinfarkt gestorben war. Dann fragte ich: „Habe ich Ihre Neugierde befriedigt, Herr Oberinspektor?“

„Teilweise“, erwiderte er und nahm einen Schlucke *Pino noir*. „Erzählen Sie schon!“

Seine Überheblichkeit ging mir auf die Nerven, aber ich sagte nichts dazu, sondern erzählte ihm nur von Elisabeth-Marias Gespräch mit Maestro Marlini beim Empfang von Baron Dürer.

„Und das ist alles? Sie überraschen mich, Viscount! Die Verdächtige hat mit einer berühmten Person gesprochen, die jeden Tag mehrfach um Autogramme gebeten wird, und daraus ziehen Sie solch weitreichende Schlüsse? Völliger Blödsinn!“

Ich wollte mich nicht so leicht geschlagen geben. „Dieses Gespräch passt perfekt in das Gesamtschema! Der Hypnotiseur hat sie gezwungen, das Verbrechen zu begehen!“, beharrte ich.

„Er hat sie gezwungen, ihr eigenes *Talent* zu nutzen?“

„Warum nicht?“

„Das ist weit hergeholt.“

„Ich habe langsam den Eindruck, dass Sie gar nicht daran interessiert sind, den Raub aufzuklären! Soll ich das dem Generalinspektor erzählen?“

Bastian Moran lächelte ruhig. „Ich beteilige mich nicht an den Ermittlungen, Viscount. Die Identität des

Verdächtigen ist für mich nicht von Bedeutung und Ihre Schlussfolgerungen wirken auf mich nicht überzeugend."

„Sie versuchen nicht einmal, der Sache nachzugehen?"

„Sie sind an der falschen Adresse. Abteilung 3 beteiligt sich nicht an dieser Untersuchung und ich halte mich so weit wie möglich davon fern. Also gehen Sie ruhig und reden Sie mit dem Generalinspektor."

„Sind Sie sicher, dass er nicht von seinem Stuhl fallen wird?"

„Das ist unwichtig. Das Rechtssystem steht über allem", erklärte Moran kühl. „Wenn Sie jetzt so freundlich wären, mich essen zu lassen."

Ich blieb sitzen und sagte nachdenklich: „Duralumin ist der letzte Schrei im Luftschiffbau, nicht wahr? Was wäre, wenn die Unterlagen zur Herstellung am Ende an die Ägypter oder Perser verkauft würden? Ist es nicht naheliegend, dass gerade sie hinter diesem Verbrechen stecken?"

Ich erinnerte mich daran, was der Oberinspektor einmal über die eifrigen Aktivitäten ausländischer Spione gesagt hatte, und war mir daher sicher, dass ich ins Schwarze treffen würde. Und das tat ich auch.

Sein Augenlid begann zu zucken. „Das ist ein Argument." Moran strich nachdenklich seine Serviette glatt. „Aber Maestro Marlini hat viele einflussreiche Bewunderer. Eine solche Person ohne ausreichende Grundlage zu beschuldigen, birgt ernsthafte Probleme. Und was die Sache noch schlimmer macht, ist, dass es ein öffentlicher Skandal wäre. Das ist das, was der Generalinspektor unbedingt zu vermeiden versucht! Ich fürchte, Viscount, dass Sie ihm damit keinen Dienst erweisen."

„Wo liegt da der Unterschied? Ich dachte, die

Rechtsstaatlichkeit wäre für Sie von größter Bedeutung?"

„Es gibt keine Beweise und keine Grundlage für eine Durchsuchung."

„Das heißt also, Sie sollten nichts tun?"

„Es scheint mir, dass Sie ein persönliches Interesse an dieser Sache haben", stellte Moran fest. „Ich sage Ihnen etwas: Jeder Bürger, der im Besitz von Informationen über ein Verbrechen ist, ist gesetzlich verpflichtet, Maßnahmen zu ergreifen, um die Verbrecher zu fassen. Sie brauchen mich nicht. Es steht Ihnen frei, jeden beliebigen Polizisten um Hilfe zu bitten. Und ich ermutige Sie in diesem Bestreben! Finden Sie Hinweise und ich helfe Ihnen gern, die Ermittlungen in die richtigen Bahnen zu lenken. Genügt Ihnen das?"

„Nein!", rief ich, sprang zu schwungvoll von meinem Stuhl auf und verschüttete den Wein des Oberinspektors auf seiner Jacke.

„Mist!", fluchte er und tupfte den teuren Stoff mit einer Serviette ab.

Sofort erschien ein Kellner neben ihm. „Erlauben Sie?", bat er und half seinem geschätzten Gast aus der weinbefleckten Kleidung.

Als der Kellner gegangen war, starrte Moran mich düster an und flüsterte: „Sie sind unerträglich, Viscount! Verschwinden Sie, sonst garantiere nicht mehr für mein Verhalten!"

„Wir werden uns wiedersehen", versicherte ich ihm und ging ins Foyer des Restaurants.

Dort stand ich mit meiner dunklen Brille auf der Nase vor einem Panoramafenster. Draußen regnete es in Strömen, aber drinnen fühlte ich mich nicht weniger unwohl. Meine Beweise waren nicht stichhaltig genug, um die Hilfe gewöhnlicher Polizisten für die Verhaftung zu gewinnen. Constables waren nicht geneigt, Privatdetektiven zuzuhören. Schon gar nicht, wenn es sich um eine berühmte und beliebte Persönlichkeit handelte.

In diesem Moment kam der Kellner mit der Jacke des Oberinspektors aus der Herrentoilette. Ich ging auf ihn zu und streckte eine Hand aus. „Bitte, erlauben Sie mir, mich persönlich zu entschuldigen."

Er zögerte einen Moment, dann reichte er mir die Jacke. Ich ging in den Gastraum, drehte mich aber gleich wieder um. „Es tut mir leid. Ich fürchte, das würde die Sache nur noch schlimmer machen."

„Kein Grund zur Sorge", antwortete der Kellner gelassen, nahm mir die Jacke ab und brachte sie zu Bastian Moran. Ich dagegen trat ruhig unter der Markise hervor, öffnete die Brieftasche, die ich mir vom Oberinspektor geliehen hatte, und rief den Pförtner.

„Mein guter Mann", sagte ich und reichte ihm die Brieftasche, behielt aber den Ausweis. „Jemand muss das hier verloren haben. Fragen Sie Ihre Gäste danach, wenn sie zur Tür hinausgehen."

„Unbedingt", versprach er, da er hinter meiner unschuldigen Bitte nichts Unrechtes vermutete.

Ich nickte und eilte davon, um mir ein Taxi zu suchen. Ich hatte nur wenig Zeit.

2

EIN ALBTRAUM für jeden Polizisten, selbst für einen eingefleischten Karrieristen, ist es, die Aufmerksamkeit der obersten Führung auf sich zu ziehen, wenn sich die Schicht gerade dem Ende zuneigt. Vor allem, wenn draußen Hundewetter mit Regen und Wind herrscht und man sich schon mit einem Krug Bier oder einem Glas warmem Grog in eine gemütliche Kneipe gesetzt hat. Das wusste ich aus erster Hand. Ich hatte schließlich selbst einmal in Uniform meine Runde gezogen.

Deshalb steuerte ich, nachdem ich das Gelände des alten Zirkus erreicht hatte, das nächste Etablissement an, das Schnaps ausschenkte. Ich hatte keinerlei Bedarf an aufmerksamen Ordnungshütern, die zweifeln und unbequeme Fragen stellen würden. Nein, ich hatte vor, auf Nummer sicherzugehen.

Beim Betreten des *König der Clowns*, einem prätentiös benannten Etablissement von mittlerer Schäbigkeit, fand ich fünf Newton-Markt-Beamte, die gemeinsam Wein tranken. Ich räusperte mich und zeigte den gestohlenen Ausweis vor.

„Abteilung 3, Oberinspektor Moran“, sagte ich nachdrücklich. „Zum Ausgang, meine Herren.“

Und sie gehorchten alle. Keiner von ihnen wunderte sich über das jugendliche Alter des Oberinspektors oder über seinen Besuch in einem so billigen Etablissement. Sie schienen nicht darüber nachzudenken, warum eine so wichtige Persönlichkeit nicht von einer Horde Untergebener begleitet wurde, und auch nicht darüber, warum er nicht eine einzige Frage stellte. ‚Unverschämtheit gibt dir die halbe Welt', wie mein Großvater zu sagen pflegte. Abgesehen von Unverschämtheit hatte ich auch noch ein *illustres* Talent. Die Furcht, die obere Führung zu verärgern, setzte den Constables zu und zwang sie, die Befehle des Hochstaplers unhinterfragt auszuführen.

Draußen stellte ich die Polizisten in einer Reihe auf und zeigte auf die Zirkuskuppel.

„Wir führen eine Suche durch. Nach der Tochter des Generalinspektors."

„Aber ... wie kann das sein...?", stammelte einer der Wachtmeister.

„Lesen Sie keine Zeitung?", fragte ich kühl und der blonde Constable verstummte sofort. „Ausrücken!"

Meine kleine Abteilung eilte über den Platz.

Da ich wusste, dass ich sie nicht lange an der Nase herumführen konnte, beeilte ich mich, sie aufzuteilen und zur Sache zu kommen. Der blonde Constable ging zum Hintereingang, sein Freund blieb im Foyer und die anderen führte ich hinter die Bühne.

„Sie können nicht nach hinten!", rief ein alarmierter Türsteher und lief uns hinterher.

„Polizei!", rief ich im Gehen. Dann bellte ich wie mein früherer Boss, der mir beigebracht hatte, nett mit den Bürgern umzugehen: „Aus dem Weg, undankbarer Feigling!"

Der Türsteher wich zurück. Die Wachen betrachteten mich mit neidvollem Respekt. Zirkusmenschen so zu behandeln, war ganz nach ihrem Geschmack. Zirkusleute und die Polizei hatten eine lange Tradition der gegenseitigen Abneigung.

Als wir uns der Hinterbühne näherten, wurden wir vom Theaterdirektor abgefangen. Aber solch aufgeblasenen Individuen war ich in meiner Kindheit oft begegnet. Und ich durchschaute sie. Ich konnte alle ihre Ängste perfekt einschätzen.

„Mein guter Mann!“, sagte ich und packte den Schwachkopf an einem vergoldeten Knopf seines Fracks. „Einer Ihrer Leute hat etwas getan, das er nicht hätte tun sollen. Wenn Sie sich einmischen, machen Sie sich zum Komplizen. Haben Sie das verstanden?“

Wieder hatte ich ins Schwarze getroffen. In jedem Zirkus und jeder Künstlertruppe, auch in der seriösesten, fand sich immer ein schwarzes Schaf. Wenn nicht unter den Zirkusleuten selbst, dann unter dem Hilfspersonal. Die Direktion wusste von den dunklen Machenschaften, aber wo sonst sollten sie jemanden finden, der bereit war, für ein so lächerliches Gehalt zu arbeiten? Außerdem waren es nur Kleinigkeiten. Aber solche Lappalien wirkten nur so lange klein, bis sich die Polizei einmischte.

„Was glauben Sie, was Sie da tun?“, wandte der Manager ein, der sehr blass geworden war. „Ich kenne viele wichtige Leute! Ich werde mich beschweren!“

„Haben Sie ein Telefon?“, fragte ich und brachte ihn damit aus dem Konzept.

„Ja, warum?“

„Dann rufen Sie Ihre Freunde an, solange sie sich noch an Sie erinnern.“

„Das ist lächerlich!“, rief der Direktor und trat einen Schritt zurück. „Ich werde einen Anwalt anrufen!“

„Das ist Ihr gutes Recht.“ Ich lächelte und rief einen Constable zu mir. „Na los! Schneller!“

Selbst mein *Talent* konnte den Zirkusdirektor nicht lange aufhalten. Die Streitsucht solcher Leute überstieg alle rationalen Grenzen. Bald würde er zur Vernunft kommen und einen riesigen Skandal heraufbeschwören.

Hinter der Bühne kam uns ein schmächtiger Junge

entgegen, wahrscheinlich der Assistent eines der Artisten. Ich hielt ihn auf und bat ihn, uns rasch zu Maestro Marlini zu bringen. Ich packte ihn an der Schulter. „Du bist dabei, auf eine große Tournee zu gehen, richtig? Es wäre doch eine Schande, wenn du im Knast landest und den Spaß verpasst.“

Der Junge schauderte vor Entsetzen und führte uns schnell durch die verwirrenden Gänge des Zirkus. Das war perfekt. Der anfängliche Schock der Constables ließ langsam nach und sie sahen mich mit unverhohlenem Zweifel an. Also weiter!

Maestro Marlini erwartete uns. Wir stürmten in den großen Raum und fanden ihn gefüllt mit Kisten voller Bühnenrequisiten, die für die Reise verpackt waren.

Er lächelte sorglos. „Ah, die tapferen Hüter der öffentlichen Ordnung! Welchem Umstand verdanke ich Ihren Besuch?“

„Durchsuchen Sie alles von oben bis unten!“, befahl ich den Constables. „Suchen Sie die Frau und die Dokumente von Baron Dürer.“

Die Polizisten tauschten verwirrte Blicke aus und gingen in verschiedene Richtungen.

„Halt!“, sagte der Hypnotiseur schlicht und meine Untergebenen blieben auf der Stelle stehen.

„Haben Sie vor, die Exekutive bei ihrer Arbeit zu behindern? Das hätte ernste Konsequenzen, Maestro.“

„Stellen Sie sich erst einmal vor!“, forderte der Magier.

Ich wedelte mit meinem Abzeichen vor seinem Gesicht. „Oberinspektor Moran, Abteilung 3!“

Meine Behauptung hatte nicht die geringste Wirkung auf den Hypnotiseur. Sein Gesicht veränderte sich nicht einmal. Mehr noch, obwohl wir einander nie vorgestellt worden waren, hatte ich den Eindruck, dass der Magier mit Sicherheit wusste, wer ich wirklich war.

„Dann haben Sie doch sicher einen Durchsuchungsbeschluss, Oberinspektor Moran?“, fragte der Magier neugierig und zerstreute damit auch den letzten meiner Zweifel an seiner Schuld. Er verhöhnte mich!

Aber ich äußerte keine Verärgerung und erklärte, mehr für die Constables als für die Schausteller: „Ein Durchsuchungsbeschluss ist nicht nötig, wenn der Verdacht besteht, dass jemand unrechtmäßig festgehalten wird.“

„Wollen Sie mich der Entführung beschuldigen?“, fragte der Maestro lächelnd.

Er sagte nichts Besonderes und bewegte sich auch nicht, aber die Polizisten machten einen unwillkürlichen Schritt zurück in Richtung Ausgang. Hätte mein *Talent* sie nicht immer noch festgehalten, wären sie sicher so schnell wie möglich weggelaufen.

„Wer hat gesagt, dass es um Sie geht?“, fragte ich erstaunt. „Sind Sie der Einzige, der hier hinten Zugang hat?“

„Natürlich nicht!“, rief der Hypnotiseur und klatschte in die Hände. Drei junge Männer kamen aus dem Nebenraum. „Das sind meine Assistenten, Mickey, Don und Leon“, stellte der Maestro vor.

„Dann haben Sie ja nichts zu befürchten. Niemand wirft Ihnen etwas vor.“ Ich wandte mich an die Constables. „Fangt mit der Durchsuchung an!“

„Halt! Einen Moment!“, forderte der Magier. „Meine Assistenten werden Sie herumführen.“ Er teilte jedem Polizisten einen Assistenten zu und als sie mit der Durchsuchung des Gebäudes begonnen hatten, wandte er sich wieder an mich. „Darf ich so neugierig sein, zu fragen, wen Sie hier zu finden hoffen?“

Ich musterte ihn aufmerksam. „Elisabeth-Maria von Nalz.“

„Oh, ich habe von ihrem Verschwinden gelesen“, sagte der Hypnotiseur. „Was für eine Tragödie.“

„Wir werden sie finden.“

„Aber warum gerade hier?“

„Amtsgeheimnis.“

„Glauben Sie nicht, dass ich an Ihrer Kompetenz zweifle, Generalinspektor…“

„Oberinspektor.“

Maestro Marlini lächelte. „Als jemand, der ein streng bürgerliches Leben geführt hat, halte ich das für einen verzeihlichen Fehler, Oberinspektor. Man hat Sie nur hinters Licht geführt.“ Er ging hinüber zu einem Tisch mit einer halb vollen Flasche Wein und einer Schale mit Obst. Er füllte ein Glas. „Möchten Sie etwas trinken?“

„Ich bin im Dienst.“

„Bewundernswerte Zurückhaltung! Es kann nicht einfach gewesen sein, sich in so jungen Jahren zum Oberinspektor hochzuarbeiten, oder?“

„Der Schein kann trügen, Maestro, gerade Sie sollten das wissen“, parierte ich ohne zu zögern und beobachtete aufmerksam die Handlungen der Constables. Sie überprüften alle Kästchen, in die ein Mensch passen könnte, und doch machte mich etwas an ihren Bewegungen im Raum unruhig.

„Und Ihre Brille?“, lenkte der Hypnotiseur mich wieder ab. „So etwas habe ich noch nie gesehen. Darf ich sie mir mal ansehen?“

Mein Arm begann, sich gegen meinen Willen in Richtung Brillenbügel zu bewegen, aber ich stoppte ihn rechtzeitig und rieb mir die Wange.

Maestro Marlini lachte. „Ich werde mir eine bestellen müssen."

„Die wird Ihnen im Arbeitslager kaum etwas nützen", stellte ich fest.

„Was ist mit der Unschuldsvermutung?"

„Man kann nicht die Tochter des Generalinspektors der Stadtpolizei entführen und dann Milde erwarten."

„Ich verstehe diese Eskalation nicht", sagte der Magier verärgert. „Haben Sie ein persönliches Interesse an dieser Angelegenheit... Oberinspektor Moran?"

„Oh, ja!" Ich lächelte, weil ich endlich begriffen hatte, was das Gefühl auslöste, dass hier etwas nicht stimmte. Die Mitte des Raumes war frei von Kisten, aber sowohl die Constables als auch die Assistenten des Maestros liefen nur an den Wänden entlang.

„Persönliches Interesse kann einen Fall verderben", bemerkte der Hypnotiseur scharfsinnig und machte sich offensichtlich heimlich über den Tölpel lustig, für den er mich hielt.

Ich antwortete nicht, sondern winkte den Polizisten, der den Kistenstapel in der hinteren Ecke durchsuchte, zu mir. „Constable! Kommen Sie hierher!"

Der Polizist zuckte zusammen und beeilte sich, meinen Befehl auszuführen. Aber er kam nicht direkt herüber, sondern ging wieder an der Wand entlang, als ob die Mitte des Raumes durch eine Art Hindernis blockiert wäre, das er umging, ohne es zu merken.

„Ja, Herr Oberinspektor?", fragte der Constable.

„Haben Sie etwas gefunden?"

„Nichts."

„Machen Sie weiter!" Ich ließ ihn gehen und kehrte zu dem Maestro zurück, der unser Gespräch mit unverhohlener Neugierde beobachtet hatte.

„Sie werden nichts finden“, versicherte der Magier mir. „Und Sie haben kein Recht, mich zu durchsuchen. Ich bin sicher, unser Direktor hat bereits einen Anwalt eingeschaltet. Ich rate Ihnen, den Zirkus zu verlassen, bevor er eintrifft.“

„Sie raten mir?“ Ich lachte leise und nahm drei kleine Orangen aus der Obstschale. „Wissen Sie was? Ich habe früher mal in einem Zirkus gelebt. Mein Vater vertrat die Interessen seines Besitzers. Natürlich konnte unsere Truppe nicht mit Ihrem Zirkus mithalten, aber trotzdem war der unbeliebteste Teil des Jobs meines Vaters das Eingreifen in Konflikte der Zirkusleute mit der Polizei.“

„Das lässt Ihren Vater nicht gerade in einem guten Licht erscheinen“, warf der Maestro bissig ein.

„Ich fürchte, das ist der Charakter aller Anwälte. Sie ziehen es vor, zu warten, bis sich eine Situation von selbst löst. Das fahrende Volk macht sich aus dem Staub und sie müssen hier weiterleben.“

„Ist das eine Drohung?“

„Keineswegs. Wissen Sie, was ich im Zirkus noch gelernt habe?“

Der Hypnotiseur ignorierte die Frage. „Die Constables haben ihre Suche beendet“, verkündete er. „Sie gehen jetzt besser.“

Ich tat so, als hätte ich ihn nicht gehört, warf erst eine Orange in die Luft, dann eine zweite und noch eine und jonglierte sie in meiner linken Hand.

„Meine rechte Hand war damals in einem Gips“, erzählte ich ihm. „Ich habe bis heute nicht gelernt, damit zu jonglieren.“

„Ich verstehe nicht, was das mit Ihren Anschuldigungen zu tun hat!“

„Nichts“, antwortete ich. Meine Aufmerksamkeit war

nun auf die Orangen gerichtet, die in die Luft flogen und wieder in meine Hand fielen.

Eins-zwei-drei, eins-zwei-drei, eins-zwei-drei. Dieser primitive Rhythmus nahm mein Bewusstsein ein und versetzte mich in Trance. Mein Geist wurde klar. Das Einzige, was in meiner Welt existierte, waren die Orangenkugeln mit der kalten, leicht rauen Schale. Sie flogen in die Luft und fielen, immer wieder.

„Schluss mit dem Theater!" Der Maestro verlor die Beherrschung.

Ich warf eine Orange nach ihm und drehte mich scharf um, wobei ich den ganzen Raum mit meinem Blick einnahm. Maestro Marlini war gut und sogar - ich scheute mich nicht, es zuzugeben - ein Genie. Ohne jede Vorbereitung und mit nur ein paar bedeutungslosen Phrasen und banalen Gesten hatte er es geschafft, in die Köpfe einer Gruppe von Menschen zu gelangen, die er nicht kannte, und sie zu zwingen, einen Schrank zu ignorieren, der in der Mitte des Raumes auf einem drehbaren Fundament aufragte. Wir sahen ihn gut genug, um darum herumzugehen, beachteten ihn aber nicht. Nur das idiotische Spiel mit den Orangen hatte mich aus dem Netz seiner geschickten Hypnose schlüpfen lassen.

„Was ist das?", erkundigte ich mich laut, womit ich die verdutzten Blicke der Constables auf mich zog.

„Wovon reden Sie?", fragte der Magier erstaunt, jetzt viel weniger blasiert als zuvor.

„Haben Sie den Schrank durchsucht?", fragte ich und deutete auf die Mitte des Raumes.

Erst jetzt bemerkten die Polizisten die große Kiste, die die ganze Zeit vor ihren Augen gestanden hatte.

„Wir haben ihn übersehen, Herr Oberinspektor", gab einer der Polizisten zu. „Ich verstehe nicht, wie so etwas passieren konnte...“

„Er ist kein Oberinspektor!“, schrie Maestro Marlini. „Ich erinnere mich an diesen Kerl. Er wurde bei der Polizei gefeuert!“

Aber es war zu spät. Ich stand schon neben dem Schrank und riss die Türen auf. Leer! Der Innenraum war leer! Schlimmer noch, der Schrei des Hypnotiseurs hatte meiner Macht über die Constables endgültig ein Ende bereitet. Als die Polizisten erkannten, dass ich ein Betrüger war, starrten sie mich mit stummem Erstaunen an und hätten sich sicherlich auf mich gestürzt, aber ich hatte ein gutes Verständnis der Bühnenrequisiten, die von Zauberern verwendet wurden, und fand leicht die Trennwand, die den Schrank in zwei Hälften teilte. Ich brach sie heraus.

Und wer fiel mir entgegen? Elisabeth-Maria!

Ich schnappte überrascht nach Luft, packte die junge Frau und setzte sie vorsichtig in einen Sessel. Dann legte ich besorgt meine Hand an ihren Hals und atmete erleichtert auf, als ich einen schwachen Puls fühlte.

Dann fuhr ich herum und sah mich um, aber die Spur des Maestros war bereits kalt geworden.

„Wo ist er?“, fauchte ich. „Wo ist der Hypnotiseur hin?“

Die Constables hoben nur die Hände. Die Assistenten des Magiers verfielen dagegen in eine völlige Starre.

„Sie!“ Ich stupste einen der Polizisten mit dem Finger an. „Holen Sie einen Arzt, schnell! Der Rest von euch, lasst sie nicht aus den Augen!“

Dann stürmte ich auf den Gang hinaus und stieß dort mit Bastian Moran zusammen.

„Nicht jetzt!“, wehrte ich ab und rannte an ihm vorbei, doch der Oberinspektor packte mich an der Schulter und drehte mich um. Dort führten zwei kräftige Constables Maestro Marlini mit auf dem Rücken gefesselten Händen zu uns in den Flur. Unter dem Auge des Magiers erblühte ein prächtiges Veilchen.

„Eigentlich“, erklärte Moran, „bin ich hergekommen, um Sie zu verhaften, aber der Maestro wollte den Zirkus so eilig verlassen, dass ich es für eine gute Idee hielt, ihn ebenfalls zu verhaften. Ich hoffe, ich werde das nicht bereuen.“

„Sehen Sie selbst!“ Ich deutete auf die offene Tür.

Der Oberinspektor trat über die Schwelle und pfiff überrascht, als er die immer noch bewusstlose Elisabeth-Maria von Nalz sah. „Ich hätte es nicht für möglich gehalten, aber manchmal wissen Sie tatsächlich, wovon Sie reden, Viscount!“

„Ist unsere Vereinbarung also noch in Kraft?“, fragte ich und gab die geliehene Dienstmarke zurück.

„Ich werde darüber nachdenken“, sagte Bastian Moran und bremste damit meinen Eifer. Dann rief er den Constables zu: „Aus dem Weg! Gebt ihr mehr Luft!“

„Machen Sie Platz! Lassen Sie mich durch!“, sagte der Zirkusarzt und drängte sich an den Polizisten vorbei. Er kniete sich neben Elisabeth-Maria und holte Riechsalz hervor. „Sie wird schon wieder“, beruhigte er uns. „Sie ist nur ohnmächtig!“

Ihre Wimpern flatterten und mein Herz tat dasselbe, als ich überrascht in ihre grauen Augen mit den orangefarbenen Punkten sah.

„Viscount!“ Bastian Moran stieß mich mit dem Ellbogen in die Seite. „Begleiten Sie die Dame zu meinem Wagen. Sie muss sofort in ein Krankenhaus gebracht werden!“

„Mir geht es gut!“, widersprach die junge Frau, war

aber kaum in der Lage, sich auf den Beinen zu halten.

Ich reichte ihr die Hand und führte sie nach draußen. Zwei Beamte der Abteilung 3 folgten uns. Offensichtlich traute Bastian Moran mir immer noch nicht.

„Was geht hier vor, Viscount?“, stammelte Elisabeth Maria. „Ich war bei dem Empfang und bin jetzt hier aufgewacht. Wo sind wir? Was ist passiert?“

„Es ist alles vorbei“, versicherte ich ihr. „Jemand hatte Ihr Getränk vergiftet. Man wollte Sie entführen, um Lösegeld zu erpressen, aber wir haben den Schurken verhaftet.“

„Aber wer? Wer war es?“

„Das kann Ihnen Ihr Vater erklären, erwiderte ich, um ihr empfindliches Gemüt nicht durch übertriebene Details zu verletzen.

Wir gingen nach draußen. Ein frischer Wind war aufgekommen und es regnete heftig.

Elisabeth-Marias Blick wurde klar, sie schaute sich um und schnappte nach Luft. „Wir waren im Zirkus?“

Ich führte sie zum Polizeiwagen, half ihr beim Einsteigen und setzte mich neben sie.

„Viscount!“, rief einer der Beamten mir zu. „Sie müssen wieder reingehen!“

„Nur eine Sekunde!“, rief ich verärgert zurück und schloss die Tür. „Elisabeth-Maria, ich muss Ihnen etwas gestehen...“

„Was ist passiert?“, fragte die Tochter des Generalinspektors besorgt.

„Erinnern Sie sich an die Zeitungsmeldung, dass Albert Brandt Ihnen ein Gedicht gewidmet hat? Ich hatte ihn gebeten, es zu schreiben. I... Ich liebe Sie, Elisabeth-Maria! Ich liebe Sie schon seit Langem!“

Ich wusste nicht, was ich erwartet hatte. Ich musste

einfach meinen Frieden finden. Das geheime Schmachten verbrannte mich von innen und ich konnte es nicht länger ertragen, das alles geheim zu halten. Ich musste ihr dieses Geständnis machen, auch wenn ich Angst hatte, abgewiesen zu werden.

Elisabeth-Maria wich zurück und ihr Blick war kühl und distanziert.

„Viscount“, sagte sie, wobei die übliche Wärme aus ihrer Stimme verschwunden war, „ich bin Ihnen sehr dankbar, dass Sie mich gerettet haben, aber ich muss Ihnen sagen, dass ich für Sie nicht dasselbe empfinde.“ Dann schwieg sie und erwähnte nicht einmal ihren Verlobten.

Es war ein schwerer Schlag, aber ich hatte mich darauf eingestellt, also überwand ich meine Gefühle, zwang meine Lippen zu einem gelassenen Lächeln und sagte zum Abschied: „Verzeihen Sie meinen Mangel an Zurückhaltung. Sie können sich immer auf mich verlassen.“ Ich stieg aus dem Wagen, schloss die Tür und wies den Kutscher an: „Zum Krankenhaus!“ Der Wagen rollte los und die Beamten der Abteilung 3 sprangen auf die Trittbretter, um mitzufahren. Sie nahmen mein Herz mit, das gerade in Stücke sprang.

Es gab nichts mehr, was mich hier hielt, aber im Gegensatz zu flatterhaften Künstlern zeichnen sich Menschen adliger Herkunft durch einen gesunden Pragmatismus aus. Also stürzte ich mich nicht von der Böschung in den Fluss, wie ich es gern getan hätte, sondern ging zurück in den Zirkus. Maestro Marlini wurde gerade herausgebracht. Seine Hände waren gefesselt und man hatte ihm eine Halbmaske wie einen Knebel über die untere Gesichtshälfte gezogen.

Bastian Moran schaute schmunzelnd auf meine

schwermütige Mine. „Sind Sie immer noch an einer Audienz beim Generalinspektor interessiert, Viscount?“

„Mehr denn je“, antwortete ich ruhig und zeigte auf den Maestro. „Hat er gestanden?“

„Nein, aber das ist auch nicht nötig. Er hat die gestohlenen Dokumente bei sich aufbewahrt.“

„Welch überraschende Arroganz.“

„So etwas kommt bekanntlich bei Leuten vor, die sich für überdurchschnittlich intelligent halten“, entgegnete der Oberinspektor spitz. Dann fügte er leise, nur für mich, hinzu: „Es wäre besser gewesen, wenn Sie ihn einfach erschossen hätten, als er versuchte zu fliehen, Viscount. Es gibt keine Möglichkeit, dass die Sache jetzt nicht publik wird. Bei einem Prozess wird niemandes guter Name unversehrt bleiben, glauben Sie mir.“

„Geben Sie mir fünf Minuten“, bat ich.

Bastian Moran schüttelte den Kopf. „Sie haben die Chance verpasst.“

„Ich habe ja nicht vor, ihn zu töten!“, flüsterte ich. „Ich möchte ihm nur die möglichen Konsequenzen vor Augen führen.“

„Haben Sie keine Angst, dass er Sie hypnotisieren könnte?“

„Ich habe vor zu vielen Dingen Angst, als dass ich meinen Ängsten Bedeutung beimessen würde.“

„Er gehört Ihnen, bis wir zum Newton-Markt kommen“, entschied der Oberinspektor. „Nutzen Sie die Zeit gut.“

Ich stieg hinter dem Hypnotiseur in den Polizeiwagen und sofort klickten von außen die Schlösser. Maestro Marlini sah mich von der Seite an und wandte sich ab.

Ich zog ihm den Knebel nicht aus dem Mund, stattdessen lehnte ich mich in dem unbequemen Sitz zurück und sagte: „Ihre Unschuld zu beteuern, wird Ihnen keinen nennenswerten Vorteil bringen."

Der Magier rührte sich nicht.

„Sie könnten behaupten, die Tochter des Generalinspektors sei schuldig", fuhr ich fort. „Aber wer würde glauben, dass ein so junges Geschöpf mit einem so makellosen Ruf jemals so etwas tun könnte? Wollen Sie etwa versuchen, die Geschworenen mit Gedankenkontrolle zu beeinflussen? Hören Sie doch auf! Jeder weiß, dass Sie ein Talent für Hypnose haben. Sie werden nicht einmal das Wort ergreifen dürfen. Sie werden während der ganzen Verhandlung mit Fesseln an Händen und Füßen in einer Gefängniszelle sitzen."

Der Maestro gluckste frustriert, also zog ich den Knebel heraus.

„Die Liebe zur Kunst kann einen solche Dinge ertragen lassen!", erklärte der Magier.

„Die Liebe zur Kunst?", fragte ich erstaunt.

„Ich habe gerade eine großartige Inszenierung abgeliefert! Zwei Menschen, heimlich verliebt, gestehen einander ihre Gefühle. Er ist ein armer Privatdetektiv und sie ist bereits einem anderen versprochen. Also beschließen sie zu fliehen und planen einen Raubüberfall. Er wird geschnappt, sie gesteht vor Gericht alles, aber weil sie die Trennung von ihrem Geliebten nicht ertragen kann, ersticht sie sich. Das ist Kunst! Shakespeare ist nichts gegen mich!"

Seine Worte setzten mir zu, aber ich schüttelte nur den Kopf. „Wenn Sie vorgeben, verrückt zu sein, sperren die Sie bis ans Ende Ihrer Tage in die Irrenanstalt. Ich rate Ihnen, sich für Zwangsarbeit zu entscheiden."

„Sie verstehen nichts von der großen Macht der Kunst! Nicht ein bisschen! Sie sind mittelmäßig, Viscount, genau wie alle anderen! Sie pflegen eine Freundschaft mit einem berühmten Dichter. Sie müssten die Großartigkeit meiner Absicht doch erkennen. Meine Geschichte würde Sie unsterblich machen!"

„Ach, lassen Sie den Unfug", sagte ich ungeduldig. „Wir haben nicht mehr viel Zeit."

„Wollen Sie mir ein Geschäft vorschlagen?", erkundigte der Maestro sich und sein Interesse war geweckt. „Sie wissen ja, dass Ihrer Angebeteten alles Mögliche durch den Kopf geht. Möchten Sie, dass ich sie dazu bringe, sich in Sie zu verlieben? Das könnte ich tun."

„Wenn Sie das noch einmal ansprechen, verliere ich die Beherrschung", warnte ich ihn. „Ich will ein Geständnis, das ist alles."

„Das wird nicht passieren! Ich werde nichts unterschreiben, auch nicht unter Androhung des Todes."

„Warum sollte ich Sie denn töten wollen? Der Tod durch Erhängen ist viel qualvoller und demütigender."

„Papperlapapp!"

Aber ich hatte die Schwachstelle des Hypnotiseurs bereits gefunden und so setzte ich mein ganzes *Talent* ein, um die Lücke in seiner desolaten Verteidigung immer weiter zu vergrößern.

„Der Diebstahl ist ein relativ geringes Vergehen. Ein charmanter Dieb kann sich immer vor einem bescheidenen Publikum rechtfertigen, indem er vorgibt, ein Gentleman-Räuber zu sein, so eine Art moderner Robin Hood oder Arsène Lupin. Und der Versuch, Baron Dürer zum Selbstmord zu überreden, wiegt auch nicht so schwer. Schließlich ist es schwierig, Ihnen dabei kriminelle Absichten nachzuweisen. Und mal ehrlich, wen kümmert es schon, was mit jemandem wie ihm passiert? Niemanden. Aber mit dem Vorwurf, Sie hätten mit ägyptischen Spionen konspiriert, haben Sie keine Chance auf Freispruch. Das ist

Hochverrat. Es wird keine nachgiebigen Geschworenen, keine Scharen von Unterstützern oder Briefe von einflussreichen Bewunderern geben. Es wird ein geschlossener Prozess sein und dann der Galgen. Man wird Sie vergessen. Jeder. Für immer."

„Blödsinn!", schrie Maestro Marlini. „Ich stehe in keiner Weise mit ausländischen Spionen in Kontakt!"

„Aber wer sonst hätte denn das Duralumin-Patent haben wollen? Es ist ein streng geheimes Dokument, wussten Sie das nicht? Es wurde bei Ihren Sachen gefunden, als man Sie durchsuchte. Es wird sehr, sehr schwer für Sie sein, sich diesmal aus der Schlinge herauszuwinden. Selbst wenn Sie eine unschuldige junge Frau eines Verbrechens beschuldigen würden, bliebe die Tatsache bestehen, dass die Dokumente bei Ihnen gefunden wurden."

Der Hypnotiseur schloss die Augen. „Aber was wäre, wenn ich die Papiere aus Versehen mitgenommen hätte? Sie könnten unter meinen Wechseln oder Verpflichtungen gelegen haben. Ich habe sie bei mir behalten, weil ich die Absicht hatte, sie dem Baron zurückzugeben."

Ich verkniff mir ein Lächeln und klopfte dem Magier wohlwollend auf die Schulter. „Sehen Sie, ich wusste, dass wir uns verständigen würden. Natürlich haben Sie das Patent aus Versehen an sich genommen. Und das waren Sie, nicht Elisabeth-Maria."

Der Maestro wand sich. „Was könnte ich dafür bekommen?"

„Fünf Jahre Zwangsarbeit", vermutete ich. „Weil Sie mit niemandem unter einer Decke stecken, nicht wahr? Elisabeth-Maria hat nur gesehen, wie Sie das Büro des Barons verlassen haben. Und Sie hatten nicht vor, sie zu entführen, sie war nur so besorgt, dass sie ohnmächtig wurde. Sie mussten Erste Hilfe leisten. Es gab weder eine Absprache noch eine Entführung. Sie nahmen das Patent versehentlich an sich, also gab es auch keinen Verrat. Baron Dürer wollte sich nur wegen seiner persönlichen Bedrängnis die Pulsadern aufschneiden. Es bleibt der Diebstahl, aber alles Gestohlene wurde in vollem Umfang zurückgegeben. Sie wären in drei bis fünf Jahren wieder draußen."

„Das ist eine ziemlich lange Zeit."

„Das ist besser als gewisse Verhöre und eine Hinrichtung."

„Wird Baron Dürer einwilligen, keinen Skandal aufzubauschen?"

„Nachdem das Patent zurückgegeben wurde? Er wird glücklich sein!"

„Sie sprechen so selbstbewusst, mein Freund..."

Ich zuckte bei dieser Anrede unmerklich zusammen. „Warum zögern Sie?", fragte ich. „Für Sie ist doch das Wichtigste, Ihr Leben zu retten. Niemand kann eine Person mit Ihren Talenten lange in einem Arbeitslager festhalten. Von einem solchen Ort zu fliehen, wäre doch eine Kleinigkeit im Vergleich zu Ihren anderen Tricks."

„Ich werde das Geständnis ablegen", entschied der Maestro, der sichtlich fürchtete, dass er gleich einem Richter vorgeführt werden könnte.

„Schreiben Sie es auf!", forderte ich und reichte dem Hypnotiseur einen Block und einen Bleistift.

Er überlegte kurz und begann dann, die Hände immer noch gefesselt, auf den Knien sein Geständnis aufzuschreiben und seine Reue zu beteuern.

„Vielleicht äußert jemand aus der Abteilung 3 den Wunsch, mit Ihnen zu sprechen", sagte ich und nahm den Notizblock. „Inoffiziell, natürlich. Ich erwarte, dass Sie

Ihnen ohne Vorbehalte mitteilen, wer theoretisch an dem Patent interessiert sein könnte. Schließlich haben Sie das Dokument doch nur aufbewahrt, um sicherzugehen, dass es nicht in die falschen Hände gerät, oder?“

„Ich werde es mir überlegen“, erwiderte der Maestro.

„Verhandeln Sie“, riet ich ihm, als ich das Klicken der Schlösser hörte. Ich öffnete die Tür und sah, dass die Kutsche auf der Rückseite des Newton-Markts angekommen war.

Bastian Moran kam herüber und musterte mich fragend. „Und?“

Ich schüttelte den Kopf. „Ich habe nichts für Sie, Herr Oberinspektor.“

„Es war dumm, etwas anderes zu hoffen“, sagte Moran seufzend. „Ich kümmere mich um die Formalitäten und Sie gehen zum Büro des Generalinspektors hinauf. Zweifeln Sie nicht daran, dass ich mein Wort halten werde.“

3

BASTIAN MORAN kam eine Stunde später vorbei. Ich hatte die Hoffnung, den Generalinspektor zu sehen, beinahe aufgegeben und die Blicke, die sein verwirrter Sekretär mir zuwarf, waren unangemessen neugierig geworden. Der Oberinspektor schlüpfte in das Büro, verließ es kurze Zeit später und verkündete: „Sie werden erwartet, Viscount!"

Er folgte mir nicht hinein. Als ich den Raum betrat, fühlten sich meine Beine wie Watte an. Ich hatte keine Ahnung, wie Friedrich von Nalz auf mein Erscheinen reagieren würde, aber alles gestaltete sich einfacher, als ich erwartet hatte. Der kränkliche alte Mann sah nicht einmal auf. Er wühlte in Papieren und bellte gleichzeitig Befehle in ein Telefon.

„Oberinspektor Moran hat mir von Ihrer Beteiligung an diesem Fall erzählt, Viscount", sagte der Generalinspektor, nachdem er den Hörer aufgelegt hatte. „Und ich bin Ihnen unermesslich dankbar für die Hilfe bei der Rettung meiner Tochter, aber wenn Sie gekommen sind, um Ihre Wiedereinstellung zu erbitten, ist jetzt leider nicht der beste Zeitpunkt. Nächste Woche wird die Ethikkommission einberufen und wir können das Thema dort besprechen."

„Das ist nicht nötig", erwiderte ich. „Ich glaube nicht, dass ich den Wunsch verspüre, wieder hier zu arbeiten."

„Tatsächlich?", fragte der alte Mann erstaunt. „Was wollten Sie dann?"

Ich legte das Geständnis des Maestros auf den

Schreibtisch des Generalinspektors. Friedrich von Nalz überflog es und starrte mich mit unverhohlenem Erstaunen an.

„Verstehe ich das richtig, dass Sie in diese Angelegenheit etwas tiefer involviert waren, als Moran berichtet hat?“

Ich winkte ab. „Das spielt keine Rolle.“

„Aber das, was Sie da anbieten…“ Der alte Mann runzelte die Stirn. „Nur ein Geständnis des Diebstahls? Das reicht nicht aus, um diesen Schurken aus dem Verkehr zu ziehen!“

„Ich teile Ihre gerechte Empörung von ganzem Herzen“, sagte ich. „Vor allem, wenn man bedenkt, welche Rolle er mir zugedacht hatte. Aber dieses Geständnis ohne Umschweife zu akzeptieren, ist Ihre einzige Chance, einen großen Skandal zu vermeiden. Wenn Sie sich nicht um Ihre eigene Karriere sorgen, denken Sie an Ihre Tochter und daran, was sie durchmachen müsste.“

Friedrich von Nalz strich das Blatt glatt. „Sie war nur eine zufällige Zeugin des Verbrechens und nicht in etwas Verwerfliches verwickelt. Ich werde das mit Baron Dürer besprechen müssen.“

Ich nickte. „Besprechen Sie es. Aber wenn Sie sich entschließen, das Geständnis anzufechten, rate ich Ihnen, keine Scheinverhandlung abzuhalten, erwürgen Sie den Bastard einfach in seiner Zelle und verkünden Sie, dass er Selbstmord begangen hat. Sie haben ja schon sein Geständnis.“

„Wie zynisch die Jugend von heute ist.“ Der alte Mann lehnte sich in seinen Stuhl zurück und fragte: „Was wollten Sie von mir, Viscount?“

„Ich habe eine Bitte, eigentlich nur eine Lappalie…“

Bei diesen Worten richtete sich der Generalinspektor

wachsam auf, nickte aber dennoch. „Ich höre." Der Zustand des alten Mannes hatte sich in den letzten Tagen ernsthaft verschlechtert. Er weckte nicht mehr die Assoziation eines starken Geflechts von Kiefernwurzeln und war zu einem Schatten seines früheren Selbst geworden. Dennoch war sein *Talent* nicht weniger stark als früher. Also redete ich nicht lange um den heißen Brei.

„Mein Onkel, der Graf Kósice... Sie haben sicher von den unglücklichen Ereignissen gehört, die ihm kürzlich widerfahren sind, Herr Generalinspektor."

„Das habe ich", bestätigte der *illustre* Herr.

„Nun, mein Onkel hatte ein Stück von einem Foto, das mir gehört. Es wurde von der Polizei unter den Besitztümern des Grafen an der Absturzstelle des Luftschiffs entdeckt. Ich hätte es gern zurück."

Friedrich von Nalz schaute mich zweifelnd an, offenbar überlegte er, ob er mich gleich hinauswerfen oder erst einmal die Details herausfinden sollte. Seine berufliche Neugier siegte.

„Was ist auf dem Foto abgebildet, Viscount?", fragte er.

„Meine Großmutter und meine Mutter", antwortete ich mit der reinen Wahrheit. „Es ist ein altes Bild von vor 40 Jahren. Es war das einzige Bild von vor ihrer Hochzeit, das ich von meiner Mutter hatte. Ihre Familie war gegen die Heirat. Nach ihrem Umzug blieben alle Bilder bei dem Grafen und der Gräfin. Natürlich ist es schwer, es überhaupt ein Bild zu nennen. Auf dem Beweisstück sind nur ihre Beine zu sehen. Ich habe einen Teil des Fotos und würde es gern wieder zusammensetzen."

„Wie konnte das passieren?", fragte der alte Mann und klang nicht mehr so schroff.

„Der Graf und ich hatten bei unserer letzten

Begegnung ein kleines Handgemenge“, erklärte ich. „Wenn Sie an meinen Worten zweifeln, bitten Sie jemanden, das Hauptbuch von meiner letzten Verhaftung zu prüfen. Ich hatte damals das ganze Bild.“

„Ich sehe keinen Grund, an Ihren Worten zu zweifeln, Viscount“, verkündete Friedrich von Nalz. „Aber eines sollten Sie mir schon sagen: Hat das Bild einen Wert für die direkten Erben des Grafen?“

Ich hob die Hände. „Welchen Wert könnte ein Fragment einer Fotografie von den Beinen ihrer Großmutter und Tante haben? Auf jeden Fall war das Büro des Grafen voll von solchen Fotos. Aber für mich ist es als Erinnerung von Wert.“

Der Generalinspektor zögerte, aber nicht lange. Schließlich beschloss er, unsere offene Rechnung zu begleichen, da er das alte Fotofragment offenbar für einen durchaus akzeptablen Preis hielt.

Er griff zum Telefon, verlangte mit Maurice LeBrun verbunden zu werden und ordnete die Erfüllung meiner Bitte an.

„Gehen Sie in die Asservatenkammer“, sagte der Generalinspektor zu mir, nachdem er die Antwort des Kripochefs gehört hatte. „Und ich danke Ihnen nochmals für Ihre Hilfe bei der Rettung meiner Tochter, Viscount.“

„Das war meine Pflicht“, sagte ich lächelnd, obwohl es mir ein Stich versetzte, an Elisabeth-Maria zu denken.

Ich verbeugte mich und verließ das Büro, dann eilte ich zu den Beweismitteln, bevor der alte Mann seine Meinung änderte oder einer seiner Untergebenen Verdacht schöpfte. Bei einer solchen Aktion durfte man nicht langsam sein.

Ich war schnell genug. Der rothaarige Kriminalkommissar, der sich über den Auftrag wunderte, reichte mir das Fotofragment unterhalb der Unterschrift und versuchte, mich mit Fragen zu löchern, aber ich spielte nicht mit. Ich unterschrieb im Hauptbuch und eilte zum Ausgang.

Während ich zum Wachposten ging, prägte ich mir die Zahlenkombinationen ein, verstaute dann das wertvolle Fotofragment in meiner Brieftasche, nahm ein Taxi und ließ mich ins griechische Viertel bringen.

Ich war randvoll mit Emotionen. Ich wollte sie ausspucken, meine Erfahrungen wenigstens mit jemandem teilen. Und wer wäre besser geeignet gewesen als Albert? Auch wenn ich ihm nicht die ganze Wahrheit sagen konnte, musste ich meinen Kummer mit jemandem teilen.

Am Stadtrand waren wieder einmal Blitze zu sehen. Der Regen wurde stärker und die Straßen verdunkelten sich allmählich. Die einzigen Geräusche waren das Klirren der Stahlräder der Dampfstraßenbahn auf den Schienen und das Klappern von Pferdehufen auf dem nassen Damm. Fußgänger waren fast nicht zu sehen und das war auch kein Wunder. Über der Stadt braute sich wieder ein Sturm zusammen. Der Wind pfiff zwischen den Häusern hindurch und heulte in den Schornsteinen. Jeder, der konnte, wartete das schlechte Wetter zu Hause ab. Aber ich wehrte mich so sehr dagegen, in mein nach totem Fleisch stinkendes Herrenhaus zurückzukehren, dass ich mit den Zähnen knirschte. Und warum musste ich das? Es gab nichts mehr, was mich dort hielt. Nichts außer der alten Ausgabe der Abenteuer von *Alice im Wunderland.*

Nachdem das Taxi mich abgesetzt hatte, ging ich in das Varieté, schüttelte das Wasser von meinem Hut und nickte der Besitzerin zu.

„Ist er zu Hause?“, fragte ich und deutete nach oben.

„Er hat sehr schlechte Laune“, antwortete sie.

Mit einem Lachen ging ich hinauf in den ersten Stock, stieß die Tür auf und verkündete auf der Schwelle: „Albert, ich habe wunderbare Neuigkeiten! Ich habe mein Erbe angetreten!“

Der Dichter reagierte darauf in keiner Weise. Er blieb am Fenster stehen und schaute hinaus.

„Ist etwas passiert?“, fragte ich.

„Ja.“ Albert drehte sich um, und seine glühenden Augen durchdrangen die Düsternis des Raumes wie zwei farblose Flammen. „Du hast mich belogen, Leo! Ich dachte, du wärst mein Freund!“

„Worüber denn?“, fragte ich nach.

„Bitte keine Spielchen, schon gar nicht jetzt!“, fauchte der Dichter. „Ich weiß alles!“

Ach du Scheiße, dachte ich und hätte am liebsten laut geflucht, als mir klar wurde, was diesen Wutanfall ausgelöst haben konnte, doch es kam alles noch viel schlimmer.

„Sie hat gesagt, wir können nicht zusammen sein! Sie hat gesagt, dass sie dir ihr Wort gegeben hat und dass sie für immer dein Eigentum ist! Das ist unehrenhaft, Leo!“

„Warte!“, versuchte ich, mich in den Monolog des Dichters einzuschalten. „Du hast das ganz falsch verstanden!“

Aber Albert hörte mir nicht zu. „Du hast mich ausgenutzt, die Unschuld des Mädchens mit Füßen getreten und ihre Träume zerstört! Sie hat auf meine Hilfe gezählt, aber du erlaubst ihr das nicht!“

„Was ist das für ein Schwachsinn?“, rief ich, als mir klar wurde, dass es wirklich nur das war: Unsinn. Der Dichter war nicht bei Verstand.

„Es gibt nur einen Weg, wie wir diese Angelegenheit regeln können“, fuhr Albert Brandt fort. Er hob seine Duell-

Säbel vom Tisch auf, legte einen auf den Boden und beförderte ihn mit einem scharfen Tritt zu mir. „En garde!“

„Halt!“, schrie ich. „Albert, halt! Ich bin‘s! Wie viele Jahre kennen wir uns schon? Hör mich erst einmal an!“

Der Dichter schüttelte den Kopf und sagte voller Überzeugung: „Nimm den Säbel und kämpf mit mir. Der Teufel soll dich holen!“

Sein *Talent* überwältigte mich, als er versuchte, meine Handlungen zu kontrollieren und mich zwang, einen Schritt nach vorne zu machen und meinen Stock fallen zu lassen. Aber ich bückte mich nicht nach der Waffe. „Nein!“

„Nimm ihn!“, forderte Albert und hob seine Klinge hoch. „Jetzt!“

Er war definitiv nicht bei Sinnen. Ich dagegen konnte weder auf ihn schießen noch weglaufen und ihn in diesem Zustand zurücklassen. Ich konnte nur den Säbel aufheben und mich verteidigen, aber das tat ich nicht.

„Du stehst unter einem Bann, Albert!“, rief ich dem Dichter zu. „Wach auf!“

„Ich stehe unter einem Bann?“, fragte er mit einem bitteren Lachen. „Ich habe die Liebe meines Lebens getroffen und du hast sie mir gestohlen! Aber wir werden zusammen sein, egal, was passiert!“

Albert Brandt hatte schon immer einen Hang zum Leichtsinn gehabt und sich schon oft bis zum Gedächtnisverlust verliebt. Der Sukkubus hatte leichtes Spiel mit seinen Gefühlen. Der Dichter brannte vor Verlangen, seinen Gegner in Stücke zu schneiden, und er würde genau das tun.

Entweder er würde mich töten und am Galgen enden oder ich würde ihn erschießen und meinen einzigen Freund für immer verlieren. Elisabeth-Maria hatte uns in die ideale Falle gelockt.

„En garde!“, befahl der Dichter erneut und die Kraft seines Talents ließ mich nach der Waffe greifen. Doch in diesem Moment rollte eine leere Flasche unter der Couch hervor. Sie rollte gegen Alberts Stiefel und zwang ihn, den Blick seiner *illustren* Augen für einen Moment auf Boden zu richten. Ich zögerte nicht, griff mir die Billardkugel, die ich vor einer Weile bei ihm vergessen hatte, und warf sie mit der linken Hand mit voller Wucht auf den Dichter. Sie traf ihn an der Stirn. Alberts Kopf kippte nach hinten, seine Beine gaben nach und er sackte zu Boden.

Ich war nicht beunruhigt. Je flinker der Geist, desto stärker der Schädel sagte man. Und in dieser Hinsicht waren die Dichter wohl eher eine Bestätigung der Regel als eine Ausnahme. Das bewahrheitete sich. Ich konnte mühelos den Puls an Alberts Hals fühlen. Er war am Leben.

Da kam der Kobold unter dem Sofa hervor. Er schüttelte den Staub von seinem zerknitterten Hut und schnaubte. „Verdammt, er ist ein richtiger Schmutzfink!“

„Was machst du denn hier? Hast du etwas vergessen?“, fragte ich, winkte aber sofort ab. „Ist egal. Wäre sogar besser, du antwortest nicht.“

Der Kobold sagte nichts und kramte in der Hausbar nach einer Flasche Rum.

Ich nahm meinen Stock, lief die Treppe hinunter und ging mit einem lässigen Abschiedsgruß an die Besitzerin nach draußen. Aber ich fuhr nicht nach Hause.

Ich ging zu Alexander Dyak, um ihn auf den neuesten Stand zu bringen. Außerdem hatte ich eine dringende Aufgabe für ihn. Als ich in den Hinterhof von *Mechanismen und Raritäten* kam, war der Erfinder bereits dabei, den Kühler fertig zu löten, und zeigte mir stolz sein Werk.

„Sagen Sie mir, was Sie davon halten, Leopold

Borisowitsch!“, sagte er, aber ich hob nur die Hände.

„Ich verstehe nichts von Motoren“, gab ich mit gutem Gewissen zu.

Dyak setzte die Stahlhaube wieder auf, schlug sie zu und lächelte. „Das müssen Sie auch nicht. Ich garantiere, dass es repariert ist.“

Nach dem erfolgreichen Abschluss seines Experiments befand sich der Erfinder in einem euphorischen Gemütszustand und roch intensiv nach dem edlen Aroma von Brandy. Aber er war die Kühlerreparatur mit dem nötigen Ernst angegangen und hatte neben dem Lötkolben noch einen Haufen anderer Werkzeuge mitgebracht. Ich zweifelte nicht an seinen Worten.

„Möchten Sie auf ein Glas Tee reinkommen, Leopold?“, bot er an und wischte sich mit einem Lappen die mit Schmieröl bedeckten Hände ab.

„Wenn es nur Tee ist“, stimmte ich zu, da ich nicht wusste, wie ich ihn am besten mit meiner Bitte konfrontieren sollte.

Wir versteckten uns in seiner Werkstatt vor dem Regen und Alexander ließ mich kurz allein, um mit einer Teekanne, Tassen und einem Teller mit mürbem Gebäck zurückzukehren. Er trank immer noch Brandy. Er zwinkerte mir zu. „Zu medizinischen Zwecken. Hilft beim Stressabbau!“

Ich hatte vor, meinen Stress mit einer viel radikaleren Methode abzubauen, indem ich mich ein für alle Mal von seiner Hauptursache trennte, aber bevor ich mit meiner Bitte beginnen konnte, räusperte sich der Erfinder, strich sich über seinen grauen Bart und sagte vorsichtig: „Ich hätte eine Bitte an Sie, Leopold ...“

„Ich höre, Alexander.“

Nach einem Moment des Zögerns sagte er

unverblümt: „Ein erfolgreiches Experiment ist kein wirklicher Beweis für irgendetwas. Die wissenschaftliche Methode verlangt, dass man eine Reihe von Experimenten durchführt und ihre Ergebnisse vergleicht, aber ich habe niemanden, an dem ich sie durchführen könnte. Meinen Sie, Sie könnten mir vielleicht dabei helfen?"

Ich starrte ihn verwirrt an. „Wie bitte?"

Der Erfinder seufzte. „Ich verstehe, wie barbarisch es klingt, aber es ist äußerst wichtig für mich, Zugang zu einigen Kreaturen der Unterwelt zu bekommen und sie den Auswirkungen regulierter elektromagnetischer Störungen auszusetzen."

„Die Idee hat etwas für sich", gab ich zu, nachdem ich über diesen äußerst ungewöhnlichen Vorschlag kurz nachgedacht hatte. „Aber das tatsächlich zu tun, wäre mit Komplikationen verbunden."

„Ich verstehe", gab Dyak zu. „Ich verstehe vollkommen! Aber urteilen Sie selbst, was für eine Perspektive sich da eröffnet!"

„Da eröffnet sich die Perspektive, dass wir bei lebendigem Leib gefressen oder in ein Arbeitslager gesteckt werden, je nachdem, wie viel Glück wir haben", erwiderte ich. „Eine Kreatur der Hölle in Ihre Werkstatt zu bringen, wäre nicht nur extrem schwierig, sondern auch sehr gefährlich."

„Aber was kann ich denn sonst tun?", fragte der Erfinder ratlos.

„Ich weiß es nicht. Wie sperrig ist Ihr Gerät denn? Passt es in den Kofferraum des gepanzerten Wagens?"

Dyak schnappte nach Luft. „Schlagen Sie vor, dass wir Feldversuche durchführen? Das wäre eine Möglichkeit, aber wenn die Übertragungen, die wir aussenden, entdeckt werden, wird man versuchen, uns aufzuspüren."

„Warten Sie!“, rief ich, weil ich diese Idee nicht so schnell aufgeben wollte. „Sie sagten, das erste Gerät sei wie ein Blitzdetektor gewesen, richtig? Es konnte elektrische Entladungen in der Atmosphäre aufspüren. Heißt das nicht, dass es bei solchem Wetter viele Störungen geben müsste?“

Alexander Dyak sprang auf und lief im Raum auf und ab. „Sie haben recht, das habe ich nicht bedacht“, räumte er ein. „Aber der Sturm wird nicht lange anhalten. Meinen Sie, wir könnten noch heute ein zweites Experiment mit dem Transmitter machen?“

Ich nickte. „Sicher.“

„Großartig!“, antwortete der Erfinder freudig. „Absolut fabelhaft!“

„Passt das Gerät denn nun hinten in das gepanzerte Fahrzeug?“

„Zweifellos“, bestätigte Dyak. „Wenn ich den Dynamo durch eine starke elektrische Batterie ersetze, könnten wir es sogar in einem Reisekoffer verstecken“, sagte der Erfinder aufgeregt. „Hätten Sie vielleicht gleich Zeit dafür?“

„Wie lange wird das dauern?“

„Höchstens eine Viertelstunde!“

„In Ordnung“, stimmte ich zu. „Machen Sie sich an die Arbeit.“

Der Erfinder nahm die kleine Kiste mit den Werkzeugen und forderte mich auf, ihm zu folgen. „Ich werde Ihre Hilfe brauchen!“

Ich stellte meine Tasche auf die Werkbank und folgte dem Ladenbesitzer in den Keller. Dyak löste geschickt den Dynamodraht vom Sender. Der Apparat war nicht so groß, aber sehr schwer. Um das empfindliche Gerät vor dem Zerbrechen zu schützen, mussten wir den Sender zunächst in einen Reisekoffer packen, um ihn über die Treppe zu schleppen.

Aber wir schafften es. Als der Erfinder mit dem Einschrauben der massiven Elektrobatterie fertig war, lud ich den Apparat selbst hinten in den Kofferraum.

„Wohin fahren wir?“, fragte Alexander, der im strömenden Regen hinter mir herlief und sich seinen Regenmantel überzog.

„*Wir* fahren nirgendwo hin. Sie bleiben hier.“

„Wie meinen Sie das?“, wandte der Erfinder ein.

„Ich versichere Ihnen, ich werde Ihnen alles erzählen“, versprach ich. „Aber es wäre zu gefährlich, wenn Sie mit mir kommen.“

„Sie verheimlichen mir etwas!“

Ich seufzte verzweifelt. „Hat Albert Ihnen jemals von meinem Zuhause erzählt?“, fragte ich und kannte die Antwort bereits.

„Er sagte etwas von einem Fluch, aber das ist unwissenschaftlich...“

„Und dennoch, irgendetwas verseucht das Haus und den dazugehörigen Besitz. Mir kann es nichts anhaben, aber Sie dürfen auf keinen Fall dorthin gehen. Ich werde den Transmitter in meinem eigenen Haus in Betrieb nehmen und Ihnen dann berichten, was dabei herausgekommen ist.“

„Ah, das ist es also!“, sagte der Erfinder und zog seine Worte in die Länge. „Ich verstehe, ich verstehe! Nun, ich werde nicht versuchen, es Ihnen auszureden. Es wird als ein guter erster Test dienen, wie verlässlich der Apparat funktioniert. Aber zögern Sie es nicht hinaus. Ich brauche einen Test der direkten Wirkung von elektromagnetischen Störungen auf Wesen der Unterwelt.“

Ich klopfte ihm auf die Schulter. „Machen Sie sich keine Sorgen, Alexander. Sie werden zufrieden sein“, versicherte ich.

„Sie sind sehr freundlich, Leopold.“

Der Ladenbesitzer ging voraus, um die Tore zu öffnen. Ich setzte mich ans Steuer, stellte meine Tasche auf den Beifahrersitz und ließ den Pulvermotor an. Im Leerlauf lief der Motor wie ein Schweizer Uhrwerk. Weder der Besuch beim Vampir noch die anschließende Reparatur hatten einen bleibenden Schaden angerichtet. Ich winkte Alexander zum Abschied zu und machte mich auf den Weg.

Es goss wie aus Eimern. Hinter den vom Himmel fallenden Wassermassen sah ich ab und zu verzweigte Blitze aufflackern. Aber das schlechte Wetter hatte auch seine Vorteile. Auf den Straßen gab es keine Personenkutschen oder Fuhrwerke, sodass die Fahrt zum Kalvarienberg höchstens eine Viertelstunde dauerte. Den Hügel hinaufzufahren, dauerte allerdings etwas länger, denn der war in den letzten Tagen ziemlich ausgewaschen worden und die Räder schlitterten im Schlamm. Das massive gepanzerte Fahrzeug knurrte wütend und kam kaum vorwärts.

Aber ich schaffte es. Ich stellte das Automobil auf der kleinen Plattform vor den Toren ab, öffnete den Riegel, ging am Zaun vorbei und öffnete das rostige, knarrende Tor für den Wagen. Ich parkte ihn auf meinem Grundstück und lief zurück, um die Tore zu schließen, bevor irgendein zufälliger Passant einen Blick in den entstellten Garten warf und all die Leichen sah, die ich noch loswerden musste. Ich fuhr bis zur Veranda und schleppte den schweren Koffer ins Haus. Im Eingangsbereich entriegelte ich ihn und gab sowohl ihm als auch dem Code-Zylinder Strom, aber ich sendete das Morsegebet noch nicht.

„Ich bin wieder da!“, rief ich in den Flur.

Keine Antwort. Stille.

In Erinnerung an die jüngsten Ereignisse zog ich die

Cerberus aus der Tasche, entsicherte sie und lauschte. Nichts, nur das Geräusch des Regens draußen. Was zum Teufel war jetzt wieder passiert?

Ich ging zurück zum Eingang und schaute in den Hof. Riesige Regentropfen klatschten auf den schwarzen Rasen und die toten Blumenbeete, aus den Dachrinnen sprudelten Bäche, die die ordentlich gestapelten Mumien durchnässten. Stille. Allerdings hatte es gestern draußen auch nichts gegeben, was mich vor den Ereignissen gewarnt hätte.

Ich beschloss, Vorsichtsmaßnahmen zu treffen, rannte zum Wagen, öffnete die Beifahrertür und fluchte fast vor Überraschung, als ich den Kobold entdeckte. Der Wicht, dessen Zylinder schelmisch schräg auf dem Kopf saß, drehte unruhig am Lenkrad und brummte, wobei er das Geräusch eines laufenden Motors imitierte. Er sah mich nicht einmal an.

Ich ließ ihn, zog nur meine *Mauser* aus der Reisetasche, legte eine Patrone ein und ging mit der Waffe im Anschlag wieder hinein. Das Ganze gefiel mir immer weniger. Aber als ich bemerkte, dass die Luke zum Eishaus offen stand, fühlte es sich an, als würden meine Füße am Boden kleben. Ich verspürte den Drang, zurück zu gehen und Granaten zu holen.

Stattdessen ging ich wie gebannt langsam und vorsichtig auf den schwarzen Schlund des Kellers zu, ging in die Knie und blickte in die unheilvolle Dunkelheit.

Aber tatsächlich war es ziemlich hell da unten. Das Licht zweier Petroleumlampen zitterte zwischen den Eisbrocken, die an den Wänden lehnten und am Boden lagen, und in dem ungleichmäßigen Schein sah ich zwei Gestalten, die in der hintersten Ecke herumwühlten. Den Löchern nach zu urteilen, die überall in den Boden gegraben waren, hatten sie bereits alle anderen Teile überprüft.

Ich war so überrascht, dass ich sogar meine uralte Angst vor Kellern für einen Moment vergaß. „Was treibt ihr da?“, rief ich und lief die Treppe hinunter. „Theodor!“

Mein Butler drehte sich um und antwortete würdevoll: „Wir versuchen, den Schatz des Kobolds zu finden, Viscount.“

„Ach ja?“, fragte ich verblüfft. „Ausgezeichnet, machen Sie weiter. Aber du kommst mit, Elisabeth-Maria. Wir müssen ein ernstes Gespräch führen.“

Der Sukkubus hatte zweifellos die Wut in meiner Stimme bemerkt. Außerdem hatte ich sie noch nie beim Namen genannt. Sie zuckte aber mit keiner Wimper. „Falls du es nicht bemerkt hast, Leo, ich helfe Theodor!“, erklärte sie.

„Steh sofort auf!“ Ich packte sie und tat nicht länger so, als wäre alles in Ordnung.

„Stimmt etwas nicht, mein Lieber?“ Die junge Frau lächelte charmant. „Hast du die Tochter des Generalinspektors nicht gefunden?“

„Doch, habe ich.“

„Na siehst du! Und das nur dank meiner Hilfe! Warum bist du dann so aufgebracht? Hattest du nicht den Mut, ihr deine wahren Gefühle zu gestehen? Oder hat sie dich abgewiesen?“

„Hör mir zu und ...“

„Oh, wie traurig!“, unterbrach Elisabeth-Maria mich, indem sie einen Finger auf meine Lippen legte. „Unerwiderte Liebe bricht mir das Herz!“

Ich war nicht darauf vorbereitet gewesen, ihr im Keller gegenüberzustehen und mit ihr zu streiten. „Hör endlich zu!“, schrie ich sie an. „Du dachtest, du könntest meine Beziehung zu Albert vergiften? Nun, das war nicht der Fall! Wir haben uns nicht duelliert!“

Elisabeth-Maria hob ruckartig den Kopf. „Wirklich? Es ist schade, das zu hören“, sagte sie äußerst zweideutig, „aber ich habe nichts Verwerfliches getan. Ich habe mich nur von Albert getrennt und ihm erklärt, warum wir nicht zusammen sein können.“

„Er hat die Situation völlig missverstanden!“

„Menschen neigen dazu, das zu tun“, flötete der Sukkubus. „Du hast es hoffentlich geschafft, seinen Irrtum aufzuklären?“

Als ich ihre vor Sarkasmus triefende Stimme hörte, hätte ich den Transmitter am liebsten sofort eingeschaltet, aber ich war nicht sicher, ob die elektromagnetischen Wellen den Keller vollständig durchdringen würden, und riss mich deshalb zusammen. „Das hättest du nicht tun dürfen!“

Elisabeth-Maria faltete demonstrativ die Hände und drehte sich von mir weg zu meinem Butler, der in den Eisbrocken grub. „Ich habe keine deiner Regeln oder unsere Abmachungen gebrochen, mein lieber Leo“, erklärte sie mir. „Wenn dein Freund zu amourös oder aufbrausend ist, ist das nicht meine Schuld. Du suchst dir deine Freunde selbst aus. Ich schlage vor, dass du in Zukunft ein bisschen vorsichtiger bist.“

Ich reagierte nicht auf ihre Provokation und bevor ich eine würdevolle Antwort finden konnte, sagte Elisabeth-Maria plötzlich zu Theodor: „Hey, da ist es!“

„Wo?“ Der Butler zuckte zusammen und sah verwirrt von einer Seite zur anderen.

„Da, es ragt etwas heraus!“ Sie zeigte auf den Griff einer silbernen Gabel, der aus dem Eis lugte.

Die beiden hatten mich sofort vergessen, brachen

das Eis auf und hatten bald die Schuhspitze eines Mannes ausgegraben.

„Originelle Wahl, um einen Schatz aufzubewahren“, stellte der Sukkubus fest und stieß gleich darauf einen überraschten Schrei aus. Der Schuh gehörte zu einem Fuß. Die Gabel hielt ein gefrorenes Hosenbein am Knöchel fest und steckte bis zum Ende der Zinken im eisigen Fleisch.

Meine Sicht verschwamm. Ich spürte die Kälte in vollem Maß. Die Flammen der Lampen wurden diffus und den Lichtfleck der Luke verdeckte ein Schatten.

„Mistkerl!“, ertönte es von oben.

„Der Winzling kommt höchstpersönlich vorbei“, sagte Elisabeth-Maria begeistert.

Der Kobold fluchte übel und verschwand aus dem Blickfeld. Der Sukkubus lachte. Theodor fuhr fort, den Leichnam zu exhumieren, während mich das schreckliche Gefühl eines unausweichlichen Unglücks überkam.

Zitternd vor Kälte und Nervosität ging ich auf den Butler zu und wollte ihm befehlen, den Keller zu verlassen, aber meine Zunge war wie gelähmt.

Für Elisabeth-Maria war das alles ein Kinderspiel. „Du warst nicht der Erste, der die Idee hatte, hier Leichen zu lagern“, stellte sie fest.

Allerdings war selbst der Sukkubus betroffen, als mein Butler den Torso ausgegraben hatte. Der Bauch des Unbekannten war aufgerissen und aus ihm ragte ungeordnet Silberbesteck heraus: Gabeln, Löffel und Messer - alles Silber.

„Unglaublich“, sagte sie zittrig.

Theodor hörte aber nicht auf. Er grub die linke Hand aus, deren Handgelenk von einer silbernen Gabel durchbohrt war, warf die Eisbrocken weg und enthüllte bald eine weitere grässliche Wunde. Der Hals des Unglücklichen war von Ohr zu Ohr in einem gleichmäßigen, tiefen Schnitt aufgeschlitzt worden, der bis zu den weißen Knochen der Wirbelsäule reichte.

„Leo, was hat das zu bedeuten?“, rief Elisabeth-Maria erschrocken, aber ich rührte mich nicht und beobachtete aufmerksam, wie das weiße Gesicht der Leiche zum Vorschein kam.

„Ich kenne diesen Mann“, flüsterte ich, als sich eine halb vergessene Erinnerung aus den Tiefen meines Bewusstseins löste. „Er war unser Koch!“

„Verdammt!“, fluchte die junge Frau. „Riecht das ekelhaft, selbst für Unterweltverhältnisse!“

„Das ist nicht witzig“, presste ich schließlich zwischen meinen gefühllosen Lippen hervor.

Eine unerträgliche Kälte hüllte mich ein. Sie drang mir bis in die Knochen und überrollte mich mit einer unbegreiflichen Bestürzung. Das Knacken der Eisbrocken zerrte an meinen blank liegenden Nerven. Die Schatten erschreckten mich zu Tode und weckten längst vergessene Erinnerungen. Es schien mir, als wäre das alles schon einmal passiert. Als hätte ich schon einmal über einem leblosen Körper wie diesem gestanden, aber nicht in diesem Leben, sondern in einem anderen, das ich so mühevoll verdrängt hatte, dass es nicht mehr existierte. Der Gedanke ‚das ist kein Ort für mich“, ging mir durch den Kopf, aber ich blieb weiter stehen und sah zu, wie Theodor das Silber einsammelte, nicht einmal angewidert davon, wie er seine Hände in den Körper des Toten steckte, der von der Mitte des Brustkorbs bis zur Leiste gespalten war.

All unsere Aufmerksamkeit war auf das grässliche Schauspiel gerichtet und so kam es überraschend, als wir ein metallisches Klirren auf der Treppe hörten.

„Miststück“, fluchte der Kobold mit einer Granate in

der Hand. „Mach, dass du da wegkommst!“

„Und was, wenn ich das nicht tue?“ Elisabeth-Maria fletschte die Zähne.

Statt zu antworten, zog der Kobold den Stift.

„Drei!“

Bestürzt schob ich sie zum Ausgang und griff nach Theodors Hand.

„Lasst uns hier verschwinden!“ Ich zweifelte nicht an der Drohung des Kobolds. Er würde es tun, ohne Rücksicht auf die Konsequenzen.

„Zwei!“, ertönte es von der Treppe.

„Ein letztes Silberstück!“ Theodor stöhnte auf und riss eine Gabel aus dem rechten Arm der Leiche, während ich ihn zum Ausgang zerrte.

Wir waren noch auf der Treppe, als der Albino ausatmete. „Mistkerl!“ Dann warf er die Granate auf den Leichnam.

Ich schob meinen Butler die Treppe hinauf, rannte hinter ihm her und schlug die Luke zu. Im nächsten Moment ertönte eine Explosion, aber das Geräusch war unerwartet dumpf. Der Boden unter unseren Füßen zitterte nur leicht und etwas Staub kam von der Decke herunter.

„Wo ist dieser Bastard?“, knurrte der Sukkubus, aber der Kobold war bereits verschwunden. „Leo, was hat das alles zu bedeuten?“, wollte sie von mir wissen. „Wie ist der Koch mit aufgeschnittenem Bauch, aufgeschlitzter Kehle und voller Silberbesteck dort unten gelandet?“

„Woher soll ich etwas darüber wissen? Ich war doch erst fünf“, sagte ich und wandte mich an meinen Butler, der das Tafelsilber sortierte. „Theodor, was sagen Sie dazu?“

„Ich habe nicht die geringste Ahnung“, antwortete er, ohne aufzublicken.

„Was für eine Familie!“, sagte Elisabeth-Maria.

„Ehrbare Menschen haben mitunter Leichen im Keller, aber ihr habt sie im Kühlhaus!“

„Warum zum Teufel habt ihr überhaupt da unten herumgestochert?“, fragte ich.

„Theodor hat mich gerufen, weil er nach dem Schatz des Kobolds suchen wollte.“

Mich überkam eine Welle des Ekels und ich wollte unbedingt das Thema wechseln. „Na schön, zum Teufel mit der Leiche! Du hast Albert mit einem Zauber belegt!“

Die junge Frau lachte mir ins Gesicht. „Keineswegs“, widersprach sie. „Das hatte ich auch nicht nötig! Er hat eine betörende Persönlichkeit. Ich war fasziniert. Du hast ja keine Ahnung. Ich habe wirklich gern Zeit mit ihm verbracht.“

„Das glaube ich dir nicht!“

„Vertrauen ist eine ausgesprochen intime Angelegenheit, mein lieber Leo“, bemerkte Elisabeth-Maria bissig und wandte sich an den hinter ihr stehenden Butler. „Ist etwas nicht in Ordnung, Theodor?“

„Nein“, antwortete er ruhig. Doch als sie sich wieder zu mir umdrehte, packte er sie plötzlich am Kopf und brach ihr mit einer scharfen Bewegung das Genick. Ihre Wirbelsäule knackte ekelerregend und ihr Körper fiel leblos auf den Boden.

In Panik wich ich zurück und griff nach der *Mauser* an meinem Gürtel, fasste mich aber sofort wieder.

„Was tun Sie da?“, schrie ich verständnislos.

Theodor stieg ruhig über den Körper der jungen Frau. „Sonst hätte es nie geendet“, sagte er mit einer Stimme, die nicht seine eigene war.

„Sie sind nicht Theodor!“

„Kluger Junge.“ Die Kreatur von der anderen Seite lächelte und in den Augen meines Dieners leuchtete eine dunkle Flamme von unangenehmer Farbe. Ich schoss nicht. Ich konzentrierte mich nur und versuchte erfolglos, mir Theodor ein für alle Mal tot vorzustellen.

„Du kannst doch nicht wirklich geglaubt haben, dass dieser Pedant nur aus Pflichtgefühl in dieser Welt geblieben ist, oder?“, fragte der untote Geist überrascht. „Nein! Das war alles sein Zwillingsbruder. Ich verband ihre Seelen mit einem unsichtbaren Faden, schuf ein Schlupfloch aus der Hölle und verbrachte all die Jahre damit, mich daran zu klammern, wobei sich meine Seele in unerträglichen Qualen wand, während mein Körper vollgestopft mit Silber im Eishaus lag. Ich konnte mich keinen Zentimeter bewegen oder diese Marionette zwingen, nach mir zu suchen. Ich konnte mich nicht einmal sehen, bis deine Freundin die Gabel bemerkte! Aber ich wusste, dass ich früher oder später freikommen würde!“

„Wer sind Sie?“, fragte ich und ahnte die Antwort schon: „Der Koch!“

„Für dich war ich nur der Koch“, bestätigte das Wesen aus der Unterwelt und machte einen Schritt auf mich zu.

Ich trat rasch zurück und zog meine Pistole.

„Der Tod des Bruders war sehr bedauerlich“, fuhr der Koch fort. „Aber das Schicksal hat es gut mit mir gemeint. Jetzt bin ich frei und werde haben, was mir gehört!“

„Wovon sprechen Sie?“

„Das Geheimnis deines Großvaters, Emile Rie“, sagte der Geist und verzog die Lippen des Butlers zu einem gierigen Lächeln. „Warum hätte ich sonst eine Stelle in diesem Haus annehmen sollen? Ich wusste, dass die Lösung des Rätsels ganz nahe war. Ich habe danach gesucht, dabei aber einen kleinen Fehler gemacht...“ Er brach ab. Seine Augen leuchteten fahl. Sein durchdringender Blick ging mir durch und durch. „Dein erbärmliches kleines Herz zu essen, war eine schlechte Idee. Ich hätte dir den Kopf abreißen sollen!“ Die Kreatur, die meinen Butler kontrollierte, machte einen Sprung, um mich zu überraschen, aber ich hatte ‚Theodor‘ die ganze Zeit im Visier gehabt und eröffnete das Feuer, sobald er auf mich zu kam.

Die Schüsse krachten und obwohl die Kugeln dem Geist keinen Schaden zufügten, sondern nur sinnlos seinen Frack und seine Weste durchlöcherten, wurde er nach hinten gedrückt. Ohne mich von ihm in eine Ecke drängen zu lassen, sprang ich zur Seite, nahm mir eine silberne Gabel vom Boden und zog mit der anderen Hand meine *Cerberus* aus der Tasche.

„Du spielst schon wieder mit mir!“ Theodor lachte mit der fremden Stimme. „Muss ich dich daran erinnern, wie das beim letzten Mal geendet hat?“

„Wahrscheinlich mit deinem Tod“, antwortete ich und machte einen Schritt in Richtung Fenster.

Die Kreatur hatte Angst vor Silber, aber mein *Talent* hätte es nie geschafft, diesen Funken aufzugreifen und damit eine Flamme des Grauens zu entzünden. Ich hatte nicht genug Zeit dafür.

„Ja, ich bin gestorben“, gab der ruhelose Geist zu. „Aber ich habe alle Bewohner dieses Hauses mitgenommen, bis auf zwei Degenerierte: dich und deinen Vater! Ich habe jedem in der Nähe die Lebenskraft entzogen! Und das habe ich viele Jahre lang getan. Die Einzige, die es nicht gespürt hat, war deine Freundin. Was stimmt mit ihr nicht, Junge? Wirst du es mir sagen, bevor du stirbst?“

Natürlich stimmte mit Elisabeth-Maria etwas nicht. Die junge Frau hielt ihren Kopf in beiden Händen und richtete ihn mit einem leisen Knacken wieder auf, als würde sie eine von Vandalen beschädigte Schaufensterpuppe reparieren.

Der Koch bemerkte glücklicherweise nichts, also beeilte ich mich, ihn mit einer Frage abzulenken, indem ich mit seinem Verlangen spielte, nach den langen Jahren der Gefangenschaft in der eisigen Unterwelt alles zu erzählen.

„Ich würde lieber erfahren, warum das nötig war."

„Du fragst mich, warum ich das Geheimnis der Waffe wollte, die die *Gefallenen* zur Strecke gebracht hat?", fragte der Geist erstaunt. „Ich beabsichtige, sie zu zerstören, du dummer Mensch. Und damit den Weg für die wahren Herrscher dieser Welt freizumachen!"

„Die alten Götter?"

„Die Großen haben viele Namen", sagte der Koch.

In dem Moment stürzte sich Elisabeth-Maria von hinten auf ihn.

Sie warf dem ruhelosen Geist eine Schlinge aus den geflochtenen Streifen der mit einem Zauber belegten Mohrenhaut um den Hals, zog daran und stieß ihm ihr Knie ins Kreuz, sodass er sich nicht umdrehen konnte.

Das Gesicht des Butlers nahm augenblicklich einen dunkelvioletten Farbton an. Er trat nach hinten und schob den Sukkubus gegen die Wand. Sie zuckte nicht einmal zusammen.

„Der Säbel!", rief sie mir zu.

Ich stürmte ins Wohnzimmer, riss den Säbel meines Großvaters von der Wand und rannte zurück. Ich schlug im Laufen schwungvoll zu, aber der Koch schaffte es, einen Arm hochzureißen und die Klinge auf Kosten eines aufgeschnittenen Unterarms zu stoppen.

Ein kräftiger Schlag ins Gesicht holte mich von den Füßen. Ich lag mit gespreizten Beinen auf dem Boden und als der Geist es schaffte, den Sukkubus abzuschütteln, entlud ich meine *Cerberus* in ihm. Die ersten beiden Schüsse bewirkten nichts, aber die dritte Kugel war aus Silber und der Körper des Dieners wurde für einen Moment taub. Das lag daran, dass die silberne Kugel eine Angst in ihm auslöste, die durch mein *Talent* vergrößert wurde.

Der Anfall dauerte nur einen Augenblick, aber dieser kurze Moment reichte Elisabeth-Maria, um den Säbel zu ergreifen und ihn mit einer unmenschlichen Kraft zu schwingen, die Theodors Kopf völlig zerstörte.

Die gut geschliffene Klinge spaltete den Schädel vollständig und steckte nun halb in der Brust. Dann zog der Sukkubus sie in einer kraftvollen Bewegung heraus und schlug erneut zu, diesmal waagerecht, was den Kopf von den Schultern trennte.

Der enthauptete Körper, aus dessen schrecklichen Wunden nicht ein Tropfen Blut floss, erstarrte und sackte dann mit einem dumpfen Schlag auf dem Boden zusammen. Ich konnte die Anwesenheit der Kreatur augenblicklich nicht mehr spüren.

„Leo, es ist demütigend, von einem Fremden zu hören, dass man nicht die Erste ist“, sagte Elisabeth-Maria bissig. „Wie könnten wir irgendwelche Geheimnisse haben?“

Bevor ich antworten konnte, erbebte das Haus. Uhren und Bilder fielen von den Wänden. Ein Schrank kippte um und erdrückte mich fast. Die Kronleuchter schwankten und ein breiter Riss zog sich an der Wand des Wohnzimmers entlang. Dann durchbrach ein weiterer, stärkerer Aufprall den Boden und verwandelte ihn in eine Palisade aus zerbrochenen Brettern.

Elisabeth-Maria sprang von der gefährlichen Stelle zurück und umklammerte das Kaminsims, aber plötzlich schoss ein schleimiger Tentakel aus dem Loch. Er wickelte sich um sie, schlug ihren Kopf gegen einen Schrank, wodurch sie das Bewusstsein verlor, und schleuderte sie durch eine Lücke in der eingestürzten Wand nach draußen.

Ich hechtete in den Flur. Das abscheuliche Anhängsel der dämonischen Kreatur schnitt in die Wände und durchschlug sie mit einer Leichtigkeit, als wären sie aus Packpapier. Einer der Wandbrocken traf mich und warf mich um.

Der Tentakel streckte sich erst nach oben und stürzte dann nach unten, um mich auf dem Parkett platt zu machen. Er verfehlte mich nur knapp und traf das auf dem Boden liegende Silber. Er schoss wieder nach oben, aber jetzt erfüllte ein beißender Rauch den Raum. Im nächsten Moment entstanden auf seiner glatten, violett-schwarzem Haut Dutzende von eitergefüllten Brandwunden. Das Herrenhaus wurde von einem weiteren Schlag erschüttert. Der Boden im Wohnzimmer bebte und wölbte sich. Die dämonische Gestalt des toten Kochs kroch durch das Loch und schleppte seinen ekelhaften, unförmigen Kadaver heraus. Ein zweiter Tentakel erschien. Dann sah ich einen stinkenden Schlund.

Aber ich wich nicht zurück. Ich kannte die Schwäche dieser Kreatur und hatte vor, sie zu bekämpfen.

Silber! Ich hob eine silberne Gabel vom Boden auf. Sie war uralt und massiv. Ich hielt sie so fest in meiner Hand, dass es wehtat.

Da tauchte der Kobold im Eingang auf. Mit heraushängender Zunge zerrte er den Koffer mit Alexander Dyaks Transmitter ins Zimmer, löste die Gurte und schnippte mit den Fingern, in der Absicht, das Ding in Gang zu setzen.

„Wage es ja nicht!“, rief ich, denn ich wusste nicht, wie weit die elektromagnetischen Wellen reichen würden.

Ich hegte immer noch die Hoffnung, dass ich zwei Fliegen mit einer Klappe schlagen konnte.

Ich war nur einen Moment abgelenkt, aber ich bezahlte für diesen Fehler. Einer der Tentakel glitt in den Flur, wickelte sich um meinen Knöchel und zerrte mich ins Wohnzimmer, direkt in die Umarmung des Dämons. Der scharfe Ruck ließ mir keine Chance, mich auf den Beinen zu halten. Ich fiel nach hinten, drehte mich aber auf den Bauch und hielt mich mit der freien Hand am Türrahmen fest.

Doch es nützte wenig! Der Griff des jenseitigen Wesens war zu stark. Meine Finger rutschten ab. Deshalb verrenkte ich meinen Körper, beugte mich weit vor und stieß die Gabel mit voller Wucht in den Tentakel, der mein Bein umschlang. Die silbernen Zinken bohrten sich tief in das schleimige Fleisch. Es zuckte zurück und riss mir fast den Stiefel weg, aber der Schmerz zwang den Dämon, den Tentakel wegzuziehen und ihn wahllos gegen die Wände zu schlagen, um sich von dem verhassten Metall zu befreien.

Ich nutzte die Gelegenheit, sprang auf und füllte mein Bewusstsein mit Gedanken an geschmolzenes Silber, das in den Keller gegossen wurde und ihn reinigte. Wie ein scharfer Speer verankerte mein *Talent* das Bild im Bewusstsein des Dämons und der untote Koch erstarrte für ein paar Sekunden, geschockt von dem schrecklichen Bild.

Seine Verwirrung hielt jedoch nicht lange an. Der aufgedunsene Kadaver brach bald darauf mit solcher Wucht aus dem Keller, dass das ganze Haus zitterte, aber da war Elisabeth-Maria wieder wach und kam zurück, um mir zu helfen. Mit ihren roten, zerzausten Locken schritt sie mit dem Säbel in der Hand über die Trümmer. Zu meiner Überraschung sah sie aus wie eine der legendären Walküren des Nordens und ich empfand ein gewisses Maß an irrationalem Mitleid, als ich dem Kobold ein Zeichen gab.

„Wirf ihn an!"

Der Sukkubus schnitt den Tentakel ab, der auf sie zukam, der Kobold legte den Schalter um und ich rannte hinaus, um im Korridor Schutz zu suchen. Die dämonische Inkarnation des Kochs pulsierte in einer durchsichtigen Flamme im Takt der gesendeten Morsezeichen. Und diese Signale wiederholten sich in meinem Kopf.

Kurz-lang-lang-kurz... Die elektromagnetischen Impulse zerrissen den aufgedunsenen Körper der Unterweltkreatur, spülten ihn weg und verdrängten ihn aus der Realität. Er schüttelte sich immer stärker, wurde erst halb transparent und verschwand dann in einem blendenden Lichtblitz. Gespenstische Stimmen kreischten in meinem Kopf wie ein grauenhafter Chor. Einen Moment lang war ich durch das ständige Flackern geblendet und als ich meine Sicht wiedererlangte, fand ich mich aus irgendeinem Grund im Türrahmen des Wohnzimmers kniend wieder.

Hätte mein Leben davon abgehangen, ich hätte nicht sagen können, wie das passiert war.

Der Geruch von verbrannter Drahtummantelung und Tabak erfüllte das Haus. Ich wollte mich umsehen, aber mein Nacken war steif, als hätte ich Stunden in dieser Position verbracht. Es fiel mir schwer, aufzustehen.

Vorsichtig ging ich zu dem Loch im Boden hinüber, schaute in den Keller und atmete erleichtert auf, als ich dort unten nur Eis sah. Der Dämon war spurlos verschwunden. Nicht einmal der Schleim seiner Tentakel war übrig geblieben. Und was noch wichtiger war: Ich spürte auch nicht mehr die Präsenz des Fluchs, der auf dem Haus lastete. Nicht im Geringsten.

„Mist, dein Leierkasten ist kaputt!", verkündete der

Kobold, der auf dem Koffer saß und eine selbstgedrehte Zigarette auf den Boden warf. „Jetzt stecken wir in der Klemme..."

Ich erstarrte, als ich Elisabeth-Maria bemerkte. Entgegen meiner Hoffnung hatten die elektromagnetischen Störungen den Sukkubus nicht in die Hölle geschickt. Verflucht!

Doch dann nahm Elisabeth-Maria ihre blutgetränkte Hand vom Gesicht und starrte mich mit weißen, blinden Augen an. Die junge Frau hatte aufgehört, eine *Illustre* zu sein. Die jenseitige Essenz hatte sie verlassen und das erschreckte mich zutiefst.

Ich hatte sie als Bild in meinem Kopf erschaffen, aber die Kraft des Sukkubus hatte dazu beigetragen, sie in der Realität zu verkörpern. Jetzt war die höllische Kreatur vertrieben, aber Elisabeth-Maria war nicht verschwunden, sie war eine normale Frau geworden! Der dämonische Charme umgab sie nicht mehr mit seinem verführerischen Schleier. Die einst tödliche Schönheit war durch eine süße, harmlose junge Frau ersetzt worden. Süß, harmlos und blind.

„Was ist hier los?", fragte Elisabeth-Maria und widerlegte damit meine Theorie, dass sie aller Sinne beraubt war. „Was ist passiert?"

Ihre Stimme klang ungewöhnlich verletzlich, als ob sie eine ganz andere Person wäre. Als ich sie bei der Hand nehmen wollte, riss sie sich los und schrie auf. „Fassen Sie mich nicht an!"

„Beruhige dich!", bat ich, doch sie wich einen Schritt zurück. Dann lief sie den Flur hinunter und stieß blindlings gegen Möbel.

Ich lief ihr nicht nach. Ich wusste nicht, wie ich mich jetzt verhalten sollte. Zwar hatte ich bekommen, was ich wollte, aber aus irgendeinem Grund machte mir mein Gewissen zu schaffen.

Auch der Kobold fühlte sich nicht wohl. Er zündete sich eine neue Kippe an und sagte ratlos: „Mist, was für eine Situation!“

Ich kickte den Kobold schweigend weg und beugte mich über den Apparat, der unerträglich nach verbrannten Elektrokabeln stank. Der Kobold runzelte verärgert die Stirn und ging hinaus.

Ich zog die geschmolzene elektrische Batterie aus dem Koffer. Der Sender selbst sah zu meiner unsäglichen Erleichterung unbeschädigt aus.

Ich bekam Lust, ihn zu nehmen und die Drähte herauszureißen, aber stattdessen klappte ich mein Messer auf und schnitt sie vorsichtig durch. Es dauerte einige Zeit, aber der Sender sah nun etwas vorzeigbarer aus als zuvor. Ich wollte Alexander nicht allzu sehr verärgern.

Schließlich schleppte ich den Koffer zurück zur Ladefläche des gepanzerten Fahrzeugs und ging dann hinauf ins Schlafzimmer zu den Abenteuern von *Alice im Wunderland.* Statt den Code zu entschlüsseln, steckte ich das Buch in meine Tasche und starrte nachdenklich auf das Bleistiftporträt von Elisabeth-Maria von Nalz.

„Ich empfinde nicht das Gleiche für Sie, Viscount“, rief ihre Stimme schmerzhaft in meinem Kopf.

Wütend zerknüllte ich das Blatt Papier und warf es in den Mülleimer. Aber schnell holte ich es wieder heraus, glättete es so gut wie möglich und steckte es in meine Tasche. Dann suchte ich meine Sachen zusammen. Ich hatte nicht vor, noch einmal in dieses Haus zurückzukehren. Es bereitete mir eine Gänsehaut.

Ich erinnerte mich nicht. Ich wusste nicht, was vor 16 Jahren im Keller passiert war. Aber gleichzeitig war ich mir sicher, dass ich schon einmal gesehen hatte, wie eine Kehle so aufgeschnitten worden war. Es war die gleiche Art und Weise, wie der Kobold die Kehle des chinesischen Geldeintreibers aufgeschnitten hatte. Und diese Tatsache erschreckte mich umso mehr. Ich erinnerte mich nicht und wollte es auch nicht.

Ich wollte so schnell wie möglich von hier weg, aber zuerst musste ich ein paar Beweise loswerden. Der Fluch schützte das Herrenhaus nicht mehr und jeder konnte jetzt hereinkommen, um nach Waffen und Leichen zu suchen. Ich wollte nicht den Rest meines Lebens auf der Flucht vor der Polizei verbringen müssen. Zur Hölle mit den Mumien. Was ich wegschaffen musste, waren die menschlichen Leichen und die Waffen.

Als Erstes parkte ich den Panzerwagen in der Garage und lud alle Kisten hinein. Dann suchte ich das handgehaltene Maschinengewehr und die verbogene Flinte, warf sie in den Kofferraum und ging ins Haus.

Durch ein Loch in der Wand des Wohnzimmers regnete es herein. Das Wasser floss durch den kaputten Boden in den Keller und bedeckte allmählich die Eisbrocken. Ich öffnete die Luke, stieg hinunter und schauderte unwillkürlich. Und obwohl das Tageslicht die Dunkelheit des Eiskellers zurückdrängte, wollte ich immer noch nicht hinuntergehen. Meine Angst vor Kellern war noch genauso stark wie immer.

Schließlich überwand ich sie, stieg die mit Raureif bedeckte Treppe hinunter und schleppte die Leichen nach draußen. Erst den pensionierten Richter, dann den Räuber, den der Kobold zerstückelt hatte, und zum Schluss den Mohren. Von dem Koch war nicht einmal ein Hauch übrig geblieben.

Nachdem ich die Leichen hinten in den Wagen

geladen hatte, ging ich ins Haus, wo der Kobold auf mich wartete.

„Junge, bist du sicher, dass du nichts vergessen hast?“, fragte er und deutete auf das milchige Glas, in dem das Herz des *Gefallenen* lagerte.

„Lass es.“

Der Knirps zuckte mit den Schultern und warf das Glas hinter sich. Ich zuckte zusammen und erwartete, das Geräusch von zersplitterndem Glas zu hören, aber das Gefäß landete mit einem leisen Aufprall, versank in den Eisbrocken und verschwand aus meinem Blickfeld.

Zur Hölle mit dem Herz. Es wäre mir auch egal gewesen, wenn es in Stücke zersprungen wäre.

Ich suchte das ganze Haus und den Garten ab, fand aber keine Spur von Elisabeth-Maria. Sie war wie vom Erdboden verschluckt. Ich stand kurz an den Gräbern meiner Mutter und meines Vaters und versprach, dass ich eines Tages zurückkehren würde. Dann stieg ich in den gepanzerten Wagen.

Es war Zeit, von hier zu verschwinden.

4

DER STURM WÄLZTE sich über die Stadt. Jede Minute schlug ein neuer Blitz in den Eisenturm an der Spitze des Kalvarienbergs ein. Die Helligkeit der Blitze blendete das Auge. Der Donner ließ die Fenster des Automobils vibrieren und die Windböen fegten uns fast von der Straße.

Ich schaute nicht ein einziges Mal zurück. Ich fuhr den Hügel hinunter und manövrierte das Fahrzeug durch die nassen, unansehnlichen Straßen hinunter zum Leonardo-da-Vinci-Platz. Allerdings war es eine Übertreibung, es als manövrieren zu beschreiben. Der Regen prasselte auf die Windschutzscheibe und selbst mit hochgeklappter Panzerplatte musste ich den Kopf aus dem Fenster strecken, um auch nur den Hauch einer Ahnung von der Straße vor mir zu bekommen.

Unterwegs hielt ich an der Böschung eines der Kanäle, die zum Yarden führten, und warf die tiefgefrorenen Körper hinein. Auf diese Weise würde es bei Alexander Dyak keine unangenehmen Fragen geben, wenn er mir beim Ausladen des Koffers mit dem Sender half.

Als ich bei dem Erfinder ankam, schüttelte er nur den Kopf über die vielen mit Waffen gefüllten Kisten. „Ich hoffe, dass Sie keine Verbindungen zu den Anarchisten haben, Leopold Borisowitsch", sagte er, als wir hineingingen. „Schenken Sie dem Humor eines alten Mannes aber bitte keine Beachtung. Sie sehen heute nicht wie Sie selbst aus. Sie müssen sich unbedingt in Ordnung bringen!"

Entschlossen stellte ich das Schnapsglas, das er mir

in die Hand gedrückt hatte, auf die Werkbank und schaute in den Spiegel. In meinem blassen Gesicht saß eine geschwollene Nase und mein Hemdkragen war mit getrocknetem Blut bespritzt. Wann war mir das passiert?

Nachdem ich mich gewaschen hatte, bat ich den Erfinder um ein Handtuch, wischte mir das Gesicht ab und nahm mit dem Fotofragment und der abgegriffenen Ausgabe der Abenteuer von *Alice im Wunderland* an seinem Schreibtisch Platz. Ich entschlüsselte die Anweisungen, die ich benötigte, um Zugang zu dem Bankdepot zu bekommen. Dabei nippte ich nach russischer Art mit einem Löffel Zucker an meinem heißen, starken Tee.

Alexander Dyak warf inzwischen einen Blick in den Koffer. Nachdem er den Sender gesehen hatte, fragte er mit unersättlicher Neugier: „Hat es funktioniert?“

„Voll und ganz“, bestätigte ich.

„Und wie war es?“

„Genau wie mit dem Poltergeist. Sie sind ein Genie, Alexander.“

„Sie schmeicheln mir, Leopold.“

„Ein Genie!“, wiederholte ich. „Aber was mit der elektrischen Batterie passiert ist, kann ich nicht genau sagen. Sie ist durchgebrannt.“

„Ich werde es herausfinden“, beruhigte der Erfinder mich.

Zur gleichen Zeit näherte ich mich dem Ende des Codes. Ich las den Text ein paar Mal, um mir die recht einfachen Anweisungen einzuprägen, zündete mein Feuerzeug an und verbrannte das Papier und das Foto. Ich wollte kein unnötiges Risiko eingehen.

„Was haben Sie in den nächsten Tagen vor, Leopold?“, fragte Dyak und überprüfte die Komponenten seines Geräts. „Ich würde unsere gemeinsame Arbeit gern fortsetzen, aber ich muss ein paar Teile bestellen. Die Batterie war nicht das Einzige, was durchgebrannt ist."

„Unsere Arbeit wird auf jeden Fall weitergehen", versprach ich. „Aber zuerst muss ich eine Reise nach Zürich machen. Hätten Sie etwas dagegen, wenn ich den Wagen in Ihrem Hinterhof stehen lasse?"

„Für eine lange Zeit?"

„Falls es nötig ist." Ich wusste nicht, ob es sich überhaupt lohnen würde, wiederzukommen.

Alexander Dyak wischte sich mit dem Lappen übers Gesicht und nahm an seinem Schreibtisch Platz. „Dann erlauben Sie mir, Sie noch ein wenig zu befragen", sagte er lächelnd und bereitete einen Kalkulationsbogen vor. „Jedes Detail ist für die Wissenschaft wichtig!"

Ich verbrachte etwa eine Viertelstunde damit, dem Erfinder die Details zu beschreiben, dann holte ich die Handgranaten mit dem weißen Phosphor aus dem Kofferraum des gepanzerten Fahrzeugs. Wozu brauchte ich die jetzt noch? Ich verabschiedete mich von dem alten Mann und ging nach draußen. Es wehte immer noch stürmischer Wind, peitschte mir den kalten Regen ins Gesicht und kroch unter meinen Hemdkragen. Der Sturm riss mir beinahe den Hut vom Kopf. Ich beugte mich vor und eilte, auf den Stock gestützt, zur nächsten Dampfstraßenbahn. Abgesehen von dem Sturm, der alle Reisen auf den Kontinent unterbrochen hatte, wurde meine überstürzte Abreise in die Schweiz auch durch schlichten Geldmangel verhindert.

Ich hatte genug Geld für ein Dampfschiffticket, aber ich wollte nicht den ganzen Weg nach Zürich um Almosen betteln. Dabei konnte mir mein Anwalt helfen.

Zu meinem Glück fuhren die Straßenbahnen auch im Regen und so verbrachte ich den größten Teil der Fahrt warm und trocken. Das war ein Segen. Der Regen war deutlich stärker geworden und das Kanalsystem konnte die Wassermassen nicht mehr bewältigen. Es gab rötliche Bäche, die die Straße hinunterliefen, dazu Blitz und Donner, der mit der ganzen Wut einer Artilleriekanonade dröhnte.

Der Wind brauste mit einer unglaublichen Kraft zwischen den hohen Gebäuden hindurch, riss mich fast von den Füßen und zwang mich, mich zu ducken. Als ich in das kleine Büro meines Anwalts kam, floss das Wasser in Bächen an mir herunter.

„Viscount?“ Der Anwalt war über meine Erscheinung erstaunt. „Ist etwas passiert?“

„Schreckliches Wetter“, murmelte ich und holte das Abkommen mit dem verstorbenen Grafen, das mir Zugang zu meinem Erbe sicherte, aus meiner Reisetasche. „Hier. Ergreifen Sie alle notwendigen Maßnahmen.“

Mein Anwalt sah die Papiere rasch durch und blickte überrascht auf. „Wie haben Sie das geschafft, Viscount?“

„Die einstweilige Verfügung hat geholfen“, erklärte ich lächelnd.

„Ich kümmere mich darum, Viscount“, versprach der Anwalt, stockte aber. „Muss das heute sein? Ich bin nur noch im Büro, weil ich Angst habe, dass ich es nicht nach Hause schaffe. Jetzt erwische ich nie die richtigen Leute bei der Arbeit!“

Ich nickte. „Na gut. Dann sehen wir uns morgen. Ich werde mich melden. Wahrscheinlich schicke ich ein Telegramm, wohin Sie die erste Zahlung schicken sollen.“

„Jawohl, Viscount“, bestätigte mein Anwalt.

Ich verabschiedete mich von ihm und ging auf den Gang hinaus, in der Absicht, das schlechte Wetter am Hauptbahnhof abzuwarten und von dort aus zum Hafen zu fahren, sobald es sich besserte. Um Geld brauchte ich mir keine Sorgen mehr zu machen. Die Zuwendungen aus dem Familienfonds würden für die bevorstehende Reise nach Zürich ausreichen. Und dort würde sich alles regeln. Es würde sich ganz von selbst regeln!

Mein Kopf war so voll von großen Ideen, dass ich dem Mann, der mir in der Eingangshalle entgegenkam, erst Beachtung schenkte, als er sagte: „Viscount Cruce! Ich habe Sie schon überall gesucht!"

Ich war sofort auf der Hut, steckte die Hand in die Hosentasche und starrte den mir bereits vertrauten Constable mit dem roten Schnurrbart und den gelben Augen misstrauisch an.

„Weshalb?", fragte ich.

„Der Generalinspektor möchte Sie sehen", antwortete der Polizist und schüttelte die Regentropfen von seiner Mütze. „Ich weiß nicht, warum."

„Hatte er nicht vorgehabt, nach Hause zu fahren?"

„Tatsächlich hat er darum gebeten, dass Sie zu ihm nach Hause gebracht werden", bestätigte der Kriminalbeamte. „Ich weiß es nicht, aber vielleicht hängt das mit seiner Tochter zusammen."

Bei der Erwähnung von Elisabeth-Maria stöhnte mein Herz auf, aber ich zeigte es nicht. Ich holte meine Dose mit den Zuckerdrops aus der Tasche und steckte mir in aller Ruhe einen in den Mund.

„Wunderbar", antwortete ich. „Dann lassen wir den Generalinspektor mal nicht warten."

Wir gingen nach draußen, liefen hinüber zu einem Wagen, der am Vordach geparkt war, und beeilten uns, in ihm Schutz vor dem Regen zu suchen.

„Was für ein Wetter!" Der Constable schüttelte den Kopf und rieb sich den Schnurrbart.

Ich nickte nur und gab mir keine Mühe, das

Gespräch aufrechtzuerhalten. Meine Gedanken waren mit etwas anderem beschäftigt. Ich konnte mir nichts erhoffen. Elisabeth-Maria hatte sich in dieser Hinsicht klar und deutlich geäußert. Trotzdem freute ich mich den ganzen Weg über darauf, sie wiederzusehen. Das war dumm, verflucht dumm! Aber die Hoffnung starb ja bekanntlich zuletzt. Ich hoffte auf ein Wunder. Ich hoffte, während wir über nasse Dämme rollten. Hoffte weiter, als wir uns durch die verwirrenden kleinen Straßen der Altstadt schlängelten. Ich hoffte immer noch, als ich aus dem regennassen Fenster auf das Anwesen des Generalinspektors blickte. Und als ich durch den Hof ging, tröstete ich mich weiterhin mit Illusionen, als hätte ich das Glück gerade am Schopf gepackt. Eine übermäßig entwickelte Fantasie brachte unter solchen Umständen nichts als Probleme.

Als ich in dem stofftapezierten Flur hinter mir das Klicken hörte, das entstand, wenn eine Waffe entsichert wurde, überlief mich ein kalter Schauer.

„Keine Bewegung, Viscount!“, forderte der Detective Sergeant. Ich spürte, wie der Stahl der Pistole sich in meinen Rücken bohrte. „Hände hoch!“

Ich gehorchte und wartete auf eine Erklärung, aber der Sergeant erklärte nichts, sondern befahl nur: „Seien Sie still!“

Er riss mir die Reisetasche aus den Händen und warf sie auf den Boden, dann durchsuchte er meine Taschen und nahm die *Cerberus* heraus. Er fand auch mein Messer, als hätte er gewusst, was sich in jeder meiner Taschen befand.

„Gehen Sie und drehen Sie sich nicht um!“, befahl er und trat einen Schritt zurück. „Vorwärts!“

Also ich ging weiter den Flur hinunter. Nur dass ich mir jetzt keine Illusionen mehr über meine nahe Zukunft machte. Unlösbare Fragen schossen mir durch den Kopf. Was zum Teufel war hier los? Meine Beine drohten, nachzugeben, und mein Herz sprang mir fast aus der Brust.

Was hatte sich der Generalinspektor jetzt ausgedacht? Was hatte Elisabeth-Maria ihm über mich erzählt? Und wenn sie es nicht war, wer dann? Als wir uns trennten, hatten der Generalinspektor und ich uns prächtig verstanden. Was war nur in ihn gefahren?!

Die Lösung erwies sich als viel einfacher, als ich es mir jemals hätte vorstellen können. Denn der Mann, den ich traf, als ich in die geräumige Empfangshalle kam, war nicht Friedrich von Nalz, sondern ein *illustrer* alter Herr, den ich nicht kannte. Genauer gesagt, erkannte ich nur das schmale, edle Gesicht des vertrockneten alten Aristokraten nicht. Die farblos-glühenden Augen erkannte ich auf den ersten Blick. Er war der Chef der Bankräuberbande.

Aber ich ließ mir nicht anmerken, dass ich das wusste, sondern fragte nur: „Gehe ich recht in der Annahme, dass dies nicht das Haus des Generalinspektors ist?“

„In der Tat, Viscount“, antwortete der *illustre* Herr und deutete auf einen Stuhl ihm gegenüber. „Nehmen Sie Platz.“

Ich gehorchte und der Mann wandte sich an den Sergeant, der mich abgeliefert hatte. „Wie ist es gelaufen?“

„Die Zielperson verließ das Haus in dem Ihnen bereits bekannten gepanzerten Wagen und parkte ihn hinter dem Geschäft *Mechanismen und Raritäten*, das sich am Leonardo-da-Vinci-Platz befindet. Auf dem Weg dorthin warf er drei Leichen in einen Kanal.“ Der Sergeant seufzte. „Eine davon war die von Mathew“, sagte er spitz.

„Oh, Viscount“, murmelte der *illustre* Herr und sah aus dem regenbeschlagenen Fenster. „Das ist so bedauerlich...“

Ich blickte auf den riesigen Kronleuchter mit elektrischen Kerzen unter der Decke. „Zu meiner Verteidigung muss ich festhalten, dass Ihr Mathew an einem Herzinfarkt gestorben ist.“

„Tatsächlich?“, fragte der Gutsbesitzer, scheinbar ohne besonderes Interesse.

„Er konnte die Enttäuschung nicht ertragen. So etwas kann passieren, wenn man von falschen Voraussetzungen ausgeht.“

Der *illustre* Herr schüttelte den Kopf. „Welche Ironie!“ Er lachte leise. „Ein Herzinfarkt war der Ruin eines Mannes, der Dutzende davon verursacht hat!“

„Durchlaucht“, sagte der Sergeant, um die Aufmerksamkeit auf sich zu lenken. „Wie lauten Ihre Befehle?“

„Viscount“, der Gutsbesitzer starrte mich beharrlich an und seine Augen leuchteten bis zur vollen Transparenz, „aus welchem Grund haben Sie das gepanzerte Fahrzeug im Hinterhof des Ladens abgestellt?“

„Der Kühler war undicht“, antwortete ich mit der fast reinen Wahrheit. „Der Besitzer sagte, er könnte helfen, ihn zu reparieren.“

„Vertrauen Sie ihm wirklich so sehr?“

„Er ist kein gesprächiger Mann.“

„Wie sollen wir dann unser Eigentum zurückbekommen?“

Ich überlegte einen Moment, ob es mir gelingen würde, eine verschlüsselte Nachricht an Dyak zu schicken, dann verwarf ich den Gedanken und riet: „Sagen Sie ihm einfach, dass ich Sie geschickt habe, um den Wagen zu holen. Das wird kein Problem sein.“

„Tatsächlich?“

„Ich garantiere es."

„Kümmern Sie sich darum", befahl der *illustre* Herr dem Sergeant, während er ein Zigarrenetui aus der Innentasche seines Jacketts zog. Er öffnete es, nahm eine längliche Glühbirne heraus und umschloss den Metallsockel mit seinen Fingern. „Aber bevor wir allein sind, Viscount", sagte er, „möchte ich Ihnen noch einen kleinen Trick vorführen."

Die Glühbirne flackerte auf und gleichzeitig leuchteten die farblosen Augen des Gutsbesitzers fast ebenso hell auf.

„Einst verschaffte mir dieser primitive Trick die Aufmerksamkeit der Damen in den Salons", sagte der *illustre* Herr leise. „Aber glauben Sie mir, mein *Talent* kann mehr als das. Sie würden seine Auswirkungen bestimmt nicht gern spüren. Wie ich höre, sind sie eher... unangenehm." Der alte Mann lenkte seinen Blick auf eine Stehlampe in der Nähe des Fensters. Die Glühbirne unter dem roten Stoff leuchtete erst blendend auf, dann brannte sie aus und zerbarst mit einem lauten Klirren.

„Ich hoffe, es gelingt Ihnen, keine Dummheiten zu machen, Viscount?"

Ich schätzte den Abstand zwischen uns ab und nickte. „Das bekomme ich hin."

Das *Talent* des *illustren* Herrn machte Eindruck auf mich. Immerhin war mir der extreme Schmerz, den ein Stromschlag verursachen konnte, noch frisch in Erinnerung.

Ein lebender Generator, heilige Scheiße!

„Holen Sie das gepanzerte Fahrzeug", befahl der Gutsbesitzer dem immer noch anwesenden Sergeant.

„Sind Sie sicher, Durchlaucht?", fragte der rothaarige Sergeant zweifelnd, der seinen Herrn offenbar nicht mit mir allein lassen wollte.

„Gehen Sie!“

Der Sergeant steckte den Polizeirevolver in sein Holster und ging hinaus. Das Geräusch seiner Schritte verstummte bald, dann erhob sich der *illustre* Herr aus seinem Sessel und ging zum Fenster hinüber, hinter dem von Zeit zu Zeit helle Blitze aufleuchteten.

„Möchten Sie etwas trinken?“, fragte er über das Heulen des Windes hinweg und seine Stimme hallte in dem großen Raum wider.

„Nein, danke“, lehnte ich ab, wohl wissend, warum ich hierhergebracht worden war.

Sie hätten mich einfach auf dem Weg töten können. Ein paar Kugeln in mich abzufeuern und meinen Körper in den Fluss zu werfen, war so ziemlich das Einfachste, was man sich vorstellen konnte. Bedeutete das, dass es hier nur um den unglückseligen Behälter ging?

„Sie sehen genauso aus wie er“, sagte der Aristokrat da.

„Wie bitte?“, fragte ich, ohne zu wissen, worauf er hinauswollte.

„Ihr Großvater. Sie sehen ihm ähnlich.“

„Haben Sie ihn gekannt?“

„Ob ich Emile gekannt habe?“ Der *illustre* Herr lachte. „Wir waren Freunde! Er hat mich immer beim Kartenspiel geschlagen, der alte Gauner.“

Ein kalter Schauer lief mir über den Rücken und ich korrigierte ihn. „Keiner meiner Großväter hieß Emile.“

„Sparen Sie sich das Theater, Viscount.“ Der Gutsbesitzer kehrte zu seinem Stuhl zurück und stützte sich auf dessen hohe Lehne. „Wie dem auch sei, es scheint, als hätten wir keinen guten Start gehabt. Erlauben Sie mir, mich vorzustellen: Herzog Talm. Sie können mich Duncan nennen."

„Sehr erfreut, Ihre Bekanntschaft zu machen, Durchlaucht", sagte ich und schätzte meine Chance ab, lebend aus dieser Klemme herauszukommen. Sie war vermutlich ziemlich gering.

Der Herzog verzog das Gesicht. „Überlassen Sie die Formalitäten den offiziellen Empfängen und hören Sie auf, mich anzusehen wie ein Schaf den Wolf. Ich habe nicht vor, Sie zu töten!"

Ich zog die Augenbrauen hoch. „Nach allem, was passiert ist, fällt es mir schwer, das zu glauben."

„Das war reine Zweckmäßigkeit", erklärte der Gutsherr. „Nichts Persönliches, Viscount. Es hat sich nun mal so ergeben. Falls es Sie tröstet: Ich war gegen eine solch aggressive Taktik, aber die Situation geriet fast augenblicklich außer Kontrolle."

„Und was hat sich seither geändert?"

„Nichts. Eigentlich bin ich gerade dabei, Ihr Leben zu retten, Viscount. Ein Dokument von äußerster Wichtigkeit ist in Ihre Hände gefallen. Es gibt sehr viele, die vor nichts zurückschrecken würden, um es zu bekommen. Bald werden sie ihr Spiel treiben und das Sicherste für Sie ist, in meiner Gesellschaft an diesem Ort zu bleiben."

„Wissen Sie noch, was ich über falsche Annahmen gesagt habe?" Ich seufzte. „Nun, das war wirklich alles ein großes Missverständnis, Durchlaucht."

Herzog Talm starrte mich hartnäckig an. „Erklären Sie sich!"

Ich holte das Notizbuch des toten *illustren* Herrn aus meiner Tasche, schlug es auf der richtigen Seite auf und erhob mich vom Stuhl.

„Darf ich?", fragte ich. Nachdem ich die Erlaubnis erhalten hatte, stand ich auf, legte das Notizbuch auf den

Sofatisch und kehrte an meinen Platz zurück. „Ich nehme an, die Handschrift ist Ihnen vertraut."

Der Gutsbesitzer machte sich mit der entschlüsselten Nachricht vertraut, riss die Seite heraus, zerknüllte sie und warf sie wütend auf den Boden. Das Gesicht des alten Mannes nahm einen schwer zu deutenden Ausdruck an, als ob Enttäuschung und Erleichterung in ihm kämpften.

„Wissen Sie, was wir zu finden gehofft hatten, Viscount?", fragte er.

„Ich habe keine Ahnung", antwortete ich mit einer kleinen Lüge.

„Mathew hat es Ihnen nicht gesagt?"

„Nein."

„Nun denn", sagte der Herzog gedehnt. „Unser Gespräch wird etwas länger dauern, als ich angenommen hatte."

„Ich will Ihre Geheimnisse nicht hören!", wehrte ich eilig ab, aber der Mann hörte mir nicht einmal zu.

„Sie können dem Schicksal nicht entkommen, Viscount. Niemand kann das. Sie nicht und ich nicht."

„Ihre Worte erwecken nicht gerade Vertrauen in die Zukunft."

Der *illustre* Herr lachte. „Ihnen wird nichts Schlimmes zustoßen, Viscount, das verspreche ich. Ich möchte mich nur mit Ihnen unterhalten."

„Wozu? Was ist, wenn ich gar nichts wissen will?"

„Wollen Sie wirklich den Rest Ihres Lebens auf der Flucht verbringen? Rechnen Sie damit, dass Sie es bis nach Zürich schaffen? Eine falsche Hoffnung! Man wird Sie fangen und ausweiden. Diese Leute sind daran gewöhnt, sich zu holen, was ihnen zusteht."

Ich schnaubte. „Diese Leute? Reden Sie von sich

selbst?“

„Nein, vom Orden“, sagte der alte Mann nachdrücklich. „Die glauben, Sie hätten alle Informationen, die sie brauchen. Ich habe keine Ahnung, wie Sie sie jemals vom Gegenteil überzeugen könnten.“ Der Herzog wurde ärgerlich und deutete auf die Tür. „Sie können gehen und dann interessieren Sie mich nicht mehr! Aber Sie sollten wissen, dass Sie den Sonnenaufgang nicht erleben werden!“

Ich bewegte mich keinen Zentimeter.

Herzog Talm ging im Raum auf und ab.

„Ich habe Sie hierherbringen lassen, weil ich dachte, Sie wären im Besitz unseres Geheimnisses. Aber Emile hat geblufft! Verflucht! Keiner konnte so bluffen wie er! Er hat uns alle ausgetrickst. Wir haben Sie umsonst gejagt. Es war nur ein Geschenk an seine uneheliche Tochter! Sie können gehen, Viscount. Ich habe das aus Respekt vor dem Andenken Ihres Großvaters getan, aber wenn Sie meine Hilfe nicht wollen, gehen Sie jetzt!“

Ich schüttelte den Kopf. „Es regnet und ich habe keinen Schirm.“

„Wollen Sie einen? Ich habe hier mehrere.“

„Ich warte lieber ab“, antwortete ich, weil ich ahnte, dass jeder Versuch meinerseits, den Raum zu verlassen, nur zu noch mehr Ärger führen würde.

„Eine weise Entscheidung“, sagte der alte Mann mit einem seltsamen Gesichtsausdruck. „Aber schwören Sie, unser Gespräch geheim zu halten.“

„Sie vertrauen meinem Wort?“

„Warum nicht? Schließlich bringt Ihnen die Enthüllung nichts Gutes, nur mehr Ärger.“

„Gut“, stimmte ich zu. „Ich werde schweigen.“

„Ich verlasse mich auf Ihren gesunden Menschenverstand, Viscount“, sagte Herzog Talm und ließ sich in den Sessel sinken. Dann fragte er unvermittelt: „Was wissen Sie über die *Gefallenen*?“

„Seltsame Frage“, erwiderte ich. „Das Gleiche wie alle anderen, nehme ich an.“

„In Anbetracht der Ansichten Ihres Vaters bezweifle ich das stark“, sagte der *illustre* Herr. „Sie wären überrascht, Viscount, wie dürftig das Wissen des Durchschnittsbürgers über die Geschichte unserer Welt sein kann. Selbst die gebildete Bevölkerung kann sich oft keiner besonderen Kenntnisse rühmen, wenn es um die Ereignisse unserer jüngsten Vergangenheit geht. Die Reduktionisten sind mehr mit der Zukunft beschäftigt. Sie verstehen nicht, dass die Zukunft noch nicht existiert, und dass sie nicht nur von der Gegenwart, sondern auch von vergangenen Zeiten abhängig ist. Genauer gesagt, davon, wie unsere Gesellschaft über diese Zeiten denkt.“

Ich schaute mit Sorge zum Fenster. Dort regnete es in Strömen. Blitze zuckten und die Bäume im Garten bogen sich in den Windböen.

„Also, was wissen Sie über die *Gefallenen*?“, wiederholte Herzog Talm seine Frage.

„Welchen der allgemein akzeptierten Standpunkte soll ich nachplappern?“, erkundigte ich mich. „Die Christen sagen, die *Gefallenen* seien eine göttliche Strafe, die zu uns herab gesandt wurde, weil wir den Erlöser getötet haben. Alle anderen denken, dass der Schöpfer nach der Auferstehung des Erlösers aufgehört hat, sich um diese Welt zu kümmern, und die *Gefallenen* auf die Erde herabgestiegen sind, um sich niederzulassen und zu herrschen.“

Der *illustre* Herr nickte, lehnte sich in seinem Stuhl zurück und lächelte. „Die Geschichte unserer Welt wurde in der Epoche der Renaissance geschrieben, Viscount, und besteht aus Auslassungen, Verwirrungen und offensichtlichen Lügen. ‚Fromme Lügen', so dachten die ersten Reduktionisten. Sie ahnten damals schon die kommenden Veränderungen und bereiteten den Boden dafür."

„Es fällt mir schwer, an eine Verschwörung solchen Ausmaßes zu glauben."

„Es gab keine Verschwörung, es war nur so, dass ein paar Gleichgesinnte, die hellsten Köpfe ihrer Zeit, den Grundstein für eine grandiose Fälschung legten. Wie schon gesagt, der Durchschnittsmensch weiß nicht viel über Geschichte. Das war schon immer so. Aber die *Gefallenen... Die Gefallenen* verbrannten Städte, verwandelten Menschen in Salzsäulen und ließen Flüsse und Meere verdampfen. Sie machten uns Angst. Und niemand verstand die Motivation für ihre Taten."

„Die Menschheit für ihre Sünden zu bestrafen?"

„Aber was ist mit Vergebung?", entgegnete der alte Mann. „Und wenn es eine Strafe war, wo ist dann die göttliche Hand der Sintflut? Alle Gelehrten sprechen von der Unterdrückung, die wir durch die *Gefallenen* erlitten haben, doch keiner der Autoren ist in der Lage, zu erklären, wie sich die Menschheit im Laufe ihrer Geschichte entwickelt hat und gereift ist. Vielleicht waren die *Gefallenen* doch keine so schlechten Hirten für unsere verlorene Herde."

„Oder vielleicht konnten sie der Versuchung nicht widerstehen und sehnten sich nach Macht?"

Herzog Talm lächelte zufrieden. „Das ist richtig!", bestätigte er. „Der Weg des Allerhöchsten ist unergründlich. Nach der Kreuzigung seines Sohnes verließ seine Gnade diese Welt. Und nur seine himmlischen Heerscharen blieben zurück, um die Unterwelt zurückzuhalten. Sie kamen auf die Erde herab, schufen Atlantis, ihr unzerstörbares

Bollwerk, und begannen den Kampf gegen die Mächte des Bösen! Sie zerstörten die Finsternis überall, wo sie sie erreichen konnten, aber die Menschen konnten nicht verstehen, warum diese himmlischen Abgesandten ihre Städte verbrannten. Sie erkannten nicht, dass dort Finsternis herrschte, dass Teufel und Hexen den Verstand der Menschen versklavt hatten und sich anschickten, ihren Einfluss zu verbreiten wie Wundbrand in einem Körper. Es gibt nur eine Behandlung für solch eine Krankheit: das Ausbrennen mit glühendem Eisen! Aber die *Gefallenen* haben niemandem etwas erklärt. Viele Jahrhunderte lang griffen sie nicht in das tägliche Leben ein, sondern schützten die Menschheit nur vor den höllischen Kreaturen. Die Christen wurden nicht immer von ihnen verfolgt. Aber alles veränderte sich. Und mit der Zeit veränderten sich auch die *Gefallenen.* Ihr Wesen wurde korrumpiert. Die Engel des Herrn, Beschützer der Menschheit, hielten sich für die mächtigen Führer dieser Welt. Niemand kann das genaue Datum nennen, wann ihr Sündenfall abgeschlossen war, aber die Tatsache bleibt: Sie wurden zu den *Gefallenen.*“

„Eine ziemlich gewagte Sicht der Dinge“, bemerkte ich neutral und dachte aufgeregt über das Gehörte nach.

„Die Veränderung begann zu Anfang dieses Jahrtausends. Je mehr die *Gefallenen* von ihrem Machthunger überwältigt wurden, desto weniger Aufmerksamkeit schenkten sie dem Kampf gegen die Geschöpfe der Unterwelt. Wie zeitgenössische schriftliche Quellen belegen, war es den Menschen unmöglich, mit all den Hexen, Werwesen, Vampiren und Kreaturen zu leben. Also versuchte die Kirche, Abhilfe zu schaffen. Eine Inquisition wurde eingeleitet.“

Ich lächelte unwillkürlich.

„Ja, ja." Der *illustre* Herr nickte. „Eine Inquisition. Das Schreckgespenst unserer heutigen aufgeklärten Gesellschaft. Obwohl es übertrieben war, begannen sie, die Städte und Dörfer von Schattenwesen und ihren Verbündeten zu säubern. Die *Gefallenen* sahen darin einen Eingriff in ihre Macht. Religion wurde daraufhin verboten. Die Christen erfuhren noch schlimmere Verfolgung als die zu Beginn der Kirche. Die *Gefallenen* wurden so, wie wir sie in Erinnerung haben. Sie waren schließlich nicht besser als die Bewohner der Unterwelt und scheuten sich nicht, mit ihnen Geschäfte zu machen. Sie verkauften Menschen wie Vieh."

„Ich verstehe nicht, wozu dieser Ausflug in die Geschichte nötig ist", gab ich zu.

Herzog Talm lächelte. „Die *Gefallenen* wurden böse, doch ihre Macht war das Einzige, was die Abgesandten der Hölle davon abhielt, in unsere Welt einzufallen und sie zu übernehmen. Sie behinderten die Menschheit und entstellten sie, schützten sie aber gleichzeitig vor einem unvergleichlich größeren Übel: dem Tod."

Ich ahnte, wohin das Gespräch führen würde, aber ich saß immer noch mit steinerner Miene da und zeigte keine Regung.

Der *illustre* Herr hob die Glühbirne von der Armlehne auf. Sie brannte noch. Er lenkte seinen Blick auf den Kronleuchter unter der Decke. „Damals erschien es uns unzumutbar", sagte er nach einer Weile. „Wir waren jung und dürsteten nach Freiheit. Und wir bekamen sie. Ja, wir haben..."

„Sprechen Sie vom Aufstand?", fragte ich.

„Der Aufstand war nur die Spitze des Eisbergs", erklärte Herzog Talm mit einem traurigen Lächeln. „Ich bin nicht befugt, Ihnen alles zu erzählen, aber wir haben eine

Waffe gegen die *Gefallenen* erhalten. Die Macht der Wissenschaft und die triumphale Elektrizität halfen uns, ihr abscheuliches Joch abzuschütteln, und seither hüten wir unser Geheimnis. Wollen Sie wissen, warum?“

„Macht“, vermutete ich. „Sonst wäre es unmöglich, die Provinzen zur Unterwerfung zu bewegen.“

„Oh, ja! Wir haben den kleinen Maklern der lokalen Macht eine Lektion erteilt und sie ihres Schutzes vor der Unterwelt beraubt! Nicht einmal einen Monat später kamen sie auf Knien zu uns gekrochen und haben Clement als Kaiser anerkannt.“

Ich verschränkte die Arme. „Was hat diese Geschichte mit unserer Situation zu tun? Und wer ist dieses ‚wir‘, das Sie immer wieder erwähnen?“

„Alles zu seiner Zeit“, wies der Herzog mich zurecht. „Alles war wunderbar, solange Clement bei guter Gesundheit war. Die Natur hatte ihm eine unverwüstliche Konstitution verliehen, aber seine einzige Tochter starb im Kindbett. Und bei ihrer einzigen Tochter, der Enkelin des Kaisers, wurde ein Herzfehler entdeckt, als sie noch ein Baby war. Das hat ihn niedergestreckt. Seine Bitterkeit fraß ihn innerhalb weniger Tage auf. Da äußerte Emile den Wunsch, ihm auf den Thron zu folgen. ‚Ein Bruder folgt dem anderen, was ist daran so seltsam?‘, fragte er uns.“

„Verstehe ich das richtig, dass die verwitwete Kaiserin dagegen war?“

„Nicht nur sie“, sagte der Herzog düster. „Es entstand ein Riss in der alten Garde. Einige von uns meinten, wir sollten der Sache ihren Lauf lassen, andere verlangten, dass wir Emile unterstützen sollten. Er war einer von uns, die Kaiserin war es nicht. Aber es gab keine Einigkeit. Wir hatten keine Zeit, eine Entscheidung zu treffen.“

„Dann zog Großvater seinen Trumpf aus dem Ärmel...“

„Emile ging aufs Ganze. Er drohte, unser Geheimnis zu veröffentlichen, sollten wir seinen Anspruch auf den Thron nicht unterstützen. Er drohte, alles zu zerstören, was wir erreicht hatten!“

„Und deshalb haben Sie ihn beseitigt?“, vermutete ich. „Es gab keine afrikanische Grippe?“

„Ganz und gar nicht!“, widersprach der *illustre* Herr. „Wir haben ihm gehorcht, weil er alle unsere tiefsten Ängste kannte.“

„Was ist dann schiefgegangen?“

Der alte Mann zuckte mit den Schultern. „Irgendjemand muss geredet haben. In jenem Jahr wütete tatsächlich die Grippe. Plötzliche Todesfälle überraschten niemanden. Ganze Familien von Clements ehemaligen Beratern starben. Es gab nichts, was wir hätten tun können.“

„Warum wurden Sie nicht verhaftet?“

„Nun ja, wir waren ja nicht einfach ein Club von Adeligen“, sagte der Herzog lachend. „In unseren Anfängen konnte ein einziges schlechtes Wort über die Obrigkeit dazu führen, dass wir ausgeweidet und gevierteilt wurden, um dann wieder aufzuerstehen und lebendig verbrannt zu werden. Wir trafen immer gewisse Vorsichtsmaßnahmen. Nur die Besonnensten überlebten. Diejenigen, die sich nie für viele Jahre in einem ruhigen Leben entspannten.“

„Paranoiker“, sagte ich, wohl wissend, mit welcher Art von Menschen ich es zu tun hatte. Immerhin hatten sie mich, den unehelichen Enkel eines ehemaligen Gefährten, verfolgt, seit dieser vor 15 Jahren gestorben war.

„Wir wussten, dass Emile die Dokumente an einem sicheren Ort versteckt hatte. Wir konnten nicht zulassen, dass sie in die falschen Hände gerieten. Dabei ging es nicht einmal um Macht. Das Überleben der menschlichen Rasse steht auf dem Spiel. Wir sind die einzige Kraft, die verhindert, dass die Hölle ausbricht. Wir allein. Und wir werden nicht jünger. Außerdem muss die Kaiserin von ihrem verstorbenen Mann etwas über uns erfahren haben. Sie sucht immer noch nach den Spuren unserer Gemeinschaft. Wir konnten es nicht riskieren, neue Mitglieder aufzunehmen. Wir sind alt geworden."

„Aber was wusste Emile Rie über Sie?", fragte ich.

„Wir haben die *Gefallenen* mithilfe der Wissenschaft besiegt, aber was ein Genie erfindet, wird früher oder später auch von einem anderen erfunden", sagte der Herzog langsam und blickte voller Sorge aus dem Fenster. „Ich bin nicht gut in technischen Details. All diese elektromagnetischen Wellen und Frequenzen sind für mich nur ein dunkler Wald. Wir haben immer noch zuverlässige Leute in der Bewegung der triumphalen Elektrizität. Wir versorgen sie mit Geld, sie reparieren die Geräte. Emile wusste alles. Welche Leute, wie es funktionierte, die Frequenz, den Code, die Standorte der Sender. Würde diese Informationen nach außen dringen, wäre es kein Problem, das Netzwerk zu zerstören."

„Warum haben Sie die Kaiserin nicht um Schutz gebeten?"

„Keiner von uns ist mit der Zeit besser geworden." Herzog Talm lächelte traurig. „Victoria betrachtet uns als ihre Feinde. Eher würde sie alles zerstören, als der Reinheit unserer Absichten zu trauen."

„Aber warum?", fragte ich. „Warum haben Sie es mir erzählt? Ich wusste nichts von Ihren Angelegenheiten, also warum zum Teufel weihen sie mich ein?"

„Ich denke, Sie haben ein Recht darauf, zu erfahren,

warum all das passiert."

„Wovon reden Sie?"

Herzog Talm drehte sich zum Fenster. „Emile war mein Freund, Viscount. Ich hätte ihm dieses Abenteuer ausreden müssen, ich hätte alles in meiner Macht Stehende tun müssen, aber ich habe es nicht einmal versucht. Ich wollte ihn auf dem Thron sehen, ich alter Narr! Und am Ende ging alles zum Teufel. Wir leben durch unsere Nachkommen weiter, Viscount. Sie sind der einzige lebende Nachkomme von Emile, also sind Sie in gewisser Weise alles, was von ihm geblieben ist."

Ich erschauderte unwillkürlich. „Erlauben Sie mir, Zweifel an der Aufrichtigkeit Ihrer Worte zu äußern, Duncan."

„Lieber Leopold, allein die Tatsache, dass Sie noch leben, ist eine bessere Bestätigung für meine Aufrichtigkeit als jede Zusicherung, die ich Ihnen geben könnte."

Aber ich glaubte es nicht. Ich spürte das Echo entfernter Ängste und das gefiel mir nicht. Der alte Mann hatte vor etwas Angst. Er erwartete etwas, und zwar definitiv nicht die Rückkehr des Sergeants, den er wegen des gepanzerten Fahrzeugs losgeschickt hatte. Außerdem war es schwer, das, was er jetzt sagte, mit dem elektrischen Stuhl in Einklang zu bringen, auf dem ich einmal so liebenswürdig festgeschnallt worden war. Ich schaute zum Fenster und ließ meinen Blick dann durch die geräumige Halle schweifen. Die üppige Dekoration erweckte neidischen Respekt. Das Mahagoniparkett glänzte mit einer frischen Wachsschicht und darin lag eine gewisse Trostlosigkeit. Hier waren schon sehr, sehr lange keine Bälle mehr abgehalten worden.

Herzog Talm schien die Zweifel zu spüren, die mich quälten. „Wein?", bot er an.

„Nein, danke“, lehnte ich ab, steckte mir ein Minzbonbon in den Mund und schwieg.

„Na gut!“, sagte der alte Mann mit einer Handbewegung. „Ich gebe zu, ich war nicht ganz ehrlich zu Ihnen. Aber verstehen Sie, was für eine Verantwortung auf meinen Schultern liegt? Im letzten halben Jahrhundert war unsere Gemeinschaft das Einzige, was die höllischen Kreaturen von der Menschheit ferngehalten hat! Die Ingenieure der triumphalen Elektrizität haben die Geräte nur gewartet, die verschlissenen Teile ausgetauscht und für Strom gesorgt. Sie wissen nicht, was all das bewirkt, und so muss es auch bleiben. Das Einzige, was uns davor bewahrt, enttarnt zu werden, ist die Tatsache, dass keiner unserer Feinde weiß, wonach genau er suchen muss. Vampire kauern jetzt in den entlegensten Winkeln des Reiches. Hexen sind zu ungebildeten Kräuterkundigen degeneriert, böse Kreaturen leiden unter Migräne und können nur die primitivsten Zaubersprüche wirken. Werwölfe fristen ihr Dasein in den dunkelsten Wäldern der Provinz und der ganze andere Unterweltabschaum hat nicht einmal mehr einen Hauch der Kräfte, die er einst hatte! Und wie wurden wir dafür belohnt? Wir wurden in ein Versteck getrieben, nicht nur vor den Bluthunden des Ordens, sondern auch vor der Polizei und dem Geheimdienst der Imperialen Garde. Wir waren auf die jetzige Krise nicht vorbereitet. Sie hat uns überrumpelt. Also haben Sie bitte Verständnis für unsere Torheiten alter Männer, Leopold!“

„Ich sehe nur Widersprüche in Ihren Worten“, sagte ich. „Das Imperium ist groß, das will ich nicht bestreiten, aber was ist mit dem Rest der Welt? Wer beschützt sie vor den Mächten der Unterwelt? Die Azteken, Ägypten, das himmlische Königreich, Persien... Wie sollen wir mit ihnen umgehen?“

„Unsere Ausrüstung deckt den gesamten Globus ab“, antwortete der Herzog ruhig. „Innerhalb des Imperiums ist sie stärker. Ihre Wirkung wird schwächer, je weiter man sich von unseren Grenzen entfernt, aber die Tatsache bleibt: Wir schützen die Menschheit in ihrer Gesamtheit.“

„Wie edelmütig!“

Der *illustre* Herr schüttelte den Kopf. „Mit Edelmut hat das nichts zu tun. Das ist eher ein Nebeneffekt. Sonst hätte der Kaiser des himmlischen Königreichs uns schon längst als Vasall die Treue geschworen.“

„Und die anderen?“

„Sie sehen wie immer die Wurzel des Problems, Viscount!“ Der alte Mann lächelte bitter. „Eine nicht unerhebliche Anzahl der *Gefallenen* hat die Nacht der Titanenklingen überlebt. Und obwohl sie ihrer Kräfte beraubt wurden, behielten sie ihren früheren Einfluss auf die Herrscher der Ägypter und Azteken. Viele sehnen sich nach der Rückkehr der alten Ordnung, Viscount. Sehr viele.“

„Der Orden?“

„Der Orden ist nicht homogen in seinen Zielen. Sie sind nur eine Gruppe der berüchtigtsten Draufgänger des Imperiums, die sich zusammengeschlossen haben, um zu überleben. Aber sobald sie Erfolg haben, werden sie anfangen, sich gegenseitig in Stücke zu reißen. Wenn wir nachgeben, werden Ströme von Blut fließen. Das dürfen wir nicht zulassen! Unter keinen Umständen!“

„Warum bin ich hier, Duncan?“, fragte ich erneut, obwohl ich Angst hatte, die ehrliche Antwort zu hören.

Herzog Talm erhob sich von seinem Stuhl und ging zum Fenster. Draußen tobte weiter der Sturm.

„Ein einfacher Zufall, nichts weiter“, sagte er schließlich. „Wir sind alle Spielfiguren in den Händen des

Schicksals.“

„Klingt ominös.“

„Das ist es auch“, bestätigte der Herzog. „Sie hätten die Nacht nicht überlebt, Viscount. Trotz all Ihres Erfolges war es vom Schicksal nicht so bestimmt.“

„Wovon sprechen Sie?“

„Der Schutz vor den Mächten des Bösen basiert auf elektromagnetischer Strahlung“, sagte der Herzog. „Aber manchmal funktioniert das nicht so gut. Sehen Sie aus dem Fenster, Viscount! Blitze! Blitzeinschläge erzeugen Störungen. Die Geräte schalten sich aufgrund von Überspannungen ab, Drähte brechen, der Strom fällt aus. Bei solchem Wetter sind die Bösewichte in ihren Fähigkeiten nicht eingeschränkt. Es wäre kein Problem für sie, Höllenhunde oder eine wilde Jagd auf ihr beabsichtigtes Opfer loszuschicken. Man kann sich vor diesen teuflischen Bestien nirgendwo verstecken.“

„Und Sie haben mich in Ihr Haus gebracht...“

„Eigentlich ist dies das Haus eines meiner verstorbenen Freunde. Es gibt nichts, was es mit meinem Namen in Verbindung bringt.“

„Das erklärt nicht viel.“

„Ein Dämon wurde auf Sie angesetzt und ich kann ihn aufhalten. Das Schicksal selbst hat uns zusammengeführt.“ Die Stimme des Herzogs klang in dem leeren Raum so feierlich, dass ein Kribbeln wie von Ameisen über meinen Rücken lief.

„Und wenn Sie es nicht schaffen?“, fragte ich.

„Dann wird das alles hier und jetzt enden“, antwortete Duncan unbekümmert.

„Sie dachte, ich hätte die Papiere von Emile. Jetzt wissen Sie, dass das nicht der Fall ist. Warum das Risiko eingehen?“

„Es geht nicht nur um Sie, Viscount. Dem Orden muss eine Lektion erteilt werden. Ich muss diesen Schurken die Giftzähne ziehen, solange ich es noch kann. Heute rechnen sie nicht mit einer Falle. Sie sind sich ihres Erfolges sicher. Das wird ihre Niederlage umso bitterer machen. Wir werden eine Verschnaufpause bekommen und die können wir nutzen."

„Sind Sie sich Ihrer Kräfte so sicher?"

„Das ist nicht das erste Mal. Und außerdem ist es besser, im Kampf zu sterben, als ein Jahrhundert zu leben und zuzusehen, wie alles auseinanderfällt. Heute können wir noch etwas reparieren. Morgen wird das nicht mehr möglich sein."

Ich nickte schweigend, da ich annahm, dass all das mit dem Wunsch des Herzogs, in einer Schlacht zu sterben, zu erklären war. Der alte Mann sah nicht aus, als wäre er fähig, sich gegen einen Dämon zu behaupten.

Der *illustre* Herr spürte wohl meine Zweifel, wandte sich vom Fenster ab und erklärte mit einem sorglosen Lächeln: „Kopf hoch, Viscount! Ein alter Hasardeur wie ich hat immer ein Ass im Ärmel. Ich werde bereit sein, wenn das Ungetüm aus der Unterwelt auftaucht."

„Sind Sie in der Lage, die Annäherung des Dämons zu spüren?"

„Es ist einfacher, als Sie denken", antwortete Herzog Talm und zeigte gelassen auf den Kronleuchter, der den Raum mit hellem Licht erfüllte. „Sehen Sie?"

Das Licht der elektrischen Kerzen flackerte schon seit einiger Zeit ungleichmäßig.

„Stromschwankungen", vermutete ich.

„Dämonen und Strom vertragen sich nicht so gut", sagte der alte Mann schmunzelnd. „Wo immer man das eine findet, ist kein Platz für das andere."

„Davon bin ich nicht überzeugt."

„Nun, dann vertrauen Sie meiner Erfahrung."

In dem Moment wurde hinter mir die Tür geräuschvoll geöffnet und ich fiel vor Schreck fast vom Stuhl.

„Beruhigen Sie sich, Viscount!", sagte der *illustre* Herr. Dann fragte er den Sergeant, der eingetreten war: „Was ist mit dem gepanzerten Wagen?"

„Ich habe ihn, Durchlaucht", sagte der Sergeant. Unter seinem Umhang bildete sich eine Pfütze auf dem Parkettboden.

„Was ist mit dem Ladenbesitzer?", wollte ich wissen.

Der Sergeant sah den Herzog an und antwortete erst nach dessen zustimmendem Nicken. „Es hat niemand geöffnet. Ich musste einbrechen."

„Und keiner hat es bemerkt?"

„Bei diesem Wetter?" Der Sergeant lachte, fuhr sich über den roten Schnurrbart und schaute auf den Kronleuchter. „Hat es schon angefangen?"

„Das wird es bald", bestätigte der Herzog.

„Ist es dann nicht an der Zeit, dass Sie sich bereitmachen?"

„Ich wollte gerade anfangen."

Die elektrischen Kerzen im Kronleuchter flackerten stärker und stärker. Ihr Licht wurde düster und spärlich. Die Schatten in den Ecken wurden dichter. Ich fühlte mich unbehaglich. Am liebsten wollte ich schnell von hier verschwinden und nicht den lebenden Köder für einen Dämon spielen.

In diesem Moment gingen einige der Glühbirnen aus. Die anderen leuchteten dagegen um ein Vielfaches stärker, erstrahlten mit einem unerträglichen Licht und zerplatzten dann mit einem leisen Knall eine nach der anderen. Nach ein paar Sekunden war der Raum in Dunkelheit getaucht. Nur eine einzige Glühbirne brannte noch: die auf dem Sofatisch. Denn das *Talent* des *illustren* Herrn hing in keiner Weise von elektrischen Schwankungen ab.

Ich stand vom Stuhl auf und überlegte, ob ich mich im Schutz der Dunkelheit aus dem Staub machen sollte, doch dann sah ich das Schimmern des Stahls einer Waffe in der Dunkelheit.

„Zurück auf Ihren Platz!“, forderte der Sergeant und richtete seinen Revolver auf mich.

„Ganz ruhig, Viscount!“ Herzog Talm lachte leise und sofort füllten sich die elektrischen Kerzen im Kronleuchter mit einem unnatürlichen weißen Licht. Zumindest die Kerzen, die noch nicht ausgebrannt waren.

Ich schnappte unwillkürlich nach Luft und bedeckte meine Augen mit der Hand.

„Ich muss Sie nun verlassen, Viscount. Die Arbeit ruft, wie Sie sehen. Es war schön, Sie kennengelernt zu haben“, sagte Herzog Talm mit einer steifen Verbeugung, bevor er den Raum verließ. „Verzeihen Sie mir.“

5

DER HERZOG WAR WEG, aber seine letzten Worte hingen noch in der Luft. Und die gefielen mir überhaupt nicht. Doch was konnte ich tun? Nichts. Einfach dasitzen und abwarten, wie diese verrückte Geschichte ausgehen würde.

Der Sergeant knöpfte seinen Regenmantel auf, setzte sich in den Sessel und stützte seine Revolverhand auf die breite Armlehne, wobei er den Lauf auf meine Brust richtete.

„Ist das alles wirklich nötig?" Ich schnitt eine Grimasse. „Wir sitzen doch im selben Boot, oder? Wir stecken da zusammen drin!"

„Ruhe!", forderte der Sergeant und seine gelben Augen funkelten ungewöhnlich böse.

„Sind Sie nervös?"

„Er wird es schon schaffen."

„Und wenn er es nicht schafft?"

„Dann werden wir sterben."

„Ein solcher Ausgang würde mir nicht zusagen."

Er verzog verächtlich das Gesicht. „Für Sie wird sich in keinem Fall etwas ändern", sagte der Sergeant. „Der Herzog ist sentimental, aber nicht senil. Sie sind eine Bedrohung. Bedrohungen sind zu beseitigen."

„Der Herzog hat Ihnen befohlen, mich zu erschießen?"

Der Sergeant schwieg, aber der Lauf des Revolvers sagte mehr als alle Worte.

Ich lehnte mich in meinem Stuhl zurück. Wir saßen da und sahen uns an wie zwei Kartenspieler, die herausfinden wollten, wer bluffte und wer das bessere Blatt hatte. Hatte der Mann mit dem roten Schnurrbart den Befehl erhalten, mich zu erschießen, oder wollte er mich zu einer unüberlegten Handlung provozieren? Und wenn er mich wirklich als Bedrohung ansah, würde er mich dann nicht auf jeden Fall erschießen?

Die Ungewissheit erschreckte mich, aber ich verfiel nicht in Hysterie. Ruhig schlug ich ein Bein über das andere und fragte: „Hat Oberinspektor Moran in letzter Zeit ein gesteigertes Interesse an Ihnen gezeigt?"

Einen Moment lang bröckelte die harte Schale des Sergeants zu bröckeln. Doch bevor ich es schaffte, seine Angst zu packen und sie mit meinem *illustren Talent* zu entfachen, hatte er sich bereits wieder gefangen.

„Nein", antwortete er. Aber dann konnte er nicht anders, als zu fragen: „Was haben Sie gehört?"

„Sie sollten es besser wissen als ich", antwortete ich. „Als Sie diese Dokumente kopiert haben, war Ihnen da bewusst, wie viele andere Leute Zugang dazu hatten?"

Der Sergeant lachte. „Guter Versuch, aber ich weiß um Ihr *Talent*. Sie werden mir keine Angst einjagen."

Bevor er an einem Herzinfarkt starb, hatte William Mathew dasselbe gedacht, aber das brachte ich nicht zur Sprache, sondern zählte mit monotoner Stimme auf: „Die Kopie des Gutachtens über den Inhalt des Schließfachs der Gräfin. Ich fand sie bei dem alten Mann im Lagerhaus. Die Fotokopie des Bildes, das bei mir beschlagnahmt wurde, die Fotokopie des Bildes aus der Habe meines Onkels. Die habe ich bei Ihrem Mathew gefunden. Die Chancen stehen eins zu eins, Detective Sergeant!"

„Wollen Sie damit sagen, dass Sie Moran von diesen Dingen erzählt haben?"

„So schnell ich konnte."

Der Ermittler sprang auf. „Sie lügen!“, rief er wütend.

„Warum sollte ich das tun?“, fragte ich gelassen. „Ich schlage nur vor, dass Sie über die Konsequenzen nachdenken und nichts Unüberlegtes tun. Wir können das Ganze immer noch in gutem Einvernehmen beenden.“

„Und warum sollte ich Sie nicht einfach gleich erschießen?“, rief der Sergeant, der sichtlich anfing, sich Sorgen zu machen. Er richtete seine Dienstwaffe wieder auf mich.

„Was würde das ändern? Nichts. Aber ich könnte den Oberinspektor anlügen, dass ich mir alles nur ausgedacht habe, um Sie zu diffamieren. Er hat nicht die höchste Meinung von mir. Er würde es glauben.“

„Auf keinen Fall!“, knurrte der Sergeant, als die Tür hinter ihm geöffnet wurde. Er drehte sich um und riss seinen Revolver hoch. Im selben Moment hörte ich ein leises Klicken und Blut spritzte auf mein Gesicht. Der Detective Sergeant fiel mit einem Kopfschuss tot zu Boden. Ich hob wortlos die Hände, denn ich wollte sein Schicksal nicht teilen.

„Es ist beruhigend zu hören, dass Sie sich keine Illusionen machen, was meine Meinung über Sie angeht“, sagte Bastian Moran und hielt mich weiterhin im Visier seiner doppelläufigen Pistole, die einen bauchigen Laufansatz und einen kleinen, nach unten hängenden Griff hatte, der sie wie eine mittelalterliche Armbrust mit Kurbel aussehen ließ. Wenn sie feuerte, war sie beinahe lautlos.

Der Oberinspektor trat zur Seite und schwer bewaffnete Polizisten mit Stahlhelmen und Brustpanzern liefen in den Raum. Sie schwärmten schnell aus. Dann kam Bastian Moran auf mich zu und fragte: „Wo sind die anderen?“

„Wen genau haben Sie denn hier erwartet, Herr Oberinspektor“, fragte ich, maßlos verblüfft über die unerwartete Wendung der Ereignisse.

Bastian Moran zog überrascht die Augenbrauen hoch und sagte nachdrücklich: „Wir sind gekommen, um die Bande zu verhaften, die für den Raubüberfall auf das Bankhaus Witstein verantwortlich ist. Aber wenn Sie nicht entführt wurden und aus freien Stücken hier sind...“

„Ich wurde entführt!“, versicherte ihm. „Ich bin gegen meinen Willen hier. Der Sergeant hatte mir gesagt, dass der Generalinspektor mich hier treffen will.“

„Und das kam Ihnen nicht verdächtig vor?“

„Ich war zu überwältigt von der Ehre, in das Haus des Generalinspektors eingeladen zu werden!“ Ich kicherte, fuhr mir mit der Hand über das Gesicht und bemerkte, dass meine Finger blutverschmiert waren. „Außerdem wäre es nett, wenn Sie aufhören würden, mich mit diesem Ding zu piksen, was auch immer das ist.“

Bastian Moran hielt mir ein Taschentuch hin und sagte: „Das ist ein Luftgewehr. Unverzichtbar für Missionen, die Stille erfordern.“

Ich wischte mir das Gesicht ab und gab das Taschentuch zurück, aber der Oberinspektor zuckte zurück.

„Werfen Sie es weg!“, befahl er.

„Es sieht teuer aus...“

„Viscount!“, fauchte er ungeduldig. „Ich will sofort eine Antwort! Wo sind die anderen?“

„Ich habe keine Ahnung“, gab ich zu. „Es war ein älterer, *illustrer* Herr hier. Er hat sich als Herzog Talm vorgestellt. Es war auch ein Kutscher dabei, aber den habe ich nicht reinkommen sehen.“

Der Oberinspektor blickte zu den Polizisten, die an

den Türen und Fenstern Stellung bezogen hatten. Moran betätigte ein paar Mal angestrengt den Hebel des Luftgewehrs, dann zog er den Bolzen zurück und legte ein längliches Projektil in den Lauf.

„Ich hatte gehofft, Sie hätten ein paar nützlichere Informationen“, brummte er. Aber sobald ich nach der Waffe des verstorbenen Detektivs griff, befahl er: „Pfoten weg!“

„Aber warum?“

„Rühren Sie sie nicht an, oder ich lasse Sie in Handschellen legen!“

„Wie Sie meinen“, sagte ich und trat von der Leiche des Sergeants zurück. „Sind Sie durch den Haupteingang reingekommen?“

„Ja.“

„Ich wurde durch die Hintertür hereingebracht. Als ich den Herzog zuletzt gesehen habe, ging er in diese Richtung.“

„Bleiben Sie dicht bei mir!“, befahl Bastian Moran den Polizisten und deutete auf den zweiten Ausgang. „Keinen Lärm!“, ermahnte er die vorbeilaufenden Soldaten.

Die mit Luftgewehren und halbautomatischen Karabinern bewaffneten Constables stapften mit ihren schweren Stiefeln vorbei und reihten sich entlang der Mauern auf, in Erwartung des Befehls, tiefer in das Herrenhaus einzudringen. Einer der stämmigen Burschen trug sogar ein handgeführtes *Madsen*-Maschinengewehr über der Schulter und ausnahmslos alle hatten einen Beutel mit Granaten dabei. Der Oberinspektor hatte die Fehler der Vergangenheit einkalkuliert und wollte diesmal nicht zulassen, dass die Räuber seine Abteilung überrumpelten.

Ich betrachtete die Leiche des Detective Sergeants

und konnte mir eine irrelevante Frage nicht verkneifen: „Wo haben Sie gelernt, so zu schießen?“

„Bei der Armee“, antwortete Bastian Moran.

Das verblüffte mich. Bei seiner kultivierten Erscheinung fiel es mir schwer, ihn mir im strengen Ambiente einer Kaserne vorzustellen.

Der Oberinspektor ließ sich nicht länger von mir ablenken und befahl: „Ausrücken!“

Die Polizisten liefen auf den Flur hinaus und verteilten sich wieder entlang der Wand, um nicht in der Schusslinie ihrer Kameraden zu sein. Aber wie sich herausstellte, war niemand da, auf den sie hätten schießen können und die Abteilung bewegte sich langsam weiter. Alle Lichter im Herrenhaus flackerten und unser Weg wurde nur noch von den Taschenlampen erhellt.

„Sie haben mich mit dem Hypnotiseur ausmanövriert“, stellte Bastian Moran unvermittelt fest. „Ich habe ihn verhaftet, aber Sie waren es, der dem Generalinspektor sein Geständnis gebracht hat.“

„Was hätte es Sie gekostet, mit mir zum Zirkus zu gehen?“

„Ich werde Ihnen die Reinigung des Anzugs in Rechnung stellen.“

„Wenn Sie meinen.“

An der Kreuzung zweier Flure blieben die Polizisten stehen und ich zeigte nach draußen. „Die Tür zum Hinterhof ist da vorne.“

Ein schnauzbärtiger Sergeant leuchtete mit seiner Taschenlampe auf die Treppe und fragte: „Was ist da oben?“

„Ich habe keine Ahnung“, antwortete ich beinahe tonlos.

Ich hatte Angst. Mir gingen die Worte des Herzogs nicht aus dem Kopf, dass bald ein echter Dämon auftauchen würde, um Anspruch auf meine Seele zu erheben. Und ich hatte weder den wundersamen elektromagnetischen Störsender noch Waffen oder sonst etwas.

„Was sollen wir tun, Oberinspektor?“, fragte der Sergeant nach.

„Wir gehen in den Hinterhof“, entschied Moran.

Die Polizisten eilten den Gang entlang. Ich holte zum Oberinspektor auf und flüsterte: „Der Herzog glaubt, dass hier ein Dämon auftauchen könnte. Ich schlage vor, Sie fordern Verstärkung an.“

„Das sind doch Ammenmärchen“, sagte der Leiter der Abteilung 3 verächtlich, ohne wirklich zuzuhören.

Da hörte ich ein gedämpftes Klopfen, ein paar dumpfe Schläge, und ein paar Constables schleppten einen Mann mittleren Alters herbei, dem sie die Hände hinter dem Rücken gefesselt und einen Knebel in den Mund gesteckt hatten.

„Dieser Mann saß im Zimmer der Lakaien“, sagte der Constable und riss den Kopf des Gefangenen an seinen langen Haaren hoch, um sein Gesicht zu enthüllen.

Im hellen Licht der Taschenlampe sah ich ein bekanntes Gesicht. „Das ist der Kutscher“, bestätigte ich.

„Wunderbar“, lobte Moran erfreut. „Rücken Sie vor in Richtung Hinterhof. Aber gehen Sie nicht nach draußen!“

Wir liefen den Flur entlang und überprüften jeden Raum, an dem wir unterwegs vorbeikamen. Bald führte uns eine Galerie in einen verlassenen Wintergarten mit vertrockneten Pflanzen, aber intaktem Glas. Er ragte in einen Innenhof hinaus, der von den düsteren Mauern des Herrenhauses umgeben war. Dort gab es auch einen Torbogen mit einer Einfahrt für Fahrzeuge.

In der hinteren Ecke des Hofes befanden sich unter

einem Vordach leuchtende Glühbirnen. Durch die Glaswand konnten wir deutlich eine Gruppe von Menschen erkennen, die etwas vorhatten.

„Taschenlampen aus!“, befahl der Oberinspektor.

Aber es war zu spät. Einer von ihnen hatte das verdächtige Glitzern hinter dem Glas der Orangerie bemerkt und zeigte in unsere Richtung.

„Nicht schießen!“, zischte Moran, erzürnt über den Fehltritt. „Gehen Sie in Stellung und warten Sie auf weitere Befehle!“

Die Polizisten verteilten sich schnell im Wintergarten und knieten hinter Trögen mit verdorrten Pflanzen, aber unsere Geduld wurde nicht belohnt. Der aufmerksame Wächter rannte mit waagerecht gehaltenem Gewehr durch den Hof. Die anderen nahmen ihre Waffen zur Hand. Währenddessen bemerkte ich eine Metallstatue, um die sie sich alle drängten. Ich konnte sie nicht genau erkennen, aber etwas an ihr kam mir bekannt vor. Dann erstarrte der Wächter und riss sein Gewehr hoch. Er zielte direkt auf mich und ich hatte eine Art Eingebung, dass ich aus einem unerfindlichen Grund der Einzige sein musste, den er sehen konnte. Unerfindlich? Wie dumm von mir! Er konnte meine glühenden Augen sehen!

Rasch schlich ich hinter eine mit Erde gefüllte Wanne. Einen Moment später krachte ein Schuss. Glassplitter regneten herab. Der Trog, der die Hauptlast abbekam, erzitterte.

Ein halbes Dutzend Polizisten feuerte eine Salve von Kugeln ab, die den Wachposten niederstreckte. Noch während sein von Kugeln durchlöcherter Körper auf dem regennassen Boden zusammensackte, verteilten sich die Verbrecher über den ganzen Hof und eröffneten das Feuer. Zerbrochenes Glas fiel kaskadenartig in das Gewächshaus.

Verirrte Kugeln pfiffen über mich hinweg, fällten vertrocknete Schösslinge und gruben sich in die Steinmauer hinter meinem Rücken.

Die Polizei war den Banditen nicht nur an Zahl, sondern auch an Ausbildung überlegen. Sie hatten reichlich Munition mitgebracht und die steinernen Blumenbeete und Tröge boten eine unvergleichlich bessere Deckung als die Gestelle der halb zerstörten Kutschen. Diese beiden Faktoren reduzierten das erwiderte Feuer erheblich, sofern überhaupt Gegenwehr kam. Drei unserer Gegner waren in der ersten Minute erschossen worden, während die anderen sich auf den Boden drückten und nicht wagten, hinter ihrem unsicheren Schutz hervorzukommen. Nur einer der Banditen schaffte es, ins Haus zu laufen, und feuerte nun aus einem Fenster im ersten Stock auf uns.

Einer der Constables steckte eilig eine Granate an das Ende seines Karabiners, lud eine Platzpatrone und ließ den Sprengstoff mit einem zielsicheren Schuss über den Hof segeln. Ein Knall ertönte. Die Schüsse hörten auf.

„Jetzt entkommen sie uns nicht mehr!“, sagte Bastian Moran mit einem zufriedenen Lächeln. „Das Herrenhaus ist umstellt! Ergeben Sie sich! Lassen Sie die Waffen fallen und kommen sie mit erhobenen Händen heraus!“, rief er.

Doch da setzte sich die Metallstatue unter dem Vordach in Bewegung. Sie war riesig, mindestens drei Meter hoch. Mit einem lauten Klirren richtete sich die menschenähnliche Gestalt auf und ein Paar Scheinwerfer auf ihren Schultern schalteten sich ein.

„Was ist das für eine Teufelei?“, keuchte einer der Constables und ich stimmte ihm voll und ganz zu.

Es war genau das: Teufelei. Die Statue ähnelte einer übergroßen, mittelalterlichen Rüstung, aber es gab keinen lebenden Menschen, der sich bewegen konnte, während er einen solchen Haufen Metall trug. Stahlbleche bedeckten die Figur von allen Seiten. In dem runden Helm befanden sich schwarze Augenschlitze und die Arme endeten in Stümpfen. Aus dem einen ragten zwei Elektroden heraus, an dem anderen war ein schwerfälliges Gerät aus sich kreuzenden Kupferdrähten befestigt. Dem massiven Lauf und dem langen Gurt nach zu urteilen, der vom hinteren Ende herabhing, war es ein Maschinengewehr.

Die gepanzerte Gestalt bewegte sich leicht und ich hörte das Surren eines Elektromotors. Aber es gab keinen Generator auf der Welt, der in diese Panzerung passte und die nötige Energiemenge erzeugen konnte! Und da wurde es mir klar! Herzog Talm steckte in dem Panzeranzug.

Die Strahlen der Scheinwerfer auf den Schultern der Figur krochen über den zerstörten Wintergarten und die Polizisten verloren die Nerven. Schüsse krachten, Kugeln prallten an der Stahlplatte ab, die Talms Brust bedeckte und lösten einen Funkenhagel aus. Dann schien die Gestalt zu erwachen. Sie hob das Maschinengewehr, das an ihrem Arm befestigt war, und eine lange Salve von Kugeln kam auf uns zugerast, aber das Gewehr selbst gab keinen Laut von sich.

Die schweren Kugeln gingen mitten durch die dekorativen Blumenbeete, Töpfe und Kübel. Splitter flogen in alle Richtungen, und mein Gesicht wurde mit feiner Erde bedeckt. Jemand schrie vor Schmerz auf. Ich hörte ein Geräusch von der Wand hinter uns, das sich anhörte, als würde jemand mit einem feinzahnigen Metallkamm daran kratzen.

Einer der Constables sprang aus seiner Deckung und warf eine Handgranate in den Hof, fing sich sofort zwei oder drei Kugeln in der Brust ein und sackte rückwärts zusammen. Währenddessen schwankte das Stahlmonster nicht einmal, obwohl die Granate direkt zu seinen Füßen explodiert war. Darüber hinaus flossen dünne orangefarbene Fäden aus Elektrizität zwischen den Elektroden an seiner linken Hand.

„Rückzug ins Haus!“, rief Bastian Moran. „Gebt mir Deckung!“

Die Constables blieben in Formation und ließen einen Kugelhagel los. Die eiserne Gestalt feuerte immer wieder kurze, gezielte Salven ab und der erste Polizist, der zu den Türen stürmte, wurde von einer von ihnen fast in zwei Teile geschnitten.

Taschenlampen!“, befahl der Oberinspektor und krabbelte verdeckt von einem langen Blumenbeet zum Ausgang. Ich kroch hinter ihm her.

Die Scheinwerfer blendeten, sodass die Constables nun auf sie zielten. Fast augenblicklich zerschellte einer, rasch gefolgt vom zweiten und es herrschte wieder Dunkelheit im Hof. Das stählerne Ungetüm schoss weiter auf den Wintergarten, jetzt aber nur noch wahllos oder in Reaktion auf den einen oder anderen Schuss der Polizisten, die unseren Rückzug deckten.

„Laufen Sie!“, rief Bastian Moran.

Ich hielt mich nur einen Moment auf, um dem toten Constable das Gewehr und den Granatbeutel abzunehmen, und sprang ins Haus. Die Polizisten duckten sich an den Fenstern entlang und schossen dann mit neuer Wucht auf den Eisenkopf. Jetzt, im Schutz der dicken Steinmauern, waren sie wieder gefasst.

„Lehnen Sie sich nicht hinaus!“, befahl der Oberinspektor und blickte auf die phosphorbeleuchteten Zeiger seiner Taschenuhr. „Wir müssen noch ein paar Minuten durchhalten!“

Ich ging zu ihm hinüber und zeigte ihm eine Kugel, die ich vom Boden aufgesammelt hatte. Sie hatte einen Durchmesser von einem halben Zentimeter und war nicht weniger als vier Zentimeter lang. Nach ihrem Aussehen zu urteilen, war sie mit Titan ummantelt und hatte einen Eisenkern.

„Eine *Gauß*-Kanone“, sagte Bastian Moran. „Seinem Flaschenkondensator wird jeden Moment der Strom ausgehen, dann können wir ihn mit bloßen Händen erledigen!“

Ich wollte widersprechen, aber in diesem Moment flog das Tor mit einem wilden Knirschen aus den Angeln und ein gepanzertes Polizeifahrzeug, dessen Design ich nicht erkannte, raste in den Hof. Es hatte drei Achsen, und über das hintere Paar Räder spannten sich Trittbretter, auf denen ein klobiger Turm stand. Das herausragende Kanonenrohr flößte jedoch allein durch sein Kaliber Respekt ein.

Die Kanone drehte sich zu Herzog Talm in seinem stählernen Panzeranzug, doch da erloschen alle Lichter auf einmal. Der Himmel spaltete sich und ein Klumpen Dunkelheit fiel auf das gepanzerte Fahrzeug. Der riesige geflügelte Dämon machte den selbstfahrenden Wagen platt, drückte ihn in die Erde, riss mit einem lässigen Schwung seiner riesigen Pranken den Turm heraus und warf ihn in Richtung des Herzogs.

Dunkelheit senkte sich wie ein gespenstischer Mantel auf uns und mir blieb vor Angst fast das Herz stehen. Aber der *illustre* Herr machte keine Fehler. Er wich mühelos aus und eröffnete mit seinen *Gauß*-Kanonen das Feuer. Die titanbeschichteten Geschosse trafen seinen Gegner wie eine tödliche Peitsche. Schwarze Federbüschel von den Flügeln des Dämons flogen umher, zusammen mit

Spritzern seines nicht weniger schwarzen Blutes.

Die höllische Kreatur stürzte sich auf den Angreifer und in der freien Hand der Stahlrüstung flackerte eine elektrische Ladung. Ein blendender Lichtbogen traf den Dämon und schleuderte ihn zur Seite.

„Teufelszeug...“, krächzte einer der Polizisten.

Der Herzog beeilte sich, seinen verwundeten Gegner zu erledigen, aber der Dämon sprang mit Leichtigkeit vom Boden an die Hauswand. Das Gebäude erzitterte von einem kräftigen Schlag. Ein Flügelschlag brachte eine Säule zum Einsturz. Dann warf der Dämon eine Marmorstatue von Atlas auf den Mann im Stahlkostüm, sprang hinterher und versetzte ihm mit seinen verschränkten Händen einen vernichtenden Schlag.

Atlas krachte auf den Boden und zersprang in Stücke, der Herzog blockte den Schlag mit seiner freien Hand ab, steckte den Lauf in die Brust des Dämons und jagte eine Salve von ein paar Dutzend Kugeln mitten durch ihn hindurch.

Die beiden kämpften und dann sprang ein albtraumhafter Höllenhund durch das zerbrochene Fenster der Galerie und biss einem Constable das halbe Gesicht ab. Ich riss meine Waffe hoch und schoss das Biest wieder nach draußen, aber es stellte sich heraus, dass er nur der Erste einer Horde war.

„Rückzug!“, befahl Bastian Moran, nachdem er sein Luftgewehr in eine der Kreaturen entladen hatte. Dann holte er eine seltsam aussehende Pistole hervor, deren Griff in einem spitzen Winkel an einem zylindrischen Gehäuse befestigt war.

Alle rannten in den Korridor und zu meiner großen Überraschung fand ich mich am Ende der Gruppe wieder. Ohne zu zögern, nahm ich eine Handgranate aus dem

Munitionsbeutel, riss den Stift heraus und warf sie auf den Boden. Dann rannte ich den anderen hinterher. Es gab einen Knall, dann ein Heulen und die Tür flog aus den Angeln, aber ich war schon weggesprungen. Aus dem Seitengang tauchte ein weiterer Höllenhund vor uns auf. Ich schoss im Laufen und zielte auf das scharlachrote Glühen seiner Augen. Die Schrotkugel riss die Höllenkreatur von den Füßen. Ich schaffte es an ihr vorbei und rannte den Polizisten nach.

Eine weitere Granate rollte den Boden entlang. Ich duckte mich hinter eine Ecke und stolperte fast in ein wildes Gefecht. Die Höllenbrut hatte unsere Abteilung abgefangen und nun lieferten sie sich einen erbitterten Kampf. Schüsse krachten, die Constables schossen aus allen Rohren und eilten zum Ausgang, aber die Höllenhunde waren zu viele und normale Kugeln konnten sie nicht lange aufhalten oder gar töten.

Ich stürzte mich auf Bastian Moran und zog ihn zurück. „Mir nach!"

Die von der Granatenexplosion getroffenen Höllenhunde waren keine Bedrohung, aber von der Galerie ertönte bereits das beängstigende Heulen neuer Monster. Wir rannten so schnell wir konnten einen Seitengang hinunter.

„In den Hinterhof!", rief ich und schaffte es wie durch ein Wunder, mich in der undurchdringlichen Dunkelheit des leeren Hauses zurechtzufinden.

Der Oberinspektor überholte mich. Auch ich erhöhte mein Tempo und es gelang mir sogar noch, eine weitere Kaliber-zwölf-Patrone in das Röhrenmagazin der *Winchester* zu laden, bevor die Tür mit einem Knall aufflog und eine Bestie, die nur entfernt an einen Hund erinnerte, mit ihrem überproportional großen, runden Kopf geradewegs auf uns zustürmte. Ich schoss direkt in sein klaffendes Maul, stolperte über einen Kadaver unter meinen Füßen und rollte mich auf dem Boden ab. Ich drehte mich auf den Rücken und schaffte es, die *Winchester* an Lauf und Kolben umklammernd, die Hände zu heben. Gerade rechtzeitig, bevor ein Satz furchterregender Reißzähne, so lang wie ein kleiner Finger, sich um meine Kehle schloss.

Die Zähne des Höllenhundes zerkratzten mühelos den Stahl der Waffe, konnten aber nicht durch den Rahmen dringen. Da kam Bastian Moran zurück. Er setzte den Lauf seiner Pistole an den Kopf der Höllenkreatur und pustete ihr das Gehirn weg.

„Beeilen Sie sich!", rief der Oberinspektor, zog mich auf die Füße und wir rannten nach draußen.

Im grässlichen Lärm des nachlassenden Feuergefechts rannten wir durch den Hinterhof zu meinem Panzerwagen, den der Detective Sergeant dort geparkt hatte. Eine der Höllenbestien versuchte, uns im Hof zu erwischen, aber der Oberinspektor war ein ausgezeichneter Schütze. Im Laufen, in undurchdringlicher Dunkelheit und bei strömendem Regen, jagte er ihr eine Kugel genau zwischen die purpurnen Flammenaugen.

Es schien, dass der Anführer des Höllenrudels nun seine ganze Energie auf die Konfrontation mit dem Herzog verwendete, denn die teuflischen Köter, die er mit seinen Kräften in der physischen Welt hielt, wurden schwächer. Die Realität gestand ihnen nichts weiter zu als die grenzenlose Wut toter Seelen. Selbst normale Kugeln setzten sie jetzt für eine beträchtliche Zeit außer Gefecht.

„Setzen Sie sich ans Steuer!", rief ich, als ich Bastian Moran einholte.

Er riss die Tür auf und sprang auf den Fahrersitz. Ich öffnete die Hintertür, kroch in den Kofferraum und brach entkräftet zwischen den vielen Kisten zusammen. Meine Lunge brannte und meine Arme und Beine versagten den Dienst.

Der Pulvermotor erwachte knisternd zum Leben. Der selbstfahrende Wagen vibrierte gleichmäßig und wendete in Richtung der Tore. Aber es war zu spät. Fenster des Herrenhauses zerbarsten, die geisterhafte Meute nahm unsere Spur auf und schoss hinter uns her.

Ich rappelte mich zwischen den Kisten auf. Doch der Panzerwagen nahm unerwartet schnell Fahrt auf und eine starke Bodenwelle warf mich auf den Rücken. Die Räder holperten über die umgestürzten Tore. Ich fiel fast wieder hin, kauerte mich hinter das *Gatling*-Geschütz und schaltete den Antrieb der Laufgarnitur ein. Welch ein Wunder! Der Kondensator war nicht ganz entladen! Der Rotor brummte und drehte sich allmählich schneller.

Die Höllenhunde hatten es bereits durch den Hof geschafft, aber ich hatte es nicht eilig, das Feuer zu eröffnen. Trotz des ständigen Holperns hielt ich das Fadenkreuz hartnäckig über dem Tor. Erst als sich die Höllenkreaturen auf die Straße stürzten, betätigte ich den Abzug. Das *Gatling*-Geschütz zitterte und spuckte einen Bleihagel aus, der die Meute wie eine Sense traf. Jetzt galt es nur noch, die Hartnäckigsten ins Visier zu nehmen und abzuschießen und dabei möglichst viele Kugeln zu sparen, denn die Munition war schon fast aufgebraucht. Wir rasten die verlassene Straße hinunter, entfernten uns allmählich von den Hunden und feuerten von Zeit zu Zeit. So fuhren wir einen Moment, dann wurden wir von einem ohrenbetäubenden Grollen eingeholt.

Es überholte uns und raste an uns vorbei, um dann schnell in einem Echo von den Häusern zurückzukehren. Über dem Herrenhaus erhob sich ein feuriger Pilz, doch wir mussten nicht lange rätseln, wer als Sieger aus dem Kampf hervorgegangen war. Einen Augenblick später erschien auf dem dunklen Hintergrund des wolkenverhangenen Himmels ein unverwechselbarer dunkler Fleck. Der Dämon entfaltete seine schwarzen Flügel und machte sich an die Verfolgung.

Entsetzt kletterte ich hinter dem Maschinengewehr hervor, kroch zu dem vergitterten Fenster zwischen Heck und Kabine und schrie: „Der Dämon! Er fliegt hinter uns her! Fahren Sie schneller!“

Bastian Moran stieß einen Fluch aus, trat auf das Pedal und klammerte sich an den Haltegriff. Ich streckte den Kopf hinaus, aber die verfluchte Abscheulichkeit hatte sich bereits zwischen den tief hängenden Wolken versteckt.

„Wohin fahren wir, Inspektor?»

„Zum Institut der triumphalen Elektrizität!“, rief Moran zurück und drehte aufgeregt das Lenkrad.

Auf den regennassen Straßen geriet der Panzerwagen hin und wieder ins Schleudern, aber Moran schaffte es wie durch ein Wunder, ihn auf der Fahrbahn zu halten, und fuhr weiter, ohne die Geschwindigkeit zu verringern. Das war wohl auch ein Beweis für seine Armeeerfahrung. Die Stadt war in Dunkelheit getaucht. Sowohl die Gaslampen als auch die elektrischen Glühbirnen waren alle ausgegangen. Das Einzige, was die Dunkelheit der Nacht durchbrach, waren die häufigen Blitze, aber nachdem wir am kaiserlichen Theater vorbeigefahren waren, sahen wir durch die Regendecke hindurch etwas Weißes vor uns schimmern.

Das Institut der triumphalen Elektrizität ragte in der Mitte des Platzes auf wie eine alte Zitadelle. Seine Fenster erstrahlten in hellem Licht und die Kupferkugeln an den Masten, die die riesige Nicola-Tesla-Spule umgaben, waren gelegentlich in durchscheinende Blitze von Elektrizität gehüllt.

Dort wartete die Erlösung. Doch als der Panzerwagen sich dem Platz näherte, stürzte ein schwarzer Schatten vom Himmel herab. Pflastersteine flogen durch den furchtbaren Aufprall in alle Richtungen. Die benachbarten Häuser erzitterten. Das Institut brach ein. Es sah aus, als hätte die vom Dämon verursachte Erschütterung seine ausgedehnten Keller zum Einsturz gebracht. Das Licht in den hohen Fenstern flackerte und erlosch.

„Zum Teufel!“, schrie Bastian Moran und drehte das Lenkrad scharf.

Im Scheinwerferlicht taumelte der Körper des dämonischen Wesens vorbei, deutlich gezeichnet von dem Kampf mit seinem stählernen Gegner. Dann fiel ich auf den Boden. Der Pulvermotor heulte auf, und wir rasten davon.

Der Dämon sammelte seine Kräfte, breitete seine Flügel aus und erhob sich in die Luft, aber sein Flug war jetzt schwankend und schwerfällig. Ich rätselte, ob er uns absichtlich verfehlt hatte oder nicht, aber beim zweiten Mal wählte er eindeutig einen weniger riskanten Ansatz. Er stieg nicht zu hoch auf, sondern glitt nur über die Dächer der nahegelegenen Gebäude und gewann an Geschwindigkeit.

„Fahren Sie schneller!“, rief ich dem Oberinspektor noch einmal zu, nahm hinter dem *Gatling*-Geschütz Platz und schoss mit dem Rest des Magazins auf unseren Verfolger, jedoch ohne jeden Erfolg. Verflucht! Warum hatten die Titankugeln des Herzogs ihn nicht aufgehalten?

Diese Frage beschäftigte mich aber nicht lange. Ich öffnete die Kiste mit dem Raketenwerfer. Er hatte mir schon einmal aus der Patsche geholfen, warum also nicht? Nachdem ich das Abschussrohr herausgeholt hatte, hämmerte ich gegen die Trennwand zwischen Heck und

Kabine.

„Moran!“, schrie ich über das Rumpeln des Motors hinweg. „Fahren Sie auf den Kalvarienberg!“

„Wir werden in Ihrem Haus keinen Unterschlupf finden!“

„Fahren Sie!“, beharrte ich. „Das ist unsere einzige Chance!“

Ich nahm eine Rakete aus der Schachtel, steckte sie in die Röhre und verriegelte sie. Dann setzte ich mir die Maske auf und kletterte zum offenen Heck. Der Dämon verfolgte unser gepanzertes Automobil durch die kleinen, verwinkelten Gassen der Altstadt und wartete auf den richtigen Moment für einen rasanten Sturzflug.

Ich setzte das Abschussrohr auf meine Schulter und als der Wagen mit Volldampf auf den Dürer-Platz fuhr, hatte ich die teuflische Kreatur im Fadenkreuz. Im selben Moment klappte sie ihre Flügel ein und stürzte wie ein Stein nach unten. Ich reagierte sofort. Der Funke des elektrischen Zünders flackerte auf. Ein Ruck ging durch das Rohr und der Kofferraum des Fahrzeugs füllte sich mit einer Wolke aus beißendem Gas. Die Rakete zog nach oben, hinterließ eine Rauchfahne, erwischte die höllische Kreatur, die uns entgegenkam, und explodierte donnernd. Ein gleißender Blitz leuchtete auf. Der Dämon wurde weggeschleudert. Er stürzte auf die Erde und rollte durch die Trägheit noch gut 20 Meter weiter. Seine Flügel wurden dabei zerquetscht, er verlor schwarze Federn und glühendes Blut sprudelte hervor.

Bei einem sterblichen Wesen wäre das Fleisch bis auf die Knochen abgeschabt und die Knochen selbst zu Staub zermahlen worden. Stattdessen knackten Pflastersteine und zerbrachen in Scherben. Ein furchterregender Schlag gegen den Brunnen zertrümmerte das Marmorbecken.

Bevor der gepanzerte Wagen vom Platz raste, konnte ich noch sehen, wie der Dämon sich vom Boden erhob und in den Himmel aufzusteigen versuchte. Glücklicherweise war einer seiner Flügel schwer beschädigt und die höllische Kreatur war gezwungen, uns in großen Sprüngen zu verfolgen, von denen jeder einzelne eine erhebliche Voraussicht erforderte. Das gab uns Rückenwind.

Wir hatten aber auch eigene Probleme: Der Motor war von dem Gewicht überfordert und kämpfte sich gegen den Wasserstrom, der uns entgegenkam, den Hügel hinauf. Unser Verfolger holte langsam zu uns auf.

„Schneller!“, rief ich, während ich die Kiste mit den halbautomatischen Gewehren aus dem Kofferraum warf. Sie hätte uns in der dieser Situation ohnehin nicht helfen können und belastete das Fahrzeug nur unnötig. Danach ging die Schachtel mit den Patronen über Bord. Dann ereilte das *Madsen*-Maschinengewehr das gleiche Schicksal. Bald waren in unserem Arsenal nur noch der Handmörser mit der weißen Phosphormunition und das festmontierte *Gatling*-Geschütz übrig.

Die Trommel kurbelnd lud ich ein Brandgeschoss nach dem anderen und zielte, aber der Dämon war zu weit weg. Ihn aus dieser Entfernung zu treffen schien unmöglich.

„Wohin jetzt?“, rief der Oberinspektor mir zu, als der Panzerwagen über die Brücke bis zum Zaun meines Anwesens rollte.

„Weiter hinauf!“, rief ich zurück. „Bis ganz nach oben!“

Der Motor heulte auf, wir nahmen Kurve um Kurve und das Rütteln wurde immer schlimmer. Der Weg nach oben war in einem furchtbaren Zustand, aber dank der nach Exotik suchenden Touristen, extravaganten Frischvermählten und gelegentlichen Besuche eines Inspektors auf dem rostigen Turm war er nicht endgültig zugewachsen. Das Automobil konnte mit einer Geschwindigkeit passieren, die nicht viel niedriger war als unser höllisches Rennen durch die Stadt.

Hinter uns flatterten über den Herrenhäusern, die dem Gipfel am nächsten waren, die schwarzen Flügel des Dämons. Ich drückte mich an das vergitterte Fenster und schrie über das Geräusch des Motors und die Donnerschläge hinweg: „Halten Sie direkt vor dem Turm an und fahren Sie um ihn herum!“

Bastian Moran nickte und reduzierte wenig später seine Geschwindigkeit, um mir die Möglichkeit zum Auszusteigen zu geben. Dann lenkte er das gepanzerte Fahrzeug auf den Weg um den Turm herum, der brüchig und ungepflegt war.

Der Turm war bedrückend. Seine Tonnen rostigen Eisens ragten mehr als 200 Meter in die Höhe. Jetzt, da fast ständig Blitze in seine Spitze einschlugen, wurde er in der Dunkelheit durch das rot glühende Metall sogar leicht beleuchtet. Dampf strömte in alle Richtungen.

Ich sammelte meine Kräfte und eilte vorwärts. Es roch stark nach Ozon und der tosende Wind warf mich fast um. Der Donner dröhnte in meinen Ohren. Wegen der blendenden Blitze konnte ich nicht einmal hinauf blicken. Die Luft summte von der atmosphärischen Elektrizität ringsum. Plötzlich standen mir die Haare zu Berge.

Aber ich blieb stehen und drehte mich erst um, als ich die Annäherung des Bösen in meinem Rücken spürte. Die Welt wurde augenblicklich grau und die Geräusche verstummten. Blitze schlugen hoch oben in den Turm ein.

Ich drehte mich um und schauderte unwillkürlich.

Der Dämon kletterte auf die Spitze. Es gab keine Möglichkeit, mit seinen Ängsten zu spielen oder mich aus dieser Sache freizukaufen, die teuflische Kreatur wollte nur eines: mich packen und mit sich in die Tiefen der Hölle ziehen. Ich hatte nicht die geringste Chance, mich im Kampf gegen sie zu behaupten, aber ich war auch nicht bereit, aufzugeben. Ich hatte einen Plan.

Die Bestie richtete sich zu ihrer vollen Größe auf, entfaltete ihre zerfetzten Flügel und streckte ihre Krallen aus. Ihre Augen brannten mit einer scharlachroten Flamme. Ihr klaffender Schlund war mit Dunkelheit gefüllt. Und sogar der Dämon selbst wurde zu Dunkelheit, da er durch ein absurdes Missverständnis in unserer Welt gelandet war.

Ich hatte wahnsinnige Angst vor ihm und ich wollte ihn vernichten.

Das teuflische Geschöpf näherte sich langsam und zögernd. Auf seiner glatten, dunklen Haut konnte ich Wunden erkennen, die die Titankugeln hinterlassen hatten. Seine Brust war mit den tiefen Verbrennungen der Elektroschocks überzogen. Seine Schnauze, die schon allein durch ihr Aussehen Entsetzen hervorrief, verzog sich bei jedem Blitzeinschlag in den Turm hinter mir zu einer Grimasse. Aber der Dämon hatte nicht vor, aufzugeben. Wie gegen seinen eigenen Willen kam er immer näher und beugte allein durch seine Anwesenheit die Gesetze des Universums.

Als der Abstand zwischen uns nur noch 100 Schritte betrug, begann ich zu schießen.

Mit einem dumpfen Knall flog erst eine der Brandgranaten in Richtung des Dämons und explodierte, dann eine zweite und eine dritte. In diesem Moment stürzte sich die Höllenbrut mit einer für das menschliche Auge nicht wahrnehmbaren Bewegung in den Angriff. Ich hatte mich verrechnet. Ich hatte gedacht, ich hätte genug Zeit zur Flucht, aber ich hatte das schlaue Biest unterschätzt. Die dämonische Kreatur schien von einem Punkt im Raum zum nächsten zu fließen. Wenn jetzt kein Geschoss traf, würde sie mich in Stücke reißen.

Da gab es eine leuchtende Explosion. Die helle Flamme breitete sich um den mächtigen Torso des Dämons aus und entzündete seine Schnauze. Dann gingen zwei weitere Brandladungen hoch. Weißer, stinkender Rauch quoll auf. Die Kreatur, die vom Feuer verschlungen wurde, stieß ein durchdringendes Heulen aus. Aber ich blieb nicht, um seine Zuckungen zu beobachten, sondern rannte davon, so schnell ich konnte.

Das war gut, denn einen Moment später sauste die teilweise geblendete Kreatur hinter mir her, obwohl die Flammen sie noch immer einhüllten.

Ich rannte, ohne mich umzudrehen, wobei ich das Fundament des durchbrochenen Turms anpeilte, direkt unter den Blitzen. Während ich rannte, betete ich, aufrichtiger, als ich je zuvor gebetet hatte. Nein, ich bat den Allerhöchsten nicht, mich von dem Dämon zu befreien, noch bat ich um heilige Kraft oder zog in Betracht, darum zu betteln, durch übernatürliche Mittel in einen anderen Teil des Planeten gebracht zu werden.

Nein! Ich betete nur darum, unter den Turm zu laufen und nicht von einem Blitz gebraten zu werden. Nur, um unverletzt auf die andere Seite zu kommen. Mehr nicht. Die Oberfläche des eisernen Fundaments der kolossalen Konstruktion rauchte. Die Luft summte vor Elektrizität. Die atmosphärische Ladung umhüllte mich von allen Seiten, während die verstärkten Eisenträger von dem herunterfließenden Strom erzitterten.

Ein Funke flog hoch, dann noch einer. Kleine

Stromstöße brannten sich durch meinen Körper wie Feuer, aber ich hielt nicht einen Moment inne. Die Blitze zuckten direkt über mir. Es gab ein furchterregendes Dröhnen und ein hasserfüllter Schrei ertönte hinter mir, begleitet vom Knistern der Stromstöße.

Ich sprang unter die Balken der ersten Plattform. Der riesige Dämon klammerte sich an sie und zitterte. Elektrische Lichtbögen flackerten auf und aus dem Fell des Dämons stieg dicker Rauch auf. Die höllische Bestie wollte sich aus der heimtückischen Falle befreien, konnte es aber nicht.

Ohne zu zögern rannte ich schneller als je zuvor. Ich sprang unter dem Turm hervor auf die Straße und wäre beinahe unter den Rädern des gepanzerten Automobils gelandet. Die Bremsen quietschten, als der Wagen von der Fahrbahn rutschte. Er fand aber wieder Halt und hielt neben mir. Ich riss die Tür auf, warf den Handmörser hinein, sprang selbst hinterher und rief: „Fahren Sie!"

Das brauchte ich Moran nicht zweimal zu sagen. Er trat das Pedal durch und der Wagen fuhr schneller den Berg hinunter, als er heraufgekommen war.

„Was ist passiert?", wollte der Oberinspektor wissen.

„Der Dämon ist in eine Falle geraten, aber aus irgendeinem Grund ist er nicht gestorben", antwortete ich. „Er hätte in die Luft gesprengt werden müssen, aber sehen Sie: Er entkommt!"

„Die Titankugeln konnten ihm auch nichts anhaben", erinnerte Bastian Moran mich, der angespannt das Lenkrad drehte. „Anscheinend wurde er in diese Welt beschworen und die Beschwörer halten ihn hier fest."

„Sie meinen, es handelt sich um ein Ritual dunkler Gestalten?"

„Ja!"

„Der Dämon wird die halbe Stadt zerstören, bevor wir sie finden“, sagte ich hoffnungslos.

Der Oberinspektor nahm seine rechte Hand vom Lenkrad und hielt mir ein Päckchen ägyptischer Guineas unter die Nase. „Was ist das?“

Ich zuckte mit den Schultern. „Eine Trophäe.“

„Steht es in Verbindung mit den dunklen Wesen?“

„Ich habe es von einem Vampir bekommen. Ich habe ihn kürzlich zusammen mit ein paar Mohren, die seine Diener waren, getoastet“, gab ich zu, ohne Vorsicht walten zu lassen.

„Was hat das alles zu bedeuten, Viscount?“, setzte Bastian Moran das Verhör fort. Ohne eine Antwort abzuwarten, schrie er wütend: „Sagen Sie mir, was in diesem Aluminiumbehälter war! Keinen Blödsinn über Familiengeheimnisse oder ich schwöre, ich werfe Sie auf die Straße!“

Ich schaute ihn zweifelnd an und sagte dann: „Irgendjemand hat vermutet, dass dort das Geheimnis der Verwundbarkeit der *Gefallenen* aufbewahrt wurde.“

Der Oberinspektor sah mich erstaunt an. „Und die Ägypter könnten an diesem Geheimnis interessiert sein?“

„Und wie!“, stimmte ich zu und erinnerte mich daran, was Herzog Talm mir über die wahren Machthaber in Alexandria anvertraut hatte.

„Verdammt!“, fluchte der Oberinspektor und bog scharf in den Dürer-Platz ein.

Ich rutschte fast von meinem Sitz und schrie auf. „Was zum Teufel machen Sie denn da?“

„Wir haben bei der Verhaftung von Maestro Marlini ein Päckchen frisch gedruckter Guineas mit ähnlicher Nummerierung beschlagnahmt!“, erklärte Bastian Moran und forderte das Fahrzeug bis an seine Grenzen. „Der

Magier hat inoffiziell gestanden, dass es ein Vorschuss für den Diebstahl des Patents war. Und dass er das Geld vom zweiten Sekretär der ägyptischen Botschaft bekommen hat!"

„Oh nein!" Ich stöhnte auf. „Schlagen Sie vor, die Botschaft zu stürmen? Das würde zu einem Krieg führen!"

„An einem Krieg führt jetzt kein Weg mehr vorbei und niemand wird über die Sieger urteilen", erwiderte der Oberinspektor hartnäckig. Er hatte nicht vor, sich zurückzuziehen.

Und auch ich hatte keine andere Wahl. Das war mir klar.

„Bevor wir zur Botschaft kommen, muss ich wieder zum *Gatling*-Geschütz in den Kofferraum kriechen."

Moran nickte düster. „In Ordnung."

Wir rasten durch die leere Stadt und das Wasser der Pfützen spritzte in die Höhe. Aus der Motorhaube des Panzerwagens quoll immer mehr weißen Dampf. Der verlötete Kühler hielt die extreme Belastung nicht aus und wir riskierten, jeden Moment unser Transportmittel zu verlieren.

„Das Wachhaus ist gleich hinter den Toren", warnte der Oberinspektor mich in der Straße neben der Botschaft. „Dort versehen mindestens zehn mauretanische Wachen ihren Dienst. Wenn Sie sie nicht sofort niederschießen können, sind wir erledigt."

„Ich werde es versuchen", versprach ich.

Der bevorstehende Angriff auf die Botschaft unseres südlichen Nachbarn ängstigte mich so sehr, dass mir die Knie zitterten, aber noch viel mehr fürchtete ich mich vor dem Gedanken, dass der Dämon sich bereits aus der Falle befreit hatte und uns verfolgte. Ich hatte nicht den geringsten Zweifel an seiner Fähigkeit, sein Opfer selbst am anderen Ende der Welt aufzuspüren.

Im Kofferraum lud ich noch ein Magazin in das *Gatling*-Geschütz, nahm dahinter Platz und klammerte mich an der Sitzbank fest. Trotzdem hätte mich der Aufprall am Botschaftstor fast gegen die Trennwand zur Kabine geschleudert. Der Kühler platzte, Dampf schoss heraus und hüllte uns in eine weiße Wolke.

Doch Bastian Moran gelang es, das Manöver zu vollenden und das hintere Ende des Wagens in Richtung der efeubewachsenen Kaserne zu drehen. Damit blieben die Wachen im Eingangsturm für ihn übrig. Ich betätigte inzwischen den Abzug und zeichnete von Ecke zu Ecke ein ‚X' in die Wand der Holzbaracke. Splitter flogen in alle Richtungen und die Fenster zerbarsten. Vereinzelte Schüsse wurden aus den Toren abgefeuert. Unser Stahlpanzerblech bekam die volle Wucht ab und der Oberinspektor eröffnete durch den Sehschlitz das Feuer.

Ich ließ mich nicht ablenken. Die Tür flog auf und in der Sekunde, in der ein schwarzer Wachmann seine Waffe auf mich richtete, sank er auch schon durchlöchert zu Boden. Eine Gestalt sprang aus dem Gebüsch. Ich feuerte schnell eine Salve in diese Richtung, dann gab ich Moran Deckung, als er aus der Kabine sprang. Der Oberinspektor rannte geduckt auf die durchlöcherte Kaserne zu und warf ein paar Granaten hinein.

Gedämpfte Explosionen ertönten und schließlich verstummte der Beschuss.

Dann feuerte ich den Rest des Magazins in das Botschaftsgebäude, griff mir den Handmörser, die Munitionstasche und die Granaten und lief zu Bastian Moran.

Er eignete sich ein kurzläufiges *Enfield*-Gewehr einer toten Wache an und rief: „Laufen Sie!"

Einige der Botschaftsmitarbeiter sprangen auf die

Veranda der Villa. Ein Revolver feuerte, aber der Oberinspektor wurde nur kurz langsamer, schaltete den Ägypter mit einem präzisen Schuss aus und eilte weiter, wobei er im Laufen den Bolzen zurückzog und losließ.

Wir hatten bereits die blutgetränkte Veranda erreicht, als die Sphinxen auf dem Dach des Gebäudes zum Leben erwachten und ein schwaches Licht in ihren Augen leuchtete. Ich riss den Mörser in ihre Richtung und feuerte ein Brandgeschoss ab. Es schlug mit unerwarteter Heftigkeit ein. Eines der steinernen Ungetüme wurde in Stücke gerissen und brennender weißer Phosphor in alle Richtungen geschleudert. Aber der Regen verhinderte, dass sich das Feuer auf dem Gebäude ausbreitete.

Die zweite Sphinx riss mit ihrer mächtigen Pranke einen Teil der steinernen Dachrinne heraus und schleuderte ihn auf uns. Dann sauste sie im Sturzflug in unsere Richtung. Ihre Landung ließ die Marmorstufen der Veranda zerbersten. Ein Flügelschlag des schwerfälligen Tieres hätte Moran fast den Kopf abgehackt. Er konnte sich im letzten Moment ducken und sprang mit einem Salto zur Seite. Ich rannte in die entgegengesetzte Richtung, zog im Laufen an dem Griff und drehte die massive Trommel.

Die Sphinx zögerte einen Moment, dann stürzte sie sich auf den Oberinspektor, aber ich hatte mich bereits in eine sichere Entfernung gerettet und schoss dem Ungetüm in den Rücken. Die Explosion sprengte die mächtige Kreatur in Stücke. Wir wichen dem auf der Erde brennenden Phosphor aus und liefen in das Herrenhaus.

„Wohin jetzt?“, fragte ich atemlos.

„Dunkle Gestalten lieben Keller“, sagte Bastian Moran. „Wir müssen einen Weg nach unten finden!“

Wir hatten nun keinen Zweifel mehr daran, auf der richtigen Spur zu sein. Steinstatuen erwachten ja normalerweise nicht von selbst zum Leben. Verdammte ägyptische Magie!

Aber wir waren nur ein kleines Stück den Flur hinuntergelaufen, als vor uns Schüsse ertönten und wir gezwungen waren, in Nischen mit Keramikvasen Schutz zu suchen. Einer der Botschaftswächter hatte den Durchgang mit einem umgestürzten Schreibtisch versperrt und schoss rücksichtslos von hinter seiner improvisierten Barrikade.

Ich versuchte, mich mit dem Mörser dahinter zu lehnen, aber Bastian Moran hielt mich auf. „Wollen Sie uns anzünden?“, schrie er, während er eine weitere Granate aus seiner Munitionstasche holte.

Mit einem scharfen Wurf schickte der Oberinspektor sie an dem umgestürzten Schreibtisch vorbei, wartete die Explosion ab und ging zum Angriff über. Während ich über den durchlöcherten Schreibtisch sprang, erreichte Bastian den blutüberströmten Wachmann und stach mit seinem Bajonett auf ihn ein, offensichtlich um Kugeln zu sparen.

„Schneller!“, rief Moran und rannte weiter. Im nächsten Raum entdeckten wir eine Treppe zum Keller, aber fast sofort wurde von unten auf uns geschossen. Als wir die Treppe hinunterlaufen wollten, eröffneten die Wachen das Feuer mit einem Kugelhagel, der an den Marmorplatten abprallte.

„Lassen Sie uns die erste Treppe räumen, dann können wir weitergehen“, sagte Moran ruhig. Seinem Auftreten nach hätte man meinen können, er hätte sein ganzes Leben damit verbracht, gut bewaffnete Botschaften zu stürmen.

Davon abgesehen, was hatten wir jetzt noch zu befürchten? Er und ich hatten die Todesstrafe bereits verdient, egal, wie es ausgehen würde.

Ich warf eine Handgranate hinunter. Sie prallte von

der Wand zurück und rollte um die Ecke. Moran schickte eine weitere Granate hinterher. Die beiden Explosionen verstärkten sich gegenseitig. Wir rannten hinunter und der Oberinspektor, schon an das Bajonett gewöhnt, stieß es in den verletzten Schützen.

Die anderen Wachen schafften es, ins Treppenhaus darunter zu entkommen. Wir schickten ihnen noch ein paar Granaten hinterher, aber als wir am unteren Ende der Treppe ankamen, stießen wir auf eine schwere, gepanzerte Tür, die verschlossen war.

„Scheiße!“, schrie Bastian Moran, unfähig, sich zurückzuhalten. Dann wühlte er in seinem Granatbeutel und sagte: „Holen Sie Ihren ganzen Sprengstoff raus, sofort!“

Da ich nicht pingelig sein wollte, legte ich gleich den gesamten Inhalt meiner Munitionstasche dazu: Granaten und Brandbomben, denn die Tür sah stabil aus.

„Nichts wie raus hier!“, drängte der Oberinspektor mich. Wir gingen zu dem umgestürzten Schreibtisch. Dort zog Bastian Moran den Stift und warf eine Granate hinunter. Ein paar Sekunden später bebten die Gebäudewände von der starken Explosion. Beißender Rauch waberte zu uns hinauf.

„Vorsicht!“, warnte ich den Oberinspektor. „Der Rauch ist giftig!“

„Verdammt!“, fluchte Bastian Moran erneut und reichte mir ein paar Revolver, die er den toten Wachen abgenommen hatte. „Nehmen Sie die!“

Ich hängte mir den Handmörser auf den Rücken, löste den Gurt, der in meine Schulter schnitt, und bewaffnete mich mit den fremden Colts.

Das Prasseln der Flammen ließ allmählich nach und der Rauch quoll aus den zerbrochenen Fenstern auf die

Straße. Doch bevor wir nach unten gingen, banden wir uns Tücher vor das Gesicht.

„Wird das helfen?“, fragte der Oberinspektor.

„Ich habe keine Ahnung“, gab ich ehrlich zu.

„Wir können nicht länger warten!“, verkündete Bastian Moran, als das Herrenhaus neuerlich erbebte, als wäre seine Fassade soeben von einer Dampftram getroffen worden, die bei voller Geschwindigkeit aus den Schienen sprang.

Der Dämon hatte uns eingeholt und wir hatten keine Zeit mehr. Wir rannten die Treppe hinunter, sprangen über die Tür, die durch die Explosion verbogen und geschmolzen war, und liefen in Windeseile durch den rauchigen Korridor. Ein Wachmann tauchte aus dem in der Luft flimmernden Staub auf. Ich schoss ihm in den Kopf, duckte mich in eine kleine Nische und eröffnete nun mit beiden Händen das Feuer. Bastian Moran unterstützte mich und die angeschlagenen Wachen waren nicht in der Lage, irgendeine Art von Widerstand zu leisten.

Einer der Mohren riss die hintere Tür auf, um in den Raum dahinter zu gelangen. Der Oberinspektor holte ihn ein, stieß ihm das Gewehrbajonett in den Rücken und warf ihn über die Eisenbarrikade der oberen Ebene des Gewölbes. Nachdem ich die ungeladenen Revolver weggeworfen hatte, zog ich den Handmörser von meinem Rücken und steckte, die Waffe im Anschlag, den Kopf in die große Halle. Der in Halbdunkel getauchte, unterirdische Raum beeindruckte durch seine Dimensionen. Aber meine Aufmerksamkeit wurde von einer klobigen Konstruktion in seiner Mitte angezogen. Es war ein aus Metallstäben geschweißter Rahmen, der mit einem feinen Kupfergeflecht überzogen war, das in Drahtbündel mündete, die sich in Löcher im Boden schlängelten.

Ein *Faradayscher Käfig!* Eine Kammer, geschützt vor äußeren elektromagnetischen Störungen! Die Bösewichte im Inneren würden sich keine Sorgen um Signale machen müssen, die durch die Luft übertragen wurden, Sturm hin oder her.

Im Inneren des Käfigs, an den Ecken eines riesigen fünfzackigen Sterns, standen fünf dunkle Gestalten, die in Trance erstarrt waren. In seinem Zentrum befand sich eine funkelnde Kugel aus immateriellem Feuer.

Ein weiterer Ruck erschütterte das Herrenhaus vom Keller bis zum Dachboden. Der Dämon war immer noch hinter uns her, riss Wände ein und pflügte wütend durch die engen Türrahmen. Ich taumelte und wäre sicher hinter dem unglücklichen Mohren hergeflogen, aber ich konnte mich gerade noch rechtzeitig mit einer Hand festhalten. Auch Bastian Moran konnte sich kaum auf den Beinen halten. Seine Pistole fiel ihm aus den Händen und prallte an der Wand ab.

„Zum Teufel!“, fluchte der Oberinspektor und versuchte, in der stockdunklen Umgebung seine heruntergefallene Waffe zu finden.

Das Getöse wurde lauter. Die krallenbestückte Pranke des Dämons bohrte sich durch die Tür, verhakte sich in der Barrikade und riss ein gutes Stück aus ihr heraus, sodass der Eisenrahmen einen Knacks bekam. Ich riss den Handmörser hoch und schoss. Mein erstes Brandgeschoss traf das Kupfergitter. Es explodierte dort und ließ brennenden Phosphor in alle Richtungen fliegen. Die glühende Kugel in der Mitte des Pentagramms erlosch für einen Moment, aber die bösen Geschöpfe, die immer noch in Trance versunken waren, schienen den Feuerregen, der auf sie niederging, nicht zu bemerken. Sie verharrten an ihren Plätzen wie Monumente, die von Flammen umhüllt waren.

Ich drehte die Trommel und schoss ein zweites Mal. Die Explosion jagte die Beschwörer in die Luft und ein erschütternder Schrei hallte durch den Raum. Der Dämon wurde gewaltsam zurück in die Unterwelt gezerrt. Der Beschwörungszauber der dunklen Gestalten hielt ihn nicht länger in unserer Welt. Er taumelte im Kreis, trocknete dann fast augenblicklich aus und zerfiel zu Asche.

„Lassen Sie uns von hier verschwinden!“, befahl Bastian Moran und hob seine Pistole auf.

„Ich bin voll und ganz dafür.“ Wir eilten zum Ausgang. Der Dämon hatte sich aufgelöst. Die Botschaftswachen waren bei dem Angriff alle ausgeschaltet worden und es war niemand mehr da, der uns daran hindern konnte, wieder nach oben und hinaus zu laufen.

Die zerbeulte Motorhaube des Panzerwagens grinste uns entgegen. Es gab keine Hoffnung, dass wir ihn wieder zum Laufen bringen würden, also rannte ich durch die Tore, drehte mich um und warf meine letzte Brandgranate hinein. Eine Flamme leuchtete im Heck auf und das *Gatling*-Gewehr begann wahllos zu schießen. Dann lief ich beinahe gelassen hinter Moran her, der hastig den Rückzug antrat. Im Laufen warf ich den Mörser in einen Rinnstein. Gerade als ich die Ecke des gegenüberliegenden Gebäudes erreicht hatte, hörte ich hinter mir einen ohrenbetäubenden Knall. Der Panzerwagen explodierte und verbogenes Metall flog über das gesamte Botschaftsgelände.

Meine Lunge brannte. Meine Beine wollten nicht mir, aber ich lief trotzdem weiter und holte den Oberinspektor ein. Wir rannten durch ein Tor und schnappten gierig nach Luft.

„Was für eine Nacht!“, krächzte ich und blickte auf die Straße hinaus.

In diesem Moment bohrte sich ein Pistolenlauf in meinen Rücken. „Hände hoch!“, forderte Bastian Moran und legte mir mit einem leisen Kichern Handschellen an. „Wie lange habe ich auf diesen Augenblick gewartet! Sie sind verhaftet, Viscount!“

TEIL VIER

Herz. Chirurgenskalpell und Küchenmesser

1

ES IST IMMER eine unangenehme und teuflisch schmerzhafte Erfahrung, wenn einem jemand in den Rücken fällt. Man hat dieser Person vertraut und wurde betrogen, sein Vertrauen wurde missbraucht und seine Freundschaft mit Füßen getreten. So etwas hinterlässt unauslöschliche Narben auf der Seele.

Aber nur, wenn man der Person von vornherein vertraut und nicht mit irgendwelchen Tricks gerechnet hat. Ansonsten kann man nur die Hände heben und zugeben, dass man ausgetrickst wurde.

Ich hatte mir in Bezug auf Bastian Moran keine Illusionen gemacht, deshalb machte ich mir in meiner einsamen Zelle auch keine Vorwürfe. Nicht wirklich. Die letzten Tage hatten so viele unangenehme Überraschungen gebracht, dass mir die Verhaftung im Vergleich dazu gar nicht so schrecklich vorkam. Sobald die Eisentür hinter mir zugeschlagen war, legte ich mich auf die unbequeme Bank, schloss die Augen und schlief auf der Stelle ein.

Es war ein traumloser Schlaf, aber als ich die Augen öffnete, war mein erster Gedanke, dass ich verrückt geworden sein musste oder mich in einem Wachtraum befand. In der Mitte der Zelle saß Friedrich von Nalz höchstpersönlich auf einem Klappstuhl. Er lächelte verlegen und entschuldigte sich bei mir: „Verzeihen Sie, Viscount. Ich wollte Sie nicht wecken.“

„Das ist etwas Neues“, murmelte ich, da ich die Anwesenheit des Generalinspektors einem Trick meines *Talents* zuschrieb. Anders war es nicht zu erklären.

Die kahlen Steinwände hatten kein einziges Fenster und das Lampengitter war verrostet. Die Tür vor mir sah stabil aus und die Bank, auf der ich lag, war schmuddelig. Vor diesem Hintergrund wirkte die zeremonielle Uniform des Chefs der Stadtpolizei, die mit allen möglichen Orden bestückt war, deplatziert.

War das eine Täuschung? Offensichtlich.

„Ich nehme an, Sie haben meinen Besuch nicht erwartet?“ Friedrich von Nalz lächelte.

Ich wäre weniger überrascht gewesen, vor einem Erschießungskommando aufzuwachen, aber das sagte ich nicht laut. „Nein, habe ich nicht“, gab ich zu.

„Und warum nicht?“, fragte der grässliche alte Mann erstaunt. In seinen farblosen Augen konnte ich das ferne Glühen seines brennenden *Talents* sehen. „Oberinspektor Moran war voll des höchsten Lobes für Sie.“

Wenn man bedachte, dass es ausgerechnet Moran gewesen war, der mich hinter Gitter gebracht hatte, war es zumindest seltsam, das zu hören.

„Und wo ist der Oberinspektor?“, fragte ich und versuchte, meine Realität wenigstens einigermaßen in den Griff zu bekommen.

„Im Krankenhaus“, sagte Friedrich von Nalz. „Die Ärzte vermuten, dass er durch die Verbrennungsprodukte des weißen Phosphors vergiftet wurde, aber er wird sich wieder erholen.“

„Ist das so?“, fragte ich verwirrt und lauschte meinen eigenen Empfindungen. Da war nichts, was mich beunruhigte.

„Der Oberinspektor hat einen vollständigen Bericht über Ihre Handlungen abgegeben“, sagte der alte Mann betont.

„Das hatte ich befürchtet.“

Der Generalinspektor lachte. „Sie haben nichts zu befürchten, Viscount!“, verkündete er. „Man wird Sie wegen des Angriffs auf die Botschaft von Großägypten nicht anklagen.“

„Sagen Sie bloß nicht, Sie konnten das alles vertuschen“, erwiderte ich, von der unerwarteten Aussage überrascht.

„Die Zeitungen nennen die Episode einen zufälligen Dämonenangriff. Er ist wie ein Hurrikan durch die Stadt gezogen und hat die ägyptische Botschaft angegriffen. Es gibt keinen Grund, sich Sorgen zu machen, Viscount. Die Zeitungen lügen nie.“

„Und die Ägypter schlucken das?“

„In Anbetracht gewisser Faktoren, die Ihnen bereits bekannt sind, vermeiden sie ein gegnerisches Manöver.“

Ich neigte den Kopf zur Seite. „Warum bin ich dann noch hier?“

„Oberinspektor Moran hielt es für notwendig, Sie von der Gesellschaft zu isolieren, um Sie vor unüberlegten Handlungen zu schützen. Seiner Meinung nach sind Sie von übermäßiger Eitelkeit geprägt. Und allzu offene Diskussionen mit der Presse sind nicht das, was wir uns in dieser Situation wünschen.“

Die Anspielung war sonnenklar und ich nickte eilig. „Ich werde mich bedeckt halten.“

„Es ist in Ihrem besten Interesse, Viscount.“

„Daran habe ich keinen Zweifel.“

Der Generalinspektor stand auf und fragte unvermittelt: „Warum haben Sie mir nichts davon erzählt, Viscount?“

Mir wurde heiß und kalt und ich stammelte: „Warum habe ich Ihnen wovon nichts erzählt?“

„Von Ihrer Verwandtschaft mit Emile Rie. Ich kannte

ihn schon, bevor er Kanzler wurde. Und ich habe es sogar geschafft, mich auch danach noch mit ihm zu unterhalten. Er war ein bemerkenswerter Mann.“

„Woher wissen Sie das?“, fragte verblüfft. Dann dämmerte es mir. „Das Foto!“

„Ihre Bitte hat mein Interesse geweckt“, bestätigte Friedrich von Nalz. „Ich habe mir die Kopien der Materialien angesehen und die Unterschrift auf der Rückseite auf den ersten Blick erkannt.“ Er schmunzelte. „Ich habe genau die gleiche Unterschrift auf meinen Beförderungspapieren.“

„Um ehrlich zu sein, habe ich erst vor ein paar Tagen erfahren, dass ich mit diesem bedeutenden Mann verwandt bin, und hatte nicht vor, diese Information publik zu machen. Das scheint keine gute Idee zu sein.“

„Was reden Sie da, Viscount?“ Der alte Mann klopfte mir auf die Schulter. „Ich habe mir erlaubt, die Kanzlei ihrer kaiserlichen Hoheit persönlich zu informieren. Die Nachricht hat große Aufmerksamkeit erregt.“

„Das war doch nicht nötig…“

„Unsinn!“ Der Generalinspektor winkte ab und ging zur Tür. „Man wird Ihnen jetzt ein paar Fragen stellen, dann können Sie gehen. Keine Anklage, keine Probleme. Alles Gute, Viscount.“

Der *illustre* Herr ging hinaus. An seine Stelle trat eine Schar von Beamten. Sie nahmen den Klappstuhl weg und stellten einen Klapptisch und drei Hocker in die Mitte des Raumes. Dann verließen sie die Zelle, ohne ein Wort zu sagen.

Einige Minuten später ging die Tür wieder auf und drei junge Männer in streng geschnittenen Gehröcken mit identischen Krawatten kamen herein. Ihr sorgfältig gepflegtes, kurzes Haar und ihr direktes Auftreten ließen mich einen militärischen Hintergrund vermuten.

Einer von ihnen breitete Schreibutensilien auf dem Tisch aus und setzte sich auf einen Hocker. Seine Kollegen tauschten säuerliche Blicke aus, ohne sich zu setzen. Es war ihnen offensichtlich unangenehm, in meiner Gesellschaft zu sein. Oder war es nur ihr erstes Mal in einer Einzelzelle?

Schließlich legte ein hellhaariger Herr von vielleicht 25 Jahren seine Bestürzung ab und reichte mir die Hand. „Erlauben Sie mir, mich vorzustellen. Lieutenant der imperialen Garde Ihrer kaiserlichen Hoheit, William Grace."

Ich erhob mich von der Bank und schüttelte seine Hand. „Freut mich, Sie kennenzulernen."

Der Leutnant nickte, lächelte höflich und erklärte: „Dies ist keineswegs ein Verhör, Viscount, aber ich bitte Sie dringend, die Fragen mit dem nötigen Ernst zu beantworten."

„Ich bin denkbar ernsthaft", versicherte ich.

Dann ergriff der zweite Herr das Wort. Er war dunkelhäutig und hatte ein pockennarbiges Gesicht. Er bemerkte den Sarkasmus in meiner Stimme und versäumte es nicht, seine Missbilligung auszudrücken: „Wir sind uns Ihrer vermeintlich engen Verwandtschaft mit der kaiserlichen Familie bewusst, Viscount, weshalb ich Sie daran erinnern muss, dass unehelichen Sprösslingen kein besonderer Status zukommt."

Der brummige Typ machte sich nicht die Mühe, sich vorzustellen.

„Nun denn, meine Herren, worum geht es hier?", erkundigte ich mich und spürte, wie sich die Spannung in der Zelle steigerte.

„Ihre kaiserliche Hoheit, Prinzessin Anna, möchte Sie kennenlernen", sagte der Pockennarbige mit unverhohlener Missbilligung. „In diesem Zusammenhang müssen Sie sich der erforderlichen Sicherheitsüberprüfung unterziehen."

„Wozu?", fragte ich erschrocken. „Warum möchte Ihre kaiserliche Hoheit mich sehen?"

William Grace seufzte. „Die Prinzessin war sehr interessiert, von Ihnen zu hören."

„Wir mussten ihrem Wunsch entsprechen", fügte der Pockennarbige hinzu.

„Na schön." Ich seufzte, da ich keine Möglichkeit sah, diese Ehre abzulehnen, ohne wegen Respektlosigkeit gegenüber meiner erlauchten Verwandten verhaftet zu werden. „Dann fangen Sie an!"

Lieutenant Grace stieß die Zellentür auf und bat einen großen, schlanken Arzt in einem weißen Mantel herein, der eine bauchige lederne Tasche trug.

„Bitte Oberkörper freimachen", sagte er und holte ein Abhörrohr heraus.

Ich runzelte die Stirn. „Warum ist das denn alles nötig?"

Der Lieutenant der kaiserlichen Garde lächelte nachsichtig und erläuterte: „Der Gesundheitszustand Ihrer Hoheit lässt etwas zu wünschen übrig. Es ist kontraindiziert, mit einer kranken Person zu sprechen, selbst wenn derjenige nur eine Erkältung hat."

„Ich war noch nie krank", brummte ich, aber der Arzt wartete und ich legte meine Jacke widerwillig auf die Bank. Ich zog mir das Hemd über den Kopf und bemerkte ohne besondere Überraschung die weit aufgerissenen Augen der Anwesenden. Sie hatten sicher noch nie ein solches Fresko auf dem Körper eines Mannes gesehen.

„Oh Mann!", rief der Pockennarbige aus und zog seine Worte in die Länge, zügelte sich aber sofort, nachdem er einen Blick des Lieutenants aufgefangen hatte.

Der Arzt setzte ruhig das breite Ende des Schlauches an dem Stern auf meiner Brust an, bewertete meinen Herzschlag, hörte dann meine Lunge ab und bat mich, mich umzudrehen. Als er kein Röcheln hörte, schaute er in meinen Mund und verkündete: „Keine Pathologien feststellbar."

„Fahren Sie fort", sagte der Lieutenant.

Er holte ein Skalpell aus seiner Tasche, zusammen mit einem Druckschlauch und einer leeren Spritze.

„Wie bitte?", fragte ich verwirrt und trat einen Schritt zurück.

„Die Erreger vieler gefährlicher Krankheiten lassen sich durch eine Blutanalyse nachweisen", erklärte der Arzt. „Wir müssen Ihnen Blut aus einer Vene abnehmen. Haben Sie keine Angst. Es wird nicht wehtun."

Ich ließ zu, dass sie den Druckverband um meinen linken Bizeps banden und ballte und löste mehrmals die Faust. Der Arzt desinfizierte ein Stück Haut mit Alkohol, dann stach er die Nadel hinein. Es war schmerzfrei. Einen Moment später war die Spritze voll.

„Andrücken!", sagte der Arzt, reichte mir einen Wattebausch und warnte: „Halten Sie ihn für fünf Minuten fest."

Dann sammelte er seine Instrumente ein und verließ den Raum. Ich blieb derweil mit nacktem Oberkörper und einem angewinkelten Arm in der Mitte des Raumes stehen. Das gefiel mir nicht, aber meine Gesprächspartner sahen zufrieden aus. Sie überhäuften mich in einem unglaublichen Tempo mit Fragen. Oft wiederholten sie sie mit kleinen Änderungen im Wortlaut. Der Stenograf kratzte eifrig mit der Feder auf dem Papier herum und schaffte es kaum, mit dem Protokoll Schritt zu halten.

Zunächst betrafen ihre Fragen allgemeine

Angelegenheiten, sodass ich gegen ihre Methodik nichts einzuwenden hatte. Aber als sich das Gespräch zum Inhalt des Aluminiumbehälters und meinem Gespräch mit Herzog Talm verlagerte, war meine Geduld am Ende.

„Einen Moment, meine Herren", sagte ich und machte eine Pause, um mir mein Hemd über den Kopf zu ziehen. Während ich mich anzog, sammelte ich kurz meine Gedanken und beschloss, ihnen nichts zu verheimlichen, um mich nicht später in Widersprüche zu verwickeln. „Fahren Sie fort."

Am Ende erzählte ich ihnen nichts allzu Aufrührerisches, weil es mir gelang, einige paar heikle Passagen zu entschärfen und andere zu verschweigen.

Lieutenant Grace ging mit hinter dem Rücken verschränkten Händen in der Zelle auf und ab. „Und was halten Sie von der Möglichkeit, dass elektromagnetische Strahlung eine Wirkung auf jenseitige Wesen hat?", wollte er von mir wissen.

Ich war nicht in der Stimmung, meine Meinung zu irgendetwas zu äußern. Davon abgesehen hatte ich keine Lust, mich mit der Thronfolgerin zu treffen. Ich wollte nur so schnell wie möglich aus Neu Babylon verschwinden und nach Zürich fahren, um die 10.000.000 Franken zu holen, die dort auf mich warteten.

Ob ich das einfach offen sagen sollte?

„Das Problem ist nicht, dass der Allerhöchste sich von uns abgewandt hat und sich nicht mehr um uns kümmert", sagte ich. „Es ist nicht einmal so, dass wir unseren Glauben an ihn verloren haben. Der Grund für all die Probleme ist, dass wir Angst haben, an ihn zu glauben. Und wir haben noch mehr Angst, dass er eines Tages wieder an uns glauben könnte. Wir halten die triumphale Elektrizität für ein Allheilmittel gegen all unsere Nöte, aber wenn plötzlich die Hölle losbräche, würden all unsere Waffen und unsere Erfindungen nicht helfen. Nur der Glaube kann uns retten.“

Einen Freidenker, der sich zu einer solchen Aussage hinreißen ließ, hätte man nicht in die Nähe der Thronfolgerin lassen dürfen, aber die Wachen tauschten nur säuerliche Blicke aus und schwiegen. Sie hatten keine weiteren Fragen an mich.

Der Arzt kehrte bald zurück. Er kam aber nicht in die Zelle, sondern blieb in der offenen Tür stehen und sagte: „Es besteht eine Übereinstimmung.“

Ich wurde stutzig. „Was für eine Übereinstimmung?“

„Das bedeutet nur, dass Ihr Blutbild in Ordnung ist“, erklärte Lieutenant Grace. „Holen Sie Ihre Sachen, Viscount.“

2

AM AUSGANG DES GEFÄNGNISTRAKTES erhielt ich mein konfisziertes Eigentum zurück und steckte die Gegenstände im Gehen wieder in meine Taschen. Dann verließen wir den Newton-Markt, stiegen in eine vierspännige Kutsche und machten uns auf den Weg, um Ihre kaiserliche Hoheit Prinzessin Anna zu treffen. Ich war ziemlich neben der Spur.

Um mich abzulenken, schaute ich von Zeit zu Zeit aus dem Fenster. Obwohl der Sturm seit dem Morgen vorüber war, gab es überall abgebrochene Bäume, Schlamm und trübe Pfützen auf den Bürgersteigen und Straßen. Die Stadt sah nicht von dem Unwetter gereinigt aus, eher im Gegenteil.

Nachdem ich eine Weile immer wieder aus dem Fenster gesehen hatte, wurde ich stutzig und bekam den Verdacht, dass etwas nicht stimmte.

„Meine Herren“, wandte ich mich an die Wachen, „ich mag mich irren, aber ich glaube, der Kaiserpalast liegt in der anderen Richtung!“

„Lesen Sie keine Zeitung?“, fragte eine der Wachen und starrte mich mit einem Ausdruck aufrichtigen Unverständnisses an. „Ihre Hoheit hat die letzte Woche zu Untersuchungen im Zentralkrankenhaus verbracht.“

Sie war also immer noch im Krankenhaus! Ich schauderte innerlich, verlieh meinem Unbehagen aber in keiner Weise Ausdruck. Ich hegte immer noch die Hoffnung, dass die behandelnden Ärzte unser Treffen nicht lange andauern lassen würden.

Ich meine, was hatte ich schon mit der Thronfolgerin zu besprechen? Einer jungen Frau, die ihr ganzes Leben von nichts als Höflingen, Hauslehrern und Ärzten umgeben verbracht hatte? Wer war ich für sie? Sicherlich kein Verwandter. Eine unterhaltsame Kuriosität, mehr nicht.

Das Gelände um das Zentralkrankenhaus war von einem hohen Zaun umgeben, aber die Schranke stand offen und die Kutsche fuhr ungehindert durch die weit geöffneten Tore. Niemand dachte daran, uns aufzuhalten oder nach dem Zweck unseres Besuchs zu fragen.

Allerdings wurde das hintere Gebäude, das dem Bedarf des kaiserlichen Hofes vorbehalten war, etwas ernsthafter gesichert. Dort standen Wachen und obwohl sie die Gesichter meiner Begleiter zweifelsfrei erkannten, forderten sie sie dennoch auf, aus der Kutsche auszusteigen und studierten akribisch ihren Wagenpass und ihre Ausweise.

In der Vorhalle des Krankenhauses wurden wir von einer Delegation erwartet: Ärzte, Assistenten und einige unauffällige Personen in weißen Gewändern mit dem starren Blick erfahrener Ermittler.

Ein gewichtiger, schnauzbärtiger Herr führte mich in eines der Zimmer im ersten Stock, das überraschend unscheinbar eingerichtet war, und zeigte auf einen leeren Kasten.

„Ziehen Sie sich aus und legen Sie Ihre Sachen dort hinein“, forderte er.

Ich drehte mich zu den Wachen um: „Was zum Teufel soll das?“

„Letzte Kontrolle“, erklärte Lieutenant Grace.

„Ist das wirklich nötig?“

Der Lieutenant zog die Augenbrauen hoch.

„Das ist jenseits von Gut und Böse!“, fand ich.

„Ihre Sicherheitsfreigabe ist immer noch höchst fragwürdig, Viscount“, erinnerte der pockennarbige Wachmann mich. „Aber Ihre Hoheit hat unmissverständlich ihr Interesse an einem Treffen mit Ihnen bekundet. Machen Sie uns bitte nicht noch mehr Probleme.“

Ich fluchte nicht und protestierte nicht. Ich zog mich einfach aus und bekam von dem schnurrbärtigen Herrn einen Krankenhauskittel und Hausschuhe.

„Kommen Sie weiter, Viscount“, sagte der Arzt und deutete auf die nächste Tür.

Ein großer Teil des Raumes wurde von einem riesigen Apparat mit einer zurückgeklappten Haube eingenommen. In der Mitte befand sich eine Öffnung, die groß genug für eine Person war.

„Bitte!“, sagte der beleibte Arzt und zeigte darauf. „Ich rate Ihnen dringend, nicht zu zappeln oder sich zu bewegen. Die Prozedur wird nicht lange dauern.“

„Prozedur?“ Ich stöhnte auf.

„Wir werden Aufnahmen von Ihren Organen machen“, erklärte der gewichtige Herr ruhig. „Wenn sich irgendwelche Fremdkörper in Ihnen befinden, werden wir sie aufspüren. Das ist ein Röntgengerät, schon mal davon gehört?“

Ich hatte in der Tat ein paar Jahre zuvor etwas über das neueste Wort in der diagnostischen Medizin gelesen, fragte aber nach etwas anderem. „Was meinen Sie mit Fremdkörpern?“

„Bomben, Viscount“, antwortete der pockennarbige Gardist ruhig.

„Und wie könnte eine solche Bombe Ihrer Meinung nach gezündet werden?“

„Mit einem zeitgesteuerten Mechanismus“,

antwortete der Lieutenant völlig ernst und drängte weiter: „Verschwenden Sie nicht unsere Zeit, Viscount."

Ich stieg in den Apparat und der Deckel, der innen mit Bleifolie ausgekleidet war, wurde geschlossen.

„Da sind Griffe, fassen Sie sie an. Und ich bitte Sie: Bewegen Sie sich nicht!", sagte der Herr mit dem Schnurrbart.

Ich folgte der Anweisung. Dann ertönte ein leises Brummen. Der dicke Herr stand da und beobachtete mich während der Prozedur intensiv. Ich verfluchte in Gedanken sowohl die Thronfolgerin und ihre Wächter als auch Friedrich von Nalz, der mir das alles eingebrockt hatte.

Als das Brummen verstummt war, stieg ich aus dem Apparat und der Assistent beeilte sich, den Fotobogen herauszuholen. Währenddessen bat der bärtige Herr: „Wären sie so freundlich, an der Rezeption zu warten?"

So kehrte ich in Begleitung der Wachen in den Nachbarraum zurück und schauderte von der kühlen Brise, die sich unter meinen Krankenhauskittel schlich. Doch als ich mich anziehen wollte, wurde ich aufgehalten.

„Haben Sie vor, in diesen Lumpen zu einem Treffen mit ihrer Hoheit zu erscheinen?", fragte der pockennarbige Gardist lachend. „Sie sind ja ein eigenartiger Typ."

„Diese Lumpen, wie Sie sie so freundlich nennen, sind meine Kleidung."

„Keine Sorge." Lieutenant Grace lächelte und strich über seinen Schnurrbart. „Wir werden Sie mit neuer Garderobe versorgen. Sie können Ihre Kleidung auf dem Weg nach draußen wieder abholen, wenn Sie es wünschen."

„Haben Sie denn meine Maße?"

„Aber natürlich!"

In diesem Moment wurde die Tür aufgerissen und der schnurrbärtige Herr kam mit der Fotoplatte zu uns.

„Das Herz ist völlig gesund!“, erklärte er. Dann fragte er: „Sind Sie sicher, dass Sie bei der Blutgruppe nichts durcheinandergebracht haben? Sie ist von entscheidender Bedeutung!“

„Nein, Doktor, eine perfekte Übereinstimmung“, versicherte Lieutenant Grace.

Ich drehte mich überrascht zu ihm um und wollte eine Erklärung verlangen, aber der pockennarbige Wachmann nahm mich in den Schwitzkasten und drückte mir ein feuchtes Tuch ins Gesicht. Ein süßlicher, ätherischer Geruch stach mir in die Nase. In meinem Kopf drehte sich alles und mein Bewusstsein wurde in das unergründliche Jenseits entführt, einen Ort ohne Probleme und Sorgen, wo die Fantasie leicht für die Gesetze der Physik einspringt und Worte Farben und Geschmack haben.

Mit anderen Worten, er betäubte mich mit Chloroform.

Zuerst war da nichts, dann wurde die Dunkelheit von einem Glanz durchschnitten, der aus einer unergründlichen Höhe herabkam. Dieser Zustand hielt eine unbestimmte Zeit lang an. Dann sagte meine Intuition mir, dass ich mit weit geöffneten Augen dalag und auf eine starke Lampe starrte, die von der Decke hing.

Das Licht verursachte zunehmend einen schrecklichen, stechenden Schmerz in meinen Schläfen. Ich versuchte, zu blinzeln, konnte es aber nicht. Ich versuchte, mein Gesicht mit meiner Hand zu bedecken. Mein Arm, der schlaff neben meinem Körper ausgestreckt war, gehorchte mir jedoch nicht. Meine gefühllosen Finger trafen auf ein seltsames Gefäß, was ein klapperndes, metallisches Geräusch verursachte.

In diesem Moment erschien ein schwebendes Gesicht in einer Halbmaske aus Gaze über mir.

Die Augen des Fremden quollen über vor Angst. Er versuchte, sich zu wehren, aber es gelang ihm nicht. Meine Finger berührten ein Stück Eisen und stachen es mit einer blitzschnellen Bewegung in den Hals des Mediziners. Blut strömte heraus. Er röchelte, drückte die Wunde mit beiden Händen zu und rannte von mir weg. Ich folgte ihm, stach ihm in den Rücken und sah zu der geschlossenen Tür. Ich drückte ihn nieder und stieß ihm das Skalpell in die Lenden, zwischen die Rippen und unter die linke Schulter.

Ich stach selbstbewusst zu. Ich stach zu, um zu töten.

Diese Erkenntnis ernüchterte mich augenblicklich und zwang mich, einen Schritt zurückzutreten und die blutige Klinge wegzuwerfen.

Ich meine, ich hatte schon getötet, aber nicht mit bloßen Händen. Ich hatte gefühlt, wie leicht die Klinge in das geschmeidige Fleisch eindrang, wie sie an den Rippen kratzte und wie der Griff in meiner geballten Faust zitterte. Der Todeskampf, der den Körper auf dem Boden schüttelte, war etwas, das ich ebenfalls noch nie gesehen hatte. Warum zum Teufel fühlte es sich dann so überraschend vertraut an?

Ich stöhnte laut, als ich langsam aufwachte. Die Narkose betäubte noch immer meinen Geist. Das Chloroform verließ meinen Körper quälend langsam und ließ mich von Zeit zu Zeit in die sanfte Umarmung des Vergessens eintauchen.

Dann wurde mein Verstand klarer und es gelang mir fast, einen Schrei zu unterdrücken, der aus meiner Kehle drang.

Völlig nackt stand ich über dem blutigen Körper des

Mediziners. Auch ich war von Kopf bis Fuß mit Blut befleckt.

Was für ein Teufelswerk war hier im Gange?

Ich drehte mein Opfer auf den Rücken, aber dem Mann war bereits nicht mehr zu helfen. Dann richtete ich mich auf und ließ meinen Blick durch den Raum schweifen, in dem ich mich befand. Ein vage vertrauter Begriff tauchte aus meiner Erinnerung auf: ‚Operationssaal'.

Die riesige Glühbirne unter der Decke erfüllte den Raum mit einem blendenden Licht. In der Mitte stand ein Tisch. Er war mit einem Laken voller Blutflecken bedeckt. Ein Ständer mit einem Tablett war darüber geschoben. Darin befanden sich Skalpelle, chirurgische Scheren, Klemmen und gebrauchte Tücher.

Als ich in der Ecke des Raumes ein Waschbecken mit einem Spiegel bemerkte, ging ich darauf zu, um mich zu waschen, erstarrte aber, als ich mein Spiegelbild sah.

Es war nicht meine leichenblasse Haut, die mich entsetzte. Was mich in Schrecken versetzte, war der Schlitz quer über meinen Brustkorb. Da ragten Rippen hervor, von der sicheren Hand eines erfahrenen Chirurgen zerhackt und zur Seite geschoben. Und über meinem Herz befand sich ein riesiger Hohlraum.

Über? Nein! Stattdessen! Ich hatte kein Herz mehr! Es war herausgeschnitten worden!

Ich schnappte nach Luft. Nein. *Nein, nein, nein!*

Das konnte nicht sein! Das musste alles vom Chloroform kommen. Das war nur eine verrückte Vision, erschaffen durch die Kraft meiner Einbildung. Nur eine unterbewusste Angst vor dem Tod, die durch mein *illustres Talent* zum Leben erweckt wurde.

Ich drehte das Wasser auf, wusch mich und lachte leise über meinen absurden Angstanfall.

Man hatte mir das Herz herausgeschnitten? Was für ein Blödsinn! Ich meine, ernsthaft: Wer würde mein Herz wollen? Außer mir, natürlich.

Aber dann kehrte rasch die Erinnerung an die seltsamen Ereignisse des vergangenen Tages zurück. An das Verhör des Arztes, die Anspielungen und das Blut, das zur Analyse geschickt worden war.

Was, wenn sie beschlossen, mein Herz der Thronfolgerin zu implantieren?

Wildes Entsetzen schüttelte mich von Kopf bis Fuß. Ich krallte meine Finger um mein Handgelenk und versuchte vergeblich, einen Puls zu spüren.

Verflucht! Mit einem Ruck riss ich das Waschbecken von der Wand und warf es an das andere Ende des Operationssaals.

Ich bin nicht tot! Ich bewege mich, denke und fühle. Ich denke, also bin ich!

Aber was sollte ich wegen des Herzens machen? Wo war mein Herz? Wohin hatte man es gebracht? Und wieso war ich noch nicht tot?

Ich verspürte einen unerträglichen Drang, mich auf die Suche nach den Schurken zu machen, die mich ausgeweidet hatten, aber ein Hauch von gesundem Menschenverstand hielt mich davon ab, diesen Akt höchster Unvernunft zu begehen.

Diese Leute wussten genau, was sie getan hatten. Ihren Organspender von den Toten auferstehen zu sehen, würde ihnen kaum Freude bereiten. Sie würden das Herz nicht wieder einsetzen oder die Wunde nähen. Sie würden mich umbringen. Und dieses Mal würde es für immer sein. Weg! Ich musste sofort von hier weg!

Dann fiel mir etwas ein. Das Herz des *Gefallenen*!

Dieses höllische Ding hatte immer noch geschlagen,

selbst nachdem ich es aus der Brust der dunklen Kreatur gerissen hatte. Es war so stark, dass es keine Chirurgen, Nadeln oder Stiche brauchte. Ich könnte es in meine Brust stecken und wieder lebendig werden. Ich konnte das tun!

Ich konnte es nicht nur, ich war fest entschlossen, es zu tun. Später würde ich noch genug Zeit haben, um über Rache nachzudenken.

Der Hass überwältigte mich. Mein Herz! Sie hatten mir das Herz herausgeschnitten! Aber das grässliche Verlangen, jemandem mit bloßen Händen die Kehle herauszureißen, ließ glücklicherweise bald nach, und ich kniete erschöpft neben dem Mediziner nieder. Seine blutgetränkte Kleidung war unbrauchbar und nur noch zum Wegwerfen.

Ich öffnete vorsichtig die Tür, betrachtete den mit Schränken vollgestopften Raum, schlich mich leise hinein und suchte mir ein Outfit zusammen, das mehr oder weniger meiner Größe entsprach. Ich zog mich an, suchte mir ein paar Schuhe, packte die Leiche auf eine Trage und deckte sie mit einem Laken zu.

Ich zog einen weißen Mantel über Jacke und Hose, bedeckte mein Gesicht mit einer Mullmaske, setzte mir eine weiße Kopfbedeckung auf und rollte die Transportliege den Korridor hinunter, ohne Angst, vom Personal entdeckt zu werden.

Es funktionierte. Niemand schaute mich auch nur an. Ich ließ die Leiche und die Trage in einer versteckten Ecke zurück, zog mir die Maske in den Nacken und steckte mir eine Zigarette in den Mund, die ich in der Tasche der geliehenen Jacke gefunden hatte. Ich klappte geschäftsmäßig meine Taschen zu, passierte den Posten und beeilte mich, zwischen den vielen Gebäuden des Krankenhauses zu verschwinden. Die zuständigen

Wachposten dachten nicht einmal daran, die Papiere des Mediziners zu überprüfen, der ihren Zuständigkeitsbereich verließ.

Draußen durch die Tore zu kommen, war auch nicht schwierig. Kittel, Maske und Kopfbedeckung waren schon längst in den ersten Mülleimer gewandert, an dem ich vorbeigekommen war. Ruhig ging ich um die Schranke herum und schlenderte den Bürgersteig hinunter.

Da war ich, ein toter Mann, der nach Hause eilte. Dieser tote Mann wollte ein neues Herz.

Verdammt!

3

MEIN ANWESEN BEGRÜßTE mich mit einem Durcheinander von Bäumen, die im Sturm umgestürzt waren, verfaulten Mumienkörpern und zerbrochenen Mauerstücken. Der Anblick war noch unansehnlicher als sonst. Inzwischen war das Anwesen durch irgendeine unbekannte Kraft älter und baufälliger geworden. Die Fassade war rissig und blätterte ab, das Dach war dunkel geworden und es fehlten einige Ziegel. Alles war mit Schlamm bedeckt. Die Blumenbeete waren ausgewaschen, die schwarzen, toten Blumen bildeten einen teilweise verrotteten Baldachin.

Der Fluch hatte sich zurückgezogen und die Zeit hatte ihren Tribut gefordert. Die Zeit nahm immer ihren Lauf.

Aber das spielte keine Rolle mehr. Ich hatte nicht vor, hier zu leben. Alles, was ich jetzt brauchte, war das Herz des *Gefallenen*. Mein Herz.

Da ich mich nicht mit der Eingangstür befassen wollte, ging ich durch ein Loch in der Wand hinein, ergriff den Säbel meines Großvaters und hängte ihn aus irgendeinem Grund zurück an seinen Platz über dem Kaminsims. Ich ließ mich durch nichts anderes ablenken, sondern ging direkt in den Keller. Es kam genug Licht durch die Luke im Boden, um zu sehen, aber ich musste trotzdem einige Zeit durch kniehohes Wasser waten, bis ich das Glasgefäß mit dem Herz fand. Nachdem ich es in der allerdunkelsten Ecke gefunden hatte, rannte ich die Treppe hoch, lachte nervös und drückte das innen angelaufene Gefäß an meine Brust.

Da war es! Ich hatte es gefunden!

Aber als ich den dichten Deckel abbekam, war das Herz des *Gefallenen* nicht darin. Da waren nur ein paar Fasern, die mit einem inneren Schimmer glühten. Schnipsel und das war's.

Das feuchte Glas entglitt meinen plötzlich gefühllosen Fingern, fiel zu Boden und zerbrach.

Ich erstarrte und fühlte mich nicht in der Lage, es mit meinen eigenen Augen zu überprüfen. Wo war es nur?

„Mist, was für eine Sauerei!", schimpfte der Kobold, der aus dem Nichts aufgetaucht war. Er hob eine der Glasscherben auf und schnupperte: „Rattengift!"

Ich starrte den Kobold verständnislos an, griff dann nach dem intakten Boden des Gefäßes, schnupperte an den Resten, die das Glas bedeckten, und nahm ebenfalls einen vertrauten Geruch wahr. Der Sukkubus hatte das Essen großzügig mit exotischen Gewürzen abgeschmeckt, aber ich erkannte das Aroma.

Dann dämmerte es mir. Sie hatte mich mit dem Herz des *Gefallenen* gefüttert! Tag für Tag hatte sie es gekocht und ich hatte genüsslich das Fleisch einer übernatürlichen Kreatur verspeist, ohne es zu merken! Das war also der Grund, warum ich einen so hartnäckigen Anfall der teuflischen Pest gehabt hatte! Das war der wahre Grund, warum ich krank war, nicht nur das Blut, das auf meine Arme gespritzt war!

Ein Anfall von wahnsinnigem Gelächter überkam mich. Ich lachte und konnte nicht mehr aufhören. Ich lachte, lachte und lachte wie ein Irrer.

Und genau das war ich geworden. Ein Verrückter!

Der Sukkubus hatte vorgehabt, meine Seele zu schädigen, aber stattdessen hatte sie mein *illustres Talent* in einem solchen Maß verstärkt, dass es selbst den Tod überwunden hatte! Es stellte sich heraus, dass die Kraft meiner Gedanken allein ausreichte, um das Leben in meinem Körper zu erhalten, selbst ohne Herz. *Ich denke, also bin ich?* In der Tat!

Aber was nun? Das Loch in meiner Brust zunähen und unter den lebenden Toten bleiben? Wollte ich ein solches Schicksal für mich?

Erschöpft setzte ich mich auf einen Stuhl. Doch in diesem Moment wurde meine Hysterie von einer unerwartet heftigen Ohrfeige unterbrochen.

„Weißt du nicht mehr?“, fragte der Kobold. „Verdammt! Du erinnerst dich wirklich an nichts, oder?“

„Ob ich mich woran nicht erinnere?“, fragte ich und musterte ihn von oben bis unten. Dann berührte ich meine aufgeplatzte Lippe, aber es kam kein Blut heraus. Ich meine, wie konnte ein Toter auch bluten?

„An alles!“, rief der weißhaarige Knirps wütend. „Du erinnerst dich nicht, oder?“

„Nein, ich erinnere mich nicht!“

„Verdammte Scheiße!“, fluchte der Kobold.

Dann riss er sich das schäbige grüne Hemd vom Leib, behielt aber die Latzhose an. Sein sehniger Körper war mit Tattoos bedeckt, genau wie meiner, aber gespiegelt und mit rot glühendem Eisen eingebrannt.

Das überraschte und erschreckte mich, aber noch mehr Angst machte mir das Küchenmesser, das der Wichtel aus seinem Gürtel zog.

„Willst du dich erinnern?“, fragte der Kobold und zog die Klinge in einer scharfen Bewegung über die Handfläche seiner geballten Faust. Scharlachrotes Blut schoss heraus und der Albino streckte mir das Messer entgegen. „Gib mir deine linke Hand!“, forderte er. „Nur die linke!“

Die linke? Den Arm, der noch kein einziges Tattoo

erhalten hatte?

Ich zögerte keine Sekunde, nahm das Messer und schlitzte mit der scharfen Klinge meine kreideweiße Haut auf. Ich erwartete einen unblutigen Schnitt, aber aus dem Schnitt sprudelte augenblicklich schwarze Flüssigkeit. Ein quälender Schmerz schoss vom Handgelenk bis zum Ellbogen und weiter zu der Stelle hinauf, wo mein Herz hätte sein sollen.

Von da an übernahm der Kobold. Er umklammerte meine Hand mit seiner, wie bei einem barbarischen Blutsbrüderschaftsritual, und krächzte: „Na, erinnerst du dich jetzt, Schwachkopf?"

Die Male auf seiner Haut füllten sich mit Licht. Einen Moment später übertrug sich dieses Feuer auf mich, aber bevor mein Bewusstsein von der erbarmungslosen Flamme verschlungen wurde, gelang es mir zu antworten. „Ich erinnere mich!"

Das tat ich wirklich. Alte Erinnerungen, die in den Tiefen meiner Psyche vergraben gewesen waren, kamen zurück. Und mit ihnen zusammen kehrte noch etwas anderes zurück, ein bestimmter Teil von mir...

Eine schneidende Kälte, dumpfe Reflexe einer Petroleumlampe auf Eisbrocken. Die frostbedeckte Tür des Kellers schlug zu. Egal, wie ich klopfte oder schrie, ich würde durch die dicke Barriere niemals jemanden zu Hilfe rufen können. Aber ich hatte geschrien, das wusste ich ganz sicher.

Der Koch mit dem grässlichen Küchenmesser, der kalte Stahl in meiner Brust, das furchterregende Lächeln der Höllenbrut in meinem Haus, mein Herz in seiner Hand...

Aber ich sah das alles aus einer anderen

Perspektive, aus den Augen meines imaginären Freundes. Eine winzige Hand am Griff eines Messers, das in den Eisbrocken steckte, ein blitzartiger Ausbruch, Blutspritzer, Krächzen aus einer aufgespaltenen Kehle. Und ... Leere. Danach gab es ein klaffendes Loch in meiner Erinnerung.

Von da an machte der Kobold alles allein.

Die Erinnerungen flackerten wie Blitze vor meinem inneren Auge. Ich riss mir das gestohlene Hemd vom Leib und starrte in stummem Staunen auf zwei furchtbare Schnittwunden, die den achtzackigen Stern zerteilten, der auf meine Brust tätowiert war. Die neue wies Spuren von frischem Blut auf, und die alte war weiß und vernarbt.

Verdammt!

Die Angst des kleinen Jungen war so stark gewesen, dass mein *illustres Talent* ihm ein neues Herz geschaffen hatte! Ein neues, imaginäres Herz!

Wäre es nicht so schmerzhaft gewesen, hätte ich gelacht. Die Tätowierungen glühten und brannten mit einem wilden Feuer. Ich wurde von Krämpfen geschüttelt. Meine Rippen knackten, rückten an ihren Platz, wuchsen zusammen und überzogen sich mit Fleisch. Sowohl die alten als auch die neuen Wunden schlossen sich. Diesmal blieben nicht einmal mehr Narben übrig. Aber die Metamorphose endete damit nicht. Von der Schnittwunde an der linken Hand flossen die Veränderungen über meinen Körper, als hätte man mir Quecksilber in die Venen gespritzt. Muskelfasern umhüllten die Knochen, krochen unter die Haut und verbreiterten meine Schultern, formten mich um, verwandelten mich in jemand anderen. In die Person, zu der ich hätte heranwachsen sollen, wäre da nicht dieser unglückselige Abend im Keller des Herrenhauses meines Vaters gewesen...

Als die Tattoos nicht mehr leuchteten, sondern grau

wurden und der Anfall vorüber war, streckte ich mich erschöpft auf dem kalten Boden aus. Die Kleidung aus dem Krankenhaus war an den Nähten geplatzt und hing in Fetzen von mir herab. Ich war nicht länger eine magere Bohnenstange. Ich sah jetzt aus wie eine Kopie meines Vaters.

Groß, breitschultrig und stark. Auch sonst war ich jetzt wie mein Vater. In mir lebte nun ebenfalls eine Bestie.

Mit Hilfe der Tätowierungen hatte mein Vater es geschafft, die Erbkrankheit in mir einzuschließen, ihr die Kraft zu entziehen und seinen Sohn davor zu bewahren, sich in ein blutrünstiges Monster zu verwandeln. Die Ironie des Schicksals war, dass mein dunkles Alter Ego schon damals außerhalb von mir existiert hatte. Mein *illustres Talent* hatte es in einen imaginären Freund gesteckt und erst jetzt hatte sich der Kreis geschlossen.

Ich war zu einem Werbiest geworden. Ich war nun ein Werwesen und in meiner Brust schlug wieder ein Herz!

Die Erbkrankheit! Das war es, was den toten Koch vor dem Fluch bewahrt hatte. Das war der Grund, warum er meinen Vater und mich Degenerierte genannt hatte. Ich spürte, wie sich meine Schwäche allmählich verflüchtigte, stand vom Boden auf, taumelte und wäre fast gefallen. Ich schaffte es aber, mich mit dem Rücken an die Wand zu lehnen. Ich warf einen Blick auf den weißen Fleck der verbliebenen Narbe, die sich über meine linke Hand erstreckte, riss mir dann den Rest der fremden Kleidung vom Leib und stolperte in den zweiten Stock hinauf.

In all den Jahren, die ich in diesem Haus gelebt hatte, hatte ich nie das Zimmer meines Vaters betreten. Dort war alles so wie am letzten Tag seines Lebens in diesen Räumen. Bücher, persönliche Gegenstände, Kleidung...

Auf diese Kleidung war ich jetzt aus. Obwohl sie

feucht und zerknittert war, modrig roch und längst aus der Mode gekommen war, passte sie perfekt zu meiner neuen Körpergröße. Ich suchte mir Unterwäsche, Hosen, eine Weste und einen Gehrock aus, zog mir dann ein Paar gute, leicht abgetragene Stiefel an und ging wieder hinunter.

Mein neuer Körper bewegte sich mit einer unglaublichen Anmut. Es war, als würde jemand ihn für mich steuern. Anfangs machte mir das sogar Angst. Das Licht wurde heller, die Gerüche wurden stärker und ich konnte nun selbst die kleinsten Nuancen des Aromas wahrnehmen.

Nicht, dass ich das wollte. Denn im Haus roch es nach Tod.

Aber ich hatte auch nicht vor, hierzubleiben. Nicht für eine Stunde, oder auch nur eine Minute. Auf gar keinen Fall.

In der Brieftasche, die ich aus dem Krankenhaus mitgenommen hatte, entdeckte ich zwei Zehn-Franken-Scheine und sieben Franken in Münzen. Ich steckte das Geld in die Tasche meines altmodischen Gehrocks. Die Brieftasche warf ich auf den Boden und ging nach draußen. Der Himmel wurde heller. Die Sonne schien durch den nebligen Dunst und ich verspürte den gewohnten Wunsch, meine dunkle Brille auf die Nase zu setzen, aber sie war im Krankenhaus geblieben. Zusammen mit meinem herausgeschnittenen Herz.

Ich fragte mich, ob die Thronfolgerin anfangen würde, imaginäre Wahnvorstellungen zu haben. Ich meine, warum nicht? Mir hatten sie lange Jahre gedient.

Ich lachte und ging zum Tor hinaus. Dankbar blickte ich zu dem Turm oben auf dem Hügel. Er war eisern, rostig, heimelig und hatte beim gestrigen Showdown kein bisschen gelitten. Ich drehte mich um und ging den Hügel hinunter in die Stadt, die wieder in eine graue Smogwolke gehüllt war.

Auf dem Dürer-Platz hielt ich Abstand von dem kaputten Brunnenbecken, um das sich Gaffer drängten, und machte mich ohne bestimmtes Ziel auf den Weg durch die Stadt. Ich wollte mich an die ungewohnten Empfindungen gewöhnen und mein neues Leben genießen.

Meine Beine trugen mich wie von selbst ins griechische Viertel. Ich stand am Ufer des namenlosen Kanals, schaute aus der Ferne auf das Varieté *Zur bezaubernden Bacchantin* und merkte, dass ich nicht einfach vorbeigehen konnte.

Albert Brandt war mein einziger Freund. Er verstand mich wie kein anderer und es wäre falsch gewesen, unsere Freundschaft wegen der Intrige des Sukkubus enden zu lassen. Sie hatte uns beide um den Finger gewickelt und wir hatten es beide vermasselt. Der Dichter hatte auf einem Duell bestanden und ich hatte ihn mit dem Wurf der Billardkugel außer Gefecht gesetzt. Aber ich konnte es immer noch in Ordnung bringen. Ich konnte immer noch die richtigen Worte finden. Ich konnte und ich sollte!

Ich war mir meiner Sache sicher und doch nervös, als ich hineinging.

„Ist Albert zu Hause?“, fragte ich den Neffen der Besitzerin, der gerade die Theke abwischte.

Falls er die Veränderungen meiner Erscheinung bemerkte, zeigte er es nicht.

„Der Dichter?“, fragte er und trocknete ein Bierglas ab. „Der ist ausgezogen. Heute Morgen.“

„Was soll das heißen, er ist ausgezogen?“ Ich erstarrte. Durch die linke Seite meiner Brust schoss ein stechender Schmerz.

„Er ist endgültig ausgezogen“, antwortete der junge

Mann ruhig. „Er trällerte wie eine Nachtigall von einem blinden Mädchen, von Paris im Frühling und London bei Nacht. Ich hörte, wie er einen Taxifahrer bat, ihn zum Hafen zu bringen.“

Ich seufzte tief, zwang mich zur Ruhe und kramte in meinen Taschen nach Kleingeld.

„Geben Sie mir...“

„Eine Limonade?“, frage der junge Mann gewohnheitsmäßig.

„Nein“, unterbrach ich ihn scharf und legte eine Fünf-Franken-Münze auf die Theke. „Schenken Sie mir einen Wodka ein. Einen russischen.“

Er war unermesslich überrascht über meine Wahl, bedrängte mich aber nicht mit Fragen. Gehorsam füllte er eine Kristallkaraffe und stellte ein Schnapsglas daneben. Ich ging nach draußen, stellte mich an einen Tisch unter der Markise, schenkte mir Wodka ein und hielt mir das Glas kurz an den Mund.

Schließlich nahm ich einen kleinen Schluck, zuckte von dem widerlichen Geschmack des starken Alkohols zusammen und knallte das Glas auf den Tisch. Ich blieb noch eine Weile stehen, trank es dann mit einem scharfen Ruck aus und ging entschlossen die Straße hinunter.

Mein neues Leben hatte den vertrauten Beigeschmack von Enttäuschung, aber ich hatte nicht vor, es mit leerem Bedauern zu verschwenden. Ich würde mich aufmachen und große Taten vollbringen. *Große Taten!*

Und niemand konnte mir etwas anderes erzählen.

Ende von Band 2

Neue vorbestellungen!

Survival Quest LitRPG Serie
von Vasily Mahanenko:
Der Weg des Schamanen
Der dunkle Schamane
Das Geheimnis des dunklen Waldes
Phantomburg
Das Karmadont-Schachspiel
Die Stunde der Qual (Bonus-Kurzgeschichte)
Die Rache des Schamanen
Krieg der Clans

Galaktogon LitRPG Serie
von Vasily Mahanenko:
Das Spiel beginnt
Auf der Suche nach den Uldanern
Ein Scheck über eine Milliarde

Kräutersammler der Finsternis LitRPG-Serie
von Michael Atamanov:
Der Videospieltester
Hart am Wind
Falle für den Herrscher
Streben nach Verkörperung

Unterwerfung der Wirklichkeit LitRPG-Serie
von Michael Atamanov:
Countdown
Bedrohung aus dem All
Spielwende
Weltengeflecht
Die Rettung der Dynastie (Bonusnovelle)
Sprung ins Ungewisse
Helden der Galaxie
Kriegsgrund

Welt der Verwandelten LitRPG-Serie
von Vasily Mahanenko:
Keine Fehler
Die Perle des Südens

Perimeterverteidigung LitRPG-Serie
von Michael Atamanov:
Sektor Acht
Über den Tod hinaus
Ein neuer Vertrag
Spiel ohne Regeln

Der Weg eines NPCs LitRPG-Serie
von Pavel Kornev:
Toter Schurke
Königreich der Toten
Das Gefolge des Toten

Disgardium LitRPG-Serie
von Dan Sugralinov:
Gefahrenklasse A
Apostel der Schlafenden Götter
Die Vernichtende Seuche
Widerstand
Krieg der Götter

Awaken Online LitRPG-Serie
von Travis Bagwell:
Katharsis
Abgrund

Projekt Stellar LitRPG-Serie
von Roman Prokofiev:
Der Inkarnator
Der Verzauberer
Der Tribut

Die Triumphale Elektrizität Steampunk-Serie
von Pavel Kornev:
Die Illustren
Die Herzlosen

Nächstes Level LitRPG-Serie
von Dan Sugralinov:
Neustart
Held
Die letzte Prüfung
Level Up: Knockout (mit Max Lagno)

Saga Online LitRPG-Serie
von Oliver Mayes:
Der Okkultist

Zum Aussterben verdammt
von James D. Prescott:
Der Code
Der Countdown
Die Krise

Spiegelwelt LitRPG-Serie
von Alexey Osadchuk:
Der tägliche Grind - Im virtuellen Hamsterrad
Die Zitadelle
Der Weg des Verstoßenen
Der Zwielichtobelisk

Außenseiter LitRPG-Serie
von Alexey Osadchuk:
Die Dungeons der Krummberge
Die große Öde
Der Dunkle Kontinent
Die andere Welt
Das Labyrinth des Schreckens

Phantom-Server LitRPG-Serie
von Andrei Livadny:
Jenseits der Realität
Der Gesetzlose
Schwarze Sonne

Sperrgebiet LitRPG-Serie
von Yuri Ulengov:
Die Hüter der Vorhölle
Die Herren der Ruinen

Herrschaft der Clans - Die Rastlosen LitRPG-Serie
von Dem Mikhailov:
Buch 1
Buch 2
Buch 3

Die Nullform LitRPG-Serie
von Dem Mikhailov:
Buch 1
Buch 2

Vielen Dank, dass *Die triumphale Elektrizität* gelesen hast!

Weitere deutsche Übersetzungen unserer LitRPG-Bücher werden schon bald folgen!

Um weitere Bücher dieser Reihe schneller übersetzen zu können, brauchen wir Deine Unterstützung! Bitte schreibe eine Rezension oder empfehle *Die triumphale Elektrizität* Deinen Freunden, indem Du den Link in sozialen Netzwerken teilst. Je mehr Leute das Buch kaufen, desto schneller sind wir in der Lage, weitere Übersetzungen in Auftrag geben und veröffentlichen zu können.

Bitte vergessen Sie nicht, unseren Newsletter zu abonnieren:
http://eepurl.com/dOTLd1

Sci der Erste, der von neuen LitRPG-Veröffentlichungen erfährt!
Besuche unsere englischsprachen Twitter- und Facebook LitRPG-Seiten und triff dort neue sowie bekannte LitRPG-Autoren:
https://twitter.com/MagicDomeBooks

Deutsche LitRPG Books News auf FB liken:
facebook.com/groups/DeutscheLitRPG

Erzähle uns mehr über Dich und Deine Lieblingsbücher, schau Dir die neuesten Bücher an und vernetze Dich mit anderen LitRPG-Fans.

Bis bald!

Printed in Poland
by Amazon Fulfillment
Poland Sp. z o.o., Wrocław

76932244R10275